晚清民国时期单篇中国文学史辑要（1900—1947）

杨瑞峰 点校

国家社会科学基金重大项目「民国古典文学研究史大系编纂与研究」（20&ZD281）

教育部人文社会科学研究青年基金项目「话体文学批评的现代转型研究」（22YJC751041）

中国博士后科学基金第73批面上资助项目「话体批评传统的现代阐释研究」（2023M730721）

兰州大学出版社

LANZHOU UNIVERSITY PRESS

图书在版编目（ＣＩＰ）数据

晚清民国时期单篇中国文学史辑要 ：1900—1947 / 杨瑞峰点校. -- 兰州 ：兰州大学出版社，2024.5
ISBN 978-7-311-06657-4

Ⅰ．①晚… Ⅱ．①杨… Ⅲ．①中国文学－文学史－1900—1947 Ⅳ．①I209.5

中国国家版本馆 CIP 数据核字(2024)第 088544 号

责任编辑　锁晓梅　兰淑坤
封面设计　汪如祥

书　　名　晚清民国时期单篇中国文学史辑要(1900—1947)
作　　者　杨瑞峰　点校
出版发行　兰州大学出版社　〔地址:兰州市天水南路222号　730000〕
电　　话　0931-8912613(总编办公室)　0931-8617156(营销中心)
网　　址　http://press.lzu.edu.cn
电子信箱　press@lzu.edu.cn
印　　刷　兰州银声印务有限公司
开　　本　710 mm×1020 mm　1/16
印　　张　19.75
字　　数　397千
版　　次　2024年5月第1版
印　　次　2024年5月第1次印刷
书　　号　ISBN 978-7-311-06657-4
定　　价　60.00元

凡　例

　　一、长期以来，学界习惯于默认"文学史"必然是长篇"著作"，而非单篇文章。此看法在很大程度上遮蔽了我们对晚清民国时期"中国文学史"整体状貌的全面理解。本编所录，皆为零散分布于晚清民国时期各大文学报刊的单篇中国文学史文献。所谓单篇，一方面指篇幅短小，远未达到"著作"体量，另一方面则指书写风格上言简意赅，与传统著作体中国文学史有较大差异。

　　二、本编所选文章，以时间为序排列，但受原始报刊具体发行日期难以全面考订等因素影响，同一年份发表的文章，则并未严格按照年、月、日的先后顺序进行排版。

　　三、本编所录，力求存真。原文正文部分作者相关夹释，若影响读者阅读，则以页下注形式标注；若不影响读者阅读，且文字较少，则以括号形式留于正文。

　　四、本编所录文章，在引文、标点和文字的处理上以尽可能保留原文风格为原则。引文若与被引古籍差异较大，则按通行权威版本予以径改；若与被引古籍差异较小，且不影响读者阅读、理解，则保留原文，如"底""做""惟""倪"等字均以原文用字为准。标点符号若与现下通行使用规范差异较大，则按通行规范进行校改；若略有出入且不影响阅读，则保留原文。文字方面，凡因底稿写刻致误的明显错别字，亦予以径改，不出校；若略有出入且影响阅读的，加脚注说明；明显缺字的地方，则酌情以括号形式添补，或以"□"代替。

　　五、本编所选，部分篇章虽已见于其他编著，但因其并未被视作"文学史"看待，故并录之。

　　六、本编所选个别文章乍看带有"思想史"或"批评史"性质，但考虑到晚清民国时期文学史与批评史、思想史、学案等之间的关系并不似今人理解的那般泾渭分明，反而常有交叉，故一并录入。

　　七、本编所辑个别篇章存在残缺现象，或因作者并未写完，或因刊物存亡影响，限于编者个人水准与编选条件限制，一时难以补全，祈望方家匡所未逮。

目　录

001　　陶曾佑　　中国文学之概观

004　　刘师培　　论近世文学之变迁

007　　罗静轩　　中国文学史断代底研究

013　　高亚宾　　中国文学史（续夏季稿）

019　　傅斯年　　中国文学史分期之研究

023　　严静安　　我国文学变迁之大略

024　　罗家伦　　近代中国文学思想的变迁

040　　李康源　　中国文学史时代区分之我见

043　　金聿修　　中国文学史

047　　金聿修　　中国文学史（二）

053　　刘荔生　　中国文学之变迁

055　　刘永济　　中国文学通论

089　　钱基博　　中国文学史概论
　　　　　　　　　　——《斯文统宗》自序

095　　佰　诲　　中国的文学批评家

104　　余宝勋　　文学史

116　　何天孚　　中国文学变迁概论

126　　周士良　　文学变迁说

127　　黄德原　　六朝以前中国文学变迁之大势

132　　伯　禄　　历代文学变迁之鸟瞰

134　　郭子美　　文学变迁论

136　　张秀材　　历史上的中国文学变迁述略（承前）

139　　陈子华　　中国文学历代之变迁

143　　龚群钰　　中国文学变迁概论

155　　隆　寄　　中国文学之起源及其变迁

162　　林达祖　　中国文学底变迁及其派别

170　　中国文学史的研究

170　　林敬文　　楚辞概论

173　　张礼德　　五七言诗

174　　黄开强　　乐府

175　　朱锡衔　　赋

176　　赵泽溥　　骈俪文

178　　黄克明　　初唐四杰文学

179　　崔泽剑　　诗圣李、杜

182　　郑光汉　　韩、柳

184　　陈培兴　　南宋词

185　　丘祥旒　　关汉卿评传

186　　余华柱　　《西厢记》

188　　黄陞都　　吴梅村评传

189　　余瑞祥　　今后之中国文学

192　　叶鎏生　　中国历代文学变迁的鸟瞰

201　　张世禄　　中国文学史概要

211　　连　三　　中国文学历代变迁之我观

214　　林　分　　中国文学谈丛

245　　郑振铎　　中国文学史的新页

247　　王克谦　　中国文学史的管见

260　　赵景深　　中国文学史的新页

262　　蒲　风　　中国韵文方面的流变简史
　　　　　　　　　　　——中国文学史纵的研究之一

265　　何　曜　　中国文学变迁概论

268　　吴和士　　中国文学变迁史略

282　　顾向持　　汉朝的乐府

284　　十　堂　　文学史的教训

288　　罗膺中　讲
　　　　缪鸾和　周均记　中国文学史导论

308　　后　记

中国文学之概观

尝闻立国地球，则必有其立国之特别精神焉，虽震撼搀杂①而不可任其澌灭者也；称雄万世，亦必有其称雄之天然资格焉，虽俗猾繁稽而不可漠然恝置者也。噫！其特别之精神惟何？其天然之资格惟何？则文学是。

"文字收功日，全球改革潮。"同胞！同胞！亦知此文学较他种学科为最优，实有绝大之势力，赓有至美之名誉，含有无量之关系，而又独能占世界极高之位置否乎？吾蒙怀有素，癖嗜良殷，用贡卮言，讵甘缄口？请先就吾祖国一开谈判，可乎？

大陆开化最早之国有四，祖国实居第一焉；而祖国之文明，首推文学。粤自包羲氏出，象天法地，远物近身，欲通德而类情，爰仿河中龙马之图，以创造八卦，是为祖国有画之起点。乃无何，结绳之制又幸赖苍颉②以改良，集字成句，集句成文，于是乎谓之文字；而发明百体，构造六书，实为文学发生之纪念。彼三皇五帝之书，是曰《三坟》《五典》。《易》曰："河出图，洛出书，圣人则之。"是书之起原③也。又费几许之时间精血，经众力之淘汰昌明，理想始得以乍伸，思潮亦因此渐振，宗派乃于以愈多，千枝万叶，一一萌芽。降乃中古时期，而文学舞台，早已大开帘幕：禀晶莹之异质，扬美丽之宗风；文俚兼呈，体裁具备。迄于今世，而表面内容之完备优良，尤觉达于极点。噫嘻！标此惟一无双之特色，孕成如花似锦之前途，所为近代文豪常援以自娱而傲睨东西者，非是故耶？盖吾祖国国民之思想、之智识、之能力、之热度、之观念、之感情，舍此文学而外，实无以代表。

旷观古今来之文学名家，莫不战理欲之机关，荷乾坤之钟毓，将已往而例现在，取现在而测未来，综万汇之情，含五行之秀，故心花怒放，髓海难枯。而杰构鸿篇，大率超群出类：以骨格言之，若泰、衡之耸峙；以精华言之，若日月之辉煌；以气象言之，若凤凰之雍喈，圭璋之朗润；以声势言之，若狂涛之澎湃，万马之奔腾；又何虞文学之盘涡，黑暗阴沉，不吐出射贯斗牛之芒焰欤？普照大千，无微不烛；文思所及，金石为开。总之，有益于一般事实者，即为正体之文；有损于普通组织者，即属变体之文也。若是，且调查吾神明祖国列朝之文学界中，而略一研究其体裁，兼卑简引伸其沿革。

①搀杂，今作"掺杂"。

②苍颉，今作"仓颉"。

③起原，今作"起源"。

一 战国 东周以降，文字渐繁，著述甚富。洎夫周末，宗派愈多：如苏、张之纵横，韩非之排奥，荀、吕之平易，庄、列之渊深，皆足为后世文章之祖，俾学者奉为圭臬，竭力维持。彼夫左氏之文，非不典赡也，然涉于浮夸，公、榖亦树其帜；《国策》之文，非不雄奇也，然失之诡谲，申、韩亦辨其疵。惟屈子眷怀宗国，爰著《离骚》，寄托于香草美人，缠绵悱恻，关心现势，不失风雅之遗；宋玉、景差之徒，理想虽甚微，然词华之茂，固擅一时矣。

二 秦 独至嬴秦，继祚于毕六王、一四海之余，竟恣其专制之淫威，付典籍于祝融，填儒士于沟壑，令一般学者胥嗫口结舌，投笔揉文，智识因而闭塞，不克逞其言论之自由，是洵文学界之一大厄运也。乃自咸阳一炬，文艺复昌，劫火余灰，景运遂默移于汉。

三 两汉 汉时文艺，体格不一。制诏令敕，帝书四品，章疏奏议，臣书四品，不聿所宜，类多佳构。董江都目不窥园，隐居求志，《天人三策》，伟大光明。贾长沙经世宏才，《治安策》及《过秦》诸篇，极为超脱。而匡衡、刘向与司马迁之作，文行均符。余若班孟坚、扬子云、司马相如及曹、刘、潘、陆诸人，文有余而行不逮，华有余而实不存，虽研京练都，不过烟云月露，与社会究无甚裨益也。

四 蜀汉 武侯人格，伯仲于吕望、何、良，其卓绝古今之妙文，群推《出师》二表。祢衡之作，磊落激昂。至建安七子，才华虽富，而文与行违，此有识者之所不胜惋惜者。

五 晋 晋代惑于清净寂灭之学说，挥尘永贻后世之讥，故其载道明德之言，凤毛麟角。惟《陈情》一表，仁孝之意蔼如；《文选》不登，所见未免太囿。若张茂先、左太冲、二陆、三张之俦，并称藻采，然皆以文灭质。至于发表厌世主义之文辞，则渊明之《归去来辞》及《桃花源记》，气质潇洒，结构离奇，价值极优，进退合度，深得《大易》"肥遁"之旨趣焉。

六 六朝 递至六朝，贻讥金粉，浮华纤巧，真味索然。披沙拣金，所获甚鲜。惟江、鲍、颜、谢，稍稍脱俗耳。

七 三唐 文风三变，变而益上，诗学亦因之滥觞。唐初沿江左余风，缔章绘句，固卢、骆、王、杨之特色也。开元尚经术，黜浮华，则称燕、许为最；而邸钞亦披露于斯时，作亿兆京垓，载报章之鼻祖。韩昌黎于道丧文敝之时期，改革颓风，八代之衰以起；迄今读其全集，皆属琳琅珠玉，而用笔之沉雄变幻，迥非诸家所能及。同时柳子厚与韩并称，柳之文长于记，特惜瑕不掩瑜，恶敢与泰山北斗并驾齐驱？韩、柳而外，若陆宣公之文，亦属详明恺切。又白乐天之《长恨》，骆宾王之檄文，均为彪炳一时之作。至于诗界，则李、杜诸家，岂非矫矫不群，阐扬风雅者哉？

八 宋 五星聚奎，名儒林立。周、程、张、朱性理诸篇，粹然儒者之言，有功于精神之作用不少。欧阳公乘时挺起，见韩文而笃好之，心摹手追，望尘必及；故其充试官时，所取殊多名士，东坡亦出其门焉。同时曾子固根柢经术，王荆公笔力劲峭，三苏才势纵横，卓然为著述界之泰斗。至若《西铭》《易传序》《春秋传序》《太极图说》，均系传道之书，非仅得以文目之者。又如岳忠武之《满江红》，文信国之《正气歌》，悲壮激昂，国家思想，种族问题，意旨溢于言外，令人卒读诚不知声泪之何自而来。

九　元　元代词曲一科，甚形发达，正语言文字合一之渐也。故稗官小说即由是而盛兴。彼《水浒》《西厢》《西游》《三国》诸书，已开俗语入文之渐。他如郝伯常之豪于诗词，虞伯生之擅于古文，金履祥之贯通经史，均足称文坛之健将焉。

十　明　有明定鼎，文运愈昌。黄陶庵之深于譬证，唐荆川之熟于历史，归震川之原于六经，洵令毫笺生色。独王阳明先生阐良知之学说，深嫉浮华鲜实，欲感之以真性情，以无妄存心，以中孚格物，有惭屋漏，不敢竟施诸人，有害治安，不忍遽行诸政，故其发为文章，将种切要素，和盘托出；每际督师剿贼，沿途出示，慷慨淋漓，胁从者人人感泣，散敌之羽翼，固己之腹心，救济生灵以数十万计；虽其文之平铺直叙，未能变幻神奇，然于开化人群，极为简易。他如黄梨洲、李二曲，史阁部、顾亭林、孔云亭诸公，各有所长，才相伯仲；雪泥鸿爪，惟留一幅悲怆之影于吾汉族历史之中，良可慨已。

十一　清　清代学业昌明，文机开放。如宋玉叔、王渔洋、施愚山之诗，方望溪、朱竹垞之杂文，汪琬、魏禧之古文，金圣叹、毛声山之批评，李笠翁、洪昉思之传奇，曹雪芹之小说，赵翼之史论，黄宗羲之经解，均达化境，各树一新帜于文坛。乃近今著作之林，更远超畴昔：彼汪笑侬之剧本，黄公度、蒋观云之诗，林畏庐、严侯官、马君武之译学，陈蝶仙、惜霜生之词曲，梁饮冰、刘光汉、章太炎、柳亚卢之论文，许冷血、天笑生、李伯元、喋血生之小说，均为一般文士所崇拜。猗欤盛矣！然英奇济济，更仆难终，来日方长，前途未艾，盍拭目以观其后乎？

吾敢登昆仑山之巅，沿扬子江之岸，倏张炬眼，大声疾呼，忠告于吾巴科民族之列列同胞曰：慎毋数典忘祖，徒欢迎皙种之唾余；舍己芸人，尽捐弃神州之特质。其摅怀旧之蓄念，发思古之幽情，力挽文澜，保存国学；泄牢骚于兔管，表意见于蛮笺；震东岛而压倒西欧，由理想而直趋实际；永佚神明裔胄，灌输美满之源泉，从兹老大病夫，洗涤野蛮之名号。呜呼！雄鸡鸣而天地白，晓钟动而魂梦苏。凡吾同胞，其有哀文学之流亡，斯文之隳堕者乎，请速竞争文界，排击文魔，拔剑啸天而起舞！

录自《著作林》1900年第13期

论近世文学之变迁

宋代以前"义理""考据"之名未成立，故学士大夫，莫不工文。六朝之际，虽文与笔分，然士之不工修词者鲜矣。唐代之时，武夫隶卒，均以文章擅长，或文词徒工，学鲜根柢。若夫于学则优，于文则拙，唐代以前，未之闻也。至宋儒立"义理"之名，然后以语录为文，而词多鄙倍。①至近儒立"考据"之名，然后以注疏为文，而文无性灵。夫以语录为文，可宣于口，而不可笔之于书，以其多方言俚语也；以注疏为文，可笔于书，而不可宣之于口，以其无抗坠抑扬也。综此二派，咸不可目之为文。

何则？周代之时，文与语分，故言语、文学，区于孔门。降及战国，土工游说，纵横家流，列于九家之一，抵掌华屋，擅专对之才，泉涌风发，辩若悬河，虽矢口直陈，自成妙论，及笔之于书，复经史臣之修饰，如《国语》《国策》所载是也；在当时虽谓之语，自后世观之，则语而无异于文矣。若六朝之时，禅学输入，名贤辩难，间逞机锋，超以象外，不落言筌，善得言外之旨；然此亦属于语言，而语录之文，盖出于此。且所言不外日用事物，与辞旨深远者不同。其始也，讲学家口述其词，弟子欲肖其口吻之真，乃以俗语笔之书，以示征实。至于明代，凡自著书者，亦以语录之体行之，而书牍序记之文，杂以俚语，观其体制，与近世演说之稿同科，岂得列之为文哉？

若考据之作，则汉、魏之笺疏，均附经为书，未尝与文学相混。惟两汉议礼之文，博引数说，以己意折中，近于考据；然修词贵工，无直情径行之语。若石渠、白虎观之议，则又各自为书。唐、宋以降，凡考经定史之作，咸列为笔记，附于说部之中，诚以言之无文，未可伺于文学之列也。近世以来，乃崇

---

① 原注：顾亭林《日知录》曰："典谟、爻象，此二帝三王之言也。《论语》《孝经》，此夫子之言也。文章在是，性与天道亦在是，故曰：'善乎！'游定夫之言曰：'不能文章而欲闻性与天道，譬犹筑数仞之墙，而浮埃聚沫以为基，无是理矣！'后之君子，于下学之初，即谈性道，乃以文章为小技，而不必用力。然则夫子不曰'其旨远，其辞文'乎！不曰'言之无文，行之不远'乎！曾子曰：'出词气，斯远鄙倍矣！'尝见今讲学先生，从语录入门者，多不善于修词，或乃反子贡之言以讥之曰：'夫子之言性与天道，可得而闻，夫子之文章，不可得而闻也'。"又引杨用修之言曰："文，道也；诗，言也。语录出，而文与道判矣；诗话出，而诗与言离矣！"又钱竹汀曰："释子之语录始于唐，儒家之语录始于宋，儒其行而释其言，非所以垂教也。君子之出词气必远鄙倍，语录行而儒家有鄙倍之词矣。有德者必有言，语录行则有德而不必有言矣。"

斯体。夫胪列群言，辨析同异，参互考验，末下己意，进退众说，以判是非，所解之书，虽各不同，然篇成万千，文无异轨。观其体制，又略与案牍之文同科，盖行文之法，固不外征引及判断二端也。昔阳湖孙氏，分著述与考据为二：以考订经史者为考据，抒写性灵者为著作。立说虽疏①，然以考据之作，与抒写性灵者不同，则固不易之确论，此亦不得谓之文者也。

乃近世以来，学派有二：一曰宋学，一曰汉学。治宋学者，从语录入门；治汉学者，从注疏入门。由是以语录为文，以注疏为文，及其编辑文集也，则义理考订之作，均列入集部之中，目之为文。学者互相因袭，以为文能如是，是亦以足，不复措意于文词，由是学日进而文日退。古人谓文原于学，汲古既深，摛辞斯美②，所谓读千赋者自善赋也。今则不然，学与文分，义理考证之学，迥与词章殊科，而优于学者，往往拙于为文，文苑、儒林、道学，遂一分而不可复合，此则近世异于古代者也。故近世之学人，其对于词章也，所持之说有二：一曰鄙词章为小道，视为雕虫小技，薄而不为；一以考证有妨于词章，为学日益，则为文日损。③是文学之衰，不仅衰于科举之业也，且由于实学之昌明。④此文、学均优之士，所由不数觏也。

然近世之文，亦分数派：明代末年，复社、几社之英，以才华相煽，敷为藻丽之文。⑤顺、康之交，易堂诸子，竞治古文，而藻丽之作，易为纵横。若商邱侯氏，大兴王氏（昆绳）、刘氏（继庄），所为之文，悉属此派，大抵驰骋其词，以空辩相矜，而言不轨则，其体出于明允、子瞻。或以为得之苏、张、史迁，非其实也。余姚黄氏，亦以文学著名，早学纵横，尤长叙事，然失之于芜，辞多枝叶。且段落区分，牵连钩贯，仍蹈明人陋习，浙东学者多则之。季野、谢山，咸属良史，惟斐然成章，不知所裁，然浩瀚明鬯，亦近代所罕觏也。时江、淮以南，吴、越之间，文人学士，应制科之征，大抵涉猎书史，博而不精，谙于目录词章之学，所为之文，以修洁擅长，句栉字梳，尤工小品，然限于篇幅，无奇伟之观，竹垞、次耕，其最著者也；钝翁、渔洋、牧仲之文，亦属此派。下逮雍、乾，堇甫、太鸿，犹沿此体，以文词名浙西，东南名士咸则之，流派所衍，固可按也。望溪方氏，摹仿欧、曾，明于呼应顿挫之法，以空议相演，又叙事贵简，或本末不具，舍事实而就空文，桐城文士多宗之。海内人士，亦震其名，至谓天下文章，莫大乎桐城。厥后桐城古文，传于阳湖、金陵，又数传而至湘、赣、西粤。然以空疏者为之，则枯木朽荄，索然寡味，仅得其转折

论近世文学之变迁

---

① 原注：已为焦理堂所驳。

② 原注：如杜诗"读书破万卷，下笔如有神"是。

③ 原注：如袁枚之箴孙星衍是。

④ 原注：证以物理之学，则各物均有不相容性。实学之明，以近代为最，故文学之退，亦以近代为最，此即物理家所谓不相容也。《左传》亦曰："物莫能两大。"

⑤ 原注：如陈卧子、夏考功、吴骏公之流是。

波澜。惟姬传之丰韵，子居之峻拔，涤生之博大雄奇，则又近今之绝作也。若治经之儒，或治古文家言，及其为文，遂各成派别：东原说经，简直高古，逼近《毛传》，辞无虚设，一矫冗长之习，说理记事之作，创意造词，浸以入古，唐、宋以降，罕见其匹，后之治古学者咸宗之。虽诂经考古，远逊东原，然条理秩如，以简明为主，无复枝蔓之词，若高邮王氏、仪征阮氏是也，故朴直无文，不尚藻绘，属辞比事，自饶古拙之趣。及掇拾者为之，则剿袭成语，无条贯之可寻，侈征引之繁，昧行文之法，此其弊也。常州人士，喜治今文家言，杂采谶纬之书，用以解经，即用之入文，故新奇诡异之词，足以悦目。且江南之地，词曲尤工，哀怨为之，哀怨清道，近古乐府，故常州之文，亦词藻秀出，多哀艳之音，则以由词曲入手之故也。庄氏文词，深美闳约，人所鲜知。其以文词著者，则阳湖张氏、长洲宋氏，均工绵邈之文，其音则哀而多思，其词则丽而能则，盖征材虽博，不外谶纬、词曲二端。若曲阜孔氏，亦工俪词，虽所作出宋氏之上，然旨趣略与宋氏同，则亦治今文之故也。近人谓治《公羊》者必工文，理或然欤！若夫旨乖比兴，徒尚丽词，朝华已谢，色泽空存，此其弊也。[1]数派以外，文派尤多。江都汪氏，熟于史赞，为文别立机杼，上追彦升，虽字酌句斟，间逞资媚，然修短合度，动中自然，秀气灵襟，超轶尘壒，于六朝之文，得其神理，或以为出于《左传》《国语》，殆誉过其实；厥后荆溪周氏，编辑《晋略》，效法汪氏。此一派也。邵阳魏氏，仁和龚氏，亦治今文之学。魏氏之文，明畅条达，然刻意求新，故杂奇语，以骇俗流。龚氏之文，自矜立异，语差雷同，文气佶聱，不可卒读，或语求艰深，旨意转晦，此特玉川、彭原之流耳，或以为出于周、秦诸子，则拟焉不伦。此又一派也。若夫简斋、稚威、仲瞿之流，以排奥自矜，虽以气运辞，千言立就，然俶乱而无序，泛滥而无归，华而不实，外强中干，或怪诞不经，近于稗官家言，文学之中，斯为伪体，不足以言文也。近代文学之派别，大约若此。

然考其变迁之由，则顺、康之文，大抵以纵横文浅陋，制科诸公，博览唐、宋以下之书，故为文稍趋于实。及乾、嘉之际，通儒辈出，多不复措意于文，由是文章日趋于朴拙，不复发于性情，然文章之征实，莫盛于此时。特文以征实为最难，故枵腹之徒，多托于桐城之派，以便其疏；其富于才藻者，则又日流于奇诡，此近世文体变迁之大略也。

近岁已来，作文者多师龚、魏，则以文不中律，便于放言，然袭其貌而遗其神。其墨守桐城文派者，亦囿于义法，未能神明变化。故文学之衰，至近岁而极。文学既衰，故日本文体，因之输入于中国。其始也，译书撰报，据文直译，以存其真。后生小子，厌故喜新，竞相效法。夫东籍之文，冗芜空衍，无文法之可言，乃时势所趋，相习成风，而前贤之文派，无复识其源流，谓非中国文学之厄欤？

----

① 原注：近人惟谭仲修略得张、宋之意。

◎罗静轩

中国文学史断代底研究

中国素来没有一部文学史，挚虞《文章流别》为论文章源流的专书；但是早已失传了。刘勰《文心雕龙》是论文学源流正变的书，没有文学史底性质。就是近年刊行的几本中国文学史，于断代底说明，很不明了。他们分中国史为三期：一，上古；二，中古；三，近古。这样分法，实在觉得直率。试问由黄帝至建安文学，是不是一成不变的？硬把他归纳为一期，好不好讲？至于建安到唐朝，唐朝到清朝分为两期，更觉含浑不清。这种分法，到①不如不分，由上古讲到现在底更妙，也免得人对于历代文学，生误谬的感想；我想中国文学上变迁很多，姑就其最显著的，把他分做八代，简略的说说：

一、西周以上底文学；

二、东周至秦底文学；

三、两汉底文学；

四、魏晋六朝迄隋唐底文学；

五、中唐以后底文学；

六、宋元至明底文学；

七、清代底文学；

八、近日文学底趋向。

唐虞以上底文明都在《尚书》上，尧舜以前底文学不可考了；司马迁《五帝本纪》说："百家所称，其文不雅驯，缙绅先生难言之。"至于黄帝时代，虽然"垂衣裳，监万国"，但是当时文学，没有甚么流传。就是《三坟》《五典》《八索》《九丘》，后人也没有看见；其余如《汉书·艺文志》上所著录的神农黄帝之书，班固说"多出于六国时人伪造"，不足为考古的资料；至于伏羲氏所作的《驾辨之曲》（见王逸《楚词注》）、《网罟之歌》（《隋书·乐志》），葛天氏所作的《八阕之歌》（见《吕览》），神农所作的《丰年之咏》（见夏侯玄《辨乐论》）、《有焱之颂》（《庄子·天运》篇）……或是仅存空名，或是出于附会，遗文皆不可考了。我们现在能考见的，多在唐虞以后。试看唐虞《二典》《三谟》及《南风》《卿云》《祠田》《普天》那些诗，都是风神浑朴的。这是因为唐虞（所处）是揖让的时代，所以文章也雍熙和霭。到夏代底《禹贡》、商代底《汤誓》、周代底《牧誓》，因为时势不同，文章也变为严健了。所以《扬子法言》上说：

---

①到，今作"倒"。

"虞、夏之书浑浑尔；《商书》灏灏尔；《周书》噩噩尔。"韩愈《进学解》："上规姚姒，浑浑无涯，周《诰》、殷《盘》，佶屈聱牙"，苏子由曰："商人之书必简洁而明肃；其诗奋发而严厉；皆一本于其风俗。"因为夏、商二代忠贤异尚，政教不同，所以文章也随之而变。"周监二代，郁郁乎文。"文王演《易》，卦爻系辞，周公作爻辞。文王时，西有昆夷之患，北有猃狁之乱，所以多忧患之词。歌谣本来发生在文章以前，为诗教之所本；但是诗的进步却很慢。夏商时候的诗还不见得多，郑玄《诗谱序》说："有夏承之，篇章泯弃，靡有孑遗；迄及商王，不风不雅。"可见当时诗学了。直到周初，才大放异彩，如箕子朝周作底《麦秀歌》，夷齐首阳底《采薇歌》，音调和谐，言情悱恻，开周代《三百篇》之先声。周人一代底诗和他底政治很有关系，当时天子听政，使公卿大夫献诗；天子巡狩时，又有太师陈诗；平日太史教六诗，把诗作教授底科目，所以当时诗学特别进步。而且其时的著作多半关于政教，至于美刺，和《春秋》相同。孟子所说："王者之迹熄而《诗》亡，《诗》亡然后《春秋》作。"可见西周诗歌底重要了。加以周公好文，竭力提倡，看他底作品，于风有《东山》，雅有《常棣》，颂有《时迈》；其爻辞为后代论理文之鼻祖。六艺是周代底政典，"周公作之，孔子述之"。西周文明，当以周公为集大成的一个人。这个时期可以分为二期：夏商以前，可以说他是萌芽时期，西周可以说是昌盛时期。这是中国文学的第一期了。

东周底文学，酝酿于西周，至周末人才辈出，皆想用一人思想，转移社会。孔子主张仁义，老聃主张虚无，他们底弟子，都传播他底学说，加以发挥光大：如孟、荀、庄、列这些人，不但学理精通，文笔也极明畅；其余邓析底刑名，墨子兼爱，杨子为我，申子尚术，商子尚法，各守专门学说，文章也各自成家。中国文学在这个时期，可算是前无古人，极一时之盛了。这是因为以前的文学多出于贵族，文化也随帝都为转移。五帝三王立都在黄河两岸，所以六艺都是北方底文学。到《诗》三百篇，文化才渐及江汉之间。战国时老庄那些人皆出于南方。当时平民都有讲学底机会，如子贡是个商人，颜渊是个寒士，孟子也是白屋出来的，都能驰说诸侯，所以其时文学特别发达。到秦始皇混一天下，他虽然焚书坑儒，为反对儒教底魔王，但是他于典制上，也很有创造。李斯底文章，在文学上，也颇有可观。他变大篆为小篆，由繁趋简，也是文学上的一个新纪元。神州的文运，到此也告一个段落了。溯这代之中，讲《诗》学的有纵横家；孔子说："诵《诗》三百，使于四方。"讲史学的有《春秋》《国语》《国策》；谈哲理的有老、庄、荀、墨；谈政治的申、韩；讲辞赋的有荀卿、屈原、宋玉、唐勒、景差一般人。这个时期真是中国文学自由发展的时代，并且各种文体，大半创始于此时。这是中国文学的第二期。

汉人兴师灭秦，本以保楚为名，所以文学仍重楚音。但他们经秦火之后，文献无征，微言中绝；他们觉得最紧要的莫过于解经。刘申叔先生说："两汉之世，户习七经；虽及诸子，必缘经术。"考当时文人如董仲舒、刘子政文章之渊醇，陆贾、贾谊之凝重，皆穆然近于六经。当时除伏生传《尚书》，申培公讲《诗》，高堂生讲《礼》，田何讲《易》，胡毋生讲《春秋》之外，讲诸子之学的也有贾谊之儒家、晁错之法家、邹阳、严忌之纵横家，他们的文章也都豪放雄浑、挥洒自如，还有扬雄、司马相如、虞丘、寿王、枚乘、枚皋、东方朔、王褒一班辞人，他们底作品皆沉博典丽，气态浑朴，著美一时。东汉光武好儒术，经学愈发达，马融、郑玄、贾逵、许慎，皆长于训诂；而以东京经学比西京尤为缜密。他们底文章益趋朴质。不过中叶以后，张衡、蔡邕出来，渐趋于排偶，务多斗靡，注重词藻。这二家就开七子之先河；但是张衡所做的《两京赋》，蔡邕所做的各人碑文，仍是缘饰经术，未尽脱汉人矩镬。至于班氏父子的才识，并驾龙门，文章也超越今古，更可算是先后辉映。这是中国文学的第三期。

三国文学盛于魏。因为曹氏父子，都是才藻风发的。一时才俊之士，如鲁国孔融、山阳王粲、广陵陈琳、北海徐干、陈留阮瑀、汝南应场、东平刘桢一般人物，全被曹子网罗，典领书记。因之文体大变，风会为之一转。刘申叔先生说魏朝文学和汉不同的地方约有数端："书牍之文，骈词张势；论说之文，渐事名理；奏疏之文，质直屏华；诗赋之文，趋于靡丽，且多慷慨之风。"又说："魏武治国，颇近刑名，文体因之渐趋清竣①。"由此看来，可知当时文学的趋势了。其时诸子学术也很盛行，阴阳家有管辂，医家有华佗，兵家有魏武、诸葛亮，名家法家学术更昌；爰俞辨于议论，善谈微理；姚信作《士纬新书》，皆属名家之言。陈群定《魏律》，诸葛造《蜀科》，又是法家兼名家了。诗学到这个时代五言大盛，用字必求工，已经和汉人大不相同。大概汉代的文学主于赋，魏代的文学主于诗。到晋代一般学者都喜谈玄，所以正始文学，破坏儒教，推崇老庄。王弼、何晏的文章，和名法家的文章相近；文尚整炼，理圆事密，迭用奇偶。嵇康、阮籍的文，同纵横家相近。这个时代的文章，大半是些放任旷达之词。永嘉以后益尚虚诬，淡乎无味，理胜于辞。如陶潜、刘琨、郭璞等皆是那个时候的代表。所以晋代文学较魏不同的地方：用字平易，偶语益增，论序愈繁。《文心雕龙·练字》篇说："自晋以来，用字率从简易，时并习易，人谁取难？"《丽辞》篇说："魏晋群才，析句弥密，联字合趣，割毫析厘。"《情采》篇说："后之作者采滥忽真，远尊周雅，近师词赋，故体情之制日疏。"观此可知晋代文学的大概了。到了宋元嘉的时候，文学上又生一大变化。体裁变整，句法更加雕琢，诗渐近律，文重排比。这一代文章，谢灵运、颜延之可以代表。永明以后，益加华靡，四声八病之谈，繁苛到极点了。所以六朝文学的特点，就是声律的发明、文笔的区分。他和魏晋不同的地方，就是务言数典，以当时为尚；士崇讲论，语都成章；并且谐隐之文，这时也盛。但是北朝的文学，就不同南朝了。虽不及两汉，比齐梁却强得多。不过人才没有南朝之盛，

①清竣，疑为"清峻"之误。

所以当时无大影响。魏晋的经学，也和汉代的经学不同。他们都是尚排击、少引伸的，如王肃排郑注、孙炎排王；其次演空理、少实证，如王弼注《易》、杜预注《左传》；并且尚摭拾而少折中，如何晏的《〈论语〉集解》，多半是古人陈说。史学也迥异前朝。《史通》《隐晦》篇说："编字不只，捶句必双。"又不能创造而文繁；《史通·烦省》："魏晋以还，繁言弥甚。"并且其时没有通史，烦琐之书杂出，如《隋书·经籍志》分史部为六十余类，这是魏晋文学的大概。到了隋文帝即位，恨当时文章浮华空泛，于是叫一切政令，都不用词藻。炀帝虽然荒淫，但是他也尚质实，弃浮词，看他的《白马篇》和《建东都诏》，皆合雅正之音。这是因为隋代周禅，南北统一。河洛经学，江左咏歌，两相镕合，才有这种现象。但当时积习相沿，犹尚华艳。一般文士又因炀帝爱声伎，仍作丽词，戏曲由是萌芽。唐初绍陈隋余风，骈四俪六之体，王、杨、骆、卢四杰为当世之魁。虽后来玄宗好经术，群臣稍厌雕琢，崇雅黜浮，宇文氏欲模拟古体，也以文胜之习，积重难反，其势格格不入。所以自魏到唐的文学，都是尚词华，不顾理实，气累于词，文过其实。后世论文的人，皆以这时为韵文时期。这是中国文学的第四期。

六朝文体卑靡，当时想改良的未尝无人，不过积习太深，一时难以矫正。直到韩愈、柳宗元等出来，鼓吹散文，推翻声韵对偶之体，后来苏氏恭维他，就说他"文起八代之衰"，这也未免说得过火。韩、柳虽都是散文家，他们笔墨却又不同，韩文入世，崇儒排佛；柳文出世，爱说浮图[1]，比韩氏高妙雅健得多。唐朝的诗，也为后代的法式，所以论唐代文学，还是要推重他底诗。因为诗到唐代，五七杂言、乐府、行律、绝句，无一不备，这也是时代的好尚。因为那个时候底进士，都是用诗赋考取底。初唐时候底诗，还有江左风流华丽底气概；到张九龄、王维这般人底诗就古雅了些，到李白、杜甫更出入风骚了。当时诗多重格律，往往使人思想被规矩所束缚，这是近来的人要推翻他的。唐代文学中还有一个大创造，就是词学。以前梁武帝底《江南弄》，沈约底《六忆》，还不是真正的词，词实起于李白底《忆秦娥》《菩萨蛮》，张志和底《渔歌子》。所以五代的时候，词学最盛，实在是发源于唐代。中唐以后，由诗生词，由词生曲，这是唐代文学之特色。其余史学，编记如吴竞《贞观政要》，小录如李吉甫《元和会计录》，佚事如刘肃《大唐新语》，传记如徐坚《大隐传》，政典如杜佑《通典》之类；史注则有颜师古《前汉书注》，章怀太子《后汉书注》等甚多；刘知几的《史通》，也可算史评的创格。由此看来，唐代的文学，也可算充实而有光辉的了。这是中国文学的第五期。

宋代欧、苏、曾、王底文章，承韩、柳底宗派，没有甚么特色。但程朱脉底性理学，专重发挥义理，不讲修词；语录讲章之体，由此发生。他们不独用白话说理，并且用白话做诗。观邵康节底诗，黄山谷底词，已经完全用白语了，

①浮图，今作"浮屠"。

这是宋人文学中的一点特色。元代以蒙古人入主中国，一点文理不知道，所以用虎儿兔儿记年，当时朝庭文告，多俚鄙不堪；今所传《大宝宫圣旨碑文》，可见其时文学之一般。但这时通俗文学，小说戏曲等，很为发达。这时期的小说，可以说是革命时代。因为以前小说，大半是用文言的，元代改用白话。如《水浒》《三国演义》《西游记》《金瓶梅》，都创作于此时。这些小说发生的原因，不过是为当时君主专制，一般文学之士，述游侠大盗仗义报仇之事，以快其意。其次宋元以后，道学日盛，婚姻极不自由，怨偶日多，于是言情小说和戏曲由之而起。所以讲元代文学，可以说小说戏曲是当时的特色。明代没有甚么发展，因为当时取士用制义，都是守程朱底旧说，依经立义，八股文体盛于此时。明初虽有方孝孺、宋濂几个文人，比之唐宋，差得还远，就是四杰、三杨的文章，也没有甚么特长。归震川的文章重形式，讲神味，也不过是一种变象的制艺，实在于文学上无甚价值。此时期的文学可说是淹淹①一息，毫无表见②了。这是中国文学的第六期。

清代文学，较历代为盛，因为明朝的遗老，以亡国之痛，抑郁不伸，皆发之于文。故经学重征验，很合科学的方法。其他理学之儒，以至歌诗文史之士，都精益求精，如顾炎武作《唐韵正》、易《诗本音》，古韵由是大明。阎若璩撰《古文尚书疏证》，定东晋之书为伪作；张尔岐明《仪礼》；胡渭辟《易图》，疏《禹贡》，开段玉裁、王念孙之先河。大概清的经学，分为三派：一，吴中派。惠栋为首领，其学好博尊闻，故校雠辑逸之风，自此以启。二，皖南派。江永、戴震为首领，综形名，任裁断，复先汉之小学，以六书九数为本柢。三，常州派。庄存与为其首，专治今文，颇杂谶纬神秘之辞，义玮之华，和治朴学者不同。清代经学，可算是空前绝后的了。他们治经用科学的研究，由归纳进到演绎，所以条理非常清楚。嘉庆以后，一人专治一经，善于征综名理，不屑空言，这是清代经学的特征。至于清代的古文，也独成一派。方苞、姚鼐的文章，叫做桐城派；恽子居、张惠言所治的古文，叫做阳湖派。这两派的古文，在清代很占势力，但是义法严密，流入空疏，不免为人鄙弃。清代诗学，王渔洋、朱竹垞极有声望。王诗主神韵，朱诗主华丽。袁枚、沈德潜在当时也负盛名。袁诗主性灵，沈诗重声韵，可说是异曲同工。清初诗人有钱谦益、吴伟业、龚鼎孳为江左三大家，后来莱阳宋琬、宣城施润章出，又有南施北宋之名。其时诗学之盛，实在可和唐宋并美。就是骈文也陵③驾前人。清初陈其年、吴绮、章藻功等，才力丰富，有六朝风度。到乾隆时胡天游等出，追踪燕许，文更庄美，能于绮丽之中，现有刚之气。清末王闿运、李慈铭的文章，气清词润，高的可以追踪汉魏，差的也不减齐梁，比晚唐北宋底骈体，不知强到几倍！其余词学

---

①淹淹，今作"奄奄"。

②见，今作"现"。

③陵，今作"凌"。

史学皆有声光。这是中国文学的第七期。

中国无论甚么事都是循环的、后退的，就是文学也是如此。上古没有文字，先有语言；人生不能无悲愉之情，所以声音发出，就有舒疾长短之和，故歌谣乐曲发生极早。当时底歌谣虽不是完全的文字，但也可以算后来文字的萌芽。考当时文学有自然的精神，少矫饰的弊病；可惜现在所存的作品极少，——诸子所引的出于伪造——文学史上只好置之不论了。夏商到西周底文学不外朝廷底政典，盖经学时代底文学，总不出形式的、现实的，和西洋古典主义的文学相近。惟《三百篇》中的文章，重情绪，表现实，简直由浪漫派近到写实派了。不料到西汉又是经学时代，纯粹古典主义。自此直到前清，大概古典文学的势力极大，虽间有近于浪漫的文学，终究没有达展，所以至今还是西洋十八世纪以前的文学。近来一班学者，研究西洋文学，以为中国文学进步迟滞，不但无补于文明，甚至阻碍文化。如主张汉学的，完全考古，一点不敢发表自己的思想；主张宋学的，一味空谈。至于文章做骈体的都是寻求古典，做散文的又专讲格调，实在是文作我，非我作文。因此主张改良文学。他们提倡自然主义，从前重空想，驰骛高远，玄之又玄，这种思想非完全淘汰不可的。自然派的文学，用写实的态度、科学家的方法来考客观的事实；用知识和感觉，求得事物的真相；推翻从前重情绪、讲方法底技巧；鄙薄从前不合于人生实际的神仙鬼怪等思想；重描写现实的痛苦、日常的生活，其重要之点，在描写精确的个性，切于人生的问题。但是最近又有一般人，以为自然文学，限于直接经验，过于依赖客观，抛弃主观，颇不以为满意；又主张直观的、主观的、情绪的、新浪漫派的文学。他们以为自然主义仅仅求真相，新浪漫派非但求真相，且要求到潜伏的最深的一层，超越科学的知识，到神秘的境界。但是新浪漫派必受过自然主义的洗礼，经过现实的阶级，才不致和旧浪漫派完全离了实现[①]，驰思于幻梦空想底相同。他是注重主观、尊重情绪，以冷静的态度，对严肃的实现。不像旧浪漫是狂热的、感情的、空想的。新浪漫主张象征，就眼前所见所闻，和已经验的事，新旧结合，生出的新感想来。以中国文学程度之幼稚，现在还不能达到这个地步，所以此刻还是自然主义思潮激烈时期。这是近世中国文学的趋势，可以算是文学史的第八期了。

录自《北京女子高等师范文艺会刊》1919年第3期

---

①实现，今作"现实"。

◎高亚宾

中国文学史(续夏季稿)①

第七节　隋唐文学

隋一区宇，黉校林立，制科取士，文轨大同。自江左以来，缨緌之徒，雕虫是骛，益以遗理存异，寻虚逐微，竞一韵之奇，争一字之巧。连篇累牍，不出月露之形；积案盈箱，惟是风云之状。世俗以此相高，朝廷据兹擢士。禄利之途既开，爱尚之情愈笃。于是闾里童昏，贵游总角，未窥六甲，先制五言。捐本逐末，流遍华壤，递相师祖，浇漓愈扇。及大隋受命，圣道聿新，是以开皇四年，普诏天下，公私文翰，并宜实录云云（略采隋治书侍御史李谔所上书中语）。则隋意殆欲法周太祖之厘正文风，藉敦古处矣乎！然篇章结构随时势为转移，华缛相寻，早成习尚，终匪人力所能挽回也！统观隋代文裁，沿江左之余波，开李唐之先路，殆所谓天然一大关键者非邪？夷考其时，博学多才，则虞（世基）、崔（儦）称首；属篇敏给，则王（贞）、李（文博）蜚英；出入百家，伯彦（藩徽）、景文（王颂）之茂业；高翔辞赋，承基（王胄）、士裕（虞绰）之令名；专集风行，为士模楷，则柳䚛、刘臻、诸葛颖、孙万寿、庾自直诸人并美焉；若夫明克让洽闻博物，文类成编；许善心摛藻扬芬，《神雀》《晋颂》，尤一时懿采鸿章者矣。

至当时耆宿，本乎经术，发为文章，则刘焯、刘炫，并树旗鼓，或研精天算，或论列五经，诚乱世之一景曜也！而文中子（王通）以草莽之微，高自期许，上将尼父，托诸斯文，中说元经，宁非隋末文学之后劲者欤？

及唐承景命，国祚绵长，力矫前代文风之弊。于是崇尚经术，砥砺艺业，硕儒巨匠，郁然勃兴，学术文章，颉颃于两汉而无恶焉！观《唐书·文艺传》，言唐三百年文章三变，高祖、太宗大难始夷，沿江左余风，绮句绘章，揣合低卬，故王杨为之伯。玄宗好经术，群臣稍厌雕琢，索理致，崇雅黜浮，气益雄浑，则燕许擅其宗。是时唐兴已百年，诸儒争自名家，大历、正元间，美才辈出，擩哜道真，涵泳圣涯，于是韩愈唱之，柳宗元、李翱、皇甫湜等和之，排逐百家，法度森严，抵轹晋、魏，上轧汉、周，唐之文完然为一王法，此其极也。若侍从酬奉，则李峤、宋之问、沈佺期、王维，制册则常衮、杨炎、陆贽、

---

① 此文前半部分散佚。

权德舆、王仲舒、李德裕，言诗则杜甫、李白、元稹、白居易、刘禹锡，谲怪则李贺、杜牧、李商隐，皆卓然以所长为一世冠云云，观此可以得其崖略矣。

且有唐图书，亦当代一脔之味也。经籍自汉以来，史臣列姓氏于篇，如六艺、九流、七略者，至唐始分四类，有经、史、子、集之别丁。开元时，著录已有五万三千九百十五卷。唐人所作又二万八千四百六十九卷，藏书之盛，未可多觏。初隋，嘉则殿有书三十七万卷，至武德初，有书八万，重复相糅。贞观间，虞（世南）、颜（师古）诸巨公相继为秘书监，校雠精善，蔚为大观，其裨益学道，振起文运，自可由是而概见。且非独当时受惠，其垂赐后世，遗泽无穷，论者率谓："有唐之历数梵书，为天下开一新时代"，而岂知其编辑图书之事业，尤炳炳麟麟，放大异彩者哉！

且唐以诗赋取士，韵文尤为乔皇。其诗界大家，遂占文苑中之重要地位，盖不仅前述之李、杜、元、白等已也。夫唐诗主情，与宋人之主气者，为一大分界。其始也承陈随旧习，虽以虞魏四子之才，犹不能免，陈子昂、张九龄，独力扫俳优，仰追曩昔。而沈宋之新声，燕许之大手笔，亦有足多者。开元、天宝间，李杜二家若两华二室，各造其妙。他如王右丞之精微，孟襄阳之清雅，储光羲之真率，王昌龄之深俊，高适、岑参之悲壮，李颀、常建之超凡，此盛唐之盛者也。大历、贞元时，韦苏州之雅淡，刘随州之闲旷，钱郎之清赡，皇甫之冲秀，李从一之台阁，柳愚溪之超然复古，彼此辉映，而魄力已逊。惟韩昌黎博大其词，以独造称雄焉。元和、开成而后，张、王乐府得其故实；元、白序事，务在分明；又甚之以李、卢之鬼怪；孟、贾之寒瘦；温飞卿之绮靡；李义山之隐僻，而诗体盖卑。独玉溪风格较精，庶几晚唐之冠冕已矣！

词章以外，其为训诂之学者，则有孔颖达之《易》《书》《诗》《礼记》《左传》正义，陆德明之《经典释文》，皆淹贯诸家，号为赅博。他如李鼎祚之治《易》，成伯玙之治《诗》，贾彦之治《礼》，陆淳之治《春秋》，亦各极经术文章之盛业。颜元孙撰《干禄字书》，虽不足比肩篇韵，亦足分小学家一席。史则李百药之《北齐书》，令狐德棻之《周书》，魏征之《隋书》，李延寿之《南北史》，今皆列之廿四史中。刘知几以修史不与，特造《史通》一书，历指古来文字之失，其言亦往往中肯，言史评者推之。李吉甫辑《元和郡县志》，为言地理家者所不废。若夫图谶纬候之书，梵文佛典之译，尤为隋唐时代放一异光。且由诗乐府之变迁而"词"以肇始，由文史之演进而"小说"以发端，虽云戋戋，亦尔时文界之创获者也。

五季分崩，文章日坏，虽有一二学者，思承先启后，以起扶大雅之轮，然丧乱弘多，中于时节因缘之所亭毒，故诗文卑靡，盖屡然皆乱世之音者矣。

第八节　宋元文学（附辽金文学）

宋初古文之倡，始于穆（伯长）、柳（仲涂）两家，而尹师鲁等，踵其后尘，命意谋篇，未脱骈俪，犹中于五季旧习，所谓笃时而拘墟者非邪？迨庐陵得昌黎遗文，竺好弗倦，遂力追浑古，裁抑险怪，由是文体一归雅正。闻风兴起，代有鸿生。荆公笔力峭劲，子固根柢经术，眉山父子机势奋迅，如殷雷而不可遏。宋代之文，无逾此数子者。若夫王黄州之恽，孙泰山之义，石徂徕之厉，尹河南之简，黄豫章之理，范希文之高洁，以及南渡以来，周平园、胡澹庵并皆肆力古文，卓然有声，而说者宋文止删《太极图》《西铭》《易传序》《春秋传序》四篇，不知此四篇本道以为文，不得徒以文章目之。而欧、曾等因文以见道，虽未必尽轨于正，实皆足以羽翼经传，并垂不朽者矣！

诗盛于三唐，至宋而更极其变。其始也，台阁倡和，皆宗义山，名西昆体。梅圣俞、苏子美以矫其风，才力体制，非不尽翻窠臼，而渊涵停蓄之趣，无复存矣。及庐陵、半山始以驰骤之笔，追踪韩、杜，欧则意外之言，犹存余地，王则才力颇张，意味较薄，而王逢力求生新，亦同时之铮铮者。元祐间，苏、黄并称，然苏学杜而出其范围，笔之超旷，等于天马行空，极其变幻。适如意所欲出，游其门者，首推秦观。黄则学杜而变为深刻，神理未浃，风骨犹存，故能别为宗派。南渡后，尤萧范陆四家，要以范陆为杰出，所不足者，沉郁顿挫之致耳。若夫杨简斋、郑德源变为谐俗，刘潜夫、方巨山流为纤巧，则令人一览而尽矣。

金元一代，惟元好问，号为大家。元之虞集、姚燧亦皆有著作。他如揭傒斯、欧阳玄、张养浩、黄溍、柳贯、苏天爵，皆祖述韩欧，渊源具在。然中尤以四杰为最尊（元文以虞集、揭傒斯、黄溍、柳贯为四杰）。虞集尝从吴文正游，为文颇得程朱微意。揭傒斯叙事整严，凡朝廷诰册皆出其手。黄溍俯仰从容，不矜声色，而布置援据，切中准绳。柳贯、沈郁、春容、浑涵演迤，其得力处在受性理之学于金履祥。合观诸家，皆渊然文质并茂者也。

金元之诗，虽劣丁宋，然李治（金人）称元遗山"律切精深，有豪放迈往之气。乐府则清雄顿挫，用俗为雅，变故作新，得前辈不传之妙"。郝经亦称其"歌谣跌宕，挟幽并之气，高视一世。以五言雅为工，出奇于长句、杂言，揄扬新声，以写怨思"。《金史·本传》亦谓其"奇崛而绝雕刻，巧缛而谢绮丽"。合数说观之，可以得其真矣。元诗近纤，虞、扬、范、揭四家，诗品相敌，要以伯生之汉廷老吏为最。外如吴渊颖之兀臬，萨天锡之秾艳，故应并张一军。又葛天禄、周伯琦、柳贯、黄溍之徒，皆为矫然拔俗，则四家固不足以尽元之诗也。

自宋儒专言义理，训诂烟沉。其著述之卓然不刊者，如程颐之《易传》，蔡沈之《书传》，朱熹之《诗集传》，今世皆沿其说。然要其文，则不如汉代经师之渊懿精核也。胡安国之传《春秋》，一变服虔、杜预解经之体，大都有为而言，其失也偏。神宗以经义为制科，持论未尝不正，然士风所向，专趋于王氏一家之言。且宋元以来，儒者好以语录入文，俚俗相仍，较蛙响为尤劣。文运之敝，莫甚于兹。小学家则推宋初铉锴仲昆（徐铉、徐锴），专治许叔重之书，至今尚有大徐本、小徐本之称。司马光之《类篇》，郭忠恕之《汗简》，张有之《复古篇》，皆说文之支流余裔也。史学则司马光之《资治通鉴》，朱熹之《纲目》，鸿篇巨制，蔚为大观。欧阳修之《新唐书》《新五代史》，亦属不朽之作。袁枢之《纪事本末》，自创新例，后人多沿而用之。郑樵之《通志》，马端临之《文献通考》，足以绍唐典（谓唐杜佑之《通典》）而曜千秋。王应麟著《困学纪闻》，考核既精，采摭亦广，皆佳书也。

金元文敝，无足称述，经史小学，暗然不彰。惟小说传奇，应时孟晋，蔚为当代之一大伟观，文学界之一大异采[1]。词曲盛行于宋，至元时而有南曲北曲之分，北曲以王实甫《西厢记》为尊，南曲以高则诚《琵琶记》为首，并佳制也。《水浒传》出自施耐庵，结构谨严，脍炙人口，流风余韵，示模楷于无穷，彼荷麦之诗歌，迭更司[2]、仲马之说部，岂能过是哉！

第九节　明文学

有明太祖，体貌耆儒，考定礼乐，首建国子监，学尚实用。迨永乐时，胡（广）、杨（荣）、金（幼孜）等修纂群经，为学者矜式，由是汉唐之训诂愈微，宋元之性理益盛，道润金石，声施烂然。昔《史苑》[3]称，明初宋濂、王祎、方孝孺以文雄，高、杨、张、徐、刘基、袁凯以诗著，其胜代李、何。及徐祯卿、边贡、王廷相、王九思、康海等，首变旧法，复古论盛行，及按《空峒》诸集，又不过优孟衣冠而已。后七子，李、王及徐中行、宗臣、吴国伦、梁有誉、谢榛等虽自云唐以后文不足法，其实祖述□何，互相标榜，而剿袭[4]模仿，取其貌而遗其神。震川所以昌排之，目为一二妄庸人为之巨子者也。若夫五子赵用贤、李维桢、魏允中、屠隆、胡应麟，又益之以蔓芜。宏道倡言文宗眉山，殆自郐以下无讥焉者矣。

夫统观有明之文，病在空疏。例诸汉唐，故相逊远甚，瑰光懿采，典册斋皇之作，殆不一闻。归唐之古文，已较欧曾为荼弱。若夫根柢经术，学有本原，则戴良、沈度、刘溥、赵㧑谦等，其麟角矣。史称戴良于经史百家、医卜释老

①采，旧同"彩"。

②迭更司，今作"狄更斯"。

③《史苑》，指《明史·文苑》。

④剿袭，同"抄袭"。

之学无不通究。沈度博稽经传，穷探金石，尤长于六书。刘溥除经史外，兼涉猎天文历数。扢谦更出入于经子及声音训诂之源，惟其学富，故言下有物，为文自渊然涵古声，匪束书不观者所能蕲也。外夫此者，则有庸妄巨子之古文，等而下之，是为理学名臣语录入文之故习已。河东之《读书录》，姚江之《文集》，白沙之《会语》，蕺山之《人谱》，吕坤之《呻吟》，皆其类也（略举数种为代表，实则此等文集，凡理学家盖皆有之，何胜缕述）。中惟黄道周所著之《榕坛问业》，尚能出入经典，博综事物之遗逸，不可指数。永宣以还，作者递兴，皆冲融演迤，不事钩棘，气体渐衰。弘正之间，李东阳出入宋元，溯流唐代，擅声馆阁。而李梦阳、何景明，唱言复古，文自西京、诗自中唐而下，一切吐弃操觚谈艺之士，翕然宗之，明诗始一变。迨嘉靖之时，王慎中、唐顺之辈，文宗欧、曾，诗仿初唐。李攀龙、王世贞辈，文主秦汉，诗规盛唐。王、李之持论，大与梦阳相唱和。归有光颇后出，以明司马、欧阳自命，力排李、何、王、李。而徐渭、汤显祖、袁宏道、钟惺之属，亦各争鸣一时。于是宗李、何、王、李者稍衰。至启祯之时，钱谦益、艾南英准矩矱于北宋，张溥、陈子龙撷芳华于东汉，又一变也。（按：史苑所通评，亦颇得要领，今以鄙意，再发其凡，非嫌骈枝，冀相证印。盖潜溪之文，机轴由己，虽少剪裁之用，而一以敷腴朗畅为归，典赡宏深，蔚然开国气象。）其后，杨东里尚法，简淡和易，别有天倪，虽乏拓充，而源出欧阳，至今贵之，曰台阁体。西崖瓣香虞道园，秾于杨而法不如，简于宋而学不足，要其吐纳和雅，犹不失正始之音。嗣是遵严法南丰，最称典硕。应德学博文高，黄陶庵深于古文，唐荆川熟于史事，后先继起，并谥大家。而惟震川，原本六经，酝酿深浑，尤为粹然有道之言，瓣香南丰，而直逼昌黎矣。至于前七子为稍异于时风，然理学盛行，士砺名节，东林复社，英髦云蒸，观其文章，实大声洪，梗概尚气，为天地之鸿曜，树人伦之伟坊。今读其遗篇，犹若挟风霜而励顽懦，盖清流与清议，为一时所贵重然也。迨有明季年，风尚又浸以变异，坐荒实学，争骛虚誉，于是所谓山人之气习，斗方名士之徽称，遂充斥于斯世矣。

有明名士派与理学派之文，既如上述。然其尤陋者，则为中间举子派之制艺是也。自宋元以来，经义盛行，为取士之准。然当时作者，根据经术，浸淫及古，犹散体论文也。至明变经义为八比，踵事而日以增华。方（孝孺）、黄（子澄）倡于前，胡（俨）、解（缙）继于后，规模已具，体制渐开。盖洪永所传，为其初轨，嗣是而降，治化之文浑噩，正嘉之文简古，隆万之文工乎法，天崇之文骋乎才。又嘉靖以前，文尚理法；隆庆之际，文主机势；天启而后，文重议论。此则有明制艺文体随时变迁之大凡也（有明此项体变迁之史及其列朝名家欲详举之，非万言莫尽，已属淘汰劣下之品，饶舌何为！然此实为吾国文学界之一创体，数百年间垄断人心，曾占有大势力，不庸独遗，故于其发生之缘始为概括一言）。自此体肇始，初尚非全无足观，而流弊所届，遂至靡穷，岂独文学界蒙羞而已哉？

宋辽金三史，修于危素，体例纰缪，词理断烂。徐一夔论史，颇有刘知几之识，而撰述则非其才。其与梁寅、董彝、胡行简、刘宗弼等所纂之《礼书》，以属质家言，易于操觚，故纪载尚见其翔实而已。甚矣，文敝之秋，史才尤难其选也！

自明初年，欧化已输入禹域，算学星历之书译本印行，即权舆于此时，徐（光启）、李（之藻）之徒提倡极力。夫隋唐以翻译梵文称一时盛业，今有明翻译欧文，其关系之巨，尤复过于前。丁[①]吾国文敝之秋，导彼清源，诚可以立。苏吾涸者，此其中殆若有运会存焉。观于最近谁实孩之，而有明创始之功当然为吾文学界以大笔特书之也。

录自《安徽省教育会季报》1919年冬季

---

①丁，疑为"于"之误。

◎傅斯年

中国文学史分期之研究

近年坊间刊行之中国文学史，于分期一端，绝少致意。竟有不分时代，囫囵言之者；间为分期之事，亦不能断画称情。览其据以分期之意旨，恒觉支离，此亦一憾事也。北京大学文科国文门规定，分中国文学史之教授为三段：一曰上古，自黄帝至建安；二曰中古，自建安至唐；三曰近古，自唐至清朝。似此分法，大体可行，然于古今文学转变之枢机，尚有未惬余意者。就余所知，似分四期为宜。今列举如左：

一、上古，自商末叶至战国末叶；

二、中古，自秦始皇一统至初唐之末；

三、近古，自盛唐之始至明中叶；

四、近代，自明宏嘉而后至今。

谈文学史者，恒谓中国文学始于黄帝，此语骤观之似亦可通，细按之则殊未允。黄帝时书皆不传今，但有伪《内经》而已。虽残缺歌谣，有一二流传至今，正不能执此一二残缺歌谣，以为当时有文学之证。何者？此一二残缺歌谣，不足当文学之名也。其后有所谓《虞书》者，今所传《尧典》（伪孔《舜典》在内）是也。此篇文辞，大类后人碑铭墓志，绝非荒古之文。寻其梗概，与《大戴礼记》中《宰予问》《五帝德》无殊。开始即曰"稽古"，作于后代可知。意者同为孟子所谓"传"，汉世所谓儒家所传之"书传"，其后真《尧典》亡佚，遂取《尧典》之传以代之（说详拙著《尚书十论》）。《尧典》既不可据，则当时文学，不可得言。《虞书》有"诗言志，歌永言，声依永，律和声"之语，《尚书大传》载《卿云》之歌。舜时文学，似已可谓成立矣。然《虞书》仅有诗之名，诗之实未尝传于后代，《卿云》诸歌，又未可确信为真。故不能以虞代为中国文学所托始，"有夏承之，篇章泯弃，靡有孑遗。"（郑康成《诗谱序》语）。其他散文，《禹贡》《甘誓》颇可信。然《禹贡》仅言地理，《甘誓》不过诏令，不足当文学之名。至于商朝，虽郑康成以为"不风不雅"，而颂实存。古文家以《商颂》为商代之旧，由今文家言之，则西周之末正考父作。今以《商颂》文词断其先后，似古文家义为长。（余固从今文非古文者，独此说不可一概论。）纵以《颂》非商旧，而《风》中实有殷遗。《周南·汝坟》之二章云："鲂鱼赪尾，王室如毁，虽则如毁，父母孔迩。"此为殷末之作，决然无疑。（汝坟为殷畿内水。）又《关雎》篇云，"在河之洲。"章太炎先生云："南国无河！岐去河亦三四百里。今诗人举河洲，是为被及殷域，不越其望。且师挚殷之神瞽：'殷无风，不采诗'，而挚犹治《关雎》之乱，明其事涉殷。"此《关雎》为殷诗之确证。今第一期托始于商者，以《商颂》存于后世，商末诗歌犹可见其一面。至于前此而往，自黄帝至于夏年，以理推之，不可谓无文学，然其文学既不传于后世，断不可取半信半疑之短歌以证其文学，惟有置之。编文学史而托始黄、唐、虞、夏，泰甚之举也。

西周文学大盛矣。韵文则有"诗"，无韵文则有"史"，有"礼"。从文学之真义，"礼"不能尸文学之名；然舍"礼"而仅论《雅》《颂》《豳风》《二南》，其文学固可观也。东周可谓中国文学最自由发达之时代，约而论之，可分六派：一曰"诗人"之文学，《邶》以下之风（除《豳》），与所谓"变雅"者是；二曰"史家"之文学，《国语》（《左传》在内）、《战国策》《吴越春秋》《越绝书》是（此数种未必尽真）；三曰"子家"之文学，孔子之《易系》，子思之《中庸》，《老子》《墨子》《庄子》《韩非子》之类是；四曰"赋"之文学，荀卿之"赋"是。（荀"赋"之体，必当时有之，作者谅不仅荀子一人，特传惟后者，惟荀子耳）；五曰"楚辞"之文学，屈平、宋玉、景差所为者是；六曰歌谣之文学，散见之歌谣是。凡此诸派，各不相同，然有普遍之精神，则自由发展，有创造之能力，不遵一格是也。故以文情而论，同在一时，而异其旨趣；以形式而论，师弟之间而变其名称。（屈辞、宋赋，体各不同。）今试执此时所出产之文学互比较之，有二家相同者乎？无有也。是真可谓中国文学最自由之时代矣。降至汉朝，此风顿熄。夫知东周之政治思想，不与秦汉侔，则知东周文学，不可与秦汉合也。

自秦至于"初唐"，为中国骈俪文学历层演化之期。此时期间，文学之推移，恒遵此一定趋向，不入他轨。若前期之自由发展，不守一线者，概乎未之闻焉。秦代文学特出者，李斯一人耳。此人之推翻东周文学，犹其推翻东周政治与思想也。李斯之文，今存者，当以诸《刻石》与《谏逐客书》为代表。《刻石》之文，一变前人风气，诚如李申耆所云："亦焚诗书之故智。"其赫赫之情，与其四字成章之体，后世骈文之初祖，"庙堂制作"之所由昉也。《谏逐客书》一文，多铺张，善偶语，直类东汉之文矣。西汉司马相如、扬雄之赋，用古典，好堆砌，故虽非骈文，而为后世骈文树之风声。（汉赋乃楚辞之变，文体差近，故分文学时代者，每合楚汉为言。其实楚词、汉赋，貌同心异。论其质素，绝不侔也。）至于东汉魏晋之世，竟渐成对偶铺排之体。宋齐而降，规律益严。至于陈周之徐、庾，初唐之王、杨，骈体大成矣。此将千年间，直可谓风气一贯。自李斯始，俪体逐渐发达，经若干阶级，直至文成骈，诗成律，然后止焉。此时期中，岂少不遵此轨者。若汉之贾谊，犹存楚风，枚、李五言，不同词赋，王充好以白话入文，陶潜不用时人之体。然皆自成风气，为其独至。或托体非当时士大夫所用之裁（如枚、李五言之体，在当时不过里巷用之，士人不为，东汉以后，士人始渐作五言耳。）或文词不见重于当代（如王充），或仅持前代将沫之风（如贾谊之赋），或远违时人所崇（如陶潜是。当时时尚之五言诗，乃颜、谢一派，而非陶也。），皆不能风被一世。其风被一世者，皆促骈文之进化者也。平情论之，中国语言为单音，发生骈文律诗之体，所不能免也。然以骈文之发达，竟使真文学不能出现，此俳优偈咒之伪文学，乃充满世间，诚可惜耳！此时期中，惟有五言诗、杂体诗为真有价值之文学。然五言至于潘、陆，中病已深；齐梁以后，成为律体，更不足道焉。

骈文演进，造于极端，于是有革命之反响。此革命者，未尝明言革命，皆托词曰复古。虽然，复古其始也，自创其继也；复古托词也，自创事实也。贵古贱今，中国人之通性。不曰复古，无以信当世之人。然其所复之古，乃其一己之古，而非古人之古。此种革命之动机，酝酿于隋唐之际，成功于"盛唐"之时。隋炀、唐太，皆有变古之才。至于"盛唐"，诗之新体大盛；至于"中唐"，文之新体大盛；六朝风气渐歇矣。以文体言，唐代新体有数种：七言诗（六朝人固有七言，如鲍照之伦，然不过用于歌曲，偶一为之，未能成正体）、词、新体小说等是。世谓开元、元和之世，诗多创格，不为虚语。以文情论，六朝华贵之习渐埋，唐代文学，渐有平民气味。即是以观，不谓唐文学对于六朝为新文学不可也。宋元文学又多新制。要之，此时期中，可谓数种新文学发展期。其与第二期绝不同者，彼就骈文之演进，一线而行此；则不拘一格，各创新体，亦稍能自由者也。又此期之新文学，可分二类：甲为不通俗的新文学，若杜子美、白香山之诗，韩退之、柳子厚之文，以至宋人之散文、七言诗等是，此种文体，含复古之性质；乙为通俗的新文学，如白话小说、词、曲、剧等是，此种文体，唐代露其端，宋元成其风气，以文学正义而论，此最可宝贵者也。乃二种新文学演化之结果，甲种据骈文专制之地位，囊括一世，乙种竟不齿于文学之列。寻其所由，盖缘为乙种新文学者，不能自固其义，每借骈文律诗之恶习以自重，因而其体不专，其旨不能深造，其价值不能昭著。且中国之暗乱政治，惟有骈文可以与之合拍，固不容真有价值之通俗文学，尽量发达也。

词曲之风，明初犹盛。故明之前叶，宜归于第三期。然自弘治、嘉靖而后，所谓"前后七子"者出，倡复古之论。于是文复古，诗亦复古，词亦复古，戏典无古可复，则捐弃不道。道之者则变自然之体，刻意卖弄笔墨，是直不啻戏剧之自杀。其后则有经学之复古，今文学之复古。自明中叶至于今兹，皆在复古期中。经学、今文学之复古，有益于学问界者甚大。盖前者可使学人思想近于科学（汉学家），后者可为未来之新思想作之前驱（今文学派）。独文学之复古，流弊无穷。故中国人之"李奈桑斯"，利诚有之，害亦不少也。条举其弊，则文学之美恶，无自定之标准，但依古人以为断；于是是非之问题，变为古不古之问题。既与古人求其合，必与今人成其分离。文学与人生不免有离婚之情，而中国文学遂成为不近人情、不合人性之伪文学（Inhuman Literature）。质言之，此时期中最著之文学家，下之仅是隶胥，上之亦不过书蠹。虽卓异之才，如毛奇龄、恽敬、龚自珍者，亦徒为风气所囿，不能至真文学之境界，不得不出于怪诞。固亦有不随时流、自铸伟辞，若曹雪芹、吴敏轩者，然不过独善其文，未能革此复古之风气也。

中国文学史既分为如是四期。今再为每期定一专名，以形容之。

第一期，上古　"文学自由发展期"；

第二期，中古　"骈俪文体演进期"；

第三期，近古　"新文学代兴期"；

第四期，近代　"文学复古期"。

今中国之新文学已露萌芽，将来作文学史者如何断代，未可逆料。要视持新文学者魄力如何耳。

（此文为作者读书记中之一条，去夏所写者。以其或可为编文学史者作参考，特录出之。）

录自《新潮》1919年第1卷第2期

◎严静安

我国文学变迁之大略

吾国文字之最古者，首推六经。然如《诗》《书》，不易解释，不便应用。其为后世文章之先河者，惟有《左传》与《战国策》，周秦诸子所不能及。龙门之笔，独有千古，亦从此脱胎而出。贾谊、董仲舒，本其骨格，加以绳墨，如《过秦论》《天人三策》，近乎后世应试文章。东西两汉文字，非才气纵横之士，不易学步，多质而少文，尤为人所不喜。曹植、吴质之流，变其体裁，加以词藻，较两汉似华丽矣。迨六朝而专讲声调，文章华腴，如初开之花，一时风靡。骈俪文字，至此极矣。其弊也，有文无骨，琢磨字句，尤耗脑力。相传至数百年，韩昌黎出，一扫此习，文起八代之衰，此之谓也！唐宋八家，同一步调，居今日而言文者，不必两汉三代，八家文已足矣（韩柳三苏欧曾王）。元朝一代，文学家极少，许鲁斋、廉希宪二人而已。明太祖以八股取士，中国文字之亡，即亡于此。时人之研究八股，格律严密，有埋头一世而不能工者，一切古来相传之文字，无暇观亦不必观矣。故论其祸，更酷于焚书，其罪更浮于始皇。士子但使工于八股文，即足以取状元宰相，又何必多读古书，摹仿古文，舍近路而纡道乎！有清一代，人材蔚起。论古文者，首推桐城，是为桐城派，方望溪开山祖师也。姚姬传其方氏之传教弟子也！姚传于新城鲁絜非、南丰吴嘉宾等，由是江西有桐城之学。姚之私淑弟子有宜兴吴德旋者，传于临桂朱伯韩、龙翰臣等，由是广西有桐城之学。姚又典试湖南，其学派又传至湖南，吴南屏、曾文正其最著者也。总之，居今日而研究古文，坊间选本极多，其原料不出于正续《古文辞类纂》两部，此外皆枝叶而已。欲研究骈文者，不必六朝也，唐四六、宋四六，如《宣公奏议》等书足矣。以上所述，实惟大略而已，若欲详晰言之，虽千万言吾恐又不能尽者也。

录自《松属旅苏学界同乡会半月刊》1920年第3期

◎罗家伦

近代中国文学思想的变迁

这篇文章的意思，在我胸中酝酿了许久；现在因为有种种感触，所以才写下来，也可以说是去国时的感想。忽促间参考不周，还要请阅者原谅。

——著者谨志

我常以为西洋近代的文明，在十四世纪以后受空间观念的影响最大。如美洲的发现，殖民地的开拓等事，乃就地上而言；哥白尼的发现天体，盖律雷的远窥星象等事，乃就天空而言。凡是这种空间的开拓，都足以唤起人类的兴趣，扩充人类的眼光，解放人类的思想，影响人类文明的全部。弄到大家对于自然界的观念一变，酝酿出一个培根的"戡天主义"来，树立近代科学的基础。在十九世纪以后，受时间观念的影响最大。如支配近六十年来思想界的进化论，乃是由于推求古代生物的演化而发生的。如进化论大家达尔文、瓦勒斯、赫胥黎、赫克尔之流，大都是一班研究生物学、人种学、人类学的学者，冥求精索几千万年来生物演化的来源，才来主张这种学说，所以对于历史的背景，非常注重。十九世纪的文明，有人说是"历史的文明"，也可以见得时间观念的重要。（这不过是就其趋势而言，并不说是这两个是绝对可以分开来的。）到了现在则空间时间两个观念在各方面都是相提并重，一方面对于空间则注重环境的情形，一方面对于时间则注重演化的程叙，如实验主义在现代思想界中总算是极有影响的，但是他狠注重的就是——"此时此地""Here and Now"。其实不但是实验主义的学说如此，就是其他的学说，苟能适于世间，没有把这两个观念忽略过去的，因为这是近代思想受了科学洗礼的缘故，无论那种学说，断不能离开一切，悬空立论。这是就学说的根据而言；至于论到他的方法，也可以证明这种趋势。譬如最初改变近代思想的工具，就要推培根派的"归纳法"Induction or Inductive method 了！而归纳的方法往往应用在自然界的现象上居多，当然能特别唤起人类对于空间的观念。再后改变思想最有力的工具乃是达尔文派的"历史法"Genetic method，注重在演化的程序，当然能特别唤起人类对于时间的观念。至于现代的"科学方法"Scientific Method 则兼收众长，确当精密，一方面可以谋环境的适应，一方面可以免时代的错误；所以不但能应用到科学上去，而且能应用到思想上去。推其结果，遂使思想界的全体，都受他的影响。

以上这番话，详细说来，当另有专论，虽万言亦不能已；而我在此地所以必须简单说明的缘故，乃是因为中国人正正害了没有两种大病：

（一）不问环境的情形以求适应；

（二）不知时代的错误以求进化。

举一个明显的例，如中国的历史家，是狠错误的。他们所谈的只是"往古"的事、"前代"的事、"盖棺论定"的事，以为必如此方可为史，而对于现代的事、目前的事、活人的事，一概忽略过去。不知道时事是狠容易变迁的，有许多事，眼见的人，不加细心的研究，也还不能清楚，何况以后的人呢？加之材料是狠容易丧失的，如去年我们为国史编纂处搜集辛亥革命时代的印刷品，已经不可多得了，何况再过多少年以后呢？"后之视今，犹今之视昔。"不知道现在的人对于现在的事都还不去求可靠的纪载，又岂可以关于这代完备的历史，责诸后代的人呢？又如中国现在主持言论界的人，对于那国的学术运动，那国的市政运动，那国的劳动运动，……说的天花乱坠，但是他们住的城市里讲学术则没有一个图书馆是不问的；讲市政则各处布满了腥臭的街道是不问的；讲劳动则本地不满十四岁的小孩子每天还要做十二点钟以上的工作是不问的。……照这样"四大金刚，悬空八只脚"的讲法，虽然把世界上的都说得上天堂去了，我们中国人还在地狱里呀！有以上一种情形，所以使人不明最近的变迁，而陷于"时代错误"的弊病，有以下一种情形，所以使人不知环境的现象，而没有适应补救的方法。所以我们苟欲解决人生问题，解决我们的人生问题，则"此时此地"的观念，也真是不能忽略呵！明白这个观念，才知道我做这篇文章的本意。其实不但我们对于文学思想的态度应当如此，其实就是对于其余一切问题的态度，又何尝不是如此。

我既然说我所以独独提出文学思想来讨论的缘故，乃是因为文学的思想最足以代表时代的精神。因为文学的思想，也决不是无缘无故生出来的，必定有种人类的生活，做他的背景。所以我以下讨论的时候，也是先把当时政治、社会的背景写出来，而后列举文学思想的本来性质。但是我还有二件事要先申明的：（1）文学思想不过是文学界一种重要的趋势，而不见得当时就有成熟的文学，所以下面所举的例，也不必以严格的文学眼光去作选择标准。（2）所举的某时代某人的著作，乃是就其在某时代的价值而言，至于某人以后再有什么变迁自属另一问题，不在本文范围以内。

我想近代中国时势的变迁，约分四个时代，所以文学思想的变迁，也正是分四个时代。每个时代文学思想的变迁，正是符合着某个时代政治社会的背景，现在略略写在下面，至于所定的名称，也要请大家会其大意好了！

（一）时代的划分，本来是极困难的事，因为人类的生活，乃是不断的经程。但是生活虽然不断，而时代自有重心。社会譬如一个多角形的物体一样，无论他角度如何多，而能放在地球上面不致颠仆，自有一个重心存在。不过这种物体还是有机的，他的角度，常常会有涨有缩，有生有死，所以社会的危险，就是当角度发展不同，而本体的重心已经改变了的时候，大家还不知道，死守着以前重心所在的那一点。这番话是我不能不先解释明白的，因为生活既是不断的经程，而我们又须注意他重心的改变，所以我论到中国近代的文学思想，还离不了叙述几千年来一脉相传的——

"闭关时代"

这个时代的画分本来是狠不容易的。普通人的所指，大概都是指鸦片战争，五埠通商以前而言。所谓"海禁大开"，就是说这个时候。但是鸦片之战虽然重要，还不足说中国思想真正转变时期。当时中国虽败，因为内地的交通不变[①]，全国所受的刺激仍然不深。而且有洪秀全之乱，可以藉口以为勤王之师未到。所以中国在越南之战的时候，仍然是不服气的。不过当时大家已经略略知道有外国了。而且商埠一开，交通渐渐由此亲密，所以就用那个时代为闭关时代的区分，从广义说来，也未始不可。其实那个"龙墀扶醉贺中典"的时代，自大的心思还是非常之盛，事实上理想上何曾有点"开关"的希望呢？所谓闭关时代的情形，自然是几千年一脉相传，不足深论的，所以我也不能多讲。当时大家个个都把中国看得非常之伟大神圣，以为无以复加，其余的外国，都是蛮夷之邦，在"要服荒服"之列，应当"来贡来王"的，所以当时这种心理，酝酿成一种——

"华夷文学"

科举场中的八股，不必论了。其余若桐城古文在曾国藩以后而大振，选学藉李慈铭辈而方张，其余若侈谈儒学的叶德辉一流人物，不必说了。"文以载道"，道为中国所独有。华夷之界，千古大防。尊华攘夷，便是中国文人惟一的天职。如当时较称明达，而在文学界不无建树的王壬秋在《陈夷务疏》中以为夷事有四不必论，则虽在鸦片战后二三十年，犹不信中国水师不足以敌西洋，而且排斥研究"洋务"。现在写下一段，亦足以代表当时文人的心理：

> 言御夷者，皆欲识其文字，通其言语，得其情伪，知其山川阨塞、君臣治乱之迹，及其国内虚实之由。其最善者，取其军食，以济我师；得其器械，以为我利。今设同文，意亦在此。而臣独以为无益者。……夫中外之防，自古所严，一道同风，然后能治。假令法国布尧、舜之政，读周、孔之书，分置师儒，佐我仁政，则诸臣将束手坐观，望风赞叹，以为真圣人之国乎！……若使中土费六艺之文，陈先圣之书，入其国都，宣我木铎，彼之忠臣智士，必宜守桀犬吠尧之义，明国无异政之礼，守死勿听，以为

---

①变，疑为"便"之误。

其主耳！……火轮者，至拙之船也；洋炮者，至蠢之器也。船以轻捷为能，械以巧便为利。令夷船煤火未发，则莫能使行；炮须人运，而重不可举。若敢决之士，奄忽临之，骤失所恃，束手待死而已。……（《湘绮楼全集》卷二）

此种议论，在此时视之固不值一笑，而在当日则未始不令千万人鼓舞激昂，拍案叫绝，以为贾生《治安》之策，不是过者。其余若此等论调的著作，举不胜举。此篇实足代表闭关时代之精神，而造华夷文学之极点，所以这可以说是中国文学思想的第一个时代。

（二）我尝说鸦片战后，海禁大开，不过是中国思想改变之先声，盖不足以称中国思想的将变。自此以后，与各国之接触稍多，内容能知道一点。迨中法之役，刘永福、岑毓英劳师不胜，一班人始确实有点怕"洋鬼子"的枪炮，但是洋鬼子不过有枪炮而已。中国只要有了枪炮，就可以够了。当时大家的目的，也不过是以复仇雪耻为人生观，以"用夷制夷"为无上策。各处造船厂、制造厂于是纷纷设立，而江南制造厂当这个时候尤为时髦。最早的留学生如容纯甫的议论就是说："对于教育计划，当暂束之高阁，而以机器厂为前提……以今日之时势言之，枪炮之于中国较他物尤为重要。"（《西学东渐记》）并且除此以外，容氏第一个条陈就是合组汽船公司，而且须"向英商借一千五百万购铁甲三四艘"以打日本。到这个时候，全国汲汲皇皇，惟虑枪炮不足，以求添造，所以这个时代可以谓之——

近代中国文学思想的变迁

"兵工时代"

要谈兵工，非要懂的"格致"不可的，于是江南制造厂致力译"格致"一类的书。如丁韪良的《格物测算》、罗斯古的《格致启蒙》、傅兰雅的《西艺新知》《汽机新制体》《性图说》《重学图说》《热学图说》《光学图说》《电学图说》等尤属风行一时。于是一般谋国之士，也都挥起鹅毛大扇，以高谈"声光电化"。而且从"声光电化"的用场上谈到那处安水雷，那处设埋伏，那国应该怎样对待，那国应该怎样接战。所以当时的文章，都要简练揣摩，盘弓跃马，以为必须如此，方"可以说当世之主"。一时大家纶巾羽扇的态度，岂仅仅是学作张佩纶呢？于是风尚相趋，遂成——

"策士文学"

这派的趋势，实早开于魏默深、龚定庵之流。其后康有为等"公车上书"，更为明显。就形式而论，"公车上书"的文章，自然娓娓动听，大有战国时候苏、张的态度。但是就实际而言，芮恩施博士也批评说："康有为等虽然以极有力的文字，鼓吹西学；不过就其内容而言，他们自己也莫明其妙。"(*Intellectual and Political Currents in the Far East*) 这也是策士派当然的结果，因为他们的思想，不过是待中国轮坚炮利以后，背城借一，可以富强。当时的《盛世危言》《富国强兵策》一类的书是很明显的。而这类纵横捭阖的腔调，在梁任公先生所办的《时务报》《新民丛报》里，更可谓集其大成，虽然不可一例而论，要亦毋庸曲讳。今录其代表此派的文字一段，读者于今日重观，当更别饶兴趋：

> 欲言国之老少，请先言人之老少。老年人常思既往，少年人常思将来。惟思既往也，故生留恋心；惟思将来也，故生希望心。惟留恋也，故保守；惟希望也，故进取。惟保守也，故永旧；惟进取也，故日新。惟思既往也，事事皆其所已经者，故惟知照例；惟思将来也，事事皆其所未经者，故常敢破格。老年人常多忧虑，少年人常好行乐。惟多忧也，故灰心；惟行乐也，故盛气。惟灰心也，故怯懦；惟盛气也，故豪壮。惟怯懦也，故苟且；惟豪壮也，故冒险。惟苟且也，故能灭世界；惟冒险也，故能造世界。老年人常厌事，少年人常喜事。惟厌事也，故常觉一切事无可为者；惟好事也，故常觉一切事无不可为者。老年人如夕照，少年人如朝阳；老年人如瘠牛，少年人如乳虎。老年人如僧，少年人如侠。老年人如字典，少年人如戏文。老年人如鸦片烟，少年人如泼兰地[①]酒。老年人如别行星之陨石，少年人如大洋海之珊瑚岛。老年人如埃及沙漠之金字塔，少年人如西比利亚之铁路；老年人如秋后之柳，少年人如春前之草。老年人如死海之潴为泽，少年人如长江之初发源。此老年与少年性格不同之大略也。任公曰：人固有之，国亦宜然。

像这样的论调，至今读之，不觉失笑，而在当代则风靡一时。而且就思想的改变论，这派的文字也不无功劳存在，因为打破八股拘泥的习惯，是非此不可的。而且这种文章里往往夹入白话，所用之字，在当时实属有绝大魄力，而足以引人入白话，可以表现真切思想的观念。这点功劳，也是大家不能不给他的。不过一方面我们要知道他时代的价值，一方面也要明白变迁的趋势呵！

（三）兵器造得很多了，兵船买得很多了，兵士练得很多了！但是政府本身的组织不良，而士卒不肯用命。甲午一败于日本，庚子再败于联军，于是举国震惊，始知道"洋鬼子"不但有兵有炮，而且也有政治法律的组织。日本之所以能胜中国乃是由于明治变法的缘故，于是大家又经过一重大梦，而从事政治法律的改组。此就其一方面而言，至于其他方面则因为兵工稍事发展，而感受原料缺乏与输运不便的病苦，于是又急于筑路开矿。有这两个双方并进的原因，

---

①泼兰地，今作"白兰地"。

所以构成——

"政法路矿时代"

要明白这个时代主要的潮流，不能不明白那个时候政治社会的背景。因为那个时候政治社会的现状不安极了。国家屡败，兵工无灵，于是国民才觉悟到政府的腐败，而要求立宪的呼声日高。政府为大势所逼，也不能不谋适应。所以关于"新政"的上谕，雪片飞下，当时虽然经过一次政变，但是这个潮流终究是遏不住的。那时候的重要人物，也都有一点觉得时政不行，如张之洞的《劝学篇》是当时极有影响的一本书，也颇足以代表当时的思想。他的"五知"就是"一知耻，耻不如日本，耻不如土耳其，耻不如暹罗，耻不如古巴。二知惧，惧为印度，惧为越南、缅甸、朝鲜，惧为埃及，惧为波兰。三知变，不变其习，不能变法；不变其法，不能变器。四知要，中学考古非要，致用为要；西学亦有别，西艺非要，西政为要。五知本，在海外不忘国，见异俗不忘亲，多智巧不忘圣"。以上二知，纯粹是战败后的感想，其后所谓"不变其法，不能变器""西艺非要，西政为要"则纯粹是从兵工政策失败后传入政治法律问题的宣言。最后所谓"多智巧不忘圣"，乃是他所提出而当时举国公认之"中学为体，西学为用"的主张了！自此学校渐渐加多，舆论渐渐发达，而国会请愿的运动日甚一日，以颟顸之清廷，最后亦不能不派五大臣出洋考察宪政，而颁布筹备到光绪三十二年的宪法，亦可看见当时政治法律，背景之浓厚。至于路矿问题，则卢汉铁路等工程方兴，而沪宁、汴洛、道清等路的款项，也于所谓"癸卯""甲辰"之间，次第订借，山西矿产问题，已发生福公司种种条约。当时全国的目光，除了议政以外，就射在路矿上面。如清末浙路川路的风潮，铜官山矿产的争执，也就可以知道人民对于路矿的兴趣。这二种趋势，一直到民国成立后六七年都还是如此。只看在这个期间到日本去的留学生大致都是学法政的，到美国去的留学生大致都是学路矿实业的（参观清华图书馆"历年派送赴美学生表"更要明白），也就可以知道了。因为法律的文字，在字句之间是有斟酌的；而实业的文字，是要获实合乎应用的；所以潮流所趋，遂生——

"逻辑文学"

这个时代普通出版品的倾向，大大变了。鼓吹新政的空泛文章，进而为比较精密的法政议论。如《富国强兵策》一类的东西已经减少，出版最多的乃是《宪法古义》《日本宪法义解》《日本法规大全》《政治原论》《列国政要》一类的书。至于实业方面的著作，虽不重要，但是傅兰雅辈也抛弃了他的"开地道轰药"说，而译《宝藏兴焉》《开煤要法》种种东西，就可以知道当时大势所趋，莫能遏止。所谓"逻辑文学",原来不能算是十分确切的名词,不过当时文学的趋势,已确实的向着精密朴茂的方面,而渐渐合于逻辑的组织。如当时文学界最重要的两个人:一个章太炎是对于印度的"因明学"很有研究的;一个严几道是译西洋名学的。太炎的文章一方面有印度思想的条理,一方面带政治潮流的激刺,他当年的《訄书》不必说了,就是后来改订过的《检论》中如《通法》《官统》《五术》《刑官》《定版籍》《惩假币》等篇,那一点不足以证明此说。他虽是汉学家,但是利用汉学来讲革命,成了当时的风气。邓实在《国粹学报》纪念辞上所谓"潜德虽久,岂无不发之光;乱贼日多,终有横流之惧。黄冠歌哭,存正朔于空山;断简飘零,访残碑于荒野"也正是指此而言了!至于严几道除译《名学浅说》《穆勒名学》而外,还有亚当斯密的《原富》,孟德斯鸠的《法》,意穆勒的《群己权界论》,斯宾塞尔的《群学肄言》,和自己译而兼著的《政治讲义》,种种都是风行一代的书。他虽然有较新的西洋哲学思想,但是他对于西洋的文学也不敢提倡,所以他译起书来,还安心做"汉魏六朝的八股"(这个名词是吴稚晖先生送他的)。他对于西洋的政治伦理虽然敢于提倡,但是他对于中国社会伦理是不敢批评的,所以还是安于中国旧式社会生活。他在当时文学上的影响,确是很大。等到后来章行严先生一方面崇拜"吾家太炎先生",一方面对"候官严先生"也是很恭敬的,又加上民国元、二年议政的潮流,制宪的背景,所以《甲寅》杂志出来,可谓集"逻辑文学"的大成了!平心而论,《甲寅》在民国三、四年的时候,实在是一种代表时代精神的杂志。政论的文章,到那个时候趋于最完备的境界。即以文体而论,则其论调既无"华夷文学"的自大心,又无"策士文学"的浮泛气,而且文字的组织上又无形中受了西洋文法的影响,所以格外觉得精密。章氏《政本》一文的首段,大足注意:

> 为政有本,本何在?曰,在有容;何谓有容?曰,不好同恶异,欲得其说,最宜将当今时局不安,人心惶惑之象,爬而剔抉之,如剥蕉然,剥至终层,将有见也。

——《甲寅》第一卷第一号

"有容"是否为政本系另一问题。要之,此段文字,很能够说明"逻辑文学"的性质与方法。所谓"如剥蕉然,剥至终层,将有见也"乃正是逻辑的精神,而吾友孟真所谓"螺旋式的文字"。独惜这个时代,大家还只知道注重西洋政法方面的组织,物质的发展,而以为中国的精神文明——伦理的观念、文学的观念等等——还是至高无上,不必采取西洋的,这点不免有点观察不清,或是因为感情用事的缘故。又如最近还有几位从德国学科学的人,至今还以为西洋的物质文明高,中国的精神文明高,这也是同一样不脱"中学为体,西学为用"的观念呢!

（四）世界总是进化的。前一个时代中国人虽然觉得西洋的物质文明以及政治法律的组织比中国高，但是所谓精神文明以及各种社会伦理的组织总是不及中国的。到这个时代大家才恍然大悟，觉得西洋人不但有文明，而且有文化；不但有政治，而且有社会；不但有法律，而且有伦理。这些东西不但不比中国的坏而且比中国的好，比中国的合理，比中国的近情。大家受了这个觉悟，于是进而为——

"文化运动时代"

这个时代可以算是中国人最近新觉悟的时代了！但是这种觉悟，也不是凭空生出来的，因为有几种极重要的事实做他的背景，乃是进化的潮流所趋，不得不走这条路的。所以我可以特别把他提出来说一说：

第一是由于经济生活的改变。我常说中国思想界的大变化只有两个时期：一是"战国"，一是"现在"，其余几百年间虽有种种的小改变，但是大致都是一个模形。若说丧乱可以改变思想吗？我也可以承认他是其中的一个原因，但是在中国历史上那朝兴废的时候，不谓过几十年的丧乱？若说是人材的关系吗？此说中国人信得最深，但是人材为什么专生在那个时候？所以我想来想去，只认为经济生活的改变，是最重要不过的原因。因为战国和现在乃是中国经济制度大大改变的两个时代：一是土地分配法的变更；一是西洋工业制度的输入。战国时代的井田制度，虽然现在有是否为"豆腐干块"或是"宝塔形"的争执，但是战国时代封建败坏，开土地私有之端，是不可争论的事实。（如"郑伯以璧假许田"见于《春秋》，实为土地公开买卖之始，而商鞅开阡陌乃顺着当代的情势，也是明白可考，参看《建设》中《井田制度有无之研究》及《井田之研究》等篇，著者当另有文论之）。因为人民根本托命的经济制度改变，所以觉得生活不安，觉得生活不安，所以不能不另想解决的方法，另想解决的方法，所以各派的思想争起。至于现在呢？则纯粹是因为西洋的工业制度输入过来，使人民的生活，从手工的进而为机械的。家庭的工作原来不能与工厂的工作相抗衡，况加之以西洋的资本挟雷霆万钧之力而东下。所以中国几千年来死守不弃的家族制度，至此遂一律动摇。家族制度动摇，大家的生活状况也跟着动摇，于是不能不去想种种改造的方法，所以也是各种思潮，同时并起，和战国时代一样。这种情形，可以用西洋思想改变的途径，来作比较的研究。譬如西洋思想在十四世纪（新生时代）第一次大改变的背景，不能不说是同"封建制度"的消灭有极大的关系；譬如早就有了神权，何以到那个时代才发生批评的态度呢？十九世纪的第二次大变更不能不说是受了"实业革命"后工厂制度发达的影响，譬如早就有了妇女，为什么到那个时代才来发现她、解放她呢？两方比较，大可参证。西洋由瓦特发明汽机，才百数十年之时间，机械的制度才渐渐发达，而社会上历年的所受的影响已经不缓了。何况现在中国偶然就遇着西洋久经发达了的工业制度，那能不起畸形的、积极的变化呢？所以我常说将来中国社会上的战争，不能说是中国资本家与中国劳动者的战争，乃是外国机械与中国劳力的战争，也可以见得这种畸形变化的势力了！

第二是由于世界大战的影响。凡是世界上的教训，一百句空言，抵不得一件做出来的事，何况这次大战，是转斗三五年，流血数千万的大事呢？大战以前，军国主义锢蔽思想多少年了！以德国兵力财力的强盛，政治组织的完备，雄视全球，谁敢非议军国主义的坏处。就是欧美有多少了不得的思想家敢于大胆攻击，但是实力所在，大家不会相信的。在欧美尚且如此，何况中国西慑于欧美，东振于日本的国威呢？惟有这次大战，使赫赫奕奕军国万能的俄德奥一齐崩裂，而其崩裂的原因，不在乎联军全付的兵力，而在乎本国平民的革命。这种惊心动魄的事实，那能不促起人类思想的变化。军国主义打破，旧式的政治组织破产，于是感觉最钝的中国人，至此也觉得仅仅学西洋的富国强兵，政治法律是没有用的，是对于人类幸福没有关系的，将来真正文明的枢纽，还在乎社会制度的改造，于是乎谈政议法的声浪稍衰，而社会改造的声浪大盛。这种转变，颇能促起人类对于人生问题的觉悟，而打破机械生涯的束缚。偶像的推倒，实在是思想上一层重要的解放呵！

第三是由于国内政治的失望。在前清的时候，大家总以为满清政府在上，所以什么事都办不好。现在满清政府倒了，国家的事又办得怎么样了呢？民国成立八九年了，辛亥革命以后，而有二次革命之战，而有袁世凯称帝之战，而有张勋复辟之战，而有段祺瑞定国之战，此就关于全局者而言。至于关于局部的，则四川有川黔之战、有川滇之战；广东有陆龙之战、粤桂之战；湖南有谭傅之战、谭张之战；陕西有陈于之战；福建有陈李之战……诸如此类，不胜枚举。所以这几年来，人民的残蔽极了！旧国会如此，新国会如此，此派上台如此，彼派上台亦如此，所以人民的失望也极了！到了山穷水尽的时候，大家于是觉得以政治去改造政治，是没有用的，于是想到以社会的力量，去改革政治。大战的影响，是以外力促醒社会的观念。内乱的结果，是以内力促醒社会的观念。有这两种社会的发现于是"五四""六三"两个运动，勃然兴起，算是以民众的力量，罢免三个国贼；以民众的力量，拒签和会的德约；以民众的力量，拒绝日本直接交涉的要求，——这都是中国历史从来没有的事实。民众既然发现了这个社会了！而中国的社会，是非改造不可的。大家同社会的接触愈多，便愈觉得社会的腐败；愈觉得社会的腐败，则愈觉得改造的事业难于着手。热心社会事业的人一方面感受自己的思想不够用，一方面觉得社会上普通的思想不改革，社会是不会改革的。于是从改造社会的问题，进而为思想革命的问题。文学革命的发动虽然略早，但是动机，也是由此而生。"五四运动"以后文学革命之所以骤然推广，也是这个道理。据新青年社和新潮社的调查，则新出版品愈销得多的地方，愈是残破最甚的地方——为四川湖南——这一点正可以看出此种因果了！

第四是由于学术的接触渐近。这不消说，一方面是因为交通日密，一方面就由于留学生的加多了。因为交通日密，所以留学外国的人亦就日益加多，从前"秀才不出门能知天下事"的陋见，至此已不能固守。老实说，环境的变迁，是对于思想有绝大的影响。君士但丁的一般学者逃到意大利的自由都市来，就会发生出"新生时代"。大哲学家笛卡儿学说的成立，据他自己说来，是对于旅行狠有关系，因为他在这国看见认为天经地义的东西，到那国认为荒谬绝伦，在那国认为神圣不可侵犯的东西，到这国认为一钱不值，他于是恍然大悟，起了批评的精神。这乃是科学方法中所谓"推广经验的范围"，取得比较的材料。有了比较之后，于是大家方才觉得"相较见绌，相形见劣"了！中国年来留学生回国的渐多，虽然莫名其妙的占十之八九，而有比较眼光的，究竟不能说是没有人，至于社会的人道的观念，以法国带回的成份居多，而实际的科学的态度，以美国带回来的成份居多。二者相合，而新文艺的思想遂以发辉灿烂。所以首倡文学革命的不在研钻故纸的老先生，而在乎兼通西籍的新学者，也就可以知道这真正的理由。

社会是有机体的，宇宙是繁复的，凡是某种运动，决非没有背景存在，可以无故发生。有这以上四种重要的原因，于是产生——

"国语文学"

上面种种原因，都是使我们觉悟到以政治的势力改革政治是没有用的，必须从改革社会着手，改革社会必须从改革思想着手，但是改革思想必须有表现正确思想的工具。况且我们现在觉悟到人生的价值了，尤不能不有一种表现"人生正确思想的工具"。所以我们大致都是主张"文学为人生的表现和批评，从最好的思想里写下来的"。而表现批评人生最自然的莫过于国语，记载思想最正确的也莫过于国语，于是"国语文学"应着时代的要求生出来。春天的山青了，化学家染他不紫；秋天的叶红了，植物家培他不绿。时代先生的力量，谁能敌得过他。于是国语文学的传布，为带雨春潮，弥漫全国！

国语文学的精神，就是"人生化"的精神，是大家不可轻易放过的。其最近发动之点，不外两个：

（一）消极的——破坏的——是由于旧日文学的反动。既然大家发现人生的价值，而想造成一种"人生化"的文学，所以凡是"非人"的，防害人生的东西，都应当放在排斥之列。但是最没有人性，缚束人生最利害的，就是旧文学了！中国人无处不受"形式主义"的流毒，而以文学为尤甚。黄远生所谓"乌龟八股"中"顾字一承，而字一转"的形式，盖无所往而不宜。（远生于民国三、四年之际，颇有新文艺思想发现，惜其未能充分发表，即已早死。此段见《国民之公毒》一文。）做古文则有幽渺冥玄的"家法"，做诗则有"蜂腰""鹤膝"的限制……诸如此类，把人的性情，不容一点存在。所以弄到后来，稍微有点天才的人都不愿意做古文律诗，也是这个道理。这样"非人"的出品，一旦"人"觉悟了，那里能够容他存在呢？

（二）积极的——建设的——是由于实际的动机。世界上许多事情，都是由于这种动机要求出来的，不仅文学的运动如此。现在大家既然知"非人"的文学不好，必定要求一种文学出来，能够把人生充分的抄写出来，以满足大家的欲望和要求。而且现在有许多新的道理、新的事实，断不能用已死的文字表现出来的，所以大家更不能不另换材料，另辟蹊径，以求适应人的生活。兼之西洋近代文学的潮流，大家不能不感觉一点。两两对照，觉得他人的文学对于人生是何等浓馥、何等活泼、何等真实；我们的文学是何等干燥、何等死闷、何等虚伪。比较的结果，于是创造新文学的材料和路径那能不会决定呢？

有这两种关系，所以新文学的勃兴，乃是人生觉悟后应乎时势所万不能免的。胡适之先生最初倡议的那篇《建设的文学革命论》中所提出来的四条，正是这种精神的表现：

> （一）要有话说，方才说话。
> （二）有什么话，说什么话；话怎么说，就怎么说。
> （三）要说我自己的话，别说别人的话。
> （四）是什么时代的人，说什么时代的话。

对于新文学的主张，此地真是说得透澈极了！后来周作人先生更明白提出"人的文学"的观念来，把"思想革命""文学革命"的意思，合在一起来讲，是分外明析的。因为这两件东西，原来是分离不开。思想革命是文学革命的精神，文学革命是思想革命的工具，二者都是去满足"人的生活"的。但是怎样去满足人的生活呢？《人的文学》中有一段狠可说明这个道理：

> 我们要说人的文学，须得先将这个人字，略加说明。我们所说的人，不是此间所谓"天地之性最贵"或"圆颅方趾"的人，乃是说"从动物进化的人类"，其中有两个要点：（一）"从动物"进化的，（二）从动物"进化的"。
> 我们承认人是一种生物，他的生活现象，与别的动物并无不同，所以我们相信人的一切生活本能都是美的、善的，应得完全满足。凡有违反人性不自然的习惯制度，都应排斥改正。
> 但我们又承认人是一个从动物进化的生物。他的内面生活，比他动物

更为复杂高深，而且逐渐向上，有能改造生活的力量。所以我们相信人类以动物的生活为生存的基础，而其内部生活，却渐渐与动物相远，终能达到高尚和平的境地。凡兽性的余留，与古代礼法可以阻碍人性向上的发展者，也都应该排斥改正。

用这人道主义为本，对于人生诸问题加以纪录研究的文学，便谓之人的文学，其中又可以分作两项：（一）是正面的，写这理想生活，或人间上达的可能性；（二）是侧面的，写人的平常性生活，或非人的生活，都狠可以供研究之用。这类著作，分量最多，也最重要。因为我们可以因此明白人生实在的情状，与理想生活比较出差异与改善的方法。这一类中写非人的生活的文学，世间每每误会，与非人的文学相溷，其实却大有分别……这区别就只在著作的态度不同……一个希望人的生活，所以对于非人的生活，怀着悲哀或愤然。一个安于非人的生活，感着满足，又带着玩弄与挑拨的形迹。简明说一句，人的文学非人的文学的区别，便在著作的态度，是以人的生活为是呢？非人的生活为是呢？这一点上。

我常说，世界的进化，是从"神的时代"，进到"物的时代"，从"物的时代"，进到"人的时代"。以前一个阶级不必说，等到十九世纪的末叶，物质文明可谓发达到极点了，弄得人类几乎做了物质的机械，这次大战尤其是明显的证据。于是大家回心想到，我们发展物质，是否为人类的幸福，为什么我们反而做了他的机械呢？从这一念之转，于是大家更促起一番"人的觉悟"，而回复到人生的价值上面去。哲学界如盛行的实验主义、人本主义不消说了！世界上一切改造问题都是向着"人"的方面解决，也不消说了！就是科学真实，从前以为是绝对客观的，现在也觉得不然，而废不了人的本位。这种"人"的潮流，披靡无敌，不独文学界受他的影响呢！

国语文学应着这个潮流而生，自然是时代的骄子。一年前提倡的人八面受敌，到现在风靡一世，自然不能不令人高兴。但是我以为现在乐观，也就未免太早，因为我看见新文学虽然成立，而四面的危机，也就有绝大的危险。这种的危机不在乎旧派外来的攻击，而在乎自己本身的毛病，所以我觉得危险更大。现在我不能解释，也就只到老实说了！

我想我们的文学革命的精神，是和思想革命分不开的，所以中国早就有了白话文，而不能算是"文学革命"。但是现在文学革命起后的所谓新文学中，几乎没有几处不带着中国旧思想的采色。中国几千年来中，"形式主义"的毒实在中得太深了！无论什么东西，只要外面的形式像了以后，他的精神和效用是可以不问。最浅显的例有如西洋的椅子中间高起来，因为中间是气垫，坐下去可以舒服，而中国仿造的椅子，中间也是高起来的，上面虽然蒙了绒布，但是内里却是铁硬的木板，反而令人坐了难受。又如我们好用钢丝床的本意乃是为其清洁，可以避免臭虫；但是中国自造的钢丝床，用粗木上涂着黑漆，反而令尘垢臭虫进去了，难于看见。这并不是我说笑话，不过可以见得中国人这种旧式的习惯，无处而不流露。凡是一种新东西到中国来，没有不加上一层中国旧式的色采，弄到"四不像"而后已。譬如现在新文学出品之中，思想精密、壁垒森严的固也不少，但是就大多数而论，其中轻佻、谩骂、武断、笼统、空泛、不合逻辑……那一点不是中国旧思想的流露，其所不同之处，不过是以文言的形式，换了白话的形式。这种白话文的出品虽然日见增多，但是可以为新文学前途乐观吗？至于就有思想有艺术一点的出品而论，为什么新的文学之中，以短篇的结构为多呢？因为中国人向来思想的习惯，是散漫的、不耐系统的组织的，所谓"信手拈来，都成妙谛"，最是以代表中国文人的心理。又如新诗，以中国目前的社会，苟真有比较眼光的诗人，没有一种材料不可供给他做成沉痛哀惋、写实抒情的长诗的，为什么反而是"象征派"Symbolic 的诗，写风景的诗成为风气呢？因为这种诗最同中国的文艺思想接近，而中国之诗人是最好"啸嗷风月""兴而比也"的。诸如此类，流露于不自然而然，而思想界又没有真正的批评家随正指点出来，其将来的流弊有不可言状者。所以这不能不说是新文学的一个危机。

　　中国人的习惯，不但好自己流露这种中国式的思想，而且拥护这种东方的或类似东方的思想。譬如托尔斯泰的文艺，当然有许多可以佩服的地方，但是他晚年的思想，因为宗教观念太深，有种变态的心理，而发出来的议论有似乎反对科学的——其实他也并不曾反对真正人的科学，第五卷第五期《科学》有文论此——而现在的人断章取义，以为托尔斯泰都推重东方，反对科学，科学是应当反对了！又如太阿儿不过是印度的一位英文诗家，能够把东方的思想做几本西洋书，西洋人以比较的眼光看了，也觉得不无兴趣，有推重的批评。而中国人听得，以为东方有了大哲学家，为西方所"崇拜"的，我们不能不急忙提倡了！其实这种思想，在东方已为"辽东白头之豕"，即其文艺之中，以艺术而论虽然有可以看得的，但是世界上可以介绍的正多，现在还轮不到太阿儿上。至于他的小说如写《心的撒提》等篇，简直是明目张胆提倡寡妇殉夫，这种制度把中国人道灭绝尽了，我们要打破还来不及，难道还要介绍吗？又如某名士在欧洲回来，看见了一点欧洲战后的情形，和欧人在战后心理的反动，回国来就大做游记，居然说是"科学破产"，我真佩服他的胆大！试问我们现在正要用科学来救中国都来不及的时候，中国人又是没有一点科学知识的，试问听到这种议论，其结果至于何如？又如现在有高唱"虚无主义"的人，人家听了，以为这比"无政府主义"还要激烈，一定是很新的了，其实这"无"的观念，纯粹根据于老子，还是中国几千年来旧思想的流露。这类的情形举不胜举。所以我的朋友从日本考察思想学术的趋势后写信给我说："日本新思想的运动，发动多在法科大学（尤推经济门）；而中国新思想的运动，发动多在文科大学。日本人推重物质，故研究马克思；中国人崇拜精神，故高谈托尔斯泰。"这番话是否没有例外不可知，要之马克思精密的科学的《资本论》，比托尔斯泰宽泛的主观的"泛人道主义"难谈一点；而中国人好笼统的议论，而不好分析的研究，是不可讳言的事实了！咳！思想上不经一番精密科学的洗礼，而专以附和强拉类似东方的思想自重，那能盼望真正的新文学出现呢？这不可不说是新文学的又一危机。

有这两种危机，所以不能不想补救的方法。而补救的方法，我想最要紧的第一步，就是要从事创造新文学的人，应当排除一切客气、保守气，把思想上清清白白的用科学方法洗刷一番。排除一切自来盘据①的东方思想，专门研究西洋的学问。固然不要去"妄自尊大"，但是也不要有意去希望"沟通中西"。我们总说是要东西文明接触之后，产出一种世界的新文明来，这个思想虽然很好，但是结果断然不是我们专门依赖东方思想可以生出来的。譬如西洋近代的新诗，不免受东方诗传布过去的影响，乃是确乎不差的事实，但是这原系西洋人研究东方诗自然结果，断不是中国自己讴歌赞叹东方诗可以办到的。又如中国的文学革命，自然是受了西洋文学的感应，也是确乎不差的事实，但是这也是中国研究西洋文学者所收自然的结果，断不是中国抱残守阙的老先生们可以发现的。所以东方的材料固然可用，而东方观的眼镜万不可带。我也知道现在西洋人有许多"东方迷"，但是无论东方的学问怎样好，西洋人推崇得怎样利害，我们在现在所应当研究，究竟是新的西洋的，不是旧的东方的。我们须知道——

西洋人研究东方，是西洋人的责任；东方人研究西洋，是东方人的责任。将来第三文明的产生，乃是自然"化学的"化合，断不是牵强"物理的"化合。大家相互的势力去做，将来自有定评，又何必现在就"情不自禁"呢？

我们对于西洋的文明，既然有一种纯粹的研究了，第二步当然就是介绍。但是介绍也是不容易的事，因为我们现在断不能做一种不负责任的介绍，介绍的原因，和介绍后所发生的结果，都应当算在介绍者功罪总账里面。所以要能够切切实实的介绍一种学说或是一个学者到中国来，而且希望介绍之后不发生——或是少发生——一点流弊，则不可不注意以下三点：

（1）某种学说发生时政治社会的背景；

（2）倡某种学说者个人生活环境的变迁；

（3）中国现在所需要的是那种的学说。

现在且分开层次来说罢！第一层，无论那种学说的发生，断不是无故而来的，而他转变之机，也不是无由而发。所以我们要知道他本身的价值和影响，断不能不知道他前后政治社会的背景。我们谈到文学，就应当知道为什么人生派的文学会发生于近代俄罗斯，神秘派的文学发生于近代爱尔兰。这都有深沉的因果，真能懂得这种文学的人，不能不知道的。所以断不能仅仅到欧洲看了一点战后变态的心理，就回来说是"科学破产"！第二层，凡是要了解一种学

———————————————

①盘据，今作"盘踞"。

说，必定要把倡这种学说者的个人生活环境，也能了解。因为就是一个人的学说，也每每分几个时代，而每个时代的变迁，都受他生活环境的支配。譬如说到托尔斯泰晚年的文艺思想，就因为他宗教生活的关系，生了绝大的变态。又如梅德林结婚前神秘之义的惨淡著作，和结婚后乐天的论文，差不多绝然两事。我们若是果然要去提倡，这种地方若是不指点明白，岂不是要误尽许多人吗？第三层，西洋的学说经过各时各地的酝酿，到现在已经多极了！其间有种种关系，不是说凡是学说都能适宜于中国的，也不是说凡是学说都应该提倡的，所以其中不能不有一点分别——至少也有一点先后的分别。我们提倡一种学说，固然要先知道他政治社会的背景和这种学者个人生活环境的变迁，可以减少许多流弊，但是我们也要问问中国现在需要的是那种学说，而且现在中国到了领略那种学说的程度。不然，不但提倡者与领略者两方面的时间精力都不经济，而且流弊也可以同时加多。譬如西洋文学里有神秘主义，但是他们的神秘主义是受过科学的洗礼的，所以达于直观，若是在一点没有科学根底的中国提倡，其结果必流入于迷信。〔我有一次译了许多页梅德林的《内幕》，后来想想此刻以"听灵魂"的戏剧在现在介绍给中国人，总觉有点不妥，所以立志烧了，以待他日再译。我想若是现在把魏得京（Wedekied）的《春觉》（*Frulings Erwachen*）译出来，无论他艺术主张怎样好，但是中国人看了以为西洋也有"出鬼"的戏，其结果恐怕要摧残一切提倡新剧的潮流，而反之于《天雷报》《活捉三郎》而后已。这不是我有派别的成见，也不是我以好恶为从违，更不是我有意蒙蔽他人的眼界。我原来是主张各派的思想艺术，中国都应当知道一点的。但是我现在觉得自己既没有说明著者生活环境和他当时政治社会背景的能力，又觉得现在中国还没有到需要这类著作的时机，而且我知道应当介绍的别种东西还很多，所以这种书等别位有学问的去介绍罢。〕又如新浪漫主义的文学，我何曾不知道是一种新的趋势，但是不经过相当进化的程叙，是新的都是可以提倡的吗？日本的厨川田村说得好："至于晚近新浪漫派，明明是复归文艺本流的倾向，然与从前的浪漫派比较起来，他的性质早已完全变化了。既已一次通过现实主义的变态，这已是内容丰富而充实的浪漫派了——且是现实觉醒后的浪漫派了。若但闻浪漫派的名，以为就是走马灯的样子，这种人实在未曾明白思潮变迁的真相"。（见朱逖先先生译《文艺的进化》）可见得西洋的新浪漫主义，乃是经过多少年写实主义的陶镕而生的，现在连写实主义都不曾产生的中国，配谈新浪漫主义吗？其结果恐怕真要成中国所谓"传奇派"了！不但文学的思想如此，就是哲学思想的介绍也当如此。不知道"唯实主义"的人，决不配谈"新唯实主义"；没有科学根底的人谈倭铿的"精神生活"，一定是弄得"玄之又玄"的。所以我以为就是请外国的大学者也是要小心的，（这决不是有学派偏见的话。）譬如杜威的学说，以方法论居多，大家还容易领略一点。罗素的社会哲学偏于感情，大家也还容易领略。至于他的数理哲学我就不敢说有几个人懂得。至于请柏格森来，恐怕就更没有几个人能领略了！至于请倭铿来讲"精神论"，则恐怕同东方的精神相混合，要使中国成一个大精神国呢！我们请一个人来讲学，总希望能把这个人切切实实介绍到中国来，使中国人实在得点益处，不是同从前"迎神赛会"一样，拾了一位"洋菩萨"四处跑的。唉！现在在中国要真正想介绍一点西洋的文艺思想，也就难说了！

总而言之，现在中国的文学思想界，已经有新的动机了！但是只看见肤浅的扩充，而不看见精深的基础，是很危险的。我们现在提倡文学革命热闹极了！但是仔细回心想想，我们究竟介绍了几个西洋文学家，创造了几件代表新思想的文学出品。大家没有人下艰苦卓越的功夫，只是以敷浅的现象为满足，那新文学的前途，也就惨淡极了！我们现在既然是有了"人的发现"而主张"人生化"的文学，须知道人生不过是占时间空间的一部分，时间是容易过去的，空间是容易改变的，我们要尊重人生的价值，当常常带着这两个观念对于表现和批评人生文学思想，加以研究。况且文学的思想，常常站在一切思想的前面，所以我们更不可落在时代的后头。我们所应当做的是：谋环境的适应，合时代的进化。

我想西洋许多大学者年纪虽老，而学说总是新的，但中国则所谓新人，转瞬即成陈迹。我想这没有其他的道理，乃是不愿意不停的进取，而且同时代的思想隔绝了的缘故。老实说，西洋学者研究进取的精神，实在有令人佩服的地方。他人我不得知，即以我接触稍多的杜威先生，就有一种精神令我感动。譬如我有一次看了几种较新的哲学书，得了一个近代科学中 Energy 影响哲学的观念，颇沾沾自喜，但是不两天杜威先生讲"教育哲学"就提到了。又一次得到一个较新的舆论观念，做了一篇文章，不一星期杜威先生在大学开学演讲，又提到了。这还可以说是他们大学者平日研究有素的问题，自不能与我们浅学相较。但是法国大文学家 Auatole France 对于法国小学教员的演说，由路透电传到中国不及两天，而杜威先生演讲的稿子就引了进去。又如 Einstein 修正"牛顿定律"的学说，证明后在欧美杂志上发表不久，在中国不过新得寄到，而杜威先生讲《思想的派别》也就引进去。他们这种勇猛精进的精神，那能不使他们永远站在时代的前面呢？所以我们如果不要做"时代落伍者"，我们且不要满足现状，且去对新文学下一种艰苦卓越的功夫罢！庄生说得好："道隐于小成，言隐于荣华。"

"无边落叶萧萧下，不尽长江滚滚来。"环境的变迁是很快的，时代的进化是不迟的。大家请看看三十年前所谓新学者是谁，十五年前所谓新学者是谁，五年前所谓新学者是谁呵！

（民国）九年十月三日，完于太平洋舟中。

录自《新潮》1920 年第 2 卷第 5 期

◎李康源

中国文学史时代区分之我见

中学校文学史一课，每苦坊间无善本，足资取材，而于时代之区分，尤鲜致意。或具体而言，不分时代，或分时代，而昧于因袭变通之迹，亦未能称情而得，不可谓非有志文学史者之憾事也。北京大学文科尝注意及之，规定中国文学史教授为三段：自黄帝至建安曰上古，自建安至唐曰中古，自唐至清曰近古，犹嫌汗漫，未尽文学之封域。《新潮》有傅斯年《中国文学史分期之研究》一篇，则分四期：一曰上古，自商末叶至战国末叶；二曰中古，自秦始皇一统至初唐之末；三曰近古，自盛唐之始至明中叶；四曰近代，自明宏嘉而后至今，则较详矣，然于文学上因袭变通之迹，似尚有商讨之余地，用就管见所及，书于左方：

（一）上古，虞夏以后至秦为文学思想自由发展期；

（二）中古，自汉讫隋为文学思想统一期；

（三）近古，自唐讫明为文学刷新期；

（四）近代，前清以来至今为文学复古及改造期。

中国文学，因时为升降，殷因于夏，周因于殷，所损益可知也。秦烧《诗》《书》，汉儒修补未遑，其所创获，亦至有限。六代沿东京之流，骈俪斯起。北朝启古文之渐，浑朴独传。唐之韩、柳，宋之欧、苏，则欲复先秦之旧，而私淑孟、庄、荀、韩也。下逮元、明、有清，虞、姚、归、方之伦，则又欲追唐宋之遗，而祖述韩、柳、欧、苏也。所谓因袭之说是已。然事以历久而变，道以穷而后通，则变通之说，固又为文学史上必经之阶级。故仲尼之祖述尧舜，宪章文武，不必如二帝二王。唐宋八家之愿学先秦之文，有明七子之愿习汉唐之诗，不必悉如古人。学者明乎此，而后为文学史时代之区分，固有可以称情而得者。吾国文学，导源于虞夏，昌明于晚周，至秦而摧灭之、陷溺之，不遗余力，于是乃告一段落。故上古期起虞夏终秦。由汉至隋，文学思想，渐就统一，骈俪文兴，五言诗亦极发达，而隋祚之短，收束汉以来之残局，则又与秦侔。故中古期起汉讫隋。唐宋诗文，与中古特殊。元明继轨，卑之无甚新奇，以之统于近古，虑非孟浪。有清代兴，经学词章，皆臻极盛，可谓集文学之大成。今者欧学东渐，日新未已，以之概属近代。庶几始末毕具，用分期论之，以申吾说，同志共览焉。

上古　文学思想自由发展期　太史公叙论五帝德曰："百家言黄帝，其文不雅驯，搢绅先生难言之。"是可知《三坟》书之为伪托，而文学之兴，自虞夏始也。或言《虞书》有《尧典》，开始即曰稽古，则作自后世可知。其书既不可据信，则当时文学自不可得而言。不知《尧典》作于舜世，以简册载尧之事可为世法者，故曰稽古。《虞书》有"诗言志，歌永言"之语，《尚书·大传》亦载《卿云》之歌，由斯而谈，舜时文学，犹不得谓之成立乎。矧其时朝有赓歌，野传讴诵，盛世元音，讵可企及。就中如《股肱元首歌》，虽辞甚单简，而其君若臣之互相儆饬，溢于言表，其欲树国家百年之大计，而不肯苟安者，可见于此矣。迨《禹贡》成书，为历代方舆之祖，誓师有扈，具后世刑法兵制之模。殷周代兴，文明益进，《书》《颂》则多严厉骏发之气，《易》《礼》尤饶奥邃典皇之观。扬子云有言："虞夏之书浑浑尔，商书灏灏尔，周书噩噩尔。"则古先文艺之奥，诚有以窥见之矣。下至春秋战国，思潮骤变，极活泼自由。邹鲁倡仁义，三晋道法术，燕齐务空疏，荆楚尚无虚。言论发达，文章称盛，虽不尽然，取其多者论之。嬴秦崛起，李斯缘儒入法，文学亦蔚有可观。然謷謷短祚之间，摧诗书、陷儒士，顿令战国以来五光十色之学帜，悉就澌灭，而自由活动之思想，不复再见。秦实收束上古期之文学也。

中古 文学思想统一期 汉初文学思想界又别开生面，而渐趋统一矣。因六经之燔灭，学者穷力搜讨，获简册如得至宝。而抱残守缺，破碎支离，转局于儒术。百家既默而后，横议道息。门户之争，非复曩时；学派之交，亦多容内。故陆、贾以楚人而习于儒，盖公以齐产而好夫道。贾生传《春秋》《三礼》之学，然其立言，尝以仲尼与墨翟并称，而史复称其明申韩之术，则贾生非仅治儒术矣。司马迁受《易》于唐河，问《尚书》于孔安国，复仿《春秋》之义，以作《史记》。然幼时曾习黄老家言，则史迁亦兼治诸家矣。他如兼治纵横家言者，则有邹阳、枚乘、朱建、严助、吾丘寿王、主父偃之伦。兼治阴阳家言者，又有公孙臣、公孙卿、京房、刘向、趾孟之徒。迨董仲舒出，而议兴太学，公孙弘用，而请设博士弟子五十人。由是儒学大显，六经彰明，百家之徒，渐以耗落，凡此皆为文学思想渐趋统一之征。光武中兴，以太学诸生继西京遗轨，而表彰经术，明章继起，奖饰有加，东京儒风，蔚矣其盛，文学亦纯整和易可观，为论理文开其先路。下逮建安，论者谓其文学总两汉之菁英，导六朝之先路。其实四六之体，远肇汉初。王褒、冯敬之徒，皆词尚排比，为骈文树之风声。顾汉以来之为丽辞者，率本自然，不假雕饰。魏晋以降，则意存纤巧，涂抹粉黛，娇娆时作，斯为下耳。是时神州既中分，文学之途径，亦渐就分裂：大抵北人多逴于经术，南士每长于歌咏。隋兴，高祖超拔奇俊，厚赏儒者，合一南北，学术又渐由分而合。炀帝继统，起衰补弊，二刘挺出于其间，所制诸经义疏，搢绅咸宗师之。已而外事四夷，戎马倥偬，师徒怠散，盗贼纷起，是空有建学之名，而无宏道之实，亦末由挽颓风而兴文育。又隋祚之短，正与秦同，秦收束晚周思潮之活动，而蜕炎汉文化之新机；隋亦整理六朝之绮丽，而启李唐文教之新运，固后先一辙也。

近古　文学刷新期　唐时文学之昌盛，其足垂范后昆，模楷百代者，首推韵文，而无韵文次之。四杰首出，虽未澌除旧习，时伤绮丽。而陈子昂起，风骨峻上，一洗齐梁之柔靡。沉宋代兴，裁成六律，彰施五采，莫不言之中伦，歌之成声。厥后七古若张说，五古若张九龄，亦皆沉雄清醇，足以扶翼正声。迨李、杜兴，发扬蹈厉，菁华极盛。大历而还，风气稍变。要皆能自辟门径，一空前人依傍之习，如韩、孟联句，元、白之和韵及新乐府等，尤为显著。散文则自韩愈、柳宗元相继提倡雅正，以古文相号召。下开有宋古文极盛之源，整刷之功，有足多焉。元夷僭祚，文教陵夷。言性理者，率多浅薄之讥；讲故训者，每形漫漶之失。独有可为文学史上放一异彩者，则小说词曲之勃兴，而启通俗文学之渐，不可谓非刷新之力也。明初，词曲之风犹盛，过此以往，文学虽号称宏富，然摹拟剿窃，臣仆古人，又复攻何、李，伐欧、曾。门户之见既深，入主出奴，末流益甚，故为本期殿焉。

近代　文学复古及改造期　历代文学之昌盛，要以前清为最。揆厥原因，学术之昌明有以酿成之。今朴学者所至，惠（栋）、戴（震）、段（玉裁）、王（念孙父子）也。玄学者所至，陈（宏谋）、朱（珪）、方（东树）、姚（鼐）也。文学则魏禧、汪琬、姜宸英、计东、方苞之属，最为古文专家。而施闰章、宋琬、王士祯、朱彝尊、查慎行之流，云起朋兴，亦各以诗鸣于时。姚鼐独倡考据、义理、词章三者缺一不可之说，以号召天下，学者向风，而桐城派之名以成。阳湖恽敬、张皋文亦相继倡为古文，与之犄角相对，好事者又有阳湖派之目。要皆缠绕于复古茧中，流弊滋盛。厥后梅（曾亮）、曾（国藩）之伦，相与推衍方、姚遗绪。而曾氏尤能折衷汉宋，兼取两学之长。会其时，欧学东渐，承学之士，率注目外方，魏默深、薛叔耘首昌言为海内导。汉宋之争，既已稍息，复古之念，亦渐蜕分。新会梁启超起，思潮骤变，由是而入于改造初期，其所著《新民丛报》《新小说》等，往往杂以俚语谐谈，及外国新语，极纵横条畅之至，学者竞相仿效，号为"新文体"。二十年来，学风丕变，内之士气之焕发，外之新潮之鼓荡，于是乃有陈、胡之文学革命。风会所至，全国震动，一二耆旧虽抱矍疑，而新旧之争，既分疆域，张皇德业，战胜文场，谁负斯责，后之著文学史者，又将据以为时代区分之定论焉。

录自《中等教育》1921年第1期

◎金聿修

中国文学史

前　言

　　考中国文学史一书，坊间不乏其物。顾常人所著，有议论而无援引，读其书者，如登空中楼阁，不易寻味。本校国文教授金聿修先生洞鉴及此，其新著文学史，节节系以援引，一扫扞格之病。是书方在撰述中，暂充讲义，爰逐期刊载数段，读者当以先睹为快也！

——云舫谨识

文学与文字之关系

　　文学与文字　文学非仅文字之谓也，但文学从文字发生，不能离文字而存在，故言文学必自文字始。

　　文字之创始　今人所谓文字，积字成句、积句成篇之文字也。古人造字，以字之单独者为文，文之孳乳相生者为字。故论积字积句之文字，必导源于"造字之文字"。

　　造字之文字，如何造法？曰：是必有凭藉之迹象，而助之以理想，逐渐孳乳，乃臻完备。其最初之构造，即图画也，列举之有二大端。

　　（一）八卦　伏羲观龙马负图，画为乾、坤、坎、离、震、兑、艮、巽八卦，以乾为天象，坤为地象，坎为水象，离为火象，震为雷象，兑为泽象，艮为山象，巽为风象。朱熹《八卦取象歌》曰："乾三连，坤六断；震仰盂，艮覆碗；离中虚，坎中满；兑上缺，巽下断。"此所以便人记忆也。画卦之意，为万物性质可以八者代表之，而各为之符号。其画为爻，画之连者为阳爻，画之断者为阴爻，阳阴配合，以状刚柔之性质。如乾纯为阳爻，状天道之刚健；坤为阴爻，状天道之柔顺也。其后周文王又以八卦交互，成为六十四卦，于是卦义大备。

　　（二）六书　黄帝时始有六书，相传为苍颉所造。或谓苍颉所造，只有象形指事，其他四种为后人所增益。

　　（一）象形　有形可象者象其形，盖纯粹图画也。如日画日形，月画月形，山画山形，水画水形，鸟画鸟形，鱼画鱼形，虫画虫形，人画人形。此为独立性质之文。

（二）指事　无形可象者指其事。如上字，问上在何处，则指之曰在一之上方；如下字，问下在何处，则指之曰在一之下方；如本字，问何为本，则指之曰在木之下方；如末字，问何为末，则指之曰在木之上方；如朱字，问何为朱，则指之曰如木之中心。凡言指事者，必有所指之地点，其指不出地点者，即入会意范围。①

（三）会意　无事可指者会其意。此即孳乳而生者，实即西文之拼法。如人言为信、止戈为武、背厶为公、亡人为匄、皿虫为蛊、一贯三为王、推十合一为士是也。

（四）形声　此纯粹拼法，一旁定其形，一旁定其声。如江、河水为形，工为声，可为声。文字中此类居十之七八，又曰谐声。

（五）转注　此类颇欠明白。许慎曰：“建类一首，同意相受。”如老加丂为考，而仍为老之义；老加至为耋，而仍为老之义。盖亦以二字拼成，但形声之拼字为兄弟性质，转注之拼字为主从性质。然有不从此说者谓转注为一字之转，如反正为乏、反可为叵、倒子为㚒、倒享为厚是也。二说古今聚讼，无从解决。

（六）假借　本无其字，假借用之。如令本命令之义，借为官名，借为善义；长本久长之义，借为长老，借为官长。来本瑞麦来麰，借为来往之来。甚至有一字之义，借用为十余字者，如辟字是也。自有此类，而文字之用广，然文字之义乱，若以西文规律绳之，直可谓之捣乱派。

自有六书之后，文字乃备。于是联字成句，联句成篇，成为应用之文字。周代以前，王公至于庶人之子，八岁入小学，教以洒扫应对，进退之节，礼、乐、射、御、书、数之文。书即六书也，故其时无人不通六书，即无人不通文字，教育可谓盛矣。

文字之变迁　《说文叙》曰：秦书有八体，一曰大篆，二曰小篆，三曰刻符，四曰虫书，五曰摹印，六曰署书，七曰殳书，八曰隶书。

周代以前之文学

周代以前之文学分四系论之：（一）记载文；（二）论理文；（三）典制文；（四）韵文。

记载文

记载文之起源　伏羲画八卦、造书契，即六书之制。虽未有仓颉之备，而

---

① 此段原文涉及个别象形文字示例，考虑到输入难度及去掉不影响原文表意，一概删略。后文类似情况不再说明。

大体已具。所以代结绳之政者此也。伏羲以前，未有文字，可想伏羲以前之事，见于史册者必是追书，而记载文断自伏羲始。

记载文之大备　黄帝立史官，苍颉为左史，沮诵为右史，于是记载有专官。苍颉更增广六书，而文字之用尤备。中国文化，皆成立于黄帝时代，文学亦然。

唐虞之记载文　《尧典》篇、《舜典》篇，记二帝政绩；《大禹谟》篇、《皋陶谟》篇、《益稷》篇，记君臣交儆之词。后代之纪传及纪事本末，皆宗此体例也。其文宏深肃括，非后代所能及。

夏之记载文　《禹贡》一篇，记禹治水所经历，记川、记山、记物产、记赋则。为文仅一千二百字，而中国之大，包括无遗，为后世《地理志》之祖，为中国文字第一。同时禹相伯益作《山海经》，专记域外之事，孔子未收入《尚书》，后人有疑其诞者。

禹之后，启时，有《甘誓》篇，启征有扈时而誓师也。太康时，有《五子之歌》，五子怨太康之逸豫灭德，以致为羿所距也。仲康时，有《胤征》篇，仲康命胤侯征羲和以削羿党也。自《甘誓》以下，诸篇所记者非盛世之事，而文亦稍弱矣。

商之记载文　《汤誓》篇，汤伐夏誓师也。《仲虺之诰》篇，仲虺告人民也。《汤诰》篇，汤告诸侯也。《伊训》篇，伊尹训太甲也。《太甲》三篇，记放桐及复位之事也。《咸有一德》篇，伊尹致仕时训太甲也。《盘庚》之篇，盘庚避河患，去耿迁殷，告谕臣民也。

然自黄帝迄于秦代，通行之字有三种：一曰古文，皆象形指事之字；一曰大篆，又曰籀文，周宣王时，史官名籀者所作；一曰小篆，秦李斯取籀文之繁重者，改为简单，但非全改，不过改其少数，既改之后，则并其不改者，而统名为小篆。此三种为文字之一派渊源，社会所通行。其他数种，仅供一部器物之用，其体无非本于古文，略加变化而已。自有隶书出，而文字大变。隶书者，李斯同时下社人程邈，为衙狱吏，得罪系云阳，是时秦焚书坑儒，大兴戍役，官狱事繁，始皇命邈作书，改易篆体，以趋简易，专供隶人缮写官狱文书之用。但其书毫无意义，专取省笔，画平竖直，尽失篆文本体，真秦代一味武断之行为也！初行之时，秦事书犹以篆文为主，而以隶书为佐，及行之利便，弃篆不用，六书之义，乃荡焉无存。未几，隶书又变为八分书，盖上谷王次仲所作，陈留蔡邕及其女文姬，皆擅其胜。汉魏人多能为之，其体与程邈隶书无异，但加以波折之致，愈为美观。蔡文姬曰："割程邈字八分，取二分；割李斯小篆二分，取八分。"此语颇难明了。今试八分观之，固似隶而不似篆，但有篆之遗意耳。未几八分又变为楷书，即今通行之字，则去篆文愈远，而六书之旨，无从问津矣。至于草书，在篆文时代，亦当有一种起草之字，但今所得见之汉人草书，其结体运笔，介乎篆隶之间，可决其发生于楷书之前，隶书之后，或与隶书同时发生也。

结论 文学以文字为应用之器械，故论文学必推本于文字。中国文字，自以六书为标准，象形、指字①、会意三种，至为精确，似非西文所能及。形声、转注，似即西文之拼法，可见文字之理，中西无二。可惜隶书一关，受秦始皇武断之毒，彼时篆字固有不足用、不便用之病，若国人能以精细之研究，增损改良，可成一种极文明之科学，无如程邈卤莽②灭裂，造成无意识之物，又变为八分，又变为楷书，而字义完全湮没。今试举楷书一字，问何以如此写法，无人能言其所以然，徒藉自幼至长，耳闻目见，口诵心维，强记其声音意义，成为无理由之死器械。若其人不通六书，虽读破万卷，实不识一字，于是文学上遗一根本之症结，任何博学能文，终非彻底了解，此为中国文学之缺点，同受嬴秦之毒也。

录自《约翰声》1921年第33卷第1期

----

①指字，疑为"指事"之误。
②卤莽，今作"鲁莽"。

中国文学史(二)

周代以前之文学

周代以前之文学,分四系论之:(一)记载文。(二)论理文。(三)典制文。(四)韵文。

记载文

记载文之起源 伏羲画八卦、造书契,即六书之制。虽未有仓颉之备,而大体已具。所以代结绳之政者此也。伏羲以前,未有文字,可想伏羲以前之事见于史册者必是追书,而记载文必断自伏羲始。

记载文之大备 黄帝立史官,仓颉为左史,沮诵为右史,于是记载有专官。仓颉更增广六书,而文字之用尤备。中国文化,皆成立于黄帝时代,文学亦然。

唐虞之记载文 《尧典》篇、《舜典》篇,记二帝政绩;《大禹谟》篇,《皋陶谟》篇,《益稷》篇,记君臣交敬之词。后代之记传及纪事本末,皆宗此体例也。其文宏深肃括,非后代所能及。

夏之记载文 《禹贡》一篇,记禹治水所经历,记川、记山、记物产、记赋则。为文仅一千二百字,而中国之大,包括无遗,为后世《地理志》之祖,为中国文字第一。同时禹相伯益作《山海经》,专记域外之事,孔子未收入《尚书》,后人有疑其诞者。

禹之后,启时,有《甘誓》篇,启征有扈时而誓师也。太康时,有《五子之歌》,五子怨太康之逸豫火德,以致为羿所距也。仲康时,有《胤征》篇,仲康命胤侯征羲和以削羿党也。自《甘誓》以下,诸篇所记者非盛世之事,而文亦稍弱矣。

商之记载文 《汤誓》篇,汤伐夏誓师也。《仲虺之诰》篇,仲虺告人民也。《汤诰》篇,汤告诸侯也。《伊训》篇,伊尹训太甲也。《太甲》三篇,记放桐及复位之事也。《咸有一德》篇,伊尹致仕时训太甲也。《盘庚》之篇,盘庚避河患,去耿迁殷,告谕臣民也。《说命》之篇,高宗命傅说作相,及傅说论政论学之词也。《高宗肜曰》(肜以内音容祭名)篇,肜祭日有雊雉之异祖已训王也。《西伯戡黎》篇,周文王胜黎,祖伊奔告于纣也。《微子》篇,微子知殷将亡,与箕子、比干谋去就也。其中《盘庚》三篇文，义难解。韩昌黎所谓"《周诰》《殷盘》，诘曲聱牙"者。其余文词质直，见商人之本色焉。

  周之记载文 《泰誓》三篇，《牧誓》一篇，周武王伐纣誓师也。《武成》篇，武王告功成也。《洪范》篇，箕子告武王九畴之理也。《旅獒》篇，召公告成王勿受西旅贡獒也。《金縢》篇，周公请代武王之死，及公避位居东，成王迎公复位之事也。《大诰》篇，周公东征武庚，大诰天下也。《微子之命》篇，成王封微子于宋也。《康诰》篇，武王封康叔于卫而诰之也。《酒诰》篇，武王戒康叔饮酒也。《梓材》篇，亦武王诰康叔也。《召诰》篇，召公营东都洛邑而诰成王也。《洛诰》篇，洛邑既成，周公报于成王，成王命周公治洛也。《多士》篇，周公治洛，诰殷民及有位之士也。《无逸》篇，周公戒成王也。《君奭》篇，周公留召公也。《蔡仲之命》篇，周公既诛管叔，囚蔡叔，而封蔡叔之子仲于蔡也。《多方》篇，成王灭奄后诰四方也。《立政》篇，周公戒成王任用贤才也。《周官》篇，成王训迪百官也。《君陈》篇，成王命周公子君陈，监殷民于东都也。《顾命》篇，成王将崩，命百官立康王也。《康王之诰》篇，康王即位也。《毕命》篇，康王命毕公总君陈保厘东郊也。《君牙》篇，穆王命君牙为大司徒也。《冏命》篇，穆王命伯冏为太仆正也。《吕刑》篇，穆王训大司寇吕侯以刑事也。《文侯之命》篇，幽王为犬戎所杀，晋文侯迎太子宜臼立之，是为平王，迁于东都，平王命文侯为方伯也。《费誓》篇，鲁伯禽征淮徐，誓师于费也。《秦誓》篇，秦穆公使孟明袭郑而败，悔过誓群臣也。以上诸篇，除《文侯之命》《秦誓》二篇外，皆为西周文。其中《洪范》最精，《金縢》最肃，其余扬厉铺张，不如夏商文之质直矣。《大诰》《康诰》《酒诰》《召诰》《洛诰》五篇，文义难通，而《大诰》尤甚，韩昌黎所谓"《周诰》《殷盘》，诘屈聱牙"者此也。夫《周诰》《殷盘》，皆晓喻平民之语，而文义之艰涩，反比文人对语者为甚，可知其文实用土语，犹今之语体文也。

  西周东周之过渡 孟子曰"王者之迹熄而《诗》亡，《诗》亡然后《春秋》作"，此语甚有关系。宋儒注《诗》亡，谓《黍离》降为《国风》而《雅》亡也，其实不然。《黍离》诸篇降为《国风》，编《诗》者降之耳，或乐官编列为此耳，何关世道升降！且孟子固曰"《诗》亡"非曰"《雅》亡"也。西周自穆王之后，记载文绝少，所有者惟诗，实为当时民意代表。至东周桓王、襄王以后，即鲁国桓公、庄公以后，则诗渐少，浸至绝响。孟子所谓"《诗》亡"，当在此时。然诗决不至亡，不过天子失政，诸侯兵争，无辀轩之采，无乐官之掌，有诗而不登耳。诗既不登，文将湮没。于是有列国之史承其乏。《春秋》为鲁国之史，经孔子笔削，其名大著。而晋之《乘》，楚之《梼杌》，亦《春秋》类也。左丘明收七十二国之宝书，皆《春秋》类也。于是史之一部，在文字上占绝大势力矣。

东周记事文

（一）**列国之史**　当时列国皆有史，如晋之《乘》，楚之《梼杌》，鲁之《春秋》是也。史官品格，至为尊贵，如齐史官书崔杼弑君事。至太史尽死，而南史继之。晋史官董狐书赵盾弑君事，抗争于朝。虽以赵盾之威权，终不能屈。楚灵王一生淫虐，而独敬礼左史倚相，可见列国之重视史也。

（二）**《春秋》及《三传》**　《春秋》为鲁国之史，孔子修之，遂为诸史之冠。如书齐豹为盗，三叛人书名，晋文公召王，书天王狩于河阳，皆孔子特笔也。其书为编年体，为史之正宗。

左丘明与孔子同时而稍晚，或谓为孔子门人。丘明搜集七十二属之宝书，即列属之史，比事属辞，系于《春秋》之下。其文记事记言，至为富丽，后儒无有抗手者，但当时未即行世。至汉哀帝时，刘歆请太学立《左氏春秋》博士，犹为丞相孔光所阻，然自此乃盛行，而公羊、穀梁反让步矣。

公羊高、穀梁赤，为子夏门人，依经立传，经所不书，不更发义，非如《左传》之错综时事，补经所未有也。其文如问答体，以简洁胜。

与公羊、穀梁同时，而受业曾子者，有檀弓。其文为杂记体，篇幅极短，神韵极隽，与公、穀同派，而佳妙过之。可见当时之文，以此派为正宗。而左氏之沉博绝丽，为别树一帜。唐韩昌黎尚讥左氏浮夸，其语想有本也。

（三）**《国语》**　亦左丘明所作。以国分部，开《三国志》之先例。凡《春秋传》所无者，为《国语》所有。盖即采取列国史事，以其不入《春秋传》者，别录而为是书。

（四）**《战国策》**　自春秋以后，讫楚汉之际，二百四十五年之间，列国游士，辅所用之国，为其策谋，列国因而记之。至汉刘向校书，征集郡国遗书，取所类之有国别者，以时代次之，又取其无次序者以相补，除其重复，得三十三篇，原名《国策》，或曰《国事》，或曰《短长》，或曰《事语》，或曰《长书》，或曰《修书》，刘向定名为《战国策》。

论理文

自古圣贤皆持德政主义，其身所实行者为德，以身所实行者教民为政，以其所研究而得经验而得之理，出之于口，笔之于书，是为论理文。因此论理文即散见于各种书，如《尚书》尧命舜曰"人心惟危，道心惟微，惟精惟一，允执厥中"，即世所称"十六字心传"者，为论理之精髓。舜命契曰："百姓不亲，五品不逊，汝作司徒，敬敷五教，在宽。"舜命夔曰："汝典乐，教胄子，直而温，宽而栗，刚而无虐，简而无傲。"皆是也。盖古时教人涵养心性，以成之格，非徒教人技能，故论理之文，随处皆是。其成为专书者，则有下列数种。

《易经》 神农作《连山易》，黄帝作《归藏易》，周文王作《周易》，文王始作卦词，周公乃作爻词，孔子又作系词。所言皆推本于天道，以应于人事，为论理文之祖。

《洪范》 箕子为周武王推论九畴之理，其篇在《尚书》中。

《诸子》 最古老者当为鬻子，即周文王师鬻熊也。至东周百家辈出，举其著者，晏子主节俭，而墨子广其义，鼓吹博爱。荀子主性恶，而申子、韩非子张其焰，厉用刑名。老子主无为，而庄子、列子引而深之，益入虚渺。是为论理三大派，所谓墨家、法家、道家也。惟孔门弟子所记之《论语》，曾参所记之《大学》，子思所记之《中庸》，孟轲弟子所记之《孟子》，为儒家之论理。直接尧、舜、禹、汤、文、武、周公德政主义，而为后世论理学之范围者也。其他子书尚多，不及备载。

典制文

典制文者，记一朝之大典，成为专书者也。著者有下列四种。

（一）《夏小正》 夏禹所手定，为典制文之祖。

（二）《周礼》 周公记六官之职掌，分为天官、地官、春官、秋官、冬官，亦名《周官》。天官掌百官之职，其长曰大冢宰；地官掌地方之事，其长曰大司徒；春官掌礼，其长曰大宗伯；夏官掌兵，其长曰大司马；秋官掌刑，其长曰大司寇；冬官掌工，其文独缺，汉河间献王以千金求之，不能得。或以为周公未完之书，亦想当然耳。

（三）《仪礼》 周公采取前代冠、昏、丧、祭、朝、聘、射、飨之礼，损益之，为周代通行之礼，共十七篇。

（四）《尔雅》 此专属于文字解释者也，周公仅成《释诂》一篇，厥后孔子增之，子夏足之，梁文补之。其书解释群经，辨别同异，为后代训诂文之祖。

此外孔子所定之《礼》《乐》二经，亦典制文也。但今所存之《礼记》，系汉儒搜辑，非孔子之文矣。

春秋士大夫，每有言一事，而援引古礼成为一篇大文者，《左传》中最多，如《臧僖伯谏观鱼》《臧哀伯谏纳郜鼎》诸篇皆是，可知当时文人重典制也。

有韵文

一曰歌谣。歌谣不拘长短，亦无特别之韵。不过就其音之相近者，成为天然节奏，葛天氏之民投足以歌《八阕》，伏羲教民佃鱼，有《网罟歌》，尧时有《康衢歌》《击壤歌》，舜时有《卿云歌》《薰风歌》，皆名为歌，不加雕琢，自成天籁也。

二曰诗。 舜命夔典乐曰"诗言志"，是为诗字之首见者，是周代。太史采列国之诗，关于风俗者，谓之风；王朝之诗，关于政治者，谓之雅；宗庙赞美之诗，谓之颂。皆列于乐官，被之管弦，孔子存其可为劝戒者三百十一篇，即所《诗经》也。其诗皆四言句，偶有三字，五字者甚少。

三曰辞。 辞始于屈平之《楚辞》，共二十五篇。以前之诗，皆四字句，辞则以五六字成句。诗言简意赅，辞则意实不多。今以形容之语，往复譬喻，写其哀怨之情。诗虽有兴、赋、比三体，而赋实为正文，兴、比为辅佐；辞则通篇不过一意，且其意不便明言，于是专用比体，而香草美人之语，满目皆是。后代尚辞派之文学，实基于此。

四曰赋。 赋始于屈平之弟子宋玉，有《笛赋》《讽赋》《舞赋》《钓赋》《高唐赋》《神女赋》《大言赋》《小言赋》之属。辞不过联字成句，赋则句与句相对，为文之对偶体。后代称辞赋家为屈宋以此。同时有唐勒、荀卿，亦以赋名者也。

结论 周代以前之文学，不外记载文、论理文、典制文、有韵文四大派，此四派之重要，古人论之详矣。余今以时代之观念论之：记载文记事记言，论理文发明学理，典制文搜罗掌故，皆国人精神所系，一国文明所系。所谓国粹者，此也。诗陶写性情，可以感化人，非但美术，亦为教育之本。所谓"礼之用方以智，乐之用圆以神"也。但辞赋一门，虽极华丽，终是涂附，若不加注释，则本意全不明了。在万国交通世界，作为国际文学，则扞格而不能相通，仅为一国之美术品而已。而学之甚难，使人疲精劳神于不甚适用之物，其埋没人才，等于明清八股文。故余以为诗不可废，而辞赋可废也。

汉代之文学

汉代之文学，可别为五大派：（一）疏议，（二）史学，（三）字学，（四）经学，（五）辞赋。

疏议 当时臣下之书有四品：曰章，曰表，口说，口议。章表之文，多关典礼；疏议之文，多关时事。疏议以贾、董为最。贾谊之《过秦论》《治安策》，董仲舒之《贤良策》《天人策》，皆汉代大文。惟仲舒入于经学派，谊则纯粹政治派。其他，如晁错之《论兵事》《论贵粟》，贾山之《至言》，司马相如之《谏猎》，淮南王之《谏伐闽越》，皆是。大抵疏议之文，两汉最博大昌明，后代时务论多本此。

史学 西汉史才，推司马迁。迁承其父司马谈之学，作《史记》。上自黄帝，下迄麟止。作十二本纪、十表、八书、三十世家、七十列传，凡百三十篇。东汉史才推班固。固承其父班彪之学，作《汉书》。起元高皇，终于王莽。十二世，二百三十年，为纪、表、志、传百篇。固坐窦氏事，卒于洛阳狱，其姑曹大家续之。《史记》为通史，《汉书》断代为史，为史之创例。其他西汉杂史，如贾谊《新书》，陆贾《新语》，刘向《新序》《说苑》《列女传》等。东汉杂史，如《东观汉纪》、荀悦《汉纪》、《吴越春秋》、《越绝书》等，皆煌煌史才，但为班、马所掩之。

字学　秦时，李斯、赵高、胡毋敬作"三仓"。至汉扬雄，博采天下字，作《训纂》篇。贾溏又作《溏喜》篇，以续《训纂》。于是以旧三仓为上卷，以雄作为中卷，以溏作为下卷，亦为"三仓"。其他有司马相如之《凡将》篇，李长之《元尚》篇，班固之《太甲》篇、《在昔》篇等，皆字书也。然篆隶变乱，讹伪滋多。至汉和帝时，命贾逵修理旧文，于是汝南许慎，采史籀斯、雄之书，博学通人，考之于逵，作《说文解字》十四篇，共十三万三千四百四十一字，后人之能识字源者，赖有此书耳。

经学　秦焚书时，独以《易》为卜筮书，得不焚，其他皆焚。汉兴，乃始求之，或得于民间之烬余，或得于故老之口述。于是异同杂出，疑义滋多，争论遂起，而经学之名始焉。汉制立五经于太学，各经置博士，又为博士置弟子员。博士及弟子员，在学中颇尊重。

录自《约翰声》1922 年第 33 卷第 2 期

◎刘荔生

中国文学之变迁

文学之为物，乃人民进化之工具，学术思想之代表。哲学家之理想，必藉文以明其微奥；政治家之政策，必藉文以展其设施；宗教家之教条，必藉文以显其情愫；科学家之心思，必藉文以研其理论。其功用之大如是，然时世变迁，潮流亦异，凡先民惨淡经营，费尽艰辛之结果，率皆前此人生观之写照，不足为今用。非脱其藩篱，变其面目，无以沟通一时代之思潮，而适于应用。此变迁之举，所以为世界各国之文学史中所必有。今且举吾国之文学而略论之。

（一）**文学幼稚时期**。唐虞时，俗尚简朴，发为文字，亦多质实。言简意赅，是其特色。所谓"上规姚姒，浑浑无涯"，在今人视为古奥，而在当时，实体裁如是，非故示艰深也！周初宿称文盛，周公作礼，郁郁可观，已足代表当时文学之风格。然一切布在方策者，不外《官礼》一书。言乎盛，犹未也。

（二）**文学昌盛时期**。春秋之末，孔子承周公之后，大兴文学。于前人之精粹，殚心攻研，抉其精华，弃其糟粕，故能立说垂教，为学者所宗仰。整理文学，此为权舆。至七雄并吞，诸子骈逐，咸思著书立说，以其道易天下。老庄言道德，孟荀言仁义，申韩言刑名，管商言政治，孙膑言兵法，墨翟言制造，思想家、创造家、言论家，无一不备，各骋其文章之妙用。文学昌盛，此其时矣。

（三）**经学时代**。秦燔诗书百家，而文学几乎绝灭，仅赖一二老儒，口授心传，得以不坠。迨挟书之律废，惟群经独存。两汉取士，重品行而薄文章，故一时学士文人，悉崇经学，如京房之《易》、伏生之《尚书》、毛公之《诗》、高堂生之《礼》、胡毋生之《春秋》，后人悉奉为圭臬。虽司马迁、班固、扬雄诸人以文章名，然一代之中，不能多觏。文学发展，尚未至极盛时期也。

（四）**词曲时代**。中国狭义之文学，至魏晋而始人盛。刻露风云，侈言靡丽，南朝尤走极端。如潘陆庾谢、颜鲍江徐、梁之武元昭明、陈之后主，皆一时之冠冕。其所谓诗赋词曲，体裁精密，词藻绮丽，吾国美文之模范，实以此为大观；而文学之别于众学，亦以此时代为滥觞。

（五）**古文时代**。古人于有韵者谓之文，无韵者谓之笔。唐初沿六朝之习，浮靡成风，用文废笔，其中以王、杨、卢、骆诸人为最。至韩柳出，力矫旧风，废文用笔，而文之面目始一变。五代数十年间，兵乱相继，文学之士，阒焉无闻。至有宋时，古文之体复兴。欧苏曾王之流，皆上法韩柳，各尽其妙，而为此中之别开生面、自标新帜者，则周张程朱之道学是也。

（六）**文学复兴时代。**辽金至元，以戏曲小说擅长，其他文学无足道者。明代开国，文学复兴，刘基、宋濂辈乃文章之魁首。至李梦阳、何大复、徐祯卿诸人出，倡言复古，持论甚高，足以悚当代之耳目。他如王阳明、茅鹿门、归震川、钱牧斋、李攀龙、王弇州诸人，亦各有可取。清初沿有明之后，此风不衰，考据词章，各臻其盛，令数千年之汉学，复居上风。欧洲"文艺复兴"不是过也。胡适著《哲学史》谓"清代学术变迁之大势，可称古学昌明时代"，"校勘经子，完善谨严，颇合科学方法"。按清初言考据者，首推黄、顾，而古文则侯、魏、汪、姜，造诣各有独到之处。至方望溪、刘海峰、姚姬传诸人，相继崛起，然后古文之真义始显。至若李笠翁之《十种曲》、洪稚存之《卷葹阁》、吴骏公之《梅村集》、王渔洋之《带经堂》、朱竹垞之《曝书亭》、袁子才之《随园集》，厉太鸿之《樊榭山房集》，皆诗赋词曲中之杰作也。

独是吾国之文学，自唐宋以还，范围渐趋狭小。历代以科目取士，学者竞尚词章，时而诗赋，时而经义，时而策论，最后降而为八股。此尚声调，彼矜格律，欲以雕刻小技，获取功名，以致日呰于美文，渐不适于阐发理致，切于实用。值此科学昌明时代，苟沿而不变，将何以灌输思想，发明精义？年来国人有鉴于此，方力谋改革。新文化之运动，已有如火如荼之势，惟所谓白话文者，粗浅芜杂，往往为大雅所不取。此创造新文学之方法有误，而非新文学本身之过也。今欲探欧美各国之精蕴，以应用于吾人之实寄[①]生活，必须注意于改造记事诸文字，务令综事布意，有"晓人不当如是"之妙用，则欧洲近世文学上之自然主义（Naturalism）、写实主义（Realism）与新浪漫主义（New Romanticism）皆能为吾人所抉择。于以发展新学术，昌明旧文化，当有轻而易举之势。则我国文学之功用，又曷可量耶！

录自《约翰声》1922年第33卷第2期

---

①实寄，疑为"实际"之误。

◎刘永济

中国文学通论

目录

自序

第一章　我国历来文学之观念

第二章　文学之分类

　　一　文学体制分类法之沿革

　　二　我国文学体制构成之源

　　三　我国文学体制变迁之迹

　　四　文学体制变迁与其外形之关系

第三章　文学之工具

　　一　文学之工具之起源

　　二　文学之工具之种类

　　三　我国文字重形

　　四　重形文字之缺点

　　五　言语变迁之影响

　　六　历代修正文字之概观

　　七　文字修正后影响文学者何在

第四章　研究我国文学应注意者何在

　　一　研究我国文化之重要及困难

　　二　我国哲学以善为本

　　三　我国文学亦以善为本

　　四　孔门以外之文学

　　五　主善的文学所长

　　六　主善的文学所短

　　七　今后之希望

自序

古人论文，不尚细碎。宋贤诗话，论乃稍卑，而后世谓诗亡于话。桐城文家严义法，而文即弊于义法。盖文艺之妙，规矩而外，有不可言说者存，陆士衡所谓难以辞逮也。故有师友雅谈，间标精义，亦皆机缄之秘，启自无心。深造之士，自能理契象外，悟超言表。然而词留兴往，文约旨幽，末学肤闻，转生曲解。固知一落蹄筌，便成糟粕。非言不足以尽义，殆义难于心通也。今人执笔，好诋前修，以矜新异，虽言或媚俗，而义已违真，是又士衡所谓笑古人之未工，忘己事之已拙者矣。昔刘彦和有言："不述先哲之诰，无益后生之虑。"今兹所述，窃取斯义。其有参稽外籍，比附旧说者，以见翰藻之事。时地虽囿，心理玄同，未可是彼非此也。间亦自忘谫陋，妄下己意，以期引申哲诰，黜其曲解，免夫士衡之讥，而远师彦和之意云尔。

第一章　我国历来文学之观念

我国文学发源最早，周秦已称大盛。而研究文学至魏晋以后，始有专书。然皆浑含立论，无有条理，是非亦参半，不足以为定论。如魏文帝之《典论》，钟嵘之《诗品》，则近于批评；挚虞之《文章流别》，任昉之《文章缘起》，则近于分类；荀勖之《文章叙录》，则近于文学史。而总论文体之源流，及古今文人之优劣，成一家之言者，则惟刘勰之《文心雕龙》较佳。

后世文人，多不能出孔门以外，或且假孔子以自重。间有受诸子及佛学之影响者，亦往往回护其辞，未肯显然相背。故论我国文学之观念，先宜知孔门文学之观念。《论语》一书，其言文者，约举下列各章，可见大概：

> 行有余力，则以学文。马融注曰：文者，古之遗文。疏曰：注"古之遗文"者，则《诗》《书》《礼》《乐》《易》《春秋》六经是也。
> 曾子曰：君子以文会友，以友辅仁。注曰：以文德会友。
> 文学，子游、子夏。疏曰：若文章博学则子游、子夏。
> 博学于文，约之以礼。疏曰：言君子若博学于先王之遗文，复用礼以自检约。
> 文质彬彬，然后君子。疏曰：言文华、质朴相半彬彬然，然后可为君子也。

《论语》言文虽不止此，大概不出以下三义：

（一）先王之遗文。《诗》《书》《礼》《乐》《易》《春秋》六经。
（二）文华。皆对形质朴野言。
（三）文德。如谥法"勤学好问曰文"之类。

他如《易经·文言》所谓"修辞立其诚"，《系辞》所谓"其辞文"，又"物相杂故曰文"，亦不出三义之外。至于《易经·贲卦》所谓"观乎人文以化成天下"，则概指文化言之，故真西山曰："文章二字，非止言语词章而已。……尧之文思，舜之文明。孔子称尧曰'焕乎其有文章'，子贡曰'夫子之文章'，皆此之谓也。"

孔门诗教亦为后世论诗者所本，略举《论语》所载数条如下：

子曰："诗三百，一言以蔽之，曰思无邪。"注曰：诗之为体，论功颂德，止僻防邪，大抵皆归于正。

子曰："《关雎》乐而不淫，哀而不伤。"

子曰："兴于诗。"注曰：兴，起也，言修身当先学诗。

鲤趋而过庭。曰："学《诗》乎？"对曰："未也。""不学《诗》，无以言。"疏曰："古者会同皆赋诗见意，若不学之，何以为言也？"

子曰："小子何莫学夫《诗》。《诗》可以兴，可以观，可以群，可以怨。迩之事父，远之事君，多识于鸟兽草木之名。"疏曰："《诗》可以兴者，《诗》可以令人能引譬连类以为比兴也。可以观者，《诗》有诸国之风俗盛衰，可以观览而知之也。可以群者，《诗》有如切如磋，可以群居相切磋也。可以怨者，《诗》有君政不善，则风刺之，言之者无罪，闻之者足戒，故可以怨刺上政。"

总上五条之意，诗学不外在修身、立言、观风、化俗。近世论诗之旨，亦莫能外。

他如《书经》曰："诗言志。"《左传》记仲尼之言曰："言以足志，文以足言，不言，谁知其志？"孟子曰："不以文害辞，不以辞害志。以意逆志，是为得之。"三说皆以言志为文学之事，则其所志者，即修身、立言、观风、化俗之事可知。后儒因孔子有"志于道"一语，遂更进一层，而有文以明道之说。

韩昌黎《题欧阳生哀辞后》云："愈之为古文，岂独取其句读不类于今者邪？思古人而不得见，学古道则欲兼通其辞。通其辞者，本志乎古之道也。"

柳子厚《答韦中立论师道书》云："乃知文者以明道，是固不苟为炳炳烺烺，务采色、夸声音而以为能也。"

欧阳永叔《答吴充秀才书》云："圣人之文虽不可及，然大抵道胜者文不难而自至也。"

周敦颐曰："文，所以载道也。轮辕饰而人弗庸，徒饰也，况虚车乎！……文辞，艺也。道德，实也。"

刘海峰《论文偶记》云："作文本以明义理适世用。而明义理适世用，必有待于文人之能事。"

顾亭林《日知录》云："文之不可绝于天地间者，曰：明道也，纪政事也，察民隐也，乐道人之善也。"

诸家所论皆与孔子相发明。其不同者，由言志之旨进而为明道之义。后之拘泥者，遂至见诗文之内容非质言道德者，即叱为无用，而艺术之真义，遂缺而不全。

刘勰生于梁代，其时当庄老盛倡之后，继以佛学，故其思理精湛，虽不背于儒门，实已别有途径。今略摘《文心雕龙》数条于下，以概其余：

《体性篇》：夫情动而言形，理发而文见，盖沿隐以至显，因内而符外者也。然才有庸俊，气有刚柔，学有浅深，习有雅郑，并情性所铄，陶染所凝，是以笔区云谲，文苑波诡者矣。

《风骨篇》：《诗》总六义，《风》冠其首，斯乃化感之本源，志气之符契也。

《情采篇》：圣贤书辞，总称文章，非采而何？……故立文之道，其理有三：一曰形文，五色是也。二曰声文，五音是也。三曰情文，五性是也。五色杂而成黼黻，五音比而成韶夏，五情发而为辞章。

《物色篇》：是以诗人感物，联类不穷。流连万象之际，沉吟视听之区。写气图貌，既随物以宛转；属采附声，亦与心而徘徊。

《明诗篇》：人禀七情，应物斯感。感物吟志，莫非自然。……观其结体散文，直而不野。婉转附物，怊怅切情。

《诠赋篇》：原夫登高之旨，盖睹物兴情。情以物兴，故义必明雅；物以情观，故词必巧丽。丽词雅义，符采相胜，如组织之品朱紫，画绘之著玄黄。文虽新而有质，色虽糅而有本，此立赋之大体也。

彦和论文，重于情感，工于图写，明于内外，文质并称，声形俱要，文学之大概已是。其形文、声文、情文之说，则颇与黑吉尔[①]（Hegel）目艺、耳艺、心艺之论暗合。盖文学与绘画、雕刻、音乐初实同源，后乃分立，故皆属于艺（Art）。初民之文字皆象形，故与绘画同源；其时文字皆刻木范泥为之，故与雕刻同源；文学先有诗歌，诗歌传述以口，必音调和协，可以悦耳而顺口，故与音乐同源。其分立之故，亦文化发展必然之势。

然统观我国历来文学之观念，于知识、感化二者辨之未明。故虽其所作之文，亦有纯粹属于感化之事者，而论文之语，则多含混之处。盖观念一误，则文学之真义不明；文学之真义不明，则作者不流于浮靡，即流于质实，不病其虚伪，即病其空疏矣。其详当于下文分论之，本章特发其端，以见我国文学观念之大略耳。

────────────

①黑吉尔，今译作"黑格尔"。

第二章　文学之分类

（一）文学体制分类法之沿革

我国文学体制分类之源有二：一为梁昭明太子之《文选》，后世总集文章者宗之。一为汉刘歆之《七略》，后世总集群书者祖之。前者专主文章，其界狭。后者遍及群籍，其界广。至于刘勰、任昉、挚虞之徒，其所著作，或略或繁，或书已失传，未可尽据矣。

《文选》不收经、史、子，惟取"综缉辞采，错比文华。事出沉思，义归翰藻"之文。故阮芸台曰："昭明所选，必文而后选是也。"后世之《唐文粹》《宋文鉴》，即踵之而作。至姚姬传选《古文辞类纂》，号为最佳。然类分十三，尚多未当。梅伯言《古文辞略》于姚之十三门外，增诗歌一门。曾文正公之《经史百家杂钞》，总分三门，各系子目，皆佳于姚，而未能尽善。

刘歆《七略》，三曰诗赋。班固《艺文志》，三曰诗赋。魏荀勖分群书为四部，丁部为诗赋图赞。宋王俭撰《七志》，三曰《文翰志》，纪诗赋。梁阮孝绪撰《七录》，四曰《文集录》，纪诗赋。此数家皆以诗赋别立一门。至《唐书·经籍志》，分甲乙丙丁四部，丁部为集，集分三类：

> 一楚词，以纪骚人怨刺。二别集，以纪辞赋杂论。三总集，以纪文章事类。

宋郑樵《通志·艺文略》，分经、礼、史、诸子、艺术、医方、类书、文，而文之类二十二：

> 一楚词、二别集、三总集、四诗总集、五赋、六赞颂、七箴铭、八碑碣、九制诰、十表章、十一启事、十二四六、十三军书、十四案判、十五刀笔、十六俳谐、十七奏议、十八论、十九策、二十书、二十一文史、二十二诗评。

宋马端临《文献通考》，分四部，集部七类：

> 一赋诗、二别集、三诗集、四歌曲、五章奏、六总集、七文史。

以上诸家，虽非专究文学，而文集一部，既有细目，亦可考见其时文学之内部也。

今取刘歆以来，总集群书所立之目录，昭明以来，总集文章所分之门类，详加考察，得历代文学内部广狭与纯杂之迹，分列如下：

由总集群书之目录，得下之结果：

一、隋唐以前，凡著作皆文事，而诗赋独归文学；

二、唐宋以来，始于诗赋之外，阑入他种著作。

由总集文章之门类，得下之结果：

一、梁以来，经、史、子，不属文学，文选重在文采情思；

二、唐宋以来，重在论道经邦，诗词多别出选本。

大抵两汉时文学，唯辞赋诗歌。六朝以来文学之内部，渐广而渐杂。因之，文学之观念，亦渐传而渐误。故钟嵘《诗品》，讥其时孙绰、许询、桓、庾诸人诗，如道德论。而唐之昌黎，盛倡传道之说，后世遂谓论道经邦者为正宗，目陶情养性者为余事，且以尽称文人为可耻。（宋陈瓘曰："一为文人，便无足观。"）于是八股文亦蒙代圣人立言之假面以自尊。故必先明文学之作用，而后由其作用以择体制，则界限分明，而知识感化之事，两无妨害矣。

（二）我国文学体制构成之源

上节特据已成之体制分类而言。其所以构成之源，与其变迁之迹，未暇论及。今将进而述其体制构成之源，而于下节一论其变迁之迹。但其源据已成之体制而可以推知，而其迹则非仅从体制之所能明辨。且其变迁之消息，往往甚微，又多随时代而异。昔人论及此点者亦不多见，故今亦不能甚详。

要之，我国历代文学体制虽多，不出孔门五经——《易》《书》《诗》《礼》《春秋》——之外，此则历代学者尊经所生之影响也。章实斋《文史通义·诗教》上篇，谓后世之文，"其源皆出于六艺，其体皆备于战国"。而战国之文，又皆出于六艺而源于《诗》教。所见甚是，摘论于后：

> 《老子》说本阴阳，《庄》《列》寓言假象，《易》教也。（章氏谓《易》乃悬象设教，故主于取象。）邹衍侈言天地，关尹推衍五行，《书》教也。管、商法制，义存政典，《礼》教也。申、韩刑名，旨归赏罚，《春秋》教也。

其论战国之文源于《诗》教，曰：

> 战国者，纵横之世也。纵横之学，本于古者行人之官。观春秋之辞命，列国大夫，聘问诸侯，出使专对，盖欲文其言以达旨而已。至战国而抵掌揣摩，腾说以取富贵，其辞敷张而扬厉，变其本而加恢奇焉，不可谓非行人辞命之极也。孔子曰："诵《诗》三百，授之以政，不达；使于四方，不能专对，虽多奚为？"是则比兴之旨，讽喻之义，固行人之所肄也。纵横者

流，推而衍之，是以能委折而入情，微婉而善讽也。

其论后世之文，其体皆备于战国曰：

> 后世之文集，舍经义与传记、论辨之三体，其余莫非辞章之属也。而辞章实备于战国，承其流而代变其体制焉。……今即《文选》诸体，以征战国之赅备。京都诸赋，苏、张纵横六国，侈陈形势之遗也。《上林》《羽猎》，安陵之从田，龙阳之同钓也。《客难》《解嘲》，屈原之《渔父》《卜居》，庄周之惠施问难也。韩非《储说》，比事征偶，《连珠》之所肇也。前人已有言及之者。而或以为始于傅毅之徒（自注：傅玄之言），非其质矣。孟子问齐王之大欲，历举轻暖肥甘，声音采色，《七林》之所启也。而或以为创之枚乘，忘其祖矣。邹阳辨谤于梁王，江淹陈辞于建平，苏秦之自解忠信而获罪也。《过秦》《王命》《六代》《辨亡》诸论，抑扬往复，诗人讽谕之旨，孟、荀所以称述先王，儆时君也。（自注：屈原上称帝喾，中述汤武，下道齐桓，亦是。）淮南宾客，徐、陈、应、刘，征逐于邺下，谈天雕龙之奇观也。

总观章氏所说，其穷源究委之功甚深。但谓诸子某家定出某经，则嫌武断。时代久远，不可详知，章氏亦以其意指①相同，遂称为源出某经。故又曰：

> 道体无所不该，六艺足以尽之。诸子之为书，其持之有故而言之成理者，必有得于道体之一端，而后乃能恣肆其说，以成一家之言也。所谓一端者，无非六艺之所该，故推之而皆得其所本，非谓诸子果能服六艺之教，而出辞必衷是也。

章氏乃史家，故以历史家之眼光推论其源流如此，亦班固《艺文志》之类也。至于后世文体，源本经文之迹甚明，其故则历代尊经之影响也。在章氏之前者，有刘勰、颜之推，亦有文体出于五经之言。

刘勰《文心雕龙·宗经篇》曰：

> 论说辞序，则《易》统其首。诏策章奏，则《书》发其源。赋颂歌赞，则《诗》立其本。铭诔箴祝，则《礼》总其端。纪传铭檄，则《春秋》为根。

颜之推《家训·文章篇》曰：

①意指，义同"意旨"。

夫文章者，原出五经。诏命策檄，生于《书》者也。序述论议，生于《易》者也。歌咏赋颂，生于《诗》者也。祭祀哀诔，生于《礼》者也。书奏箴铭，生于《春秋》者也。

近世曾文正公《经史百家杂钞》叙目，于每体之中冠以经文。可知我国文学体制之源，历代学者皆谓其出于孔门也。（编者按：二汉作者著言，多效诸子，文集之名兴而子部变矣。故章氏溯体制之源，以后世之文出于战国也。）

（三）我国文学体制变迁之迹

以上所举诸家之说，多详本源而略变迁。盖本源易溯而知，变迁难探而见。常人见骈体至唐变成散体，古诗至唐变成今体，至宋变成词，词至元变成曲，遂以为此即文学之变迁。不知特外形之异也。文学之变迁，不可据外形为准的。若据外形为准的，则见外形有异于古，遂轻诋之。或见古人之文，外形不同于今，而妄疑之。皆过也。观下举数家之言，则知据外形之异，不足以论文学之变矣。

《后山诗话》曰："退之作记，记其事尔。今之记，乃论也。少游谓《醉翁亭记》亦用赋体。"

《扪虱新话》曰："以文体为诗，自退之始。以文体为四六，自欧公始。"

元微之《乐府古题序》云："诗之为体，二十四名。赋、颂、铭、赞、文、诔、箴、诗、行、咏、吟、题、怨、叹、篇、章、操、引、谣、歌、曲、辞、调，皆诗人六艺之余。"

《项氏家说》曰："如李杜之歌行，元白之唱和，序事丛蔚，写物雄丽，小者十余韵，大者百余韵，皆用赋体作诗。此亦汉人所未有也。予谓贾谊之《过秦》，（贾谊《过秦》本非论体，乃是篇名。章实斋辨之。）陆机《辨亡》，皆赋体也。屈宋以上，以赋为文。《庄周》《荀子》二书，体义声律，下句用事，无非赋者。自屈宋以后为赋，而后汉特甚，遂不可加。唐至于宋，则复变为诗，皆赋之变体也。"

黄山谷曰："章子厚尝谓《楚辞》盖有所祖述，初不谓然。子厚曰：《九歌》盖取诸《诗·国风》，《九章》盖取诸《二雅》，《离骚》盖取诸《颂》。考之信然。"

吴讷《文章辨体》曰："杜牧之《阿房宫赋》，古今脍炙，但太半是论体，不复可专目为赋矣。"

复由此观之，后世文体变迁，亦出于《诗经》。因五经之中，惟《诗经》最合于文学之真义。章实斋亦谓诗赋乃《诗经》之支系，又谓六义流别，赋为最广，比兴之义，皆冒赋名。风诗无征，存于谣谚。而雅颂之体，实与赋类同源异流。章氏所谓赋、比、兴，风、雅、颂，乃《诗经》之六义也。六义之中，赋、比、兴属于用，风、雅、颂属于体。其说详见《诗大序》。今但录孔颖达《正义》数语，以明体用之义。

> 风、雅、颂者，诗篇之异体；赋、比、兴者，诗文之异辞耳。大小不同（雅有大小），而并为六义者。赋、比、兴是诗之所用，风、雅、颂是诗之成形。用彼三事，成此三事，是故同称为义，非别有篇卷也。

孔氏之意，乃言诗体则有风、雅、颂之分。而每体之中，或用比，或用兴，或用赋以为之，皆可也。是比、兴、赋者，古人作诗之法也，古来论此者，莫一其说。惟《困学纪闻》载李仲蒙之语最明。仲蒙曰：

> 叙物以言情，谓之赋，情尽物也；索物以记情，谓之比，情附物也；触物以起情，谓之兴，物动情也。

比、兴、赋为古人作诗三法，具如上说，则亦我国文学之原质也。其体制之变迁，则亦由三者分合所致也。今试本毛尔登（R. G. Moulton）之说以分配之，当无龃龉之处。虽嫌附会，亦未尝不可以备一说也。

比为索物以托情，描写之事也。以实际之事为比，则属于知识类；以想象之事为比，则属于感化类。

兴为触物以起情，反射之事也。因所触起实际之理，则属于知识类；因所触起想象之情，则属于感化类。

赋为叙物以言情，表演之事也。所叙为实际之事，则属于知识类；所叙为想象之事，则属于感化类。

至于雅言政教之得失，贵能详尽，则似描写之事；风者讽刺，主文而谲谏，则似表演之事；颂者美盛德之形容，则似反射之事，此其大略也。

西人谓文学之为物，不但生（alive），且常长（growing）。已上所论，乃生之源与长之状而已。但长速者其变速，屡变之后，往往难得其状。且必与其初祖之状，小同而大异。故文学乃随时进化之物，不以与初祖有异为嫌也。据此以验我国文学，则其进化之迟速判然矣。

（四）文学体制变迁与其外形之关系

文学之变迁，虽不可据外形为准的，然体制一变，外形必受其影响，故亦不可置外形于不论。但外形之变，亦有因文学之工具之性质而成者，第三章于此点言之特详。今惟略述其受体制变迁之影响于此。

我国古代文学，本无骈散之分，但用字造句之间，自有奇、偶之迹。奇、偶乃生于自然，由于声气之谐和调适。后人喜偶，则成诗赋一流；喜奇，则为散文一派。又或合乐则以韵语，记事则以散行。而纯主偶者为骈体，纯主奇者称散文。散文后又称曰古文。实则六朝以前，只以文笔对举，或以诗笔并称，尚无古文之目也。

> 《文心雕龙·总术篇》曰："今之常言，有文有笔，以为无韵者笔也，有韵者文也。夫文以足言，理兼《诗》《书》，别目两名，自近代耳。……余以为发口为言，属笔曰翰，常道曰经，述经曰传。经传之体，出言入笔，笔为言使，可强可弱。"

> 《老学庵笔记》曰："南朝词人谓文为笔。故《沈约传》云：'谢玄晖善为诗，任彦昇工于笔，约兼而有之。'又《庾肩吾传》，梁简文帝《与湘东王书》论文章之弊曰：'诗既若此，笔又如之。'又曰：'谢朓、沈约之诗，任昉、陆倕之笔。'《任昉传》又有'沈诗任笔'之语。"

至于古文之名，初指籀史奇字而言，梁章钜《退庵论文》曰：

> 今人于散体文辄名为古文，众口一同，其实未考也。芸台先生尝辨之曰："古人于籀史奇字，始称古文。至于属辞成篇，则曰文章。故班孟坚曰：'武宣之世，崇礼官，考文章。'"

梁氏又曰：

> 夫势穷者必变，情弊者务新。文家矫厉，每求相胜。其间转变，实在昌黎。昌黎之文，矫文选之流弊而已。

究之古文之名，虽成于唐之昌黎，而其端已见于北周文帝。文帝患士习浮靡，命其臣苏绰改文体（此言文体，乃指字句构造之外形言），其时朝廷所用文字，一仿《尚书》。又隋末王通，讲学河汾，亦喜摹经典，其著《中说》，则仿《论语》。唐初则有陈子昂喜为古文，其后则有萧颖士、李华之徒，渐能倡导。昌黎学文于独孤及，及即李华之徒也。宋之欧（欧阳修）、苏（苏轼），明之归（归有光），清之方（方苞）、姚（姚鼐），绍承其绪，而古文大尊。

然自屈原作《离骚》，其体合诗文为一，而用比兴，寓讽谏，汉人宗之，遂为赋家之祖，此体以大。刘勰所谓"六义附庸，蔚成大国"也。且由本章第（一）节观之，两汉至唐，赋与诗歌，同为文学正宗。自唐迄清，代有作者，不少佳制。此体遂与古文递为升降，虽品格或有高下，而源流固自深远也。

大抵外形之变，即字句骈散之不同。而骈散之不同，则诗文体制之各异也。重骈之代，则散文亦写以诗体。重散之世，则诗歌亦同于散文。赋之形式既合诗文而成，是以重骈之代，赋中诗体多于文体。重散之世，赋中文体多于诗体。试观徐、庾诸赋，多类诗句，而王勃《春思赋》，则直七字之长歌耳。此重骈之代，诗体多于文体也。若欧阳永叔之《秋声赋》，苏东坡之前后《赤壁赋》，字句之构造，则又同于散文。盖宋返五代之习，而归于质，重散之世也。后世之变，亦不能外此。

故吴讷《文章辨体》，及徐师曾《文体明辨》，有古赋、律赋、俳赋、文赋之别。类骚者为古，类齐排比者为律，而俳赋即诗体多于文体者也，文赋即文体多于诗体者也。今录两家论赋之语于后，以资考证：

> 《文章辨体》曰：尝观古之诗人，其赋古也，则于古有怀。其赋今也，则于今有感。其赋事也，则于事有触。其赋物也，则于物有况。情之所在，索之而愈深，穷之而愈妙。彼于其辞，直寄焉而已矣。后之辞人，刊陈落腐，惟恐一语未新。搜奇摘艳，惟恐一字未巧。抽黄对白，惟恐一联未偶。回声揣病，惟恐一韵未协。辞之所为，磬矣而愈求，妍矣而愈饰，彼其于情，直外焉而已矣。

吴氏之论当矣。其曰情深妙而辞寄焉而已者，古赋也；辞磬妍而情外焉而已者，律赋也。又论唐赋曰：

> 唐人之赋，大抵律多而古少。夫雕虫道丧，颓波横流，风骚不古，声律大盛。……或有为古赋者，率以徐、庾为宗，亦不过少异于律尔。甚而或以五七言之诗、四六句之联以为古赋者。

其论宋赋曰：

> 宋人作赋，其体有二。曰俳体，曰文体。后山谓欧公以文体为四六。夫四六者，属对之文也，可以文体为之。至于赋，若以文体为之，则是一片之文，押几个韵尔。
>
> 《文体明辨》"文赋"条曰：按楚辞《卜居》《渔父》二篇，已肇文体，而《子虚》《上林》《两都》等作，则首尾是文。后人仿之，纯用此体，盖议论有韵之文也。

总两家之言观之，由两汉至三国，赋中诗文两体停匀。由两晋至唐初，赋中多用诗体，甚者直五七言诗矣。而盛唐之赋，上者如古，下者为律。宋代之赋，则以文体为之，但有韵耳。故吴曰文体，徐称文赋。要言之，则不过诗文两体参合之分量有多寡而已，文字词句之事也。文学之事，不止于文字词句，故外形不可以定内容也。

至于语体行文，虽盛于元世，实无代无之。宋人填词者，如柳耆卿、黄山谷、程正伯等，皆好以俚语入词，遂开元曲之端。白话小说，则起于宋代之平话。

> 朗瑛《七修类稿》曰：小说起宋仁宗，盖时太平盛久，国家闲暇，日欲进一奇怪之事以娱之。故小说得胜头回之后，即云话说赵宋某年。

其后有韵者则为传奇，无韵者则为章回小说。此二类初只一时文人游戏之作。然叙人间悲欢离合之情，诙诡谲怪之事，颇能动人。其佳者且有合于感化文学之义。但其体初起，不为时人所重，又佳者甚少，而淫秽粗鄙之作甚多，故古人不列于文学之内。即《石头记》一书，大体甚佳，而书中亦有描写幽欢太露之处，以比西方名家，终嫌瑜不掩瑕。故在今日认明文学之真义者，欲纳说部入文学，以高其位置，自当望之后起之秀，不必强加尊号于陈死人也。至于传奇，则位置又高于章回小说。本接武宋词而起，且作品作家，皆多于章回小说，向来为文学界重视矣。他若弹词，则与西皮、二簧不相上下。今人妄称为平民文学，亦当有愧色也。

至于旧籍之中，往往有曰某某体者，皆时人称一时风气，相类各家之名。其立名或以年号，如建安体、太康体等是也；或以时代，如齐梁体、初唐体等是也；或以官秩，如陈拾遗体、王右丞体等是也；或以姓名，如苏李体、曹刘体等是也；或以地名，如昌黎体、江西体等是也；或以所官之地，如韦苏州体、岑嘉州体等是也；或以作诗之处，如柏梁体、西昆体（西昆者，西方昆仑也，相传为群玉之府，古帝王藏书之处。宋杨亿官两禁，作诗喜学李商隐，故取玉山册府之义以名其集，后人遂称义山及杨亿一派为西昆体）等是也。又有宫体、香奁体，则因其喜用香艳之字句而名也。其详见严羽《沧浪诗话》论"诗体"一条。虽可见一代之派别与习尚，究之其论破碎，无关宏旨，故今不具论，而附见于此。

第三章　文学之工具

（一）文学之工具之起源

文字一名，在今为通称，在古亦有异。

许叔重《说文序》曰：依类象形，故谓之文。其后形声相益，即谓之字。（文者，物象之本；字者，言孳乳而浸多也。）

盖文之本意为错画，篆作✕，相交错也。字之本意为乳育，篆作🐚，子在宀下也。古代字又谓之名，一字又谓之一言。

《周礼·春官·大宗伯》：内史掌书，名于四方。注：古曰名，今曰字。
《战国策》：臣请三言而已矣，曰：海大鱼。

据《战国策》"海大鱼"三字为三言观之，人类言文，本无分别。但语言必先文字，文字乃以济语言之穷，故可谓为语言之符号。制字之初，乃象物成形，而以人声呼之。其后用繁，或依事取象，或依义合文，或因义加声。其后更繁，或假借彼字之音为此字之义，或转注彼字之义为此字之用。古人论文字之书，流传至今称为最备者，有汉许叔重《说文解字》三十卷。今节其序论造字之意一段于后：

许叔重《说文解字序》曰：古者庖牺氏之王天下也，仰则观象于天，俯则观法于地。视鸟兽之文与地之宜，近取诸身，远取诸物，于是始作《易》八卦，以垂宪象。及神农氏，结绳为治而统其事，庶业其繁，饰伪萌生。黄帝之史仓颉，见鸟兽蹄迒之迹，知分理之可相别异也，初造书契，百工以义，万民以察。……周礼八岁入小学，保氏教国子，先以六书：一曰指事。指事者，视而可识，察而可见，"上""下"是也。二曰象形。象形者，画成其物，随体诘诎，"日""月"是也。三曰形声。形声者，以事为名，取譬相成，"江""河"是也。四曰会意。会意者，比类合谊，以见指㧑，"武""信"是也。五曰转注。转注者，建类一首，同意相受，"考""老"是也。六曰假借。假借者，本无其字，依声托事，"令""长"是也。

又陈澧《东塾读书记》，论小学一节，于文字起源之理及字又谓之名之故，言之甚明，可参证也：

《东塾读书记》曰：子思曰："事，自名也；声，自呼也。"（原注，《中论·贵验篇》引。）此声音之理，最微妙者也。程子云："凡物之名字，自与音义气理相通。天未名时，本亦无名，只是苍苍然也。何以便有此名，盖出自然之理。音声发于其气，遂有此名此字。"（原注，《二程遗书》卷一。）此说亦微妙。孔冲远云："言者意之声，书者言之记。"（原注，《尚书序疏》。）此二语尤能达其妙旨。盖天下事物之象，人目见之则心有意，意欲达之则口有声。意者，象乎事物而构之者也；声者，象乎意而宣之者也。声不能传于异地，留于异时，于是乎书之为文字；文字者，所以为意与声之迹也。未有文字，以声与事物之名。既有文字，以文字为事物之名。故文字，谓之名也。

（二）文学之工具之种类

文字既为语言之符号，则语言不同之国，所用之符号，亦必不同，故欲知文学之工具之种类，当知语言之种类。

近代语言学者分世界之语言为三大类。（见盐谷温《支那文学概论讲话》。）

（1）曲折语（Inflectional Language），印度、欧、美之语是也。其语尾可变化，由其变化以定其词性。如"to write"，无定动词也，"wrote"则变为过去动词，"writing"为现在事象词，而过去事象词又变为"written"，写字之人复变为"writer"。种种词性，皆由语尾变化以定。其音曲折，故曰曲折词。

（2）黏着语（Agglutinative Language），又曰添加语，日本之语是也。其语于主要语之前后，加以附属语，由此附属语以定其词性。如"私が本ヲヨム"，私者，我也，が其附属语，以定我为主格词也。本者，书也，ヲ其附属语，以定本为宾格词也。ヨム者，读也。が与ヲ，皆黏着于私本二主要词后，故曰黏着语。

（3）孤立语（Isolating Language），即我国之语。其词性虽变，字形不迁，又无附属语以表示其变化。如"我毋尔诈"，我，主格也。"吾丧我"，我，宾格也。此二"我"字词性不同，而字形不变，又不须他语附属于后，以表示其不同，特然孤立，故曰孤立语。

（三）我国文字重形

据近世医学家言，物质进化以后，人类之目根反不如前，则草昧之时，人类目根必较利于后世。昔尝见某书载一西人言我国古代称海上有三神山，及古书"日出扶桑"等语，必其时海滨渔人目力甚强，或已望见日本，故其言仿佛迷离，但其时海行不易，未得穷究耳。此言虽未可据，而巢居穴处之民，饮食之寻求，危险之趋避，皆赖目根之利钝，亦当然之事实。且初民文字，多是象形，其用目之时，多于用耳，又已然之事。虽伶伦制律，与仓颉造字同时，而乐书失传，音理无考，音声之美，不称于世。后之学者，间亦著书论乐，皆异说分歧，莫衷一是，耳根之钝，尤甚他国，益可想见。

我国文字非绝不重声音，且人类口耳之用，与手眼同功。而文字原以辅言语，则人声为字音之源，但造字之初，根本形象音声之迹，非可于字面求之。又一字一音，音之缓急长短有不同，字形随之而异。周秦两汉之时，用字至为纷乱，直至梵学东来，然后有起而研求华字字母者。于是"七音四声"一说乃兴。然而人各异说，至今纷歧，靡有定论。亦同论乐之家，各是其说。故我国文字，虽其音形迭有消长，而后世偏重字形，灼然可见。盖制字之始，原未注重音声，此又耳根不利之证也。

世间文字，象形者不及拼音者之多美。盖声音之道，微妙过于形象，形象有迹有体，可以抚循，而声音之迹则非音学发明以后，无由实验。故注重声音之文字，其国之人耳根必利。佛书称释迦说法曰"频伽"（好音鸟）音，曰海潮音，皆形容其微妙感人也。又称闻声悟道之徒曰声闻，而以从耳入道者，优于从目入道者，亦以形迹易于拘泥，声音可以玄通。故闻微妙之音者，其感通自较徒由文字之迹象求之者为迅速也：

> 郑樵《通志》论华梵曰：华书制字极密，点画极多。梵书比之，实相辽邈。故梵有无穷之音，而华有无穷之字。梵则音有妙义，而字无文彩，华则字有变通，而音无锱铢。梵人长于音，所得从闻入，故曰："此方真教体，清净在音闻，我昔三摩提，盖从闻中入。"有"目根功德少，耳根功德多"之说。华长于文，所得从见入。故天下以识字人为贤智，不识字人为愚庸。

我国文字为单音（Monosyllabic Language）。据英人威安玛（Thomas Wade）考察现代北京之字，约有四百不同之音，而通用之字则有一万以外。以四百音，统一万余字，其同音字之多，自不可免。音同者多，则耳听不明，必借目辨字形，然后心知字义，亦必然之势也。王菉友《说文释例序》论此极明，今录于下：

> 《说文释例序》曰：古人之造字也，正名百物，以义为本而音从之，于是乎有形。后人之识字也，由形以求其音，由音以考其义，而文字之说备。

（四）重形文字之缺点

重形文字，非绝对不重音也。且文字之用，原以代言，则音声之于文字尤为密切。但我国制字，既根本于象形，后世为文者，欲摹写人声，必至弃字形于不顾。弃字形于不顾，则用字无准的。用字无准的，则字义皆混淆。此在古代已极感困难，而今世之人，欲读古书，若不知古音通假之谊，亦多误会疑惑之处。即如"逶迤"二字，异形同音，见诸古书者，略数之有三十三种。（此三十三种中，有因形变、有因旨变者。）

逶迤	委蛇	蜲蛇	逶蛇	委佗
遗蛇	委它	倭迟	倭夷	威夷

威迟	郁夷	袆隋	**過迤**	袆隋
袆它	倭他	委移	归邪	隔陒
委陀	**錗倷**	委维	委壝	靡匜
遏迤	委ⳍ	蟷䖥	蛾䖥	蹂跎
	逶迆	逶迤	**澕㴌**	

他如《石鼓文》"其鱼维何"作"其鱼佳可"，盖"维"从"佳"得声，"何"从"可"得声，古人只求声存，遂不顾形异矣。此可见古人闻声可以思义。而后人重形既久，则目视"佳可"之形，不知即"维何"之义矣。

又有急声、慢声、长言、短言之别，亦可变异字形，惟求声似。如长言则为"蒺藜"，短言则为"茨"。长言则为"窟窿"，短言则为"孔"。急声则"者焉"为"旃"，慢声则"诸"为"者欤"。此类之多，殆不可数。

又有同音之字，即随意通用者。如"家""姑"古为同音，则"曹大姑"可做"曹大家"。"宓""伏"古为同音，则"宓子贱"可作"伏子贱"。又"明诸""孟诸"，实是一地，"陈氏""田氏"，本为一姓，如此之类，触目皆是。陆德明《经典释文序》言之甚详，今录于后：

> 郑康成云：其始书之也，仓卒无其字，或以音类，比方假借为之，趣于近之而已。受之者非一邦之人，人用其乡，同言异字，同字异言，于兹遂生矣。

重形文字不能摹写人声，因摹写人声，必不顾字形。不顾字形，则异时异地之人，望文生义，容易误会。而单音单体之字，点画稍异，即不可识，亦我国文字之缺点也。此事自秦至两汉即感困难。李斯之奏同天下文字，西汉之劾正史书是也。孝平时，征爰礼等百余人，令说文字未央廷中。东汉熹平四年，招诸儒正定《五经》刊于石碑，为古文、篆、隶三体书法，以相参检。凡此皆于文字有所修正，然犹未有著专书以统论之者。至和帝时，许慎作《说文解字》，始有论定字形专书。故江式《论书表》曰：

> 慎嗟时人之好奇，叹俗儒之穿凿，愍文毁于凡誉，痛字败于庸说，诡更任情，变乱于世，故撰《说文解字》十五篇。

又徐铉《上校定说文解字奏》曰：

> 及暴秦苛政，散隶聿兴，便于末俗，人竞师法。古文既绝，讹伪日滋。至汉宣帝时，始命诸儒修仓颉之法，亦不能复故。光武时，马援上疏论文字之讹谬，其言详矣。及和帝时，申命贾逵，修理旧文。于是许慎采史籀、

李斯、扬雄之书，博访通人，考之于逵，作《说文解字》。至安帝五年，始奏上之。而隶书行之已久，习之益工，加以行草八分，纷然间出，返以篆籀为奇怪之迹，不复经心。至于六籍旧文，相承传写，多求便俗，渐失本原。《尔雅》所载草木鱼鸟之名，肆意增益，不可观矣。

盖汉用隶书，点画尤易相混。初尚偶误，后人观之，见其奇异，遂随意增减，任情移易，字形破裂，至不可辨。《说文解字》一书，专救此弊。而一时之人，未能遵之，其后楷体复出于隶书，故六朝碑刻，字为楷体，而形尤纷乱。近人凌霞序赵扬叔《六朝别字记》曰：

> 六朝碑版，点画偏旁，随意增损，怪诞纰缪，触目皆然。即如造象之中，"区""躯"二字，厥状甚夥。王妙晖造象作"區"，僧资造象作"軀"，赵阿欢造象作"匜"。天和四年造象作"盉"，纪僧谐造象作"軀"，清信女杨遵造象作"軀"。元宁造象作"堀"。路文助造象作"鏂"，曹续生造象作"傴"，郭于猛造象作"摳"。聊举其一，以例其余，则变态不穷可知矣。至唐崔怀俭造象则又作"匜"，是乃沿波逐流，变之又变者也。

文字之内容，不外音、形、义三事。而文字未制之先，必心先起意（意即字义），口先有音，然后随事随物手画其形。后世辨字，则目睹其形，耳听其音，而后心知其义。今音既多同，形又混写，人之辨字者，必惑于字义。而音多同、形混写之原因，在单音单体，此我国文字之大缺点也。

（五）言语变迁之影响

文学本以代言语，而异时异地之言语不能一致。言语有变迁，势必影响于文字。在拼音文字之国，则随时随地可以拼成其音，为事甚易。在象形文字之国，则字形一定，不可更改，即无以适应其变。论者谓拼音文字，随时随地可变字形，故数百年以前之英文，便不易识，未始非其短处。我国古今方土之音，极不相同，而见字即可知义，未始非我之长。此亦就大概言之耳，若细加考察，我国文字受言语变迁之影响而困难之处甚多。盖文字之音，原系人口之音，人口之音既变，当然不能禁文字之音不变。

言语变迁，影响文字，其影响之最显著者，为读破字音。读破字音之例最古者，为何休之注《公羊传》，今录于下：

> 《公羊传·庄公二十八年》：《春秋》伐者为客，伐者为主。何注曰：伐人者为客，读"伐"，长言之，齐人语也。见伐者为主，读"伐"，短言之，齐人语也。

按四声之说，起于齐梁。此云长言短言，即与后世之分四声相同，如"夏雨雨人"，"春风风人"，"解衣衣我"，"推食食我"，皆读破下一字为去声以别之也。此云长言，则是读"伐"为平声；云短言，则是读"伐"为入声。其时齐国之人，有此口音，故公羊寿载之如此也。

顾炎武《音论》曰："五方之音，有迟疾轻重之不同。……约而言之，其重其疾，则为入、为去、为上；其轻其迟，则为平；迟之又迟，则一字而为二字；'茨'为'蒺藜'，'椎'为'终葵'是也。……文者，一定而难移。音者，无方而易转。不过喉舌之间，疾徐之顷而已。故或平或仄，时措之宜，而无所窒碍。"

钱大昕《潜研堂集》曰："汉魏以降，方俗递变，而声音与文字渐不相应。"

由顾、钱二君之说观之，文字有随言语而变之势，显然无疑。但限于一定之形，不能如拼音文字之便利，故不免发生困难。此种困难，较之英人之识古文为尤甚。其最大之困难有二：

一、读古书多误解字义。因一字之音有古今之别，古书用古音，后人不知，则拘于今音，而误解古义，或有义不可通，则妄解古书。下举之例，可以证明：

俞曲园《古书疑义举例》曰："夏小正，黑鸟浴。"传曰："浴也者，飞乍高乍下也。"按：飞乍高乍下，何以谓之浴，义不可通。浴者，"俗"之误字。《说文》：俗，习也。即黑鸟习也。"习""俗"双声，故即以"俗"字代"习"字也。（双声之说详见后。）

二、时代变易，人声遂与字音各异。各异之显见者，其证有五：

证（甲） 人声已变而字音未变，于是别写一字，当人口之声。俗字之源即在此。如"作"字，今日白话用"做"字，《康熙字典》注曰："'做'，俗'作'字。"其实韩昌黎《方桥》诗已读成"佐"音，而未别写"做"字，《方桥》诗曰：

非阁复非船，可居兼可过。君欲问方桥，方桥如此作。音佐

又"我辈"，元代人称"我每"，今人称"我们"，亦一声之变也。

证（乙） 人音未变，而字音因偏旁误读者。如"锹"，口语呼为秋萧切。今人见"锹"字，偏旁有"秋"字，遂读成"秋"音，反以口语为俗。又如"镰"，口语如"廉"。今人见"镰"字偏旁有"兼"字，遂读如"兼"，亦以口

语为俗矣。

证（丙）　字形误为他字，而人声亦随之而误者。如"溲"字之偏旁加三点水，隶书写成"三"，遂与"彳"相混。因"彳"隶书作"亍"也，而隶书"彳"又往往作"亻"（如"彼"又作"佊"，"徘徊"又作"俳佪"），于是三点水旁变成单人旁。"叟"字隶书往往与"更"字相混（故"嫂"字或作"㛣"），于是"溲"字变成"便"字，"大小溲"遂变"大小便"，今人或有仍呼"大小溲"者，又读成上声，遂写作"大小手"，实在可笑。

证（丁）　古有此音此字，而今人不知，遂以为俗者。如"唱喏"（或从言作诺），见司马温公《书仪》，今人不知，又读"喏"如"落"，遂不知今日"唱喏"（音如"惹"）之语何解，而谓之为俗。又如温水本曰"㶽"，出《说文解字》，汉时人语也。今尚有此音（音如"耐"），而不知有此字。

证（戊）　今有此音，古无此字者。如苏人急呼"勿要"成"覅"，既以二字拼成一字，又以二音拼成一音。北人急呼"不要"成"别"字，以二音拼成一音，而取与此音相似之字代之。（"者欤"为"诸"，"蒺藜"为"茨"，即"不要"为"别"之类。）

由上五条观之，言语与文字分途之迹，已显然矣。大都人音有古今方土之变，字形不能随之而变。字形则古今方土多遵用，而人音不能齐一。行文则下笔皆同，而口语则对面难晓。故闽、广之人，诗文可诵而知意，对语则无殊异国。然究其不同之理，多可以双声叠韵通之。盖古今音异，与方土音殊同理，双声叠韵可以通古音，即可以通方言。此说龙翰臣之《古韵通说》与张行孚之《说文审音》，言之甚详。兹录其语如下：

　　龙翰臣《古韵通说》曰："凡古今音韵之流变，皆由双声递转。无论假借通用，与夫习讹传讹，及五方言语不齐，皆可于双声求之。……昔者由本音而变为转韵，今也即可由转韵而知其本音。且闽人读'举'如'鬼'，读'人'如'灵'。'举''鬼''人''灵'双声也。秦人读'风'如'分'，读'宗'如'租'，'风''分''宗''租'亦双声也。"

　　张行孚《说文审音》曰："方音无论今古，皆由双声转变。自注：按方音亦有由叠韵转变者，以无关部分异同故不论。若不知古人方音皆由双声转变，则不能定字之方音为何音。且方音无一定之例，则'天'字可以读'地'，'地'字可以读'天'，无是理也。盖造字之初，一字虽止一音，而字之叠韵双声，一转即变，此处读'平'，彼处必有读'便'者。自注：《尚书》'平章百姓'，《史记》引作'便章'，此古人（平）读'便'之证。此处读'阴'，彼处必有读'雍'者。自注：《诗经·七月》章，'阴'与'冲'韵，因'阴'与'雍'为双声，故方音读'阴'为'雍'，即可与'冲'韵也。此处读'终'，彼处必有'斟'者。自注：今徽州人亦有读'阴'如'雍'，读'终'如'斟'。逮其后，彼处所读之音，流传于此处，则虽此一处，而一字亦有两音矣。"

龙、张两氏，亦见人音有变迁之迹，而思所以通之。于是荟萃众说，参稽异同，而以双声叠韵，可以通一切古今方土之音。两君生于近世，承历代音韵学者之后，故能以少御繁，不约而同，发为此论。

自梵学东来，我国始有字母之学，今之见、溪、郡、疑等三十六母是也。自沈约以来，始有四声分韵之说，后之东、冬、江、阳等百零六韵是也。字母以辨喉、舌、牙、齿、唇等九音，韵以定平、上、去、入四声。双声者，发音同而收音异者也。叠韵者，发音不同而收音同者也。发音为母，收音为韵，李松石《音鉴》谓"两字同归一母者为双声，两字同归一韵者为叠韵"。

但我国文字非拼音、字母之说，起于造字之后。人之视字者，不易知其母之同异。故自来于此，异说纷歧。字母之数，亦多少不同。欲明同母同韵之说，莫如明发音收音之说。而发音收音之说，以罗马字母表之，则极易明了。

　　例如"芬芳"为双声，故芬芳之发音同为"F"，以罗马字母拼之为"Fen""Fon"。"芬芸"为叠韵，故芬芸之收音同为"en"，以罗马字母拼之为"Fon""yen"。

再以证古今音，亦然。

　　例如古韵"靡"如"摩"，则"Mi""Mo"之发音同为"M"，双声之变也。古音"阴"如"雍"，则"yin""yong"之发音同为"y"，双声之变也。

再以证方言，亦然。

　　例如"没有"湖南人曰"毛有"，则"Ma""Mou"之发音同为"M"也，双声之变也。
　　"狗尾"江苏人呼音如"狗米"，则"ve""Me"之收音同为"e"，叠韵之变也。

（六）历代修正文字之概观

文字之内容，不出音声、形体、意义三者。意义由音声、形体而见。音声、形体一紊乱，则意义因而混淆，前节以述其大略。历代于此，亦感困难，故每有修正文字之事。细加讨寻，界限易见。但今非专究文字学之事，不暇繁征博

歷代修正文字表

第一期	第二期	第三期	第四期	第五期	第六期	第七期	第八期
自上古	自殷	自秦	自漢	自切韻	自宋	自明	自歐洲
至周	至國	至新	至晉	至宋	至明	至顧氏	文字

引，特将其影响较大、功效较著者，表出之，约可分八期，每期之中，间有较小较微之事，附见表内，再略加说明，以便考其影响于文学之故。

据前表观察，第四期为我国文字发生变化极大之时，其影响于文学者亦极巨。因许慎著《说文解字》，已将形体及意义确定。所缺者惟音声一项。第四期适当梵文字母流行中土之际，故其时学者有反而求我国字母者。及字母既定，切韵之事乃兴，于是有七音、九音、四声、五声之说，既可补古代造字之缺，又足开后世音韵之端，故为文字上一大枢纽。但字母传自梵僧，后之儒者，多拘泥褊隘，不屑习之。间有知其重要者，又必谓不出自梵僧。或以乐律七音为根据，求避其出于梵僧之名，因而字母之学不能发展。加以国人耳根素钝，故异说纷歧，或定为三十二母，或定为三十母，或定为二十母，莫衷一是。降至清代，汉学大兴。而学者用功，多在求明古人用韵之迹，以为音声分部之本。故或由《说文》谐声讨寻，或从《毛诗》《楚辞》用韵之迹分部。其分部又各有多少之不同，亦难遵守，加以科学未明，音理未晓，各凭口舌为定，拿侈之间，易生歧异。今幸世界交通，科学易求，或可据发音学理定其标准，为我国文字再开一光明之途也。故第八期亦文字变化之大枢纽。因一国之文化，得与他国之文化相接触，必生变化，而每一度变化，又必为一度之进步，有史以来，皆如是也。

论文字之意义者，古人谓之训诂学。最古之书为《尔雅》，或云周公所作，或云孔子所增，或云子夏所补，或云叔孙通所益，然《大戴礼·孔子三朝记》称孔子教鲁哀公学《尔雅》，则其书之成已久。大抵后世儒者，随时有所补订。书中以义为主，音形不同而义同者，类聚一条，而不暇辨其不同之故。大抵其时之人，感于字音形多通，意义难明之困难，而作此书，以记其同异也。后世继作者，颇不乏人。

（汉）扬雄作《方言》三卷　　　　刘熙作《释名》八卷

（魏）张揖作《广雅》十卷

（宋）陆佃作《埤雅》二十卷　　　罗愿作《尔雅翼》三十二卷

（明）朱谋㙔作《骈雅》七卷　　　方以智作《通雅》五十二卷

（清）杭世骏作《续方言》二卷　　吴玉搢作《别雅》五卷

（近代）章太炎作《新方言》

凡此诸作，皆以明训诂，通同异，其有功于文字处，亦不为少。但字义之混淆，实原于音形之纷乱。修正文字，重在音形。音正形定，义自明确。故训诂之学，不列表中，而附其说于此。

（七）文字修正后影响于文学者何在

文学以文字为工具，故工具之良楛，系文学之优劣。世界各国，能供献文学于人类者，必其工具甚良。亚洲一隅，除我国文字卓然自立外，余如安南、朝鲜久已寂然，日本乃傍人门户之文字，亦不足论。惟印度挺立西南，其文学能传深邃之佛理，工具必精。故国虽不存，而文犹在世。于此可见工具之重要矣。

上古之文，简略朴质，虽由人事不繁，风气淳厚，而文字烦重，锲刻不易，亦其大因。故史籀大篆，孔子不取。丘明作《春秋传》，亦以古文。至李斯改古文为小篆，程邈破篆体为隶书，两汉遂通用隶书，隶便于篆也。因之两朝文章著述，繁富过于周秦。

但隶散篆体，点画之增减，往往随意，于是谬误百出。（宋洪适《隶释》，刘球《隶韵》，娄机《汉隶字原》，及顾蔼吉《隶辨》，翟云升《隶篇》，皆考隶书同异者。）

后人苦之，故许慎作《说文》，一依小篆。每说一文，必明其点画之理。用功甚勤，而形义大定。其时便于散隶，未能遵用。六朝文人，兼习行草（行书后汉刘德昇作，草书后汉张伯英作），加以纸笔精良，书写甚便，故文事益繁。（能书之人出于三国两晋，亦文字修正后之影响也。）

及字母东流，韵学既启。文人执笔，必协声律。周秦两汉，诗文用韵，纯属一时一方之音，故多通而易变。迨韵书一出，乃将自然之音立以法度，于是有"四声八病"之说，宫商平仄之论。河北江南，不容歧异，只言片句，亦必调和。沈约自言："在昔词人，累千载而不悟者，彼独得胸襟，穷其妙旨。"观其所为《谢灵运传论》，可知其说矣：

> 夫五色相宣，八音协畅。由乎玄黄律吕，各适物宜。欲使宫羽相变，低昂互节。若前有浮声，则后须切响。一简之内，音韵尽殊。两句之中，轻重悉异。妙达此旨，始可言文。

沈约说初出，一时文人，颇相非难，钟嵘《诗品》云"平上去入，则余病未能"是也。《南齐书·陆厥传》载厥与约一书，即论此事。约复书曰：

> 宫商之声有五，文字之别累万。以累万之繁，配五声之约，高下低昂，非思力所举。又非止若斯而已也。十字之文，颠倒相配，字不过十，巧历已不能尽，何况复过于此者乎？灵均以来，未经用之于怀抱，固无从得其仿佛矣。……自古辞人，岂不知宫羽之殊，商徵之别？虽知五音之异，而其中参差变动，所昧实多。故鄙意所谓"此秘未睹"者也。……若以文章之音韵，同弦管之声曲，则美恶妍蚩，不得顿相乖反。譬由子野操曲，安得忽有阐缓失调之声？以《洛神》比陈思他赋，有似异手之作。故知天机启则律吕自调，六情滞则音律顿舛也。

盖自形义既定之后，文字之音声，得周彦伦、沈约而归于法度，于是骈词偶句之工愈密。而过密之弊，令作者惟求外观，务讲色泽，雕文伤质、徇外忘内。故其末流趋于浮靡，神气索然矣。然要不可谓音韵之学，非文字之进步。世人好古情切，则轻今心生，遂以此事，罪在隐侯，亦非平允之论也。

唐宋文人，好观字书，《困学纪闻》曰："宋元宪宝玩《佩觿》三篇（郭忠恕作）。苏文忠每出必取声韵音训文字置箧中。晁以道晚年日课十五字。"又韩昌黎亦云："凡为文者，宜略识字。"盖文字既为文学之工具，则先宜熟于工具，宜多得工具。又自然之美，必借文字为媒介，而后可以表现，则此媒介必精良。是知工具者，乃供文学之用，以表现自然之美为目的也。非只知用工具而无所表现，即为能事也。非可以粗浅之工具，而成优美之作品也。此理倘明，流弊自除矣。

唐之作者，承六朝之后，获较精之工具，又能去其浮靡之习，故律体大行，其间颇多佳制。宋代末流，偏重理学，于文字之音训，未暇深求，遂谓文字惟贵明道。其流波直至归震川、姚姬传而未已。于是文学之中，义法森立，而真意不明矣。

清代复兴汉学，研求古音，则以通古义为标的，非以之行文。故曾文正公尝有"汉学家不工文词，古文家不讲音训"之叹。盖亦有见于文学之事，外观内美，不可偏废也。

以上所论，特略举其概言之耳，至于一代作者，常有拔俗特出之人，自能窥见文章之真，冥心独造者。如宋之东坡，何尝为流俗所制？观其《致谢民师推官书》曰：

> 扬雄好为艰深之词，以文浅易之说，若正言之，则人人知之矣。此正所谓雕虫篆刻者。其《太玄》《法言》，皆是类也，而独悔于赋，何哉？终身雕虫，而独变其音节，便谓之经，可乎？屈原作《离骚经》，盖风雅之再变者，虽与日月争光可也。可以其似赋而谓之雕虫乎？

《法言》平淡学《论语》，东坡薄之为雕虫。《离骚》华美胜辞赋，东坡称之为风雅。是知文学不可徒务音节色泽之工，又不可徒去音节色泽为贵，要视其意之是否浅易、义之是否合乎风雅而已。不明此理，而徒工音节色泽，则必流为六朝之浮靡；徒去音节色泽，则必反于太古之朴陋。二者皆文学之弊也。

第四章　研究我国文学应注意者何在

（一）研究我国文化之重要及困难

大凡一种民族生存于世界既久，又不甚与他民族相接触，则其文化自具一种特性。及其与他民族接触之时，其固有之文化，必与新来之文化，始而彼此牴牾，继而各有消长，终而互相影响而融合为一。欧洲各国成例甚多，故毛尔登谓希腊与希伯来为彼方父母文化（the Hellenic and the Hebraic are our parent civilizations）。盖西方文化由此二民族之文化结合而成。其科学、政治、哲学则得之希腊，而宗教之精神则希伯来之所影响也。

但当两种文化接触之时，此两种文化仅有异同而无优劣，则其消长之间有一定之理，即能适宜与否而已。适宜者必安而日长，不宜者必危而日消。若一民族为学术荒落、政治紊乱之时，其固有之文化衰弱，而特性亦隐晦，则当其与新来之文化接触之际，必呈惊疑懊丧之状。于是不尽弃其所有以从人，必保守残缺而不变，卒至皇皇然无所适从。若两民族之文化相差甚远，亦不易收良好之结果，而消长之时必失其平。失其平则非融合而为强占。强占者，新文化挟其势而来，未必与固有之特性相安，且尝抑屈之，驯至丧失而不能自见。如此，则新来之文化亦无新质料之吸收，但保持其故态而已，是为文化之大损失也。

我国立国东亚，东南环海，西北则高山广漠。与他民族相接触者，其文化多下于我。惟印度文化于东汉明帝时，始入我国，至六朝而大盛。其时庄老之学早倡，儒术已退黜。于是与庄老之徒互为消长。至唐代之初，玄奘西归，大译经典，考正旧说，而我国思想为之一变。文学亦称极盛，而绘画雕刻之术以精。但儒家尤多鄙夷之者。直至宋儒复修经学，其中豪杰之士，大都深研佛理，故其见道之精微，论理之透澈，实远出唐代经学家之上，乃真能融合者也。然则印度文化裨益我国，实在我国固有之文化大明之时矣。其间消息虽微，亦不难寻得。观《朱子语录》曰：

> 近来人被佛家说一般大话，他便做这般底话去敌他。别人不晓禅，便被他谩。某却晓得禅，所以被某看破了。

观朱子此语，可见当时学术界之情形矣。

自宋以来，辽、金、元、清先后入主中国，虽其武力甚强，而文化皆下于我。至近世东西交通，不幸当清末政治昏乱、学术不修之时，我固有之文化亦呈衰退之象，故始则惊疑，继乃懊丧，未有能深研洞悉取长补短如宋人者，年来虽国粹、国故之说尝闻于耳，而其所谓"国粹"，究未必便粹；其所谓"国故"，又故而不粹，故亦无甚影响。此则时会未至，非一二人之力所能为也。假以岁月，或有可观耳。

文学者，民族精神之所表现，文化之总相也，故尝因文化之特性而异。今欲研究我国文学，不可不知我国文化之特性，故文化之研究至为重要。

至其困难之处，则不待烦言而解。以我国历史之悠久，著述之众多，派别之纷繁，而无统系纪载，正确批评之书，一也。历代社会之状况，政治之影响，学说之变迁，外力之接触，无不与文化有直接之关系，而此类之书，今亦绝少佳著，二也。求之古人著述，则皆散入群编，而四部之目，浩如烟海，国家既无特设之学会，一二识者纵欲从事搜讨，又多心长力短，三也。加以世变日亟，知新已难，欲收融合之益，绝非得其零珠片玉，即可以自炫者，亦非见其残羹剩汁，遂因而自喂者，必须有真知确见，然后可以撷其菁华，一新面目，而如此之才，尚不多见，四也。有此四难，于是研究我国文化，遂异说蜂起，甚可惜也。

至于近日之咎我国文化者，或病其静止，或訾其笼统，或且谓其无用，欲拉杂而摧烧之。而美之者，又称其富独立之精神，秉中和之德性。（按，近人之说，散在各杂志，不必遍举。）众喙聚讼，莫衷一是。本章特就其直接影响文学之端寻讨，不及广说，亦不欲张大其词，务求明其真相，以便知所去取。

他如外人之论我国文化者，亦得失相等。就中有两种议论，为国人所当注意者。今略著数语于此，闻者不必以为愤，亦不必以为喜可也。

一、日人常言我国不振，东亚文化，今惟赖彼代表，近更取得亚洲一等国之尊称，尤必名实相副，故其国人渐知注重东亚文化。其论我国学术思想之书，亦日见其多。此国人当注意者也。虽学问之道，天下为公，然他人言之，终多隔膜，不如我自言之亲切正确。一有遗误，亦学问界之不幸也，况我国陵夷，举世久以半开化之民相待，若不起而自为，何以忝颜当世。此晋国诗人所以沉痛陈词，而作《山有枢》之诗也。

二、西方学者政客游历我国，莫不以东方文化可以调济西方，将来必有大贡献于世界之语，为贡谀之用，十余年前，国人亦有倡东学西渐之说者，徒以言多不经，久为世笑，故无敢复道者。近来此说又萌，则其见解已远出前人矣。究之文化未可托之空言，必当见诸实事，如国家之政治，社会之习尚，君子之行动，美术之作品，皆文化所表见者，我居其实，则人有以观瞻，我实果美，则人自知采纳，不必呶呶费辞也。

（二）我国哲学以善为本

一国之文化，固不必纯为哲学思想所造成，而哲学思想实其要素。我国哲学思想盛于周代。周代哲学能自成一家之言者，大别有三：一老子，二孔子，三墨子。至唐代而佛学大行，遂于我国哲学史上占一大位置。今非专究哲学之时，故不备述，述其盛衰之大概如次。

大抵老子之学，与孔子之学并行于汉，而独盛于六朝。唐代虽因同姓而推崇老子，究不及孔子之学之盛。其后遂浸成衰微。墨子与孔子初尚并称，其学艰苦刻厉，人情难堪。加以墨子身后弟子讲学，务辨析名理，不见重于功利之世，遂亦消歇。惟孔子之学，平易可行，复当删定之后，宗旨显豁，门徒盛多，故独能绵历世代。因之影响于我国文化最多。（按：近人谓孔学之盛，由于帝王自私之心，未免一掌蔽明，似是而非之论也。）虽当佛学大行之世，不但不足以动摇，且因之更见精深。自宋儒大明理学之后，明清二代，蒙其影响，故今日论我国文化者，沿流讨源，虽谓为孔子之学始终之，谅亦不为过也。

孔子之学，侧重人生，务求实效，故立言多平易，不为过高之谈。说理则不堕玄虚，言情则止于礼义。换言之，即理则以可实践者为真，情则以可风世者为美。理可实践，情可风世，则孔子哲学以善为本之意，可以知矣。

说理不堕玄虚者，儒家求真之根本观念也。历来学者论及此义，极多发明，姑不遍举。即《论语》所记，已可概见孔门讲学之主旨矣：

> 季路问事鬼神。子曰："未能事人，焉能事鬼。"曰："敢问死。"曰："未知生，焉知死。"《先进》第十一
>
> 子不语怪、力、乱、神。《述而》第七
>
> 子以四教：文、行、忠、信。同上
>
> 子贡曰："夫子之文章，可得而闻也，夫子之言性与天道，不可得而闻也。"《公冶长》第五

后世如孟子之距杨、墨，昌黎之辟佛、老，皆本此义。观孟子言仁、言义、言智之语与昌黎《原道》可知也：

> 孟子曰："仁之实，事亲是也；义之实，从兄是也；智之实，知斯二者而弗去是也。"
>
> 韩昌黎《原道》曰："仁与义为定名，道与德为虚位。"按此"道德"二字，乃指老子所谓道德，故曰"虚位"，犹云空论也。

宋代论学，渐入玄谈，故《朱子语录》力辨其非。清儒章实斋著《文史通义》，于儒家求真之义更多发挥。今录如下：

> 《朱子语录》曰："古之圣贤未尝说无形影话，近世方有此等议论，盖见异端（指佛家）好说玄说妙，思有以胜之，故亦去玄妙上寻，不知此正是

他病处。"

章实斋《易教上》曰："六经皆史也。古人不著书，古人未尝离事而言理。六经皆先王之政典也。"

《经解中》曰："事有实据，理无定形，故夫子之述六经，皆取先王典章，未尝离事而言理。"

《原道上》曰："夫尊夫子者，莫若切近人情。不知其实，而但务推崇，则玄之又玄，圣人一神天之通号耳。"

《原学中》曰："古人之学，不遗事物。……是以学皆信而有征，而非空言相为授受也。……夫子曰：'学而不思则罔，思而不学则殆。'又曰：'吾尝终日不食，终夜不寝，以思，无益，不如学也。'……盖谓必习于事，而后可以言学，此则夫子诲人知行合一之道也。"

《原学下》曰："诸子百家之患，起于思而不学。世儒之患，起于学而不思。盖官师分而学不同于古人也。（按：此言古人之学不离事，后人之学诵读而已。）……言义理者似能思矣，而不知义理虚悬而无薄，则义理亦无当于道矣。"（按：此言宋儒之空谈义理者。）

章氏可谓能发明儒家求真之蕴者矣。儒家认切于人生易行而有效者为真理，故不主徒思而不学。但此"学"字实包学于古训，与学于实际二义。盖孔子乃时中之圣，夏殷之礼，以无征而不信，故曰"吾从周"。此学于实际之说也。孔子又曰："行夏之时，乘殷之辂。"则古人之事，今尚可行者，或善于今之所行者，亦未尝不可学，故一曰："我非生而知之者，好古敏以求之者也。"此学于古人之说也。后人误认"学"为诵读之专名，只得其一义，故章氏有世儒"学而不思"之讥也。

章氏又谓孔子思、学并重，即王阳明"知行合一"之说，亦有特见。而"知行合一"之说，实东方文化之特色，亦即主善之哲学之根本也。特由阳明道破之后，愈见明晰，其原因则时势为之也，今不具论。近世西儒盛唱实用主义（Pragmatism），其论旨与王阳明之说颇多不谋而合之处。如王阳明谓："未有知而不行者，知不行只是未知。"实用主义者亦曰，世界上真知识，未有无用者，无用即非真知识。日人丰田臻著《实用主义之哲学》，其末篇有《实用主义与东洋思想之比较》一章，论此点甚精，可以参看。据以上所论观之，我国哲学以善为本之说，已无疑义矣。

（三）我国文学亦以善为本

前节谓我国哲学以善为本，则属于知识之文学为主善的，不言而喻矣。但此类文学，历代多有，检视可得，故不必详论。惟属于感化之文，亦以善为本，则当分别。盖情之于人，至难限定，且诗人造语，精妙活泼。诗人用心，幽深缥缈，往往辞意相违，不可纯以道理相绳也。孔门论诗之语，第一章已举其大概，今再录孟子之说于此。盖孟子深于诗学，其论诗之语，最能得诗人用心，实远出后代诗话家之上。

> 故说《诗》者，不以文害辞，不以辞害志。以意逆志，是为得之。如以辞而已矣，《云汉》之诗曰："周余黎民，靡有孑遗。"信斯言也，周无遗民也。（《万章章句上》）

> 公孙丑问曰："高子曰：'《小弁》，小人之诗也。'"孟子曰："何以言之？"曰："怨。"曰："固哉，高叟之为诗也。有人于此，越人关弓而射之。则己谈笑而道之，无他，疏之也。其兄关弓而射之，则己垂涕而道之，无他，戚之也。《小弁》之怨，亲亲也。亲亲，仁也。固矣夫，高叟之为诗也。"曰："《凯风》何以不怨？"曰："《凯风》，亲之过小者也。《小弁》，亲之过大者也。亲之过大而不怨，是愈疏也。亲之过小而怨，是不可矶也。（注解：矶为激，谓微切以感激，以几谏也。盖过小之时，微讽之可矣，不必便怨也。）愈疏，不孝也。不可矶，亦不孝也。"（《告子上》）

附《凯风》及《小弁》诗于后：

《凯风》美孝子也，卫之淫风流行，虽有七子之母，犹不能安其室。故美七子能尽其孝道，以慰其母心，而成其志尔。（《毛诗序》）
凯风自南，吹彼棘心。棘心夭夭，母氏劬劳。
凯风自南，吹彼棘薪。母氏圣善，我无令人。
爰有寒泉，在浚之下。有子七人，母氏劳苦。
睍睆黄鸟，载好其音。有子七人，莫慰母心。
《小弁》刺幽王也。太子之傅作焉。（《毛诗序》）
弁彼鸒斯，归飞提提。民莫不谷，我独于罹。何辜于天？我罪伊何？心之忧矣，云如之何？
踧踧周道，鞫为茂草。我心忧伤，惄焉如捣。假寐永叹，维忧用老。心之忧矣，疢如疾首。
维桑与梓，必恭敬止。靡瞻匪父，靡依匪母。不属于毛？不罹于里？天之生我，我辰安在？
菀彼柳斯，鸣蜩嘒嘒。有漼者渊，萑苇淠淠。譬彼舟流，不知所届。心之忧矣，不遑假寐。
鹿斯之奔，维足伎伎。雉之朝雊，尚求其雌。譬彼坏木，疾用无枝。心之忧矣，宁莫之知？
相彼投兔，尚或先之。行有死人，尚或墐之。君子秉心，维其忍之。

心之忧矣，涕既陨之。

君子信谗，如或酬之。君子不惠，不舒究之。伐木掎矣，析薪扡矣。舍彼有罪，予之佗矣。

莫高匪山，莫浚匪泉。君子无易由言，耳属于垣。无逝我梁，无发我笱。我躬不阅，遑恤我后。

孟子谓《小弁》不可不怨，即孔子所谓"《关雎》乐而不淫，哀而不伤"之意。哀乐本人情，不淫不伤，则止于礼义。礼之训为"履"，义之训为"宜"，亦可履行而相宜之意。后世论诗，大都本此，而屈原之骚、杜甫之诗，后人尊之，谓可上继风雅，亦即此意。

泛观历代文人，惟宋儒主善之意尤切，遵守此义最严。故苏子由谓唐代诗人多不闻道：

苏子由曰："唐人工于为诗，而陋于闻道。孟郊尝有诗云：'食荠肠亦苦，强歌声无欢。出门如有碍，谁谓天地宽。'郊耿介之士，虽天地之大，无以安其身，起居饮食，有戚戚之忧，是以卒穷以死。而李翱称之，以为郊诗'高处在古无上，平处犹下顾沈、谢'。至韩退之亦谈不容口。甚矣，唐人之不闻道也！"（按：子由此语，似伤苛刻。孟郊特耿介之人耳，未必便不闻道。）

又真西山选诗，以理为宗。古诗十九首，为汉代言情杰作，亦被删落。故顾炎武非之，谓其执理太过，不得诗人之旨趣，如古诗：

不如饮美酒，被服纨与素。

岂真欲饮美酒被纨素耶？亦有所激而为此言也。咏讽全诗，自可领其真意。此孟子所谓"言近而指远者，善言也"。故炎武谓与《诗经·山有枢》同一用意。

他如王九溪谓"文章必以理胜，诗赋乃文之有韵者耳，亦文也"，又谓"立言必关世教，归宿必有劝戒"，无非言情必可风世之意。其最甚者，莫如程子称工文则害道，至比之玩物丧志。虽为一时立言，亦可见宋儒主善之甚严也。

（四）孔门以外之文学

论我国文学之大体，固不得不归之孔门。然自汉崇黄老，晋扇玄风，文学一事，已非孔门得专主矣。而齐梁侫佛，至唐代而大启法门。文人学士，初则采其说以寄其冥漠之情，而僧侣之中，复多诗才，其义更无当于孔门诗教。今统名之曰"孔门以外之文学"。而略论其影响如后。

一、老庄派之文学　老庄之哲学，轻视现代，冥想太古，重自然而弃人为，故能超出寻常智虑之上。纵情直观，与自然冥合。此自然老庄名之曰"道"。西人谓此派之哲学，乃未经认识论之考虑，以情意直达本体论者。其影响于文学，则为主情的，重主观的，其极则轻实际而流于放浪。魏正始间，王弼、何晏，崇尚老庄，鄙夷六经。流风至于晋代，竞为清谈，以任情为放达，视人世为尘垢，即此类也。故刘勰谓："正始明道，诗杂仙心。"又《时序篇》曰：

> 中朝贵玄，江左称盛，因谈余气，流成文体。是以世极迍邅，而辞意夷泰，诗必柱下之旨归，赋乃漆园之义疏。

此派盛行之时，已多非议之者。如应詹上书，极诋正始之流弊，范宁著论，至谓王、何之罪，浮于桀纣。而隋李谔上书论文，及王仲淹著书立说，皆欲力挽此风者。

> 李谔《上论文书》曰："魏之三祖，崇尚文辞……遂成风俗。江左齐梁，其弊弥甚……竞一韵之奇，争一字之巧；连篇累牍，不出月露之形，积案盈箱，唯是风云之状。世俗以之相高，朝廷据兹擢士。……指儒素为古拙，用词赋为君子。故文笔日繁，其政日乱。良由弃大圣之轨模，构无用以为用也。"
>
> 王氏《中说·天地篇》曰："学者，博诵云乎哉？必也贯乎道。文者，苟作云乎哉？必也济乎义。"

盖任诞放达之极，则疾当世，轻人间。疾世轻人之极，则连篇累牍，皆风云月露之状矣。故老庄派之文学，每招诋毁之词，此亦可以反证我国文学之本在善也。

二、佛学派之文学　佛学初盛，其中义解一派（《高僧传》有义解一派），亦好清谈。如支遁、道安，皆善老庄。白鸠摩罗什大译经典，莲社远公，宏敷玄义，始变此风，亦多文彩。齐、梁、陈、隋文人，如谢灵运、颜延年、张融、沈约、徐陵、庾信之伦，都耽内典，其时著论，多析玄理。今所流传，尚有《宏明》一集，可以见一时艺林之风尚也。

但此辈立论，纯主直觉，而缺论理。故辨析虽高而不严，虽深而不密。迄玄奘学于印度，始大阐因明之学，立义建言，乃甚严密，遂自成一派之文学，与孔门文学，老庄玄谈，分道扬镳。至宋代渐有融合儒家之象，而影响所及，遂成宋、元、明、清之理学。此其有裨我国固有文化之处也。

然佛家本旨虽在救世，而理高义深，不切人事。学者苟忘其本旨，易陷于虚空，此则我固有文化中老庄一派之变相也。本老庄之故性，袭佛家之新面，遂成离世厌俗之习，适足以招儒家之讥评。而自然科学之所以不得产生东方，其最大原因，实在于此。

倘已上所论不误，则我国文学始终不外主善一义。下节即当一别其长短。长短既明，则去取之间，有一定之标准矣。

（五）主善的文学所长

此种文学所长，约数之有二：

一、切近人生　儒家切近人生之义，上节已明。文学之真用，在增进人生。我国文学既切近人生，则文学之真义已得，但求其真用日广而已。

二、温柔敦厚　此四字本孔门诗教，后世论诗者所不能外。此义所生之影响，太史公《屈原列传》已发其端：

> 太史公曰："屈原既死之后，楚有宋玉、唐勒、景差之徒者，皆好辞而以赋见称。然皆祖屈原之从容辞令，终莫敢直谏。"

太史公此论，非与温柔敦厚之义相冲突也。特伤文人因谏而获罪，故曰"终莫敢直谏"耳。其后君主之权日尊严，文字之祸日暴烈，而文人处威严之下，复不忍人民之疾苦不得上闻，思欲代达，于是本温柔敦厚之教，而为主文谲谏之计，冀言之者无罪，闻之者足戒。故讽谕之体，因之大兴。白居易自集平生讽刺之作为一卷，曰《讽谕诗》。今人多喜诵之，不知实孔门诗教所生之影响，不但白氏有之，诗人多有也，且不但诗赋有之，散文亦有也。章实斋谓《过秦》非论，实乃赋体，盖以其铺陈古之失以为今之戒也。古人史论，皆是此意。（按：此言史论，非从前考试之史论，不可误会。）

谲谏之文，再变而为滑稽之文，滑稽之文，则非专以之讽君上，实以之刺当世。如王褒之《僮约》，可以代劳民之呼吁；孔德璋之《北山移文》，可以羞作伪之隐逸。此类诗文，或出游戏之笔；或寄笑骂之情，千状万态，不可比方，侧出横生，惟贵体会。故刘勰特著《谐讔》一篇论之，其略曰：

> 夫心险如山，口壅若川，怨怒之情不一，欢谑之言无方。……谐之言皆也。辞浅会俗，皆悦笑也。讔者，隐也。遁辞以隐意，谲譬以指事也。……隐语之用，被于纪传。大者兴治济身，其次弼违晓惑。……义欲婉而正，辞欲隐而显。……然文辞之有谐讔，譬九流之有小说。盖稗官所采，以广视听。若效而不已，则髡祖而入室，旃盂之石交乎！

据刘氏之论，则滑稽之文，实与小说戏剧同一作用。刘歆《七略》，谓小说出于稗官者流，不如谓其出于谲谏之变体为更确切也。

（六）主善的文学所短

此种文学之短处，则约数有三。此三短者，实主善的哲学所生之影响，非文学之过也。亦非主善的哲学之过，沿流者失真之过也。

一、**不随时变**　孔子哲学，本主适合时代，前节论之详矣。盖主善者合于道德之谓也。道德之标准，常随时、方二法而变易，非固定之事也。主善者，合于礼义之谓也。礼义之本义，不外可履行而相宜，亦非一成不变之物也。孔子本人情而定礼，详于节文，严于仪式。又恐人习于节文仪式，而忘其本于人情，遂修《易》、作《乐》、明《诗》以辅之。《易》主于变，《乐》主于和，《诗》道性情，皆所以示作礼之本意也。后儒拘泥，故守旧复古之心甚深，而因时制宜之效不显，大失时中之义矣。

至其影响文学之处，则尤彰著，以扬子云之才，乃不过一摹古专家；以昌黎之杰，亦不过学古能化。以我国文化之早兴，历史之悠久，而进步不及欧洲之速。若以近世欧洲文学变化之率推之，不应有今日之现象甚明，凡此何一非守旧复古有以致之也。复古之文，间接摹仿古人之处多，直接摹仿自然之处少。少则自然之奥秘，终古不宣，而材料亦陈而不鲜，此后人所以有"天然好语，被古人道尽"之叹也。

二、**情趣缺乏**　此种短处，则后人矫枉过正所致。大抵老庄派之文学，情思放诞太过，后人欲矫正之，遂失于枯涩。加之理学大兴，载道之言，囫囵说过，不知道贵流行，未可拘泥，载又多方，未可固定。于是属于感化之文，亦质实言理，缺乏生动之机趣，反不如《三百篇》《十九首》之情趣横溢也。西方文学多言爱情，我国文学多言伦理，亦所主之异也。

三、**无统系**　此则哲学求真理之方法，不重认识而重直觉之过。今人诟其笼统，即由于此。其初谅亦未尽如此，而后之所以致此之故，则一因孔门所急在经世，故不为空理之研究；二因老庄之学重情思，其书无观察宇宙之方法，但形容道体抒写其观察所得而已；三因功利之念重，故墨家之名学，不能盛行，佛家之因明，亦乍明而复暗。于是属丁知识之文，遂无统系；因之自然科学，亦无从发生矣。（按：此事非专论，不能详此，但发其凡耳。）

已上所论，特其大略。总之文学必受哲学之影响。我国哲学之长短，即我国文学之长短之因。而研究哲学之书绝少佳著，故欲知文学之长短，殊感困难。然即此数端以论我国文学，大概当无甚误，但有一言不可不补明者，即凡立一说，实非容易，苟不统观全体，难保无挂一漏万之讥。而我国学问，经四五千年之久，其间异同消长者，不知几何，尤非执一二端，据一二语，即可骤下定论者。故国人论学，往往陷入以部分当全体之弊，盖亦势使之然也。

（七）今后之希望

以第三章《历代修正文字表》观之，第八期实与第四期相同。而第四期之后为唐宋两代。唐之文学，宋之理学，莫不受第四期之影响，亦莫非第四期之结果。今日西学东来，其学术皆统系分明，方法完备，而交通之便利，印刷之简易，又远胜唐代。唐玄奘以一僧侣，私奔印度，归来遂令我国文化，因而更新。今日留学西方之人数与方便，亦远胜于彼时。然则更新之机，自当不远。所不如彼者，我固有之文化，久就荒落；现今之国势，已极陵夷。以比唐之初兴，有河汾之讲学于前，房、杜之修政于后，自不可及耳。故目前之大势，与南北朝正同，尚未至隋杨，更何论唐李。明眼者试一比较之，当信此言之不谬矣。故曰今后之希望，非敢薄当世也。

录自《学衡》1922 年第 9 期

◎钱基博

中国文学史概论——《斯文统宗》自序

余不自揆，少习为文章，窃叹中国以号称右文之国，而文学无史！

自范晔《后汉书》创《文苑传》之例，后世诸史因焉。然一代文宗，往往不厕于《文苑传》之列。如班固、蔡邕、孔融不入《后汉书·文苑传》；潘岳、陆机、陆云、陈寿、孙楚、干宝、习凿齿、王羲之不入《晋书·文苑传》，王融、谢朓、孔稚圭不入《南齐书·文学传》；谢灵运、颜延之、鲍照、王融、谢朓、江淹、任昉、王僧儒、沈约、徐陵不入《南史·文学传》；元结、韩愈、张籍、李翱、柳宗元、刘禹锡、杜牧不入《旧唐书·文苑传》；欧阳修、曾巩、王安石、苏轼、苏辙、陈亮、叶适不入《宋史·文苑传》；宋濂、刘基、方孝孺、杨士奇、李东阳不入《明史·文苑传》。然则入《文苑传》者，皆不过第二流以下之文学家尔！且作传之旨，在于铺叙履历，其简略者，仅以记姓名而已，于文章之兴废得失不赞一词焉。於戏！此所谓《文苑传》，而不得谓之文学史也。盖文学史者，文学著作之史也，所重者在说明文学著作，而不在铺叙文学家之履历。文学家之履历，虽或可藉为考证著作之资，法之批评文学家泰奴[①]（Taine）尝言："人种、环境、时代三者构成艺术之三要素也，欲研究一种著作，不可不先考证作者之人物、环境及时代。"质而言之，即不可不先考证文学家之履历也。然而所以考证文学家之履历者，其主旨在说明文学著作，舍文学著作而言文学史，几于买椟还珠矣！

文学著作之日多，散无统纪，于是总集作焉。一则网罗放佚，使零章残什，并有所归；一则删汰繁芜，使莠稗咸除、菁华毕出。是固文章之衡鉴，著作之渊薮矣！梁昭明太子之《文选》，宋姚铉之《唐文粹》，吕祖谦之《宋文鉴》，真德秀之《文章正宗》，元苏天爵之《元文类》，明唐顺之《文编》、黄宗羲之《明文海》，清姚鼐之《古文辞类纂》，姚椿之《国朝文录》、李兆洛之《骈体文钞》，曾国藩之《经史百家杂钞》，王先谦之《续古文辞类纂》，其差著者也。然有文学著作而无说明，以体裁分而不以时代断，于文章嬗变之迹，终莫得而窥见焉。可以谓之"集"，而不可谓之"文学史"也。此只以与诸史《文苑传》，供后此编纂文学史之材料焉耳。则信乎！中国之无文学史也！乃不得已而求诸国外。

余读日本人著《支那文学史》数种，于文章之嬗变，大率顺时代叙述，而

---

①泰奴，今译作"泰纳"。

不能提纲挈领、观其会通，所谓明而未融者也。民国六年，余任江苏省立第三师范学校国文教员，因得论次《尚书》自载尧以来，迄于中华民国之马其昶、林纾、章炳麟、康有为、梁启超、胡适诸人，得文百四十余篇，而为是编。凡百四十家，准诸文学变迁之大势，并斟酌本科四学年国文授课时间之多寡，划分为四卷：第一卷，自唐虞以迄战国，骈散未分，而文章孕育以渐成长之时期也。第二卷，自两汉以迄南北朝，渐趋词胜，而词赋昌，以次变排偶，驯至于俪体独盛之一时期也；第三卷，自唐迄明，物穷则变，而复古声高，于是俪体衰而古文日以炽之，又一时期也；第四卷，则逊清以迄民国纪元，于是穷久变通，而词融骈散，理通欧亚，取精用宏，文章开一新纪元之期，行至矣！其编纂之法，每编选一代文章，必先提纲挈领，仿诸史《文苑传》序例，叙明当代文家几何人，以迄文章转变，与若人有何关系，融通文学史于总集之中，自谓开总集未有之新纪元焉！然则中国文学变迁之大势，可得而论也。经之《易》《书》《诗》《礼》《春秋》，传之《左》，《公》《穀》，子之《墨》《老》《庄》《列》《孙》《吴》《孟》《荀》以及公孙龙、韩非之侪，集之《楚词》，莫匪戛戛独造、自出机杼。是战国以前文学主创作，而战国以后则主摹仿。湘乡曾国藩《谕子书》谓："扬子云为汉代文宗，而其《太玄》摹《易》，《法言》摹《论语》，《方言》摹《尔雅》，《十二箴》摹《虞箴》，《长杨赋》摹《难蜀父老》，《解嘲》摹《客难》，《甘泉赋》摹《大人赋》，《剧秦美新》摹《封禅文》，《谏不许单于朝书》摹《国策》'信陵君谏伐韩'，几于无篇不摹。即韩、欧、曾、苏诸巨公之文，亦皆有所摹拟，以成体段。"班固《汉书·地理志》仿《禹贡》作，陆机《辨亡论》仿贾生《过秦论》，韩愈《平淮西碑》，李商隐以为"点窜《尧典》、《舜典》字"，而吴氏《林下偶谈》则曰："欧公作滁州《醉翁亭记》，自首至尾，多用'也'字，……盖出于《周易·杂卦》一篇。"若《史记·律书》亦仿《周易·序卦》之体也。如此之类，不可枚举。故曰："战国以后，文学主摹仿也。"以时间言之，既有古今之不同；而以空间言之，则又有南北之分。梁任公言："散文之长江大河，一泻千里者，北人为优；骈文之镂云刻月，善移我情者，南人为优。"自体裁言，北人擅散文，南人长骈体。而以文章之内容言，则北方好议论，而南人工于言情；北人善叙事，而南人好骛玄想。大抵战国以前，北人文学全盛，南方文学孕育之时期也。自两汉以迄南北朝，则北方文学浸衰，而南方文学代兴之时期也。至唐以后，则又北方文学重兴，而南方文学伏流之一时期也。此其大略也，请得而备论焉。（未完）

（《文学月刊》第一号 1922 年 9 月 1 日）

　　战国以前，如经之《易》《书》《礼》《春秋》，传之《左》《公》《穀》，子之墨翟、孟轲、荀卿……其体，则散文也；其用，则叙述也，议论也。皆北方文学也；独子之老、庄，为南土所作。而《诗》三百篇、《楚词》三十余篇为言情之韵文耳！湘乡曾国藩撰《湖南征文序》，谓"湖南之为邦，……屈原出于其间，《离骚》诸篇，为后世言情韵者所祖。"固已，然考《诗》之所自作，《吕氏春秋》载："禹行功，见涂山之女。禹未之遇而巡省南土。涂山之女乃令其妾候禹于涂山之阳。女乃作歌，歌曰'候人兮猗'，实始作为南音。周公、召公取风焉，以为'周南''召南'。"而郑樵为之说曰："周为河洛，召为岐雍。河洛之南濒江，岐雍之南濒汉。江汉之间，二南之地，《诗》之所起在于此。屈宋以来，骚人墨客多生江汉，故仲尼以二南之地，为作《诗》之始。"然则《诗》三百篇之始自南音。有明证矣。战国以前，所谓言情之韵文，可考见者，惟此与楚骚耳，未能与散文中分天下也，且同一散文也，而老、庄之作，亦有与北人异趣者。六经之中，《尚书》记言，《春秋》记事，而《周礼》《仪礼》则记名物制度，罔不实事求是；其崇现实固已。至《易》为中国哲学家言之祖。然伏羲观象而画卦，文周观象而系辞；不过因宇宙自然之象，以说明人事之推迁。读《序卦传》而可知也。一言蔽之曰："即物穷理"而已。孔子曰："我欲载之空言，不如见诸行事之深切著明也。"此其崇现实之精神为何如者。至老、庄之散文，则骛玄想而厌人事矣！大抵老、庄之散文轻逸，而北人为之则端重；老、庄之散文华彩，而北人为之则质实。此之大较也，是为北方文学全盛时代。汉兴，而南人如枚叔、刘安、司马相如、王褒、扬雄之徒，寝与贾谊、晁错、董仲舒、刘向辈抗颜行，而争文坛之牛耳矣。此实南北文学消长之一大枢机也。至魏晋之际，而中原士大夫罔不尚清谈，喜老庄，南方哲学之思想也，嬗藻彩、富感兴，南方文学之色彩也。厥为南方文学全盛时代。物极则反，《唐书·韩愈传》载"愈常以为魏晋以还，为文者多相偶对，而经诰之指归，迁雄之气格，不复振起矣。故愈所为文，务返近体抒意立言，自成一家。后学之士，取为师法。"论者谓"文起八代之衰"，实则吐弃南方文学，中兴北方文学耳。（未完）

虽然，北方文学全盛，南方文学孕育之际，而有镕铸南北，以冶之一炉，集其大成者，于周有孔子焉，于汉有司马迁焉。

（一）孔子 孔子，北方之学者，然而老子之徒。《史记·孔子世家》曰："孔子年十七，鲁大夫孟釐子病且死，……懿子与鲁人南宫敬叔往学礼焉，……敬叔言鲁君曰：'请与孔子适周。'……俱适周，问礼，盖见老子云。辞去，而老子送，……子以言。……孔子自周返于鲁，而弟子稍益进焉。"是孔子问礼于老子而学大成也。《老庄申韩列传》曰："孔子适周，将问礼于老子。……孔子去，谓弟子曰：'鸟，吾知其能飞；鱼，吾知其能游；兽，吾知其能走。……至于龙，吾不知其乘风云而上天。吾今日见老子，其犹龙耶！'"是孔子之于老子，倾倒甚至也。故孔子之学，受老子之感化者，不鲜。孔子之学，可以《易》与《礼》尽之。

（1）**易**　易之《十翼》（《十翼》者，《上彖》《下彖》《上象》《下象》《上系》《下系》《文言》《序卦》《说卦》《杂卦》也），孔子言哲理之文也。老子言强弱，孔子则言刚柔，人皆谓"老子致柔，孔子体刚"，其实非也。吾则谓老子之学在弱志而强骨，孔子之学在体刚而用柔。先圣后圣，其揆一也。盖老子之术，须自家占稳方做，专气致柔，能如婴儿。知其雄，守其雌，为天下谿；知其白，守其黑，为天下式；知其荣，守其辱，为天下谷。让人在高处立，而老子只卑以自牧，不与人争，然自己地步，却不肯不站得极稳。守雌者必知其雄，守黑者必知其白，守辱者必知其荣，否则真为雌矣！黑矣！辱矣！天下之卑怯无耻，孰有过于是乎！今之用《老》者，只知有后一句，不知其命脉只在前一句也。故曰："弱其志，强其骨。"可知老子之所谓弱者，只不与人争而已，非己之不自强也。自孔子之说《易》言之曰："天行健，君子以自强不息。"老子所谓"强其骨"也。曰："柔顺利贞，君子攸行，……坤道其顺乎。"老子所谓"弱其志"也。要之，强以自立，柔以接物。老子曰："持而盈之，不如其已。揣而锐之，不可长保。金玉满堂，莫之能守。富贵而骄，自遗其咎。功成身退，天之道也。"此《易》所谓致戒于亢龙之悔也。"亢"之为言也，知进而不知退，知存而不知亡，知得而不知丧。老子所谓"持而盈之，揣而锐之"者也。老子曰："人之所恶，惟孤、寡、不穀，而王公以为称。故物或损之而益，或益之而损。"此《易》之所以称"谦劳"之有终吉也。子曰："劳而不伐，有功而不德，厚之至也。"《易·系辞传》曰："易有太极，是生两仪，两仪生四象，四象生八卦。"是孔子之主一元论也。老子曰："道生一，一生二，二生三，三生万物。"是老子亦主一元论也。魏晋之际，士大夫谈名理，兼称老易。文王周公之《易》，因非所论，若孔子之《易》，则明明出于老矣。

（2）**礼**　《史记·孔子世家》曰："孔子之时，周室微而礼乐废，……追迹三代之礼，……编次其事。"即所谓《周礼》《仪礼》二书也。《周礼》《仪礼》二书，记现实之制度。而《礼记》一书，则孔子与其门人根据老子之《道德》五千言之玄想以批评现实之制度。孔颖达疏所谓"《礼记》三作，出自孔氏。孔子殁后，七十二子之徒，共撰所闻以为记"者也。夫"自然"二字，为《道德》五千言之真髓。老子曰："人法地，地法天，天法道，道法自然。"故"失道而后德，失德而后仁，……而后礼。夫礼者，忠信之薄，而乱之首也。"是老子以礼为道之失，而孔子之论礼运，亦言大道既隐，而后上礼作，意相发明。然礼之为言履也，经天纬地。本之则太一之初，原始要终，体之乃人情之欲。"达天道"，不违于自然，"顺人情"，匪强所难能。（《礼运》："夫礼者必本于太一，……必本于天，……达天道，顺人情。"《坊记》："礼者，因人之情而为之节文。"《三年问》："称情而立文。"皆发明此旨。）则是礼者，一本于人情之自然。周公制礼之所未知，而孔子则据《道德》五千言之意以相阐明者也。《中庸》之开宗明义曰："天命之谓性，率性之为道，修道之为教。"斯又孔子之教育原则也。何谓性？本能是也。何谓率性？发挥本能是也。朱子注："率，循也，道，犹路也。人物，各循其性之自然，则其日用事物之间，莫不各有当行之路，是则所谓道也。"又曰："率性之率，不是用力字，只是顺其自然之意。"盖即孔子说《易》，"先天而天弗违，后天而奉天时"之义也。性者，本能之谓；天者，自然之谓。曰"天命之谓性"，"先天而天弗违"之意。曰"率性之谓道"，"修道之谓教"，即"后天而奉天时"之意。"先天而天弗违"者，顺乎道之自然，而天莫能违也。"后天而奉天时"者，则以"天法道，道法自然"而人不可不奉若也。要之，人固率循自然，而天亦不能违自然。老、孔之道一以贯之，曰："自然而已矣。"知此者而后可以论孔子之学。孔子之学，既如此矣。若以孔子之文论之，孔子生年著作，《论语》弟子所记，而《诗》《书》则删之，《礼》《乐》则定之，《春秋》则笔削之，皆仍袭前文，述而不作也。惟于《周易》有赞耳。仪征阮元曰："孔子于乾坤之'言'，自名曰'文'。……'文言'数百字，几于句句用韵，……不但多用韵；抑且多用偶。"以余观之，岂特文言如此，其《彖》《象》《传》《杂卦》五篇亦用韵。仅《系辞》《说卦》《序卦》四篇不用韵，然亦间有一二，如"鼓之以雷霆，润之以风雨。日月运行，一寒一暑，乾道成男，坤道成女""君子知微知彰，知柔知刚，万夫之望"。呜呼！此又老子《道德》五千言之文体也！老子文之叶韵者，如"挫其锐，解其纷，和其光，同其尘。""玄牝之门，是谓天地根。绵绵若存，用之不勤。""五味，令人口爽。驰骋畋猎，令人心发狂。难得之货，令人行妨。""视之不见，名曰夷。听之不闻，名曰希。搏之不得，名曰微。""窈兮冥兮，其中有精。其精甚真，其中有信。"偶句更难仆数。而孔子则以老子用韵比偶之法赞《易》，此孔子镕铸南北之文体者一也。抑又闻之桐城刘大櫆曰："上古文字初开，实字多，虚字少。《典》《谟》《训》《诰》，何等简奥！……至孔子之时，虚字详备，作者神态毕出。……文必虚字备而后神态出。"而不知文之用虚字者，南方文学之情韵也。吾常听北人语，往往助词不多，语甚简捷，而语言助词之多，觉无有甚于江以南者。以今日南北语法之异，而推之占人之文，可知也。夫文之虚字，即语之助词也。《周诰》《殷盘》佶屈聱牙，虚字不多，自是北人文体。而南人散文之最古者，若如《老子》，其中之、乎、者、也、矣、焉、哉具备，可覆按也。至孔子赞《易》，则者、也二字特多，而其门弟子所述《论语》《礼记》及《左氏传》之用虚字，则尤脱口如生。此是文章一大转变。吾尝谓今日白话文中之多语助词，是北语之南方化，犹之孔子当日作文之用虚字，是北方文学之南方化也。以思想言者既如彼，以文体言之又如此。故曰："孔子者，实镕铸南北文学，而冶之一炉，集其大成者也。"

（二）司马迁 司马迁之《史记》，似与《尚书》《春秋》同类，然而有未容相提并论者。吾尝谓太史公之书，其文则史，其情则骚。古之作史者，以纪事，不以抒情。而史迁则以纪事为抒情。《尚书》记言，《春秋》记事，亦如其人之言与事记之而已，不参以己意也。而史迁则意有所郁结，发愤之所为作。故尝见意于《自序》曰："太史公遭李陵之祸，……身毁不用矣！退而深惟曰：'夫《诗》《书》隐约者，……大抵圣贤发愤之所为作也。此人皆意有所郁结，……故述往事，思来者。'"此明示其述作之旨，在抒情，不在记事也。又尝见"义例"于《屈贾列传》曰："屈原之作《离骚》，盖自怨生也。……上称帝喾，下道齐桓，中述汤武，以刺世事；明道德之广崇，治乱之条贯，靡不毕见。其文约，其辞微。"此尤告明后世读者以其文则史，其情则骚也。夫史者，北方崇现实之文学也。骚者，南方富感兴之文学也。而史迁则寓骚之感兴于史之现实，此又史迁之镕铸南北文学以自成一家言也。

中国数千年文学之嬗变，略具于是矣。余治中国文学史数年，颇多发人之所未发，亦欲以通古今之变，成一家之言，卒卒未暇以为。会是编之成，而约其旨于此。世有知言君子幸览观焉。

十年五月十日

录自《文学月刊》1922年第3期

中国的文学批评家

中国文学的批评，从孔子以来，已经有了。我们读《论语》就有一段，先写在下面：

> "棠棣之华，偏其反而，岂不尔思，室是远而。"
> 子曰："未之思也，夫何远之有？"

《孟子》（上）所载，还有两段：

> 《诗》云：迨天之未阴雨，彻彼桑土，绸缪牖户，今此下民，或敢侮予。孔子曰："为此诗者，其知道乎，能治其国家，谁敢侮之。"
> 《诗》曰：天生烝民，有物有则，民之秉彝，好是懿德。孔子曰："为此诗者，其知道乎，故有物必有则，民之秉彝也，故好是懿德。"

《左传》也载有一段：

> 《郑子产献捷于晋》篇。仲尼曰："志有之，言以足志，文以足言，不言谁知其志，言之无文，行而不远，晋为伯，郑入陈，非文辞不为功，慎辞哉。"

以上四段，不过偶举所记忆的，即此也可以证明孔子读书常用批评的眼光，为中国文学批评家之祖了。

孔子的门徒，义学一科，为子游、子夏。《史记》上说："孔子作《春秋》，游、夏之徒，不能赞一辞。"所谓"赞一辞"，即是批评一句。独举游、夏之徒，可以见得古来文学家是擅长批评的。子夏的《诗序》说明作诗者的本意，尤其是文学批评的专门功夫。他所作《大序》，论到诗的起源，更指示风、雅、颂的区别，真能于诗的文学上，推本穷源的。现姑节录一段，以见大概：

> 上以风化下，下以风刺上，主文而谲谏，言之者无罪，闻之者足以戒，故曰风。至于王道衰，礼义废，政教失，国异政，家殊俗，而变风变雅作矣。国史明乎得失之迹，伤人伦之变，哀刑法之苛，吟咏情性，以风其上，

达于事变，而怀其旧俗者也。故变风发乎情，止乎礼义，发乎情者，民之性也，止乎礼义者，先王之泽也。

这一段可以显出文学的精神，与时代有密切之关系，而民族的特性，及文化之遗传，皆为文学的根本。把中国文学的精粹，发明得极其透彻精深了。

六经诸子而外，独以文学名家的，自然是屈原。屈原的人格是独立的，屈原的文辞是创造的。司马迁作《屈原列传》，批评屈原文学说：

> 《离骚》者，犹离忧也。夫天者，人之始也；父母者，人之本也。人穷则反本，故劳苦倦极，未尝不呼天也；疾痛惨怛，未尝不呼父母也。屈平正道直行，竭忠尽智，以事其君，谗人间之，可谓穷矣。信而见疑，忠而被谤，能无怨乎？屈平之作《离骚》，盖自怨生也。《国风》好色而不淫，《小雅》怨诽而不乱。若《离骚》者，可谓兼之矣。上称帝喾，下道齐桓，中述汤、武，以刺世事。明道德之广崇，治乱之条贯，靡不毕见。其文约，其辞微，其志洁，其行廉。其称文小而其指极大，举类迩而见义远。其志洁，故其称物芳；其行廉，故死而不容自疏。濯淖污泥之中，蝉蜕于浊秽，以浮游尘埃之外，不获世之滋垢，皭然泥而不滓者也。推此志也，虽与日月争光可也。

史公这段批评，于屈原可以算得推崇到极至了。他是从文辞说到人格，又从人格说到文辞。除了屈原不能当这批评，也除司马迁不能有这样的批评。所以知道文学批评家的自身，必须一个大文学家，不是随便什么人，在那里瞎三话四的。

刘向校书，每种为之序录，这是后来书目提要的滥觞，也就是文学批评中的绍介类。但是中垒此类序录，已多不传，并且有伪托者。现在可信的，不过《战国策》《列子》《晏子》《春秋》等数种。《战国策》序录的最后一段，很具批判的精神。他说：

> 战国之时，君德浅薄，为之谋策者，不得不因势而为资，据时而为画。故其谋扶急持倾，为一切之权，虽不可以临教化，兵革救急之势也。皆高才秀士，度时君之所能行，出奇策异智，转危为安，运亡为存。亦可喜，皆可观。

到了魏文帝曹丕作《典论》，里面《论文》一篇，始为纯粹的文学批评了。他把建安七子，一一加以批评。如说：

王粲长于辞赋，徐幹时有齐气，然粲之匹也。如粲之《初征》《登楼》《槐赋》《征思》，幹之《玄猿》《漏卮》《圆扇》《橘赋》，虽张、蔡不过也。然于他文未能称是。琳、瑀之章表书记，今之隽也。应玚和而不壮，刘桢壮而不密。孔融体气高妙，有过人者，然不能持论，理不胜辞，以至乎杂以嘲戏。及其所善，扬、班俦也。

他后面又说：

文章，经国之大业，不朽之盛事。年寿有时而尽，荣乐止乎其身，二者必至之常期，未若文章之无穷。……古人贱尺璧而重寸阴，惧乎时之过已。而人多不强力，贫贱则慑于饥寒，富贵则流于逸乐，遂营目前之务，而遗千载之功。日月逝于上，体貌衰于下，忽然与万物迁化，斯志士之大痛也！

这一段激励我们，使以文学自立，为不朽的计划，语句沉痛得很。凡是青年，真不可不三复此言啊！他还有一篇《与吴质书》，和此篇相像的。他说：

……观古今文人，类不护细行，鲜能以名节自立。而伟长独怀文抱质，恬淡寡欲，有箕山之志，可谓彬彬君子者矣。著《中论》二十余篇，成一家之言，辞义典雅，足传于后，此子为不朽矣。德琏常斐然有述作之意，其才学足以著书，美志不遂，良可痛惜。间者历览诸子之文，对之技泪，既痛逝者，行自念也。孔璋章表殊健，微为繁富。公幹有逸气，但未道耳；其五言诗之善者，妙绝时人。元瑜书记翩翩，致足乐也。仲宣独自善于辞赋，惜其体弱，不足起其文，至于所善，古人无以远过。……诸子但为未及古人，自一时之隽也，今之存者，已不逮矣。后生可畏，来者难诬，然恐吾与足下不及见也。……

陈思王曹植有《与杨德祖书》，是批评当时文学的，里面有一段很可以证明这时代文学的批评的盛行。他说：

……以孔璋之才，不闲于辞赋，而多自谓能与司马长卿同风，譬画虎不成反为狗也。前书嘲之，反作论盛道仆赞其文。夫锺期不失听，于今称之，吾亦不能妄叹者，畏后世之嗤余也。世人之著述，不能无病，仆常好人讥弹其文，有不善者，应时改定。昔丁敬礼常作小文，使仆润饰之，仆自以才不过若人，辞不为也。敬礼谓仆："卿何疑难，文之佳恶，吾自得之，后世谁相知定吾文者邪？"吾常叹此达言，以为美谈。……刘季绪才不能逮于作者，而好诋诃文章，掎摭利病。昔田巴毁五帝，罪三王，呰五霸于稷下，一旦而服千人，鲁连一说，使终身杜口。刘生之辩，未若田氏，今之仲连，求之不难，可无息乎？

文学批评的专书，莫先于晋挚虞之《文章流别论》。其书久已不传，仅见于《艺文类聚》《北堂书钞》《太平御览》诸类书中，不能成为篇幅了。大概其书以文体分类，各选古代作品而论次之，现在把他论赋的节取几句：

> ……古诗之赋，以情义为主，以事类为佐；今之赋，以事形为本，以义正为助。情义为主，则言省而文有例矣；事形为本，则言当而辞无常矣。文之烦省，辞之险易，盖由于此。夫假象过大，则与类相远；逸辞过壮，则与事相违；辩言过理，则与义相失；丽靡过美，则与情相悖。此四过者，所以背大体而害政教，是以司马迁割相如之浮说，扬雄疾"辞人之赋丽以淫"也。

看上文一段，可见挚虞所论，于文学上很有纠正时俗的意思啊。

六朝的文学批评，现在还有完书的，就是梁钟嵘的《诗品》，梁刘勰的《文心雕龙》了。此外梁任昉的《文章缘起》，不过著各体文之始，没有什么发明，不能厕于文学批评之例。兼之其书恐怕已是唐人补撰，不是任昉原本哩。

钟嵘的《诗品》三卷，把古来诗人分为上、中、下三等。上卷上品十六人，中卷中品三十九人，下卷下品七十二人（共一百二十七人，据《汉魏丛书》本细检得此数，乾隆《四库提要》说是一百有三人，但是钟嵘原序，也说凡百二十人）。他所品题，后来人像王世贞、王士祯辈，很有些不以为然。但是就大体而言，不能不佩服他，像前人所赞美说"折衷情文，裁量事代，洞悉言理，妙示法程"的。他曾历序文学批评一段，很有关系。他说：

> 陆机《文赋》，通而无贬；李充《翰林》，疏而不切；王微《鸿宝》，密而无裁；颜延论文，精而难晓；挚虞《文志》，详而博赡，颇曰知言。观斯数家，皆就谈文体，而不显优劣。至于谢客集诗，逢诗辄取；张骘《文士》，逢文即书。诸英志录，并义在文，曾无品第。嵘今所录，止乎五言。虽然，网罗今古，词文殆集。轻欲辨彰清浊，掎摭病利，凡百二十人。预此宗流者，便称才子。至斯三品升降，差非定制，方申变裁，请寄知者尔。

刘勰的《文心雕龙》，也有一段叙述文学批评家的历史，和钟嵘所举不相上下。他说：

详观近代之论文者多矣：至如魏文述《典》，陈思序《书》，应玚《文论》，陆机《文赋》，仲洽《流别》，弘范《翰林》，各照隅隙，鲜观衢路。或臧否当时之才，或铨品前修之文，或泛举雅俗之旨，或撮题篇章之意。魏《典》密而不周，陈《书》辩而无当，应《论》华而疏略，陆《赋》巧而碎乱，《流别》精而少功，《翰林》浅而寡要。又君山、公幹之徒，吉甫、士龙之辈，泛议文意，往往间出，并未能振叶以寻根，观澜而索源。……

　　《文心雕龙》共有五十篇，其中二十五篇论文章的体制，二十四篇论文章工拙的缘由，最后为《自序》一篇。文学批评的专书，没有比此更完了。可惜囿于当时的风气，全书都用骈偶之句，议论不能疏畅。然而搜采完备，体大思精，于向来文学批评中，可以算得集其大成了。

　　以上六朝时人的文学批评，不过较量古作，没有创造新体的力量。到了唐朝陈子昂、元结辈，始有改进的意思。韩愈出来大提倡文学革命，要推翻魏晋以来日趋繁缛的骈偶文字，而建设所谓"古文"的新文学。这推翻和建设的功夫，不能不从文学批评上宣传出来。所以韩愈集中有多少论文的书，就是为此而作的。他《与冯宿书》说：

　　辱示《初筮赋》，实有意思。但力为之，古人不难到。但不知直似古人，亦何得于今人也？仆为文久，每自测意中以为好，则人必以为恶矣。小称意，人亦小怪之；大称意，即人必大怪之也。时时应事作俗下文字，下笔令人惭，及示人，则人以为好矣。小惭者，亦蒙谓之小好；大惭者，即必以为大好矣。不知古文直何用于今世也，然以俟知者知耳。

　　这封信中，有多少的牢骚，可见文学革命，是不容易。在当时变古的文字，尤以樊宗师最为怪癖，差不多使人不能够句读，解释更不必论了。韩愈为了矫枉的缘故，独竭力的称赞他，为作《樊绍述墓志铭》说：

　　惟古于词必己出，降而不能乃剽贼，后皆指前公相袭，从汉迄今用一律。寥寥久哉莫觉属，神徂圣伏道绝塞。既极乃通发绍述，文从字顺各识职。有欲求之此其躅。

　　李翱、皇甫湜从学韩门，批评反对旧文学，也同韩愈一样。但是这时候新旧文体之争，很为激烈；像韩、李所尊崇的，裴度就极不以为然。他有《寄李翱书》说：

　　观弟近日制作，大旨常以时世之文，多偶对俪句，属缀风云，羁束声韵，为文之病甚矣。故以雄词远志，一以矫之，则是以文字为意也。且文者，圣人假之以达其心，达则已，理穷则已，非故高之下之详之略之也。愚欲去彼取此，……文之异，在气格之高下，思致之浅深，不在其碟裂章句，骤废声韵也。人之异，在风神之清浊，心志之通塞；不在于倒置眉目，反易冠带也。……昌黎韩愈，仆识之旧矣，中心爱之，不觉惊赏，然其人信美材也。近或闻诸侪类，云恃其绝足，往往奔放，不以文立制，而以文为戏。可矣乎！……

以上裴晋公的批评韩、李古文，实在足以代表当日一般人的心理。所以《平淮西碑》那样的大文章，不惜一旦磨而去之。而段文昌的重作，仍旧是骈偶体。所以终唐朝的一代，古文派的新文学，还未能盛行。

唐朝的诗，算为最盛了。诗的批评，少有专门的著作，却多包于各家的诗句中。像杜甫所谓"清新庾开府，俊逸鲍参军"之类，却是不少，杜又有《戏为六绝句》，似乎可以作为一种具体的批评。后来元好问、王士祯都曾效法他，元、王的诗太多，后文不载了，姑把杜的六绝句，记于下面：

> 庾信文章老更成，凌云健笔意纵横。
> 今人嗤点流传赋，不觉前贤畏后生。
> 王杨卢骆当时体，轻薄为文哂未休。
> 尔曹身与名俱灭，不废江河万古流。
> 纵使卢王操翰墨，劣于汉魏近风骚。
> 龙文虎脊皆君驭，历块过都见尔曹。
> 才力应难夸数公，凡今谁是出群雄。
> 或看翡翠兰苕上，未掣鲸鱼碧海中。
> 不薄今人爱古人，清词丽句必为邻。
> 窃攀屈宋宜方驾，恐与齐梁作后尘。
> 未及前贤更勿疑，递相祖述复先谁。
> 别裁伪体亲风雅，转益多师是汝师。

杜甫这几首诗，排斥当时诗家沿齐梁的末流，失却正宗，而以"别裁伪体亲风雅"为最[①]勉，真是绝有关系的文学批评。

唐人诗的文学批评的专书，约有三部：一为托名僧皎然的《诗式》，一为托名杜举的《诗法源流》，一为托名贾岛的《二南密旨》。这三部书，都是靠不住的。唯有司空图的《诗品》二十四首，把诗的好处一一形容出来。因为他本是唐末的大诗家，此中三昧，参悟很深，所以能够说得十分亲切了。

①最：古同"勖"。

孟棨的《本事诗》，和范摅的《云溪友议》，始开后来诗话的一派。但孟氏的书，只将历代词人言情之作，叙其本事，和宋人的诗话，稍有分别。范氏的书，是后代说部的笔记之类，不过涉及诗事的，居十分之八九罢了。诗话起于欧阳修，实为最善的文学批评。自此以后，仅宋朝一代的诗话，差不多有几十家。元明以来，凡属著名的诗人，总要做诗话一部。大意约有三条：

（一）藉以批评古人的诗，证明自己的宗派，有时亦附记古诗的注解。

（二）采摭同时人的诗，用自己的眼光，加以批评，（甲）揄扬同派，（乙）掊击异派。

（三）杂记琐闻轶事，或种种故实，和说部相通。

宋人的诗话，一天盛似一天，于是有葺前代散见的诗话，合为一编的。阮阅的《诗话总龟》前后集九十八卷，唐以前的诗话，大半多有了。计有功的《唐诗纪事》八十一卷，是专葺唐朝的诗话的，亦称略备。明朝胡震亨的《唐音癸签》三十三卷，也可与阮、计二书，鼎足而立。此外胡仔的《苕溪渔隐丛话》前后集一百卷，集北宋诗话的大成，魏庆之的《诗人玉屑》二十卷，集南宋诗话的大成，更有葛立方的《韵语阳秋》二十卷，蔡正孙的《诗林广记》二十卷，都是诗话的总汇，清朝吴景旭的《历代诗话》，八十卷，从《三百篇》到唐宋元明，尤为完全。从这些书上看来，可以算得洋洋大观了。

宋朝诗话式的文学批评以外，更有文话。李耆卿的《文章精义》一卷，掇拾于《永乐大典》中，其论很能"原本六经，不屑于声律章句，而于工拙繁简之间，源流得失之辨，皆一一如别白黑"（《四库提要》语）。又有王正德的《余师录》四卷，亦由《永乐大典》中辑出，汇集前代论文之语，自北齐以迄于宋，不参以自己的论断。二书实是文学批评的善本呢。

骈偶文一体至宋王铚始有《四六话》二卷和谢伋的《四六谈麈》一卷。词的一体，两宋极盛，至张炎始有《词源》二卷。清朝徐釚的《词苑丛谈》十二卷，可以算集词话的大成。但这是指有专书的，若论四六论词的散见说部的诸家笔记里面，像宋吴曾的《能改斋漫录》，元刘埙的《隐居通议》等类，那是不可胜数了。

古来多有把选文的去取，表明一种文学批评的暗示，推梁萧统的《文选》为始。姚铉的《唐文粹》不选四六，不选律诗，暗示古文的正派。真德秀的《文章正宗》，以理为主，暗示理学家的文格，都是这一类。到了元明以后，用暗示法提倡一时风尚的，像李攀龙的《诗删》，暗示七子派，钟惺、谭元春的《诗归》暗示反七子派等等，于文学批评史上，也是极有趣味的。

宋朝人的诗话最多，元明两朝比较的不及了（乾隆《四库书目》只收明人诗话五部，其余四十多部编入存目）。大概他们论诗，也不如宋人，有多少很持偏见的，甚至像谢榛的《诗家直说》，竟是用以自誉的，不免下劣已极了。至于杂剧传奇，元明间作者甚多，但是批评家却绝少，郁蓝生的《曲品》二卷，分神品、妙品、能品、具品四种，分列各家，加以考语，那真是空谷足音哩。

宋人读书，始有批抹法，于字句旁边，加以圈点勾抹的符号，表明章法，句格，意义的深浅，文辞的工拙。这种符号见于元程端礼的《读书分年日程》，有黄勉斋《批点四书例》，谢叠山《批点韩文例》，大概用青黄红黑四色，以为分别。元方回的《瀛奎律髓》，旁存圈点，是此种批抹有刻本的第一部。批评之外，更于书眉上加以批评，说明所以批评的意思。到了明朝，用批抹以读古书，用批抹以读时文，更是触目皆是了。

明人批点的书，至今流传的，有归有光评点的《史记》，钟惺评点的《秘书》十八种。其余明人刻书，大抵有评点的居多，此等评点家，尤以孙鑛为最著名，与清朝的何焯相埒。我们翻阅古籍，时时看见孙月峰、何义门的评语，便是他们二位呢。

中国的古文学，自然以《左传》《史记》《汉书》《文选》四部为紧要，所以古今批评的，也是最夥。后来有人把一切的批评，合为一书，《左传》有清朝冯李骅的《左绣》，《史记》《汉书》有明朝凌稚隆的《〈史记〉评林》《〈汉书〉评林》，《文选》也有清朝于光华的《集评》。其余杜诗韩文诸集，大抵注家亦兼评家，若要历数，有些"更仆难终"了。

钱谦益的《历朝诗选》，朱彝尊的《明诗综》和《历代词综》，于各诗人小传后，杂载历来的评语。这种体例，后来沈德潜的《诗别裁》，王昶的《湖海诗传》《续词综》，都是效法他的。我们未读这人的著作以前，先得其人的生平大略，和文学价值，为我们介绍，实在一个文学批评最好的法子。

清朝的中叶，中国的文学思想，有一种很大的变迁，这变迁，不在桐城、阳湖两派，站在文坛的大文豪，其一是章学诚，其一是龚自珍。章氏的《文史通义》，龚氏《古史钩沉论》，都是以独创的见解，把古来的传说，根本推翻，或根本整理之。他们不比从前寻行数墨辈，作雷同的说话，也不暖暖姝姝，做一先生的奴隶和忠臣。有了他们廓清三四千年以来的脑污，可以迎受西洋文学化的根基了。

桐城、阳湖两派的文学主张，散见这两系的各家文集中，很为不少。但是他们都用力于模仿主义，上宗韩、欧，下法归、方以外，没有别的了。近人姚永概的《文学研究法》，汇集这些名家的论说，用己意贯串之，很能条理秩然。我们若然求中国文学于这两派里面，这部书也可为晚近的杰作了。

小说的有批评，自然始于张采（即金圣叹）。他把小说列入文学之内是很伟大的见解。他所定的六种才子书，一《庄》，二《骚》，三《马史》，四《杜律》，五《水浒》，六《西厢》。他于《水浒》和《西厢》两书，用一种精锐无比的文笔，创造很有趣味的小说批评，所以大受读者的欢迎，风行一时，但是我们读他所批评的古文和唐诗，识见很是很浅薄，远不及他的小说批评的好，是一桩极奇怪的事。自从金圣叹以后，小说有批评的，日多一日，像《三国演义》等，虽不是圣叹所批，圣叹却以第一才子称赞之。又以后凡是稍著名的小说，批评的或不止一家，像《红楼梦》《聊斋志异》等，评本都是不少。本来喜读小说的人，既然比读圣经贤传及其他书的人多。小说批评，因附属于小说，尤其容易资人以谈助。所以金圣叹的名字和他的书，家弦户诵，到这样地步。因此想到西方的文学批评，也大半是对于小说和戏剧的，就不足为异了。

科举的文章，本来没有文学的价值，他的批评，不过是指点怎样作法，可以入主司之目，思想十分卑陋的。但是明朝的经义，实在是作俑于元朝，所以这时有倪士毅已做成《作义要诀》一书了。到了明季，有《程墨》《房稿》等刻，书坊射利，往往聘请当时名士为他们批点。批点的人愈著名，销行的数目愈多。批评的主张，很能转移一时风尚，像艾南英的《文待》《文定》两种，风行得很利害。并有吕留良把种族主义，暗藏于他所批点的时文中，惹起湖南曾静之狱。现在八股已废了，没有人再回顾他，但是七百多年历史上的事实，及其影响于文学思想，和社会现象的，实在不少。梁章钜的《制义丛话》，搜采的很富，但是今朝已成了废物，反不如他的《楹联丛话》，我们还可把来作为古代文学批评之殿罢。

总而言之，文学批评是批评过去的文学。批评过去的文学，就是要创造未来的文学。所以文学批评，于宗派异同间，不免是互相争执的。不过批评家必须以冷静的头脑，平允的眼光，拥护文学的精神，开创文学的魄力，方才能够成一个真正的文学批评家。像清朝赵执信本为王士禛的甥婿，且两人很为相得，因其不肯作《观海集》的序，就深恨之，做一卷《谈龙录》，竭力的诋毁，这是大差了。古代还有受了人家文学上的批评，却借他事以相倾陷，害及身家的，那末，文学批评，不免要做危险品了。

我们要定文学批评的禁例三条，来做本篇的结尾。

（一）文学批评，限止于批评文学，不得旁及文学以外的其他。

（二）文学批评，是为文学而作批评的，不得为了其他而批评文学的。

（三）文学批评，既不挟一种恩怨而有批评，所以受批评的，亦不得因批评而生恩怨。

录自《青年进步》1922年第53期

◎余宝劻

文学史

文学之定义

古昔司徒敷教,三代设庠序学校,文学隶于官守。百官以察,万民以治,故典章之所行,即学术之所寄。当时学者,学为道而已,不局于文也。自官师分,而政教不合,于是下之所学,非上之所教,其弊盖自周末文胜始。孔子言教育,分四科,标文学于四教也。先之以文行立教宗旨,文质合一。战国诸子起,各本一家之学,发为文章,著书立说,士夫多效之,已开文胜之渐,然尚有所谓学者在也。魏晋以降,文集之风盛,学几乎息。陋者甚至求精博之学于浮靡之文,且奉浮靡之文为精博之学,不知道之明也。文即学,学即文,道之微也。文自文,学自学,今日学校朋兴,科学林立,文学一门,上列教科。然使学者仍溺于文胜之陋习,而瞀于学术之本源,崇尚虚靡,瑂琢章句。青年奋发,皓首而莫知所归,则不惟不能振起古学之颓靡,且有以妨碍各科之发达,其贻害岂不大哉?爰首揭定义,为学者告,俾知夫学者文之所由著。故论学术,必求诸各种科学,而后大成。文者,学之所由宣,苟无以通乎一切之学,仍不能振起一国之文也。若夫以藻绘为文,以体裁、格调、声律为学,其义戋戋,而言有枝叶,斯则不足以言文矣,而文学云乎哉!

文学之正宗

中国古昔圣哲,尧曰文思,舜曰文明,禹曰文命,西伯曰文王,周公曰文公,孔子以师儒而上绍斯文之统,故语曰"文不在兹"。夫古人之以文名者,岂如后世之尚词华,矜著述哉?文者所以载道,道必因文以见,此文之所以有学在也。观天不言,而四时行、百物生,天之道也。日月出没,寒暑往复,星辰罗列,焕乎有文矣。地之大而载华岳、振河海,地之道也。草木繁殖,禽兽孳乳,宝藏蕴蓄,灿然有文矣。人道本天地,尽其道可与天地参而生聚焉、而教育焉、而制作焉。典章制度备,礼乐刑政明,人道立矣。人道立,即人文生。中国文明,开自伏羲,伏羲仰观俯察,画八卦、启文明。至唐尧定历授时,而天文焕;虞舜设官敷教,而人文焕;夏禹治水作贡,而地文焕;文王、周公、孔子继之,因《易》而作彖、象、系辞,皆发明道也,亦即皆发明文也。然其道实为伦常日用之道，故其文实为布帛菽粟之文。为布帛菽粟之文，载伦常日用之道，所谓文学之正宗者，如是而已。俗儒不知经天纬地之谓文，而以辞当之，于是道为文所蔽，文为辞所蔽，而文之真义失。溯自魏晋以降，缀文之士如鲫，论文之书汗牛，藻饰相炫、骈散树垒，而尤高自标帜者，且尊其名曰古文。纷立体派、声调以束缚驰骋之在上者，复利用之以愚民，遂使一般翘秀后生之有用精神、可珍岁月，举消磨耗费于其中。而民以愚，而国以替。吁！先哲以文学开民智、兴国运，后人乃以文学锢民心，坏国基，讵非事之大可哀者耶？近日海内名流，洞瞩文学末流之弊，乃竞以文学改革相提倡，而其兢兢者，尤在于言有物，是亦中国文学将兴之一大机栝。而民智、国运，或随以转乎，跂予望之矣。

文学与文字之关系及文学史之缘起

文字为代表语言之符记，而文学者，又应用文字以发表语言之意志者也。故必先有文字，而后有文学。上古之时，浑浑噩噩，文字未兴，固无所谓文学也。厥后民生日繁，民事日赜，民智日瀹，今昔思想之传导，南北人情之通邮，前后事物之记载，皆不能不恃一物以为之媒介标帜于其间，于是一进为结绳之治，再进为书契之治，而文字文学，遂相继应运而兴。嗣是以降，社会上应用，有文字以为语言之符记，有文学以为语言之表章。相资相成，而古今、南北、前后之间，乃藉以交通而靡阂。是文学之功用，固与文字相得益彰也，其关系不綦密乎？顾自文学既兴，推行愈远，创之者源出于一，承之者其流有百。故中国数千年中文学之历史，深有足资研究者矣。兹为分期述之。

文学之分期

第一章　文学发生时期（伏羲黄帝）

文学之兴，原于文字，未有文字，何有文学？故上古惟知以结绳为治。泊伏羲氏兴，始俯察仰观，制乾（☰）、坤（☷）、坎（☵）、离（☲）、震（☳）、兑（☱）、艮（☶）、巽（☴）之八卦，盖即当时最简之象形文字。此为文字创造之始。迨黄帝史官仓颉起，见鸟兽蹄迒之迹，知文理之可相别异也，乃作书契，制六书，而文字之用始备。文字既备，文学乃兴。故《灵枢》《素问》诸经，著自岐黄，为后世生理学之鼻祖。《纪年》《世本》诸书，托始黄帝，为后世史学之滥觞。是伏羲、黄帝者，非特文字之源，抑亦学术之本也。

第二章　文学昌明时期（唐虞至战国）

文学至唐虞而大明，至战国而大昌。就中之蔚为特色者有二：一曰经，二曰子。试分论之。

（一）六经　六经者，《诗》《书》《易》《礼》《乐》《春秋》，皆古代之史也。《尚书》记言，为唐虞三代之史；《春秋》记事，为春秋列国之史；《易》为上古羲皇之史；《诗》为商周十五国之史；《礼》《乐》尤为一代制度之史。古代声名文物，咸萃于兹。然亦经列圣制作，递相纂述，历久而后备，固非秦汉以后之史书，所可同日语也。盖六经虽为往古之陈迹，而实为后来所取资；虽为事实之记载，而实为学理所隐寓。况自孔子删订纂修以后，一字一句，皆有深意存乎其间，有大义焉，有微言焉。大义，可求诸经文之中；微言，须会于经文之外。大抵六经之道，言进化而不言退化，言入世而不言出世，言实际而不言虚无，以大同为归宿，以仁义为设施，以强健不息为途程，以觉人救世为责任，可以随人而施教，可以随世而施政。虽世道有治乱，风化有变迁，亦莫不范围于六经之中而不可越。故六经之为学，大之，可以求典章制度之宏；小之，可以为广见博闻之助；显之，可以致家国天下之用；微之，可以获身心性命之益。其道至广博而无涯，为万世学术所从出。夫岂徒以文章著哉？然六经固非以文章著，而后世论学之士，咸谓文章之原，出于六经。刘彦和曰："论说辞序，《易》统其首；诏策章奏，《书》发其源；赋颂歌赞，《诗》立其本；铭诔箴祝，《礼》总其端；纪传檄文，《春秋》为根。"颜之推曰："诏命策檄，生于《书》；序述论议，生于《易》；歌咏赋颂，生于《诗》；祭祀哀诔，生于《礼》；书奏箴铭，生于《春秋》。"观二子所言，可以知之矣。惟二子之说，仍囿于徒以文章视六经。其尤蔽者，务为碎义，穿凿其词，解说一字，辄千万言，幼童而守一艺，白首而无所成，安其所习，毁所不见，终以自蔽，此则学者之大患也。夫古之学者，耕且养三年而通一艺，存其大体，玩经文而已。是故日用少而蓄德多，又何用拘文牵义，失圣人立言之旨，而重为世诟病哉！

六经之无《乐经》者，何也？盖乐有声而无义。乐歌曰词，其词在诗；乐舞曰容，其容在礼（即《礼记》）。故《论语》言"孔子自卫反鲁，然后乐正，雅、颂各得其所。"汉初，乐人窦公，亦颇记其铿锵鼓舞，而不能言其义。铿锵，即诗之词；鼓舞，即礼之容，乐之义已尽，更无义之可言。是可知乐本无经也，《艺文志》别立乐类，即以《乐记》入之，是不过取足六经之数耳。

六经之名，著自孔子，后世乃递有增益。东汉之末，以《孝经》《论语》配五经，称为七经（见《后汉书·赵典传》）。迄于唐代，则以《春秋》之《左氏》《公羊》《穀梁》三传，析为三经，又以《仪礼》与《周礼》《礼记》称曰三礼。合之《诗》《书》《易》乃为九经（顾炎武说）。北宋之初，始复崇《论语》《孝经》，更配之以《尔雅》《孟子》二书，而十三经之名以立。历迄于今，咸沿其称，此又群经沿革之大略也。

（二）**诸子**　三代以前，天下之文学，尽出于官司之掌。仕有世禄，学有世官，故学术专而文化美。周衰，天子失官，学者失业，而百官之学，乃流为百家。观于班氏《艺文志》可知也。惟其时贵族专制之羁缚已脱，君主专制之羁缚未来，文人学士，各出其心思材力，引端驰说，极思想言论之自由。于是凡百之学术大昌，而文章亦斐然矣。兹就班志十家中，举其著者而略论之。

（1）儒家　儒家出于司徒之官，而为之宗主者，厥惟孔子。孔子祖述尧舜，宪章文武，修订六经，遂以集上古文学之大成。然揆其生平，问官于郯子，问礼于老聃，学乐于苌弘，学琴于师襄，涵宏渊博，不立町畦，夫固能综贯百家，而实不名一家者也。惟其及门弟子，上承师说，大都游文于六艺之中，留意于仁义之际，尊闻行知，要为儒家之宗。洎后孟子继起，更提倡孔学而光大之，而儒家文学乃益焕然矣。

（2）道家　道家出于史官，而为之宗主者，厥惟老子。老子作《道德经》五千言，其大旨在"无为""不争"。故曰："知其雄，守其雌。"此固中国哲学之元祖也。厥后庄周师其说，作《逍遥游》《齐物论》，而放任过之。然其学多失于高远，若治国家者不善用之，则无为者必至于废万几，不争者必至于受陵侮。印度、希腊哲学日兴，而国日衰，吾为此惧也。

（3）墨家　墨家出于清庙之守，而墨翟为之宗。其主旨在"兼爱""尚俭"。今观墨氏经说，多发明算术格致之理。如《经上》云："端，体之无序而最前者也。"所谓"端"者，即几何学之点序，犹东序、西序两旁之谓也。几何学所谓点，无长短广狭是也。最前者，几何学所谓线之界是点是也，又云"圆一中同长者也"，即几何学所谓自圆界至中心作直线俱等之理也。《经下》云"临鉴而立，景倒"，谓洼镜也。又云"鉴者近中，则所鉴大，景亦大；远中，则所鉴小，景亦小"，谓突镜也。邹特夫著《格术补》，即发明墨子之精意，而成光学之专书。《经下》又云："挈，有力也；引，无力也。"盖挈者，与地球吸力相反，故须有力；引者，即应用重学斜面之理，力被分而减小也。昔人以此证西学为中国所固有，惜乎汉武而后，同遭罢黜，嗣续无人，不然，中国之物质文明何至远出人下耶！

（4）法家　法家出于理官，而管子为之鼻祖。观其《牧民》《立政》《乘马》《地图》《地员》《地数》诸篇，诚可谓深知富国强兵之要者矣。若夫文词之精微丰大，犹余事也。

（5）小说家　小说家出于稗官，记述街谈巷语。名之为稗，言其细碎而无关于大者也，故班氏不列于九流。然流传愈久，渐被愈多，闾里小知之言，每易通俗。故后世文学之士，多假小说以立名，而今日一般提倡文学改革者，且谓白话为文学之正宗，凡诸有名小说，皆极端推重，是其关系于文学，亦深切也。

他如阴阳、纵横、农、名、杂诸家，骋其异说，壁垒森严。顾其文，亦多切理餍心，学者特略其大体以求之可耳，兹姑不详论云。

然当时于文学界另辟一途者，词赋是也。六经诸子之文，论理而已；词赋独尚辞，自词赋作，而后尚辞、尚理两大派之文学成。创始者，楚人屈平也。平，字原，遭遇怀王，忧谗畏讥，乃幽思而作《离骚》二十五篇。导源古诗，另辟一体，名曰楚辞。平既遭际困穷，故多侘傺噫郁之音。然比物兴怀，于烦乱督扰之中，具恻款悱恻之旨，颇多《三百篇》之遗焉。其弟子宋玉及楚大夫唐勒、景差，皆效其辞为赋，以名于时，而玉尤杰出。所作《九辨》《招魂》列于《楚辞》。而《笛》《讽》《舞》《钓》等赋，更扬葩吐艳，点染芬芳，为汉初学者之先导。盖词本屈原，赋祖宋玉，故世并称屈宋云。虽然，词赋之体，循其名，固为文学之新声，核其实，实以启词胜之流弊。下至汉世，其风益盛。魏晋以降，更骈俪创而真理亡，声律严而质学丧。追源祸始，不能不归咎于屈宋之作俑也。

第三章　文学变迁时期（秦汉）

嬴秦焚坑，二世而亡，可无论矣。两汉文学，上以嗣周末尚理、尚词两派之宗，下以开魏晋以后韵文、散文之体。考经者，尚注疏；摛词者，矜博雅。而马史班书，虽记载实事，亦文浮于质，相承相习，遂以启义理、考据、词章三派之门户，而激起后世末学之争，是亦文学上一大变局也。爰特论之，考其时文学之著者，计有三派：一经生，二史家，三词赋家。试分论如下。

（一）经生　汉兴，六经出于秦火，诸儒竞相口授掇拾。自武帝表章六经，分立博士，传业者益众。经生风尚，靡然一时。及刘向父子秘阁校雠，辑《六艺略》至三千篇，文学蔚然称盛。东汉之世，郑玄、贾逵、服虔、许慎、马融诸大儒，相继并起，发明经义。而郑玄囊括六典，网罗众家，遂以集两汉经学之大成。此考据之学所以独尊汉世也。夫诸儒承暴秦焚书之后，使断编残简，获以勿坠，而古人之制度名物，复昌明于后代，其功岂曰小哉！惟一般学者，徒以考据为宗，不思多闻缺疑之义，乃务碎义逃难，便辞巧说，破坏形体，说五字之字文，至于二三万言，说《尧典》篇目两字，至十余万言。此则与词章家同归于词费，而举为文学之污也。

（二）史家　中国史官，掌司人事，为古代学术思想之所荟萃。而其以文著者，左氏而外，厥惟马、班。司马迁旁采《世本》《战国策》，近撷《楚汉春秋》，而成《史记》。班固上承《史记》，断代为书，而成《汉书》。观两氏之史，鳞次故事，发挥伟议，而"八书""十志"尤矞皇典丽，使后人考前朝之声名文物，皆得以探寻其源，其才识诚自有千古。惟司马氏痛心腐刑，乃举其胸中抑郁无聊之气，一发诸文章，则立言固不能无过激之处。班氏躬奉朝命，而著本朝史书，其铺张治绩，敷述功烈，亦多藻饰贡谀之辞。是又以开贵族文学之渐也。孔子曰"文胜质则史"，盖马、班犹不免云。

（三）**词赋家** 汉初，受屈宋之影响，以能为楚辞为文人之极轨。故儒生如贾长沙、董江都，词客如枚乘、严忌、司马相如、朱买臣、枚皋、严助等，史皆以是称之士林，遂蒸成风气。朴学如扬雄，亦且以摹拟相如见长。东汉冯敬通作《显志赋》，体仿《离骚》，词尚排比，而骈体文，遂于是托始崔骃、蔡邕，更从而扬其波。下逮建安七子并起，骈俪之焰益张，因果相生，变本加厉，降而为六朝之淫靡，八比之对偶。是又文学之每下愈况也。

第四章　文学退化时期（魏晋以至明清）

自魏晋以迄明清，文学一端，有退化而无进化。推求其故，一坏之于骈文，再坏之于古文，三坏之于私家之文集。而贻祸最烈者，尤在于科举之时文。间有明达之士，尝痛诋其毒之甚于洪水猛兽，大声疾呼以辟之，顾终以政府之提倡，不能挽颓风于万一。是亦专制政体之流毒于文学也。然声韵、考据、义理之学，乃益昌明，虽末学流传，纷争门户，然首事诸君子，冥心搜讨，特立宗风，卒能扬先绪而光大之，盖亦文学之光也。兹将魏晋迄明清之文学略为编次如下。

三国鼎立，日寻干戈，不遑文学，固无足称。曹魏振绪，掞藻有人，然华而不实，已开晋世清谈之习，萌六朝淫靡之风矣。马晋汲老、庄之余流，尚放达，谈元理。刘伶、阮籍以狂作圣。王戎、王衍以虚为高。即张华之诗、左思之赋、陆机之文，亦竞事词藻，全无经国经世之思。其间能本其政治之才、经术之学，而发为文章者，彭泽一人而已。

晋末，五胡混入中国，文教衰熄。六朝承之，一时文章，竞事骈俪。南朝则颜、谢、江、沈扬其芬，北朝则魏、薛、温、庾振其藻。凡所为文，大都经雕镂追琢而后成。风气所趋，波靡一时。夫士者，凡民之秀者也，乃竭精神，绞思虑，务为丽思密藻之词，反忘失政治民物之大。卒之，书生不足以治事，空言不可以为政，乃坐使枭杰者得乘时以据国，驽下者得侥幸以揽权，而天下之乱，遂荄然矣。故论中国之文词，以六朝为最工；而国家之祸变，亦以六朝为最烈。天下有道，则行有枝叶；天下无道，则词有枝叶。夫枝叶者，偏胜之谓也。文词偏胜，足以致天下无道。然则观于六朝之祸变，学者宁无知所鉴哉！

隋主荒淫，不遑庠序，文明之运，遂以中衰。然学术不明于上，要未尝或绝于下也。故王通起于隋末，讲学河汾，兴唐将相，半出其门下。而古代文化，乃赖以绵延弗替。唐初文人，大都沿江左雕饰之风。王、杨、卢、骆，并名当时，惟器识不先，达者讥之。中唐崇尚经术，其擅名者，称燕许大手笔焉。然其体制声调，究未脱六朝窠臼。大历正元间，韩愈氏出，乃大反从前骈俪淫靡之习，而一归于三代两汉之雄朴，所谓"文起八代之衰"者也。而柳宗元，亦并起其时，提倡古文，争相雄长。文学界遂焕然有革新之观。虽然，文学者，随时势而变迁者也。一时有一时之学术，斯一时有一时之文章。孟子之文，不同于《论语》，《论语》之文，不同于《典》《诰》。盖不变者，道之常；可变者，文之迹也。乃韩愈氏一若人之为文，须以古作者为衡，袭其形似，遗其精神。故自是而骈偶之束缚虽除，古文之束缚旋炽。先哲之声情遗蜕，或为后学所易摹；先哲之言外宗旨，多为后学所未识。且肆意著作，累牍连篇，侈然以名山大业自任，于是文集之风开，而后世遂误认文章为士人之专业，不屑致力于世务，此亦其功过之不相掩者也。

唐时文章之蜚声后世者，诗亦其一也。明人析其诗学之变迁为四时期：自开国以至开元，曰初唐；自开元至大历，曰盛唐；自大历至太和，曰中唐；太和以还，曰晚唐。此特据其迹而言耳。夫初唐承六朝纤靡之习，雕藻风月，自诩清放。迨李太白、杜少陵起，而诗格一变。青莲尽其才，工部大其体。感事赋物，历世匡时，不规规于景物之细，实为当时诗界革命家，亦犹韩、柳为当时文界革命家也。然唐诗有李、杜，其孕育而诞生之者，又非一朝一夕之故矣。盖自《切韵》《四声》《反纽图》诸书先后出世，声韵之学大明，而六朝纤靡之习，束缚人心既久，一般诗人咸思冲其藩篱，而摧陷之。李、杜本天纵之材，涵濡于声韵者深，又承诗学剥极将复之运，故起而另倡一格，遂以焕新时人之耳目，而大著其功。此亦事会之归也。惟是声韵之学，本诸天籁，征诸人事，纳万变之韵，而归之数十部，纳万变之声，而归之数十母，操其简，驭其繁，守其约，施诸博。学者苟能精而熟之，则远以通殊俗之方言，上以读古代之典册，均敻然如析符之复合，其功用当不普哉！近日五洲通邮，文化交易，译音通语，其有赖于声韵者尤多。而中国如此有用之学，发明在数千年前。乃传习之者，徒知于应用于诗词歌赋，假此为盗名干禄之资。政府复提倡利用，藉为束缚民智之策，此则可为浩叹者也。

五代五十余年，兵乱相继，文学无可纪述。宋兴，提倡文治。鸿儒硕士，辉映后先，是亦盛衰循环之理，固如是也。顾有宋文学，大别之，可分为古文与理学两派。宗古文者，偏于文而亦暗言理；宗理学者，专论理而不言文。风尚攸殊，非可并论。然皆因承汉学末流训故之弊，思以此革旧染而进于光明者，则一也。爰为分述如下。

（一）**古文** 宋代古文一派，唐韩愈氏之别宗也。倡之者为欧阳修。修见当时习为钩章棘句之文，而深恶之，慨然以起衰自任。自得昌黎文，遂深契焉，奉为家法。力追浑古，裁斥险怪。又曾躬秉文衡，乃以此进退天下士，而转移风气焉。与修并名者，有曾巩。巩为文章，概本经、术，能远绍刘向、匡衡之绪。而王介甫文之深峭、苏氏父子文之习于纵横，亦皆肆力古文，有声一时。欧阳、曾、王、苏者，即明唐顺之所合，以唐之韩柳而称为唐宋古文八大家者也。其时更有司马光、范仲淹辈，相与提倡于上。夫当文运将转之会，而又有一二有力者鼓吹之，则士之归也，有如流水之就下者矣。此北宋一朝所以古文之派独盛也。

（二）**理学** 宋代理学派，乃上祧孔孟者也。倡之者为周莲溪先生，尝著《太极图说》及《通书》，开儒家之性宗。同时有程颢、程颐兄弟从之游。而张载亦起于关西，更相倡和。迨南宋朱晦庵出，而集其成。即所谓宋学也。后人称五先生为濂、洛、关、闽诸贤，又称"宋五子"。考周子讲学惟一之宗旨，曰"圣人定之以中正仁义而主静"。至程子复创主敬之说。夫静者，理也；敬者，理之发于外者也。循理则日酬酢万变，而未尝非静。是主静、主敬，二而一者也。张子之学，以《易》为宗，以《中庸》为体，以孔孟为法，读《西铭》一篇，可以见其学之大概矣。朱子生南宋之世，私淑二程。其学主居敬穷理，铢积寸累，实践工夫，洵足法焉。与朱子同时，又有陆九渊兄弟，论学主简易觉悟，颇与朱说相牾族。故朱子尝诋之为禅学，陆氏亦诋朱子之即物穷理为支离，此即后世朱、陆异同之争端所由起也。夫晦庵折衷群儒之说，以发明六经、《语》、《孟》之旨于天下，其嘉惠后学之功，固不可得而议。而陆氏辨义利之分，立大本，求放心，尤足为叔季人心日趋功利者对症之药。此明王阳明先生所以独推尊之也。要之，宋儒昌明义理，使孔孟汉唐以来不明之绝学，至此遂如日再中。古云："天不生仲尼，万古如长夜。"吾则谓天不生宋儒，孔道亦如长夜云。宋祚式微，终沦异族。文学之士，阒然无声。金初无文字，后用中原之文字，文章无可言也。蒙古以打牲饮术之饮崛兴于斡罗、克鲁伦二水之间，兵力之盛，横于欧土。又往往收用欧罗巴人、犹太人、西藏人，故学酪有自欧洲流入者。惟其时尚在欧洲黑暗时代，故文明之相益甚微，顾实为今日车书混同之兆矣。虽然，论历代之武功，当以元初为最盛；而论历代之文学，要以有元为最衰。虽就中如许衡之理学、吴澄之经术、元好问之诗文，亦有声后世。要只可谓为当时之吉光片羽而已。况自延祐中，创八比试士之法，以书义矜式束缚天下之人才，遂使学者世务之不知，生产之不治，惟终身颠倒于所谓破题、所谓小讲中，而不悉其所终极。由是时文之风气盛，虚骄之士习开。易世枭雄之主，益工其法式，而操纵之。其流毒遂以迄于明清，而益加厉焉。然则元之所以贼文学者，岂不大哉！惟小说戏曲，则又以是时为最发达。如《水浒》《三国》《西厢》《琵琶》称"四大奇书"。大概皆作于元人之手，要亦为当世不得志之士所为也。小道可观，学者或节取焉。

　　明清两朝，立国数百年，而文学所以不振者，时文害之也。盖自隋唐，始以诗赋帖经试士。至宋熙宁中，废诗赋而用经义。迨元仁宗时，复改用八比。明因之，至成化后，立法益密。洎清而守其法不变。士之攻八比者，尝自诩为代圣贤立言。抑知圣贤不轻立言，尤不多立言。故《易》只是一个"易简"，《书》只是一个"精一"，《诗》只是一个"思毋邪"，《礼》只是一个"毋不敬"，《春秋》只是一个"明大义"。孔子述六经，惧繁文之乱天下，乃为删之、定之、修之、赞之，亦惟揭明此旨。务简之而不得，使天下披去其文，以求其实耳。

乃圣贤不轻立言，而后人妄代立之；圣贤不多立言，而后人滥代言之。蒙皮说相，骄伪僭窃之习，自此而开。此明王阳明先生所以谓天下之大乱，皆由虚文胜而实行衰也。然此岂独士人之罪哉？近世梁氏有言曰："泰西之政治，常随学术思想为转移；中国之学术思想，常随政治为转移。"夫政府既利用此代圣贤立言者，以愚民矣！则士人又安得不假此圣贤之立言，以自愚乎？然则处不良政治之下，固无一而足称者也。虽然，时文之毒，今日固已明其非而铲除之矣。上所论者，亦第举以证明明清两朝文学受病之所在而已。顾其时亦有不为政治所束缚，且能出其学术以左右当时之人心，而允为文学正宗者，则明之宋学，清之汉学是也。若夫古文分派，私集盛行，适为文学之魔障耳。故并不论及之云。

明之宋学 政治专制，则政治黑暗；学术专制，则学术退步。此天演公例也。宋学自朱子集成而后，历代君相士夫，相与提倡而推崇之。于是朱子之学说，遂独握人良心之权。而他学说，每不为社会所容。明初之宋学，大抵皆朱说所支配而已。首提倡者，为薛文清先生。其言曰："自朱氏以还，斯道已大明，无烦著作，直须躬行耳。"即薛氏之言观之，已可见当时风尚之一斑矣。夫主敬而归于躬行，朱学之正大，宁云可议。然集注过多，难免玩物之讥。即物穷理之说，颇嫌外义之流弊。千虑一失，夫何能免！厥后有姚江王阳明先生出，而有明宋学之风气一变。姚江主致良知，而归诸知行合一。其学说如谓格致为诚意之功、惟精为惟一之功、下学为上达之功、博文为约礼之功、道问学为尊德性之功，简易直截，均足以补朱学务外支离之失。盖朱子之学，所谓学之为言效也。王子之学，所谓学，觉悟也。学为仿效，则自外而内，其失也机械；学为觉悟，则自内而外，其得也本立而道生。故自王学出，而孔子一贯之旨，乃大明。亦自王学出，而朱学末流之弊，乃少杀。是则谓王学为朱学之反对者，毋宁谓为朱学之功臣也；谓王学为宋学之别传，毋宁谓为孔学之嫡派也。自是承其学者，有王龙溪、王心斋辈之专注良字，而趋重本体。又有聂双江、罗念庵辈之专注致字，而趋重工夫。虽末流偏胜之弊，在所难免。然姚江当日之学说，则固中和简易，大之足以成己成物，用之足以利国福民。晚近日本维新之成功，固犹是王学之小试者耳。然则绍孔孟斯文之统者，不诚在先生哉！

清之汉学 有清汉学之风，发生于康熙，而大盛于乾嘉。其时绩学之士，大都从事于考据、训故之著述。今即其书观之，形式实质，皆饶有科学之精神，盖亦晚近新思想之发端也。然诸儒具先觉之才识，过人之精力，而仅用诸考据之文学者，是亦有故。盖自康熙间，屡兴文字狱，乾隆承之，周纳愈酷。论井田封建，稍近经世先王之志者，往往获意外遣，乃至述怀感事，偶著之声歌，遂罹文网者，趾相属。又严结社讲学之禁，学者举手投足，动遇荆棘。怀抱其才力、智慧，无所复用，乃骈辖于说经。进化学家言：诸动物之毛羽为特别彩色者，皆缘夫有所避而假以自卫，淘汰久之而异色遂独发达。有清汉学之昌明，禀斯例耳。顾以当代瑰材轶能之士之心脑所集注，固亦可谓一代文学之渊海也。考为汉学之开祖者，曰阎百诗、胡东樵二先生。而顾宁人氏实已首倡之。则顾氏者，不啻祖之所自出也。阎氏著《古文尚书疏注》，定东晋晚出二十五篇之伪，批却导窾，霍然以解。胡氏著《禹贡锥指》，谓汉唐二孔、宋蔡氏于地理多疏舛，乃博引群书以辨九州山川形势，及古今郡国分合异同。此二书出，乃为新学界开一新纪元。盖三百年来，学者皆以晋唐以后之经说为不足倚赖，而必征信于两汉。此种观念，实自彼二书启之。是二书直接之发明，虽局于一隅，而间接之影响，则遍于全体者也。故清学正派，首推二氏。至乾隆朝，而有吴、皖二派出焉。吴派自惠定宇开之，其学好博而尊闻。盖惠氏上承家学，而集其大成。一时经生大儒，多出门下，若江艮庭、余古农、王西庄、钱竹汀、王兰泉诸人，其龙象也。皖派自戴东原开之。其学综形名，任裁断。东原少受学江慎修先生，治小学、礼经、算学、舆图。复从定宇游，卒传其艺。其论学曰："经之至者，道也。所以明道者，辞也。所以成辞者，字也。必由字以通其辞，由辞以通其道，乃可得之。"乾嘉间学者，以识字为求学第一义，自戴氏始也。其弟子之尤者，曰段若膺、王怀祖。若膺之《说文解字注》、怀祖之《广雅疏证》《经传释词》，皆有声后世。训诂之学，至是圆满矣。虽然，东原固尝受学于惠氏，则吴、皖可云同源。戴之视惠，犹惠之视阎、胡也。故清之休宁，可比明之姚江。姚江出而举天下皆姚江学。即有他派，附庸而已。休宁亦然。乾嘉间，休宁以外之学术，皆附庸也。夫考据之弊，与词章等。然阎、胡、惠、戴诸儒，潜心考古，使后学知从识字以读书明理，其功又乌可没哉！

第五章　文学改良时期

文以载道者也，文以明理者也。然文以载道，而文非即道；文以明理，而文非即理。学者假文词之作用，为求道穷理之利器。而所谓道，所谓理者，实不在区区文词之间。此战国以前百家之学之所以独盛，而晚近泰西格致之学之所以日兴也。自后儒有因文见道之说，于是学者误认文即是道，而视文词之学为至高。又误认文至即道至，而遂以文词之学为止境。扣盘为日，执指为月，无怪乎虚文愈工，而去道愈远也。其尤下者，溺于科举之习，绩学未深，观物未澈，便侈然以能文名。东剿西袭，不复寻源，一人之主张，前后可以不同；一时之议论，随人可以转移。甚有反正辩驳一题，而做各方面之文章，以为能者，好斥立异、伸己斥人；义理丧亡、节操无定。养成此类言行反覆之人材，于国家社会何益？以此教授多数学僮，违反教育原理孰甚。倘仍袭此不变，其影响于文学者，害犹小；其影响于政教人心者，患实大。近世海内时贤，知处此教育革新之世，不先革新盘踞于运用此教育者精神界之文学，势必无良果之可言。于是高揭新帜，相与提倡，而指导之。迹其主张，有以"识字""读书""明理""理明辞达"之一贯之旨改革文学者，有以建设"平易的、抒性的国民文学""新鲜的、立诚的写实文学""明了的、通俗的社会文学"之三大主义改革文学者，有以"言之有物""不摹仿古人""讲求文法""不作无病之呻吟""务去烂调套语""不用典""不讲求对仗""不避俗字俗语"之八事改良文学者。虽主张未趋一致，立论或有偏畸，然文学改良之动机，实已发于此矣。窃谓居今日而研究文学，第一当以能发扬国性为归。而国性之所由生，与所以万世不拔者，实赖有先圣先贤相与缔造于前，并流传其所垂训之文学，以绵固千百载之人心。故珍重先哲有用之文学，实所以珍重其国性而发扬之。则识字读书之说，所谓国文根本教育也。复次，文学之表现，须观世界社会文学之趋势，及时代之精神，而适应之，使终日埋头于故纸堆中，其所心营目注者，不越帝王权贵、鬼怪神仙、与夫个人之穷达，是亦自阂其国性耳。则三大主义与八大改良，正所以挽一代之文学，俾适合于一代之潮流，而为适者之生存。是其究亦归于发扬国性，尤不可不斟酌采用也。要之，文学改革一事，关系重大。所愿当世贤达，对于改革之主张，合新旧两派，而折衷之。准诸真理，勿尚我见，以求达文学改革之真正目的。则吾国新文学、真文学、活文学之出生于世界也，为日又岂远哉！为日又岂远哉！

第六章 结论

一国之政治，常随一国之学术思想为转移者，其国必日进于文明；一国之学术思想，常随一国之政治为转移者，其国必日趋于黑暗。文学者，一国学术思想之所集也。试一观我国之文学果何如者。太古邈矣。羲皇之世，文字始萌，等诸大辂椎轮，未云盛也。唐虞三代，政教合一，自家至国，无一非政，即无一非教，故五伦不列师弟也。盖师弟之伦，寓于君臣之中，父子之中，而兄可以诏弟、夫可以训妇、朋友相师。此师者，所以经纬伦理之中，而为最尊之道。其政治之所出者，皆其教之所出也。故唐虞成文焕之治，周监于二代，郁郁乎文哉。而文学之盛，乃极于战国。此即学术思想能左右政治之明效也。自嬴秦焚六艺之文，刘汉严百家之禁，君权无上，专制万能。于是政治遂操宰制一国学术思想之权，而文学之表现，大都仰政府鼻息，相习为贡谀献媚、干禄盗名之言论。无复有能发挥其自由意志，卓立横流、独辟伟识，以为当时政治国民之先导者。即间有其人，而处专制政体钳制言论自由之下，亦不能大昌厥词，普及流俗，只约其旨、晦其辞而出之。此贵族文学、古典文学、山林文学之所由生也。自时厥后，清谈于魏晋、骈俪于六朝、古文经义于唐宋、八股于元明清，政治之专制日益深，文学之窳败乃日益甚。驯至有清末叶，始知如此空疏之文学，不足竞争于世界也。始则易八股以论策，继则改科举为学堂。究之，论策之文，八股之变相也；学堂之教育，科举之换形也。变其名而昝其实，饬其外而遗其内，夫又安能有效哉？盖自秦汉以来，而文学所以一落千丈者，推其根原，实由于学术思想之不能独立，而政治常有以掣其肘阶之厉也。虽然，盛极必衰者，数之恒也；无往不复者，理之贞也。当战国之时，士夫各极其言论思想之自由，文学固可谓极盛矣。然词赋之作，遂以开后世文胜之风，岂非所谓夬者姤之渐耶？当今之时，科举之文学流毒，且浸及于学堂，其衰微亦可谓极矣。然文学改革之声，自朝而朝，自野而野，岂非所谓剥者复之基耶？吾济①学子，处改革过渡之时，当车书混同之运，则所以研求文学，当具世界眼光以汇通之。学术无论东西，要惟是之从；思想无论新旧，要惟理之当。国粹固当保存也，而不可反逆当世之潮流，为盲目的国粹主义；欧化当吸收也，而不可推翻本国之国性，为亡本的欧化革新。用其中，去其激，由文学思想之改良，而为政治改良；由精神界之革新，而为物质界之革新。则所以救今日中国之危亡者，在此。而使神州文学，能益臻无上之程度，而陵铄前古者，亦在此。读者安可不自勉哉！

录自《黄山钟》1924年第4、5期

文
学
史

---

①济，疑应为"侪"。

◎何天予

中国文学变迁概论

一 引端

邃古迄今，文学之嬗递，委蕾极矣，然核其元本，亦犹大辂椎轮，沧波一粟，譬之大江潆漾，滥觞于星宿海；万山绵亘，发轫于昆仑冈也。顾吾国载籍，虽汗牛充栋，其论文学流变者，远之如《汉书·艺文志》《文心雕龙》等，非栉字梳文，则繁征博引，思想已漫无统系，止以文采词句，绕前捧后，如集万钱于膝下，而无线索贯之，反令阅者胶晦眩乱，掩卷茫然不能得一明确之概念。至近人谢无量所著《中国大文学史》，及曾毅《中国文学史》，复以时代目光之殊异，其所谓"文学"者，直以"文章"为中心，藉令学者能闇其体要，充其量亦不过能作几篇□鼎古文而已，似亦可以不必。往治西学，流分体别，偶有疑滞，则旁皇竟日，覃心冥搜，所用以自劳者，惟文学之孕育蜕变，及其回翔驰骛之迹；偶检西文学史，伏而读之，溯源竟委，向之阙疑，骈然自解，不特理得而心安，而且事半而功倍；始知征文考献，反不如西书之可以展卷即得，而无怪醉心欧化者，竟以旧学为诟病，即间有一二好学之士，又苦学海茫然，不得要津以渡，乃至望洋兴叹之余，直欲举四千余年之典章文物以扫地，为可怜也。

晚近以来，文坛丕变，稗贩事业，如春笋经雷，亲奇象胥，古先圣王之视为至贱者，浸假乃充斥于党庠术序之中，而核其译著，类皆句钩字棘，羌无真义；夫白如辽豕，作意雍容，只见其宰割篇章，支离灭裂，如穷人补衣，但贴一块而已。然潮流所趋，蒸为风气，以至闾里小知之士，以为藩篱尽撤，推波嘘焰，无所不用其极，而趋奇走怪之文学，如驰骐骥而下峻阪，不可控勒矣。然此则闇解西学者，尚足以自欺也，而缙绅墨守之士，不知新学为何物，无不斥为妖异者。嗟夫！南民不可以语冰者，未有其阅历也；生瞽不足以喻日者，无可为比例也，视新而蔽旧，识旧而昧新，此新旧文学之所以扞格不通，而文运之所以日衰也歟？吁，其悲矣！沧海横流，学潮澎湃，不慧流连西学，垂十余稔，身处要冲，有目无睹，君苗之砚几焚，骂鬼之书久废。今者忝尸中学国史讲席，学者询以新旧文学之变迁，苦非单词片语所能尽，爰复重里旧业，勉缀斯文饬之；然客中无书，未能丰佐其说，筚路蓝缕，知无以餍者之望矣。昔孙彀祥《野老记闻》有言曰："善饮食者，肴蕨脯醢，酒茗果物，虽是食尽，须得其化。"是篇之作，亦蕲有副斯指云耳。至若穷源绎流，瀹通新旧，是仍有待于学者，倘执兹篇以为已足，是无异过屠门便哆言果腹，诵书谱而遂废临池，斯无望已。

二　文学之发轫

考文学之起源，韵文先于散文，在仓颉未造文字以前，邃古□□，往往藉语言以发舒情意，如或发欢愉嗟叹之歌辞，表其快□□□之情感，或发雄壮和平之歌辞，以称述祖先之功德。班固《汉书·艺文志》所谓"哀乐之心感而歌咏之声发"；朱子《诗集传序》所谓"有欲不能无思，有思则不能无言，言所不能尽而发于咨嗟咏叹之余者，必有自然之音响节奏而不能自已"。由此可知文学之起源，根于语言；文学之形式，先有韵文，故探究文学之原始，不能泥于其所使用之工具，其用以发抒情感者，无论其为语言或文字，总之只须含有文学之性质者，皆得谓之为文学，此学者所不可不察也。

据芝加哥大学教授毛尔顿①（Moulton）言，谓文学导源于歌舞（Ballad Dance），其言虽为西方文学而发，然反观吾国文学，亦未尝不然。所谓诗歌，包含歌词、音乐、舞蹈三种要素混合而成。按之中国古训"合乐曰歌"，既合乐而又佐之以舞，即是"手之舞之，足之蹈之"之意，故《毛诗大序》论诗歌之起源，谓"诗者，志之所之也。在心为志，发言为诗。情动于中，而形于言，言之不足，故嗟叹之，嗟叹之不足，故永歌之，永歌之不足，不知手之舞之，足之蹈之也。"《左传·襄公十六年》谓"使诸大夫舞曰（歌诗必类），齐高厚之诗不类"，俞樾《茶香室经说》不从杜注"歌诗各从义类"之说，而据《楚辞·九歌·东君》篇"展诗兮会舞，应律兮合篇"之语，谓"古者舞与歌必相类，自有一定之义例，故命大夫以必类"。据杜注则可知诗与歌之关系，据俞说则可明歌与舞之相合，其余散见于《尚书》、《诗》毛传、《礼记》、《毛诗正义》者如：

> 《尚书·舜典》曰："诗言志，歌永言，声依永，律和声，八音克谐，无相夺伦，神人以和。"
> 《诗·郑风·子衿》毛传曰："古者教以诗乐，诵之，歌之，弦之，舞之。"
> 《礼记·文王世子》曰："春诵夏弦。"（郑康成曰："诵，谓歌乐也，弦谓以丝播诗。"）又《学记》曰："不学操缦，不能安弦，不学博依，不能安诗。"（李刚《主圣经学规篡》曰："操缦，孔疏调弦也，博依，节歌也。"）
> 孔颖达《毛诗正义》曰："上皇之时，举代淳朴，田渔而食，与物无殊，居上者设言而莫违，在下者群居而不乱，未有礼义之教，刑罚之威，

①毛尔顿，今译作"莫尔顿"。

为善则莫知其善，为恶则莫知其恶，其心既无所感，其志有何可言，故知尔时未有诗咏。……大庭、轩辕疑其有诗者，大庭以还，渐有乐器，乐器之音，逐人为辞，则是为诗之渐，故疑有之也。……大庭有鼓籥之器，黄帝有《云门》之乐，至周尚有《云门》，明其音声和集，既能和集，必不空弦，弦之所歌，即是诗也。"

综上观之，可见诗歌之为语言、音乐、动作三种艺术混合而成，更为明晰，至诗歌与乐器孰为先后，则稽诸史乘，尚无明确之征实。前人考诗之起源，断自唐虞，如郑康成《诗谱序》云"诗之兴也，谅不于上皇之世，逮于高辛，其时有亡，载籍亦蔑云焉，《虞书》曰'诗言志，歌永言，声依永，律和声'，然则诗之道放于此乎。"孔颖达则谓上皇之时，未有诗咏，大庭以还，始疑有诗；按二氏之论，盖以先有乐，而后有诗，然子夏谓"情发于声，声成文谓之音"，则似先有诗而后有乐矣。惟《郑笺》《孔疏》，固不能尽据其言以为典要，即古代歌谣，亦多为文人伪托。史载仓颉未造文字以前，则伏羲有《网罟》之歌，神农有《丰年》之咏，葛天氏有《八阕》，伊耆氏有《蜡辞》，而文字产生以后，则尧时有《击壤》之歌、《康衢》之谣，舜时有《卿云》之歌，《南风》之诗，类皆真伪参半。后人论诗歌之起源，多引葛天氏之《八阕》以为证据，其实所谓葛天氏者，其时代固难考知，即无葛天氏其人，亦未易断言，张楫《文选·上林赋注》，只谓为三皇时君号，而未明其时代，皇甫谧《帝王世纪》虽言葛天氏袭伏羲之号，亦未能据为信史。故诗歌与乐器之起源，实无从征实，惟吾人按诸原理，诗歌似在乐器之前，惜神农以前，诗歌无可考，而神农之前，则已有乐器，《礼》云"女娲之笙簧"是已。

三　文学之质素

文学肇始于歌谣，及其所含之质素，前篇已略言之矣。由歌谣更进一步之文学，即为诗，诗与歌谣本无甚区别，但就其内容而言，歌谣为未成熟之作品，而诗则为较成熟之作品，若就其表现之工具而言，则歌谣以语言为工具，而诗则以文字为工具而已。然由文学演进之程序观之，韵文常先于散文，歌谣虽为诗之权舆，惟是当时所有歌谣，类皆后人掇录所得，其称为篇什而入于《三百篇》中者，则当至夏商时始，前乎此者，多存篇名，其辞多不传，是古代歌谣与诗，其所表现之工具虽有语言与文字之别，其为后人所掇录则一，故谓诗为原始之文学亦未尝不可。至其所含之质素，则诗与歌谣，实无区异，总不外下列三事：

（1）语言——韵文中为叙事诗，散文中为史传，重在描写，演进为纯文学之小说等。

（2）音乐——韵文中为抒情诗，散文中为哲理文，重在反省，演进为纯文学之诗歌等。

（3）动作——韵文中为剧诗，散文中为演讲词，重在表现，演进为纯文学之戏曲等。

初民时代之诗歌，其质素为混合之表现，降及后世，表现之技能日益精进，而文学亦日渐趋于分析之发展，即后世文学上之种种体裁与格律，亦遂由以产生；然文学之形式与质素关系至深，形式既变，而质素亦不得不变，反之质素已变，而形式亦随之而变焉。故欲研究文学嬗递之迹，须先明其质素之蜕变，然后穷源竟委，庶不致索解无从则牵强附会，愈趋愈远。兹将文学上大体之观察，划为三段，（一）为叙事，（二）为抒情，（三）为剧诗，以免淆混，其他如音乐之沿革，于文学演进上有关綮要者，亦并述之。

四　叙事方面之演进

由西洋文学演进之程序而言，最初为叙事诗，次为抒情诗，又其次为剧诗，惟我国初民时代之叙事诗，则极少流传，几疑中国独成例外，近人章太炎氏，谓："古者文学未兴，口耳之传，渐则忘失，缀以韵文，斯便吟咏而易记忆，意者仓、沮以前，直有史诗而已。"第不过臆说之词，尚无确实之证据。然文学为民族心理之反映，［如希腊文学最早者为宗教颂歌，所称神代诗人如（Orpheus）亦第本于传说，并非实有。盖仪式诵祷之作，出于一露，心有所期，发于歌舞，以表祈望之意，厥后礼俗变迁，渐以改易，乃由仪式入于艺术，昔之颂祷诸神者，转而咏之英雄事迹。颂歌之后，乃发扬而为史诗（Epos）。颂歌（Hymns）皆关神话（Mythos），史诗皆取材于传说（Saga），惟后以便于名称，皆并称"神话"。］其所以互异者，大抵不外二端：（一）古代民族心理，偏重实质，排斥空想，而太古民族生活，其与希腊印度不同者，则中国远古民族，多半重农，日常生活，多追逐于利用厚生之道，故无耽于沉思冥想之余闲。（二）由于后世儒家，偏重实质之影响，加以孔子不语怪力乱神，所以经孔子删定后之诗书，绝少语及神怪之记载，而古代之叙事诗，亦遂以失传。

更由叙事以演进，即为历史，古代有无韵历史，固不可考，《汉书·艺文志》载有《神农兵法》《黄帝医书》等，世间又传有《神农本草》，其书真伪不可知；而所谓《三坟》《五典》《八索》《九丘》之类，今皆不传，即汤之《河图洛书》果出于世亦无可考；是以孔子删书断自唐虞，可见唐虞以前，则已有书，今虽不传，然就经典中《尚书》所载唐虞夏商时之文学，亦可考知一二：如《尧典》《舜典》，即其体例观之，盖即仓、沮等所创，所谓左史记言，右史记动者，其二典三谟，文体简质渊懿，辞句参差，恣其修短，虽间有骈文络乎其间，实与雅体之为韵文者不同。（按：二雅虽多载当时政治得失，然实偏重于抒情，后人抒情诗，无论为古体近体或乐府等，犹多取则二雅者，故昔人常以风雅并称，章太炎氏谓"二雅踵起，藉陈歌政，同波异澜，各为派别"，是二雅实为史诗演进之一种。）至于后世之历史，其偏于单行，更为易见，中间虽几经骈文潮流，史家亦多骈俪之作，然毕竟属于文而不入于诗，所以由叙事诗而演进为历史，是为叙事诗之散文也。

历史与叙事诗，其形式虽殊，其含有二种性质则同，一方面属于知识之记载，一方面属于情感想象之描写。古代文史合一，而史家之记载亦与描写并重；如秦皇焚书坑儒，以愚黔首，而《秦纪》一书，犹多侈叙其功德之处。故后世史家评论历史，往往崇古而抑今，其主要原因，无非因古代历史，重于描写，故能特有精采。降及后世，史家著作，则以开局设监，非一手一足之烈所能胜，势不能不仅仅出于整齐故事，而遂重记载而忽描写，是为史学渐渐脱离文学之步骤。

由历史描写性质以演进，则成为传记一类之文字。传记之区别为二：（一）为记载之公者，经如《尧典》《舜典》，史则《本纪》《世家》《列传》等；（二）为记载之私者，曰墓表，曰墓志铭，曰行状，曰家传，曰事略，曰年谱皆是。章实斋《文史通义》曰："后世专门学衰，集体日盛，叙人述事，各有散篇，亦取传记为名，附于古人传记专家之义。"盖指后世文人，多为人作家传与寄记讽刺谐谑寓意，及种种游戏文章，如王承福、宋清、毛颖之类，尽失古人史传传实之旨。故传记与历史不同之点，则以历史之描写记载，重在正确翔实，而传记则可以描写记载或正确或不正确之局部，或个人之事实，更或仅为自然现象之描写，故与历史描写程序之发展，适成一反比例。

由传记描写性质以演进者为小说。考小说之起源，远在周代以前，如《易》言载鬼一车，小狐汔济，《春秋》记陨石退鹢神降石言，即后世谈鬼说怪"神话小说"之权舆；《诗经》之桑中濮上，感悦惊庞，即后世佳人才子"言情小说"之滥觞。然据日本盐谷著《小说概论》，谓"神话与传说之断片小说，当以《庄子》（如《逍遥游》中之鲲鹏故事，蜗角之争，姑射仙人），《列子》（如愚公移山，夸父追日，龙伯国大人）及《韩非子》（《说林》篇）等为先躯，而在先秦书中，《楚辞》之《天问》篇，及《山海经》，实为后世神话小说所由昉。"此则不过由其体制而言，若就其演进之程序观之，则吾人只须研究《汉武内传》《飞燕外传》及《杂事秘辛》《海内十洲记》《虞初周志》等书，则小说与传记之关系自明。总之，小说之演进，始于汉魏六朝笔记之志怪，继以唐人单篇之传奇，及乎宋元，始有长篇章回小说。唐以前多用文言，宋以后多用语体，晚近欧风东渐，移译小说，语体更盛，是为小说之语体化。

五　抒情方面之演进

欲明抒情文学之演进，须先明音乐之变迁。盖抒情文学导源于诗歌，而诗歌之质素，则以音乐为枢纽，以舞蹈为附庸，故孔子删诗三百以教弟子，亦以"诗""歌""舞"同时并教。《墨子·非儒》篇诋孔子罪状之言曰："弦歌鼓舞以聚徒，务趋翔之节以观众。"又《公孟》篇曰："以不丧之间，诵《诗》三百，弦《诗》三百，歌《诗》三百，舞《诗》三百。若用子之言，则君子何日以听治？庶人何日以从事？"《论语·阳货》篇曰："子谓伯鱼曰：'女为《周南》《召南》矣乎？人而不为《周南》《召南》，其犹正墙面而立也与？'"（程大昌《诗论》曰："为之为言，有作之义，既曰作则翕纯皦绎，有器有声，非但歌咏而已，夫在乐为作乐，在南为鼓南，质之《论语》则知三年不为乐之为，吾以是合而言之，知'二南''二雅''三颂'之为乐无疑也。"）又《微子》篇曰："大师挚适齐，亚饭干适楚，三饭缭适蔡，四饭缺适秦，鼓方叔入于河，播鼗武入于汉，少师阳击磬襄入于海。"综上所举，则《三百篇》与音乐之关系，可以言外得之。其他如单词片语，散见于《论语》各书，而无关音乐之蜕变者，则前篇"文学之质素"已详言之，兹不复论矣。

由音乐之蜕变，至春秋战国之间，遂有诗赋之别。毛奇龄《竟山乐录》曰："《汉志》中所载诸经篇目，其于歌诗二十八家中，有《河南周歌声曲折》七篇，《周歌谣诗声曲折》七十五篇，此必传周时歌诗之声之曲折，而惜徒有其书目，而书不传耳，然则乐书不言声，虽《乐记》犹无用，况其他乎。"细绎毛氏之言，可见《诗经》之唱法，今既失传，虽然朱子《仪礼经传通解·学礼》尚载有"诗乐"，惟古声亡灭既久，不知当时何所考而为此，故朱子谓"若但如此谱，直以一声叶一字，则古诗篇篇可歌，无复有乐崩之叹矣"。是其所载之诗乐，即朱子已曾发生疑问，然则古声不传，更无疑义矣。考歌乐之蜕变，至春秋战国之间，音乐界已起一大转捩，复以后世解经家之误会，以"《诗》三百，一言而蔽之，曰思无邪"一句，作为道学家天经地义之言；于是由"诗乐"而变为"礼乐"，由"歌乐"而变为"器乐"，逮至孟子则更无一语道及音乐，及将《诗经》牵引附会在王道政治上面，揆之《史记·孔子世家》所谓"三百五篇，孔子皆弦歌之以求合韶武雅颂之音"，陆道咸《思辨录语》所谓"因其歌舞而教之以礼乐"之义，相去远矣。夫歌乐已失，已如上述，然则诗体必变，实为理所当然，由是另辟门径，其渐趋于"不歌而诵之作用"而言，春秋以降，其在南方既一变而为词赋，其在北方亦一变而为七言诗；如孔子《临河歌》、伯牙《水仙操》、荆轲《易水歌》皆是。至荀卿《佹诗》及《成相》篇，更三言四言七言相间成文，又启后世乐府倚声之端绪矣。今节举荀子《佹诗》及《成相》篇以证之：

《佹诗》：

道德纯备，谗口将将，仁人绌约，敖暴擅强，天下幽险，恐失世英，……昭昭乎其知之明也，郁郁乎其遇时之不祥也，拂乎其欲礼义之大行也，暗乎天下之晦盲也，皓天不复，忧无疆也，千秋必反，古之常也，弟子勉学，天不忘也。

《佹诗》佹异激切，已渐失《葩经》温柔敦厚之旨，而词句参差修短，更异《葩经》体制，惟《佹诗》末段小歌，其辞浑厚真挚，规迹古风，犹有风、雅遗韵，或即以后《天问》之所从出，兹举其词于下：

> 念彼远方，何其塞矣！
> 仁人绌约，暴人衍矣！
> 忠臣危殆，谗人般矣！
> 璇玉瑶珠，不知佩也。
> 杂布与锦，不知异也。
> 闾娵子奢，莫之媒也。
> 嫫母力父，是之喜也。
> 以盲为明，以聋为聪。
> 以危为安，以吉为凶。
> 呜呼上天，曷维其同。

《成相》篇：

> 主之孽，谗人达，贤能遁逃国乃蹶。愚以重愚，暗以重暗，成为桀。世之灾，妒贤能，飞廉知政任恶来。卑其志意，大其园囿高其台。武王怒，师牧野，纣卒易乡启乃下。武王善之，封之于宋立其祖。世之衰，谗人归，比干见刳箕子累。武王诛之，吕尚招麾殷民怀。世之祸，恶贤士，子胥见杀百里徙。穆公任之，强配五伯六卿施。

睹《成相》全篇，虽词句整齐，然杂陈古今治乱兴衰之事，实与《楚辞》相类，而其音韵亦与骚韵相同，是《成相》实为《楚辞》之创始，而后世独称为词本屈原，赋祖宋玉者，殆非通论矣。

由诗与音乐之演进为赋。音乐之变迁，自其大体观之，大抵春秋之歌辞温柔敦厚，战国之歌辞激昂慷慨，《三百篇》则沉顿而凄清，楚声则雄浑而连壮，春秋时之主要乐器，除琴瑟钟鼓之外，多为磬磬柷敔木石之乐器，战国时之主要乐器，为竽筝筑缶。《吕氏春秋·侈乐篇》曰："宋之衰也，作为千钟；楚之衰也，作为巫音。"而所谓巫音者，殆即南郢沅湘间流传之《九歌》，王逸《章句》云："《九歌》《九辩》，启作乐也。"夫《九歌》之为祀神而作，其可歌可舞，本不待详证，故《宋书·乐志·楚辞钞》"今有人"一歌，（按：即《乐府诗集》相和曲下《陌上桑》一首）即为九歌之《山鬼》；他如《离骚》之"乱曰"，《九章》抽思之"少歌曰"，及"倡曰"等，皆为可歌之明证，即宋玉、唐勒、景差之《远游》《招魂》《大招》，亦不能脱离音乐之关系。厥后贾谊、司马相如等，喜骋词华，文风丕变，已渐启散文端绪，辞赋既不能歌，于是乐府起而代之。

总观赋体本身演进之程序，其初以受南方楚声及音乐之影响，而成为"骚赋"，以偏于铺采摛文作用而成为"词赋"。自汉宣至西晋由词赋转入骈俪，如王褒之作，一以排比出之，是实上变枚马下启崔蔡，厥后敬通大噱王褒之烬，而骈体遂于是托始，班固崔蔡更从而张其焰，固作典引，裁密思靡，实开骈体科律，是为"骈赋"。自齐永明中，沈约、谢朓、王融盛倡文章当讲四声之说，于是文章之音节悉谐，则成为"律赋"。至肃代之际，元结、独孤及始剪除繁滥，兴元初，又有陆贽奏议，虽纂组辉华，宫商谐协，却于排比中行以流走之气，盖唐文至是则欲变而未成，及韩愈起而唐之古文始盛，最后以文体偏于单行方面，是为"文赋"。迨至今日一方因语体之流行，一方因泰西诗体之影响，遂复有"散文诗"之称。散文诗之性质，固与赋体类似，用文言作之即成为以前之辞赋，用语体作之，即为今日之散文诗，至其用韵与否，则实无甚关系，古人辞赋之不用韵者亦所常有，姚鼐《古文辞类纂》早既明言之矣。是知赋体本身演进，方其初虽有由散趋骈、由骈趋律情形，语其终实有化骈为散、化文为语之倾向。其初之趋骈趋律，因受当时文体之影响，其终之变为散行、为语体，则是适合一切文体演进之趋势。

赋本由抒情诗蜕变而来，骚赋虽渐有姱辞逸调，文胜于情，华而不实之倾向，然其反覆缱绻，缠绵悱恻之致，犹多抒情分子；辞赋以后，始渐偏铺写而薄情感，其不成为韵语，而仅存抒情诗之本来面目者，遂别成为抒情文，古文中哀祭一类之文字，是其所最显著者也。姚鼐《古文辞类纂》谓："哀祭类者，《诗》有《颂》，《风》有《黄鸟》《二子乘舟》，皆其原也。楚人之辞至工，后世惟退之、介甫而已。"是哀祭一类之文字，最初导源为抒情诗，后来面目为抒情赋，直至赋之抒情分子渐渐减少，于是更一变其形制为有韵之哀辞。夫奢体为文，虽丽不哀，若至性流露，热情沸涌之际，自不免感到韵律桎梏之苦，于是如韩愈之《祭十二郎文》之类，便解除韵律之束缚而化为散行，由此更进如白居易之《祭弟文》之类，不惟化为散文，并且变成语体，斯为抒情诗之散文化与语体化。

由外国音乐之输入而蜕变为乐府。乐府原与诗无甚区异，其微有不同之处，即乐所尚在节奏，易于和协，而诗则未必尽然（按：古时诗乐不分）。刘勰《文心雕龙·乐府》篇曰："乐府者，声依永，律和声也。"又曰："诗为乐心，声为乐体。乐体在声，瞽师务调其器；乐心在诗，君子宜正其文。"可见乐府本是一种"歌诗"。郑樵《通志·乐略》篇曰："武帝定郊祀，乃立乐府，采诗夜诵，则有赵代秦楚之讴。"《正声序论》又曰："《上之回》《圣人出》，君子之作也，雅也；《艾如张》《雉子班》，野人之作也，风也；合而为《鼓吹曲》《燕歌行》，其音本幽蓟，则列国之《风》也，《煌煌京洛行》，其音本京华，则都人之《雅》也，合而为《相和歌》。"按战国之时，风雅寝声，莫或抽绪，逮至汉世，已成绝学；故《汉书·礼乐志》云："汉兴，乐家有制氏，以雅声律世世在太乐官，但能纪其铿锵鼓舞，而不能言其义。"是雅歌已成有声无辞之音乐，绝无疑义。而毛奇龄《竟山乐录》亦谓："隋何妥谓韶乐在齐，见于《论语》，秦始皇帝灭齐，韶乐传于秦官，暨汉高灭秦，韶乐尚在汉，汉高改韶乐为文始乐，以示不相袭也。""则是舜时乐器，汉尚未亡，而秦皇汉武俱未闻能兴古乐何也？"夫一时代有一时代之乐歌，《诗经》歌乐不同于《乐府》，犹之《乐府》不同于《诗经》，是毛氏之怀疑不为无见，而郑樵之以风雅分证乐府，适以见其强作解人耳。

考乐府之名称，远在汉初，世谓始自武帝殆非确论。《渔洋诗话》曰："乐府之名，由来尚矣。世谓始于汉武，非也！按《史记》高祖过沛歌《三侯之章》（即《大风歌》），又令唐山夫人为《房中之歌》。《西京杂记》又谓戚夫人善歌《出塞》《入塞》《望归》曲，可知乐府实始于汉初。武帝时增《天马》《赤蛟》《白麟》等十九章，以李延年为协律都尉，集五经之士，相以次第其声，通知其意，而乐府始盛，其云始武帝者，托始焉耳。"又《汉书·礼乐志》亦载高祖好楚声，其言曰："高祖好楚声，故《房中乐》楚声也。孝惠二年，使乐府令夏侯宽备其箫管……"是乐府之立确在武帝以前，更非无据，考汉兴，汉家有鲁人制氏，高祖时，叔孙通因秦之乐人，制宗庙乐，然高帝好楚声，故有《安世房中歌》。《汉书·礼乐志》曰："汉《房中祠乐》，高祖唐山夫人所作也。"其歌凡十六首，古奥和平，今皆可见。至武帝时，躬定郊祀之礼，乃立乐府，采诗使夜夜诵之，其后集赵代秦楚之讴，以李延年为协律都尉，举司马相如等数十人，造为诗赋，略论律吕，以合八音之调，作《十九章》之歌，以正月上辛，用事于甘泉圜丘，使童男女七十人俱歌之，是为《郊祀歌》。厥后乐府日趋发达，而在汉宣帝、元帝、成帝、哀帝、平帝时，俱有诏减乐员之举，据《汉书·礼乐志》所载，其乐府员之总数，至八百余人，可谓盛矣。由此而推乐府之发达，其在音乐上之情形，是由简单而趋复杂无疑，然究其发达之原因，实因外国音乐输入之故，本节特提出论之，以见其相互之关系焉。

中国诗歌自汉初以后，即起重大之变迁。当时雅乐胡乐，交行国中，而胡乐中以《鼓吹曲》或《横吹曲》为最先。《册府元龟》载武帝时博望侯张骞通西域，得胡乐《摩诃兜勒》一曲，李延年因胡典更造《新声二十八解》，乘舆以为乐舞。魏晋以来，《二十八解》不复具存，降至炀帝大业中，定《九部乐》，仅存《清乐》《礼毕》二部，余七部并夷乐也。至于《横吹曲辞》，则一概失传，《鼓吹曲》一名《短箫铙歌》，现传《朱鹭十八曲》，间或胡汉相混，声辞合写，亦无从考其声调之分别。总之，无论其为音乐或乐府，与异族文化接触之后，其质素不能不随之而俱变，是则可断言者也。

附赘

吾未下笔之先，原拟将所举三大部，一并叙述。既下笔而不能休，至抒情方面之变迁，尚未圆满结束，则既万余言矣。后为时间篇幅所限制，不能不渐告杀青。其所以喋述难休者，诚鉴以古今论文书籍，不曰"体构韩马，思兼庄屈"，则曰"笔涌江山，文骄云雨"，似此玲珑剔透、模棱空泛之言，其煅字炼句之刻酷，可谓蔑以加矣，其如阅者之茫若捕风何？为欲力弥斯憾，不得不以浅显文言，取老妪能解之意，以详述之，至所剩剧诗方面之演进，则宁俟异日刊续。匆匆走笔，文不起稿，既成又无暇稍加研勘，其矛盾挂漏，纰缪舛误之多，又何待言。倘世之君子，蹈瘢索瘕而辱教之，则片言之赐，吾当禹拜之矣。

十七年六月廿四日起至七月十一日止天予自志。

录自《翁钟》1926年第2期

◎周士良

文学变迁说

一国之文学，常因国运而消长，随时代而变迁者也。将兴之国，其声和；将亡之国，其声淫；极盛之世，其声大而远；衰乱之世，其声烦而琐；强国之声宏，亡国之声哀。此必然之理也。吾读《尚书》，窃叹唐虞三代之盛，而知尧、禹、汤文武之德。读《周易》，而知周之盛衰，与列国之强弱。读孔孟之书，而知春秋战国时之时势。及观两汉唐宋元明之文章，而知运会之递嬗。盖文学皆随时代风俗而变迁也。

当春秋战国之时，名士辈出。孔孟而外，老、庄、荀、杨等，各树一帜，以鸣于世，此周之一时代也。洎乎炎汉，周人遗学，老师宿儒之所传，犹有存者。故贾谊、司马迁、班固等，奇辞奥旨，绎绎奔赴，风骨凛然，此汉之一时代也。至于六朝，长词赋，尚排偶，过于浮靡，无益于实用，唐虞三代之学，至此消灭尽矣，此亦一时代也。及唐兴，韩、柳辈出，锐意复古，扫六朝之余习，约六经以成文，其文深雄雅健，足与两汉抗衡；国威扬于域外，文教炳于一时，此亦一时代也。宋兴，欧阳、王、曾等出，怵于文章之萎苶，苦心经营，而文学于是乎复兴，此亦一时代也。元、明、满清，各随其世运以变迁之。中华民国成立，更有兴国语、废古文之说，此虽时会使然，而余究谓其不可。为今之计，宜取古昔圣贤诸子百家之书，涉其流，探其源，采剥其华实，而嚼咀其膏味，参之以东西先哲之雅言，取其菁英，而去其糟粕，以振起我数千年文学之精神，则庶几其可乎！

中二.甲　周士良
录自《汇学杂志》1928年第11期

◎黄德原

六朝以前中国文学变迁之大势

文学与时代，像无数的花木和园景，它的盛衰变态，无论如何是有密切的关系的。文学是时代的精神，时代是文学的背景，这话不是信口妄谈的。

什么叫做文学？潘梓年先生说："文学是用文字的形式，表现生命中的纯情感，使人生得着一种常常平衡的跳跃。"黄域华先生说："文学是从心灵的秘奥流出来的灵泉。"这样说，可见文学的构成，是隐藏作家的个人人格，时代的精神，民气的壮烈消沉，涌现出国运的盛衰变态。所以我们只看了魏晋宋齐诸代的文学趋向，就知道了那时候的精神与民气是怎么样的。我们羡慕三代的隆盛，我们更羡慕周秦的学术，这不是时代精神的表现，和文学变迁之趋势，使我们羡慕吗？曾国藩先生说："有以仁义倡者，其徒党亦死于仁义而不悔，有以功利倡者，其徒党亦死于功利而不悔。"这种以文学为提倡主义的工具，使文学的价值提高了一层。可见文学不但是"文人骚士"的娱乐品，而且是关系民生、提倡主义底工具。我们提倡新文学，就不能不把旧的文学来研究一下，做点"温故而知新"的工夫。我们并不是来提倡复古，我们要以客观的态度，科学的精神，实验的功夫来研究中国以往文学变迁之大势，而努力于今后的新文学运动。六朝为中国文学之一大枢纽期，六朝以前的文学，其变迁的大势确有研究的价值，六朝以后的文学没有六朝以前那样的复杂，我们就来把这复杂的文学稍为整理一下，以资借鉴。

六朝以前中国文学变迁的大势，我们可由两方面看去，即正统文学与平民文学；时代方面亦可分为上古时代与中古时代，现在先讲上古时代的正统文学与平民文学：

上古时代

（一）正统文学

中国从古的时候就闹了什么今古文学派、桐城派、文选派、周秦派、南北派……的把戏，其实在古时的文学派中，除了这些派别之外，就没有所谓文学。这些派别，有无来言去语，或旧恨新仇，我们却不管；但我们只知他们各树一帜，摇旗呐喊，示威于文坛之上，弄得我们后生小子，眼花头晕，不知所从。但我们不妨把这些银样镴枪头的什么派什么别归纳一起叫他做"正统文学"。

唐虞时代以前的文学，都是主于北方，以发挥实践的思想来开拓文坛上的荒芜。那时的文学多是帝王底作品。《三坟》《五典》《八索》《九丘》《神农之易》《黄帝之易》即最著者。《诗》三百篇，大都是表彰伦理的思想，发挥君臣、父子、夫妇、朋友、兄弟间有实践道德。《书》百篇也是"以道治平"之政事，可以叶做尧舜三代的一部大政治史。唐虞时代之《二典》《三谟》作品，是四字造句，极简劲敦朴的文章。要之诗歌之进步，又甚为迟缓，唐虞之际，诗歌方面，犹有稚气，而文章之技能，已经长足的进步了。

三代的"正统文学"比唐虞时代更胜一筹了。因为那时候，周末之诸子百家，皆长于著述，周公旦实为一代的大文豪。帝王底作品有汤之《盘铭》《禹贡·甘誓》，体是三言的诗，可以叫做贵族底文学。三代的文章，存于《尚书》的很多，可资参考。《书》则有典、谟、训、诰、誓、命六体。这六体是有一定的形式的，但自其大体而言，不出乎诏令、奏议二种的体裁。三代的文学可以说是时代精神的反映，周末时，才智的学者，风涌云沛，各树一帜，可是他们植党营私，聚党徒，攻异己，看文学做进身的初阶。得志的就雪窗萤火，做了万里鹏程的迷梦；不得志就偷偷地走到高山流水之间，人类隔绝之处，窃取些"明月松间照，清泉石上流"的景色，去填塞他的吟囊，像这种利己主义功利主义的什么"文人骚士"于国家、社会、民生，亦复奚益？所以那时代他们弄得文学界满布一种阴霾惨淡的气象。到了春秋战国，百家并起，论难相寻，派别更其复杂纷歧了。

春秋，衰世也，那时的文学家，犹赋诗言志，战国就不是这样了。战国，乱世也，思想方面比较活泼而自由，议论也就无所顾忌了。中国当周秦之际是一个文学极盛的时代。那时学说纷纭，莫衷一是，大家都是在那里发挥他自己的心得，自己的思想。那时的派别有所谓南北派之分；南派以庄子、屈原为领袖，北派以孟子、墨子为领袖。这个分法，是后世的人们以中国的风土气候，擅把他们这样分得"秦河楚界"，不容或混，其实孟、墨、庄、屈之流，何尝想到什么派什么别，更说不到什么邹鲁派、郑卫派、陈宋派、燕齐派、荆楚派。他们并没有想到要把自己变成儒家、道家、墨家、法家、名家、农家、诡辩家之流别。但我们管他呢！我们只知道他们的文学都是"真正老牌"的文学，言论深造，文体隽丽。所惜者迄秦始皇时代，许多五光十色，美不胜收的学术，悉亡诸李斯之一奏，而《诗》《书》《礼》《乐》之精华，亦俱灰于项羽之一炬，这是我们永难磨灭的一桩遗憾！

（二）平民文学

从表面上看来，中国文学上似乎只有正统文学，无所谓什么平民文学。其实暗地里还有一种平民文学在那里潜滋暗长。平民文学与时代、民生、社会都有密切的关系。从平民文学中我们可以看出时代的精神，民生的盛衰，国运的隆替。平民文学就大势说，可以说是按歌—诗—词—曲—小说这个方向演进的。

　　三代时代的平民文学有《诗》三百篇，这是姬周时代的菁华作品。至于《诗》三百篇以前的有《桑林祷辞》《采薇歌》《秀麦歌》，情则缠绵悱恻，韵则音节铿锵，开抒情诗之源，启《三百篇》"六义"之风，是平民文学作品的代表。春秋战国的平民文学底巨作，首推《楚辞》。诗歌方面则有楚狂接舆之《凤兮歌》（见《论语》《庄子》），孺子《沧浪之歌》（见《孟子》），《松柏歌》及《易水歌》（见《史记》），其他鲁有孔子《去鲁歌》《龟山操》《获麟歌》及《成人歌》；齐有《宁戚歌》《饭牛歌》，景公《投壶歌》《莱人歌》；吴有申叔仪《佩玉歌》、伍胥《渔父歌》；晋有士芳《狐裘歌》、优施《暇豫歌》；郑有《舆人诵》，宋有《城者讴》《筑者讴》；战国时候，齐有《攻狄谣》《穰田祝》；赵有《赵人谣》《鼓琴歌》；魏有《邺民歌》；楚有《三户谣》，大抵都是俚歌童谣之类。诗、歌、赋、曲在战国时十分发达，所以代表平民文学的作品，在这个时候有如雨后春笋，蓬蓬勃勃了。

中古时代

（一）正统文学

　　中古时代的正统文学，可以两汉为一大枢机。但两汉的正统文学则有逊于周秦时代了；自然不及周秦时代孟、庄的真正老牌的文学。司马迁、司马相如、扬雄、贾谊、王褒、班固、王充等固然想以文学得名，却并没有非写出来之可的压迫。即司马迁的作品《史记》，也何尝不想"成一家之言""藏之名山，传之其人"呢？《史记》一书堪称古今记事体的杰作。史记以前的《左传》《国语》《国策》《楚汉春秋》等都不如《史记》之大成；《史记》以后，有两汉、三国、晋以来的二十三史，以及杂史、别史，也都不及《史记》文字之生动而有奇气。司马迁那种"网罗天下放失旧闻……稽其成败兴坏之纪……"的考据精神与耐劳性情，洵足为我们读书人的模范！至于司马相如、扬雄辈，简直是浪费笔墨，钩名沽誉的学匪，做得无非是些猴子效人的玩意儿——如相如学屈宋，扬雄初学相如，后又学孔子——完全没有意思，而且毫无一点创作的精神。到了后汉，经学特盛，马融、许慎、郑玄……努力于考据训诂的功夫，这是因为自从"汉皇"把秦始皇的"挟书令"废掉以后，散逸的书已经收集了许多，有待整理考订的必要。他们这种的工作，虽然说没什么积极的创造，但其对于文学界上间接的贡献，究亦不少。建安的文学家则有建安七子，那时的诗体又一变了。调、字、声的风会都一变了。到了魏晋，非儒教的主义大兴，儒道衰而经才乏。汉世的排偶文体，演而为骈四丽六的体了。这个时候，有一班文学家标榜"正始文学"，破坏"儒教主义"。竹林七贤即此一派之代表，清谈误国，排斥经术，这种文学界流氓，实在是时代的赘物；他们自己没有伟大的创造，又任意做吹毛求疵，老是干着损人利己的勾当，这是不能不使我们痛恨的！

魏晋六朝，国内纷争，民生凋敝，人民没有生趣，大家没法，只得去寻"遗世独立"的遐想，高卧山林，置身度外，这时的文学离了现实的生活太远了，所谓文学者流，只能在形式上去弄点小聪明了。内容的空泛，思想的枯涩，材料的缺乏，更何堪一览！所以到了唐朝时，就有韩愈出来，做个文学界的革命家，洗刷以前的腐败因袭的恶习，发为文章，其光万丈！于是就有所谓"文起八代之衰"的古文来了。

（二）平民文学

中古之平民文学，以诗为中心；楚之诗，梁之辞赋，淮南之鼓吹老庄主义，河间之提倡儒教主义，都带有一点平民主义的色彩。草野儒生的讲学，具着一种宣传平民主义，提倡平民生活的作用。古诗十九首，大概都是逐臣、弃妇、朋友阔绝、死生新故的感慨作品，中间有寓言的、有显言的，反复低徊，抑扬不尽，确足以代表当时社会状况平民生活的一斑哩。

小说更是代表平民生活的作品。刘歆《七略》，列小说为第十家，他说："小说家者流，盖于稗官街谈巷语，道德涂说者之所造也……"中古时代的小说，推汉为最盛，其犹存的有八种。关于神仙的有《海内十洲记》《神异经》《洞冥记》《汉武内传》。关于杂说的有《西京杂记》《汉武故事》《西京杂记纪》《武帝时事》……关于淫亵的有《飞燕外传》《杂事秘辛》二书……

平民文学底内容，既然是人间真实情感的流露，他的形式是随时变迁的，只要能表现真实的情感就可以，并不要像寿序、墓序、谇词一类东西，那样的典丽呆板。只要能充分表现真、善、挚底情感，并不要受形式音节的拘束。旧的形式不适用时，就换了新的，如表情的形式，词比诗自由，曲又比词自由，而小说比词更自由，更无拘束的了。有人说，从歌变到诗，好像是不自由了些，但诗中添了声韵，在表情上加了一种的帮助，只要作者能大胆一点，自然一点，笔尖下的表情和心里的波浪一样的奔放热烈，那么所写的一定是好了。像李白、白居易的诗，我们读来何等顺口，何等流畅，这就是因为他们在形式上不过于雕琢的效果。总之，在研究平民文学，不应该忽略内容，专讲形式才是！

这样把一种文学归纳在一个时代之下，自然有笼统疏漏的地方，不只笼统疏漏，还有人要说这样的归纳，未免太机械了些；但我自然也不能说这样的分别，是确切不移的，如晋朝陶潜和六朝鲍、庾，也是中国的大诗人，他们都在唐以前。而词也不是自宋始有的，在汉唐早就有了。但这也是无可奈何的，因为我们只能这样的区划，说个大概而已。

我们研究六朝以前中国文学变迁的大势，可知文学的变迁是受时代与环境底支配；先是思想变迁，情感因之而改变，于是表现思想描写情感的文字形式也随之而变了。于此我们就知道文学之与时代，确有坚定不移的连环性，我们更可以明了无论是属于被刺激的反向的文学，或是属于介绍与提倡一种学说的文学，与时代都是有密切的关系的。

录自《厦大周刊》1929年第216期

六朝以前中国文学变迁之大势

历代文学变迁之鸟瞰

文学者，关系环境，随时代而变迁者也。周之文学非汉之文学，犹唐之文学非汉之文学也。故论一国之文学，必以时代为经纬。

太史公曰："百家言黄帝，其文不雅驯，荐绅先生难言之。"近人治史学者曰："东周以上无史。"（《古文辨》第一册三十五页）史尚无有，文学更无论矣。故论中国之文学，而以时代为经纬，可断自周代焉。

古者诸侯卿大夫交接邻国，以微言相感。当揖让之时，必称诗以喻其志（《汉书·六艺略》）①，使令之辞，每加修饰，宴会之际，必赋诗歌；其他民间之歌谣，庙堂之雅颂，郁郁乎周代之文学；《左传》与《诗经》其代表也。

周家式微，赠答之风衰，而忧世之言作矣；于是屈平有《离骚》之篇，贾谊上痛哭之策；然而敦厚温柔，犹有风人之旨焉。他如枚乘、枚皋、长卿、子云之辞赋，虽竞为侈丽，渐失风喻之义；然要其大致，盖彬彬文学焉。至于三国三祖七子，亦一时称盛。

有晋一代，崇尚虚玄。张载铭山之美，陆机焚砚之奇。其余若吉甫、太冲之辈，亦莫不以辞藻佐其清谈。所谓玄风独扇，为学穷于柱下，博物止乎七篇者也（《宋书·谢灵运传论》）。永嘉以后，地分南北。论者谓江左宫商发越，贵于清绮，河朔词义贞刚，重乎气质。

隋兴，混一南北，文学亦由分而合，由词藻而归质朴。有唐一代文学，以诗为最盛，有初、盛、中、晚之分，而以李杜为宗伯。若夫散文则凡经三变。王、杨始霸，如丽服睹妆，燕歌赵舞，虽绮丽盈前，而殊乏风骨；燕、许继兴，波澜颇畅，而骈俪犹存，韩愈始以古文为学者倡，柳宗元翼之，豪健雄肆。相与主盟当世；然及其末流，空学应试，学非所用，用非所学。陵迟至于五代，可谓不复有文学矣。

艺祖革命，首用文吏，故文士辈出。惟著书立者说者，多道学之传。文从字顺，少修饰之功；迨庐陵辈出，力求反古，眉山南丰起而和之，遂成一代之文学。

元兴百年，文学之士有姚、许、吴、虞、揭之徒。春容大雅，文章亦不可谓不盛。近人著文学史论者谓"元代除戏曲小说外，无有文学"，似非公允之

---

① 编者注：原文注为"前汉书六艺总"，疑有讹误，特予订正。

论也。

明以八股取士，一代之文学，以摹仿擅长，以趋时取巧。仿效得古人之皮毛，揣摩窥主司之好尚。昔人谓科举盛而文学衰，不其然乎。

满清入主共二百六十余年，顺康之世，文学多慷慨激昂骏厉之气。乾嘉之世，方、姚师法欧、曾，创桐城之派，文辞以呼应顿挫转折波澜为美。道咸之世，长洲人士创言西汉今文之学。光绪以来，作者咸规摹龚、魏，貌遗神流，竞为偏僻之论。近二十年来，学子好与国事，不暇读书。文学之衰敝，有不忍言者也。

观往抚今，不独有文学之感，亦多世运之悲矣。

录自《汇学杂志·乙种本》1930年第5卷第3期。

历代文学变迁之鸟瞰

◎郭子美

文学变迁论

文也者，思想之表识。孔子曰："言以足志，文以足言。"然则志与言，不根于情、根于理乎？所谓有至情而后有至文，有至理而后有至文。情则发于内，而辞则形于外，理则沿于隐而明于显，是故探幽叙微，阐精衍奥，皆文之为贵。而一其由，则终探源于思想焉。然时有代变，学有浅深，气有刚柔，俗有雅郑，势有悬殊，而文学亦非拘拘然而不变者也。春秋上勿论已，姑以战国而言之。方是时，道丧文弊，百家飙骇，杨朱墨翟之言盈天下，社会之思潮，一变而不可遏。孟子馆于齐，荀卿宰于楚，率欲救斯民于万一，挽狂澜于既倒。匪徒哲理之精湛，足以绍尼父而熄杨墨，即以文学论，则孟子之英迈挺拔，荀卿之平实奇宕，亦足以凌轹古今，为文苑之圭臬。而同其时，若庄周之《南华》，屈宋之《楚辞》，诚无意于文学者，而亦天纵之英作也。迨秦吞二周，亡诸侯，焚诗书，坑儒士，箝天下之口，壅天下之目，坏乱已极。至汉之兴，大难虽削，文教未遑，施及百年，始除挟书之律。子长、相如、东方、枚皋之徒崛起，班、刘、匡、扬之属继之，其为文雄浑奇古，宽厚宏博。自是之后，莫之与京，而较之战国飙骇之思想所铄凝者，则又不同焉。洎乎建安之末，贼臣接踵，中郎失身，曹氏父子，雅爱文学，仲宣七子之伦，妙善辞赋，虽有其文，而无其质，六朝绮靡之局开矣。司马氏席父祖之余荫，代魏而兴，虽蜀吴一统，而疮痍未复，人心偷薄，群安逸游。佛老厌世之学，盛行于一时；清谈虚无之说，洋溢乎中国。潘岳二陆出而创骈俪之文，涂饰膏泽，愈趋绮靡，虽纤密而无气质，虽秀整而乏精神。所以两汉壮美浑朴之气，亦因之荡然无存矣。驯至李唐，沿其余习，多尊徐庾。陈子昂痛惩其弊，师汉魏而友周秦，开复古之先声。元和中，昌黎韩子起，倡为古文，柳子厚、李习之、独孤及、皇甫湜，复从而推衍之，文学于是以中兴。然平心而论，韩柳实喜造词。韩以才之大而不见雕琢之气，柳之才既不逮韩，自不免痕迹之露。李翱则别具风度，孙樵则诘曲聱牙，何尝同于古人，率不过足以摧绮靡之垒耳。顾未几而大乱作，浸而五代，绮靡之势，又如槁木死灰而复燃。宋之柳开、穆修、尹洙数人，亦思有以革之，第皆未竟而卒。迨欧阳永叔出，其文学固足以振撼一时，尽洗五代之陋。若较之韩柳，则截然不同。且唐宋刚柔之气，更格格不相入。是以苏氏父子，尚为纵横之文，曾南丰、王介甫尚为儒者之文，要皆各自为体而已。及至南渡之后，开科举文之陋，使天下之学子，皆盲然而利从，予政治学术以绝大之影响。而性理之学，又复披靡一世，以文言之难于说理也，恒以白话文表而出之，文学之变极矣。自是之后，文学之风，远不如前。元人起自蒙古，偏重武事，颇略文学。赵子昂以宋室之裔胄，握一代之文柄，尚质弱而气乏，他勿论已。是故使元代之文学所以为百世之重者，反不在乎典重庄雅之文，而多恃乎白话小说、传奇、戏剧之功焉。若夫朱明以匹夫而得天下，文章学术，少所讲明，以致每况愈下，仅足自给。推究其因，太半由于明太祖刻薄而少恩，惨礉而峻厉，功臣如刘基者，尚不得其死，况其下焉者乎！而且门户之见深，剿袭之弊重，各树旗帜，惟务攻讦，文学之变又极矣。清初入关，以异族而主中国，恐人心之不服。士林之图谋，思有以笼络而结纳之，乃极意奖励文教。于是上焉者则隐逸而不出，下焉者则觍颜而应召，方望溪、姚姬传、恽子居、张皋文等，更为桐城阳湖之派，以相标榜。势虽焕乎其为盛，而较之古人，则终无以穷其微而厚其气也。未几，洪杨事起，东南沦胥，文风亦由是而挫。矧自鸦片战争之后，欧风美雨，势已东渐，人民心术，咸抱维新之思想。夫思想既倾于维新，而文学之新也必然。是故曾涤生、梅伯言虽为桐城派继起之秀，亦不过扬其余波而弥缝一时而已矣。鼎革后，维新之局既成，国家之建设靡已。所谓科学也，所谓教育也，所谓铁路也，所谓理财也，所谓实业也，莫不急急然而谋保国自存之道，富族强种之策，声浪之高，弥漫全国有志之士。以文言为难切科学之用，思有以改革文学，而便普及科学，乃有语体文之维新。且其势之所趋，竟若万窍之怒吗焉。顾守古者，则深恐数千年国粹，一旦沦落，起而反抗之，辨难之，乃者愈争愈烈，将有一泻而不可遏之势。呜呼！文言语体之争，此不识时务之争也。泛观古今之情理，则可以知时运交移，质文代变，莫不应时势之需求，曷尝必于守古而不变。夫文言，文学也；语体，亦文学也。善乎王船山先生之言曰："势之所趋，岂非理而能然者哉？"抑吾又有说焉，语体之变，其意在应科学之用，非弃文言于不顾也。亦犹之宋人因说性理之学之不易明者而用语体，则今日之用语体以说科学，宁独不可乎？盖文学者，四科之末也。章太炎先生且谓《古文尚书》为古代之语体，于此则更可以知文之为用，仅达意而已，记事而已，表情说理而已，贯输智识思想而已。非以供困厄悲愁无所告语者、雕虫琢磨而为文章者之工具也。苟如是，文虽工而不利乎天下国家切实之用，安用文为？世之闳达君子，其反覆乎而穷究之，何必较量于文质之间哉？亦曰：适吾用而已矣！

录自《学生文艺丛刊》1930年第6卷第1期

历史上的中国文学变迁述略(承前)①

晚清民国时期单篇中国文学史辑要（1900—1947）

南北朝之文学

南朝文学

南朝承东晋之后，文学愈崇尚词彩，重形轻质，而且大都受辞赋的笼罩而骈俪化了。不但文章都成骈俪体，就是诗歌也用骈偶。如宋元嘉时之谢灵运、颜延之、鲍照诸人之作品，大都是骈偶。谢灵运，陈郡阳夏人，好学博览群籍，文章为江左第一。仕宋为永嘉太守，专善游山水，所作之诗也大都以描写山水为最，后人评他的诗若"出水芙蓉"，可见他的文字之美。作有《祭古冢文》……等篇，诗有《述祖德诗》《登池上楼》《游南亭》《拟邺中咏》《会吟行》……诸诗。他的族弟惠连亦善诗，但惠连的诗较灵运，尤自然美赡，有《捣衣》《秋怀》《咏牛女》《泛湖归出楼中玩月》诸诗，文有《雪赋》为当时所称赞。颜延之，字延年，琅邪临沂人，少孤贫好读书，无所不览。文章之群，冠绝当时，与灵运齐名。所作之诗，体裁绮密，情喻渊深。有《五君诗》《秋胡诗》《宋郊祀歌》诸诗。文有《赭白马赋》《祭屈原文》《宋文元皇后哀文》《阳给事诔》《陶征士诔》……等。鲍照，字明远，是一个有绝高天才的人，后人评他"以俊逸之笔，写豪壮之情，发唱惊挺，操调险急，雕藻淫艳，倾炫心魂"。少时作《行路难》十八首，才气纵横，上无古人，下开百代。他的成就很大，可惜他生在那个纤弱的时代，很难冠高于他人之上。他的诗受乐府民歌的影响最大，故他的少年作品多显出模仿乐府歌行的痕迹，作有《芜城赋》《舞鹤赋》《石帆铭》……等文。诗有《玩月城西廨中》《秋夜》《绍古辞》《咏史》《梅花落》《登黄鹤矶》《代春日行》《代鸣雁行》《代白头吟》《代放歌行》《代东门行》……等篇。

此外有史家范晔、裴松之诸人，著述很多。范晔，字蔚宗，曾删《后汉书》而为一家之作，生平致力文章，因为入狱在狱中给他诸甥侄书中，很表现出他的一生性情行为来。裴松之，字世期，曾注陈寿之《三国志》，鸠集传记，增广异闻，为当时不朽之作。

齐之文学，承宋元嘉之后，更研钻声律，立骈文之鸿轨，启律诗之先路。

①此文疑似有前后文，皆散佚。

而齐武帝的第二子竟陵王子良，重文学而好客，于是文学之士，都集聚他的门下。有萧琛、范云、王融、任昉、萧衍、谢朓、陆倕、沈约八人，号称"竟陵八友"。萧琛，字彦瑜，范云，字彦龙，善属文，所作之诗清便宛转，如流风回雪。王融，字元长，琅琊临沂人，喜作艳词，以声色胜。任昉，字彦昇，诗很逸然洒脱。萧衍，字叔达，即后之梁武帝，作品大都倩艳曼妙，颇有文学意味。有《西洲曲》《河中之水歌》《东飞伯劳》《拟青青河畔草》诸诗。谢朓，字玄晖，是唐代李太白最佩服的一个诗人，文章清丽，长于五言诗。陆倕，字佐公，后亦入梁。撰有《新漏刻铭》及《石阙铭记》等。沈约，字休文，幼时孤贫，笃志好学，昼夜不释卷，博通群籍，聪明过人，好坟典，聚书至二万余卷，所著《晋书》一百一十卷、《宋书》百卷、《齐纪》二十卷、《高祖纪》十四卷、《迩言》十卷、《谥例》十卷、《宋文章志》三十卷、《文集》一百卷。又撰《四声韵谱》，以平、上、去、入制韵，不像古诗那样的乱用韵，更促进了律诗的成立。此谱作成之后，四声的势力一直到现在数千年的诗坛上，完全受他的统制，又创"八病说"，言诗病有八（一曰平头、二曰上尾、三曰蜂腰、四曰鹤膝、五曰大韵、六曰小韵、七曰旁纽、八曰正纽），替诗人们加上了种种的束缚和桎梏，因以阻滞了诗歌的演进，在文学史上生了不少的恶影响。但他的诗很富有情致，而尤以五言为最优，所作之《乐府》诸篇，词句都很美丽婉妮。

八友之外，又有江淹、孔稚圭、刘绘、周颙、张融……诸诗人。江淹，字文通，年少孤贫，卖薪养母，有一次他梦见有人赠彩笔，于是便文思日进，才倾天下。到晚年时，又复梦见一人自称郭璞，对淹道："我有笔在卿处多年矣，可以见还。"江淹乃探怀中得笔还他，醒后作诗文，绝无美句，世谓之江郎才尽。他的赋很有价值，如《恨赋》《别赋》，抒情造意，并臻妙境。孔稚圭，字德璋，作有《北山移文》，传诵于今。刘绘，字士章；周颙，字彦伦；张融，字思光；作品大都词旨华赡。

梁时齐之遗臣仍在，如沈约、任昉、范云诸人。梁武帝父子都喜作乐府，而且和民间文学相近，如他的《欢闻歌》《子夜歌》等，都是模仿民间艳歌之作品。他的第三子萧纲（简文帝）也做了不少的乐府歌辞，也和他父亲一样的好做艳体诗，当时号为宫体。作有《生别离》《春江曲》《乌栖曲》《折杨柳》《临高台》《纳凉》诸诗。武帝的第七子萧绎（元帝）承父兄之风流，作有《咏阳云楼檐柳》《折杨柳》诸诗。

武帝的长子萧统（昭明太子）曾选古今文学之作品，成《文选》三十卷，但他的诗文并不好，而他的鉴别力，却为古今之第一人，且非常精审，选出此书，对于古今，俱有功绩。

此外有二位文学批评者，刘勰、钟嵘二人。刘勰，字彦和，早孤，笃志好学，因家贫而不婚娶，依靠沙门僧祐，十余年，博通经论，昭明太子很爱惜他。他曾撰《文心雕龙》五十篇，论古今文体之变迁、创始和长短，颇有卓识特见。

钟嵘，字仲伟，作《诗品》一书，分上、中、下三品，评论古今自汉迄梁诗人之优劣和风格，非常详细，文笔亦非常动人。

陈时徐陵、江总、姚察、阴铿诸人，皆为当时之著名诗人。徐陵，字孝穆，曾仕梁，未几，梁亡，遂入陈。幼时涉览史籍，八岁能文，崇信释教经论，当时朝廷一切文檄军书及禅授诏策都为陵所制。为一代之文宗，每一文出手，好事者传写成诵。他所编的《玉台新咏》，其中所录为梁以前之诗，凡五言八卷，七言一卷，五言二韵一卷，皆为绮丽香艳之诗歌，功劳实不下于昭明太子之编《文选》。江总，字总持，好学能属文，于五言七言尤善。然伤于浮艳，故为后主所爱幸，日与后主游宴于后庭，作有《闺怨篇》诸诗，《为陈六宫谢表》等文。姚察，字伯审，幼有至性，励精学业，撰梁陈二史未就，其子续之。阴铿，字子坚，幼聪慧，善五言诗。

陈后主，名叔宝，是一个风流天子，和南唐李后主有同样的天才，亦遭同样的命运，都是亡国之君。好文学，□为天子时，每引宾客对贵妃等游宴，使诸贵人及女学士与狎客共赋新诗，互相赠答，采其中最艳丽的诗以为曲词谱成曲调，选数百个美貌的宫女学习歌唱，分班演奏，这种举动，可谓奇极。亡国之祸即基于此。但此种曲调于后来之词曲的成立却有很大的影响，作有《春江花月夜》《玉树后庭花》《临春乐》《三妇艳词》《舞媚娘》《东飞伯劳歌》《乌栖曲》……等诗歌。

录自《永吉县中校刊》1930 年第 3 期

◎陈子华

中国文学历代之变迁

各国文学之起源，皆在文字发明以前，如像俄国民间文学在十世纪以前，就已经将社会生活的菁华凝聚而成口传的谣谚。中国文学也是这样的情形：如葛天氏之歌《八阕》，伏羲之《网罟歌》，神农之《丰年咏》等，都在仓颉之前（文字虽起于伏羲画卦，至仓颉时始成其功）。但中国文学在上古时，除诗歌而外，别无文学，故世传的《神农兵法》《神农本草》及《黄帝医书》等，皆非文学。尧时之《击壤歌》《康衢之谣》《大唐歌》……，舜时的《卿云歌》《南风歌》《股肱元首歌》……，禹时之《五子歌》……，汤时之《远秀歌》……，皆略可得而知之，亦有文学之价值。

周武统一天下，文学勃兴，风雅颂，同时齐进，可谓极一时之经华。而孔子亦有文学专科，子夏子游即善能文者。而纪事文之含文学意味的，有左丘明、公羊高、穀梁赤之三传；说理文之含文学意味的，有《荀子》《孟子》。当时有老子之学，风靡一时。有人说周时九流，皆出老子之学，这话也有点相近，兹不多赘，今列表于后，以观当时大势：

老子 ｛
　儒——得老子之实践一派而倡孝悌仁义者。如孔子、孟、荀、
　　　景世芊、公孙尼子……
　道——庄、文、蜎、列、田、老莱、黔娄、鹖冠、关尹子……
　　　得老子之自然一派而倡虚无主义。
　法——得老子之刻忍一派者，而鼓吹"崇法术""尚刑名"。如李悝、
　　　商鞅、尸佼、慎到、申不害、韩非子……
　兵——得老子之阴谋一派者，而专"谈兵"。如孙武、吴起、穰苴、
　　　尉缭……
　墨——得老子之慈俭一派而主"利他"者。如墨翟、田俅子、
　　　隋巢子、胡非子……
　名——得老子弦虚一派者，而综核名实。如惠子、尹文子、公孙龙
　纵横——得老子之奇谋一派，而讲权谋者。如苏、张……
　阴阳——得老子之玄妙一派而论怪迁之变。如邹子……
　杂——得老子之学而不纯，且复杂以诸家之说者。吕不韦等。
　小说——得老子之寓言一派，而言怪诞者。如燕丹、宋子。
　农——得老子之齐万物、平贵贱者。如许行……

表中前九家称为"九流"，后二家则不在九流之内。

139

中国文学历代之变迁

周末纵横家极盛，为文学之枢纽，即孟、荀二子皆染其习气。时楚有屈原者，著《楚辞》，系国风之变态。其徒宋玉继之，而《楚辞》因之自成一体。

周衰秦强，商鞅、李斯等，尚刑名法术，痛恨诗书，乃诣守尉杂烧天下之诗书百家语，因此先秦文学，概付东流，但李斯亦善能文者，今犹有其著作存世。

刘汉继兴，纵横无用，于是亦变其风气，而为辞赋，贾谊倡之于前，邹枚继之于后。汉赋至武帝时格体已成，当时司马相如之文，为世推重。自后王褒开排偶之端，文体再变，扬雄复相如之旧，而文体又变。但纵横之学至汉不只是变为贾生等之词赋，且更演为疏表。如董仲舒之《天人三策》，公孙宏之《贤良策》……等是也。至于诗体，亦多变迁，如《鼓吹曲》《横吹曲》，乃雅之变体，《郊祀歌》乃颂之变体，《清词》等乃风之变体，武帝时所流行之柏梁体，为后世七言之祖，乃《古诗十九首》，为后世五言诗之祖。而史家文学为汉代之特创，如司马迁之《史记》，为后世传记体之始。班固、曹大家之《汉书》，为后世断代为书之始。王莽时有扬雄等，最善摹仿古文，仿《周易》而作《太玄》，仿《论语》而作《法言》，启后世拟古之风。

汉末群雄蜂起，蜀、吴、魏三分国鼎，文学渐由浑厚，转入轻薄。北魏曹操，善作四言之诗，于《三百篇》外，另创一派。其子曹植，辞赋过人。曹丕《论文》，肇后代文谈诗话之基。自后刘勰之《文心雕龙》，钟嵘之《诗品》，皆贵族文学。当时有建安七子，独树一帜，各擅一体，失两汉厚朴的气势，开六朝靡丽的风气。

晋时竹林七贤，本老庄之学，变为清谈，以放荡形骸为人生观，以毁弃体节为要务。此种清谈影响于文学不浅：如嵇康《养生论》，刘伶《酒德颂》等。但左思、刘琨等，更不依古，又不习今，卓然中立。东晋既末，陶潜崛起，辟诗文之艳丽，创纯朴之体格。此时更流行《山海经》等小说文学。

南朝承东晋之习，文学重形轻质。于南朝之宋、齐、梁、陈四国之外，加吴和东晋共称六朝文。至于北朝文学，略重实质。佛学输入，虽始于汉明帝时，但以南北朝为最盛，其影响于文学，亦如老、庄之于晋代。如谢灵运、沈约、刘勰等皆深信佛教，梁代诸王无不皈依释迦。自梵文发音法传入我国，始有切音。齐周颙作《四声切韵》，定平、上、去、入，而音韵的学问，渐渐的成熟起来了，然而还未曾用到文学上面，仅在字学中占一部分，及梁沈约作《四声谱》，鼓吹文学须讲四声。因此后之作诗歌的人，就开始检韵谱而规定音韵了。文到此时，形式上渐由疏散浑成，变为雕琢；骈俪文章，至此成立，而绝诗、律诗已开端了。文学的实质方面，开以文学为游戏的风气，就不像从前的那样温厚儒雅。

隋有天下，国日短促，所以文学和六朝没有多大变迁。至于文坛上的人物，当推杨素、薛道衡等，而隋炀帝亦善文，有《饮马长城窟行·示从征群臣》及

《春江花月夜》等佳作。

唐初文学仍沿六朝之旧习，虽经初唐四杰及燕许大手笔等的矫正，至终还不能完全洗尽。诗体至唐时大备，如古诗之变成律绝，虽始于南北朝，但算到唐代才完全成立，体格至此，可谓登峰造极。唐代诗坛上的人物，比任何朝代为最多为最秀。如沈、宋、李、杜、王、孟、韦、柳、高、岑、韩、白、温、小杜、李商隐等，在古诗坛占最重要的地位。在初唐四杰之后的文，仍是萎靡不堪，直到韩退之时，始一扫颓象，而以古文来号召时人。而诗直到李白杜甫时，才矫正颓唐（其间虽有陈子昂等之改革但不及李杜之强力），成千古不磨之佳作。但自白居易以后，如皮、陆等之辈，多向清浅，更如有以香艳来惑世的如韩偓之等，故晚唐之诗多委靡了。说到散文，从韩文公及柳子厚之后，虽有李翱、皇甫湜、张籍诸人，但都不及盛唐的雄伟。

唐后之五代，时短日促，兴亡相续，政治混乱，文学衰微，所有作者，皆是晚唐人物，只有中晚唐所由诗变成之词，到这时为较盛。著名词家，当推孙光宪、冯延巳等。

宋初文学还带着五代晚唐的颓象。如杨亿、刘筠的西昆体诗，虽以风韵为重，畅行一时，总有尘埃未除。说到柳仲涂、梁周翰之文，均好古文，所以他们的文体稍稍变换面目。其后如梅圣俞、石曼卿之诗，苏子美的文，都渐进步。及欧阳修时，诗文复古，力矫晚唐五代委琐的气象，而自成一家。继之者有王安石、曾子固、三苏父子。至于诗到此时，亦有可观的地方，而苏轼之诗，多仿陶、李，更参禅学，于是另成一派。至苏门四子中之黄山谷，又与苏门不同。而陆放翁之诗，言浅语俗，寓意深厚，复自成一家。陆氏后之四灵，则诗才薄弱，渐变衰颓。当时之四六文即骈文，亦颇受一世之欢迎。宋时更有一种理学，为古时无有，自周敦颐作《太极图说》，合儒、释、道三家之说，而为一书，因此理学创起来了。嗣后张载、朱熹、程颢、程颐，皆精通理学。同时之陆九渊，亦理学家也。但理学至陈传良、叶适等，自辟门径，不拘心性，遂演为功利派，与理学分离。词在当时，亦颇兴旺，体以长调为多，且以悲壮粗豪为宗，如柳永之词，音律精妙，为此代词之正宗。至于平话（即今之演义小说）与语录，犹为此时代之独创的。

辽金本无文字，后取我国文字，来造一种契丹字（辽）及女真字（金），故其文学，多宗我国，如萧韩家奴（辽人）、完颜勖（金人）等皆善能中国文学者。

元领中土，虽时不久，但能文的人，比金为多，如虞集之文多宗理学，与黄溍、柳贯、揭傒斯，并称儒林四杰。自后之萨天锡亦善为诗的人，杨维桢更巧于乐府。至于戏曲当以元代为雄，集前代之大成，自成一体，元末分南北二派，北派为北曲，以《西厢》为始；南派为南曲，以《琵琶记》为祖。元代之演义小说亦盛行，如《水浒》《三国演义》《西游记》等。弹词亦盛行，为小说之一体，始于此代末叶，有杨维桢之《四游》。

中国文学历代之变迁

明初文家刘基、宋濂、高启、袁凯之辈，一扫元秀委靡之习，洗尽从前纤秾缛丽之弊。但自永宣之后，文气又渐微弱，而李梦阳、何景明等又倡言复古。后又经王慎中、唐顺之力矫李、何仿古之弊，而别创一宗。慎中后有归有光崛起，作写实主义之文。万历时袁宏道兄弟，倡公安体，矫正前后七子之弊。公安体之末流，渐趋空浮，后为钟惺等之竟陵体代公安而兴。当时有王阳明创知行合一、良知良能之学说，为哲学界开一新纪元，虽非纯全文学，而影响于文学亦大，且其诗文亦可观，而自成一家。及东林党之乱后，士子多结社讲学，以气节相属。如豫章社、几社、复社，多影响于文学。小说词曲皆可观，弹词有《二十一史弹词》。清初文学，多寓国家兴亡之感。时顾炎武、黄宗羲为一派，多重学术气节。江左三家为一派，皆以屈节仕清。侯方域、魏禧、汪琬为一派，以气节相尚。于诗王士祯则温柔敦厚，为一代正宗。康熙时有方苞开桐城派，后世摹仿者很多，如曾国藩、吴敏树、吴汝纶等，与之对抗者有恽敬之阳湖派，但不及桐城声气之广，而桐城仍为当时正宗。乾嘉以后，文学多平，且多考证学之学者。当时文推姚姬传，诗推沈德潜。而章学诚之《文史通义》，颇多新颖。自同光以还，文学大变，其间可分为三派：

A　以龚自珍为关键，其诗文多奇诡放肆之气，拔剑张弩之概。

B　以梁启超为关键，能以通俗之文，从论时事学术。

C　以严复、林纾为关键，多翻译西方哲学文学之书，而自成一派。

清代文学，亦皆完备，如骈文小说皆有可观，而游戏文亦在魏之晋前，元曲之变为昆曲始于明，而盛于清初，至清又变西皮二簧，盛于清之中叶，至清末更变为新剧了。

录自《希望月刊》1931年第8卷第2期

◎ 龚群钰

中国文学变迁概论

文学的演进，由讴谣进而为诗歌；由诗歌进而为散文，此东西各国所同也。中国文学，起自歌曲。

> 王灼《碧鸡漫志》：或问歌曲所起？曰：天地始分，而人生焉；人莫不有心，此歌曲所以起也。其流渐广，至于散文，则三皇之世，始已作教。

太古蒙昧之世，葛天氏之民，投足以歌八阕。

> 《吕氏春秋》：昔葛天氏之乐，三人操牛尾，投足以歌八阕：一曰载民，二曰玄鸟，三曰遂草木，四曰奋五谷，五曰敬天常，六曰达帝功，七曰依地德，八曰总禽兽之极。

《吴越春秋》，载古孝子断竹之歌。

> 《吴越春秋》：断竹续竹，飞土逐突。

而尧时有《击壤》之歌。

> 《帝王世纪》：日出而作，日入而息。凿井而饮，耕田而食，帝力于我何有哉？
>
> 附注：上引诗歌，近人多谓系伪著，然其诗质古朴，时代虽未能确指，要为初民所作无疑。

《诗》三百篇，亦大氐皆闾里歌谣之什。盖人生而有感觉：有感觉，斯有好恶。或感快，或感不快；快不快感于心，发于口，为语言，为诗歌。

> 朱熹《诗集传序》：人生而静，天之性也；感于物而动，性之欲也。夫既有欲矣，则不能无思。既有思矣，则凡五色之触于目，五声之接于耳，五味之入于口，必不能自禁其好恶之念，或为愉快，或为悲愁，遂发于外而为语言。言之所不能尽，而发于咨嗟，咏叹之余者，必有自然之音响节

奏而不能已焉。此诗之所以作也。

诗歌者，中国文学之开祖山也。（世界文学亦发源于诗歌。）孔子删《诗》，得三百五篇，分为风、雅、颂三类。

郑樵《通志》：风者，出于风土，大概小夫、贱隶、妇人、女子之言，其意虽远，其言浅近重复，故谓之风；雅出于朝廷士大夫，其言纯厚典则，其体抑扬顿挫，非复小夫、贱隶、妇人、女子能道者，故曰雅；颂者，初无讽诵，唯以铺张勋德而已，其辞严，其声有节，以示有所尊也，故曰颂。

后世文学，即渊源于此。

《文史通义·诗教上》篇：周衰文弊，诸子争鸣；盖至战国而文章之变尽；至战国而著述之事专；至战国而后世之文体备……后世之文，其体皆备于战国，人不知也。其源多出于《诗》教……战国者，纵横之世也。纵横之学，本于古者行人之官，观春秋之辞命，列国大夫聘问诸侯，出使专对，盖欲文其言以达旨而已，至战国而抵掌揣摩，腾说以取富贵，其辞敷张而扬厉，变其本而加恢奇焉，不可谓非行人辞命之极也。孔子曰："诵《诗》三百，授之以政，不达；使于四方，不能专对，虽多奚为？"是则比兴之旨，讽谕之义，固行人所肆也。纵横者流推而衍之，是以委折而入情，微婉而善讽也。

及《离骚》代兴，触类而长，合诗文为一体，而用比兴，寓讽谏，亦诗人之旨也。

《史记·屈原列传》：屈平之作《离骚》，盖自怨生也，《国风》好色而不淫，《小雅》怨诽而不乱；若《离骚》者，可谓兼之。

汉人宗之，遂为赋家之祖。

《文心雕龙·辨骚》篇：自风雅寝声，莫或抽绪，奇文郁起，其《离骚》哉，固已轩翥诗人之后，奋飞辞家之前……其文辞丽雅，为词赋之宗……王逸以为诗人提耳……名儒辞赋，莫不拟其仪表……是以枚贾追风以入丽；马扬沿波而得奇，其衣被词人，非一代也。

孝武爱文，厥体大尊，作者辈出。

《史记·孝武本纪》及《汉书·礼乐志》：武帝笃喜词赋，读司马相如《大人赋》而飘飘然有凌云之致，严助、枚皋、东方朔之徒，皆以能文赏。

此则两汉辞赋之盛所由来也。

《文心雕龙·诠赋》篇：汉初词人，顺流而作。陆贾扣其端，贾谊振其绪，枚马同其风，王扬骋其势；皋朔已下，品物毕图，繁积于宣时，校阅于成世。进御之赋，千有余首，讨其源流，信兴楚而盛汉矣。

而是时乐府新立，五言继起。《古诗十九首》，乃《风》余诗母；苏李"河梁"，并同《风》味，然皆事举情陈，微而能通，婉而可诵，盖一代之近体，五言之冠冕也。

《文心雕龙·明诗》篇：……阅时取证，则五言久矣……观其结体散文，直而不野，婉转附物，怊怅切情，实五言之冠冕也。

降及东京，经术最盛，惟秦嘉《留郡赠妇》诗，缠绵往复，和易感人；文姬《悲愤诗》，心怨而怒，意哀而思，惊蓬坐振，沙砾自飞；《庐江小吏》诗，质而不俚，乱而能愁，叙事如绘，陈言似诉，盖已启建安诗体之先声矣。
洎乎曹魏，人才蔚起；邺下七子，雅擅文风，而五言诗，于以大盛。

《文心雕龙·明诗》篇：建安之初，五言腾踊，文帝陈思，纵辔以骋节；王徐应刘，望路而争驱。并怜风月，狎池苑，述恩荣，叙酣宴，慷慨以任气，磊落以使才。造怀指事，不求纤密之巧；驱辞逐貌，唯取昭晰之能。

论者谓建安文学，总两汉之菁英，开六朝之先路，盖魏武以相王之尊，雅爱诗章；文帝以副君之重，妙善辞赋，故能使群彦蔚集，一时称盛。

钟嵘《诗品序》：降及建安，曹公父子，笃好斯文，平原兄弟，郁为文栋，刘桢、王粲为其羽翼，次有攀龙托凤，自致于属车者，盖将百计，彬彬之盛，大备于时矣。

此殆风会所趋，为文学变迁一大枢纽，亦汉魏之所由判也。
总之：汉代文学主于赋，时一赋诗，而诗未盛也；魏晋文学主于诗，亦时作赋，而赋衰矣。

然魏晋之诗，虽结体两汉，而声调字句，渐假烹炼，平仄谐协，益事华靡，且多慷慨之音。

《文心雕龙·乐府》篇：……魏之三祖，气爽才丽；宰割辞调，音靡节平。

又《丽辞》篇：……至魏晋群才，析句弥密；联字合趣，剖毫析厘。

又《诗序》篇：……观其时文，雅好慷慨，良由世积乱离，风衰俗怨；并志深而笔长，故梗概而多气也。

正始明道，诗杂仙心。嵇康阮籍，为时大宗。

《文心雕龙·明诗》篇：……正始明道，诗杂仙心，何宴之徒，率多浮浅。唯嵇志清峻，阮旨遥深，故能标焉。

自是以后，诗文已入绮靡之习；虽张、陆、潘、左，号为文章中兴。

钟嵘《诗品》：晋太康中，三张二陆两潘一左，勃尔复兴，踵武前王，风流未沫，亦文章之中兴也。

然其文纤密秀整，体态妙妍。

《文心雕龙·明诗》篇：晋世群才，稍入轻绮，张潘左陆，比肩诗衢，采缛于正始，力柔于建安；或析文以为妙，或流靡以自妍，此其大略也。

模山范水之作，渊源如此，盖风会之变迁，是亦晋宋文学之渊源也。而士衡连珠之作，为四六文体之滥觞，此一变也。

江左篇制，玄风独秀。

《文心雕龙·诗序》篇：……自中朝贵玄，江左称盛；因谈余气，流成文体；是以世极迍邅而辞意夷泰；诗必柱下之旨归，赋乃漆园之义疏。

陶公继起，以冲淡之怀，写乡村风景之美，论者谓为隐逸诗人之宗。

钟嵘《诗品》：宋征士陶潜诗……文体省净……辞兴婉惬，每观其文，想其人德，世叹其质直！至如"欢言酌春酒，日暮天无云"，风华清靡，岂直为田家语耶？古今隐逸诗人之宗也。

刘宋代晋，文学别立专科。壁垒卒新，文艺大起，颜谢腾声，辞藻富艳，语必偶丽，字必精奇。

《文心雕龙·明诗》篇：宋初文咏，体有因革；庄老告退，而山水方滋，俪采百字之偶，争价一句之奇；情必极貌以写物，辞必穷力而追新。

而谢灵运尤工于描写，其文如着色山水，出于自然。

梁简文帝《与湘东王书》：谢客吐言天拔，出于自然。
鲍照论谢诗：谢五言如初发芙蓉，自然可爱。
钟嵘《诗品》：嵘谓若人兴多，才高博……丽典新声，络绎奔会，譬犹青松之拔灌木，白玉之映尘沙。

盖赏心之作，自是大盛，远实用而近文艺，虽由康乐个性使然，抑亦时会为之也。

齐梁代兴，世主好文，魏晋以来，于兹为盛。

《文心雕龙·诗序》篇：……暨皇齐驭宝，运集休明……经典礼章，跨周轹汉，唐虞之文，其鼎盛乎？
《南史·梁武帝本纪》论曰：自江左以来，年逾二百；文物之盛，独美于兹。

于是沈约发明四声。

《南史·沈约传》曰：约撰《四声谱》，以为在昔词人，累千载而不悟，而独得胸衿，穷其妙旨。

刘勰文笔对举。

《文心雕龙·总术》篇：今之常言，有文有笔；以为无韵者笔也，有韵者文也。

立骈文之轨则，开律诗之先声；上变晋宋，下启隋唐，由质趋文，至斯极矣。

然世变愈亟，向之模山范水，刻意描写之作，至是而抒情之什代起，故简文帝作艳曲，江左化之，因有宫体之目。

《南史·简文帝本纪》：帝辞藻艳发，然伤轻靡，时号宫体。

而《读曲》《横吹》等歌，岂但当时诗中别调。

《古诗源例言》：……晋人《子夜歌》，齐梁人《读曲》等歌，俚语俱趣，拙语俱巧，自是诗中别调。

盖亦文学之正宗也。
乃论者谓尔时南北文学差池，一贵清绮，一重气质。

《北史·文苑传序》：洛阳、江左，文雅尤盛，彼此好尚，互有异同，江左宫商发越，贵于清绮，河朔词义贞刚，重乎气质。

故庾子山早年绮丽，入周后遂有苍凉之致。
然当时南北文学，无论为艳词为壮语，要皆属于抒情之什，非复前此谢灵运、郦道元辈之刻画山水，吐言天拔矣。此文体之一变也。
陈季艳丽之词，尤盛。

《陈书·后主本纪》：后主每引宾客对贵妃游宴，则使诸贵人及女学士与狎客共赋新诗，采其尤艳丽者，以为词曲。

徐陵选艳体诗为一集，名曰《玉台新咏》，则足以见当时之风尚矣。
隋炀统一南北，文学仍承六代余绪。
李唐继起，有天下三百年，文章无虑三变。

《唐书·文艺传序》：唐有天下三百年，文章无虑三变：高祖、太宗，大难始夷，沿江左余风，缔句绘章，揣合低昂，故王杨为之伯。玄宗好经术……崇雅黜浮，气益雄浑，则燕、许擅其宗。大历、贞元间，美才辈出，擩哜道真，涵泳圣涯，于是韩愈倡之，柳宗元、李翱、皇甫湜等和之。

初唐江左绮靡之风甚盛，至韩愈等古文运动而文章自是又变矣。

《群书备考》：唐之文章，无虑三变。王杨始霸，如丽服靓妆，燕赵歌舞……燕、许继兴，波澜顿畅，而骈俪犹存，韩愈始以古文为学者倡。

窃尝论之：齐梁之文似诗，韩愈之诗亦文，刘勰言"有韵为文，无韵为笔"，盖文盛而代以笔耶。

然唐实以诗名。体无不备，荒沃当代，垂范后昆，中国文学极盛之时也。

沈骐《诗体明辨·序》：唐以诗名一代，而统分为四大宗：王、魏诸人，首开草昧之风，而陈子昂特以澹古雄健，振一代之势。杜审言、刘希夷、沈佺期、宋之问、张说、张九龄，亦各全浑厚之气于音节疏畅之中。盛唐稍著宏亮，储光羲、王维、孟浩然之清逸，王昌龄、高适之闲远，常建、岑参、李颀之秀拔，李白之朗卓，元结之奥曲，咸殊绝众伦。而杜甫独以雄浑高古自成一家，可以为史，可以为疏；其言时事，最为悚切，不愧古诗人之义，盖亦诗之仅有者也。中唐弥矜琢炼，刘长卿以古朴开宗，韦应物、钱起之隽迈……李贺之怪险，是其最也。晚唐体愈雕镂，杜牧高爽，欲追老杜。温、李西昆之体，婉丽自喜。皮、陆鹿门诸章，往往超胜。若夫诗余之体，犀于李白，盛于晚唐，然晚唐之诗，不及其词，亦各有其微也。

然其中尤以杜甫、李白、白居易、李商隐、王维诸人影响于后世者为最大。文宗太和以后，诗余代起：温庭筠之词，论者以为词学大宗。

吴梅《词学通论》[①]：彭孙遹《词统源流》以为词之长短错落，发源于《三百篇》，庭筠之词，可谓极长短错落之致矣（如《河传》）。论词者必以温氏为大宗。

晚唐五季，如沸如羹，天宇崩析，文运萎敝，而小词独盛。

纳兰容若《渌水亭杂识》：自五代兵革，中原文献凋落，诗道失传，而小词大盛。

吴梅《词学通论》：陆游曰："诗至晚唐五季，气格卑陋……而长短句精巧高丽，后世莫及。"王士祯亦曰："五季文运萎敝……独其所作小词，浓艳稳秀，蹙金结绣而无痕迹，备见于《花间集》中。"

西蜀韦庄，南唐二主，所作皆曲扬婉丽，玉润珠圆，盖后代之楷范也。

间尝论之：五季文学，差似六朝，小词之盛，可与宫体诗比拟，宫体诗启唐初之先声，而小词亦为宋人所宗法。

吴梅《词学通论》：……西蜀南唐，作者日盛，往往情至文生，缠绵流

①此段引文实际出自王奕清《历代词话》。

露，不独为苏、黄、秦、柳之开山，即宣和、绍兴之盛，皆兆于此矣。宋代文学，诗不如词。

纳兰容若《渌水亭杂识》：……宋人专意于词，实为精绝。诗其尘饭涂羹，故远不及唐人。

北宋之初，词家大抵祖述词唐，以二主一冯（延巳）为法。

吴梅《词学通论·引论》：晏殊父子、欧阳修等，所作之词，皆出于南唐。

自柳耆卿变小令为长调，镕俚语入慢词，教坊、井畔，一时风行。

叶梦得《避暑录话》曰：柳永为举子时，多游狭邪，善为歌词。教坊乐工，每得新腔，必求永为词，始行于世，于是声传一时。余仕丹徒，尝见一西夏归朝官云"凡有井水饮处，即能歌柳词"，亦言其传之广也。

其后苏轼、秦观、黄庭坚相继有作，慢词遂盛。而东坡所作，发扬蹈厉，超脱尘外，开词家之别派。

《四库全书·东坡词提要》：词自晚唐五代以来，以清切婉丽为宗，至柳永而一变……至轼而又一变，遂开南宋辛弃疾等一派，寻源溯流，不能不谓之别格。

南渡而后，词家遂分南北二派：南派婉约。词调蕴藉，大抵远法南唐，近宗清真（周邦彦）。
清真词韵清蔚，又素好音乐，能自度曲，故所作冠绝一时，论者谓其词集唐五代、北宋之大成。

吴梅《词学通论》：词至周氏，已集唐五代、北宋之大成，其余诸家，可不论已。

姜夔、吴文英、张炎辈，均奉为圭臬，而皆妙善音律，惟所作警丽藻饰，不似北派之豪放自然耳。

周止庵《宋四家诗选·序论》：梦窗由南追北，是词家转境。

北派词人，豪迈恣肆，气象恢宏。辛稼轩异军特起，虽师法东坡，而其词慷慨激烈，放恣自由，淋漓痛快，有不可一世之概。南宋诸公，无不传其衣钵。

周止庵《宋四家诗选·序论》：苏辛并称，东坡天趣独到处，殆成绝诣，而苦不经意，完璧甚少，稼轩则沉着痛快，有辙可循，南宋诸公无不传其衣钵。

放翁（陆游）、龙洲（刘过）、后村（刘克庄）诸公，皆承其流而扩其源也。

至若诗人，则有西昆、西江诸派。虽间标新意，要不过拾唐人之余，不足评其乖合矣。

焦循《易余籥录》：……故论宋宜取其词……其诗人之有西昆、西江诸派，不过唐人之绪余，不足评其乖合矣。

散文宋代亦擅场，欧（欧阳修）、苏（苏轼）最为大家。惟祖述韩、柳，根本秦汉，节调虽显豁畅达，内容则少精髓，不如当时语录、平话之文，描写世变，传达人性，为后世所取则耳。

金代文学，元遗山为大家。宋词入金，变为北曲。董解元《西厢记》是为北曲之祖，而金之文献，亦尽于此矣。

胡应麟《少室山房笔丛》：《西厢记》虽出唐人《莺莺传》，实本金董解元。董曲今尚行世，精工丽巧，备极才情，而字字本色，言言古意，当是古今传奇鼻祖。金人一代文献尽此矣。

有元崛起漠北，入主中夏，开国之初，首停科目，士大夫遂多从事于词曲，故元代戏曲最为发达。

王国维《宋元戏曲史》：……元初之废科目，却为杂剧发达之因。盖自唐宋以来，士之竞于科目者，已非一朝一夕之事，一旦废之，彼其才力无所用，而一于词曲发之。

王实甫、关汉卿、马东篱、乔梦符、张小山等，皆北曲有名作者。而王实甫《西厢记》一书，悱恻芬芳，流丽芊绵，风情独绝，为一代之杰作。

惠宗至正之末，大河南北渐染胡语，沈约"四声"，遂阙其一（去声），于是复变北曲为南曲。高则诚《琵琶记》，南曲也，其文词缠绵悱恻，雅洁醇淡，与《西厢记》同为后代文学家之宝库。

吴梅《中国文学史》：自《西厢》《琵琶》而后，学者各从其性之所近，而从事摹仿，其学《西厢》者，如《幽闺》《拜月》，……是也。其学《琵琶》者，如《荆钗》《杀狗》《白兔》是也。

此外戏曲作者尚多，今所能易见者，仅臧晋叔《元曲选》百种，而其中情文兼到者，亦不可胜数，试一读涵虚子《词品》，则知有元一代词曲之盛与其文章之美矣。

至若小说作者，亦由唐宋杂记体变而为全书联贯编述之长篇小说。是为小说界之一大进步。名著如施耐庵《水浒传》，描写人情，刻画事物，惟妙惟肖。至今文学家且奉为圭臬，此盖与戏曲发达相互为缘者也。

总元代戏曲小说发达之原因：则因元以胡种，入主中夏，虔刘汉人，故宫禾黍，宁无伤感；且处此异种之下，欲死不得，欲生不能，故以游戏笔墨，描写社会情状，以发其郁勃之气，兼资劝惩，遂建设此哀艳奇恣、千古独绝之文字，亦时代为之也。至其诗，因袭有宋而已。

吴梅《中国文学史》：元自塞外入中华，素非自有文化者。……一代大儒如金履祥、许衡……亦徒漱前人之残炙，未尝有所发明。文亦步欧、苏之后尘。

黄节《诗学》：刘静修诗，亦江西派之支流苗裔者也。……虞道园以蜀人而学东坡，其所作亦雅与东坡近。

明以制义取士，专守程朱之说。其文骫骳不振，所谓传注以外无思想，钞袭以外无文章，一代诗文，仅复汉魏唐宋之古而已，无足论也。

袁宏道《小修诗序》：诗文至近代而卑矣！文则必欲准于秦汉，诗则必欲准于盛唐，剿袭模拟，影响步趋，曾不知文准秦、汉矣，秦汉人何尝字字学六经欤？诗准盛唐矣，盛唐人何尝字字学汉魏欤？

惟明以八股文取士，亦如唐代诗赋，镂心刻骨，故大家辈出，如胡思泉、归熙父、章世纯诸人所作，说者谓可继楚骚、汉赋、宋词、元曲。

焦循《易余籥录》：有明二百七十年，镂心刻骨于八股，如胡思泉，……金希正，数十家，洵可继楚骚、汉赋、唐诗、宋词、元曲，以立一门户。

此其言自不无太过，然八股文实渊源于曲剧，所不同者，惟音韵有无耳。

刘申叔《论文杂记》：……明人袭宋元八比之体，用以取士，律以曲剧，虽有有韵、无韵之别，然实曲剧之变体也。如破题小讲，犹曲剧之有引子也；提比、中比、后比，犹曲剧之有套数也；领题、出题、段落，犹曲剧之有宾白也。……故曲剧者，又八比之先导也。

且有明一代，亦止有八比之时文，与四十出之传奇为别创之格。

吴梅《顾曲麈谈》：……有明一代，止有八比之时文，与四十出之传奇，为别创之格。其他各学，非惟不能胜过前人，且远不如前代。

并与近世文学界亦结缘至深也。

至若戏曲小说，作者亦盛。嘉隆间，昆山魏良辅，且备众乐器，而剧场大成；并就南曲之弊点而改良之，是为昆曲。影响于清代，如李渔《十种曲》，孔尚任《桃花扇》，洪昇《长生殿》，皆昆腔之遗也。

小说则作者尤夥，而以罗贯中《三国志通俗演义》为最著。

鲁迅《中国小说史略》：明代所传罗贯中小说至数十种，……其最著称者为《三国志通俗演义》。

清代学术昌明，远迈前代；惟文学一途，鲜有进展；近人梁启超论之颇详。

梁启超《清代学术概论》：与欧洲文艺复兴时代相类甚多。其最相异之一点，则美术文学不发达也。……其文学，以言夫诗，真可谓衰落已极。吴伟业之靡曼，王士祯之脆薄，号为开国宗匠。乾隆全盛时，所谓袁枚、蒋士铨、赵执信三大家者，臭腐殆不可向迩。……嘉道间，龚自珍、王昙、舒位，号称新体，则粗犷浅薄。咸同后，竞宗宋诗，只益生硬，更无余味。其稍可观者，反在生长僻壤之黎简、郑珍辈，……直至末叶，始有金和、黄遵宪、康有为，元气淋漓，卓然称大家。以言夫词，清代固有作者，驾元明而上，若纳兰性德、郭麐、张惠言、项鸿祚、谭献、……皆名其家……以言夫曲，孔尚任《桃花扇》，洪昇《长生殿》外，无足称者；……以言夫小说，《红楼梦》只立千古，余无足齿数。以言夫散文，经师家朴实说理，毫不带文学臭味；桐城派则以文为"司空城旦"矣。其初魏禧、王源较可观，末期则魏源、曾国藩、康有为。清人自夸其骈文，其实极工者仅一汪中，次则龚自珍、谭嗣同。其最著名之胡天游、邵齐焘、洪亮吉辈，已堆垛柔曼无生气。

观此，则有清一代文学，略具梗概矣。大抵清代散文，崇尚唐归，遂开桐城古文一派。

> 谢无量《中国大文学史》：自侯、魏、汪、姜诸人，矫明末之风，振唐归之绪，士多好古文者。及方苞出，其学独有传于后，于是所谓桐城派古文者，终清之世不绝。

小说则曹雪芹《红楼梦》幽艳独绝，前无古人，吴敬梓《儒林外史》描写人情，声态并作。皆与近世新文学运动契缘至深者也。

至若诗与骈文，大抵出入唐宋六朝。词亦宗法宋人，高者亦南唐二主之遗而已。

迨至末叶，世运丕变，西学东来，中国之一切制度学说，均被动摇，文学界亦随之而起一大革新，即由仿古之文，渐变为欧化及明白晓畅之文，黄公度等遂镕欧语与俗话入诗，梁启超办《新民丛报》，尤喜杂以俚语及外国语法入诗文，实为此革新之先锋。

民国初年，南社柳弃疾亦起而反对拟古文学，于是新文学应运而生。至五四运动，胡、陈提倡以来，文学界遂生一大变化。王国维《人间词话》云："四言敝而有楚辞，楚辞敝而有五言，五言敝而有七言，古诗敝而有律绝，律绝敝而有词。"顾亭林《日知录》论诗代降亦云："《三百篇》之不能不降而楚辞，楚辞不能不降而汉魏，汉魏不能不降而六朝，六朝不能不降而唐也，势也！"用一代之体则必似一代之文而后合格。然则新文艺之发生，亦时会使然，如六朝、隋唐翻绎[1]佛经，产出一种新文体，今代翻绎西籍，亦产生一种新文体，相因之势然也。

录自《湖南教育》1931 年第 24 期

---

①翻绎，今作"翻译"。

◎隆 寄

中国文学之起源及其变迁

Ⅰ.引言

    a.文学之定义

    b.文学与科学之不同

    c.文学与文字之关系

    d.文学之起源

Ⅱ.文学之变迁

    a.周末文学之变迁

    b.两汉文学之变迁

    c.魏晋文学之变迁

    d.六朝文学之变迁

    e.唐代文学之变迁

    f.宋代文学之变迁

    g.辽金元文学之变迁

    h.明清文学之变迁

    i.结论

Ⅰ. 引言

世界文明发源之地有六：曰中国，曰印度，曰埃及，曰美索不达迷亚，曰秘鲁，曰墨西歌[①]等国是也。盖其所以能发源文化者，大抵系位于温带或近于温带，以致气候优良，便于生活。且诸滨有大河流域；如中国则滨黄河及长江流域与印度之恒河及印度河，埃及则滨尼罗河，美索不达米亚则滨底格里斯及幼发拉的斯两河，秘鲁则滨亚马孙河上游，墨西哥则滨列峨兰老河：皆灌溉便利，土地肥沃，物产丰富，所以为文化极早之邦也。

考我国民族，初由西方之中央亚细亚而来；居于黄河近傍，土地不为不丰饶，然风景荒凉，离海远而山多，加以水害频仍，常怀惊恐，而敬天畏命之思想，随之而起焉。于是则有家长制度。斯时之民族，服劳以得衣食，虽无余裕，可慰精神上之生活，然思索之能力本为所固有，有时欲消畅其忧思，陶淑其性

---

①墨西歌，今译"墨西哥"。

情，苏息其生命，不得已而制成精神上之产物，此即我国文学之所由来也。而其文学之心中，即敬天畏命之思想。组成文学之分子与原子，则重保守实际也。

a.文学之定义

章太炎先生，在演讲《国学概论》书中说："有文字著于竹帛谓之文，论彼底法式谓之文学。"次之张之纯先生所著《中国文学史》，论文学之性质说："文学者，宣布我感情，发抒我理想，代表我言语，使文字互相连续而成篇章，于是以觇国家之进化者也。"又次之胡适之先生在《什么是文学》一文说：我尝说："语言文字都是人类达意表情的工具；达意达得好，表情表得妙，便是文学。但是怎样才是'好'与'妙'呢？这就很难说了，我曾用最浅近的话，说明如下：文学有三个要件：第一，要明白清楚，第二，要有力能动人，第三，要美。"此外对于文学之定义，众说纷纭，难以仆数，归纳以上三说，以予之谬见，章氏之说，"论彼底法式"谓之文法学和修辞学，不一定可说是文学，其义过泛，在所不取，其次张氏说，颇为妥当，到胡适之氏文学定义，更为尽美尽善矣。

b.文学之与科学不同

自然科学，是以事物为其解释之对象，则根据动之观察与实验，而判断旧有由经验得来之假说，以获得事物之现象，而使之有规律，依此规律而推断将来，所以只有是非之问题，且从客观之态度，求客观之真相。至于社会科学，以一切人世之事像为叙述或推论之对象，而以客观之态度，很确切，有规律，且有系统之纪录，以表现本身或本身以外之一切因果关系，而为将来之借鉴。由此观之，是以求价值判断之真，为其目的。文学则不然，文学起于人生之不平，和批评人生，表现人生，与自然科学之不同点，即为不是以物之对象，而为实验之判断，不过是由静之观察所得来一瞬间之想象（同于科学之假设），其心灵现象之表显，毫无规律之可说，且重主观，与其求物之真，毋宁求物之美耳。其次与社会科学不同之点，即为不是推论，亦是主观，本身并不表现其因果关系，同时亦不为将来如何打算，并且又不是一种判断也。

c.文学与文字之关系

许慎《说文解字》上说："文，错画也，象交文。"又曰："仓颉始作书，盖依类象形，故谓之文，其后形声相益，即谓之字，文者，物象之本，字者，言孳乳而寖多也。"总之：文学先于文字，谁都不敢否认，文字之形体，虽代有变迁，仓颉始作古文，亦曰古篆，字形纠绕蟠屈，体粗尾细，是名蝌蚪。周宣王时，太史籀作大篆十五篇，世称"籀文"。至秦始皇时，李斯取籀文大篆，颇加省改，所谓十篆是也。同时有下杜人程邈者，增减篆体，以趋约易，施之于徒隶，故曰隶书。其后纸笔发明，字体益趋改革。史游作章草，刘德升之作行书等，均于文学上，极有关系。如六书中之指事、象形、形声、会意、转注、假借，在文学上，均占重要之地位。学者，不可不明了也。

d. 文学之起源

文学之起源，尤以诗歌为先。散文列于韵文之后，亦为学者所公认。朱熹曰："人生而静，天之性也，感于物而动，性之欲也，夫既有欲矣，则不能无思，既有思矣，则不能无言，既有言矣，则言之所不能尽，而发于咨嗟咏叹之余者，必有自然之音响节奏，而不能已焉，此诗之所由作也。"盖人民禀夫天地露淑之而气，鼓腹而游，击壤而歌，感山林泉壤之美，呈鼓舞歌唱之乐；虽洪荒之世，遗文莫睹，禀气怀灵，理无或异，于是文学之胚胎，遂始于斯矣。

Ⅱ. 文学之变迁

文学之变迁不外四端：一曰地域，二曰人品，三曰体制，四曰思想。以地域论，文学初起于黄河两岸，渐及于江汉之间，终抵于珠江流域。以人品论，初为君相文学，渐为儒生文学，卒趋于平民文学。以思想论，初为创造文学，继多摹拟文学，卒得解放文学。以体制论，初为集外文学，移为集内文学，终为情韵文学。此四端下证明之。

A. 周末文学之变迁

三代之文学，限于代表一般之思想。迄至周末，官守之散失，封建制度之破坏，世卿制度之颓废，及社会交通之频繁，当时诸侯，各务求人材以自辅，或枉驾于陋巷，或拥彗而先驱，生王之头，不若死士之垄也，照乘之珠，不敌干城之将也，思想解放其束缚，言论以得其自由，于是进一步，标新立异，争目炫耀，故能为之变化，而优于前代也。

且三代文学，纯粹为君相文学，亦系北方之正产物，值周末，而富于理想之老子、屈原辈，与经济家管子出矣，盖南方及中部之文学，亦随之而起焉。

（1）北方文学

孔子为其代表，以祖述尧舜，宪章文武，盖重尚古主义者也。自是尚古主义，后之学者多流为简古形式主义，有孟子、荀卿、左丘明等。兹将传统之系，用以图之如左：

北方文学之发祥地——（鲁）——开山祖——（孔子）——传统巨子——（孟子、荀卿）——主张——（尚守旧）——恢复周公旧典——（重保守）。（图一）

此外所谓孔门大同小康派如图左：

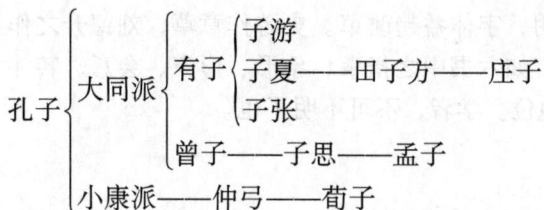

孔子 ┫ 大同派 ┫ 有子 ┫ 子游 / 子夏——田子方——庄子 / 子张 / 曾子——子思——孟子 ┃ 小康派——仲弓——荀子

（2）南方文学

南方文学发祥地——（楚）——开山祖——（老子）——传统巨子——（列子、庄子）——主张——（革新）——用新法改造社会——破（坏）。

此外间接者，则有墨——（楚人）南墨——（惠施）北墨——（公孙龙）次有鬼谷子——（楚人）尸佼——（楚人）

（3）中部文学

管仲为其首出，而其主义，则以礼义廉耻，是为四维，四维不张，国乃灭亡。观其思想，近北方文学，究其异点在于精神。凡欲人民守道德，重仁义，必□富庶为其导标，故所谓仓廪实，而后知礼节；衣食足，而后知荣辱是也。由是言之，管子其挥发新生之思想，确能为吾国经济政治法律等科之祖。演其说者，有李俚、商鞅、韩非子等。兹将传统之系，用以图之如左：

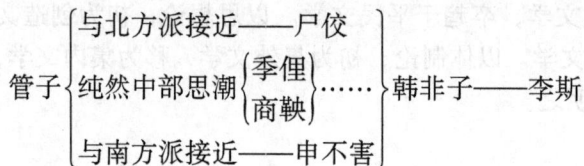

管子 ┫ 与北方派接近——尸佼 ┃ 纯然中部思潮 ┫ 季俚 / 商鞅 ┫……┫ 韩非子——李斯 ┃ 与南方派接近——申不害

（其图解系就政治上言）

B.两汉文学之变迁

三代蓄养之精英，发展于周末时代，风驰云涌，神奔鬼怪，至强秦酷暴，焚书坑儒之祸未终，而刘项之风波旋起，泯泯棼棼，宁无终日，是时气运所趋，均在休养。且政治上，秦法苛刻，以致灭亡，于是南方之无为学说，颇洽民众之愿望，是以汉高约法三章，曹参问于盖公，清净为治，老庄思潮，最为合宜，于是文学得以起焉。

两汉之间，迥然不同，兹将西汉与东汉之派别及好尚趋势，分析表明之：

（a）西汉重今文——以孔子整理六经，为政治之工具，重以大义微言，而其特色在功利化，则其流弊狂妄是也。考其统系如左图：

```
        ┌        ┌施仇
        │ 易─────┤孟喜──────京房
        │        └梁丘贺
        │
        │        ┌欧阳生
        │ 书─────┤大夏侯胜
        │        └小夏侯建
        │
  今文家 ┤        ┌申公──────(鲁)
        │ 诗─────┤辕固──────(齐)──────翼奉
        │        └韩婴──────(韩)
        │
        │ 礼───仪礼───高棠生┌大戴德
        │                    └小戴圣
        │        ┌公羊──胡毋生──董仲舒┌严彭祖
        └ 春秋───┤                      └颜安乐
                 └穀梁──瑕丘江公
```

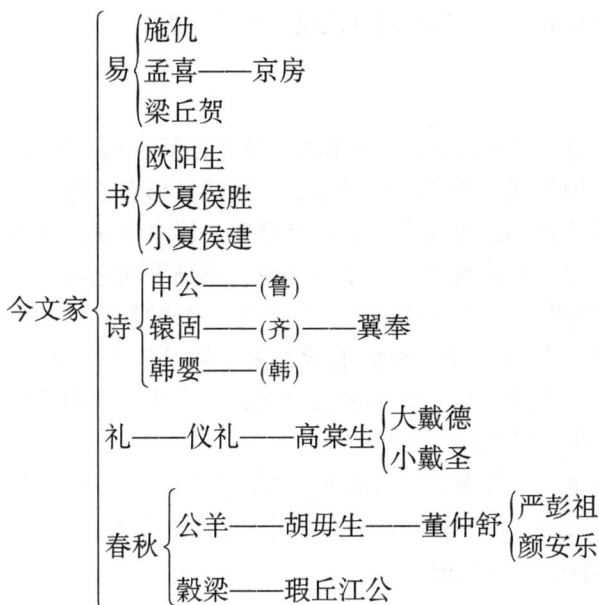

此外有历史派——司马迁父子。词赋派——司马相如。纵横派——主父偃。滑稽小说派——东方朔、枚皋、虞初。新声乐府派——李延年。诗歌派——苏武、李陵。

（b）东汉尚古文——以孔子整理六艺，为收拾历史上之材料，专重以训诂，其特色在以考证，则其流弊烦琐是也。察其统系如左图：

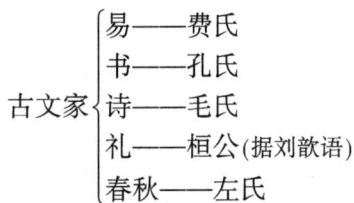

```
        ┌ 易──费氏
        │ 书──孔氏
  古文家 ┤ 诗──毛氏
        │ 礼──桓公(据刘歆语)
        └ 春秋──左氏
```

此外有诸子派——王充《论衡》、王符《潜夫论》、仲长统《昌言》、荀悦《申鉴》。政论派——崔实《政论》。史学派——班固《汉书》。词赋派——前有冯衍、杜笃，中有班固、崔骃，后有张衡、蔡邕。

总之，西汉文学，在新逸主意——（注意）——自家钟炉——（内容）——庄重简古——（形式）——接迹姬嬴，有豪放雄宕，挥洒自由之风（气度）。

南方文学与北方文学之差异，在北系以实际说明政治道德之应用，在南方则以理想说明人世观之根底，为首领者老子是也。老子通北方古礼，以南人感想之倾向，遂卓然自立一说者，即所谓《道德经》。继之后起者有列子、庄子及屈原等。兹将传统之系，用以图之如左。

东汉文学，在雕刻章句——（注意）——剽窃模拟——（内容）——典丽整赡——（形式）——俯仰揖让，有局促自守之度——（气度）。

C. 魏晋文学之变迁

三国鼎立，政治虽在蜀，文学正统，厥在曹魏。魏晋之间，软性文学特盛，六朝之源，端赖于此。其因有四：夫两汉尚经术，而魏武尚形名，故文体渐趋于清峻，此其一也。夫建武以还，士民秉礼，迄至建安，流尚通侻，于是侈陈哀乐而渐藻玄思，此其二也。夫献帝之初，诸方并峙，士慕纵横之说，骋词风肇，此其三也。夫汉灵好尚俳词，下习其风，迨及魏时，尚未稍革，此其四也。有此四因，魏晋两汉文学，炯然而异。至此书檄之文，骋以张势。论说之文，渐事校练。名理奏疏之文，质直屏华。诗词歌赋之文，益事华靡，而多慷慨之声也。兹将魏晋文，为其代表与派别，分别图表之：

魏之文学代表三曹是也。三曹者，一曰曹操（系长于笔）。二曰曹丕（窘于思而不宏），三曰曹植（兼诸子之长，加以整赡）。次有建安七子。如左图：

$$
建安七子\begin{cases}
应玚——刘桢——（书记）\\
徐幹——（论）\\
孔融——（笔）\\
陈琳——阮瑀——（符檄）\\
王粲——（赋）
\end{cases}
$$

晋之文学，为代表者，竹林七贤、陶潜、二陆、三张、两潘、一左是也。所谓，较文学有玄理派，词赋派者如图左列：

$$
词赋派\begin{cases}
张华——张载——张协\\
陆机——陆云\\
潘云——潘岳\\
左思
\end{cases}
$$

$$
玄理派\begin{cases}
陶潜\\
阮籍——嵇康\\
刘伶\\
山涛——向秀\\
王戎——阮咸
\end{cases}
$$

此外西晋有傅玄、傅咸——严正奇丽。东晋王羲之、王献之——风韵新俊。

D. 六朝文学之变迁

魏晋二代之时，至六朝之宋而一变，大抵声色一开，实肇于建安以后，趋重词赋，及王、何而后尚玄风，与夫永明之间，钻研声律而华艳披靡，至陈主时，谣词艳采，已达极端。总之，六朝文学，以文体形式论：一曰甚堆砌；二曰甚晦涩；三曰甚浮薄。以构造内容论：一曰有玄理；二曰有艳情；三曰有禅味。兹录代表人物者如左：

（a）元嘉之间，有谢灵运，次为颜延之，又其次为鲍照。

（b）永明之间，有谢朓、王融、江淹、梁武帝、简文帝、何仲言等……又有所谓竟陵八友者如图左：

竟陵八友 {
陆倕——萧琛
萧衍——沈约
范云——任昉
谢朓——王融
}

此外有诸子派——刘劭著《人物志》，僧祐著《宏明集》，王通著《中说》；历史家——范晔撰《后汉书》，沈约撰《宋书》，萧子显撰《南齐书》《后魏书》。

（未完）

录自《励进》1932年第10期

◎林达祖

中国文学底变迁及其派别

　　林先生在本报二卷二十七期上，发表过一篇《欧洲文艺思潮的变迁及其派别》，现在又回过头来，把我们中国文学的变迁和派别来阐述一下。自然，这又是篇极有价值的文章，研究文学者，当能认识。

——漱玉志

　　在未讲正文以前，先有几句话要声明：这里所谓中国文学的变迁及其派别，是仅指中国的文学——纯粹的文学而言。十三经，在普通中国文学史上也有它的位置，但除了《诗经》以外（《诗经》是文学作品，详后），这许都是经学，我们不能承认它为文学。《庄子》《墨子》等，在普通中国文学史上也有它的位置，但，这是子学，我们不能承认它为文学。其他如后汉训诂学，宋朝的理学，清朝的考据学，都曾风行一时，在普通中国文学史上也都有它们的位置，但，这是训诂学，理学，考据学，而都不是文学。其理由是：文学以情感为唯一要素，"经""子""训诂""理""考据"的内容是理知而非情感。它们对于文学或者有间接或直接的关系，但，不能即目之为文学。

　　我们所认为是文学的东西，在这里举"文章""诗歌""词曲""小说"四种。所以举这四种的理由，不用说，当然是因为它们底内容是情感。不过，在这里还有一点要声明：实在真能称为文学的，仅有诗歌词曲小说三种；文章是似文学而非文学的东西，把它列入文学类是很勉强的。因为，它也多半是说理的，而且许多是含有文以载道的性质的。它们的辞句崇尚古雅，它们的笔法注重深奥，专为一辈文人学士和有文才的官吏所欣赏，离平民太远，缺乏普遍性。严格地说，这原不得称之为文学，但，中国历来把我们所认为在文学上没有多大价值的文章，十分重视，差不多以为抽掉了它便无所谓文学。因此——因这一点习惯关系，关于文章一门，不得不也把它提出来讲讲。好了，现在言归正传，就来先讲文章。

　　（一）**文章**　文章从形式上言，有散文骈文之分，散文即是古文，但古文的名称到唐朝才有，唐以前这名称是没有的。经书中《易》《书》《礼》《春秋》以及《左》《公》《穀》等，是古文派的元始祖宗。战国，文风极盛，那时政治混乱，诸子百家竞起，各自著书立说，他们所著书，大多是散文体，后代古文家把这许多子书都尊之为典范。以为这才是辞句古雅文质相称的文章，研究文章者从这里出来才可以做到"经国之大业，不朽之盛事"的地步。到了汉朝出了一位大文豪司马迁，他著了一部《史记》。《史记》是散文体，这部书在中国文学史上是极有名的，真所谓藏之名山的不朽之作。而同时贾谊、董仲舒等也能做很古雅的文章，都得到后来许多古文家的崇拜。汉以后，魏晋六朝之间，崇尚骈文，不管内容之空泛，专以雕琢辞句为能事，到唐初，这类的文风还是很盛。王（勃）、杨（炯）、卢（照邻）、骆（宾王）四杰出，始渐渐地扫除这不良的习气，有意于提倡古文。陈子昂、燕许（张说、苏颋）二公复有从而倡之的倾向；而古文更经过了元结、独孤及的暗暗孕育，到了韩愈、柳宗元才登峰造极了。他们倡为先秦之古文，于是古文的名称才正式成立。然而唐朝是诗学极盛的时代，文人都遍重于做诗，古文虽有韩柳提倡，可是在当时并不十分风行。后来到宋朝，欧阳修崇尚古文，他竭力为韩柳鼓吹，一时曾巩、王安石、三苏（洵，轼，辙）群起，于是古文之风极盛。后世所谓唐宋八大家，就是指他们一辈人而言。（于唐则韩柳，于宋则欧曾王三苏。）元朝的文学，除了最特色的曲以外，比于历代，皆瞠乎其后，研究古文的人很少；并且也没杰出的作家。虞集较为著名，但也无多大价值。明初为古文的有宋濂、方孝孺，后来有李梦阳、何景明之复古派，主张文必秦汉，结果仅不过剽窃古人的字句，毫无价值。稍后有个归有光出，他著了一部《归震川文集》，直追唐宋，卓然成大家。在有明一代，堪称为最杰出的人才。降及清朝，古文的风气又重振，方苞、姚鼐遥承震川来提倡古文，门人弟子又从而鼓吹。方姚都是安徽桐城人，遂有所谓"桐城派"古文之称，那派人才众多，声势浩大，风靡全国。同时阳湖恽子居、武进张惠言，亦致力以治古文，复有所谓"阳湖派"古文之称。但，那派人才少，不及桐城派的势力之雄厚。——以上是关于古文方面的大概。

至于骈文呢，它底萌芽也远在唐虞之世。《书经·大禹谟》皋陶赞云："罪疑唯轻，功疑唯重"，益陈谟云："满招损，谦受益"，这就具了骈体之形。《易经》上的《文言传》《系辞传》也是"句句相衔，字字相俪"然而这究竟我们不能正式承认它为骈体文，至后汉"杨马张蔡，崇尚丽辞""魏晋群才，析句弥密，联字合趣，判毫析厘"（统见《文心雕龙》），于是骈文才正式成立，骈文的风气也渐渐地称盛。降及齐梁，骈文的风气，更是风靡全国。最著名的作家，有徐陵、庾信，为文绮艳，世称"徐庾体"。陈隋两朝，文辞益形艳丽，风骨益形卑弱。总之，自魏晋以后一直到唐初，是骈文全盛的时期。那时的文章，好像西洋文学中的古典主义，只知模仿，力求形色上的美，尽量地在字句的雕琢上用功夫，毫没充实的内容。自韩柳倡古文后，骈文的风气乃渐渐衰微，到宋朝，以骈文腾声者，有夏竦和宋庠兄弟（庠弟郊，时号大小宋）南宋时，有王安中、汪藻、鄱阳三洪（适遵迈）、周益公、楼攻媿等。但所谓腾声，也不过在当时而言，后世就谈不上了。元明两代，骈文的作家更少，或者可说简实没有。到清朝文风昌盛，虽当时桐城派盛唱古文，但同时骈文也在复活。陈其年等竭力提倡，崇仰魏、晋、六朝之间的骈四骊六之体，当时吴锡麒、孔广森、毛奇龄、洪亮吉、孙星衍等，都是做骈文的能手。他们以梁昭明太子的《文选》奉为典范，遂有所谓"文选派"之称。——以上是关于骈文方面的大概，文章节在这里算已讲毕。现在来讲关于诗歌。（未完待续）

录自《斗报》1932年第2卷第30期

林达祖先生这篇文章是续稿。他是专门研究文学的人，所以写的方法比别人不同，当然是有条不紊，丝丝入扣的。本报接到很多读者的信，要求多刊林先生的文章。现在特地请他络续发表他的大著，本报感觉得异常宠荣！

——编者敬志

（二）**诗歌**　任何一国，最初的文学总是诗歌。诗歌的产生是在未有文字以前。在中国，我们所看得到的最早的诗歌集，首推《诗经》。《诗经》是由民间的歌谣所集合成的，而非出之于一人之手，里面有男女爱悦的恋歌，有祷天求神的祭歌，更有讽刺政治，吟咏实际生活的欢乐与悲哀，和描写社会状况的歌谣。总之，这是一部很有价值的文学作品。《诗经》以后，更有《楚辞》，屈原的《离骚》，即是《楚辞》之一种。但《楚辞》是楚民族的文学，也并非出于屈原一人之手。里面的十一首《九歌》，就是民间的祭歌。（详见陆侃如《屈原》。）《楚辞》与《诗经》两部书会合了，在中国底文坛上就好像建立了两根正梁。到汉朝，"王（褒）、扬（雄）、枚（乘）、马（司马相如）之徒，辞赋境爽"（钟嵘《诗品》语），赋也是诗底一种，盖由《楚辞》中脱化而出。（赋原属于诗，但自宋玉等提倡后，离诗独立，这里，为便于说明起见，姑将诗赋并为一谈，幸阅者谅之!）汉朝赋底风起之盛，真是空前绝后，当时除了上述的四人外，更有陆贾，贾谊，枚皋，东方朔等，"孝成之世，进御之赋，千有余者"（《文心雕龙》语），风气之盛，于此可见。不过，他们的作品渐渐地失掉文学意味，渐渐地趋于古典主义化。他们一味的只知在文字上雕琢。比之《离骚》《九歌》，自难相提并论了。降及建安（汉末献帝年号），五言诗极盛。魏氏三帝（曹操植丕）都能做诗，而且都有卓绝的天才。其时更有建安七子，孔融、陈琳、王粲、徐幹、阮瑀、应场、刘桢，努力地做五言诗，风靡一时，有所谓"建安体"之称。到晋朝，五言的风气仍是很盛。阮籍的《咏怀》，尤为杰出的作品。"太康中，三张（协载华）、二陆（机云）、两潘（岳尼）、一左（思）勃尔复兴"（《诗品》语），他们对于五言诗也很努力，颇有意于追钟建安的盛风。东晋出了一位很著名的大诗人陶渊明，他是个隐居之士，他酷爱自然，他作诗爱写隐居田园的优游自得之情景，开后世隐逸诗底风气。宋代著名的诗人，有谢灵运、颜延之、鲍照三人；谢灵运尤著。他也酷爱自然，他底诗集中很多关于游水玩山的作品。因为他的作风和渊明相像，遂世以陶、谢并称，实在呢，灵运毕竟不是渊明的对手。永明时，重尚音律，以平、上、去、入四声制韵，沈约撰《四声谱》，从此做诗文在音调方面遂有了定律。在当时，还有乐府的风气也很发达。乐府就是歌曲，这种体格为汉武帝所创，到梁朝，斯风大盛。陈、隋两朝亦然，群以浮靡艳丽相尚。唐兴，文字很发达。而诗学尤为当时最特色的产物，集汉魏以来之大盛，开宋元以后之宗派，在诗史上可称为奇峰特起的时间。以体言，除原有的五七杂言和乐府歌行外，复正式的产生了五七言的绝诗和律诗。（律诗为唐初宋之问、沈佺期所创。）那时上至帝王将相，下至村夫野老，差不多个个能诗，做诗的风气布满了全国。开元天宝间如李白、杜甫、王维、孟浩然、高适等，最是杰出的人才，李白、杜甫更有诗仙诗圣的尊号。李得之于天才，他的作风是含有神秘性的，杜得之于学力的，他（的）作风是偏重于现实的。以西洋文学的风格来比拟，李是绝对的罗曼主义者；杜也是罗曼主义，但有偏于自然主义的倾向。一般论者，常以李、杜并称，实在，杜甫还胜于李白，唐朝的元稹在作《杜甫墓系铭》上就有杜胜于李的论调，并且他又赞美杜甫的诗道："至于子美，盖所谓上薄风雅，下该沈宋，言夺苏李，气吞曹刘，掩颜谢之孤高，杂徐庾之流丽，尽得古人之体势而兼今人之所独专矣。"晚唐，著名的诗人有李商隐、温庭筠、杜牧之等，他们的作风都带着一些艳丽的习气，颇饶文学意味。到宋初，杨亿、刘筠等唱西昆体，专以李商隐为宗，当时也很风行，不过，这派的作品仅注重于形式上的华美，风骨不存。后来梅圣俞，苏舜钦，欧阳修出，始力矫西昆体的仅事形式上的华美之敝，而注重于气骨。苏轼出，文风又一变，他与弟辙于诗都很擅长，轼天才尤高，心里有什么想像，便任着他天生的一枝健笔，自由发挥，为诗磊落有奇气。他的朋友黄庭坚为诗奇崛，为"江西诗派"的祖师。江西诗派的产生起于吕居仁，他自言传江西衣钵，旨作宗派图，自山谷以下列陈师道等二十五人，这派的诗，好用古典，不免有诘屈聱牙之病。宋朝南渡以后，尤延溪、范成大、杨万里等，都善于做诗，而其时最伟大的诗人是陆游。他早年有志于功名，故所作诗都悲壮激烈；晚年渐归闲适，描写自然景物，清丽可喜，与杨万里、范成大同为自然诗人的大家。辽金那时的诗人，以元好问为最著，"才雄学赡，其诗皆兴象深远，风格遒上"（纪昀语），金元两代，都奉为大宗。元代虞集，诗宗江西，而稍带一些清丽，也曾压倒一时。明朝的诗派很多，最初有高季迪等的"吴诗派"，刘伯温等的"越诗派"，林子羽等的"闽诗派"，孙仲衍等的"岭南诗派"，和孙子高等的"江右诗派"。后来复有复古派的诗，公安派的诗，和竟陵派的诗。但那时的文学大都仅有模拟的工夫，而缺少独创精神，自李梦阳、何景明倡言复古后，更多剿窃摹拟的习气，以文学眼光观之，实无多大价值。"有清一代，诗学鼎盛，梅村贻上树其先声，瓶水两当昭其后劲，其间诗人辈出。"（王文濡语）从大体上来看，当时又有三派：王渔洋始倡"神韵派"，以不著一字尽得风流的神秘说传为诗家的真谛，风靡一时，名震天下。乾隆间，袁枚、蒋士铨、赵翼出，起来反对神韵说，注重于性灵，以为诗是人们性灵的表现，性灵外无诗，遂倡所谓"性灵派"。同时沈德潜又讲究格律，更有所谓"格调派"。他们或从汉魏诗中出来，或从唐宋诗中出来，变而能化，很多有文学价值的作品。到民国，胡适之等倡白话文，他又极力提倡白话诗，他首先著了一册《尝试集》，一时风行全国。而同时诗人王独清、徐志摩等辈出，盛唱斯体，于是把历来所视为正格的古诗律诗和绝诗诸体尽行推翻，一变而为"女郎呀！"一类的新体诗了。关于新诗这层，非数语能详，以后当另为讨论。

以上算把中国诗歌底变迁的大概讲毕。现在来讲关于词曲。（未完待续）

（三）词曲 词与曲是两件东西，在这里，把她们分开来讲——先讲词。因为诗的格律太严，诗人不足自由地发挥他心中要说的话，于是将诗解放而为词。词起源于中唐，盛于五代，大成功于宋。宋之于词犹唐之于诗，同为当时最特色的产物。中唐时的词人——也就是最初的词人——有白居易、刘禹锡等。旧说相传，都以为李白是长短句的创始者，那是不可靠的传说。（见胡适《词选》）词调中的《忆江南》即为白刘创作；《浪淘沙》也是他们俩唱和的歌词。晚唐，温庭筠为词工于造语，极为绮靡。他描写富贵处，华丽典雅，尤为擅长。同时有个韦庄也能做很好的词，他长于写情，他的造句，恰和温词相反，技术朴素，多用白话，一扫温庭筠派的纤丽浮文的习气。在词史上他要算一个开山大师。南唐词的风气很盛。元宗李璟和他的臣子冯延巳都是有名的词人，冯为词哀婉浓艳，对于后来的词人又给予了很大的影响。后主李煜在词史上又是应大书特书的人才，他亡国后日夕过着以泪洗面的生活，因此他做的词，大都写着悲哀凄凉之形。词起于燕乐，往往流于纤艳轻薄，自经后主出，以深厚的悲哀之情写词，遂提高了词的意味。到了宋朝，词的作家更多，但从大体上来看，在北宋可用三派包括之。第一派是以优游闲适的情绪，写冯延巳一类的哀婉浓艳的词；此派以晏殊父子与欧阳修为代表。晏殊"尤喜冯延巳歌词，其所作亦不减冯延巳"（列考山语），他的词在闲雅富丽之中，带着一种凄婉的意境，风格很高。他的儿子晏几道也雅有父风，为词较乃父艳丽。最奇怪的平素主张文以载道的欧阳修，也能做词，而且能做很好的艳词。把缠绵婉转的热情写入词里，颇饶风趣。第二派以"落魄江湖载酒行"的风度，写儿女之情的很细腻的词；此派以柳永、张先和稍后的周邦彦为代表。柳永是个音乐家，他喜狭邪游，常置身于歌楼酒馆之中，为词缠绵细腻，风行一时。"有井水饮处，即能歌柳词。"（见叶梦得《避暑录话》）深传之广，于此可见。他的词最是成功的一点，在能将俚语入词，而在艺术上是成功的，并不流于卑俗。还有一层我们要注意：词从南唐直到欧阳修，不过都是小令我功；到了柳永，才一变而为曼声长词。张先也是名震一时的词人，他为词注意于词藻，注意于纤巧，风格绝似柳永。周邦彦也是一个音乐家，为词音调谐美，风趣细腻，多写儿女之情。也和柳永一样，一时风行海内，贵人学士，士僧妓女，都爱读他的词。第三派是以慷慨潇洒的气概，写豪放的清隽的词，此派在北宋唯有苏东坡一人而已。词到东坡，作风一大变。东坡以前的词，只是写儿女之情的；下等的写色欲，上等的写相思离别；以风格论：轻薄的固不足谈，最高的亦不过凄凉哀婉，其次不过细腻有风趣罢了。东坡词的风格，既非细腻，又非凄怒，乃是悲壮与飘逸。（见胡适《词选》）在这里，也有一点要注意：东坡以前的词，都协以音律，可以歌唱，胡适所谓歌者的词；到东坡遂由音调的束缚中解放出来，离音乐而独立，把当诗做胡适所谓诗人的词。到了南宋，那时的词也可以分为三派：第一派是苏东坡一类的激昂慷慨的词，以辛弃疾、陆游为代表。辛弃疾才气纵横，情感浓挚，他的词就是他纵横的才气的表现，浓挚的情感的流落。在悲壮激烈之中，而又带着飘逸潇洒之概，作风绝似东坡；但豪迈之气又过之。陆游的词有激昂慷慨和闲适飘逸的两种境界。在诗史上他和东坡、弃疾有相等的位置。第二派是周邦彦一类的风趣细腻的词，以姜白石、吴梦窗为代表，姜白石在当时名望很高，他精通音律，他的词长于音调的谐婉，字句的雕饰，但往往因迁就音节反而牺牲意境。吴梦窗的词绝似白石，也是长于音调的谐婉，和字句的雕饰，实在论其内容并无意思，不过把古典与套语堆砌起来罢了。他们俩在当时都是名震海内。他们的词也是所谓歌者的词，但渐趋于"词匠"化了。第三派是模拟的呆板的胡适所谓词匠的词：此派可以张炎、周密、王沂孙为代表。这三个人做词，都注重于音律，他们多谜语式的咏物词，他们善于搬古典。他们尽量地在形式上弄小聪明。内容方面——词的意境，他们是完全置之不顾的。词到了那时（宋末），已成了末运。词匠派的咏物词古典词成了正宗。他们知注重于古典和音律，毫无内容，毫无生气，失掉了文学的真意味。词的生命，于是死了。到元朝的词一变而为曲。明朝做词的人才不多。到清朝，词又渐有中兴之象，出了不少的词人。其中如纳兰容若是最杰出的人才。他著的《饮水词》，是极有文学价值的作品。他的词的风格，悲哀凄婉，绝似李后主。吴梅村、龚孝升、朱竹垞、陈迦陵等，也都是词家能手。阳湖张氏皋文、宛邻兄弟起，选唐宋词四十四家为《词选》一书。一时及有所谓常州词派之称。黄景仁天才特高，为词兼有风趣细腻和悲壮慷慨的两种风格。其余的作家还多，但终逃不出模仿宋词的境地，卑卑不足道了。——以上算把词的变迁讲毕，现在再讲曲。

曲是元朝的产物，是元朝最特色的文学，元之于曲，也和唐之于诗，宋之于词一样，在文学史上占着极重要的位置。元朝一代的曲，可把它分为两派：一种是北曲；一种是南曲。金元入中国，最初产生的曲就是北曲；因为它是集中于今北平，故名。那派的作者，以关汉卿、马致远、郑光祖、白朴四人为最著名，其次王实甫、乔吉也是作北曲的能手。目下大家看见的《西厢记》可为那派的代表作。《西厢记》最初由董解元作《西厢记弹词》，王实甫更把它改做通行剧本，但没有做完，关汉卿更把它做完成。南曲是由北曲变化而来的。因为北曲集中于今北平，多用北方土语，南方人听不懂，于是永嘉人高明创为南曲，以迎合南方人的习惯。他的作品就是《琵琶记》。（见胡怀琛《中国文学史》）《琵琶记》可为南曲的代表作，明朝盛行南曲，阅世道人所编的六十种曲，便是明朝人作南曲的总集，南曲到明朝又开一条支派——魏良辅发明昆曲。昆曲产生的地方是江苏昆山，它和南曲不同之点有二：南曲只用弦索，昆曲始用笛；南曲是用官腔（即普通话），昆曲多用苏州方言。到清朝，做曲的风气也盛行，最著名的有孔尚任的《桃花扇》，洪昇的《长生殿》。蒋士铨亦善斯体，著有《红雪楼》九种。——以上是关于曲的大概。词曲节在这里算已讲毕，现在来讲关于小说。（未完待续）

录自《斗报》1932 年第 2 卷第 32 期

（四）小说 小说的起源极早，"子不语怪力乱神"，所谓怪力乱神就是指小说而言。到战国，《庄子》《列子》中断片的神话传说，更明显地标出小说的体材[1]，《山海经》一书在清《四库全书提要》就属于小说家部，那末后来的人是正式承认周秦之间已有小说了。（《山海经》是周秦间的杂书，经后人添益的。《史记·大宛传》之赞有"高本纪《山海经》所有之怪物，余不敢言"的话，是太史公已见此书无疑。）然而小说这名称，最初见于《汉书·艺文志》，在汉以前是没有的。汉代小说很发达，关于神仙方面的传说特多，计有《海内十洲记》《神异记》《洞冥记》《汉武内传》等书；另有很著名的《飞燕外传》和《杂事秘辛》两书，文辞奇艳，描写肉体的美感。后世淫书，即发端于此。六朝时候，佛教盛行，小说受佛教的影响，于是有很多参以佛说的作品。著名的，计有王嘉的《拾遗记》、干宝的《搜神记》、陶潜的《搜神后记》、任昉的《述异记》、颜之推的《还冤志》等。到唐朝，小说又进步了。作家有元稹、陈鸿、杨巨源、白行简、段成式、韩偓等，都是有名的才子。为文典丽而富于风韵，有一唱三叹的妙味。那时的小说可别为四类。一别传（史外的逸闻）：此类以韩偓的《迷楼记》《开河记》、陈鸿的《长恨传》、乐史的《太真外传》为最著名。一剑侠（武侠男女的勇谈）：此类以张说的《虬髯客传》、杨巨源的《红线传》、段成式的《剑侠传》为最著名。一艳情（佳人才子的情话）：此类以蒋防的《霍小玉传》、白行简的《李娃传》、元稹的《会真记》为最著名。一怪神（神仙道释妖怪谈）：以李朝威的《柳毅传》、李公佐的《南柯记》、李泌的《枕中记》、陈元佑的《离魂记》为最著名。到宋朝，小说又一变。宋以前小说，都是秾艳绮缛的文言体，到宋朝遂又产生了真有国民文学之意味的诨词小说。诨为戏言，笑语滑稽谈之意，诨词小说是以俗话体很有趣的写成的小说。但那时的作品传到今日的很少，以余所知，仅有《宣和遗事》（它始创章回体，《水浒》即本此书而作）和《京本通俗小说》

---

[1]体材，今作"体裁"。

《五代平话》三书。元朝小说，始尽变汉以来之短章，而为连贯的编述。在中国小说史上是成功的时期，这里我们要特加注意的，中国的小说到元朝才正式成功，汉以前不必说，汉朝和六朝的小说，也不过具二三分小说的性质而已，唐较胜于六朝，宋又较胜于唐，但还找不得正式的小说作品。直到元朝才产生真正的小说，小说于是乎成功，于是乎大盛。那时小说作品很多，最脍炙人口的，有施耐庵的《水浒传》和罗贯中的《三国演义》。这两部书，对于后来的小说家给予了很大的影响。《水浒》一书，以慷慨激昂的情绪，写英雄好汉的慷慨激昂的事迹，都一百二十回。他的笔墨如生龙活虎不可捉摸，"其结构之雄大，文字之刚健，描写人物之精细，不独在中国小说中首屈一指。且亦足雄飞世界之文坛！"（日本盐谷温语）《三国演义》，本陈寿《三国志》而写，作者运以巧思，文笔生动，有波澜，有变化，作风类似《水浒》，价值也与《水浒》相等。还有《西游记》，在中国小说中也是出类拔萃的作品，相传为元丘真人所作（但也有人说是明吴承恩作的），其事借唐代名僧玄奘三藏入天竺取佛经归，运以绝大的幻想，巧妙的曲写人类之性情，说去烦恼，求解脱的方便，以幽玄的佛理用童话的演述。其中虽有很多荒诞不稽的话，但此种寓意的譬喻，其结构之雄大，世界多不见其比。（见盐谷温《中国小说概论》）到明朝更产生了一部杰出的小说——《金瓶梅》，这部书相传为文学家王世贞所作，是一部古今第一淫书。取《水浒传》中的唯一的艳事那西门庆与潘金莲的事做骨子，加以种种复杂的描写而成的。文笔艳丽，形容奸夫淫妇与市井小人之状态，逼肖如真，曲尽人情微细机巧之极。所讲过的《水浒》《三国演义》《西游记》，加以《金瓶梅》，金圣叹尝称之为中国四大奇书。确实，我们不要管其荒诞与淫亵，若纯以文学眼光观之，这四部书是真有文学价值的作品。到清朝，小说的风气大盛，最著名的，就是谁都知道的写儿女之情最深刻的《红楼梦》，这部书的著者是曹雪芹。他运用他天生的一枝绿笔，将人世间的离合悲欢炎凉一切事态人情，巧妙曲折地描写出来，成为空前绝后的巨著。民国来，胡适、蔡元培等对于这部书都下了很深的功夫去研究，一时有所谓"红学"之称，外国亦有译本。日本盐谷温说："小说有《红楼梦》足以相当《水浒》《西游》。实在是《西游记》之幽玄奇怪，《水浒传》之豪宕博大，《红楼梦》之华丽丰赡，正如配到天地人的三才，不犹在中国小说界上鼎立争雄，即入之世界文坛亦无逊色。"观此，《红楼梦》的价值可知，中国小说的价值也可知了。清朝除最著名的《红楼梦》以外，更有吴敬梓的《儒林外史》，李伯元的《官场现形记》，吴趼人的《二十年目睹之怪现象》，蒲松龄的《聊斋志异》，陈球的《燕山外史》等。另有《花月痕》一书，它的作风类似《红楼梦》，其中诗文很多，而且都是很有意味的，这是此书的特色。到民国以来，做小说的风气之盛，更是历代所未有。新出版的小说，不知凡几；其间的派别也不知多少，关于这层，此后当为另文讨论，这里恕不详述。

录自《斗报》1932年第2卷第34期

中国文学底变迁及其派别

中国文学史的研究

楚辞概论

林散文

绪言

楚辞最初大都是民间的神话，它的语句最末的常常有一个兮或些字，这就是楚地的俗语。屈平、宋玉等集诸体大成，就造成伟大的中国南方文学作品。今分别讨论如下：

1　楚辞的背景

楚辞的背景可分两方面：

（A）关于历史的：楚国是南方的一个独立民族构成的国家。周初虽受过封爵（周封王之师鬻熊之后于楚），但是它的民族性最崛强，时时不受周的号令，传至熊通（平王时）（按：熊通为武王），就称王起来，周朝也没有什么权力管及它。又至楚庄王的时候，渐渐并吞附近各国，雄霸诸侯，居然有问鼎之事，这个时代，就是楚国全盛时代，那末，楚国既有由弱小至强大的历史，而文学的发扬，也正是适宜的时机了。

（B）关于地理方面：楚是一个山泽的国家，境内有山有水，正是"山川奇丽""民丰士闲"！这是养成楚人的一种清慧、爱美的性情；又兼之"地险流急，人民生性狭隘"，他们爱乡土、爱国家的性情也很固执。楚地因具有这样的特殊背景，就是形成楚文学最大的魅力咧。

2　楚辞的起源

一民族文学的发展，大都经过两个阶段：始初民间口头流传的文学；其次为著于竹帛的文士文学。楚辞最初原是民间神话的。这些神话，就是祭歌之类，很为普通人民所认识，楚文学的泉源，就是潜伏于民间了。到楚国渐强盛的时候，和中土的人民多接触，文学也渐受中原各国的影响。《诗经》的"二南"在这时期，既渐为楚人所周悉，楚人既得些有润色的文学作品，和本有零碎的神话混合，脱化出来，就是骚体文。最初《子文歌》《楚人歌》等体裁，很近《诗经》，到了《越人歌》《徐人歌》两篇，已完全脱离《诗经》体材，而是新途径了。再从这几篇零碎文学演进，《九歌》出世了。胡适先生谓："《九歌》是南方最古的民族文学。是当时湘民族的宗教舞歌。"（《读楚辞》）据《离骚》中两言《九歌》（启《九辨》与《九歌》兮，又奏《九歌》而舞《韶》兮），这可信《九歌》为屈平以前的作品，亦是楚民族文学的开创者。我们既认《九歌》是屈平以前的作品，它对于后来《楚辞》的影响，自然也很大，因为《九歌》具有秀美的词句，真挚的表情，高洁的理想，这三种特色，都是杰作所必具的。这一点就是《九歌》对于《楚辞》的大影响。

3 屈平的作品

屈平是一个落魄的政治家，他自苦有安邦济世的策略，怀王不能信用，他感于朝政的黑暗，所以作品中，时托善鸟、芳草比自己忠贞；恶禽、臭物比怀王及群小的谗佞。《离骚》说："民好恶其不同兮，惟此党人其独异！户服艾以盈要兮，谓幽兰其不可佩。览察草木其独未得兮，岂珵美之能当？苏粪壤以充帏兮，谓申椒其不芳。"又说："已矣哉！国无人莫吾知兮，又何怀乎故都！既莫足与为美政兮，吾将从彭咸之所居。"这样慷慨忠怨的词句，不独《离骚》中光灼灼的第一粒明珠，也是中国文坛上难得的作品。太史公"读《离骚》悲其志"，淮南王为《离骚》作传，以为"《国风》好色而不淫，《小雅》怨诽而不乱，若《离骚》者可谓兼之"。这几句话，亦不算是太过的说法罢了。

《九章》中《哀郢》《抽思》《涉江》《怀沙》诸篇，都是屈平自述去国的苦衷，及流放的话程，《哀郢》篇说："望长楸而太息兮，涕霪霪其若霰。过夏首而西浮兮，顾龙门而不见。……将运舟而下浮兮，上洞庭而下江。去终古之所居兮，今逍遥而来东。羌灵魂之欲归兮，何须臾而忘反。背夏浦而西思兮，哀故都之日远。"这叙他历程，且含有眷眷不忍去国之意。继又说："曾不知夏之为丘兮，孰两东门之可芜。"这里他已去，不忍宗国将亡而悲怨的。当他悲怨之余，终因爱国的志愿甚切而思归的时候，又说："曼余目以流观兮，冀一反之何时！鸟飞反故乡兮，狐死必首丘。信非吾罪而弃逐兮，何日夜而忘之！"后来屈原欲西归，跋涉高山峻岭，辛苦异常，又怕朝中群小的讥谗，更不愿与黑暗的朝庭腐化，而现出消极的状况。故《涉江》说："哀吾生之无乐兮，幽独处乎山中。吾不能变心而从俗兮，固将愁苦而终穷！"这个时候，可想象屈平憔悴异常了。所以《抽思》篇中多反复其词，都是用以泄他的忧思的缘故。最后，屈平进退维谷，觉得毫无生趣，放下死的决心，临死的时候作《怀沙》："伯乐既没，骥焉程兮。万民之生，各有所错兮。定心广志，余何畏惧兮！曾伤爰哀，永叹喟兮。世溷浊莫吾知，人心不可谓兮。知死不可让，愿勿爱兮。明告君子，吾将以为类兮！"他们有清高的品格，痛快淋漓的作品，总算受"幸直以亡身"的惨剧，但他们的精神，永远使我们服佩及哀悼的咧！

屈原其他作品如《天问》《橘颂》两篇，技术比较不及上述几篇高明。《橘颂》是对于橘树可爱的外形，及可敬的内心，极为赞颂，但这种赞颂理想空幻。这因为是他壮年的作品，没有受过流放的苦恼，所以也不见说流放的事实。《天问》是在逐放途中，陆续绉成的。在那一篇关于自然的，界史事的，神话的三种：奇怪杂陈，事实先后重复，好像很没有系统。这或是后来篡改者，把文义错落，也未可知。总之，对于它的广博之处，我们也都不能因文义稍觉杂乱而轻它呢！

4 宋玉的作品

宋玉是一个落魄的文人，他饱尝过人生航海中的一切痛苦，所以他的作品，大都是凄凄切切，呼号奋发，和屈原的作品另一个风格。他《九辨》中说：

> 悲哉，秋之为气也！萧瑟兮草木摇落而变衰。憭栗兮若在远行，登山临水兮送将归。

这是宋玉把秋天萧杀之气，比喻当他落魄之时，自"悲秋"二字提起，就开了千古怨端，这几句话也成了"千秋绝唱"。《招魂》这篇作者的怀疑很多，但是现在承认是宋玉的作品，其余不必深究，只把这篇文本身研究吧。朱熹说："《招魂》本死后之礼。"我对这说都相信是对的，因为现在南方各省（如两广）有些县里，习惯这种礼节，如某人已死了，以为他的魂魄涣散，无所归依，所以取一根带叶竹枝，末端系上"左招三魂，右招七魄"等字样的长纸条，令死者之子女或亲属，一面摇着邢（按：疑似为"那"字）竹枝，一面叫"某人归来！"即使死者的魂附于灵的意义。由这种事实，我们可以意想这虽距楚辞时代很长久，但是这个意义，总没脱得吧。其次《招魂》技术的长处，在于描写，不论写景，写人都很标致，写景的如"川谷径复，流潦湲些。光风转蕙，氾崇兰些"，写人的如"姱容修态，缊洞房些。蛾眉曼睩，目腾光些"，这样栩栩欲生的词风，真无怪得金蟠说："奇藻夺目，笔墨间香风迷路。"

宋玉已有这样伟大的作品，在中国文坛上岂不算是一个伟大的诗人吗？

由上面所述，我们知道楚辞对于描写、想象、表情各方面的技术，都非常高明，实丽并备的。所以屈、宋以后的作家，多摹仿它，如景差的《大招》、荀卿的《佹诗》，都步《离骚》《天问》《招魂》几篇的后尘。至汉的贾谊，所处的政治背景如屈平相似，他的作品《吊屈赋》《鵩鸟赋》要算是继《离骚》之作。又如司马相如早年，也效屈、宋的作品。但是，后来终轻实趋丽，所以他的赋，大都艳逸。太史公说："相如赋多虚辞滥说。"又刘勰说："枚、贾追风以入丽，马、杨沿波而得奇。其衣被词人，非一代也。"（《文心雕龙·辨骚》）甚至到了魏曹植的《洛神赋》也还效宋玉的作品，这可见楚辞对于后来文学影响的魔力之大了。

五七言诗

张礼德

五七言的诗体，同是诗，同是表达心情和心志的诗，在诗的意义上并（没）有区别，不过它的格有所改变罢。五七言诗，就它的每句字的数目而取名的，可是也还有种是例外，如《五噫歌》和《乌孙昆弥》的一类，本来它每句的字数是六言（前者）和八言（后者）的，但每句中也脱不了个助声的"兮"字，所以也编归在五七言诗的范围内。

现在我们讨论五七言，便把它的始创及创造人物来作个考证，并且序述它的代表人物和作品。

唐山夫人所作的《安世房中歌》，便是开有规律的三四言诗之始，继四言而起者，便是七言。七言诗原始于武帝时的柏梁台联句，在武帝时以有能为七言诗者乃得上坐，群臣因即唱答，缀成一篇，便是后世所号的柏梁联句。可是有许多人怀疑着此诗是后人伪作，但在这章联句的句语看来，都欠亨通，表现绝无情感，那不是"坐高堂""骑大马""黄钺""白旄""草肚包"这辈贵胄的吐嘱？若是后人所伪，相信绝没有如此的不通，和这般没有情感的。

同时还有《乌孙公主歌》一章，也是当代的七言佳品。

到了西汉时，七言便告衰绝，在东汉安帝时才有张衡的《四愁诗》和王逸的《琴思楚歌》等的七言作品。

继七言而起的便是五言诗，在一般人论五言始于文、景帝时的枚乘，而不说始于苏、李，这未免固执成见。考究枚乘的作品，大抵类似古诗，或因苏、李的诗篇没有录在《汉书·艺文志》的原故，所以发生这般的论调，这未免妄言，况且《汉志》未尝列目的尚多，不特苏、李，而《汉志》所录也未必可靠，也许后人窜入，并且汉人不重诗词而没有录入，这未必就可实证不是苏、李吧！任昉也曾说五言始自汉骑都尉李陵与苏武，这总可比较正确一点。

再后虽还有两疑点，就五言诗的始创者另有其人，可是在各书论中，皆不以为实，故今不详。

李陵的五言现存的尚有数首，如《与苏武诗》等，苏武的现只得六首，如《别诗四首》等。

五言诗于汉已达成熟的时期，在成帝时宫人班婕妤的《咏扇诗》、东汉光武、章帝时梁鸿的《五噫歌》、班固的《郊祀灵芝歌》、傅毅的《迪志诗》、安帝时张衡的《同声歌》、桓帝时秦嘉的《留赠郡妇诗》……等，皆是七言诗的代表人物及作品了。

乐府

黄开强

什么叫做乐府吧？乐府本来是司理歌舞的机关，汉武帝即位后，因为定郊祀之礼，设立"乐府"，任李延年为协律都尉，增加《天马》……等十九章，为行郊祀的时候，使儿童们歌唱的。又因天下太平，而流于骄奢淫逸，擅意声色的缘故，所以广取各地方的歌谣，和举司马相如等文人所作诗章，供给跳舞时歌唱的。所以武帝以后的一切歌曲，假如是经过乐府制定的，都叫做乐府了。故可说乐府就是乐章。

乐府的体裁，本来和诗没有什么分别的地方，也是有三言、四言、五言、六言、七言、杂言等分别的。不过，乐府是用于歌唱的，所以以声调为主，惟其如此，故多长短错杂之句，而诗仅限于吟咏。

乐府的命题，也是不一定，有歌、行、引、曲、吟、辞、篇、调等名词的。但这不过是题名的不同，却不是有歌体制上的差异。

汉代和南北朝的乐府，最有名的，为《陌上桑》《羽林郎》《庐江小吏妻》《木兰诗》《折杨柳》……等篇，尤其是《庐江小吏妻》《木兰诗》二篇，成为文学的上品了。魏晋的时候，乐府更加流行，新声日繁。但到了唐朝，乐府就渐渐地衰废了，只有些诗人，为了要做长短错杂句的诗，做些拟乐府的作品。虽然是说拟乐府，但实际上已失掉了乐府的本色——乐府的调法，而成为古诗的一体了。

末了，我们可以说：乐府是起于汉，而盛于魏晋，衰于唐。

赋

朱锡衔

辞赋、短赋、骚赋原是诗之一体。春秋战国诸人之作，概满含着优美的抒情的诗意。到了汉代，形式内容，全与诗歌不同，大都敷陈事实，雕饰浮辞，作者情感已不复见于字里行间。只因"骚赋"尚情，而"辞赋"尚知，汉以后赋遂与诗分离，而自成一家之学。

从秦始皇破灭六国，统一天下（公元前二二一）以来，文学受专制的火焰焚迫，像战国时光华璀璨的作品，不复出现，文学不复为社会的工具，为学术的工具：转变成贵族阶级的玩弄品。汉朝一班辞赋之臣，排班在金马门的，等于倡优侏儒。然而当时帝王贵族好词赋者，不乏其人，所以当时却甚发达。

司马相如　司马相如字长卿，成陈人（公元前一七九——一一七）。为汉代最大的赋家。所作诸赋，关于田猎的有《子虚》《上林》；关于神仙的，是《大人》；关于回顾的，有《哀秦二世》；关于恋情的，有《长门》《美人》。相如之赋，以内容而论，但敷衍目前之事而陈述，无崭新奇拔理想。惟长于修辞的技工，堪推古今独步。竞陈侈丽闳衍之词，极其绚烂眩曜！《子虚》一赋，几若有韵之《地理志》，其山则什么，其土则什么，其东则什么，其南则什么，所有物产地势，无不毕叙，影响以后赋家最深。

汉亡以后，魏晋期间之赋，益趋小道。形式方面，则渐趋整炼，益事妍华；内容方面，则命题遣辞，更尚琐屑。晋人诸作，已用俳体，已开"骈赋"之端。其中比较有纯文学价值的，当推短赋的一派。此派独立于辞典派长赋之外，而不以铺叙为能事，如曹植（一九二——二三二）的《洛神》等是。

辞赋变体　赋体至六朝则骈俪化，别称之曰"骈赋"。至唐则律诗化，称之曰"律赋"。至宋而散文化，称之曰"文赋"。惜其形式内容，都不能脱汉代窠臼，其实今日长篇语体记事诗，即是赋的语体化，应称之曰"语赋"。不相信，可看庾信《哀江南赋》，全篇不事铺叙，仅说他自己一身所遭遇，纯以记事来抒情，与《离骚》都是自传体的记事诗，所以赋的一类中，也有许多很好的，不过在古人所论为好的，以纯粹的文学眼光看去，或者反而觉到不对罢了。

骈俪文

赵泽溥

什么是骈俪文？ 骈俪文是用对仗的句语来作成的文章。对于散文来说，它是整体的文章；对于实用文来说，它是美术的文章；对于无韵文来说，它是有韵的文章。骈俪文也叫做四六文，这种名称，实在是始于唐朝。因为唐朝自从韩昌黎和柳宗元等的文章，复作三代、两汉的文体，就不取六朝的对偶辞华。唐代的人就以各种散文体称为古文，六朝的文称为骈文。柳宗元说："骈四俪六，锦心绣口。"李商隐《樊南甲集自序》说"樊南四六"，可见骈文和四六文的名称，是定于唐人的手上的。

骈俪文的起源 骈文的名称虽则是始自唐朝，骈文的体制，虽则是在六朝然后极盛，但骈文的起源，已经很远了。孔老夫子的《易·系辞传》，用比偶错综的法则，叫做《文言》，这即千古骈文的开山祖。今把《乾文言》节录几句在下面：

> ……君子体仁足以长人，嘉会足以合礼，利物足以和义，贞固足以干事。……
>
> ……同声相应，同气相求，水流湿，火就燥；云从龙，风从虎，……本乎天者亲上，本乎地者亲下，……

由此看来，孔子所作的《文言》，是用对偶的句子，而且声调铿锵。前清阮元《文韵说》曰："《文言》固有韵矣，而亦有平仄声音焉。……此法肇开于孔子，而文人沿之。"刘彦和《文心雕龙》说："丽词导源仲尼。"这是骈文起源于孔子的证据了！

骈文的继起 自从孔子作《文言》，开后世骈文的渊源以后，他的长于文学的弟子——子夏，曾作《诗序》，也用对偶的句子。现将它节录数句在下面，作为证明：

> ……风以动之，教以化之。……在心为志，发言而诗。……治世之音安以乐，其政和；乱世之音怨以怒，其政乖；亡国之音哀以思，其民困。……上以风化下，下以风刺上，主文而谲谏，言之者无罪，闻之者足以戒。……

所以昭明太子作《文选》，把子夏这篇《诗序》选入。阮元《文韵说》曰："子夏《诗序》，情文声音一节，乃千古声韵性情排偶之祖。"这是得当的评论。

继子夏之后而作骈文的，在战国时代有屈原的《离骚》，宋玉的词赋。到了汉朝，在一篇文章之中，对偶的句子很多，律声也很谐协。像终军的《白麟奇木对》、王褒的《圣主得贤臣颂》、蔡邕的《郭有道碑》、仲长统的《乐志论》，都是华赡偶俪的词章，成为四六文的开端。曹魏的时代，文人学士所作的文章，也是声情俱茂。像曹丕《与朝歌令吴质书》、应休琏《与从弟君苗君胄书》，是其代表的作品。晋宋的时代的文章，文采虽然丰富，但是已经注重气质了。

骈文的极盛时代　汉魏和晋宋文人的作品，虽然比对工整，已经具有骈体的规模，但是对于声律一层他们都不讲究，所以声调就比不上齐梁以后那样铿锵。齐梁的时代，沈约、谢朓、王融和周颙等辈，对于声律，专心去研究，把平、上、去、入为四声，不但作诗然后用它，就是作文也用它。所以文的体裁，须要音节清丽，叫做永明体，这就是骈文的极盛时代了。那时的文人，都是聚集在于竟陵王子良西邸，梁武帝和沈约、王融、谢朓、周颙、任昉、陆倕、萧琛等八人，叫做竟陵八友，实是永明文学的中心人物。梁武帝虽然不信四声，但他的作品，自自然然就有音韵；陆倕和任昉两人是独长于笔的；王融文辞辨捷，能够仓卒[1]成文，而且工整；谢朓的作品清丽；梁简文和昭明太子的作品，华丽而且很有法度；沈约经齐入梁后，位至显宦，如王筠、张华、吴均、何逊、刘孝绰、刘勰等，都受他的奖励和提拔。此外如王僧孺、刘峻、徐摛和庾肩吾等，都是当时文学界的伟大人物，体制虽然各有各的所长，但是词旨妍美，格调清新，这是得力于永明体的。那冠时杰出的，是徐陵和庾信。徐陵是摛的儿子，相传幼小的时候就读史书，八岁就能够作文章，宝志上人称为天上的石麒麟，他的文学作品，精协声律，比旧体略有变更，辞藻绮丽，《玉台新咏序》尤其是脍炙人口的。庾信是肩吾的儿子，字子山，他的文学作品，实集六朝的大成，信藻艳丽，和徐陵齐名，世人叫做徐庾体，《哀江南赋》尤为后人所欢喜诵的。杜甫说"庾信文章老更成"，又说"清新庾开府"。因此可知徐、庾的文章，为千古丽词的正宗了。

唐宋的骈文　唐初的文人，大半都是属于陈隋的遗彦，他的文学，袭徐、庾的旧体，最著名的是王勃、杨炯、卢照邻、骆宾王等，都以文章齐名，号称为四杰，大开唐代骈文的规模，虽然略失古意，但是颇能自作波澜。至唐玄宗的时代，张说和苏（颋），都是以骈文显于当世，号称燕许体。唐德宗的时代，有陆贽善于论事，不重藻饰，他自成创格，做宋朝四六文的导源。到了五代，骈文的浮靡，已达到顶点了。因为自唐以后，古文独盛的原故，宋朝的时代，作骈文的虽然还有几个人，如李商隐、温庭筠和南宋汪藻、洪适、周必大、杨万里、陆游、孙觌等，都长于作四六文，但是都是堆砌派，很难见得到好的

①仓卒，今作"仓促"。

作品。

元、明、清的骈文　元、明的时代，简直没有以骈文著称于世的。还是清朝的几个文人像陈其年、毛西河、洪亮吉和吴锡麒等，努力去学六朝，把作骈文的艺术修养得很好，成为骈文的名家。汪尧峰见陈其年的文章说："开宝以来，七百年无此文矣！"由此可知他的作品美妙了。又如洪亮吉的《冬青府乐序》，篇幅很长，而感情浓厚，用典贴切，声调方面，也极能动人，可算是一篇最高等而不可多得的骈文。总之，清代的骈文盛行，无体不备，比较两汉、三唐、两宋和元、明等代都盛一点，故清代的骈文，真是盛极一时了。

研究骈文的书籍，最古的是刘勰所作的《文心雕龙》，此书为批评文章的书籍。其次是王铚的《四六话》、谢伋的《四六谈尘》和陈其年的《四六金针》等，都是研究骈文的书籍。其实这种文体，如果做得好的，读起来确是顺口，也顺耳，真能动人。不过要费许多功夫去研练这艺术，而且作文时也要搜罗典故，那总是不经济的。况且在现代的时候，也无需再去做这过时的死文章了。

初唐四杰文学

黄尧明

初唐的文学，简直是集六朝以来的大成，对于文章方面，不外都是骈俪体的文章。而诗的格词，则把六朝时的风，稍稍的改些，而成骈律体。歌行方面，以长歌为其所长，在当时倒也算为最好的。但赋可是没有什么华采的发现。

在初唐时所谓四杰者，即王勃、杨炯、卢照邻、骆宾王。他们在初唐的时候，能创造一种的当时体，新的骈体，而成为初唐的一种体格，也算是他们的功绩，今把他们的文学逐一的叙列于下：

王勃：文思极为流畅，如《滕王阁序》等，都是他的毕生的杰作，五言绝句也是写得很好，如《思归》等是。

杨炯：最长于诗，或说他的辞韵还比王勃高些，文章也是很好的。

卢照邻：善于七言长歌行，如《行路难》等。

骆宾王：文章是很清丽的，如《讨武曌檄》等。对于五律七绝都是不在王、杨、卢之下，如五律之《秋日送别》等，七绝之《忆蜀地佳人》等是。

诗圣李、杜

崔泽创

诗的发展由初唐至盛唐，正如由地平线突飞至登峰造极的黄金时代，这真是一个惊人的突飞猛进。盛唐本是文学风气极浓的时期，这时期的诗人，大抵都具有两个特点：第一是有旺盛的天才；第二是有极强烈的创造精神，这种强烈创造的精神，却已成为当时普遍的风气。故各个诗人都自己料理自己园里的花草，不相沿袭，因以造成盛唐诗坛的灿烂。在这时期的诗人，造诣最深的要算被称为诗圣的李白、杜甫。兹把这两个伟大的诗人的作品分述如下：

李白传略——李白，字太白，号青莲，又自号酒仙翁。本陇西成纪人（一说山东人），生长于蜀。天才宏放，任侠尚气，曾数犯杀人罪。初年隐居岷山，后漫游长江一带名胜，至于齐鲁，与孔巢父诸人交好，居于徂徕山，酣歌纵酒，时人称为"竹溪六逸"。天宝初，因道士吴筠之荐，被召至京师。贺知章见着他称为"天上谪仙人"，玄宗也很爱重他的才华，召见时，至于下车步迎。太白草答蕃书，并做了一篇颂，据说笔不停手。玄宗很宠爱他，以七宝床赐食，亲自调羹汤给他饮，对他说："卿是布衣，名为朕知，非素蓄道义，何以及此？"就命他在翰林院供奉，专掌密命。后高力士因曾受脱靴之耻，乘机毁谤，于是为宫廷宠幸所不容，乃请还山，浮游于四方，遇杜甫于开封，乃同游于梁、宋、齐、鲁间，约有一年之久。天宝十四年，安禄山之乱，因才名很大，被罗致于永王李璘，后来李璘兵败，亡命至彭泽，被囚于浔阳狱里。后得郭子仪营救，流于夜郎，便遇赦生还。从此晚年的李白，更肆意于游山玩水，寄情于诗酒了。相传他饮酒过度，竟以醉死于宣城，年六十二岁。生于唐武后长安元年，死于肃宗宝应元年。

李白诗的风格——李白是一个富有热情的浪漫诗人，是一个天才最活跃的作家。他胸襟空阔，气魄雄厚，才气磅礴，故所作诗皆自由肆放，如"天马行空"，如"黄河之水天上来"，不可羁勒。他作诗的时候，不但不注意格律与修辞，连古人的诗式与作风，也全不放在他的眼里，他只凭着自己的才气去创造，直有"抚剑独游行，意气凌九霄"的精神。他最能够表现他这种豪放精神的作品，例如他的边塞诗《行路难》的一类。不过单在边塞诗一科，却绝不能完全围范着天才肆溢的李白。他的造诣是多方面的，他的作风有悲壮、有飘逸、有颓放、有香艳、有沉痛、有闲适……等，境界至多。总之，李白作诗是随着兴趣与灵感的，仗着他抒情之神笔，写他的灵感，无不佳妙入神！但，李白的思想，是很颓废简单的，他抱着"厌世的乐天观"，崇拜酒精、美人、侠客、宝剑，对于宗教家、哲学家、笃行家、文学家，都认为痴愚无聊。他很爱他自己，但亦未始不同情于全体人生，不过他注重的，不是忠君的一类，乃是反抗自然的问题。他只求眼前的幸福，官能的刺激的享乐，生后的虚荣在他看来等于草芥。他劝人不要学伯夷、叔齐的高洁，他劝人一切虚名都不如眼前这一杯酒的乐趣，他又很鄙视儒生之迂拘。我们从他的《嘲鲁儒》可以看到的。同时他又是一个消极的纵乐者，我们从他在严肃的朝廷上也要游戏，和在他的作品可以见到的。还有一层我们最不可误会：太白的乐天主义是厌世的，是求超越的生的，所以他是不满意于一切的。他要求能官能刺激的快乐，是无可奈何的强欢，是悲极的纵乐，所以"举杯消愁愁更愁"了！他在这句诗里终于流露他的真意出来。

李白乐府的特长——李白的乐府，最为得意。他的特长有三点：第一，乐府本来起于文（按：疑似为"民"）间，而文人受了六朝浮华文体的余毒，往往不敢充分用民间的语言和风趣。李白认清了文学的趋势："自从建安来，绮丽不足珍，圣代复元古，垂衣贵清真。"他是有意用"清真"求救"绮丽"之弊的，所以他大胆地运用民间的语言，容纳民歌的风俗，很少雕饰，最近自然。第二，别人作乐府歌辞，往往先存了求功名的念头，可是他却始终是一匹不受羁勒的骏马，奔放自由。他说："人生在世不称意，明朝散发弄扁舟。"有这种精神，故能充分发挥诗体，解放束缚，为后世开了不少生路。第三，开元、天宝的诗人作乐府，往往勉强作壮语，说大话，仔细分析起来，却很单调而少有个性表现。李白的乐府有时是酒后放歌，有时是离筵别曲，有时是发议论，有时是赞颂山水，有时上天下地作神仙话，有时描写小儿女情态，体贴入微，这种多方面的尝试，便使乐府的歌辞势力，侵入诗的种种方面。两汉以来，无数民歌的解放的作用与影响，到此时才算大成功。

杜甫传略——杜甫行二，字子美，少陵野老、杜陵野客、杜陵布衣都是他的自号。襄阳人。少时贫不自振，笃学克俭，奔走于吴、越、齐、鲁之间，以求知遇。及后赴京兆考进士，落第后又漫游齐、赵。天宝三四载的时候，又与太白遇于开封。同游于齐、赵、梁、宋、鲁等地。后又辗转于长安、河南，不遇知己，郁郁不得志。到三十九岁的时候，他作了一篇《雕赋》，拿雕来比做英雄，用以自况，进于玄宗，可是玄宗不理。子美不但不灰心，而且更加忍耐不住了，在次年正月又作《朝献太清宫》《朝享太庙》《有事于南郊》三篇赋，进于这三大礼赋以后，玄宗就赏识他了，便命宰相试他的文章。试后便拔他为河西尉，他不肯拜受，改为右卫率府胄曹参军的小官。安禄山之乱，他奉家眷逃难到鄜州。后来肃宗即位于甘肃灵武，他便步行到灵武，途中被安禄山拘禁。次年始逃到凤翔，见谒肃宗，肃宗便授他为左拾遗。乾元元年，他被贬为华州司功，后因有饥荒的灾患，他就弃官奔到秦州，同谷县等地。他在同谷县的时候，受了饥荒的天灾，至于绝食，只掘草根作生涯。其时儿女有饿死者数人。

（见《旧唐书》）他住在同谷县不满一月，便流落到剑南，后来严武做剑南节度使，子美就往依他，居成都浣花溪，严武并表他为参谋，检校工部员外郎。武死，他避乱于夔州。直至他死前的一年，始出川，经江陵入洞庭，沿湘江而上，至衡州。相传他是饥饿之后，吃了过多的牛肉而胀死的，年五十九。生于唐睿宗先天元年，死于大历五年。

杜甫的作品——杜甫本是世家公子，安禄山之乱，受了很大的刺激，后复历经困顿，漂流四方，穷饿不堪，因此而变成一个最悲郁穷苦的诗人，在他的诗中，可求得他生平及性格，中国的诗人没有一个能像他这样，同时将社会状况及当时的史实和民间疾苦，表露于诗中。他有写实的功夫，刻画肖妙的技能，字字皆是从真性情流出，不染浮华，朴素庄厚。例如他的《饮中八仙歌》，把各个的个性、饮态、醉趣，描写得像飞腾跳跃，活现纸上一样；又如他的《新安吏》《兵车行》等，用诚恳庄严的态度，经验的底子，表露社会的黑幕。同时他又有博爱的思想——爱民如子，时以民生疾苦为念，反对战争，忧时忧世，憎恶贵族。所以在他的诗中，常常站在平民里头，大声疾呼的为平民喊冤，如他的"朱门酒肉臭，路有冻死骨"的一类。总括杜甫的诗来说，多是悲壮同情于大众。但杜甫诗有两个时期，与平常的绝不相同：第一——就在长安做左拾遗的时候，他这时所作的诗，都是倾向于饮酒行乐的，如《曲江三首》《曲江对酒》《曲江对雨》……等都是。第二——就是在四川受严武供奉，安居浣花溪的时候，他所作的诗，暂趋于隐士，逍遥自在，鉴赏天然景的贵族派了。例如《有客》《宾至口村》《狂夫》……等是。过此以后，他的作品都是悲郁的了。

李、杜之比较——李杜同为中国诗史上的双圣，替诗坛吐万丈的光焰。他俩的友谊是很挚笃的，但两人的个性与作品，则完全不同。李白是一个酣睡在"象牙之塔"的乐天主义者，是艺术派的诗人；杜甫则是一个站在"十字街头"的救世主义者，是人生派的诗人。李白的诗，是主观抒写自己的胸襟与灵感，作风接近浪漫派；杜甫的诗，是客观地抒写社会的黑暗与不平，作风接近实写派。李白的诗出之以天才，不假雕琢，下笔千言，而流于豪放；杜甫作诗则出之以经验学问，辛苦吟咏，极力锤炼，以入于深刻。思想方面，李白是出世的、不反对贵族的、战事不闻不问的、不留心社会的、个人主义的；杜甫是入世的、憎恶贵族的、忧时忧世而非战的、时以民生疾苦为念的、利他主义的。境遇方面，李白是常受官府礼遇，而实际上无忧饥饿的；杜甫屡绝食，又不十分为官府所优待。行为方面李白是浪漫奢侈的；杜甫是拘礼俭约的。由上述观来，他俩种种不同，所以造成各不相同的伟大性格。至于他俩优劣方面，后代的文人，互相评论，打了许多笔墨官司，最先挑战的是元稹，他在《杜甫墓志铭》里，有许多优杜劣李的话。可是引了韩愈的不平，讥元稹是愚儿，是蚍蜉。他说："李杜文章在，光焰万丈长。不知群儿愚，那用故谤伤。蚍蜉撼大树，可笑不自量。伊我生其后，举颈遥相望。夜梦多见之，昼思反微茫。……"又杨升庵、方孝孺、丁龙友都是左祖太白的。其实他俩孰优孰劣，我们实没有能力去批评，各有各所长，各有各的本领。严羽在《沧浪诗话》里说的好："子美不能为太白之飘逸，太白不能为子美之沉郁；太白《梦游天姥吟》《远别离》等，子美不能道，子美《北征》《兵车行》《垂老别》等，太白不能作。"这是最公平的，最了解李、杜的话。

韩、柳

郑光汉

韩愈字退之，号昌黎，生于纪元七六八年。贞元八年的进士，官至吏部侍郎，终于八二四年，谥文公。生性锐敏好直言，不为诡随，所以数次被贬，但终不改他的志向。至于文章方面，独造自得，卓然自立一帜。

柳宗元字子厚，世人恒称之为柳柳州，生于纪元七六八年。贞元九年进士，中博学宏词科，官至礼部员外郎，终于元和十四年任柳州刺史时。子厚少聪敏，笃志好学，曾仿骚体数十遍，能使读者表同情。当他做柳州刺史时，数千里的进士都来从学，可见他的文学为当时社会上一班人士所敬重。

（1）韩、柳文评

东汉以来的文学，渐入于骈俪的体格，辞章虽然很胜，但理则弱。因为太偏重于辞句，所以文学的趋势，非常华丽。但往往有很多弊端，是想求精美，不顾事实，于是刻玉彩画的事，相继而至。好像蔚蓝色的天空，碧绿色的水，珊珊的美人儿沿着海边徘徊，灿烂极了，只可惜刻画到极端，必足以累气，设令能够善叙事理，发表情兴，好似李白、杜甫的一流人物，文学自然高尚，能达全盛时代。但就中唐时候，大家都敬奉徐、庾，家珍《文选》，五经三传，明经墨帖，以为唯一的出路。因此往往囿于官韵，拘于格律，酬对的作品，束于排偶，往往迁改事实。

但自周隋以来，讨厌骈俪的人，虽然曾经多次的破坏，欲重建一新文学，惟是骈俪文已深入人心，时机未熟，所以到底无结果。至唐时，经三变以后，昌黎、子厚各大文学家，适遇其时，起来洗尽粉黛，扫除榛芜。韩愈卓然以斯文自任，必须复古以为解放，步武周秦诸子的后尘，于是自立门庭，广延气类，倡率推奖，以他百折不挠的精神，自始至终。文学上的风格，因此一变，遂振八代衰微。复古的思想，当首推及此。

韩昌黎尊崇孔、孟二子，排斥佛、老，说道："非三代两汉之书不敢观，非圣人之志不敢存。"故作《原道》，以表明他尊儒黜老、佛的主张。他为文务去陈言，上规六经，下及《庄》《骚》、太史、子云之属，不假借抄袭前人的言语。其余如《原毁》《谏迎佛骨表》等的作品，为他生平的杰作。退之很喜为人师，所以曾作《师说》。他的弟子，如李翱、皇甫湜等，亦为当时社会上一般人士所敬重的。至于退之的作品，仅仅以孔、孟二子的道理，为文章的根据，所以说理非常明白，述事也很切当。昌黎又曾建立为文的信条是：（一）求圣人之道；（二）文辞必须自己所作，以不抄袭假借前人为目的。简单的来讲，即在摆脱一切故事及没关重要的言辞，但又恐怕后人易染涩晦，故此提倡声说，以引导后人，务使不致为涩晦所误。

柳宗元亦尊崇孔、孟二子，而且特富天才，文起八代之衰运动，他帮助昌黎很不少。简言之，没有子厚，韩愈的文学，恐怕没有这样的伟大，骈俪文或不会消灭亦未可料。至于子厚的作品代表，以他被贬在柳州时的作品为最佳，亦为社会上的人士所最欢迎的。他的记序文中，如《永州新堂记》《小石城山记》，最为出色，即昌黎亦不及他的。

韩、柳二人，提倡古文，注意微细的事，以为文章最重要的法则，开悟后进的人。如韩愈的《答崔翊书》、柳宗元《与韦中立论师道书》，是《文心雕龙》以后，另开辟一路径。当时的文气，都赖以转移，师法亦以此建立，因他俩俱为古文的老前辈。讲到他们的行为、性情、本领等，好似李白、杜甫的各有不同。韩愈由始至终，尽力去排除佛、老，尊儒；柳宗元则嗜好浮屠的言论。韩愈数次遭贬谪，有百炼之钢的气概，百折不挠的精神，到晚年的时候，被贬河北，常且面叱王庭凑；宗元坐贬永州，则长呼短叹，后来又被贬柳州，抑郁而死。关于他们的文学方面，韩愈如高山的雄峙，大川奔放，平原旷野，师以正合一般；宗元如奇严的峭壁，万马奔腾，间道的斜谷，兵以奇接。

（2）韩、柳的诗

自元和降后，韩昌黎、白居易出，文学的风气，又为之一变。本来他们都是杜甫的弟子，不过各得其师的妙处，后来成为二大流派。现在只以韩诗来讲，韩愈本来是一个文学家，而兼善长于诗。他的诗，往往以言他人所不能言，取普遍的态度，所以他的诗，能夺人魂魄，怵人耳目。好似巍巍然的山，不免于傲岸。但是他因抵抗前贤，所以他的诗，能够成为一派，对于文学上，都可以大书特书的。不过昌黎为人，稍偏于固执、骄傲，大有目横一世的气概！思想则醇出于儒，学问渊博宏伟，他的诗，虽然没有李白的这么好，言情没有杜甫的那样真挚，因为他不是专于诗的人，自然是没有李杜的那么好。但能纵横驰骋，奇气袭人，卓然自成一家。他集中古体诗多过律诗，他不屑当时的格律，所以特别见他的长处，如《咏月》《咏雪》《八月十五夜》《山石》等，都是很好的作品。《山石》道："山石荦确行径微，黄昏到寺蝙蝠飞，……僧言古壁佛画好，以火来照所见稀。"可见他体格，和特别的与人大不相同，但字拗，而语句则奇峭，往往意象晦涩，以诗的正格，或者有人嫌邻于魔道一说。

柳宗元亦一古文家，且兼善长于诗，文名和韩愈差不多，出处和禹锡相同，而诗则造诣峭劲，于韩、白家外，独立一帜；和王摩诘、韦应（物）差不上下，稍有陶渊明的风气。东坡说："子厚的发纤秾于简古，寄至味于淡泊，在陶公下，韦苏州上，退之豪放奇险，则过之，而温丽靖深不及"。

（3）结论

唐自韩、柳出，文风虽然一变，不过没有很久就衰落，骈俪依然弥漫上下，故先后矫抗如樊宗师则流于涩晦。站在高处地位的如杜牧之、陆贽立，都是不古不今的。至宋时古文才开始盛行，韩、柳前导的功自然不小，所以史赞韩愈道："愈以六经的文，为诸儒提倡，障堤末流，反刓以朴，划假以真，杰出于世，刊落陈言，横骛别驱，汪洋澎湃中。"赞柳宗元道："子厚少聪警，尤精西汉《诗》《骚》，下笔创思，与古为侔，精裁密致，灿烂如珠贝般。"可谓评得最适当了。

南宋词

陈培兴

词的发达，在宋朝算是极顶了。在作者方面来说，上至帝王，下至掘地的亚贵，皆会作词。在品质方面，佳品也极多，数量也不少。然而词的发达，不先不后，恰恰就在宋朝，这其中有莫大的缘由在。

在前人的记载，后人的推想，而宋词发达的缘由，复杂异常，什么诗体的蔽、君主的提倡、音乐的关系、时代的背景……等等，各持一说。依我个人的意见，综合起来，不外是"穷则变，变则通"罢。

在先有五胡乱华、六朝争统、金人来扰、种种的时局变迁，而人民生活痛苦，因此激起了艺术的冲动！那艺术的冲动，就是宋词发达的原因。

宋词大别之可分"北宋词"和"南宋词"两段落，我为便利研究起见，"南宋词"分作三期来叙述：

（一）南渡时的词。当时号称什么"神州""华胄"的中国，也起了莫大的风云，而那金人势力的汹涌，更令那时的君臣上下，战栗危惧，而悲剧也随时开演！国君被异族掳去，当绿衣携酒人；国土也给异族占领了，弄到家室不安：由这种亡国现象，而激起的英雄文学，在词的方面，可把辛弃疾作代表。还（有）那位大英雄岳飞，虽说他不是词人，但他英雄的本色，也不住的在词上露显，算你唐颓到步行八字，头不望天，恐怕读了他的《满江红》也会拍拍胸，站个马。总之南渡后的词，就是英雄侠客的播音机！

（二）**偏安以后的词**。那时的爱国英雄宗泽、岳飞相继死亡，而英雄侠气也随之去了。且偏安之局已定，君主、士大夫之流，更沉于懒怠，抱消极主义，得过且过。其时也很少词出现，有的也不外拾北宋"沉柔"的遗风，专心模仿，自然的走入古典的路上去。有时的作品，倒不比平民的为佳。然亦有杰出的人才——姜夔。夔字白石，石湖评他的作品说："白石有裁云缝月之妙（思），敲金戛玉之（奇）声。"这说法，明明是过誉，或者为了名字上的"石"字相同的关系，也未可定。但他的作品在艺术技巧方面，他算不差，然而内容虚空，振不起读者的心情，也只好配称"清空"二字！

（三）**南宋末年的词**。"盛极则衰"，宋词也不能跳出这个圈外。故词到宋时，算是盛到无可盛之处了，也只好倒运的衰落上来。朱彝尊说："词至宋季，始极其变。"当时的作词者，变来变去，也不外像王六先生的"神效散"，变名不变药呢。墨水珍贵，恕不赘述。

朋友，静点！狗屎里也会出草菇的。那二位词人王沂孙、将炎（按：疑似应为张炎）却是例外，不过他俩的作品也不外满堆着亡国后，悲哀伤感的遗音罢了！

关汉卿评传

丘祥巅

关汉卿号已斋叟，是大都人，金末以解元贡于乡中，后为太医院尹。元初，以杂剧闻天下，俟是他的大名已彰了。伊性情坦白，规向自然，故作曲时，随意兴之所至为之，以自娱娱人！至文笔之拙劣、思想之卑陋、人物之矛盾，一切都不顾及！只摹写胸中之感想，与时物之情状，而真挚的道理和秀杰的气魄，自然流露出来。观他的作品《谢天香》第二节云："……我往常在风尘为歌妓，不过多见了几个筵席，回家来，仍作个自由鬼，今日倒落在无底磨牢笼内。……"又如《窦娥冤》第二节云："……空悲戚，没理会，人生死，是轮回！感着这般疾病，值着这般时势，可是风寒死湿，或是饥饱劳役，各人证候自知。人命关天关地，别人怎生替得？寿数非干一世，相守三朝五夕，说甚一家一计？又无羊酒缎匹，又无花红财礼，把手为活过日，撒手如同休弃。不是窦娥忤逆，生怕旁人论议。不如听咱劝你，认个自家晦气。割舍的一具棺材停置，几件布帛收拾，出了咱家门里，送入他家坟地。这不是你那从小儿年纪，指脚的夫妻。我其实不关亲，无半点凄怆泪。休得要心如醉，意似痴，这等嗟嗟怨怨，哭哭啼啼！……"这样看来，他的作品，词语坦白，无些牵强，确是并佳皆妙之作，惜元朝一般人还未知道呢！

《西厢记》

余华柱

一

《西厢记》是一部捣弹词，有曲有白，专供一人之捣弹并念唱这样的书，它有两种伟大的价值，值得我们来称赞的，就是文艺上的创造精神，和时代上的改革的精神了。

本来文艺上的创造精神，不是一种很平凡的事，但《西厢记》确是一（编者注：此处缺字十个左右）子读法（编者注：应为《读第六才子书〈西厢记〉法》）云："今后任凭是绝代才子，切不可云'此本《西厢记》我亦做得出'也，便教当初作者而在，要他烧了此本，重做一本，已是不可复得，纵使当时作者他却是天人，偏又会做得一本出来，然既是别一刻所觑见，便用别样捉住，便是别样文心，别样手法，便别是一本，不复是此本也。"由此可知《西厢》的创造地位，无可推移了。我们试看其文字上描写的美妙，更觉其艺术之超越！

《西厢》在精神方面，所反对时代的色彩，更其明显，自从金、元初入主中国，对于一切的俗尚，皆为之转易，在元人对于男女间事已不像我国本来的礼法这样严重，所以在那时产生了无数的抒情诗。如《西厢·酬简》一节所写的大胆，若不是在那时，此文想定不能出世罢，且元曲多半是情意缠绵，说古人之不敢说，这些本来是当时的时尚，不算得甚么特彩，不过《西厢》确实比其他更为大胆。

我们看到《酬简》的一节里莺莺和张生私会之时的描写，便无疑《西厢》确比当时其他的作品更为大胆了。我现在抄些出来："张生站起来，搂着他，并肩儿到床前，伸手轻轻一拢；这时莺小姐紧贴在张生胸前，……张生抱着他，静悄悄的；只是觉得一阵阵香息，送进鼻管来，…… '我将你纽扣儿松了也！我将你罗带儿解了也！'说着便伸手过去；莺莺小姐便忍不住'嗤！'的笑了一声，回过脸儿来，伸着纤指，在他的额上戳了一下，又低下面儿去。张生趁此，搂住了莺莺的纤腰；把他纽扣儿松，罗带儿解。……莺莺睡在枕儿上，回过脸儿去，一任张生轻薄着。"其他像这样的还有很多。所以有许多人目之为淫书，并不是没有理由哩！

《西厢》在当时除描写之外，是一部创造的曲子，它的改革精神和其他的抒情诗，本无甚出人头地的地力。但是元曲中能够到杂剧这个格式，乃是自《西厢》始。所以它的伟大精神却非其他曲所能及。总之，《西厢记》有这两种伟大的精神，而又是千古名曲，其价值之伟大也可知了。

二

《西厢记》的源流和背景如何？这个问题是值得我们来讨论的。但《西厢记》本子繁多，我们只好从最普遍而流传的本子说起，那末我们就拿王实甫的来说吧。

《礼耕堂丛说》施国祁云："旧见《传是楼书目》有古本《西厢记》，为董解元作，既阅《辍耕录》知其为金章宗时人，此本明隆、万前与关汉卿本并称，而周宪王《群英杂剧》载关氏六十本中无此目，惟王实甫二十二本内乃有《西厢》五本。自关、王名立，董氏遂掩。缘此曲是挡弹家词，以金人本音歌之最合。元人音韵渐变，故多改古本，别创新词，不知王实甫五本即董曲否？"此中疑问虽多，但我们在这里确知有董《西厢》，然而董《西厢》又何自来呢？这很容易知道，是源于元代的《会真记》。董《西厢》中有许多说明句子就由《会真记》上抄过来的，如《明月三五夜》这首诗就是了。不但董《西厢》如此，王《西厢》也是相同。而《会真记诗三十韵》、董《西厢》也全载了，所不同的，只差几个字罢了。

在董《西厢》之前，有一部名叫《蝶恋花》，为第一部可唱的《西厢》。是由宋赵令时，将《会真记》分做十章，全篇之首末各加一篇，共有十二阕作成的。由此，我们看《西厢》，更得一个旁本。

由上可知，《会真记》是《西厢》之先声，十二阕《蝶恋花》，为唱本的始祖。以下再来讨论《西厢》的背景问题。

研究《西厢》背景可分为二部，即背景的人物和所在的地方，但是《西厢》的事在什么地方发生的？就书中也没有多少说及的。至于里面的人物自以张生为主，其他如崔莺莺、红娘等也是重要人物。

三

关于《西厢》的本子，非常繁多，当然不能逐一去研究，所以现在只将其重要者略分述之：

A **董《西厢》** 董《西厢》就是董解元所作的《西厢》。《西厢》是始于董的，它又是北曲开山老祖。但他发现很迟，当然是后于王、关《西厢》。他的价值如何，我们看胡应麟的《庄岳委谭》说："董曲今尚行世，精工巧丽，备极才情；而字字本色，言言古意，当是古今传奇笔祖，金人一代文献尽于此矣。"

B　**王、关《西厢》**　王就是王实甫，关就是关汉卿。王、关《西厢》读者最多，它是《西厢》一个大节略，数百年来《西厢》本子可以说以此话本所传为最广。王、关《西厢》乃先为王所作的，后来关就他续写成的。其价值如何，《雨村曲话》云"《西厢》工于骈俪，美不胜收"，便知了。

C　**其他**　还有南《西厢》，变本的《西厢》如《新西厢》和《续西厢》等等，此外还有所谓《六行十则》《会真零论》《拆西厢》等本子。

现在更说不出的多，因为有些无聊的文人，将他译为白话文的也有，或加上些题目的也有，总之是将《西厢》当作生意经罢了，我们在这里不能不替《西厢》可惜哩！

四

最后我们须知道《西厢》之所以在近二三百年来很能占文学界之一大部分势力，其功乃在金圣叹。它是《西厢》的一个忠实批评家。《西厢》始终是一部文学的书籍，因此我们不要说它是一部佛学的圣经，或目之为淫书呵！

吴梅村评传

黄陛都

吴梅村是清初诗家。明太仓人，字骏公，又名伟业，崇祯进士。明亡退居山林，康熙时有司力迫入都，累官国子祭酒，非其本意，故临死时，自题墓碑云"诗人吴梅村之墓"。其所著的作品，有《吴梅村集》，凡诗十八卷，诗余二卷，文二十卷。少时其作品才华艳发，其文词气味之雅致，抒情说理之柔婉，非其他文人所能及。后来其作品遂多感慨悲凉，其文词气概令人难堪，与少年所作判若两人。

总上以观，知吴氏之为人，虽曰"忠臣不事二主"，然须知朝中之士，皆朝中之居民，苟吴氏不思有以救亡已也，如有之，斯正待奋发为雄之候。就以吴氏见本朝亡国，则隐居自逸，与世无缘，在彼之心中，以为国亡退隐，乃天下之高洁矣！就知水深火热，其待救者尚多，何吴氏不痛定而思痛哉？迨其后又被有司迫入京都，官以国子祭酒，盖其为官，虽非出其本意，然其居官，孰谓无心？夫天下无有所谓不自由也。

录自《大中学生》1933 年第 2 期

今后之中国文学

余瑞祥

中国是一个文明的古国，文字发明最早的。在距今二千多年前，文学已经发扬到极点了。不过因时代的不同，文学也随之而变迁，所以各代的文学，都有各代不同的趋势，好比唐朝的诗、宋代的散文、元代的歌曲、明代的传奇、清代的小说，那是各代有各代不（同）之点，所以到了民国之后，自然也不能例外了。

民国成立之后，立即废除了科举，又是那时的文学，还算没有起过什么的变化，然而，直到了民六年，才发生了新文学的呼声。在那个时候，反对的人像林纾等也是不少的，不过，一般人的趋向，已经偏重于语体文了。而且同时又有胡适之和陈独秀等极力提倡，所以毕竟会产生了民八的轰轰烈烈的文学大革命。那么从民八到了现在，中国的文学可算是新辟了一个园地了！

但是，一般人的批评，中国新文化运动，是完全受了外国的影响，那是确实的；他们又说中国的新文学作品十之八九是舶来品，那也是确实的；中国最时髦最受人崇拜的文学作品家，不都是外国留学生么？外国留学生是要闹外国脾气的，所以有人回来要鼓吹美国的拜金主义，有人回来想挂伪名阔差使。做外国的小说，外国有新浪漫主义，他们就要有它，外国有新印象派，他们就自然也要有它了。只要它是外国的，时髦的，就拿来炫耀国人，不管它和中国的背景，和中国社会合式不合式，中国社会上实际的苦况他全不管，于是转相效尤，变本加厉，成了一个混闹的局面。

批评家说："文学是自我的表现。"中国前五六年的文学，便捧住了这句"至理名言"去混的，于是客观的艺术几乎绝迹，处处只见"穷"和"失恋"的无病呻吟，这里面表现出来的"自我"，既没有伟大的人格，真正足以引起旁人的钦敬与同情，又没有深刻的意义，给我们以道德上（广义）的教训。不是癫头癫脑的疯子，在盲捧外国的诗翁，便是酒色糊涂的浪人，在连篇陆续地发色情狂病呓。这是中国近来文坛上很占势力的惟美派与颓唐派的色彩。这种文学是不是健全的文学？是不是我们社会上需要的文学？是不是我们现在社会上所应该产生的文学？聪明的读者，相信很易下句断语罢。

这几年的当中，中国全境，受了革命的鼓吹，潮流所及，许多文学家已经惊破了一切迷梦，知道文学不能只骂局部的变态的人生，要包括人生的全体，换句话说，要有时代与社会为背景。文学与时代社会发生了密切的联系，才有真正的内容，才有真正的情绪。提到情绪二字，有许多文学家要愤愤地抗辩：

惟美派的诗人，在赞美自然的时候，也会乐得手舞足蹈；颓唐派的诗人，在穷诉的时候，也曾洒过伤心的酸泪！但是这就靠得住吗？他们都已成了一种专门家，他们的情绪是属于教授的情绪。惟美派看见自然，是照例要赞美，颓唐派遇着诉穷，亦无有不洒泪的！这是"自我的表现"的最大流弊。

这种现象在今日的中国文坛上，是很普遍的，这是主观文学称霸的结果。但是主观文学根本多属浅薄，其兴易，其败也易。它的末路我们已经可以预卜的。在不远的将来，客观文学，必将代之而起。这几年来，我们的文坛上，客观文学原也并未失却了的位置，而且很有些好的作品。有时它的成功，都远在主观文学之上。其中首屈一指的，就推鲁迅和茅盾。他们的作品，除了可很（个别）几篇外，都纯是客观的文学。鲁迅是上可（了）年纪的人，他决不会有看见一朵云彩，便疯疯癫癫说痴话，他不肯诉穷和谈什么失恋的。对于主观文学的条件他是没有的。而他未曾到过欧美，未曾受过惟美主义、新印象派等影响，虽然他也到过日本，但是没学会堕落。他的性情是孤独的，观察是深透的，笔锋是峭刻的，态度是镇定的，但是衷公是同情的。他能将自己完全抛开，一双锐利的目光，注视着我们的社会。他的同情在社会下层，在民间，他厌恶寄生虫式的特殊阶级的客观文学作品者。茅盾近年也从这方面工作，所以他们是这时代所需要的作者。假使文学真是时代的呼声，那我们疮痍满目的社会，决不该有惟美派和颓唐派的文学，而应该是血的泪的文学。但是我这里还要得声明，我的血与泪的文学，是与趋时的文学家所口口声声提倡的血与泪的文学有些异趣！我们竟可以从"自悲自叹"的浪漫诗人一跃而成了革命家，昨天他在表现自己，今天就写第四阶级的文学。他们的态度也未尝不诚恳，但是他们的识见太高和理论太多；往往在事前已经定下了文学应走的方向与应负的使命。无奈文学须完全真情的流露，矫揉造作，便是假的。以第一阶级的人，写第四阶级的文学，与往日在疮疾满目的中国社会里，制作惟美颓唐的诗歌，描写浪漫的生活一样的虚伪！

在我们革命未完全成功以前，时代的惨痛的呼声是不会绝灭的，在最近的将来，我们如有真正的文学，代表这种呼声的文学出现。看了近来惟美颓唐两派文学的渐渐见恶于神经过敏的读者，再看看短短的新文学运动史，从发轫到现在，也已经有十年了，这十年原本能算是一个尝试时期。为了我们本身的无有，一向东抚西拉，取些舶来品，来遮掩我们的裸赤，也未计及抚拉些什么，这可以说中国文学没有认识自己，到现在我们已经醒觉了，认识了我们的社会，认识了文学的真正的背景，于是我们知道，我们不要寄生的特别阶级的文学家！我们不要惟美派和颓唐派！我们要真正代表时代的文学，对于我们今后的中国社会有贡献的文学，切实的文学。我们要血与泪的文学，我们认识了我们的文学，我们的文学也认识了自己。

概括来说，现在的时候，正是文学奋起的时候，站在同一的战线上，攻击人类的罪恶，启发人类的同情，就我们社会的背景，伸诉人民的苦痛与不平，创造我们自己的实际文学，这就是中国今后的文学的方向罢。

录自《大中学生》1933年第2期

中国文学史的研究

中国历代文学变迁的鸟瞰

我国文学的起源，远在夏朝以前，且历代对于文学的尊重，有极浓厚的倾向，因而文学变迁的情形，非常复杂，欲加以详细说明，殊非易事。今就其变迁的状态，大别分为四个时代：（一）文学创始的时代，（二）词藻流行的时代，（三）理论文流行的时代，（四）词藻与理论文并行的时代。以极简单的笔法，概括的叙述于下：

一、文学创始的时代

我国文学肇始于夏前，惟其文章不传于今，莫由知悉。而如《尚书》的《尧典》《舜典》《禹贡》等篇，系夏的史官所作，若《汤诰》若《洪范》，传说为殷人所作；兹就其文章来观察，可见夏殷两代文学的进步。迨至周代，文辞日益华美，传到春秋战国，遂呈一极大伟观，为文学史上极盛的时代，在后代文学变迁的内容，竟无超出其领域者。

当春秋战国之际，周室衰微，强梁崛起，经过贵族专制的时代，而庶民阶级豪杰之士，以及树立一家见识的学者和思想家，继续辈出，文学于以发达，开空前所未有的盛况。试就孔子传统的儒家来说，则孔子的弟子曾子作《大学》，曾子的门人而孔子的孙子思作《中庸》，又子思的门人孟轲出而作《孟子》七篇。这等儒家所写的文章，均以理论为主，能将自己思想，平易的表现于文学间，使为世人所理解，是其特长的地方，可称为后代理论文的鼻祖。且《大学》《中庸》《论语》，皆能贯彻主意，保持蕴蓄。虽说《孟子》稍形差异，以纵横无穷而锐利的语气，说破诸家学说；然其中仍含意义深长的处，与苏秦、张仪等诡辩家，大为异趣。在孟子之后，有荀子出幕了，他的文章优容不迫，语气畅达，较诸孟子极锐的语气，实为有趣的对照。其次道家，殆与孔子同时代的老子，其所著《道德经》的文章，简约绝伦，酷似记录孔子言行的《论语》。在《道德经》后，又有《列子》《庄子》出，《列子》气象稳和，其趣味处，有点近于《荀子》的风味。《庄子》则纵横自在，巧弄辩舌，机锋敏锐，波澜百出，为文纵逸奇变，神绝无倪，令人读之，不禁神往，允足为诸子中的杰出者。此外法家，以齐管仲所作的《管子》为代表，文章极端平易，欲求无论何人，均能了解其所说的道理。只以时代尚在孔子之前，文字过于简约，今日披读其书，颇多意义难通的处。法家除管子外，尚有韩非子等名人，韩非子的文章，悉为理窟，彻底刻骨，所议论的事，深入微细，相互说明，至尽论理的方法，极其严重的措辞，谓为法家的标型，实无不可。若夫兵家，有孙武所著的《孙子》，吴起所著的《吴子》，文章亦复庄重雅健，为学者所乐诵。再杂家吕不韦的《吕氏春秋》亦为结①构的作品。

按照世界各国的通例，凡韵文皆起于散文之先，中国自不能有所例外。惟太古的韵文，既已不传，只有舜和皋陶的"股肱元首"之歌，便是最初诗歌的见于书中者。其次由夏而殷，有一稍形进步的事实，则读《诗经》里面的《商颂》，便可窥见其一斑。至于周世，则诗歌大见尊重，太师掌之于王朝，乐正之以教国子，当天子听政的时，使公卿以下列士献诗讽刺，在巡狩的际，使采诗官陈列国的诗，以察悉民俗，窥见情伪。于是诗人以此为叙情的工具，王者以此为行政的借镜，学官以此为教育的科目，诗歌大流行于世间了，而当时的诗，通行四言，注重实质，主在抒情写景，没有后世浮华纤弱的流弊，大足为窥见是时人情风俗的概况。

按上所述，在周代以前的文章，语短意长，简古雄劲，乃自周末至于战国，文学家新来一气运，有所词赋者。在经书或诸子百家，皆主理论文章，自词赋诞生以后，则重视言辞之绫，发起措重词藻的一大派。首创者为楚的屈原，其所作的《离骚》，即饰词藻的先河。屈原曾仕楚怀王为三闾大夫，因遇谗言，被楚王放逐为漂浪的人，但在流离颠沛之间，依然不忘故君，触物临景，不能禁其忧愁悲哀的情，乃作《离骚》以表心志，而冀王之一反省。这《离骚》系《诗经》三百篇之后，而可视为其比类的作品。不但譬喻的巧妙，其使用文字亦甚优美，音调流丽，备具品格，非常见重于人，为后世词赋的模范，故屈原遂被称为赋家的鼻祖。其门人宋玉亦长于赋，作《九辨》以悲其师的放逐，又作《神女》《高唐》二赋，托诸寓言以讽楚的君臣。

以上属于文学的创始时代，接着遂移到词藻流行的时代。

二、词藻流行的时代

自屈原宋玉创立词赋 门，至汉甚形旺盛。同时经学复兴，有名的儒家辈出，而这儒家为词赋强盛势力所感动，多作措重词藻的文章，如汉的大儒贾谊、董仲舒，皆善于赋类者，迨至梁孝王时，在受其保护之下，有司马相如、枚乘等文人，竟于智识阶级的文学上，养成嗜好。总之，自汉初至唐末一千多年之间，均以对偶为主，所谓骈体文的大见流行了。

原来文学传到秦世，已渐趋于华丽，若李斯之徒，皆极其能文的士。然秦除李斯的文外，更没有留下可观者。至前汉文帝时，则文学有长足的进步，初呈词赋流行的征候。贾谊、司马相如、司马迁、刘向、扬雄五大家，均先后出

中国历代文学变迁的鸟瞰

①结，疑为"杰"之误。

幕了。贾谊为文帝时人，长于论策，理论精确，文辞雄浑，其散文方面的《治安策》可类汉代第一。司马相如为武帝时人，最精词赋，有雄丽作品传世，如《上林赋》《子虚赋》，允称为赋类的上乘。司马迁亦为武帝时人，长于叙事，著《史记》一书，立本纪、列传、世家、十书、八表各部类，总共百三十篇，为纪传体历史的元祖，其体裁虽非尽出于创作，而叙事的文章，实甚优美，堪类为独一无二的杰作，其在散文界的地位，可算冠绝古今了。同时董仲舒亦善论说，其所作的《天人策》篇，颇为后世所爱读。刘向为元帝时人，长于经术及政论。扬雄长于词赋，亦作工丽的文。此外若王褒、枚皋、东方朔等，均善为流丽的词赋，风声所被，遂开汉代赋类的端绪。

至诗的方面，亦多少有点异趣于前，带出一种慷慨的风来，盛行五言的诗，能描写及于人情隐微的作品很不少。五言的诗，发生于四言七言诗的间，一般说由枚皋所创始。这五言诗最著名者，系苏武使于匈奴，被囚其身，苦节十九年，卒得归汉，他当时与旧友李陵应酬的诗，遂被后人认为五言诗的模范者。此外七言的诗，亦在武帝柏梁台唱和时创始了。又和着乐器而歌的乐府体诗亦起，据《汉书·礼乐志》说：武帝定郊祀的礼，立乐府，以李延年为协律都尉，采司马相如等的诗赋，论其律吕，使和于八音的调。于是后人群仿其调而作诗，遂产生一乐府体的诗了。后代所流行的词曲，强半由此所出发的。

自汉武帝至后汉三国西晋间，为词赋与骈俪文的过渡期。当这时期的开始，由王褒、扬雄、冯衍等，于散文的中，作出一种取八对句的文体，至后汉时，班固作《前汉书》，更助长其风，所谓骈俪文的作品于以产生了。而通览后汉一代文章的最佳的，即在于必骈亦骈，必俪亦俪，既非骈体文，又非散文，另有其特色的所在。三国时代，魏曹操兼文武才，擅长诗赋，其子文帝亦嗜文学，文学的士，遂多集其门下。尤其文帝的弟曹植，对于文章诗赋，洗练重洗练，极得结构的长所，天才的面影，活跃于纸上，与孔融、陈琳、王粲、徐幹、阮瑀、应场、刘桢等，史称建安七子，将流行极端的骈体文，加添一段气势，文章遂益见轻美纤巧，卒至风靡一世，而开出六朝金粉文体来。次及晋朝，陆机更对曹植的文章，增加精彩，而四六骈偶流行了。至于像蜀诸葛亮的那种谨严真率的文章，则在当时殊为少见。

同时诗的方面，由前汉末传到后汉，产生各种诗人。张衡是其著者。至三国魏室，皆长于诗，就中曹植，尤为大家，允称上嗣苏武、李陵，下开百代的人。随而晋朝，如陆机、陆云、阮籍、潘岳等，所作皆工丽绮靡，出而妆饰于诗坛上，传诸后世。

自东晋至梁陈间，骈俪文全然成立，是为六朝文学的最盛时期。惟东晋在兵马倥偬的间，士大夫清谈成风，每于极简单言辞中，谈论极彻底而幽默的事。因而文学的进展，稍为停顿不前，若郭璞、葛洪等，可算其间稍为名高的作家。后由东晋至宋，颜延之、谢灵运等对于骈体文，益出巧妙，加增其体裁的完整。

至若陶渊明的那种高超俗界的文章，实是这时代的杰出者。又由齐而梁而陈，骈体文经任昉、沈约等文人的修饰，愈臻大成的域。当时梁武帝博学能文，其子萧统，号称昭明太子，尤词藻富丽，撰《文选》一书。沈约别平、上、去、入的声而音谱，而著《四声谱》，又创四六体。稍后徐陵、庾信的文，务以音韵相附丽，句用四六，隔句为对，至得徐庾体的名。

　　至晋末宋初的诗，则有陶渊明、谢灵运两大名家，世称陶谢。陶诗冲雅淡远，妙造自然的域，在六朝文学中，最为异彩。谢诗甚工丽，以视渊明，人谓有逊色云。谢灵运之次，宋有颜延之，其诗尤为缛丽。在齐梁的间，则有谢朓、江淹、沈约能诗。即梁诸帝，亦皆嗜文学，故善诗者特多出其间。而沈约兴音韵学以别四声，诗道于以大开。要之，六朝的文，其流荡为华丽，其陷溺为卑弱；以言其诗，则高尚典雅，特多丰神富赡的作。尤其五言一体，更为逼近妙境，而排律的作，亦由此时植其根基。

　　次由隋至唐末五代的间，为骈体文与古文的过渡期。在唐初叶，唐太宗为秦王时，遂开文学馆，罗延文学的士。既而即位，置宏文馆，聚四部书二十余万卷于馆中，选拔学士，是以唐的文艺，蔚然兴起。惟其文章犹未脱离六朝旧习，雅尚骈俪，如王勃、杨炯、卢照邻、骆宾王，世称唐初四杰，皆以工骈俪体见称。至武则天时，陈子昂出，乃作素朴的文，欲以挽颓风、振衰敝。玄宗时，元结亦敝屣骈俪，高唱古文，惜皆不果而亡。后有张说、苏颋二人，肆力为雅正的文，由是文学气运为之一变。张说封燕国侯，苏颋封许国侯，故后世称为燕许二大手笔。其缓韩愈、柳宗元诞生于世了。韩愈为德宗时人，独本经书所出发，综核百家，肆力古文，以精严雄浑的笔昭示当代，遂起八代的衰，复周汉的醇，而开宋代措重理论的一大文派。柳宗元初本习骈体文，至获罪贬谪的身，则改作古文，其活写山水风景和人物，至沉痛雄健的极致，世遂以之与韩愈并称为韩柳。次如李翱、皇甫湜、孙樵、杜牧、皮日休、陆龟蒙等，皆以古文鸣世。不过古文在唐末尚无显著流行的形迹，而唐代的文章，大抵以骈体文为主要潮流。

　　抑唐文学中的最造极精妙者，顾乃非文而为诗。唐初诗赋，袭六朝的后，犹带徐、庾的余风，作品华丽典雅。逮武则天朝，沈佺期、宋之问等，益加雕琢，作为律诗，号称近体，诗界称是时为初唐。迨陈子昂出，始尽扫时习，直仿古诗，力欲摩《诗经》《离骚》的诗风，由是古体诗与近体诗分野成立了。初唐告终，盛唐继起，盛唐系指玄宗至代宗间的诗而言，为诗界人的惯用语。当时诗仙李白、诗圣杜甫以及王维、孟浩然、高适等均出幕了，诗风始为一变，遂至呈空前绝后的盛况。李白字太白，天资豪放，终生嗜酒，其诗高妙绝伦，有神仙飘逸之风，尤长于绝句。杜甫字子美，遭遇安史的乱，流落困顿，感伤时难，发为歌咏，故其诗悲壮沉郁独绝。次由代宗至文宗间，称为中唐，韩愈、柳宗元、李贺、元稹、白居易等，先后继出。韩诗艰奥，柳诗温雅，李贺则作险怪的诗而自成一家，至元稹、白居易均以词句平易见称，而二人互相次韵而作诗，由是次韵的诗以起。由文宗至唐末，称为晚唐，有杜牧、李商隐、温庭筠、韩偓等诗人。牧诗豪健，世称小杜。李商隐、温庭筠则雅近缛丽，当时以温李并称为西昆体。韩偓以香奁体见称。（奁乃盛香的器，或曰镜匣。偓好咏闺女宫娃窈窕胭脂的态，集其诗曰《香镜集》，因呼其诗为香奁体。）总之，有唐一代，通初唐、盛唐、中唐、晚唐四期，皆为诗歌极盛时代。及唐衰亡，诗歌亦随以不振，更经五代，遂完全入于颓运。惟在宋代勃兴的词曲，唐时已微呈流行的兆。

三、理论文流行的时代

自汉代尊重言辞之缛的骈俪文体，在齐梁时代告厥完成。迨递入唐朝，除初唐四杰外，世间已有几分厌弃的倾向。这倾向由唐末至五代，愈为显著。当宋太宗时，柳开、王禹偁辈，倡导古文，力涤排偶的风。真宗时，杨亿、刘筠等，虽作典丽文，而已稍带古文气了。后有穆修、尹洙之徒，好韩柳文章，欲兴起古文，又苏舜钦、梅尧臣等，亦欲扶正诗风，大尽厥力。而此两事的成功，则皆缘于欧阳修的力。欧阳修字永叔，庐陵人，始就尹洙而感古文的奥妙，继得韩愈的文，苦心学习，遂承孟子、韩愈的文脉，一变宋代的文风，骈俪文因以衰亡，而古文流行了。其次程朱的理学勃兴，与古文携手流行于世，所以后来文学界，不免为古文派的独占场。其时，系由宋至明末，凡七百有余年。

北宋的文学，因欧阳修在仁宗嘉祐中掌科举，痛抑时文，由是卑弱浮华的习一变；而受其激励最深的，则为曾巩、王安石、苏洵、苏轼、苏辙等。今试举其各人的特长：欧阳修虽无韩愈的豪健，缺少硬语盘空的个所，而其文丰腴流丽，迂余曲折，极端优悠不迫，洵与其人相应。曾巩号南丰，精通经术，为文醇雅，其定评为深得韩愈的真面目。王安石虽未学于韩愈，然其为文奇峭傲兀的点，颇得韩愈的真髓。苏洵号老泉，二十七岁始志于学，为文峭劲雄伟，传言得力于韩非子、《战国策》者。苏轼号东坡，才气飘逸，行文达自由自在、纵横奔放的极致，观其自评所谓"有如行云流水"，诚非虚语。苏辙号颖滨，性高洁，文如其人，高雅平正而富奇气。

北宋亦非全无骈体文，如欧阳修、王安石、苏东坡等，均很工巧。惟王安石的骈体文，系于经书中捉来文字，活杀自在，随自己的所欲为，而不拘泥格式。至欧阳修、苏东坡诸作家，亦皆异于前代的骈体文，特出风味，故后人称为宋的骈体。

北宋的诗，为晚唐五代的引续，大体流行西昆体。但自欧阳修出后，一若文章亦学韩愈的诗，其次王安石为学杜甫的结果，诗风于以大变。迨东坡、黄庭坚出世，宋的诗便完全成为宋的诗了。若试取宋诗与唐诗一比较，则立能发见其极大的差异：唐诗具清空的情味，富缥缈的神韵；而宋诗则以理论文流行的关系，乃将诗界大禁物的理论，包举于诗感的中，惟其理论尚称有趣。

此外北宋文学界新来一气运，就是词曲的兴起。词曲乃古乐府的余波，而为后世戏曲的源泉，其目的在于高歌长吟，以和管弦而合舞蹈，故有诗余之称。盖视之为诗长短句的别派，而又有填词的称者，则以其每篇有一定的规矩，每句有一定的平仄，很似近体诗一样。且每题各殊其法令，故作时须依题而计其平仄排次的法，以填充每句文字。这词曲始于唐，行于五代而大盛于宋，遂乃流传于天下，后世因有唐诗宋词的称。在宋代的文学界的人，殆无一不作词者，前有晏殊父子，继有苏轼、辛弃疾、周邦彦、柳永、康与之、张耒、黄庭坚、晁补之、秦观等，皆为一代词宗。而举其最优者，则为柳永与周邦彦。

后自南宋经金元而至明的中叶，是为古文中衰的时代。宋室于南渡后，史称南宋，南宋的文风，颇有散漫卑弱的嫌，其间虽多名士出现，而特举其一二为代表。如陈亮意气豪放，惜其文不免失于粗豪。又吕祖谦所著的《东莱博议》，其文体的整美，固为世所公认，而卑俗地方，终受人评谪，其后宋学大成的朱熹出幕了，他的文章，主学韩愈、曾巩，因学臻深奥渊博的域，就其所学的踪迹，竟难给人认出，实堪钦佩！如是南宋的文坛上，系以朱子为第一，自不待言。此外若文天祥、谢枋得二人，虽非文人，而行文肖其性格，森严沉痛，能予读者以极大的感动，以此著称于世。

金的文学界，亦辈出各色人物，惟从严格来言，则以金终元始的元好问（遗山），为压倒有金一代的作家。元好问，字祐之，曾作《金源君臣言行录》《壬辰杂编》《中州集》等书。而统观金代的文章，大抵皆出自苏东坡的流派。

灭金与宋的元朝起来了，其文学远不及唐宋的隆盛，大体承袭金文章的余风。迨虞道园出后，文运始为转机。其次杨载、范梈、揭傒斯等继出，遂促文学的兴盛。虞道园在元朝文学界的地位，有点似于欧阳修盛兴北宋学文的状态，但是较诸欧阳修，稍有力所不及的势。又元末吴莱之徒，亦文中健将，而为明初文学的胚胎者。

次至明代，则明初有宋濂、刘基等，文章俄然隆盛起来。尤其杨士奇者，以阁臣而作简波和易的文，是为台阁体的创始，曾一时风靡文坛。惜因仿作的人过多，末流遂生浅薄的趣，而文章渐衰了。后有矫其流弊的李东阳出，尽其能力之所及，以实现一己的理想。总之，从大体来论：明代固较北宋文章作家多些，而数其大家，则实不足一屈指了。因如此杰出人才的缺乏，故古文不得不渐次衰颓了。另一方面，骈体在南宋时，曾出有足与唐代陆贽相颉抗的名家，至此寂然无声气了。盖南代时，朝庭诏敕，殆通用骈体文，至明的诏敕，则弃而不用，因此骈体文即由世间隐姿而终了。同时文官登试特用的八股文，又以非常的势力，风行一时，如是古文愈呈衰退的现象了。

诗的方面，南宋的诗界，古诗盛行苏东坡、黄山谷的诗风，其专学黄山谷一派，是为江西派。至南宋代表的作家，则有杨万里（诚斋）、范成大（石湖）、陆游（放翁）等，而陆放翁为其中的尤者。在金元的间，元遗山以刚毅的性情，雄健悲壮的调子，而作律诗，有凌于苏东坡、黄山谷而迫肖李太白、杜子美的风趣。其次虞道园亦深得学唐诗的长所。迄元末叶，又有萨都剌（天锡）、杨维桢（铁崖）出来。萨都剌的诗，极端温厚，且又流丽，超出元诗的范围。杨维桢是作乐府的名人，其诗学唐的李贺，而有凌驾李贺的气概。至明刘基、高启等出，一扫元来的风习，不幸高启早年大夭折了！永乐以后，文章产生了台阁体，诗也有台阁体出来，但自这诗体流行后，诗遂渐次衰亡了。同时盛行于宋的词，这时也趋入颓途。在这诗与词衰亡的当中，传奇（戏曲）、小说勃然兴起。

后自明中叶至于明末，可称为古文复兴的时代。当李东阳注全力矫正台阁体文章缺点时，有王鏊（道岩）出，以唐宋的文章，即韩愈、苏东坡等所作的古文，唱行一时，惜其力有所不足呢！其间尚有李梦阳、何景明等，大唱复古的说。所谓复古的说，即尽力学秦汉以上的文章，不作唐以后的文章。这时辈出作者之中，有名的为前七才子。未几，唐顺之（荆川）诞生了，他的文章大体学苏东坡。其次李攀龙、王世贞等继出，承袭复古的说，更张大其风声，是为后七才子。就中的王世贞，极负重望，唱覆于文学界。与这派对抗而起的归有光（震川）乃鼓吹唐宋的文章，力与王世贞争论。曾有人说明代的古文，以归震川为其尤者。在同时代，尚有茅鹿门批评唐顺之所选《唐宋八家文》，而付印刷，然仅盛行于一时。唐宋八家，即唐的韩退之、柳子厚与宋的欧阳永叔、苏老泉、苏东坡、苏颖滨、曾南丰、王临川八人。这《唐宋八家文》，有风靡一世的势，因而文学界再生气力。同时骈体文和诗，亦多少呈现复兴的形态。

四、词藻与理论文并行的时代

词藻与理论文并行的，是为清朝二百七十年间文学界的倾向。因清朝为我国三千年来文学界告一段落的时代，历代的文学悉行集合而盛行其间，实可算是一大转机了。然而清朝文学兴盛的理由怎样呢？则系由明代以古文为主者，与以唐宋的古文为主者，二大潮流外，尚有于明末以汉魏的文学为主者，这三派总集中于清代。又一方面因清朝为满洲人统治中国，为缓相①汉民族的反抗，其第一手段，自以尊重汉人所尊崇的宋学或汉学，并崇敬这等文学大家，如是文学群向发达的途上。这便是各种文学丛盛的原因。但是对于尊重词藻与尊重理论的文学，同时并行于世，那又得稍为解释一下。盖清朝所流行的学问，一为宋学，一为汉学，宋学尊重以理论为主的文章，汉学尊重以词藻为主的文章，这二学派势均力敌，互相轧轹，自不待言。而清庭对于任何一派，均不能加以抑压，为适宜对付的方法，只有任这两派学问同时流行，因而主理论的文章与主词藻的文章二大文派，遂并驾齐行于世间了。至清朝的文学，以清初至乾隆

———————————

①缓相，疑为"缓和"之误。

间为一区划；由乾隆直到清朝衰亡，又为一区划，这是普通人的分法。惟有以清初至乾隆间的文学，谓属于明代方面，殊欠妥当，今特将其属于清代方面。

在清初古文作家，有侯方域（雪苑）、魏禧（叔子）、汪琬（尧峰）三人，最为显著。侯方域始学六朝骈俪文章，继学韩退之、欧阳修，方正升堂入室的时，不幸短命死了！汪琬学欧阳修与归有光的文章，但有力不能及的憾。魏禧学苏老泉，纵横自在，颇有心得。此外尚有顾亭林、黄梨洲大学者，自写一家的文章。次至康熙，有方望溪出，力作古文以明道，谓文章为益世道人心的利器，不肯苟作，其对文字的使用，立定主义，必须取用经书中的文字，而六朝以来骈体的文字，或见于诗赋中的碎文字，或见于语录中的俗语，决不肯用以写文章。同时代的刘海峰，亦属文章的妙手。

由于古文的盛行，骈体文也兴盛起来，有名的人，出有陈维崧（迦陵）、袁枚（随园）等，均为文章的达者。

至诗的方面，则以钱谦益（牧斋）、吴伟业（梅村）、朱彝尊（竹垞）三人，称为清初三大家。其次王士祯，学唐王维、孟浩然等的诗风，主唱神韵说，深得康熙帝的殊遇，为一代的诗宗。后除其高材弟子查慎行外，尚有多数诗人。当时词亦盛行，如吴梅村、朱竹垞、陈迦陵三人，均可称为上手。竹垞与迦陵合著的《朱随村词》今日尚见流行。

清初至乾隆间的文学已在上面概略说过，接着要来叙述乾隆以后至清末文学的大势。在这时代的文学，可称为清代特有的文学。当乾隆中年时，姚鼐（姬传）出世，他是近代古文的大家，其古文作法，系学刘海峰，而其作品堪与刘海峰对比，优于方望溪。姚氏因生长于桐城地方，世人乃指其文派称为桐城派。这派尊奉明的归震川，更溯及于宋的欧阳庐陵与曾南丰。又由刘海峰另出文章一派，是为阳湖派。这派以阳湖的人恽敬（子居）为主盟，张皋言等属之，其文体与桐城派无甚差异，但对桐城派的嵌型，有倾向太过的嫌，且多学韩愈的文章，这是两派不同的点。惟阳湖派实非桐城派盛大的匹敌。在姚鼐的门下，产出许多名士，其最名高者，则为梅曾亮，后在梅曾亮的门下，又有不少文人流出，故桐城派益形兴盛，尤其道光、咸丰年间，以平定洪杨的乱而轰烈英名于一时的曾国藩，亦由这派所流出，如是这派百尺竿头，更加一层的旺盛了。又在曾国藩的门下，出有黎庶昌、吴汝纶等人。据黎庶昌说，清朝的文学，其文体的正统，系由方望溪开始，至姚姬传，文章始为整正，到了曾国藩，遂告大成。

当桐城派文章风靡一世时，骈体文亦起种种的变化，有孔广森、龚自珍、洪亮吉等文人出，最近病亡的王闿运，亦其中的铮铮者。

诗的方面，自乾隆至嘉庆间，出有袁枚、翁方纲、沈德潜等大家。袁枚是主性灵而重写真的人。翁方纲为忧渔洋派的诗风，过分奔于空灵，乃将各种实嵌入空灵的中，借以补救其流弊，但是一言一句，举实述理，卒致所作的诗，枯燥无味，故其诗风不甚见行于世间。沈德潜为诗界重要人物，其所作诗，古诗主学汉魏，近体主学盛唐，既不过奔于空灵，复无罗列事理的呆板，不偏不倚，适得中庸。其门下诗人辈出，孙弟子黄仲则作《两当轩集》，可惜年少而夭折了！在这时代，尚有各种诗人流出，如舒位、孙原湘、吴锡麒等，是其中的最佳者。词的方面，也大进步，张皋文一派的常州词人最为兴盛。

录自《大夏期刊》1933年第3期

中国文学史概要

一、导言

文学史的意义

历史是叙述人类过去一切活动的事实的。文学是人类活动当中的一部分，文学史也只是历史全体上的一方面。某国的历史是叙述某个地域内某一些民族过去活动的事实；某国的文学史就是叙述这一些民族过去在文学方面的创造，改进和成绩。我们要研究文学史，必须要具备许多条件：第一，须明了文学本身的原理。文学是什么东西？它的范围是怎样？那许多作品才算是文学？文学上的要素是什么？我们怎样去鉴赏和批评它们？我们认定了研究的对象，明白了对象本身的价值，于是我们叙述的时候，才能够捉住事实的中心，才能够免除个人的偏见，才能够客观的将事实的历史意义显示出来。第二，又须具有考证的工夫。民族、时代和环境，这三项是文学的背景。一种文学作品的产生，我们必须根据这三方面来考察；我们必须把它经过了一番缜密的考证，才能够辨别它的真伪，才能够排定各种作品年代的次序，才能够正确的显示各种作品产生的由来。第三，又须采取历史的方法。文学史的内容，并不单是对于各种作品鉴赏和批评的集合体，也不仅是过去文学家传纪和年谱的集合体。文学史的最大目的，在使我们明了历代文学演进的事实和它们变迁的原因。我们对于各种作品，辨明真伪和排定年代之后，还要推究它们先后间交互的影响，它们彼此间所发生因果的关系，我们才能够把各种文学递嬗交替的现象显示出来。我们具备了上面所说的几种条件，才可以研究中国的文学史。

文学的界说

关于文学这个名辞的定义，西洋文学界里还没有得到一个确切不移的答案。不过我们根据普通一般所公认的学说当中，大致文学作品所必具的要素，可以举出下面的几点：（一）用一种语言或文字为表现的工具。（二）在形式方面，具有社会上所公认的一种体格，而在音律和辞彩上能够引起读者的美感。（三）在实质方面，具有高尚的情感，丰富的想象，深切的意义。（四）在效力方面，能够引起一般人的兴趣，能够感动一般人的心理，并非少数人的玩弄品，也不是专门家的私有物。我们明白了文学所必具的要素，就可以规定文学的范围，更可以从这种范围当中品第它们的高下。我们中国向来对于文学没有确定的见解，常常依着一时或个人的好尚来议论文学，因之所抱的观念总不免有多少错误。《韩非子·六反》篇里说："学道立方，离法之民也，而世尊之曰'文学之士'。"又记《儒林传》里说："齐鲁之间于文学，自古以来，其天性。"可见周汉人引用文学这个名辞，义界是很广泛的，和唐宋古文家"文以载道"之说，大略相吻合。他们似乎认定文学应当以儒家的主义为中心，而总括一切经、史、子、集的。近人章炳麟的《文学总略》说："文学者，以有文字著于竹帛，故谓之文，论其法式，谓之文学。"这种文学的定义，更是广泛了。凡是有文字著于竹帛的，不必出于感情、想象和兴趣的作用，而且大部分为学术思想直接的说明，统统包括于文学的范围。这种观念和我们所抱的见解根本不同。中国过去还有一派，对于文学的义界，又似乎定得太窄，这就是六朝人所谓"文""笔"之分。刘勰《文心雕龙》引征当时的论调说："有韵为文，无韵为笔。"以为文辞具有情彩声律的，才算是文，没有情彩声律的，只得称为笔，不能说是文学。萧统在《昭明文选·序》里说自己没有把经、史、子选录进去，只采取"综缉辞采，错比文华，事出于沉思，义归于翰藻"的文章。阮元《书文选·序》后加以解释："昭明以为经、史、子，非可专名之为文也；专名为文，必沉思翰藻而后可。"这一派似乎以诗歌词赋之类为文学的主要部分，比较和我们所抱的见解切近一点。不过所谓有韵无韵的分别，太偏重于文辞的形式。假如没有高尚的情感，丰富的想象和深切的意义，即使辞藻华丽，音律和谐，那种作品，我们也只是屏弃于文学之外。又如近代名家所著的小说戏剧，大都用散体或语体文写的，并不必是有韵之文，可是他们总不失为文学的上乘。我们因此可以知道单是以诗歌词赋属能文学的范围，也是不对的。总之：中国过去对于文学的见解，总不免有多少错误。因之他们所定文学的义界，或失之太宽，或失之太狭。我们应该根据文学的原理，纠正从前旧观念的谬误，规定了一个正确的界说。于是我们研究中国文学史的时候，才有个正确的标准。

中国文学的演变

　　文学既然是人类整个活动的一方面，自然要随着历史的全体而演变的。文学的演变就是新旧文学不绝的交替，而由历史上其他许多方面的变动促成这种新陈的代谢。例为《诗经》之后，为什么有《楚辞》这种文学发生？我们从地理上观察，因为周代末年，黄河流域的文化扩张到了长江流域，《楚辞》对于《诗经》的变弁，可以从这两大流域环境的不同来分析的。再从民族上观察，《楚辞》这种文学的发生，可以说是由于荆楚民族和中原交通往来吸收中原的文化而来的，增添了一种新兴的民族，常常要产生一种新文学。又从时代的习尚来观察，周代末年因为政治和风俗上的变动，就成了所谓纵横时代，游说和雄辩的风气自然产生辞赋一类的作品。又语言上音乐上雅言和雅乐的衰歇，楚语和楚声的兴起，有了这种原因，自然而有《诗经》变为《楚辞》的结果。我们因此可以知道一种文学的发生，必定有它的历史的背景，文学是随着整个的历史而演变的，历史上的事实绝对没有一成不变的。新旧交替是历史上必不可避免的事实，也就是历史所以成立的基础。焦循的《易余籥录》内中有一段论到文学的演变，说我们中国各个时代各有它的代表的作品。就是说一代有一代的新文学，《诗经》是周代文学的代表，楚骚是周末战国文学的代表，赋是汉代文学的代表，五言古诗是魏晋五朝文学的代表，律诗是唐代文学的代表，词是五代两宋文学的代表，曲是金元文学的代表，八股是明代文学的代表。焦氏这一段话，很合于文学史的意义，他说凡是后代的人摹仿从前人的作品的，都只是追逐前代的余气游魂，总不能超出旧文学的范围。结果，自己不能有新奇的创作，并且违背了历史进化的意义。他说："夫一代有一代之所胜，舍其所胜，以就所不胜，皆寄人篱下者耳。"我们现在要提倡新文学，就是要创出一种代表现代的作品，不至于寄托古人的篱下。历史所告诉我们的，我们应该站在时代的前面，共同努力于人类的进化。过去文学的研究，也只是使我们明了将来文学的趋势，而鼓励我们创造的勇气。

录自《大学》1933年第1卷第2期

文学演变的公例

上文所举焦氏的话"一代有一代之所胜"，足以见得文学是随着时代而演变，乃是一种必然的公例。不过我们研究文学史的人，要把历代的代表作品，一一推举得很适当，这却是一件不容易的工作。因为一个人很难得没有偏见，论断的轻重，就往往不能持着平衡。我们应该采取历史家客观的态度，竭力的把这种偏见排除净尽，然后将过去文学的现象统统加以归纳的说明才行。例如焦氏推举八股为明代文学的代表，就未免有点失当。依我们的眼光看来，明代一班复古派的文学家，固然是寄托古人的篱下，追逐古人的游魂，不值得我们的一顾，但是当时那些镂心刻骨于八股的士人，虽然自己能够另辟门户，不落前人的窠臼，而竭尽文学技巧的能事，不过这种文学究竟具有何等的价值，现在很难确定。而且从事于八股文的，大都受了专制帝皇的利用，所谓"天下英雄，尽入吾彀中矣"。要是对于功名利禄很淡泊的人，恐怕不肯加意的钻研。尤其在一般普通的平民当中，能够享受和领会的更少。明清时代的文学实在应该以小说当作代表。章回体的白话小说起源于宋朝，兴盛于元明，而完成于清代，这种文学是宋以前所未曾有过的。而且一般社会直接受它的影响实在很大，这种文学也就依着社会上自然的趋势发展起来。我们把历代的代表作品确定了以后，再观察它们彼此间递嬗交替的现象，而归纳成几条公例来说明。现在姑且把中国文学演变的显著的公例列举于左：

（一）"渐进"的公例——历史上一切的演进，是"渐"的不是"顿"的，文学也当然不能例外。凡是某一时代的某种文学正发达的时候，后一时代的另一种文学必定早早已经伏有发动的萌芽了。而一种新起的文学发展到了成熟的时候，过去的旧文学却还未曾归于完全的衰退和消灭。例如六朝的古诗，正当兴盛的时候，已经具有唐代律绝诗的倾向了。到了唐代律绝诗兴盛的时候，古诗的势力却还未曾归于衰歇。宋代词体最发达，可是明清的小说，在宋代已经伏有萌芽了。元明戏曲正盛行，可是小说的发展，那时也已经成熟了。

（二）"过渡"的公例——凡是一种文学演进到了他种的时候，中间往往要发生另外一种过渡的作品。因为新旧的交替既然是渐渐的移动，当移动的中间，自然要发生介于新旧两种文学中间的过渡物。这种过渡物是兼具有新旧两种文学的特质和要素的。例如荀卿的诗赋，就是由《诗经》进到骚赋中间的过渡物；汉初骚体的诗歌，又是楚骚进到古诗中间的过渡物，捣弹词、鼓子词就是由宋词进到元曲中间的过渡物，弹词小说又是近代戏曲和小说中间的过渡物。

（三）"承前"的公例——凡是一种新文学的产生，必定包含过去许多旧文学的要素和特质。这好像生物的遗传，子孙承袭了父祖的气质，领受了前代的赋予。所以新文学是融合许多旧文学的要素和特质而产生的。文学的演进，固然不是由于绝对的模仿，可是也并非由于绝对的创造，乃是从旧文学的模仿当中，制造出新文学的。例如宋词的取材和制作，实在是融合汉魏隋唐的诗歌乐府的，元曲的内容和形式，实在是包含周汉以来的诗歌词赋小说的。一种新文学绝对不是凭空的产生，乃是由旧文学的母体当中脱胎而成的。

（四）"启后"的公例——一代的文学就是往后各代种种新文学产生的因素。因为后来的新文学既然要包含从前种种旧文学的性质，所以某种文学的出现，随后产生的，无论直接或间接，多少总要受它的影响。例如《楚辞》，大家都知道是汉赋的泉源，可是内中《天问》《九歌》诸篇，又开后来神怪小说的先河。汉魏六朝的叙事诗，大家都知道是杜甫、白居易这班人作品的根据，可是内中描摹各种人物的口吻，实在又是元明戏曲小说的鼻祖。

（五）"生长"和"衰退"的公例——一种文学正像一种生物，生长成熟之后，体格固定，生长力就渐渐的衰退，以至于死亡。一种文学由生长到了成熟的期间，形式日趋于扩大，而渐渐的成为定型，于是格律方面日趋于细密，工力方面日就于纤巧，这种现象就是由衰退进到死亡的表征。例如汉赋到了魏晋时代已经渐渐的僵化，六朝唐宋人只加以声律和对偶，成为律赋，这就是宣告赋的死刑。古诗经过六朝，也渐渐的僵化，到了唐朝成为律诗，古诗也就衰亡了。唐五代的小令，到了宋代变为长调慢词，这就是形式的扩大，词到了南宋，意境渐趋狭隘，格律日趋细密，这就是显示词体的末运。由四折的元曲演进到了明清数十折的传奇，这就是形式的扩大。往后只拘守元明的成式和律调，这就是元明戏曲衰亡的表征。近代小说由短篇而长篇而章回，这就是形式的扩大，现今的人已经觉得这种章回小说的板滞可厌，要设法加以改革，而别创一种新体。

上面所列举的几条公例，既然是从中国文学史上归纳得来的，我们就可以根据它们来推论过去文学演变的迹象，并且测定今后文学演变的趋势。

本书各节总目

本节是总论文学和文学史的意义，以及中国文学演变的大略。往后各节大致依照文学演变的时代顺序，论述太古时代的文学，《诗经》、《楚辞》、汉赋，中古的诗歌、宋词、元曲、明清小说以及今后文学的趋势。

录自《大学》1933年第1卷第3期

二、太古时代的文学

中国文学的起源

根据人类学、社会学上研究的结果，文学最早的形式，可以断定是一种抒情诗。因为人类不能没有情感，受了外界的刺激，内部就发生了感动，而自然想方法表现出来，这就是诗歌发生的原因。我们看了鸟兽一类的动物，常常显露它们歌舞节奏的状态，也就可以知道人类的初生，已经具有创作文学的本能。这里可以引沈约的话来作证：

> 民禀天地之灵，含五常之德，刚柔迭用，喜愠分情，夫志动于中则歌咏外发。六义所因，四始攸系，升降讴谣，纷披风什，虽虞夏以前，遗文不睹，禀气怀灵，理无或异。然则歌咏所兴，宜自生民始也。（见《宋书·谢灵运传》）

郑康成《诗谱序》说"诗的兴也，谅不于上皇之世"，只是依据于文书上没有记载下来而说，并不能因此就断定太古人民是没有诗歌的。因为麦肯基[①]（A. S. Mackenzie）曾经说过，原始时代文学的特征是口头传述的。例如希腊的荷马诗，本来是零碎断片的集合品，经过了历代多种的口头传述，再用文字记载下来，又经过几次的修正和润饰，才演成现在这样面目。所以文学的起源，可以说是和语言的发生同时的，远在文字发生以前。我们也可以知道文书载籍是文学发达以后才流传于世。最初文学的发达并不是和文字的应用相关联，而是和音乐舞蹈并行发展的。诗歌和音乐、舞蹈这三种在太古时代是合一不能分离的。

---

①麦肯基，今译作"麦肯齐"。

麦肯基叙述诗歌的起源，以为感情是有韵律性的东西，在某种状态中，为了自己增长快感，减少痛苦，往往用各种冲动的肉体运动或呼声来表白，这些运动及呼声，是唤起身体和声音自发的动作的准备，而为韵律所支配的时候，就是舞蹈、音乐和诗歌成立的基础。我们中国当然不在例外，诗歌的起源也是和乐舞有关系的。这里也可以引古书上讨论纯文学的几句话来作证：

> 诗言志，歌永言，声依永，律和声。（《虞书》）
>
> 诗者，志之所之也，在心为志，发言为诗，情动于中，而形于言，言之不足，故嗟叹之，嗟叹之不足，故咏歌之，咏歌之不足，则不知手之舞之，足之蹈之也。（《诗大序》）
>
> 诗，言其志也，歌，咏其声也，舞，动其容也，三者本于心，然后乐器从之。（《乐记》）

乐舞和诗歌既然同出于一原，我们看了古书上记载中国古代乐舞的发达——如《通典》谓黄帝作《咸池》，少皞作《大渊》，颛顼作《六茎》之类，《汉书·艺文》谓自黄帝下至三代，乐各在名。——就可以想见中国古代文学兴盛的一斑了。

上古传疑的诗歌

太古的诗歌，既然是口头的传习，没有确实的记载，因之我们虽然明知道当时文学的兴盛——大概当时最流行"民歌"（Ballad）一类的作品——可是我很难得到古代确实的作品，我们要真正从文学上窥见太古民族社会的情形，也是很困难的。例如《列子》所载的尧时《击壤歌》，《尸子》和《孔子家语》所载的舜时《南风歌》。我们看《击壤》近于老庄的思想，《南风》很像《楚辞》的句读，究竟这种作品是周汉以后的人所追记的，还是假托的？我们很难草率的断定。至于《礼记》所载的伊耆氏的《蜡辞》，是当时农民祭祀时候所用的祷告文，我们中国最重农业和祭祀，所以民间有这一类的作品。《吴越春秋》所记的《断竹歌》，大概是原始民族守尸时候所唱的挽歌，不必定如《文心雕龙》所说是黄帝时候的作品，因为太古没有衣衾棺椁，陈尸于旷野之间，恐怕被鸟兽所吞食，所以手执弓弹，帮助孝子来守尸。这种作品，在我们推想起来，和中国原始民族社会的情形，很相符合，我们或者就可认定它们为原始时代文学的代表。不过这种流传下来的诗歌，即使可信，也只是一些零简断片，当然不能算是伟大的作品。我们这里自然要引起一种疑问，我们看了印度的《马哈巴拉秦》①（Mahabharata）、《拉马聊那》②（Ramayana），希腊的《依里亚特》③（Iliad）、《奥特赛》④（Odyssey），他们古代口头传述，集成这样长篇的巨著，为何我们中国却缺乏了这种巨大的诗歌？我们要晓得诗歌的作品，依照体裁和内容，可以分做两种：一种是短篇的抒情诗，如《诗经》里大部分的作品是；一种是长篇的叙事诗，我们中国不很多见。抒情诗以抒发情感为主要的作用，情感不能持久，所以抒情诗不宜于长篇大著。叙事诗以叙述事实或想象为主要的作用，务取其曲折详尽，所以叙事诗不宜于短章小什。而古代叙事诗并非纯粹用来叙述事实，必定掺杂有丰富的想象，方足以适合初民的心理而得有广播的流传。所以古代叙事诗形成的要素，必定包含有一种拟人的多神观念。我们看了《马哈巴拉泰》《拉马耶那》《伊里亚特》《奥特赛》这些叙事的长篇，可以知道它们是由印度、希腊古代的多神观念所凝结而成，所以一方面用来叙述事实——或者是国族间的纷争，或者是英雄的遇险，等等，而一方面仍旧带有神话的色彩。我们中国古代没有这类长篇的诗歌流传下来，这是因为中国的民族性和所处的环境，有一种特殊的情形。印度土地肥沃，生物百备，而地气酷热，不宜工作，最不合于现世人生的活动，所以人民常有神灵幽渺的思想。希腊地处半岛，天朗气清，山明水秀，所以人民性情活泼，心思敏锐，也具有丰富的想象。我们中国人上古所占领的地土，以黄河流域为根据，地质虽然宜于耕种，而必定要勤于操作，才能有所收获。所以中国的民族思想，常以发挥实践躬行为准的，不尚虚无缥缈的想象。古代的哲学家和历史家，多趋重于日用常行，不喜为怪力乱神之谈，凡具有偶像具体的神话，都被排弃。因之文学上也偏重于实际的人生，而同时记载和收集民间歌谣的，也大都以切合现实的生活为标准。我们中国并非没有神话的流传，只是到了文书载籍盛行的时候，多神观念，已经洗炼锐变，而达于至高抽象的一神，确立了天道的观念，所以中国古代没有印度、希腊所有的一类叙事诗，而只是流传给我们一些抒情诗。《诗经》里大部分就是这种短篇的民歌的总集。

录自《大学》1933年第2卷第1期

三、《诗经》的文学

《诗经》作述的由来

我们说过，古代的文学原来是口头传述的，是零碎断片的集合品，经过了

---

① 《马哈巴拉秦》，今译作“《摩诃婆罗多》”。

② 《拉马聊那》，今译作“《罗摩衍那》”。

③ 《依里亚特》，今译作“《伊利亚特》”。

④ 《奥特赛》，今译作“《奥德赛》”。

历代的传述和修正，才著之于文书。《诗经》的产生，也不外此例。《诗经》里各篇，多数是不能指出它们作者的姓名；在诗篇当中，自述姓名的，如《小雅·节南山》的家父，《巷伯》的寺人孟子，《大雅·崧高》和《烝民》的吉甫，固然可以确定是谁作的。至于《书经》里说"周公作《鸱鸮》"。《左传》里说"许穆夫人赋《载驰》"，那是作者的姓名见于别种古书上，也大都可以依据。此外：后人所指定的，如庄姜作《柏舟》；庄姜作《绿衣》《燕燕》《终风》《日月》之类，便不是完全可以信任的了。总之：《诗经》三百篇，正如《古诗十九首》，很难断定各篇的作者，而且大部分是民间流行的歌谣，是代表全社会的，不能指定是某人的作品。我们看《三百篇》当中，彼此互有重复的章句，如《王风》的《扬之水》和《郑风》的《扬之水》就是显著的例证。其他如《周南》的《樛木》和《小雅》的《南山有台》，《郑风》的《风雨》和《小雅》的《隰桑》之类，彼此或者诗意相同，或者辞句相同。这种大概是由一篇演变为二篇或三篇，因为它们流行的地域和应用上的不同，所以彼此不免有增减、歧异的地方。可是它们虽然互有转变，终究不能混没彼此间在口头传述时相因袭的痕迹。章炳麟《检论·正名杂义》说："韵文弦诵相授，素繇耳治。久则音节谐熟，触激唇舌；不假思虑，而天纵其声。是故后代新曲，往往袭用古辞。"因之各地的民歌重复相似的很多。关于孔子删《诗》的事情，《史记·孔子世家》里有一段话，说："古诗三千余篇，及至孔子，去其重，取可施于礼义；……三百五篇，孔子皆弦歌之。以求合《韶》《武》《雅》《颂》之音。"这里所说"去其重"，就是指删去这种重复类似的篇章。后代人很不以孔子删诗之说为然。孔颖达《左传疏》谓："季札歌《诗》，《风》有十五国，其名皆与《诗》同，惟次第异。则仲尼以前，篇目完具；其所删削，盖亦无多。《史记》云：'古诗三千余篇，孔子取三百五篇。'盖马迁之谬。"古代诗歌的篇目，是否为三千的总数，固然不能确定，但是说原来只有这三百篇，也是不可信。我们要知道古代民间传述的诗歌，在数量上必定很多，在品质上必定有重复参差的篇目，而当时流传最广，讽诵最多的，大约也不过三百之数。这三百五篇的面目，或者是经过许多人的删修编次，大约孔子就是最后审定的一人。

《诗经》文辞和音乐的关系

《诗经》修辞的方法，分做"赋""比""兴"三类，刘氏《文心雕龙》解释这三种，说："赋者，铺也；铺采摘文，体物写志也。"（《诠赋篇》）"比者，附也；附理者，切类以指事。"（《比兴篇》）"兴者，起也；起情者，依微以拟议。"（《比兴篇》）这三种当中，赋是直陈的方法，最为简单；比是譬喻的方法，比较委婉；兴是托事于物，最为隐晦。修辞上注重委婉隐晦，忌直陈，故《诗经》的比兴之旨最足为后代文学家所取法。刘氏《文心雕龙·比兴篇》里有一段话讲到《诗经》比兴的方法，可以引来参看：

观夫兴之托谕，婉而成章；称名也小，取类也大。《关雎》有别，故后妃方德；尸鸠贞一，故夫人象义。……且何谓比？盖写物以附意，扬言以切事者也。故金锡以喻明德，珪璋以譬秀民，螟蛉以类教诲，蜩螗以写号呼，浣衣以拟心忧，席卷以方志固；凡斯切象，皆比义也。至于麻衣如雪，两骖如舞；若斯之类，皆比类者也。

至于《诗经》各篇的体制，有"风""雅""颂"的分别。我们从《诗序》里所说的解释，《风》就是表示各地的风俗，为民间的歌谣；《雅》是表示国家的兴衰，为政治文学；《颂》所以颂扬功德，为赞美文学。无论那种体制，在当时都可以歌唱；我们看了《左传》季札观乐一段，就可以知道《风》《雅》《颂》都可以入乐的。章炳麟《菿汉微言》说："诗者，被之管弦，用韵独严。"从明清以来，研究古音的，都要考明《诗经》用韵的方法，并且认定《诗经》就是古代的韵谱。最近丁竹筠作《毛诗正韵》，分部二十二，以为《诗经》的用韵不是专在韵尾，又有"经韵""纬韵""间句韵"等等的名目；可以见得用韵的严格，和音乐实在有密切的关系。我们看了《风》《雅》《颂》的分别，固然由于体制的不同，也是因乎音节上的差异。惠士奇说："《风》《雅》《颂》以音别也。"《乐记》："师乙曰：'广大而静，疏达而信者，宜歌《大雅》；恭俭而好礼者，宜歌《小雅》。'"据此则大小《雅》宜以音乐别之。《三百篇》当中，属于《风》《雅》的诗，章节很多重复，雅诗章节并不重复，而且很多没有韵的，如《清庙》《时迈》《昊天有成命》这些篇里，全不用韵的。王国维说《风》《雅》之诗用韵的，其音促；《颂》不用韵的，其音缓。我们就辞句上，也可以知道《风》《雅》《颂》的分别，也是由各音节上的差异；诗和乐既然有密切的关系，所以孔子说："吾自卫反鲁，然后乐正，雅颂诗得其所。"删修《诗经》，又所以正乐，所以说："恶郑声之乱雅乐也。"当时《诗经》的流传，和雅乐的推行，两者是相辅而行的。

《诗经》和周代政治社会的关系

我们上面说过，《诗经》各篇大多数不能指定它们作者的姓名，因之它们作于何时，也是多数不能确定。《商颂》五篇指为殷朝的作品，罗振玉《殷商贞卜文字考》说卜辞当中关于祭祀和田猎的，几乎占着大半；尚武力，重祭祀实在是殷代政俗上主要的精神。商颂虽然只有五篇，也足以表见这二种精神，如《长发》《殷武》之于尚武，《那》《烈祖》之于祭祀。《商颂》五篇以外，其余大抵可指为周诗，如《文王》《大明》《绵》《思齐》《皇矣》《文王有声》《鸥鹑》等篇，可以确定为周初的作品；《崧高》《烝民》等篇，可以确定为周宣王中兴时候的作品；如《正月繁霜》《雨无正》等篇，可以确定为周室东迁以后的作品，此外如《关雎》《麟趾》《棫朴》《旱麓》《行苇》《凫鹥》等篇，大都为和平安乐，赞扬咏叹的文辞，可以指为周代太平时的诗歌。至于《节南山》《十月之交》《小旻》《巧言》《大东》《北山》《召旻》等篇，大都是怨旷流离，悲愤感慨的文辞，可以指为周代衰乱时的诗歌。从这些诗篇当中，可以看出周代政俗上的重要精神：第一点就是封建的政治，第二点就是农业的社会，第三点就是宗族的伦理，第四点就是礼乐的注重。我们从《南豳》《雅》《颂》这些诗篇里，处处可以看出这四种精神，周代的兴衰，也是和这四种精神相为终始。而于列国风诗当中，又可以窥见当时各地的风俗，所谓"移风易俗，莫善于乐"；诗乐和地方风俗，关系最深。班固《汉书·地理志》就是根据《诗经》来说明各国的风俗。如《秦风》《豳风》"迫近戎狄，修习战备，高上气力，以射猎为先"；《唐风》《魏风》"其民有先王遗教，君子深恩，小人险陋"；《郑风》《陈风》《卫风》"土狭而险，山居谷汲；男女亟聚会，故其俗淫"。《齐风》"其地负海舄卤，五谷少而人民寡，乃劝以女工之业，通鱼盐之利，故其俗弥侈"。《诗经》三百篇，我们实在可以当做周代政治社会的史料来看待。

录自《大学》1934年第2卷第2期

中国文学历代变迁之我观

　　文为人心之反映，是时事之托形，宇宙随四时而移景，人心因外物而转情，此自然之理也。盖治世之音和以乐，乱世之音哀以怨，其非万物天籁之嬗动乎？

　　唐虞之世，社会浑厚，而有投足八阕之舞，生活自然，而有鼓腹击壤之歌。纯为一片澹冲无为之气，罕有忧生诽世之叹，环境使之然也。迄乎三代而下，禅让之风绝，传统之制兴，君民分级，文士有思古悱恻之慨，人文大启，辞尚委婉，《诗》三百篇兴观群怨之致，可慨见其文风矣。及乎春秋战国之世，坛坫之场，藉为干戈之地，尊王之义，饰为非分之求。争城夺位，优胜劣败。约纵连横，得士者昌。于是群士纷纭，争显学艺，中国学术之动荡，至此乃大放光明。泙湃泛滥，呈优泓混漾之观，各树旗帜，立诸子百家之学。考其原因，实为时代精神之反映，社会环境之趋势所使然也。若无三代之涵养，何以有如斯之光芒？无诸侯之争霸，何以有百家之争出？盖自战国而下，官守散失，思想活泼，封建破坏，人才得横议自由之途。屈原以旷代逸才，经抑郁怨愤之厄，始能上嫡风雅，开汉代辞赋之祖。曷不获于君臣合睦之时，而特作于忧闷投泪之际？斯文之生，岂偶然哉！汉统天下，蔽于秦皇之焚坑，疲于刘项之角逐；思想泯灭，脑酱干涸。不厌期现世之苦痛，寻快乐于玄虚，于是文学界现黄老宁静之学说。

　　迨汉武数十年间天下极逞清平，社会渐趋富厚。文人学士，欲使发舒精神，铺陈形势者，厥为辞赋。故汉赋之典皇钜丽，称绝千古者，上有好尚之君，下有游优之境，情势所必然也。以汉武之笃好艺文，蒲轮迎贤，君臣并赋，天下文士，益靡然响风焉。汉武豪迈，世倾雄荡，故其文驰骋旁薄①，无娓之观。假使世运屯蹇，则俯仰身世，感怆流连已耳，岂能产生雄壮丰丽之汉赋乎？光武中兴，以武雅之姿，投戈讲艺，休马论道，国家承平，儒者游优暇日，潜玩艺林，观前辈文章之流雅，无复有争胜之可能。而古籍经秦火焚灭，有待考究之需要，是以训诂之学，亦时代之产物也。于是武帝倡继绝学，置五经博士，搜罗民间藏书，校勘考证，以匡诡谬，故雄壮之辞赋兴之于前，而训诂严邃之文，亦为当时所尚。及其敝也，穿凿其义，支离其辞，徒求末而不求其本，不免为后代所唾弃也。

　　迄乎魏晋之世，佛教侵入，思想清虚，五胡云扰，天下忧生。庞公登鹿门

---

　　①旁薄，今作"磅礴"。

而不返，阮籍托醉乡隐逸。人心放佚，士尚清谈，儒学道衰，浮华之辞兴。意偶辞丽，声色匀韵。秦汉质文，有如佩甲之武夫；六朝骈体，有如脂粉美人。千古文坛，至此别开新面目。由此则知时代为文章之背景，文章为时代之产物也。乱世之文，必逞浮华悱恻之象；治世之文，具有雄壮质朴之气，自然之理也。秦统六国，纵横驰骋之说息，开汉世文化之椎轮。隋统南北，骈偶净华之辞绝，启唐代文教之复兴。

唐代皆偃武修文之主，扫荡四夷，垂三百年清平之象。君臣讲学治道，振刷古今；文士风尚浑雅，唾恶绮丽。魏晋思潮，融会一炉；儒释道三教，汇流一代。于文则韩、柳继古文之绝，于诗则李、杜居圣贤之位。承唐代累世之富，长安繁华，加于天下。宫室壮丽，生活优越，南衢北里，美女如云，文艺游侠之子，流连其间，丝竹之声，昼夜不绝，洋洋乎太平之象。建筑、音乐、绘画、雕刻，称绝当昔。文士优游于如斯富丽之社会，优美之感情，不禁涌跃而出。是故唐诗称绝千古，而作家之多，后世罕比。譬之梅花李桃，烂发一时，万紫千红，各标特色。六朝之靡丽，一变而为高雅冲澹之音；魏晋之清谈，总汇三教合流之观。宋之理学，不期萌芽于此矣。当时寺庵遍立京都，释法普及民间，佛老之学盛行一时。

迄乎宋代，文学界染佛老之思想，遂鄙汉唐注疏钻研之烦碎，超脱思想，而不役心于章句之学，专以养心悟性，发辉精神，以阐明事理为主旨。故宋之理学，足称中国之学术之特色。此乃世情趋向，当代思潮之转变也。然宋词之特色，与唐诗并称。唐诗之称绝千古者，得力于沈约"四声"，而宋词之步尘于唐诗者，实雏形于乐府之逸音。时代背景，形影相随，艺林变迁，循是理也。

元人崛起于漠北之野，牧马南下，亡金灭宋，高位于文明华夏之邦，则文化进程，顿受浸荡。故元代朝廷之文告，辞多鄙俚，于是臣民之好尚，亦因从俗。典雅奥丽之文衰，而通俗之戏曲以兴。况元人侈声色口体之欲，于是臣子多媚顺骄奢淫靡之事，纵情描写以为乐，是故戏曲小说之作，为元代之产物也。

明太祖起自平民，覆灭胡元，修明儒道，华夏文明，有复兴之光。然多猜忌刻薄之心，屡兴文狱，笼罗思想，灭绝判乱，虽无刮肝焚坑之惨，竟有桀纣秦皇之行。定以制义取士，桎梏思想，拘挚聪明之才，其害大矣！及其敝也，道义无闻，实学丧失，养成剽窃揣摩之性，其毒流于明清二代，为中国文艺黑暗时代。虽有一二明达之士，超脱桎梏，然而时代趋尚，文化之进程停滞，非少数人所能挽回者也。在八股之文风中，文艺虽绝，而学术可观。清代汉学大家，层见叠出。考据、校勘、训诂之学，精确无遗。阐明经义，解除历代学术之疑案，阐发中国古籍之功，非浅鲜也。当代号称朴学，实为清代古文派之先声。自桐城派古文出，折衷汉宋学之精义，谓义理、词章、考据，三者不可阙一。义理为文章之实质，词章为文章之容貌，考据为文章之归宿。其派作品，辞理醇雅，为当代文苑之一杰也。迨民国建元，推翻千古之封建制度，思想自由，学术发达。加以欧美文化，东西沟通，学贵术而轻文，士尚今而不迷古。除数千年崇尚文物礼教之旧习，演进于物质科学之时代。人情与世界沟通，文风则中外融会。于是复古之文绝，白话之诗文代兴。中国文苑，别开花径，月朗花影，别有风致矣！然其敝也，支离其辞，疏漫其意，在古今文坛上，尚待演变，非文学之嚆矢也。总观历代文林之变迁，政治经一次之改革，文学得一度之刷新，时运交移，世情因然，质文递变，古今情理。可断言矣。

录自《新青海》1934年第2卷第6期

中国文学历代变迁之我观

◎林 夼

中国文学谈丛

引论

在中国洋化狂飙的今日，讨探各种问题都要东拉西扯的数几句外国典才算新奇，若是谈论文学这样一个时髦的题目，而在头上先冠上中国两字，教一般投机的学者和博士们见了，定然要笑我不达时务，难与他们并立齐肩的跻于名流之林了。其实他们何尝没有一个人晓得这是中国人绝大的错误呢，而所以要随波逐流的走不通的路的原因，就是为的保护他们某国留洋回来的博士的头衔，和某国文学专家的宝徽，而不致于危及于他们的地位就算了，还管得中国文化衰落不衰落的那许多事吗？试看那一个不高谈着法西斯特研究，俄国的五年计划，现在最风行的要算是日本的政治经济的检讨了。谁不盛称着萧伯纳的戏曲，康特的哲学，奈因斯坦的相对论呢？充满在许多学府内念经的先生们，还不是吃的释迦牟尼的饭吗，美其名曰印度哲学，真不值一噱。此处要申明的并非是我菲薄欧西洋学术的本身不好，而极端的提高中国固有的文化，仅是要想提醒现代一般人的错误，照现在情形看中国文化比起欧美各国的文化来，无可粉饰的落人后太远了，但是我们的前辈并非是不曾与后代开创下基业，中国文化有史以来就有四五千年的垂留，这年代的古老，古文明的国家，连那欧美的学者都承认，提起中国的文化来，他们没有不五体投地的推崇，近来外人疯狂的研究中国文化，就表明了中国文化在世界上所处的地位怎样高，价值如何的重了。这样休要自豪，这是现代中国人的无上的羞辱，祖先开创了基业，子孙没有继承，还要家产荡尽，让外人去保存，真是不肖已极。曾记得日本人有一次对我国人讲，此后中国人若想明了中国史料得求助于日本人了。这话虽然骂尽中国人的低能，确是不算过火的话。留法博士刘半农曾对学生讲，说是他的语音学和文字学的讲义，多半是在巴黎图书馆所采辑的材料，中国境内各图书馆都没有那种东西可见，最近更有人嫌中国单音字的写作太繁复难学，于是就想入非非的要废除中国字，而采取西文复音字母的形式来代替，在许多外国学者研究中国语言文字都说是世界上，最进步最完善的特有的文字，而自己反因难学而废，如此因噎废食的下策，诚难乎其为学者的态度，而竟是一种败家子弟的行径，现在这些痴心病狂的人实不在少数，所演出这形形色色的自戕的花样，言来殊堪痛心。

还要阐明的，作者不是保存国粹的护士，绝对崇信国学而摈斥外洋文化的。现代中国人破除了自尊心，看到欧美文化的迈进，一日千重①的气势，觉察到了自己的落伍，从而大家努力研究外国的东西，希冀能有与之并驾齐驱的一日，不能不说是近数十年来的好现象，然而贡献于现代中国文化上功绩则殊无可称者，只是在衰落的文化本身，多加了一些病症而已，原因就是徒然的介绍与采纳，而没有经过贯通和消融的阶段，所谓食而不化，岂能不成病吗？所以不但不能救文化的沦亡，反而加速了她的破灭。如此现代献身文化界的人士们，对于每种文化都应中外兼顾，以公正的态度而与以深切的研究，然后再取长去短，而得出一个有用于现代中国文化的法则与规范，既不偏重外国的东西，也不顽固的保存国粹才是正规。

以下所略述的几段小节目，都是就着所知道的，针对着现代人几无人不道的说法，罗列一下，自然其中浅薄与简陋不足立为法范，而作者的用心，是为的要抛砖引玉而激动饱学的先生们，对于这几点发出宏论来，才不辜负这番苦诣呢。

一　文学的界说

文学的界说，从来就不曾有过确切而透辟的界说，泛泛的说，文学是用语言文字所表现的人的精神活动的产物。狭义的说，凡是用文字写出的诉之于想象及感情的艺术作品，这种普通称之为纯文学。广义的说，就包括了文字所表现的一切记录，即连科学的文字也在内，这未免太杂混了一些。但是文学的界说，既不能用简单的语句来说明，而现代的人则用不能解决而解决方法了之，就是列举几个外国文学家对文学所下的定义来，就算完事。结果说出华舍斯特②（T. M. Warcester）、勃鲁克③（S. Brooke）、哈得逊④（W. H. Hudson）、道顿（Dowden）、亨德⑤（T. W. Hunt）等人的诸界说，或者最后要特别标出诸人之中，亨德的定义比较恰当："文学是思想文字的表现，通过了想象感情及趣味，而在于使一般人们对之容易了解并且惹起兴味的那样非专门形式中的。"如此的介绍了，自然比不知道好得多，但是知道了又当如何却是一个问题，单知道了文学定义，对于我们创作文学及鉴赏上并不会有多大帮助，主要的是要就着文学定义的作者的时代，而去考究其时代的文学是如何才对。因为文学定义都是某一时代的文学的缩影，某一个人的文学体会所形成的。

---

①一日千重，疑为"一日千里"之误。

②华舍斯特，今译作"伍斯特"。

③勃鲁克，今译作"布鲁克"。

④哈得逊，今译作"赫德逊"。

⑤亨德，今译作"亨特"。

至于论及中国历来的文学界说，则更属漫无边际莫可究诘的一个悬案。文学的科门，最晚也须备于春秋的时代，孔门四科中就设有这名目，但是考其时存留于现代的文献中，则不见对文学有所解释的文字，仅存《论语》中有"郁郁乎文哉"一句，郁郁两个字疏状文之为物，神妙则神妙矣，但仅从数量和气味两方面形容文是不足的。这样就表明了当时的文坛是冷寂的，流行于当时的而且存于今日的就是《诗》与《易》，在《论语》中有许多处提到《诗》与《易》，如"小子何莫学乎《诗》"，又如"不学《诗》无以言"及"五十以学《易》"等，就表明了当时文学的领域是如何的单简与贫乏，恐怕除了六艺之文则当时文府中更没有其他的文章了。

但在《诗大序》中，对于文学的界说就比较完善得多了，就是垂至现时，也莫有不适合的处所。"诗者，志之所之也，在心为志，发言为诗，情动于中而形于言，言之不足，故嗟叹之，嗟叹之不足，故咏歌之，咏歌之不足，不知手之舞之足之蹈之也，情发于声，声成文谓之音。"又云："发乎情，止乎礼义。"这里不但把文学的质素，规定出一个标准，而同时又把文学的生成中的，由内在的活动发表于外面的过程，都给与了清晰的解说。首先提出了"志"字，亦即今之所谓思想，既有了一种思想压抑在内心，到了暴发于外的程度，乃是借重了感情的燃烧，而给这思想以奔放的资助，形于言则为歌，宣之乎文字则成了文学。《序》中又提到"正得失，动天地，感鬼神，莫近于诗"，如此激发人的同情与共感，又算是诗的特质。现在若以大家公认为满意的亨德的文学定义来对照一番，则谁又能挑出两者的差异之点，但就时代来论，却上下差二千多年。可见中国古人早已对文学有了明确的界说，若以文化的发达早晚来论，则中国比外国委实高明了许多倍。

然后我们再讨论，这种足为现代规范的文学界说所产生的时代。据传说，《大序》的作者人各一辞，引起了许多的争论，有的说是孔子作，有的说是子夏作，以上二说经过研究，证明了不足为训。比较可信的要算以卫宏作为可信。卫宏是东汉的一位大儒，《后汉书·儒林传》里有记载如下："宏从曼卿受学，因作《毛诗序》，善得风雅之旨，于今行世。"在东汉时代，像卫宏那样一个的陋儒，而不十分的看重文学的人，出口就说出这等深刻的纯文学的定义来，何能不使近代人惊奇而怀疑呢？但是无须多心，只要把中国文学，到东汉时期发达到怎样的阶段，略为检讨一番，这难题是容易解决的。第一要看《汉书·艺文志》中诸子、诗赋、六艺等略，足征西汉文物之盛，第二再看两汉赋体风行，文人学士都望路争驰的写作，于是促成汉代是赋的全盛时期。与赋同生并存的要算乐府了，乐府到了东汉初就一变而为古诗。此种文坛上的腾涌富丽，翻开孟坚的《两都赋序》，就可明了其时之概况。"至于武、宣之世，乃崇礼官，考文章，内设金马、石渠之署，外兴乐府、协律之事"，这是表明了汉代朝廷上之提倡文学。又云："故言语侍从之臣，若司马相如、虞丘寿王、东方朔、枚皋、王褒、刘向之属，朝夕论思，日月献纳；而公卿大臣御史大夫倪宽、太常孔臧、太中大夫董仲舒、宗正刘德、太子太傅萧望之等，时时间作。"故孝成之世，论而录之，盖奏御者千有余篇，而后大汉之文章，炳焉与三代同风。"此是罗列出当代的一般卓著的赋家，更有乐府方面，除了汉初的一些祭祀的文章，便是在孝高后时，班壹输入的北方的鼓吹歌曲。及至汉武帝时，"立乐府，采诗夜诵，有赵代秦楚之讴，以李延年为协律都尉"，于是当时的民间歌曲，都被收入到乐府里去，所以在《汉书·艺文志》中，载有三百一十八篇之多，而且东汉末之古诗体，都是乐府的胎儿。如此在那样一个诗赋隆盛，上倡下和，举国崇文的大时代里，一般人受着文学的熏陶和洗礼，自然对于文学有深切的理解与赏识。所以卫宏以儒家之师立出纯文学的界说来，并不足惊奇。

这种纯文学的界说，延至魏晋没有变更，不过晋代陆士衡，有《文赋》之作，揆度其取法，则是以为文之修养及技巧作本体，而无形中把文学给了个三棱镜下的分析，把文学中的各质素，都现出其特有形象，换句话说，就是给文学下了个更详尽的界说。如文中所谓：

> 伫中区以玄览，颐情志于典坟。遵四时以叹逝，瞻万物而思纷。悲落叶于劲秋，喜柔条于芳春。心懔懔以怀霜，志眇眇而临云。咏世德之骏烈，诵先人之清芬。游文章之林府，嘉丽藻之彬彬。慨投篇而援笔，聊宣之乎斯文。

以上这段文章，是陆氏《文赋》中的全篇的主旨，亦即是陆氏对于文学的认识与界说，他就以此为纲领的，在每一点上，充实上丰富的材料，而发扬光大之，所言皆明达精练之至论，实为文家所应守之经典，不能稍变的法规。所论皆为构思、立意、选辞、抒写之方法，无关本论宏旨，故不备载。在"伫中区以玄览，颐情志于典坟。遵四时以叹逝，瞻万物而思纷。悲落叶于劲秋，喜柔条于芳春"中，包括尽了感兴（即所谓烟土披里屯，inspiration）的启发之源，感兴的激发总出不了作者的环境与时代，而同时文学亦即感兴的象征，正同于厨川白村的苦闷象征的理论。"心懔懔以怀霜，志眇眇而临云"是指明感情须要高尚与优美，"咏世德之骏烈，诵先人之清芬"是为文之主旨，说是思想也没有不可。一切条件都具备了，然后再"游文章之林府，嘉丽藻之彬彬。慨投篇而援笔，聊宣之乎斯文"，自然成文也。

附庸于这类文学界说的，还有中国第一个文选大家，梁昭明太子萧统，主张见于他选文的标准《文选序》中，在他的取舍的衡量上，就可见出他对于文学的界说如何了。

> 若夫姬公之籍，孔父之书，与日月俱悬，鬼神争奥，孝敬之准式，人

伦之师友，岂可重以芟夷，加之剪裁？老庄之作，管孟之流，盖以立意为宗，不以能文为本，今之所撰，又以略诸。若贤人之美辞，忠臣之抗直，谋夫之话，辨士之端，冰释泉涌，金相玉振，所谓坐狙丘，议稷下，仲连之却秦军，食其之下齐国，留侯之发八难，曲逆之吐六奇，盖乃事美一时，语流千载……今之所集，亦所不取，至于记事之史，系年之书，所以褒贬是非，纪别异同，方之篇翰，亦已不同，若其赞论之综缉辞采，序述之错比文华，事出于沈思，义归乎翰藻，故与夫篇什，杂而集之。

这里他也是纯文学的主张，要知道陆、萧二氏的文学界说不约而同于卫氏的原因，就应先明了自汉到六朝的文坛上，是完全被韵文雄据着，即是赋、乐府、古诗、俳赋的全盛时代，韵文多半都以抒情为正宗，所以说理明道的作品自然要退居台下，所以就酿成了纯文学的各界说。六朝时文坛上还有文、笔之分，即是韵文与散文的区别，亦即纯文学与杂文学的分野。

韵文的末流，发生了空虚无物的弊端，当时文士中就有意改革，如《隋书·李谔传》，李谔上书：

> 自魏三祖，更尚文词，忽君人之大道，好雕虫之小艺。下之从上，有同影响，竞骋文华，遂成风俗。江左齐、梁，其弊弥甚，贵贱贤愚，唯务吟咏。遂复遗理存异，寻虚逐微，竞一韵之奇，争一字之巧。连篇累牍，不出月露之形；积案盈箱，唯是风云之状。

足见当时人都厌倦了骈文，而希望矫正其弊，就有梁人刘彦和本着崇笔掩文的意志，而著出了《文心雕龙》，开宗明义的，就先著出《原道》《征圣》《宗经》《正纬》等篇来，作为为文之用心。所谓道者、圣者、经纬者，都是针对韵文病状所下的药石，可惜和者甚寡。迄至唐代，儒家巨子，大文豪的韩文公，倡导文以载道革命，才把韵文从宝座上推下来，举上散文去，于是以前的纯文学界说，就不适合于当代的文府了，而须要一个更广泛的才可以包容。到了宋朝苏辙对于这种广泛的文学，就下了一界说：

> "文者，气之所形也。""文不可以学而能，气可以养而致。"

这里阐明了，文学是气的具象，但是把气具象为文是天才的本领，普通有气的人未必就会写文章。苏辙之所谓者，正是孟子所谓浩然之气者，"其为气也，至大至刚，以直养而无害，则塞于天地之间。其为气也，配义与道；无是，馁也"。气乃是指某一种经天纬地的真理的化身，将气形为文自然是一种说教的文学了。

集载道派的大成的，要数着清代桐城派的文学主张了。桐城派的文章在清代颇盛极一时，余绪及于清末还未消灭，那时大有天下文章在桐城之概。桐城派有一条共守的法典，即姚鼐所谓义法也，他解释义法："义即《易》之所谓'言有物'也，法即《易》之所谓'言有序'也，义以为经而法纬之，然后为成体之文。"这种界说，很可以作为一切革命文学的界说，革命文学主要点是在说教的，亦即所谓宣传的，现代有口皆称的普罗文学、民族文学都可以引用，不过义之为物，则因立场不同，而所云义者也就两样了。

近人小学家兼学术家章太炎先生，对于文学下了个更泛无边际的界说，就是"凡著之竹帛者，谓之文，论其法式，谓之文学"。不可隐讳的，章先生这界说是无有不包，无有一点适合了。照他的定义说，商店的流水账，也是文学作品了。

总以上所论，中国历来对于文学，早有了纯粹与广泛的两个界说，现代人都争着去搜集人家的，而不检点自家固有的东西，也是一件滑稽离奇的怪现象。

（未完）

录自《众志月刊》1934年第1卷第1期

二　文学批评上"神""气"之探讨

远在文学有记载以前，一般人对于文学作品，早俱着一种赏识与嗜好的心理，那就是批评的肇始的基点。因为普通人都有一种征服旁人的天性，无论在任何一种事象上，都要发表其个人的主张和见解，并且希望其他的人都接受他的意见，借资证实了他比一般人有高卓的天才和智慧，方觉称心惬意，所以可以断言文学发生之始，就有了文学批评，也可以说文学批评与文学相依为命的，因此文学批评在中国已经有了悠永的历史：譬如《诗经》是中国最早的情诗与史诗的总集，儒家大师孔仲尼，教训弟子时，曾屡次称不绝口的说"小子何莫学乎《诗》？《诗》可以兴，可以观，可以群，可以怨，迩之事父，远之事君……""不学《诗》无以言"，在以上两段中，可以见他对《诗经》的推崇与膜拜！完全把《诗经》当作修身的课本，而教诲群弟子的修德立行，又说"《诗》三百，一言以蔽之，曰思无邪"，"《关雎》乐而不淫，哀而不伤"。这两段中，是把《诗经》概括的下的评语，说是篇篇都是合于礼义、归乎经典的，诚然《关雎》的评语尤为切当，本是一个成熟的青年，都有向怀春的少女作正当的求爱的权利。可是经他提出"思无邪"的论评，所以一般腐儒都本之而妄定某篇是刺乱，某篇是讽淫之作了。其实在《诗经》本文中，早已存在着评语，如《崧高》篇"序"云："《崧高》，尹吉甫美宣王也，天下复平，能建国亲诸侯，褒赏申伯焉。"但该篇之末云："吉甫作诵，其诗孔硕，其风肆好，以赠申伯。"

按《崧高》全篇大意，完全是说申伯之功绩伟卓，宣王恩遇之隆盛，吉甫作诵而褒奖之。亦系宣王恩宠之一端，其诗或即《嵩高》本篇，或另有述作，但是"孔硕"与"肆好"不能不算做一种批评。再如《烝民》一篇，"小序"云："美宣王之能用贤人仲山甫也"，末尾亦有"台甫作诵，穆若清风，仲山甫永怀，以慰其心"的一段，"穆如清风"是与吉甫所作之诵下的具体的评语，言其旨趣不阿不谀，肃穆温和如清风一样，因此后世为颂，多宗此四字为典则。故晋代陆士衡作《文赋》，述诸文体之作法，称曰"颂优游以彬蔚"，仍未脱出规范。于此就附带看出文学批评存在于文学本身的权威了。

文学批评的产生，照以上所论，则现时也已经有三千余年的历史。但是在如此一段长期间，文学批评的成熟与收获，却异常的缓慢与贫困，在此一段的前半期中，所有的文学批评，都散见于其他的篇籍内，而且都是断篇残句，而通篇以批评的权威而论文的，还是首倡于魏文帝之《典论·论文》。

《隋书·经籍志》云："《典论》五卷，魏文帝撰。"案：《典论》于明帝时刊石，至唐时石本亡。

古籍的散佚，诚然有损于学术者甚大，《论文》仅是《典论》五卷的一篇留存者，但由这一篇中的文辞推澜，恐怕现今之所谓"论文"者，亦系《论文》中之一吧。

> 首段：文人相轻，自古而然。……夫人善于自见，而文非一体，鲜能备善，是以各以所长，相轻所短……盖君子审己以度人，故能免于斯累，而作论文。
>
> 末段：贫贱则慑于饥寒，富贵则流于逸乐，遂营目前之务，而遗千载之功。日月逝于上，体貌衰于下，忽然与万物迁化，斯志士之大痛也！融等已逝，唯幹著论，成一家之言。

首一段表明了文人相轻的症结，与批评家应有的态度——客观——公正。末段则谆谆以作家应如何及时著作之语期许当时的文人，俨然是一篇序文的口气，更有其他的地方也有非为《论文》本论的嫌疑，但是佚亡的书无从去稽考，也许专门发掘家，重发现出《典论》来，才能解决这个疑案，在未发见之前，只合归之遗憾的部门。

晋陆机著有《文赋》一篇，也是论文的单篇，但这篇的为文用心与文帝《论文》的态度不同。《论文》是纯为批评的，《文赋》则偏重于创作之技巧。照理不应把《文赋》看作文学批评的东西，但是在硗瘠的中国文学批评史上，也不得不把这不纯粹的东西拉来，聊壮声势。其作"序文"中就申明了作赋的动机。

余每观才士之所作，窃有以得其用心。夫放言遣辞，良多变矣，妍蚩好恶，可得而言。每自属文，尤见其情，恒患意不称物，文不逮意，盖非知之难，能之难也。故作《文赋》，以述先士之盛藻，因论作文之利害所由，他日殆可谓曲尽其妙。至于操斧伐柯，虽取则不远，若夫随手之变，良难以辞逮，盖所能言者，具于此云尔。

纵然动机不是发表自己的文学主张，但是我抛开表面，而深入一层的抽出其创作方法所依据的论断，便是他的文学论了。

到梁朝就产生了刘彦和的《文心雕龙》，这是中国空前的一部文学评论，同时也就是绝后的一部批评的书。全书共五十篇，《原道》以下至《正纬》四篇，是纯粹说他自己的文学观念。《辨骚》以下至《书记》，二十一篇，完全把历来各种文体一一分述其变演，而对于作者给以简单的批评。《神思》以下至《镕裁》七篇是阐明作风的通变的，《声律》以下至《指瑕》九篇显示文学创作时的技巧之运用。《养气》以下至《序志》九篇是说明作家应有的修养工夫。在这部书里，处处可以看出刘彦和的文学理论。但是可惜刘彦和是中国人，若是幸而生在外国，像他那样惊人的杰作，早被一般文学批评家奉为金科玉律了。确实在时代上讲，在见解上论，就在世界各著理去比伦，无一样不出人头地，但是现代中国人都不睬它，只好走藏之名山传诸其人的运命了，中国学术落后这句话，言之实当反省。

《文心雕龙》以后继起者无有，批评界的情形又退入原来的阵垒，没有成本的系统的批评，又是余脉未绝的散见于单篇或碎话之中，而且六朝的时期，中国古诗散文骈文都是登峰造极的发展到最光华灿焰的阶段，以后虽生息未断，但已是强弩之末了。因为唐初的文坛上有一种空前的脱化，除由历史方面继承来的文学形式外，更开拓了一种新的局面，就是词曲的孕育，与诗体的革新，故酿成了唐朝的诗的时代。词曲晚唐才发育完成，替诗位而占据了宋代的文坛。所以说近千余年来，中国文坛上是韵文占了首位，而散文退居附庸的地位。因此在这时期荒芜的评坛上仅有诗话、词话、曲话等书的收获，既成话就表明了不是正道的评论文字，而是碑集的诗人或词人的妙言佳语。其中自有一部分理论存在，常为评家所引用着的。故拉来这里以表示评坛上尚未有全贫。

在表面上看，文学批评史既是如此的悠久，究竟按照近代批评的分类（主观—客观—形式—科学—鉴赏等），是属于哪一类的呢？这答案是不能简单的一句话道得出的，因为以近代批判的分类套起中国自来所有的文学批评来，不但难免削趾适履之病，而且根本就摧毁了中国固有的批评精神。与其盲目的把它分类，无宁先把中国文学批评的基础理论探讨一番再说，支持中国数千年来的文学批评的理论的有两端：就是"神"与"气"。这两个基础的论点，在中国的文学评坛上，彼兴此替互相消长的运命。虽然有时候"神""气"并存，却也是极不多见的。兹就"神""气"的消长，把中国文学批评史分成以下四个时代：汉魏是文艺批评的建设时代，以东汉扬子云、魏文帝曹丕二人为代表，扬雄主"神"，曹丕主"气"。

扬雄论作赋则云：

> 读千首赋，始能为赋，为可传之方。
> 潜心为不可传之方。

以上两句是说明作赋，单靠修养的工夫是不足成功的，工夫以外还须要潜心，潜心即是灵感，亦即是天才，所以说不能传授。

曹丕在《论文》中有：

> 文以气为主，气之清浊有体，不可力强而致。
> 徐幹时有奇气。

《与吴质书》云：

> 公幹有逸气。

华氏一谓气，即是气劳之意，亦今俗称之谓风格，说明支持文章的骨干的，就是气势，气势又谓人各不同，若想把两种不同的气势更改为一样的是绝对不可能的，勉强着效仿某种气势亦是不可能，因为个人的气质就规定了自己行于文章中气势。个人气质不一样，作风永是不会一样的。

六朝至唐为文艺批评确立时代，神气由和而分，以刘彦和、杜甫、韩愈为代表，刘杜"神气"并论，韩愈则专言"气"。

《文心雕龙·神思》篇有：

> 形在江海之上，心存魏阙之下，神思之谓也。

又《养气》篇有：

> 志盛者思锐以胜劳，气衰虑密以伤神。

杜甫诗云：

> 读书破万卷，下笔如有神。

又谓"言为气骨"，即是谓气全借着言而表之于外的，故有"词气倒流三峡水，铁笔一横扫千军"之句，足表明才力之大，气势之盛。

韩愈《答李翊书》：

> 无望其速成，无诱于势利……
>
> 始者，非三代两汉之书不敢观，非圣人之志不敢存。处若忘，行若遗，俨乎其若思，茫乎其若迷。
>
> 气，水也；言，浮物也。水大而物之浮者大小毕浮。气之与言犹是也，气盛则言之短长与声之高下者皆宜。

从以上几片话中，就可以看出韩愈之对于气的解释，及其在文章内之作用，并可深切的知道他的养气的工夫，是如何着手，养气的时期有什么应戒守的律条。他的说教较比曹丕就又更具体了一层。

宋朝是文艺批评成熟时期，划分了诗以神贵，文以气盛，可以严羽、苏辙二人代表。

《沧浪诗话》云：

> 大抵禅道惟在妙悟，诗道亦在妙悟，且孟襄阳学力下韩退之远甚，而其诗独出退之之上者，一味妙悟而已。
>
> 诗之极致有一，曰入神。诗而入神至矣！尽矣！蔑以加矣！惟李杜得之，他人得之盖寡也。
>
> 盛唐诸公惟在兴趣，羚羊挂角，无迹可求。故其妙处，透彻玲珑，不可凑泊，如空中之音，相中之色，水中之月，镜中之象，言有尽，而意无穷。

此处严氏把兴趣给下了一个抽象的界说，兴趣的高妙之境便是入神。他又指出妙悟是入神的门径，把诗以禅来比况，禅中之妙悟在于净心潜修，顿然憣悟，严氏之妙悟亦不外修养的法门，他曾说学诗必先从《诗经》、骚赋读起，把各代的名著都一齐读，一直读到宋代名人的作品为止，常人之才亦可妙悟，若仍不悟则是野狐之蔽于真性，而终不得启明了。所以说严氏言神是比扬雄、杜甫二人高明得多。

苏辙论文：

> 文者气之所形也。
>
> 文不以学而能，气可以养而致。

他这一段话与韩愈的说法，如出一辙，更进一层的，是他表明学文不可单从读文、作文入手，宜先以养气入手，气养成了自然文也就成功了。

明清是文艺批评因袭的时代，以袁氏兄弟（伯修中郎小修）、张岱、姚鼐为代表。

袁中郎《叙小修诗》云：

> 大都独抒性灵，不拘格套，非从自己胸臆流出，不肯下笔。有时情与境会，顷刻千言，如水东注，令人夺魂。

又叙陈正甫《会心集》：

> 世人所难得者唯趣，趣如山上之色，水中之味，花中之光，女中之态……又其下则有如苏州之烧香煮茶者。此等皆趣之皮毛，何关神情！夫趣得之自然者深，得之学问者浅。

袁小修《中郎先生全集序》：

> 然先生立言，虽不逐世之颦笑，而逸趣仙才，自非世匠所及，即少年所作，或快爽之极，浮而不沉，情景大真，近而不远，而出自灵窍，吐于慧舌，写于铦颖，萧萧冷冷，皆足荡涤尘情，消除热恼，……

谭友夏《诗归序》：

> 法不前定，以笔所至为法，趣不强括，以诣所安为趣。

张岱《一卷冰雪文后序》：

> 盖文之冰雪，在骨在神，故古人以玉喻骨，以秋水喻神，已尽其旨。

以上所引是袁氏兄弟所领导的文学主张，因为他弟兄是公安人，故亦称公安派。这一派的文学主张，是说文章要发乎性灵，独抒胸臆，不拘格套，不守成法，信手信腕，自成律度，所以他们口口声声提到神和情趣是诗文的极致。

姚鼐论文称义法，其自解之有云：

> 义即《易》之所谓"言有物"也，法即《易》之所谓"言有序"也，义以为经，而法纬之，然后为成体之文。

此处之义与以前之言气，名异而实同，更清楚一点的说：气是由义中生出来的，气的还原就又复归于义，不言气而言义是舍上而存下，去其难为而取乎易的办法。

以上略分四个时期，仅就各时期中举出一二个代表，作为神与气在各时代中，都稳然稳固的存在着，但是究竟神与气的本质是什么？及其反映于文学上发生何种现象，尚须详为讨论。在讨论这问题之先，先看"神"与"气"的渊源是出于何种场合，因为切合了文学上的质点，于是便作了文学理论上的术语，以下就是要考究神与气的来源。

《庄子·养生主》：

> 始臣之解牛之时，所见无非牛者，三年之后，未尝见全牛也。方今之时，臣以神遇而不以目视，官知止而神欲行。

庄子的神遇说，在这段文章内，借了庖丁解牛的故事，给了一个具体实例解说，我们知道庄子的哲学理论，天下事事物物都应守其自己所有之自然，一切的东西上都有其固有轨道，顺道而行，则一切皆得其所，所以他极力反对违反自然的行为，在他的一部《南华经》中几完全是阐明的这种理论。他对宇宙对人生都主张在不违背自然的规律下求其自然而然的发展。他的神遇说，就是由初期的技术渐渐训练而至于不加思索，一切的动作都成了心灵上的真感作用所起的反应。因此种情形与文学创作上的现象仿佛，始而都是由初期的技术，浑然不觉的变到成熟的地步，如果我们拉着任何一个成熟的作家，问他什么问题，都许给我们一个满意的答复，惟独问他是用的什么方法能把作品做到他那般的妙？敢断定他立时向你绉绉眉就算了答辞，因为那一点他只是体会得，而是不能形诸语言的，所以历来讲"神"的人，从来没有能把她说清楚，不是说不可传，就是镜花水月的抽象的比况，总之一些神的拜倒者，而不是神的诠释者，譬如陶潜的"采菊东篱下，悠然见南山"，谢灵运的"池塘生春草"，杜甫的"丛菊两开他日泪，孤舟一系故园心"，李白的"明月不归沉碧海"等句，谁不称之为神来之笔，千古的绝唱，但是谁能讲出他的妙处究竟在什么地方，可是谁又能说他不知道其妙之所在，即连作者本人写的时候，也不是专凭了推敲雕琢的功夫，也是一阵灵感上的转动在曲折的蒙昧的心象下流露出来的。如此所构成的作品，最高的境界，是使人读了这类作品，只是感到心灵上的契合，那种契合是感得的，而不是由解释而形成的，所以这种神妙的作品，低阶趣味的人是没福分享受的，唯有那文学修养有工夫的人才能赏识。

《孟子·养气》章：

> 曰："我知言，我善养吾浩然之气。"

"其为气也，至大至刚，以直养而无害，则塞于天地之间。其为气也，配义与道，无是，馁也。是集义所生者，非义袭而取之也。"

孟子论气称浩然之气，即是正大光明之气，气是与志相表里的，所以他说："夫志，气之帅也；气，体之充也。夫志至焉，气次焉。故曰'持其志，勿暴其气'。"这就是说志的高下、远近、清浊，都关系乎气的本质，六艺中"诗以道志"，所以文学作品无论如何是要发表个人思想在内的，因为志与气的关系，所以无形中气就因志而寓乎其内了。因此孟子人格修养的名词，而又被文论家行而作术语了，现在有许多人把"气"解释为西洋的 Style——作风、风格等字样，这种我们绝不能认为满意，一则风格不是专指文章气势而言的，文章的神韵与苦涩又何不是风格呢？二则提到气就应反本思源的顾及气的来历，即孟子的论气。而且若把各代以气论文的人的话略加思索，也不至有这等谬误，总之说理的文章内气的成分比较多，所以在论、说、策、辩、檄等体中，气的横溢都满于字里行间，其例举不胜举。诗词中的气却比暗昧了许多，不像在文章内那般显而易见，但是汉高祖的"大风起兮云飞扬"，左太冲的"振衣千仞岗，濯足万里流"，都是早脍人口的气焰高大了。再如诗神李白，词杰苏轼，也都以气势雄迈而见称的。气在文中使得辞采飞扬，志意浩畅，犹蛟龙之跃于渊流，使得波流急湍，惊涛撑空。所以读到气势好的文章，觉得胸宽目朗，壮气增神，所以以气论文的人，多半是好讲道义给人听的。

气与神存在于文章内，不能以何者价值高，何者价值低而相比论，原因是为二者所托附的东西，是两极端而不相类的。气所附的是思想，神所附的是情绪，理智与感情在人的心灵上是永远处在矛盾的地位而相倾压的，条理在一个水平上实在是不能的事。既不能以高下相比较，则可以单一的标准来姑定。自来文章就分了两门系统：一个是载道的系统，一个抒怀的系统。此处之所谓道，不是说的是某一种道，是一切思想的公名，因为先秦诸子之道，各家不同，而且又不同于汉诸子之道，自然宋儒之道益属大异，但是道虽不同，而其宣之乎斯文则一，所以就成功了文以载道的口禅，故周濂溪在《通书》中云："文所以载道也，轮辕饰而弗庸，徒饰也。况灵车乎？文辞，艺也！道德，实也！"载道派的文章应以有气为上品，盖气所以助声势而壮其理者，载道之文盖以立意为宗，用在服人。抒怀之文，正如《诗序》所谓"诗者，盖志之所之也，在心为志，发言为诗，言之不足，故永歌之，永叹之不足，故不知手之舞之足之蹈之也"。抒怀的文章，本是要将心里抑郁或澹静的境界显示出来，希乐人看到之后给以同情的哭或笑，是以抒怀之文意在动人，故抒怀之文是诉于人之感情，而不是一种征服人的思想的说教，为了动人，我们绝不能把悲欢照原样的详叙，是需要把握住那悲欢时的最锐敏的印象，用笔画出来，为的是使人看见那一点而可以感到作写的整个，那锐敏的印象描写是即所谓传神，如称美人称纤纤玉手，如写桃花则言灼灼，杨柳则言依依，写别情则称黯然，写闲适则用悠然等字样，使人可以在这单简字意中抽出无穷尽的韵味。故抒情的文章是以得神为极致。所以不能单在神与气的本身上论优劣。

神与气在文史上的展列是波浪式的，二者的消长相反，因为过于注重气的文章，末流常流于枯燥乏味，析理而外别无所长，读之使人生厌，于是兆了文章重神的动机，但太重神的结果，末流又常走入琳琅满目，探之无物的来路，固是气是由实中生出，神是由灵里露出来的。试看先秦诸子之文声气浩大，入汉则已呆板无趣，到了建安时代就变成清俊的文章，历晋则文章内幽远澹净之情见，经六朝则神韵变为空虚，唐时韩柳出，文章又以气胜，宋明仍之，至前后七子，则文章又现死滞之象，公安派诸人出而倡导抒情的文学，神韵之说又盛，桐城派出，气势之说又起。民国以来，新兴的文坛上，优美的文学盘据了十余年，所谓创造社、文学研究会、新月派，大都重视了文学中的趣味，故可以是尊神的时期，注重意识还是近五六年来的转变，所以普罗文学、民族文学，又可以说是气的威武时期。

自然不能说文章有气的就没有神存在，有神的就没有气存在，所谓神、气不过是指成份之多寡说的，为更求神气在文中之影响明了，无妨来借阳刚阴柔之说来解释，文章之以阳刚阴柔论者，始自姚鼐："鼐闻天地之道，阳刚阴柔而已。文者，天地之精英，而阳刚阴柔之发也。"阳刚的文章照姚氏云"如霆，如电，如长风之出谷，如崇山峻崖，如决大河，如奔骐骥，其光也，如杲日，如火，如金镠。"阴柔"如日初升，如清风，如云，如霞，如烟，如幽林，如沦，如漾，如珠玉之辉，如鸿之鸣而入寥廓"。凡文章之得力于气者，则尽有阳刚之美，凡文章得力于神者，则尽有阴柔之美，自然这样的解释不能算完善，但是除此之外没有了好的解释，故姑妄论之。

神与气，照以前所论都是可以修养得的，并不是天生的，一个是有了丰富的思想，而后理才能直，理直才能气壮，孟子养气可作实例，有了锐敏感觉，才能领会一件事象的神的境界，作工夫可用庄子庖丁之言为监本。（未完）

录自《众志月刊》1934年第1卷第2期

三、文学史上的一个通津

通常提起中国文学来，谁都会想到各朝有各朝的文学，各代有各代的文体。像所谓《诗经》、楚辞、汉赋、魏晋古诗、唐诗、宋词、元曲、明传奇、清小说、近代诗歌与话剧，单就表面现象来看，似乎这许多文体，是子承孙继一脉传流下来的，其实各种文体间，都是单成支派，各有独立的血统，尽可把文学史上的现象，都可照政治系统的更替同等来看，所谓楚辞汉赋唐诗宋词者，也不过是那一种体裁，在那个时代，荣膺了文坛的霸主而已，因为势力有消长，所以就有了新陈代谢的兴替现象。

这种兴替现象的连续，即所谓文学史的流变。若想明了这种流变的原因，我们不能不在这种文体的本身上去探求。我们看，若干的文体的寿命，仿佛是有机体的，所谓有机体，乃是由生而少，而壮，而老，而死。以《诗经》来论，为什么这种四言诗，只限春秋之末做得好，而汉朝的四言诗就变了质？楚辞的赋宗，为什么屈宋以后工力渐差，而到了汉朝就又变成了那种洋洋数万言的大篇章？汉代乐府为什么到了唐代就有新乐府产生呢？为什么五言诗起于东汉民间，曹氏父子才把它拥戴成了文学上的体制，独霸了六朝诗体，唐朝竟退居后列，只能翻个小花样？为什么七言造胎于八代，只是不显，到了盛唐，李白、杜甫等出来才（有）了大章法，宋朝以后，大的流变，南告画穷了呢？为什么词成于晚唐，五季北宋那样真纯，又宋尽年那样活跃，吴梦窗以后只剩了雕虫小技了！为（什么）曲在元朝是那么野模野样的粗俗天真，豪迈有力，到了明代就变得斯斯文文的典雅秀丽，靡弱而工致呢？又到了清代竟为了文饰的大过度，为什么成了尾大不掉的传奇，到了衰败而终绝的地步呢？

根据了以这许多文体兴衰的过程，归纳的结果，显然得出一个共同的通常不变的自然法则，就是各体文体发生的第一步，是在某地某时从民间先发生一种体裁。第二步，是经过相当的发展，这体裁一旦被天才的文学家赏识了，而顶拜为文坛上的标准体式。第三步，是一般文人从而也看重了这体式，竞起仿效。第四步，是发挥净尽的时候再无可翻新了，于是就有了抄袭剽窃，专向字句方面叩求，于是就到了这种体裁的尽头。

在第一步与第三步中间，是一种文体的黄金时代，可是就在这全盛的阶段中就潜伏下了亡机，若要明了其中的演化是如何，自然不能不证诸实例，势必要将几种文体提出来，给予切实的检讨，但是有一件先要声明，就是四言诗不能据为例子，并不是说四言诗的发展，逃出这种法则之外，乃是四言诗的发生与盛行，远在殷周之世，古籍留于今而足可均供为依据者只字皆无。故所有《诗序》作者问题，周代是否有乐诗官之问题，乃至于《诗经》被孔子笔删之问题，争辩滔滔，尚是未决之悬案，究根是一件事乃为个人所持之理，没有根据，聚讼纷纭，皆是或然之理，人谁敢信。今若据《诗序》，即秦汉以来之记述为依据，而立论，则更属幻中之幻，其不可征信也必矣！舍去旁求，则有叩诸《诗经》本身，但各诗之作者皆不详，此种情形尤以《国风》为最，大、小《雅》中用"君子"代替作者的甚多，如"君子作歌，维以告哀"等是也，标出作者的亦有，如《小雅·伯巷》中"寺人孟子，作为此诗"，其他如"吉甫作颂""家父作颂"等，都可常在文本中间发现，这一点点的记载，而对于上下数百年，包罗十数国的《诗》三百，简直不能有所考据，自来论《诗》三百的人，都感到了这种困难。自汉儒以迄于目前之学者，整理《三百篇》的方法，都是根据了《诗序》，而参以古史，以定其诗的产生时代，及所赋之情、所载之事，甚或将作者都编排出来。我们知道《诗序》本身尚属未明，一部《尚书》存于今者，尚不是伏生坏孔子壁所得之二十八篇，乃是晋以后所发见的，其书真实与否，至今未决。此外如《春秋》乃是鲁史，《竹书纪年》乃是晋语，所载之事迹，既不周遍，又以至简。若依如此之古史，于千古以下溯讨当年情况已属不可，若更以之而考核当时四言诗之演变问题，流于臆测则为痴人说梦，入于妄断则成盲人论日矣。故本篇不先言四言诗，而首论赋体，次及乐府，最终再反求四言诗。

歌六艺之中，其二曰赋，但自来诠赋者，都推重《艺文志》所载"传曰：不歌而颂，谓之赋，登高能赋，可以为大夫"。其实这里前两句说明，赋是不被管弦的徒歌，后两句是说赋诗的就可以做官。赋诗观志是春秋国际间盟会接见最盛行的，见面时互相赋诗以代言，故《国语》中常见某人赋某诗，赋诗即是赋《诗》三百篇中之诗，故孔子说："小子何莫学乎《诗》，诗可以兴，可以观，可以群，可以怨，迩之事父，远之事君。"又曰："诵《诗》三百，授之以政，不达；使于四方，不能专对，虽多，亦奚以为？"专对就是说使臣见使臣或见别国之君应答赋诗的事。于此可见"不歌而颂谓之赋"之赋与"登高能赋"之赋，皆是动词，而非名词，故赋之为体，以此种话来解释，殊难昭信。刘彦和云"赋者，铺也，铺采摛文，体物写志也"，陆士衡云"赋体物而浏亮"，以及与朱晦庵注《诗经》中之所谓赋，"赋者，敷陈其事而直言之者也"等都互相吻合，可以说是赋体一种明确的界说。

赋体的发生第一步当终止于《九歌》以前，检讨《三百篇》中，凡不假借别的事物做比兴而直称的，都是赋体，如《周南》中之《卷耳》《兔罝》《芣苢》等篇，《召南》中《采蘩》《采蘋》《羔羊》《野有死麕》《驺虞》等篇是也，《周南》《召南》久经证明了是南国之歌，是当时两处的民间歌谣而被搜集起来的，并且知道《国风》都是可以被诸管弦的，所以赋在民间流行的时候是可以歌唱的，而且民谣都是不详作者的，所以在《诗经》各篇都于作者不载。

赋在《九歌》发生的时期便已入了第二步阶段，已经由民谣一变而为文人之赋了，也就是赋从《诗》里蜕化出来，而独立起来自行发展。班固称"赋亦古诗之流也"，大概也不出此意。所不幸的是《九歌》那一类的民间祭词与歌谣，没有收在《诗经》里边实在是绝大的损失，但有一点应注意，《周南》《召南》与《九歌》显然不是一个源流，就形式与意识上讲，二南中多四言，典雅之辞句，《九歌》则为杂言，绮丽之辞句，而且多掺杂神话，是二南所缺的。而地域上，二南仅及于江汉之间，汝坟等地，是乃楚之北部，自然受着北方文化的熏染是在所难免的。《九歌》则南至于沅湘之间，醴浦等地，宜为楚之南部，宜其与二南迥然有别。既然有了两个来源，所以赋也就成了两个系统，代表南方的是楚辞，代表北方的是两汉之赋。这两个系统比较着楚辞成熟早了些，汉赋迟了些。从古诗到汉赋中间的东西，有荀卿的赋，荀卿的赋一观而知其为从北派蜕变出的，除了问答的形式是与《诗经》中案，但王逸序中言："昔楚南郢之邑，沅湘之间，其俗信鬼而好祠（一作祀），其祠必作歌乐舞鼓，以乐诸神，屈原放逐……出见俗人祭祠之礼，歌舞之乐，其祠鄙陋，因为作《九歌》之曲。"朱晦庵在序中也说："荆蛮陋俗，词既鄙俚……原既放逐，见而感之，故为更定其词，去其泰甚。"在这两段记载中记述屈原改作的真实与否，还是小的问题，大的问题是文人借了民歌的形式与内容，而另创作新的艺术作品，是最值得注意的，始作俑者可以说就是屈原了，试看他的代表作品《九章》与骚赋，完全是采取《九歌》那一类的民歌的形式与意识，作为抒发自己的怀抱与感情的工具。继之而起的有宋玉、景差等。

两汉便是歌的发展第三步了，在这个阶段上，因为物穷则变的道理，赋翻腾了许多花样，作者既多，产量亦富。班固《两都赋·序》："若司马相如、虞丘寿王、东方朔、枚皋、王褒、刘向之属，朝夕论思，日月献纳，而公卿大臣、御史大夫倪宽、太常孔臧、太中大夫董仲舒、宗正刘德、太子太傅萧望之等，时时间作，或以抒下情而通讽谕，或以宣上德而尽忠孝，雍容揄扬，著于后嗣，抑亦雅颂之亚也，故孝成之世，录而论之，盖奏御者千有余篇。"足征在这时期，不但赋体大毕，而且赋由民间经过了文人的拔擢而成为庙堂朝廷的文学了，所作的赋多半是奉上君主的，自己抒情道志的却在少数。两汉的赋继承了楚辞的系统，到了司马相如、扬子云的时期，像《楚辞》中所载的那样专门道志，自剖哀感，自伤的赋，已经被人看着不新奇了；同时出自《诗经》，而继荀卿之后的那一系统，专尚铺陈，寓言讽谏的《长杨》《羽猎》《子虚》《上林》等赋，已是发展到穷声尽貌，专事雕琢的地步，而不为人所器重了。所以《扬子法言》："或问：'吾子少好赋？'曰：'然，童子雕虫篆刻。'俄而曰：'壮夫不为也。'或曰：'雾縠之组丽。'曰：'女子之蠹矣。'"此则足可考见那种精巧绮丽的作风，是已深深的被人鄙弃了，于是应时而兴的则有班固"两都"，张衡"二京"之赋，明徇典雅，迅发宏富，一振西汉以来颓风。更有草区禽族，庶品杂类之赋，如中山王《文木赋》、王褒《洞箫赋》、孔臧《鸮赋》、淮南王安《屏风赋》。于时赋家辈出，新篇蔚起，所有序志、述行、宫殿、羽猎、体物之赋毕于斯而尽于斯矣。

赋从魏晋起便走入第四步了，这时期的赋不像两汉时那样风起云涌滔滔千里的汹涌了，而是到了源流的余脉，渐渐趋于涸渴。虽然在这余绪的功夫，可是也翻了几个小花样，如王粲、曹植、徐幹等人的简短流连哀思的词，六朝时词受了骈文的洗礼所发生的俳赋，唐宋与散文融合所形成文赋，如《秋声赋》《赤壁赋》等，此后赋的命脉便终绝了。最应注意的是，在这阶段上的赋家，有一个通病，就（是）摩拟与剽窃，而且这种病根是早种下的，因为汉代赋家，已经把赋的宝藏掘尽了，这时的赋家没有可以开辟的了。意志坚强、才力雄厚的人，纵然有心另寻新发现，结果也没有多大的获得，而一般写赋的人也只得缘用旧有的形式与内容，而一成不变地写下去，因此雷同赋不知有多少。而且有公然标明仿作的，有江淹的《学梁王菟园赋》。在序文中而说明其作赋之所本的有曹植的《洛神》："斯水之神名宓妃，感宋玉对楚王问事，遂作斯赋。"这明白地告诉了是模仿的《高唐》《神女》赋。更有潘岳的《寡妇赋》："昔阮瑀既殁，魏文悼之，并命知旧作寡妇之赋。余遂拟之，以叙其孤寡之心焉。"至于其他虽无明文可查，而其题目相同内容无异的赋，尚是不胜备举。

其次再看乐府的发展，是否与赋如出一辙。概括的说，乐府的名成于汉初。因为惠帝二年的时候，就使夏侯宽为乐府令。但依《汉书·礼乐志》："武定郊祀之礼，……乃立乐府，采诗夜诵，有赵、代、秦、楚之讴，以李延年为协律都尉。"于此我们知道汉初之曰乐府，犹周代之有颂也。都是贵族采了四方歌谣，来作为祭天祷地，祈神灵、祠祖先的乐章。汉初的乐府是继承了三颂而没有大的拓展，到了武帝的时候，广搜博采，重新又从四方中外的民间的歌谣，据《艺文志》所载，有下列一百三十八篇：《吴楚汝南歌诗》十五篇、《燕代讴雁门云中陇西歌诗》九篇、《邯郸河间土诗》四篇、《齐郑歌诗》四篇、《淮南歌诗》四篇、《左冯翊秦歌诗》三篇、《京兆尹秦歌诗》五篇、《河东蒲反歌诗》一篇、《洛阳歌诗》四篇、《河南周歌谣诗》七十五篇、《周歌诗》二篇、《南郡歌诗》五篇。此中《周歌诗》及《周歌谣诗》均另有"曲折"，所谓乐谱也，如此的收集了民歌，更收集了从外国输入的鼓吹横吹等曲者，是胡人之乐也。今《乐府诗集》所载《短箫铙歌十八曲》，文辞今多不可解者，即鼓吹之曲也。汉孝高后时就有了鼓吹曲，何时入中国不得其详，刘瓛《定军礼》："鼓吹未知其始也，汉班壹雄朔野而有之矣，鸣笳以和箫声，非八音也。"横吹输入的仅有《摩诃兜勒》一首，《古今注》："汉博望侯张骞入西域，传其法于西京，唯得《摩诃兜勒》一曲。"

不但广收四方与外族的歌诗，而且另外命赋家作诗，调之管弦而歌之，这自然是三颂的余续，因为这都是祭郊庙用的，《礼乐志》云："以李延年为协律都尉，多举司马相如等选为诗赋，略论吕律，以合八音之调，作十九章之歌。"《李延年传》："是时上方兴天地诸祠，欲造乐，令相如等作诗颂，延年辄承意弦歌所造诗，为之新声曲。"于此知道乐府本文只不过是诗，被之管弦可以歌唱之而已。所以刘彦和云："乐府者，声依永，律和声也。"永者，即歌咏之辞，亦即诗也。"故知诗为乐心，声为乐体，乐体在声，瞽师务调其器，乐心在诗，君子宜正其文"，亦可证明乐辞是诗，诗声是歌了。乐府的本来面目，既如上述，我们就可认此等的乐府是乐府的第一步。

乐府的发（展）第二步应始于东汉，因为在以前的乐府，不是收集来的无名作家的东西，便是由诗合律变成的，到了东汉就有了文人用乐府的体式，来作抒发自己感情的乐府，其辞即今日之作称为古诗者，确有作家可考的则有马援的《武溪深行》、傅毅的《冉冉孤生竹》、张衡的《同声歌》、辛延年的《羽林郎》、宋子侯的《董娇饶》及繁钦的《定情诗》。

但是在这五篇中,东汉以来的乐府是继承那一种乐府就立地而决。除了《武溪深行》是杂言外,其他各篇都是一律五言,然后再看西汉乐府中,除了民间与外来的乐府有全篇五言,郊庙乐章率多杂言,所以在此处知道了东汉乐府是由民间乐府与外族乐府而来的,同时亦可明了五言古诗发生的渊源。以及五言诗产生的时代,就此又可以给否定《白头吟》,苏李诗,枚乘诗的人多了一个旁证。

建安的时代便是乐府发展的第三步了。当时五言诗已由马傅等人推上了文坛,这时踵武前人的诗人蔚起,魏氏三祖倡之,建安七子和之,上行下效遂大风行。《文心雕龙·明诗》谓:"建安之初,五言腾涌。"正是如此。此时乐府的作风也与东西汉不同,两汉之作,乐杂四方之音,已详上节。情为一般大众之所有,故其温柔敦厚邈然古风,无过甚之辞,故范围博大,凡属劳人、思妇、孤臣、孽子、戍客、征夫之情皆包容而有之。建安以来范围顿减,仅照于狎池苑,怜风月,述恩荣,叙酣宴,伤羁戍,哀时命,姣然绮丽之气,已失纯朴之风。音乐方面也有了音靡节平的变化。最主要的是在这阶段上发生了乐府脱离音乐而独成徒歌,即是不被管弦的古诗,魏晋间以曹植、陆士衡作此类乐府为多,《文心·乐府》云"子建、士衡咸有佳篇,并无诏伶人,故事谢丝管,俗称乖调",足可资证。

时至南北朝时代,花样又大变了,南朝的清商曲,北朝的横吹曲,盛如花开,猛若孤军,脱尽了汉魏以来的慷慨悲愤之气概与遒劲俊丽之格调,而换上了飘逸厌世的色彩与金粉靡丽的面貌。北朝横吹等曲,多是歌咏战的,但是北朝承东汉魏晋以来之大乱以后,人民多生了厌世思想,故当时佛道盛行,社会人士多尚清谈,故表现在文学上的,在军乐的横吹曲,点染了浓厚的非战思想。如《企喻歌》之所谓"男儿可怜虫,出门怀死忧,尸丧峡谷中,白骨无人收"。又如《紫骝马歌》"十五从军征,八十始得归。遥看是君家,松柏冢累累"。一看即知非为赞咏战争的作品。南朝的清商曲大概可分四种,即吴声歌、西曲歌、神弦歌、雅歌是也。这些歌曲的地点都以金陵为中心,这些歌曲的内容都几乎是少年男女思慕调逗之情,故其词婉约靡丽,意味深长,缠绵悱恻,耐人寻味,这种乐府乃是宋词之先姊。

乐府至唐初就入了第四步,这时乐府都是完全变了形式的乐府,诗人所作的乐府,大都不被管弦,盛行于当时的材料,多侧重宫怨一方面,宫体早创始于梁简文帝,至是始风行,可是别的歌曲都消沉下去而又起蜕变了。还有一个特别就是这时有的乐府虽名乐府,而其实却是五七言律诗与绝句,其时号之为新乐府。唐初中唐诗人的作品里乐府都占最大部分,中多五七言的长篇,亦有在首尾用三言短句者,亦有上半首是七言下半首是五言的,亦有作律诗绝句者,花样之多不胜举。中唐以后则作之者不名乐府而曰词曲，曰长短句，故乐府绝于晚唐可知矣。

以上讨论过了赋与乐府的发生，成长，兴衰者都如有机体的一般，恰合那四个步骤，没有一点出入，然后再考究唐诗宋词元曲明传奇清小说都如出一辙，所以归纳出来的那四部论的法则，是不会有舛错的了。但是要明了这通律形成的所以然，不能不注重客观的条件，最应留意的是政治经济的变动，民族的分合，文化的杂糅，以及由以上诸形态所决定一般意识的演变，此外则稍留意作者的阶级，与读者的心理，则这问题便迎刃而解了。

综合以上诸基础条件，再细把这四步的文学通律详为讨探，凡是文学的发生与演变，都是由客观的政治经济风俗习惯来决定，由民族的分合，文化的交融来推移。所以一个民族有其独有的文学，一时代有其专有文学，一地方有一地方的文学。但是这所有的文学初生的在民间时候，就像一个才从母体落生下来的胎儿，是质朴，是天真，是充实的，是活跃的，凡是喜怒哭笑都是自然的流露，而没虚伪的造作，本质方面因为是出生于民间，而在其文学本身上处处存在大众性的遗留。

等到这一种文学，被天才的文学家看中了，也就用了这种文学形式，而抒发自己的感情，于是则这种文学要脱离了民间，而献身于文坛，在这时先天还没有亏损，不过是意识由简单而变为致密，外形由朴实而变为秀美而已。凡是在时的作家们，创作的动机都是即兴主义，此外还没有别样目的。

等到这种文学发展到公开的朝野都承认的时候，于是上有朝廷的奖励，作为臻援人才的工具，下有文人的崇尚，视为高登青云的阶梯。于是文人各展天才，苦心习作，一有文名，便可显贵。因此这种文学因之而繁衍，而宏富，而体式大备，内容兼有，酿成一个生命中的黄金时代，可是这种文学就在此时失去了天赋的本能，殒灭了本来的面貌。一切方面都变成了人工的。时间有了升降，自然要时间性的差别。地方拓大了，自然染有地方的色彩。作者是文人阶级，自然要有以前文学的继承。若再有外族文化的输入，则将有两种文化的共体。创作的动机是有所追求，于是就有了凑句滥制，滥凑之不得，于是就有剽窃，于是就生成来各形各象，无奇不有，无美不备的文学。

等到这种文学在文人手里弄不出新奇的花样来，文人又不能闲着，于是就守着前辙，镂心刻骨的，专门在技巧上下功夫，字字叩求，句句推敲，争奇弄巧，取难走险，于是就又翻出对偶，声韵，格律等小把戏，这时的作者既不能跳出前人的圈外，所有的作品都是由抄袭摹拟来死躯壳，而没了一点生命。而一般读者看了以前那样宏奇富丽的作品，亦觉得有了观止之感，自然对于这种文学的强弩之末的余续，不能不厌倦，而另望有新的文学足共鉴赏。这样一来，一方面给这种文学献了葬钟，一面给了另一种文学一个出头之路。有以上这个通律，我们可以论定《诗经》在四言诗的发展上占在那几步，及其衰于战国的原因，并可推论出现代白话诗歌以后的命运，而且可以帮助解决文学史上诸难题。

录自《众志月刊》1934年第1卷第3期

四、文学作家与生活

在这个题目以下所讨论的，并非是要说明有志于文学创作者，应该有何等的一种生活，而是要探讨何种生活，恰适合于做文学创作。于此不能不把历来文学家的各种各样的生活检讨一番。

中国历来的出名作家，存在于各阶级层：有的是贵为天子，尊如亲王；有的是掌政的宰相，治民的官吏；有的是寄人篱下的史掾与清客；有的是逍遥在田园，遨游在山林的隐士；文学家独立的名称，乃是近二十年中新兴起来的。所谓小说家、新诗家、散文家、新剧家，呼之者既以此相称，应之者则亦不感有愧，风行之下，再也不见有贾长沙、陶彭泽、阮步兵、杜工部一类官宪的名字了。虽然现代的文学家的职业，复杂异常，其实所差的也不过是名目而已，而一般的生活型态，与以前的作家一点都没有变化。走向政治的，有主席、主任、秘书、科员等名。走向新闻界的，有主笔、编辑、采访员等项。投入教育界的有校长、教员等类。无论在任何时代，都离不了在政在野的区分，首领附庸的对立，主席相当帝王，秘书就相当掾属了，其余都可以类推。

历代帝王中，雅好文学的有三国时的曹氏父子，六朝时的刘氏、萧氏，南唐的中主、后主，却是前后辉映的人物，其中最出名而被推为第一流作家的，有词家李煜，有诗赋家曹植。李煜是一代的君主，功业上毫无建树，反而亡国丧家，身为臣妾，妻子为孥，例是为人间留下不少脍炙人口的妙词，至今为歌咏赞叹。在政治上虽然低能到万分，而在文学的领域中，却是个天纵的骄子，有绝大的本领。要明了着其间的底细，非把他的生活观察一番，是不能得着要领的。

这位天才的词人，生逢危急多事的时代，自立为太子始，南唐国势早已不堪其衰弱，北朝新兴的宋日渐强大，无形中南唐就成了北朝的附庸，但是他不作定国安邦，拯国家于危亡的大政，仅是卑躬折节以珠宝金帛贡献北朝，求其不相侵扰。《宋史》云："煜每闻朝廷出师克捷及嘉庆之事，必遣使犒师修贡，其大庆节更以买宴为名，别奉珍玩为献。"贿赂固然暂时作为缓军之计，但不能维持长久，藉机励精图治则可，并非是保国的上策。所以宋太祖终于开宝七年，大举雄兵灭了南唐。金陵城陷的日子，他又不作个死社稷的崇祯皇帝，他竟率领群臣肉袒牵羊，作了个在世的郑伯。后来他带着近臣到宋京，封了侮辱莫甚的违命侯。太宗即位，封了他为陇西郡公。在这屈身事人的期间，并不像囚困吴宫的越勾践，卧薪尝胆怀远大之计，图复兴社稷的谋略，他就是那样伈伈伣倪的度了残年。死时据传说是被太宗用药毒死的，固然为人俘虏这并不算例外，其实太宗对这样的一个无心世俗的人，也大可不必下此毒手。

然后再看他当国家危急存亡的时候，他是怎样的忽人君之大道，好雕虫小技来着。《浣溪沙》一词云：

> 红日已高三丈透，金炉次第添香兽，红锦地衣随步皱，佳人舞点金钗溜，酒恶时拈花蕊嗅，别殿遥闻箫鼓奏。

这是后主歌咏他的平时生活，满可以看出他是昼夜纵酒，放浪于脂粉队中，沉湎于醇酒美人的分上，忘怀了经国的大政，日上三竿他还耳听五音目观美色呢，自然鸡鸣早朝是莫须有的！"女人诚祸水"，偏偏他昭惠后是一个擅长歌舞的人，再看他的《玉楼春》：

> 晚妆初了明肌雪，春殿嫔娥鱼贯列。笙箫吹断水云间，重按霓裳歌遍彻。

相传周昭惠后善歌舞，尤工琵琶，能谱《霓裳羽衣曲》，又当着了这个崇尚音乐词人，自然夫妻相爱甚笃，可巧后有妹，美妙有过乃姐者，真是尴尬人偏逢尴尬事，后主又爱上了小周后，未死以前，他们就先失了君臣的体统了。且看他吟咏他们中间的挑逗的情景，就知他是个何等风流天子，专向女人身上下功夫的人物了。其《菩萨蛮》一词云：

> 花明月暗笼轻雾，今宵好向郎边去，划袜步香阶，手提金缕鞋。画堂南畔见，一晌偎人颤。奴为出来难，教君恣意怜。

这样一个花好月暗，人约黄昏，女的为怕鞋响惊动了人仅穿划袜去幽会，差不多是一副待月西厢图了，此时自然能尽吐芳心，各道相思之苦，恣意的依偎，蒙不用着"脸慢笑盈盈，相看无限情"的渴望了，也用不着"眼色暗相钩，秋波横欲流"的费苦心了。似乎觉得"绣床斜凭娇无那，烂嚼红茸，笑向檀郎唾"的调笑，也没有此时香软了。以上完全是他在风雨飘摇的国度，享得的人间绝无的优美的生活。但是他爱女人，不仅是像一般的君主贪女色，他还是兼重女人的人格，一魄柔情，丝毫没有摧践女性的痕迹，而且很够得上崇拜女人了。试看大周后死了，他的哀伤恸切的幽情，就可知其为情种了。其《新谢恩》一词云：

> 樱花落尽阶前月，象床愁倚薰笼，远似去年今日，恨还同。双鬟不整

云憔悴，泪沾红抹胸，何处相思苦，纱窗醉梦中。

可算是写尽了睹物思旧，潸然泪下的悼亡情绪了，更有"剪不断，理还乱，是离愁，别是一般滋味在心头"的凄苦句子，非复当年的情歌妙舞情形可比伦了。最可证明他视女人若生命的地方，是他作亡国的囚徒的时候，抚怀追昔不胜故国山河之感，作的一首《破阵子》：

四十年来家国，三千里地山河。凤阁龙楼连霄汉，玉树琼枝作烟萝，几曾识干戈。一旦归为臣虏，沈腰潘鬓消磨。最是仓皇辞庙日，教坊犹奏别离歌，垂泪对宫娥。

此词十足表示李煜的儿女情长，国家山河不足为念，臣妾于人无足挂齿，宗庙重器弃之有何可惜，唯一的伤心资料，还是那粉白黛绿的宫娥，赚出他的一把辛酸泪。单就这一点他已就出乎常人的圈外了，所以国亡身囚，常人或都要发愤复国，他则在花朝月夕，春风秋雨中记起当年盛事，作几首词而已，其中并无激励剀切的奋飞之语。试看其时代中他的作品，如《浪淘沙》：

帘外雨潺潺，春意阑珊。……无限江山，别时容易见时难。流水落花春去也，天上人间。

又如：

往事只堪哀，对景难排……金锁已沉埋，壮气蒿莱。晚凉天净月华开，想得玉楼瑶殿影，空照秦淮。

又如《望江南》：

闲梦远，南国正芳春，船上管弦江面绿……

又如：

多少恨，昨夜梦魂中，还似旧时游上苑，车如流水马如龙，花月正春风。

又如《虞美人》上半揆：

春花秋月何时了，往事知多少，小楼昨夜又东风，故国不堪回首月明中。

　　他的亡国之恨，也就是尽于此了。至于他何能旷达如是，一言以蔽之，根本就是没有看重他的帝业与国土，所看重的事情，而且认为做生命，少年是恋于声色，老年酷奉了佛教，全生中无一刻不写词曲。所谓保国安民还可以，至于攘外安内，治平天下，宰割诸侯，以做成铁一般的国家，留为子孙万代之业，则非是这般人物所应做的事。但是厄运接连的缠绕了他，他并不想怎样去应付，他只是隐忍的苦熬在里头，旁人所应发生的感觉，几了在他有两样。诋訾他是个无能皇帝，固然没有不可，称颂他有超凡的人格，是天才的作家，也恰当到万分。他一生的功业，没有一天苦思积虑过政事，却没有一刻不致力于推敲词句。试看兵临城下，朝不保夕的功夫，还有下面一首未经填成的词："他桃落尽春归去，蝶翻金粉双飞。子规啼月小楼西，画帘珠箔，惆怅卷金泥。门巷寂寥人去后，望残烟草低迷。……"《西清诗话》云："后主在围城上作此词，未就而城破，尝见其残稿，点染晦昧，盖心方危窘不在书耳。"于此可见他的写作，是在任何惊心动魄的情形下也是不间断的。其实他并不曾以创作为己任，只是把自己不可遏止的感情记录下来，已够后代的人们悲歌咏叹，何曾用得着搅脑苦思的去寻佳句呢？因为他既非平凡，本身就是一出不可回避的悲剧，所以出口就可使人悲、使人愁了。

　　堪为后主比肩的，要数着魏时东阿王曹植了，他二人的地位、遭遇、失败、成就的各方面都如出一辙，俨然曹植是李煜的前身，李煜是曹植的再世。同样的不是政治上的人物，偏是命运注定，他们的多磨的地位，同样的不能假正经伪规矩的做他们地位上的事业，同样的有着浪漫的僻性，醇酒美人都与生命看成一般重大，如《箜篌引》："置酒高殿上，亲交从我游。"如"归来宴平乐，美酒斗十千。"如《仙人篇》："湘娥抚琴瑟，秦女吹笙竽，玉樽盈桂酒。"如《美女篇》："罗衣何飘飘，轻裾随风还，顾盼遗光彩，长啸气若兰。"以上都是见于诗句中的痕迹。有事实可证的，曹操曾命他去救曹仁，因为那时他喝得大醉不能受命，这一件使他丢掉了曹操一向对他的器重，与他不能立为太子大有关系。曹操得袁熙妻甄氏，与丕作妻，植甚爱伊，故私心颇不平，甄氏死后他曾作《感甄赋》，后来曹叡改名曰《洛神赋》。他有一副仁慈的热肠，曹操死后继位，承献帝禅，植以为帝遇害，便与苏则发丧，且自伤失父意，更怨激而哭。曹丕闻之大怒，于是把他的至友丁廙、丁仪等，统统杀死，又令植如诸侯并就国，还派有监国监视，监国自恃是朝廷的命臣，待植桥①横更甚，监德曾奏植醉酒，悖慢有司请治罪。植曾与白马王彪同自京师归国，监国不许同走，且看其《赠彪七首》第三首云：

　　——————
　　①桥，可通"憍"，意为骄傲，骄矜。

玄黄犹能进，我思郁以纡。郁纡将何念，亲爱在离居。本图相与偕，中更不克俱。鸱枭鸣衡轭，豺狼当路衢。苍蝇间白黑，谗巧令亲疏。欲还绝无蹊，揽辔止踟蹰。

读此诗可知其对乃兄丕怨望颇深，其自序云"愤而成篇"，看来煞是不差。本来他就不是个经邦济世的雄才，而是个风流潇洒的才士，位为藩侯，亲为宗室，实际对朝廷并没有建树功劳，甚或对乃兄的政事多有非辞，因为篡夺征杀的事根本就不是他所看重的，这些都是他不得被立为太子的主因。但是他享有一代的才名，所谓"文若春华，思若涌泉"是评他才高笔捷的话。因为声名震于四方，所以海内的文士，若七子、杨修、丁氏弟兄以及当代的才俊，没有不仰慕而归附他的。他单单如此盛名，有许多附合他的知识，已够曹丕注目的了，而且他们还在爱情和王位上是敌人，继然曹丕胜利了，但是没有一刻不防备着曹植的谋叛，更兼曹丕的得天下是篡夺来的，他苦思积虑的想一手掩着天下人的耳目，惟恐有人反对他这种背叛的行动，不想反对他最力的并不是汉之遗老，而是（他）的亲兄弟曹植，因此他对曹植不敢轻视，监视之不足，则杀戮他的亲信，结果人都怕曹丕的毒辣手段，谁也不敢再归向植了。所以曹植一生孤苦，至死也未得称意，虽然他没有亡国丧家的奴颜事人的惨苦，但是他却是个孤立无援，在人掌握的弱者。虽然如此，他并以文学为专业的人，虽没有干才，他时时在心中有主一番事业的冲动，这样就更加深了他的苦痛，曾有《与杨修书》云：

吾虽德薄，位为藩侯，犹庶几戮力于上国，流惠下民，建永世之业，流金石之功，岂徒以翰墨为勋绩，辞赋为君子哉！

也曾上表云：

若使陛下出不世之诏，效臣锥刀之用。……虽身分蜀境，首悬吴阙，犹生之年也。如微才弗试，没世无闻……非臣之所志也。

结果他是闲散终老，一方固属受政治上的限制，最主要的原因他不是个干才，积合他精神上的各种矛盾，遂造成了他文学一道的发展，也可算是人尽其（才）了。

站在帝王之下，万民之上的生活中的第一流作家，我们皆提出屈原和贾谊二人来作典型。同时执履忠贞而被谗邪的两个人，《离骚经章句序》云：

入则与王图议政事，决定嫌疑；出则监察群下，应对诸侯。谋行职修，王甚珍之，同列上官大夫。靳尚妒害其能，共谮毁之，王乃疏屈原。……其子襄王，复用谗言，迁屈原于江南，屈原放在草野……不忍以清白久居浊世，遂赴汨渊，自沉而死。

屈原的生活大致就如上所引，《屈贾列传》云：

> 二十余岁为文帝博士，一岁中迁为大中大夫……改正朔，易服色，制法度，定官名，兴礼乐，孝文帝欲立谊为公卿，见谗于东阳侯冯敬之属，乃以为长沙王太傅。……后复拜为梁怀王太傅……文帝后封四王子，谊屡谏而患兴……怀王骑堕马死，自咎为傅无状泣死。

屈、贾二人生活相同之点颇多，故《史记》合而传之。他二人的时代都是英雄用武的大时代，屈原正当战国诸侯相征的时期，各国诸侯都是急于内修政事，外备战争，而怀兼并诸侯而王天下之心，在此动荡的大时代中，正是志士有为的时候，可惜他偏偏遇人不淑，不足与共大事。《新序·节士》篇云：

> 屈原为楚东使于齐，以结强党。秦国患之，使张仪之楚，货楚贵臣上官大夫、靳尚之属，上及令尹子兰，司马子椒，内赂夫人郑袖，共谮屈原，屈原遂放于外。

于此足见屈原在政治上所占之重要地位，被外人看做强敌，于是设法离间之，又可看出怀王之昏庸不明，竟坠入计中，而竟自断膀臂。假令屈原以其才学游于诸侯，想是略达时务之君，都要欢迎不置的。但是他有一个至高至大的人格，不是轻易变节事人的，虽然遭疏放，仍然不起二心。在这不是与为而不肯不为的矛盾中就开始了他的厄运。《离骚》一篇可说他自（己）的写然[1]，在那有看可崇拜的伟大的人格。如：

> 纷吾既有此内美兮，又重之以修能，扈江离与辟芷兮，纫秋兰以为佩。

个人是如此的贞洁自好，又有坚固的操守，如：

> 謇吾法夫前修兮，非世俗之所服。虽不周于今之人兮，愿依彭咸之遗则。……
> 余虽好修姱以靰羁兮，謇朝谇而夕替。既替余以蕙纕兮，又申之以揽茝。亦余心之所善兮，虽九死其犹未悔。怨灵修之浩荡兮，终不察夫民心。

①写然，疑为"写照"之误。

……

　　固时俗之工巧兮，偭规矩而改错。背绳墨以追曲兮，竞周容以为度。……宁溘死以流亡兮，余不忍为此态也！

　　同时他有两个矛盾的思想交战在内里：一面对于其时社会的恶劣，不甘习染，酿成他的极大的厌世思想。一面又对于其社会恋恋不舍，看到了社会的危机，不甘独善其身，欲想兼善天下，又造成了他勇敢的入世思想，如：

　　乘骐骥以驰骋兮，来吾道夫先路。
　　岂余身之惮殃兮，恐皇舆之败绩。
　　及荣华之未落兮，相下女之可诒。吾令丰隆乘云兮，求宓妃之所在。

　　他这种欲有为于天下的热忱，偏偏就遭了致命的挫伤，但是他坚忍不挠的毅力，如：

　　屈心而抑志兮，忍尤而攘诟。伏清白以死直兮，固前圣之所厚。

　　他有冷静的头脑，社会危机的症结了如指掌，又有火热的感情，时时在煎熬，既不肯随流从俗的与恶社会同化，又不能掉转社会，故终生与恶社会斗争，最后力竭而自杀，如：

　　已矣哉！国无人莫我知兮，又何怀乎故都！既莫足与为美政兮，吾将从彭咸之所居！

　　此种志士道穷的悲哀，千载以后读之者莫有不凄然中伤的。这种自杀的归宿固然可惨，但是我们替他打算一下，就知道除非一死，是什么也不能解除他的苦恼的。

　　贾生也正和屈原脱了个影子，他得意的时候，正当汉初黄老盛行的期间，朝野上下都以无为为有为。偏是他看清了社会的靡乱，政事的废弛，想从事于彻底的改革，于是上了个整理政务的草案，所谓《治安策》，没有实现。可以说那时是不可为的时期，但是他有屈原同样的秉赋，虽不可为，亦不得不为，因而见疏于主上，结怨于近臣，终以谮毁见远于君上，观其过湘江而吊屈原，实乃自悼也，所谓兔死狐悲，物伤其类。如：

　　彼寻常之污渎兮，岂能容夫吞舟之巨鱼？横江湖之鳣鲸兮，固将制于蝼蚁。

正是自叹遇人不淑之语，如：

> 历九州而相其君兮，何必怀此都也。

是乃贾生非真知屈原之处，岂其专为君哉，观夫：

> 长太息以掩涕兮，哀民生之多艰。

则知其以民为重，其一切牺牲皆以民也，非为君也。此亦系屈、贾不同之处，故屈死而贾能留于世。

自来的官吏与隐士就是一种人，不能严格的区分，在职的就是官，解任后，就是隐士，若讲到真的隐士将终生不被人知才对呢。身兼官吏与隐士的作家，在中国许多田园文学与山林文学都是由这些人做出来的，我们可以以陶潜、李白作代表，他们同样有放荡不羁的性格，高尚的理想，也曾同样走入政台而遭了失败，而复归于平民，放浪形骸于自然的安抚内，而在文学上享了盛名。

因为他们生活屈折太多，在政在野没有一定，所以关于他们的传闻轶事的记载特别复杂。一生的事迹既属难以正确，就连姓氏和籍贯都有几种不同记载，其他的事自可想见了。

潜于壮年时，亲老家贫，起为州祭酒，以不堪吏职，自解归，后又召为主簿，不就，躬耕自资，抱羸疾，遂为镇军将军，后又补彭泽令，自免归，作《归去来兮辞》以自慰，后不复仕，隐居田园。其大部诗文都成于斯时，尤以多描写田园风物为最佳，如《归园田居》五首，写景既真，寄慨亦远，开田园诗人之宗，他生来就有一个爱自然的天性。如：

> 少无适俗韵，性本爱丘山……久在樊笼里，复得返自然。（《归园田居一》）

所以在他诗文中，写自然处，皆是佳句，正是他能了解自然，而旷达的心胸，与自然有同样辽廓的原故，如：

> 采菊东篱下，悠然见南山。山色日夕佳，飞鸟相与还。此中有真意，欲辩已忘言。（《饮酒诗》）

这种境界自是常人所不能有，而"悠然"二字却是神来之笔，谁怨他能妙绝千古呢。像他这样一个风韵高雅的名士，自然不适合鄙卑龌龊的宦海了，自然他要畏而退避了，如：

因值孤生松，敛翮遥来归。（《饮酒诗》）

在昔闻南亩，当年竟未践。屡空既有人，春兴岂自免。凤晨装吾驾，启涂情已缅。（《怀古由舍二首》）

正是他倾向思慕自然的家地方，但是他因为不能苟合人世，离群而独居，所以他常兴寥落无偶的悲哀。如：

结庐在人境，而无车马喧。（《饮酒诗》）

万族各有托，孤云独无依………知音苟不存，已矣何所悲。（《咏贫士》）

但是他深明，人生无常，盈虚之道，故能超脱俗念，又有"朝闻道，夕死可矣"的信念，故他能安贫守微，穷苦一世，并无什么憾恨。所以对于一切都抱着静观赏鉴的情趣。并不像李白的感伤过甚，而走进颓废的地步，对于一切都不满，成了一种皮毛的虚无主义者。李白在幼年对社会抱着极大的热望，所以他在不得出头的时（候），努力想一步登云，且看其《上韩荆州书》与《上安州裴长史书》，真与自荐的毛遂无异。那时他先有了才名，早为时人所景慕。结果他辗转到四五十岁上，才上政台，先作了一任翰林学（士），因为性格的不合，早招出了群小的妒嫉，为了"借问汉宫谁得似，可怜飞燕倚新妆"之句，就被放于外，后被浮游四方，为永明王璘所看重，辟为都督府僚佐，后永明王以谋叛兵败，于他被执，流庭即未至返金陵，遂穷困终生。

李白有一个很朦胧的超尘的理想，自己很强烈的要求着，他那种理想连他自己都有清晰的概念，只可说是极端反对现社会的。同时他又（是）个无能的人，没有改造社会的能力，因此生出他的愤慨。他的诗文无一字不是由愤慨中突出的，怨忿之极他又没有自杀的勇气，更铸成了他的悲哀。被哀痛缠得不可开交时，他便用酒麻醉，麻醉之不得，遂自想解脱，也学着留连自然，可是他的歌咏自然常含着无限的愁怨，没有一点澹静闲适的气味。因为他的放浪的动机是出于不得志的原故。且看：

抽刀断水水更流，举杯消愁愁更愁。人生在世不得志，明朝散发弄扁舟。

并非是好闲散者之比也。他的悲哀由来一面是才高不遇。如：

大道如青天，我独不能出。……淮阴市井笑韩信，汉朝公卿忌贾生。……昭王白骨萦蔓草，谁人更扫黄金台？

一面是荣辱无常，生死莫卜："陆机雄才岂自保，李斯税驾苦不早……且乐生前一杯酒，何须身后千载名。"他正因对人世间一切估价都否定，而没建立起的信赖，所以他沉入失望的渊底，亦感着孤独无伴的凄楚。如：

> 花间一壶酒，独酌无相亲。举杯邀明月，对影成三人。月既不解饮，影徒随我身。……醒时相交欢，醉后各分散。永结无情游，相期邈云汉。

算是写尽了的孤伶之苦，可见他的纵酒狂歌，并不（是）偶然的事。后来他的老运更是恶劣，相传他是投水死的，虽不可靠，亦不无理由。

再次就是江湖中的人，所作的一些院本、传奇、小说，都有些不朽价值，但是他们的生活不可查考，单从江湖二字，也就略可得其梗概了。

还有所谓谁客之流的作家，这些的人们创作的动机，是受着主人支配的，随着主人的心意而下笔，若司马相如、东方朔等及建安七子之流，都想在"诚为寡人赋之"的旨意下做文章的，其中所表现的性灾是极其穷困的。因得他们的职业，就是仗着他能体贴人意写文章，倘若不能以"黄祖腹中，在本初弦上"的时候，他们的清客相公就做不成了。所以普通做清客的人，生活型态他不显著的，无论是物质精神上都有双重的形态。所以他们的作品很难坐生第一流的东西，所以清客中没有伟大的作家出现。

参考以上几个典型的作家的生活，我们得出以下的几条论断：

第一，各种生活方式中，都可产生伟大的作家，并无阶级的限制。

第二，无论哪种生活的人，都是有超越其所占的地位，而有一种很强的想象中的生活，不随遇而安。

第三，其人对与社会上一般的估价，必须另具眼光，不能从俗。

第四，生活中常遭着失败，而时时在隐忍中挣扎着，并不表示绝望，本身就是一出悲剧。

第五，还具备一个健全的伟大的人格，终生守之不移。

第六，悠闲的时间，不能有刻板的工作。

第七，最主要的文学天才，是万万缺不得的。

其他附带的条件还多，兹不详记，一个人具备了第二至第七的条件，管保他是一个第一流的作家，若缺少那①一条，或那一条薄弱些都可降低其成功的名声。若有人生活与这些条件相反，十二万分的能担保他，或者在别的事业上是英雄，在文学上绝没有成功的份儿。

若再进一层的说，文学家虽不能说是上天注定的，至少也是由格性与生活两种盘石冲突所磨折成的，并不由人力所为的，这话并不是说文学是不可力学而致，但力学固然可以，若要学着作第一流的超绝的作家，却是枉费与心机。

---

①那，今作"哪"。

试看自作聪明以文学为己任的人，自古迄今真是多如牛毛，而能文留千载永垂不朽的，却是寥寥没有多少人就可知道了。留像以前所论的屈、贾、曾、李、陶、李等人，何尝有意于垂流文名，但是他们发声为雷，略气若风，发言必遵，下笔惊人，读其文，则见其人悲哭笑傲于纸上，未尝不随之潸然泣下，未尝不因之荡气回肠，哪里用着心游目想，早于不知觉中被他支配了我们的感情。正因为他们伟大的人格，动人的生活，先抓去了我们心灵，并不是好的字句，好的韵调挑住了我们。如此一个人占在平凡又平凡的生活中，又有一副不高明的性格，而为了某种动机，想从事于创作，那真算是白日做梦，若真要再想在创作上出头露面，更是狂妄绝伦。因为这种人的作品，最高的成功只不过是技术而已，绝对不会有摄人精神的性灵存在于文中，犹如精工雕的石膏美人，无论怎样精巧酷肖真的，究竟还是像，不能是真的。所以除非是无知的人，绝不会对一个石雕的美人发生恋爱。最后一个结论：文学家于万不得已时再做，千万不可强做。

录自《众志月刊》1934年第1卷第4期

◎郑振铎

中国文学史的新页

（一）**佛经文学**——中国六朝文学与印度故事——中国当六朝时代，佛教兴旺，文学方面大受印度文学的影响，如《三国志》上曹操的儿子称象的故事，即是传自印度的佛经，又如印度释迦牟尼的故事之一《鹿王记》也被国人抄袭变化了。

（二）**变文**——日本人称之为"讲唱文"，中国人又有称之为"佛曲"，曾被发现于1907年，是散文与韵文的混合体，也就是所谓"演义"。原来由于古时和尚讲佛经故事，而到民间故事，而到恋爱故事，听者日众，僧徒借此谋生，直到宋仁宗时禁止和尚讲说非佛经的故事，而非和尚乃以"说书"起而代之，"变文"相应着吴道子所画的《地狱变相》，就是形艺的变相，这是第二步；中国文学的体裁也受印度文学的影响，其重要的创作：《维摩诘经变文》《目连救母》《降魔变文》等四十本。

（三）**话本**——从变文演化而成，讲史和小说，偏重于说，有器业伴奏，说到情绪最紧张时，就要卖一个"关子"，即"且听下文分解"。

（四）**诸宫调**——是独唱的，偏重于唱，每逢情况最高时，也要卖个"关子"，"后事如何？且听下文分解"，其重要作品如董《西厢》、《刘知远传》（描写刘氏作穷赘婿时仿佛奴隶，用成熟而且很有魄力的白话）、王伯成《天宝遗事》。

（五）**戏文**——考戏文源于希腊，由亚历山大东征传到印度，又由印度人传到中国，所以中国的旧戏演法多类乎希腊，中国之有戏文实始于宋代，故宋、元间之版本有一百三十余种。考戏文的体裁，源于"杂剧"和"传奇"，是二元的，非一元的，"杂剧"又源于"诸宫调"，分为"末本"是男性唱的，"旦本"是女性唱的，并且男女演唱不同时。

（六）**散曲**——元、明之间，可唱的诗，由词变来，产生于宴会抒情的骚人或官僚，分南北曲：南曲是由词加民间歌曲，北曲是由词加外来歌曲（元人自中亚细亚带来的）。

（七）**弹词、鼓词、宝卷**——弹词，有的适应于男子，有的合于妇女的口味，如《天雨花》最迎合于古代封建社会受重重压迫下的妇女们的幻想；又如《安邦志》三部曲，是描写赵匡胤的家史，为历史小说，而弹词最流行于南方，称"南词"，大半写男女恋爱的故事。——鼓词，如《大明兴传》、《乱柴讲》（写永乐打山东）、《大唐秦王词话》（有崇祯刻本），及《水浒传》等。鼓词最流行于北方，称"北调"，大半写国家兴亡的故事。——宝卷，元、明、清皆有，考历来所著名的宗教皆以牺牲为最上的原则，惟中国的道教，教徒不但不肯牺牲，还自私自利，害人，要做神仙。日本人当九一八之后，对于中国的评论：一是中国共产党的运动，二是中国军阀的自私，而对家庭、对社会、对全人类能忠实肯牺牲的还要算母子，例如：南宋和尚作《香山宝卷》，有一段写妙庄王第三女儿的故事，以及鱼篮观音的故事。

（八）**小说**——古本中可观原始的面目，而发现无人注意的小说，如《豆棚闲话》写明末遗臣的故事，有伯夷变节一段最精彩；《绿野仙踪》笔力雄厚；《百鬼传》的背景是泰安，写土豪劣绅与妓院的景况，皆为山东人所作，山东人的笔下很深刻。

（九）**民歌及叙事歌曲**——民歌是散曲最后的变象，如叙事歌曲有自清乾隆起满州族籍子弟作《子弟书》，为满州文学影响至汉族重要的史实，《子弟书》分东调西调，东调情节慷慨激昂，如《别母乱箭》；西调萎靡淫迷，如红楼或西厢中的故事，至于各调的特点，在乎折取每书中最精彩的段落。

（前飞记于1935，5，20）

录自《文化生活》1935年第1卷第2期

◎王克谦

中国文学史的管见

（Ⅰ）前声

这是一册文学史的资料，这册是我个人对于文学史的几条断片的意见。文学和文艺这类取材，汗牛充栋，坊间已感到拥挤的恐慌，这册的显现，岂非出于腐儒老谈，或入于拾人牙慧吗？但为求阅者能较充分地明了这册起见，我想说一说做这册的动机和背景。

当去年的春天间，本院学生有课文学史，课程内，同别样课程，填得很显明，我想给他们到坊间介绍一本相当的课本，特地想在他们前给一位相当作者捧场。不料，遍览群书，所采得的，有下列的两种特点：一点是神秘思想，不单迷信鬼神卜筮的记载很多，抑且处处反映出各时代神秘空气笼罩下的一般景象；一点是淫秽思想，各时各代都透着那卑夷堕落的观念。有了这，书虽好，只可谢绝，不贡诸之于诸生之前了。

今年的春上，徐君景贤，因公逗留杭垣，乘便同他谈及此事，徐先生极力赞助我编纂此册，并蒙他许多指导，我在此，当向徐先生伸我十二分的谢忱，这就是得我写此册的动机和背景。此册共含三编：（一）是绪论，谈谈文学的概观；（二）是本论，叙述各代文学的演进，变化和代表作；（三）是结论，加以一种比较和适宜的评案。本册的标题，虽是“文学史管见”，但内容并不是有任何系统的，只是几条断片的意见罢了。文学史范围太广，而且分部又多，那专门研究文学的，自有教授的指导，这册于他们自没有什么用途的。我假定的读者，不是研究文学的人，而是爱好文学的人，这样时间和经济，不允许他们专门去研究的，那么，这小册也许多少有一点用处。

以上，就算我写在卷头的前声也可，当作废话也可。

（Ⅱ）绪论

（1）中国文学观念的变迁

A　古代文学的观念

文学，是一件只可以神而会之，不可以言语表之的东西。执笔写文，不是一件难事，但要说说文是什么，却是一件难事。法国文学家莫里哀Moliere有一句话说："若两单君Jourdain作了散体文，而尚不知自己会作散体文。"话虽这样说，不妨先从历代史上，探索文学的观念。但有个前提在，这些观念，不过是空泛得很的，想要找个文学肯定的定义，那当然是件不可能的事。(a) 孔子：创造文学名的鼻祖，可以推孔夫子。从《论语·学而》篇，可以念到"行有余力，则以学文"；又《先进》篇，可以忠实地告诉我们这几句："言语：宰我、子贡；文学：子游、子夏。"如此，按孔子的定论，凡是书，都可以称为文学。进一层说，孔子为儒家的创造人，儒家的六艺，都可称为文学，那么，《仪礼》一书，也当称为文学了。这文学的定义，岂不太广吗？(b) 诸子：按墨子"凡出言谈，由文学之为道也"，他对于文学的见解，同孔子的见解，似乎无上下床的分别。荀子则以文学一名义，同诗书无丝毫的相异。韩非子以为道术，就是文学。(c) 汉魏：这时代文学的观念，虽较前代紧些，但凡书之于竹帛间的文字，统称文学。(d) 晋宋：到了这时代，那文学观念的曙光，稍露出些，就有文和笔的界阈：凡是有韵的，为之文；无韵的，为之笔。(e) 南朝：文学的界限，到了这时代，便开始分清：凡经、史、子，不得为文学，惟那集部，可得称为文章。(f) 唐代：降及斯代，那文学的途径，另辟一面，凡文学，专指不论平易奇奥的散体文。(g) 宋元：在这时代，大凡文中有解义的，只可称书，无解义的，便称为文。(h) 明清：这时代文学的观念，终脱不掉余杭章炳麟所说的："凡有文字，著于竹帛者，皆谓之文学。"

B　现代文学的观念

文学纯正的定义，待西学输入后，方才肯定。按西文名谓Literature。(a) 以广义言，凡以悟思所得的结晶或著作，都名文学。(b) 以狭义言，大而言之，是指古今各类书籍文库；小而言之，是指各种规律，使写作者能在表述上，或形式上，得有关于思想的兴趣。换句说，文学是使人能善于写作的艺术。从这定义，可引出文学上的几条要素：(一) 思想：写作者当具有一种观念，使他自己感到为什么要写这些，同时，使读者悟到写的是什么。(二) 想象：是记忆的再生，实事的再现，并非是浪漫空想，也并非是怪诞不经，不过就所有的事实，加以铺张描写罢了。(三) 感情：是动人的一种技能，使读者能将看到的，或读到的，翻澜胸次，终于读不卒读；这是在文学上当具只眼的一点。(四) 艺术：

要使感动力强，不得不侧重于描写。描写有暗示的，直说的，攻击的，讥讽的，概括起来，使读者感到无限趣味，当凭着作者站在自己的立场上，如何运用妙笔，将事物深深地刻画出来，让读者自己去认明判定。如有时作者之笔，着了痒处，使人哭也不得，笑也不得，那感动效果，是很大的。笼统讲来，文学，如按代数方程式的排起来，便是思想加上了想象，又加上了感情和艺术，便等于文学。懂得了这，那医学，数学，哲学等，虽是"著于竹帛"上的，便算不得文学了。

C 文学史的观念

到了现在，讲的是文学的观念，可是文学，自古至今，早已由玩玩的消遣品，进而为宣传主义的工具。如果没有主义，不定立场，那也无所谓文学了。各国文学之所以（有）不同点，就在这主义上为转移的。现在的文学，号称民族主义文学。推之于前，研究各代文学的性质和主义，便是文学史。故文学史，就一国民族，依秩序而究其演进。如此文学史，便是一部民族主义文学。据于斌司铎，在文化建设商榷题内，亦提起文化无非是一民族生活的方式；斯后于司铎在浙大演讲内，极注意中国文化的本位，这就是民族主义的文化。（待续）

（2）中国文学哲学的特征

A 文以载道

文学家是社会和时代的先驱，站在先知先觉的立场上，指导一切。他们的思想，对于改造社会，是有很大影响的。故此文学非仅消遣品，实是载着如许有益于社会人群的道理。简说一句，来研究中国文学家的思想，或者说，研究文学家的哲学，也无不可。文既以载道，那么，就将各时代的中国文学家的思想，略叙如次：

（一）宗教思想：此内可分为四种：（甲）神话思想：各国原始民族，多少终带有神话色彩，中国自不能例外。现在只五经中求之，神怪事，层出不穷。例如《春秋左氏传》载龙见于绛郊；还有什么盘古辟天的话。（乙）神道思想：由《诗》《书》各经中，可知当时民族，信有一神，按 Wieger 的见解，根据说文"天"或"上帝"，是指冥冥中一最高神道，《书》常有说起："肆类于上帝"，"有夏多罪，天命殛之，予畏上帝，不敢不正"。《诗》也有提起："皇矣上帝，临下有赫。"（丙）心灵思想：即灵魂的思想，常见于各经中。以当代的思想推测之，有人鬼、鬼神和神明三类。人鬼即人在世的灵；鬼神即亡过的灵；神明即享福的灵。不过灵魂非神体，故需要饮食以祭之，所说"事死如事存"，"祭如在"，就是这意，大都当代文学家不信"灵不灭"的理，从"人死如灯灭"，即可悟晓。还有魂魄的分类，按朱夫子："魂殂魄落，说的好，便是魂升于天魄降于地的意。"（丁）伦理思想：儒家既不信人灵死后的存在，自然不屑说的死后无赏罚的报应，只信生善则在世受赏，生恶则在世受罚。而人的伦理，包括在克己复礼一句内。故程子说："人心，人欲也；道心，天理也。"朱夫子也说："人欲未便是不好，谓之危者，在堕未堕之间，若无道心以御之，则一向入于邪恶。"

（二）道学思想：道学先生，侧重于"道"字；而"道"，按 Wieger，是指万物一种无灵的原始。老子说："有物混成，先天地生，可以为天下母，吾不知其名，字之曰道。"至道学家的伦理，专在清净寂灭，故老子有"清净为天下正"的话，道学家对于人灵，则有仙家胎化的臆说。

（三）理学思想：自宋朱子和明王阳明以来，始创下"理"和"气"二说，看来理和气，就是似乎现代哲学所说的形式和质料，论到朱子的伦理，亦是那"理"："理者有条理，诚敬忠中庸仁义礼智信皆有之。"王阳明亦说："性即理也，理岂外于吾心耶？"

（四）政治思想：文学家的思想，除道和理外，从孔子、墨子以还，在中国文学思想上，另放一特光，即政治思想。从孔丘所笔削过的《春秋》中，能常见到这种思想；大体在五经中，亦能表现他对于政治社会的理想。先时他们儒家要以"仁"字，拿来建设一种理想上的政治，斯后别派儒家，以"礼"为惟一的理想，至墨子根本上，主张是兼爱为改造社会。又如屈原的《离骚》、贾谊的《鹏赋》、杜甫的《北征》诗，皆悲观政治的文学。迨到近代康、梁二公，文学上的政治革命运动，方才告成。

（五）新文化运动思想：这种运动，以前是无从问津的，从甲寅年起，到五四运动止，以"内除国文，外保国权"为名，便输引西洋的哲学和文学，那东西文化的讨论，国学的推展和文学的改进，都如雨后春笋的发展起来。

B 文以言志

文学，除上边所说载道外，还有以言志为目的，文学的范围，是很辽阔的：在社会方面，文学足以维持世道；在政治方面，文学足以救国；在个人方面，那文学足以支配人心，抒发心境。而人之志，大体可分为情感和理智，情感以动人为主点，理智以悟人为目的。但文学上，没有纯的理智，也没有纯的感情，往往是理智内兼情感的，如要用哲学观的态度来看文学，必要纯然的理智，不许任何情感混合，文学便是平凡的很。如要音乐观的态度来看文学，必要完全的情感，不许有丝毫的理智，文学也便无任何价值了。兹就将各类文学的言志，列述如次：

（一）理智文学：专指纯全的理智而言；那十三经，除《诗经》外，都是纯全理智的文学；还有那些老庄管墨申韩诸子之文，都属于理智的文，或倡导非战，或提倡正义。

（二）情感文学：情感有悲观和乐观，主观和客观，叙事和叙景的分类。在文学内，《诗经》为情感文字的冠军，是以孔子有说："诗可以兴，可以观，可以群，可以怨。"从《诗经》"哀哀父母，生我劬劳"，可以明亲子的爱；读《出师表》，可以明君臣的爱；读《毛诗·常棣》的诗，可以明兄弟的爱；读李陵与苏武书，可以明朋友的爱。

（三）理智与情感文学：同一文字内，具有情感和理智。文学中之最早的，必推民间谣谚，寓有情感和讽刺的意味，赋骚亦含牢骚和议论性，颂赞有议论也有情感，至于那箴铭，一方面述人的功德，一方面亦以自警。

（3）中国文学作品的分类

自来文学家作文，因宜制体，本无程律。逮至晋朝，方有文章的流别。斯后文学的分类，愈趋严格的地步，先就文学平面观，不拘时代，将古代和现代对于文和诗的分门别类，稍胪列之于后：

A　各代文学的总分

这段的分纂，虽是归纳的分析，但此地只可简单地挈其纲领述之：

（a）梁代的《文章缘起》，所论是文学史，作者为任昉，将文学分为八十四类。

（b）梁代刘勰所编的《文心雕龙》，性质为文学的评论，分文学为二十一类。

（c）梁代的昭明太子萧统，编有《文选》，分为三十九类，系各名著选。

（d）宋代的吕祖谦编有《宋文鉴》，专为一代的为总集，分为五十类。

（e）元代的苏天爵纂有《元文类》，也为一代的总集，分为四十三类。

（f）明代的程敏政，对于当代的总集，著有《明文衡》，别为三十八类。

（g）清代的梅曾亮，对于名著选，编有《古文词略》，分为十四类。

B　各文学有系统的分类

这段的分类，不惟稍有系统，抑且更详细的分叙如左：

（a）宋代的真德秀著有《文章正宗》，分为下列的四类：（甲）辞令类；（乙）议论类；（丙）记事类；（丁）诗歌类。

（b）明代的储欣，撰有《八大家类选》，分为六门：（甲）奏议门，含有书、状、疏、札子和表；（乙）议论门，分为原、对问、论说、议辨、解；（丙）书状类，分为启、状、书；（丁）序记类，分为序、引、记；（戊）传志类，分为传、碑、志、铭、墓、表；（巳）词章类，分为箴、铭、哀词、祭文、赋。

（c）清代曾国藩编有《经史百家杂抄》，分为三门：（甲）著述门，有论著、序跋、词赋；（乙）告语门，有奏议、书牍、诏令、哀祭；（丙）记载门，有叙记、传志、杂记、典志。

C　现代对于文的分析

当知文的用途，有三种：有的为说理，有的为记事，有的为言情。就此三类，可将全部文学史，斟酌各家的体类，分之如次：

(a) 说理类，可分为议论、奏议、诏令、序跋、铭箴、注疏。

(b) 记事类，可分为传状、叙记、典志、赋、杂记。

(c) 言情类，可辟为诗歌、颂赞、哀祭、书牍、赠序。

D　现代对于诗的分类

诗自古分为六种：有风、赋、比、兴、雅和颂。现代视各诗赋的体裁，分为三类：

(a) 读式诗：分为赋、颂赞、铭箴及诔。

(b) 吟式诗：分为歌谣、五七言古、近体诗。

(c) 协律诗：分为乐府、词和曲。(待续)

录自《我存杂志》1935年第3卷第6期

(4) 中国文学历史的研究

以上就文学平面而分类，现在就文学立体方面而分类，换句说，就各代的历史，而为之分门别类。

A　先秦文学

文学的开始，原自民间起，而民间的文学，就要算歌谣了，例如葛天投足的歌，神农丰年的咏。但歌谣虽有记载，惜真赝不能确定，大都散见《诗》《书》中，这时代的文学，可有以下列的几点：(甲)《诗经》为中心；(乙) 乐歌为次，如箴、铭、谣、谚诸体；(丙) 散文以《易》《书》为纪事，诸子为明理；(丁) 楚人的骚词开始。

B　两汉文学

当代的文学，从贾谊后，赋文大兴。而自司马迁创《史记》起，文学又为之一变，兹举之如下：(甲) 有司马相如的歌，扬雄的赋，诗与赋的分途，也始于此；(乙) 汉代的乐府，如《长歌行》《相逢行》等大行；(丙) 五言、七言开始，七言尚无可观，而五言极觉流丽；(丁) 东汉后，班固、张衡始兴骈俪的文。

C　魏晋文学

自曹氏父子以还，这代的文章，可以说一句：上继两汉，下启六朝。自那左思费十年所成的《三都赋》后，文章更见繁富。可分之如下：(甲) 论到诗体，分为吟诵和协律二式；(乙) 说到文体，四六大兴；(丙) 魏文《典论》始，为后代批评文发轫。

D　南北暨隋朝文学

当代的文学，为环境和时代所倾向，那时，不惟玄风重扇，抑且佛教大兴，所以那代的文学，不得不含着现世的耽乐，暨后世所谓乐土的陶醉。论其概观，可如下列：（甲）六朝的诗，大抵好作艳句，刻饰涂泽，专究词藻；（乙）乐府，如《木兰诗》和《折杨柳词》，多系军中马上所用之横吹曲；（丙）六朝文多究排比工夫，萎靡不振；（丁）南朝华靡，北朝质实；（戊）《文心雕龙》，又开文学之别面；《昭明文选》起，也为纂撰业之鼻祖。

E　唐五代文学

足以代表这时代的著作的，要算是诗，有王、杨、卢、骆四杰，李、杜二诗王；而文章有韩、柳二公，要推翻前代的靡气，拓开后代的文势。姑述之于后：（甲）诗有古体和近体严格的分别；期分初唐、盛唐、中唐和晚唐；（乙）文章则推倒骈俪，盛倡古文；（丙）五代后主的词，直揭而出；（丁）唐代小说，如《唐代丛书》《五朝小说》，作为后代小说创作的滥觞。

F　两宋文学

这时代的文学，所以同别代不同的点，就是在理学风盛。宋代的诗，虽不足称道，但南北宋的词，是不可泯灭的。现略叙之：（甲）北宋诗文，要推苏门六君子；南宋诗文，文学家虽不少，终要推陆放翁为首；（乙）词分南北宋派；（丙）评论文，如诗文话，起于当代；（丁）平话的述说，为后代小说体的典型。

G　辽金元代文学

这代的文学，所特色的，是采取通俗化；所最盛行的，要以词曲小说为尚。兹分述之：（甲）辽善属文，金善于诗；（乙）杂剧和传奇的发端；（丙）曲有南北；（丁）小说有演义。

H　明清文学

明代文学，为了帝王的摧抑和儒人的好摹拟，文章日趋销沉，没有生气；论到诗，到有盛唐和性灵两派。清代文章，更趋于萎靡了；说到诗，虽有宋体，大都说他特创，不如更好说他摹拟吧。（甲）戏曲、小说、游记蜂起；（乙）桐城和阳湖二派的对峙。

I　现代文学

自中日之战和日俄之役后，先前有梁、康，后有章炳麟，提倡报章杂志，而报体大行于当时；斯后蔡元培、胡适诸君，先后倡导新文学，而语体文遂从此诞生了。（甲）有语体文的创造，虽系过渡的时品，但不可偏废；（乙）有语体诗，有律韵和不律韵的；（丙）有戏剧、小说的盛行；而西洋小说的翻译前辈，要推林琴南先生。

（Ⅲ）　本论

（一）　总说

文学史的分类、叙法，虽各有不同，打开什九本的文学史，大都按每代每时的按期分类编纂，这不是不良的方式，但逐代逐年的分析，一味的说些一时的文坛上名将历史，和在文学上有过赫赫的声名。这些分析，只有给一时一代的文学，涂上些鲜艳的色彩，若要把整个文学时代，再拉回来，予以一个体系的概观，那就可不能了。文学史，不是和别的历史，有相同的性质吗？无论东西中外史，史家终有一个普遍的习性的分法，就是将全部历史，不按零片史看，却当整个史看，所以不分为什么汉代、明代，大体分为古世、中世、现世。这样使读者对于全部史，有系统和逻辑的感到。历史如此，文学史，是也不能例外的，故将整部文学史，辟为古中今三大时期。虽然如此，但胡云翼先生在《中国文学史自序》内，反对上边的分类，据他，文学的变迁，往往与政治有至密切而不可分离的关系，所以文学史，当用政治史上的分期，分为什么汉代、明代。此说和此分类，固未尝全无理由，但我以为文学的变迁，未必常依政治的变迁而变迁，虽说文学是以政治为转移的，如果政治有"初、盛、变、衰"的起伏线，而同时文学也有消长的图形，但不可以概括言之的。况前代政治的堕落，而后代的文学，尚苟延前代文学的残喘，抑进言之，诗、赋、词、曲的作风，若以时代兴替言之，则又成为一个不可解之谜，故此，我以为好几时代，成为一个文学时期，这类分法，略觉有体系些。下列便是这类的分法：（1）古代：自开国到汉代，在这时期，诗、辞、传记、赋和乐府的显现；（2）中代：自汉代到元代，这时期，便留下诗体的演进、文的变化、小说的崛起和文学的评论；（3）现代：自元代到今，这时期，受了中西文化影响后，便诞生了文体的维新，诗体的革命和戏曲的更兴。总结一句，在第一时期内，是各文体的产生；在第二时期内，是各文体的演进；在第三时期内，是各文体受中西文化媾通后的变化。（待续）

录自《我存杂志》1935年第3卷第10期

（二）分说

（1）古代（开国至汉代）

古代，是先秦时代，推之于前，有所谓太古文学，如《三坟》《五典》诸书，惜多残缺不可考，故这时代的文学，只好从三代着手，以至于汉代。写历史，除掉写上几个人名外，若要抓住历史性质，终不脱载上当代名人的生活的段片，否则不是站在历史的地位，而且离历史的地位很远。同样，在文学史上，要够到文学史名义，除掉写上几个文坛名将外，也要介绍——不是名著的全文——是名著的几分，因为名著的价值，有以下的几点：文学的名著，为人类文化最高的成就；在文学名著里，能明白运用文字；在文学名著内，能读到整个人类最真实、最动人的历史。

（甲）诗

（A）诗的定义

诗是什么？大而言之，诗是科学的对照，因为诗的对象是感情，科学是实验的活动；小而言之，诗是散文的对照，因为诗是为咏叹而作的，散文是为疏证而作的。有《说文解字》可考："诗，之也"，《毛诗序》亦说："诗者，志之所之也，在心为志，发言为诗"，《传》有说："心之所之谓之志。心有所之，必形于言，故曰'诗言志'。"从这定义，可知诗之所由来；同时，不难知诗在文学上，是占最早的位置，现在所有的文学，都是从民间来的，这是不可否认的一事，而民间文学，要推歌谣为先。远在帝尧的时代，有什么《康衢》和《击壤》等歌；在辖轩氏时，已采有"方言谣辞"，这便是替后来的诗，做个大依归。

（B）诗的种类

诗的种类，按近代西洋文学，诗大体可分为三：（a）是歌诗：是与音乐相伴的，例如我公教的圣歌，佛教的和赞，各国的乐歌。（b）是剧诗：是与音乐和舞蹈相伴的，如希拉的神剧，我国后来的词曲。（c）是独立诗：是后来脱离音乐和舞蹈而立的。

（C）诗的形式

考诸各国，诗的形式，全在格律，而格律，亦可分为三：（a）音度律，即西洋诗内的长短音，我国诗内的平仄。西洋诗，短者以"（）"号记之，长者以（|）号记之；我国诗的判别，全赖着平仄识之。（b）音位律，就是押韵法，是在规定间隔内，有同音的反复成韵。例如西洋诗，每二首间隔押脚韵；我国诗，如七言诗，前二句和末句，押成同韵。（c）音数律，在西洋诗内，称为脚，名称是很复杂的，有 Iambique、Anapestique、Trochaique、Dactylique 等脚韵；我国诗的字繁寡，亦是不一，有二言、四言、五言、六言、七言等诗。

（D）诗的代表作——《诗经》

古代的诗代表作，要推《诗经》了，这个庞大的东西，亦得条陈分开的细讲。

（a）《诗经》的起源：讲到起源，当有几个讨论的问题：动机（是）什么？作者是谁？删者是谁？搜集者是谁？（一）动机是什么？现在人做的诗，都是写在纸上；古人做诗，都是唱在口里。《诗经》中的诗，大半给人随口唱出来，乐工听了，便替他们制成了乐谱，但是没有给乐工采取的，尚不知有多少！如《孟子·离娄》篇，有《孺子歌》曰："沧浪之水清兮，可以濯我缨；沧浪之水浊兮，可以濯我足。"如《国语》载惠公入而背外内之赂，舆人诵之曰："佞之见佞，果丧其田。诈之见诈，果丧其赂。"以上这些诗，都未经乐工选入。至于《诗经》的诞生，有的是由平民而来的，如大、小《雅》里，都来自民谚，有几首并非供应用而作，实为发泄牢骚，例如："谁谓雀无角，何以穿我屋？"有的是由贵族而来的，专供各种应用，例如："呦呦鹿鸣，食野之苹。我有嘉宾，鼓瑟吹笙。"（二）作者是谁？这确是个难题。《诗经》内有的说出自己著作人来，例如："家父作诵，以究王讻"，"寺人孟子，作为此诗"，但有多少，尚不能知作者为谁。（三）删者为谁？从《史记》"古《诗》三千余篇，及至孔子，去其重，取可施于礼义"，可以知删者，一定是孔子。（四）搜集者谁？当知自秦始皇焚书后，古代书籍，亡失的不少。幸而《诗经》这一部，得藏之于齐、鲁、韩三家，尤以鲁国人毛亨，即大毛公，本孔子的旧经，作《诗故训传》，盛行于世，故后人称之为"毛诗"。

《诗经》的分类：《诗经》，讲到它的体，可以分做三种：（a）《风》：就是上以风化下，下以风刺上；（b）《雅》：就是正，所以讲述王政之所由兴废；（c）《颂》：是美盛的形容，以告神明的。至于它的用途，亦有三：（a）赋：陈述其事，而直言的，大概《雅》和《颂》内，是"赋"居多；（b）比：是索物以托情，大概《风》内，是"比"居多；（c）兴：是触物以起情，那《风》内，亦是"兴"居多。

（三）《诗经》的形式：除普遍式四言外。（a）有三言诗：《江有汜》《扬之水》；（b）五言诗：《维以不永怀》《投我以木瓜》；（c）六言诗：《我姑酌彼金罍》；（d）七言诗：《学有缉熙于光明》；（e）八言诗：《胡瞻尔庭有县貆兮》；（f）九言诗：《四之日其蚤，献羔祭韭》。

（四）《诗经》的偶举：《诗经》共三百零五篇，《国风》一百六十篇，大、小《雅》一百零五篇，《颂》共四十篇，当代的人，脱口终离不掉《诗经》的实用。今故举其构句一二如下：（a）《诗经》的对举字：《诗经》内，尤其四言诗内，其两相对峙之字甚多，有的用"有""为""如"等字的，大概它的下面的字，必是个名词Noms[1]："有严有翼""有孝有德""为宾为客""为酒为醴""如兄如弟""如璋如圭"。有的用"之""弗""莫"等字，其上或下必为动词Verbes："教之诲之""经之营之""弗驰弗驱""弗问弗仕""莫往莫来""莫遂莫达"。（b）《诗经》的重用字：《诗经》内，尚有叠字之运用，或形容心境，或形容草木鸟兽之动情；有用在末项的，有用在前项的，兹列之如次："忧心忡忡""小心翼翼""温温其恭""济济多士"。（待续）

录自《我存杂志》1935年第4卷第3期

（乙）辞

（A）南北文学派

自来每种文学的发生，必有一种影响和背景，现在讲到辞，亦不得不提起它的背景来。文学的学派，自古大抵不外乎地理的位置。周末以后，以纵观之，

---

①Noms，疑为"Nouns"之误。

凡自鲁以北，称为北方文学；自鲁以南，称为南方文学。以横观之，文学思潮，必经三晋，而流入于秦，即中部文学，但对于楚辞，只受南北文学的影响，故述之：

（a）北方文学：北方虽有天然物产的美，但没有大山大川的理想，是以这方的文学，不趋于理想，偏重于实用。这方文学的代表人，首推文学鼻祖的孔子，好辩的孟子，说伦理的荀子，作《春秋》的左丘明。至于北方文学，影响于楚辞，可以由下列数点观察之：人人尽知，《诗经》为北方的纯产物，在楚辞上，有许多地方，可以看出是受了《诗经》影响的。楚辞的《天问》章："吴获迄古，南岳是止。孰期去斯，得两男子？"这全脱蜕于《诗经》的四言诗式；再由《橘颂》章："皇后嘉树，橘来服兮。受命不迁，生南国兮。深固难徙，更一志兮。"这又是仿《诗经》的《野有蔓草》句法，所不同的，就是句后加一"兮"字。

（b）南方文学：南方即宋楚地。南方与北方文学之不同，一由于南人和北人性情的差别：北人多刚劲，南人多柔和；一由于言语的差异：南方言语，较北方言语，更觉流畅；一由于地土不同：南方系繁荣区域，富于理想，那北方是不能及到的，南方思想健派，要推老子、列子、庄子和作《楚辞》的屈原暨宋玉辈，而那老庄诸子，对于楚辞，有很大的影响。从老子的《道德经》中的一段："豫兮，若冬涉川；犹兮，若畏四邻；俨兮，其若客；涣兮，若冰之将释；敦兮，其若朴；旷兮，其若谷；浑兮，其若浊。"以上的一段，很与后来的楚辞的韵句相仿，大约楚辞以它为归依吧。

（B）辞的定义

大概文学文字，可分为二，有韵文、无韵文。辞，为有韵文，即汉代之所谓赋，按《说文》："辞，说也"，故文之成文的，都谓之辞，这是按广义言的；若缩小范围，按狭义来讲，辞，是指文词已经受了修饰工夫的，故说诗，亦可得称为辞。《孟子·万章》篇，便是个好例子："故说诗者，不以文害辞，不以辞害志。以意逆志，是为得之。如以辞而已矣。"但再缩小来讲，短篇的诗，虽系韵句，不得称为辞，辞，必是长篇的韵文和骈文，这是诗和辞差别的焦点。

（C）辞的代表作——楚辞

（a）楚辞的释义：辞，既如上述，但冠"楚"字，有何解说？为了撰作的是楚人，同时，亦为了著作人，专作楚声，专纪楚地，专载楚事，故名楚辞。如同那《诗经》是代表北方民族的文学，楚辞是代表南方民族的文学，所以叫做南音，而南音的特征，是在作"兮猗"之音，这就给那楚辞作个滥觞。

（b）楚辞的著作人：可以先推屈原，后称宋玉，兹姑略述二人小传于后：

（1）屈原：他名叫平，是楚人，出生于皇族贵显之家，他的家乡，是无从问津。他是娴于辞令的人，官职作过左徒，那时楚怀王叫他造宪令，不料为别的士大夫所嫉，被谗见疏，遂流于汉北。他又两次使过齐国，终究为奸臣所害，放逐江南，这是楚怀王的太子子兰所赐他的结果。大约是在这时，他撰了《离骚》，他放逐的路程，是由郢都入洞庭，经长沙投汨罗江死的。他第一次的使齐，是因齐国败赵魏后，齐同秦各欲争雄，所以他使齐，是为亲齐，这大概是在楚怀王十二年。后来因为张仪的骗，楚国竟同齐国绝起亲来，秦遂败楚，那么这时屈原第二次又使齐了，时在楚怀王十七年。

（2）宋玉：宋玉的履历，是很使人怀疑的，且又是很矛盾的。有的说他是生于楚威王时，有的说生于楚怀王时，或楚襄王时，但以"宋玉事楚襄王而不见察"一句，大约以他生于楚襄王为更合理，且同王逸之"宋玉者，屈原弟子也"一句，是很吻合的。王逸说他是楚大夫，但从他《九辩》中"坎廪兮贫士失职而志不平"，可见到他得过的，只有一官半职，后来那小位置，不久又失去了，从此便潦倒终身。

（c）楚辞的分类：约可分为三：《九歌》，屈原著作，暨宋玉著作：

（1）《九歌》：（一）《九歌》的名称：这名称的解释，无从稽考，要不楚国的新《九歌》，是借着旧有《九歌》的名称，来描写当时风土的。（二）《九歌》的作家：王逸和朱熹都以为是屈原作的，但是胡适之先生反对此说，以为《九歌》必是在屈原前的作品，理由很是因为《九歌》的叙说与屈原毫无关系，况句法长短又不是一体。（三）《九歌》的分段：按王逸分为十一篇，都是祭神的歌。

（2）屈原著作：确定的，只有下列四种：（一）《天问》：大抵屈原为左徒时，被人诬害，遇着失意，便起了一阵懊丧，对于善恶报应的结果，亦便起了一阵疑问。（二）《离骚》：是文学上一篇最有价值的著述。为什么称做《离骚》？按太史公说："离骚者，犹离忧也"。其实《离骚》是楚曲名《劳商》的变音，有不平牢骚的意思，大约是屈原被放逐时所作的。（三）《九章》：是后人给他分为九章的，是好几个时间的作品，终不离思君念国、忧心罔极的思想。（四）《招魂》：既标题《招魂》，当然是招人的魂，但招谁的魂却议论不一：有说是屈原招楚怀王的魂，有说屈原招自己的魂，有说宋玉招屈原的魂，终以第二说为更是。以《招魂》为宋玉主有物的，有王逸和朱熹这班人，但按《文选》注："此屈原之作也。太史公《屈原传》赞曰'余读《招魂》，悲其志'，是悲屈原之志，非悲宋玉之志也。"可知是屈原借他人的口而自招魂。这篇文字，是很齐整的：先从四方招起，叙明招魂的原因，末尾从"乱词"乃结出本作者的意思。

（按：招魂，本系不可能事，且与我公教教理，有抵触处，但因慕其文的措词，姑提及之。）

（3）宋玉著作：除掉赋外，他的辞有一篇，就是《九辩》。从《山海经》："西南海之外，赤水之南，流沙之西，有人珥两青蛇，乘两龙，名曰夏后开。开上三嫔于天，得《九辩》与《九歌》以下"，可想见《九辩》是个古乐名，宋玉是借了那古乐名，来发挥自己抑郁的。有人说宋玉作此，以闵惜他师屈原的，其实并不见得，大约是宋玉惜自己的文章，一则因他与屈原有同样的境遇，一则他的笔法，也受了屈原影响的。

（4）结语：《楚辞》内，尚有《大招》《卜居》《渔父》《远游》等篇，这些都是汉代无名氏的作品。此外，尚有贾谊的《惜誓》，淮南小山的《招隐士》，严夫子或庄忌的《哀时命》，王褒的《九怀》，刘向的《九叹》，王逸的《九思》，都是哀屈原而作的。

（a）[①]楚辞的举例：在《楚辞》内，《离骚》是占很重要的位置，值得破格地提它几句，《离骚》凡二千四百多言，大意在格君自厉，是抒情顶好的文章。它抒情的地方：

（1）从用字处可见："恐年岁之不吾与""哀众芳之芜秽""悔相道之不察兮""余焉能忍与此终古""欲从灵氛之吉占兮，心犹豫而狐疑""聊浮游以逍遥兮"。

（2）从语辩中可见："不抚壮而弃秽兮，何不改乎此度""忳郁邑余侘傺兮，吾独穷困乎此时也""长太息以掩涕兮，哀民生之多艰"。（待续）

录自《我存杂志》1936年第4卷第6期

中国文学史的管见

---

①据上文，此处似应作"（d）"。

◎赵景深

中国文学史的新页

几千年来，中国没有文学史，直至二十世纪初叶才有。但我们很觉惭愧，因为第一部的《中国文学史》是英国人 Herbert Giles 著作的，不过内容不完备，因此这部书便有缺点。就是应讲述的不述，不应述的却大述而特述，好比《笑林广记》《聊斋志异》等书，在文学上的地位并不十分高，他却叙述了许多页。中国文学史的著述可分为三个时期：

第一时期将文学的范围看得太广：这时期中，人们将文学与国学看得没有什么分别，因此四书五经、哲学等等全都包含在文学门内，其实文学仅包括小说、戏剧、诗歌、散文等，固然文学里也有思想，但很注重于形式，因此文学与哲学不同，但因为中国人很重经学哲学，所以与文混为一起了。

第二时期是摒除史学哲学的时期：史学是以事实为依据，哲学以思想为对众，但因为文笔的记载与修饰，所以有人将《史记》当作文学看待，至于讲到老子、庄子，则不注重虚无思想而注重于艺术方面。不过，现在已到了第三时期，在这个时期已认清什么是哲学与史学了。

第三时期把从前所忽视的诸部门都重视起来了。从前讲文学史的仅提到散文诗歌，现在则有几种的部门叙进去，我就将这从前所被忽视的几类，作为中国文学史上的新页，向诸位介绍一下。所谓新页的部门是分戏文、诸宫调、散曲、杂剧、大鼓等五种，其余如讲史平话等，为时间所限，已无暇细述了。

第一类戏文：戏文又称南戏，始于宋朝，温州杂剧南宋时已有。戏文又称为传奇，《桃花扇》便属于这种。普通所知传奇最早的为元朝的《琵琶记》，不知在宋时已经有传奇了，不过现在不能全本的记下来，全是零零碎碎的。南宋有本戏剧，名为《王魁负桂英》，不是后来明朝王玉峰的《焚香记》，四川高腔戏和扬州地方戏里至今还演着《王魁负桂英》的故事，都不是原来的戏。南宋时存在有八个调子，《南九宫谱》存有许多南戏，《九宫大成南北词宫谱》是清人所做，有五十本，也保存了不少的南戏。还有陈巡检《梅岭失妻》也是南戏，《清平山堂语本》里则有这种戏剧的本事。（此书是马廉所搜集来的，还有《雨窗倚枕集》，此两书被"三言二拍"采集进去的颇多。所谓三言，是《警世通言》《醒世恒言》《喻世明言》，《喻世明言》又叫古今小说；二拍，就是《拍案惊奇》初二集。《今古奇观》是从"三言二拍"中选出来的。）我曾经把这许多戏文用话本和曲话的情节贯中起来，辑录起来编成一本叫《宋元戏文本事》，由北新出版。后来钱南扬先生出版了一本性质相同的书，名叫《宋元南戏百一录》，书由燕京大学出版。

第二类诸宫调：诸宫调也是新发现的，从前只有《董西厢》。诸宫调与杂剧、传奇不同。杂剧只有四十折，每一折很短，《琵琶记》大半以南曲为主，《西厢记》则用北曲，二十一折只可当五部看待，每部四折，其中有一折为楔子；至于诸宫调则近于后世的弹词，每一宫调仅一二曲至三数曲随即附以尾声，变换极快；它是第三身称的而不是第一身称的，即是客观的说故事而不是主观的扮故事。现仅三种诸宫调流传下来，即《刘知远传》《董西厢》《天宝遗事》。

第三类散曲：散曲也是北曲，词变为曲并不是变为杂剧，其实是变为散曲。元、明、清三代的散曲也很多，但这种散曲与词也不同，散曲以写弃官归隐者为多，写风花雪月的也极多。其气分较词尤为放诞大胆。

第四类元人杂剧：元人的杂剧普通所见者仅《元曲选》《古今杂剧》三十种元明杂剧等。其他是我们不容易得到的，现在《世界文库》印出《绯衣梦》《不伏志》来，极为可贵。惟元曲逸文尚多，《北词广正谱》《太和正音谱》《词林摘艳》等书里保存了不少。

第五类大鼓：清末有一个韩小窗，他的大鼓词编得很不错，有一段叙大观园的夜景，写得真好。《世界文库》里刊有东西调选，极可珍贵。

录自《学校生活》1936年第128—129期

261

中国文学史的新页

中国韵文方面的流变简史
——中国文学史纵的研究之一

诗歌的产生——最早的歌谣——《诗经》——中国民族的特征与歌谣的演进——抒情与音乐——诗和赋的区分——屈原的背境与楚辞——楚辞的影响——汉赋与五七言古诗——新乐器之与诗坛——唐近体诗——社会进化与诗歌的演进——古体和近体——宋词——元曲——离开了音乐而抒情的诗之存在——晚清的诗界革命——流变简表

谈到中国文学史的"纵的研究",首先要谈到的就是韵文方面,因为韵文的产生早于散文、小说及其他。不过,这里所谈论到的只是一个简略,我只希望在这里能够阐明一向韵文方面的流变趋势,使我们明白今日的新诗运动之必然。也就是说,企图以此证明一些开倒车的人们的不顾社会进化、历史动向的狂妄。

下面,就让我们来开始研究吧!

诗歌的产生,源于劳动,和音乐、舞蹈分不开。这是中外皆然的。Bücher这样说:"在其发达的最初阶段,劳动、音乐及诗歌是最紧密地结合着的。"(《劳动与音律》)。所以,当初艺术(虽然他们并没有这种漂亮名词),不只是愉快的游戏,而是解决生活底最高度而且最重要的任务。

不过,那时没有文字去记载,只让大家有风谣体的所谓"哀乐之心感,而歌咏之声发"的诗歌罢了。在中国,最早的歌谣是《击壤歌》《康衢谣》《南风歌》《祠田辞》……但我们又难辨他们的真伪。据《中国诗史》的作者的意见,是认为不可信的,而堪称为最古的诗歌集的东西,可以说仅有《诗经》,许多古代遗传下来的歌谣都被采入了。虽然,上面已经说过,诗歌的起源在于没有文字记载以前,如果即断定中国诗起源于《诗经》,是错的。

《诗经》是周时的文学代表作。(尽管他只是歌谣的搜集,作者并不是某一个人。)不过,这里我不想把他的内容形式加以解剖,我要大家注意的只是民间歌谣与《诗经》的关系罢了!

很值得奇异的,在各国,由歌谣可以演进而为史诗或长篇叙事诗,由音乐的质素可演成抒情诗,更由动作的质素可演成剧诗,而在中国却有所不然。中国民族心理老是重于质实,不喜欢神话传说一类的荒唐故事。即后来颇看重诗学一门的儒家,也往往偏重于实际。所以,比起外国来,史诗、叙事诗在量的方面已少得可怜,而质的方面,更见逊色。勉强说来,《诗经》分《风》《雅》《颂》三类,《风》可以当抒情诗,《雅》可以当史诗,而《颂》训容,恰可以当剧诗罢了。

事实上，中国诗的主要的发展是在抒情方面。正因为抒情的东西最和音乐有密切关系，这便成为了常因外来的乐器而屡更形式的主因。春秋战国时有诗和赋的区分：那就是由于诗歌的另一发展动向为散文——诗是仍有密切的音乐关系的，而赋却仅于句末用韵，只存一点与音乐有关的遗迹了罢了。那时的赋体，极简单，称为"不歌而诵"的短赋，实多少等于今日的小"诗"哩！

因为楚国由楚先祖鬻熊至庄王已成为了五霸之一，而从庄王至屈原时代（西历纪元前三四〇年），约有三百年，其间与国力相伴着而发展的文化大有进步自不待言。这种进步，客观地便形成了楚辞的作者——屈原之所以产生那种豪放情感的背境。这样，上述的短赋的演进，便受南方楚声的影响而成为"骚赋"了。而当时的主要的代表作便是《楚辞》。随后因"铺采摛文"的结果，便成为"辞赋"，后来更因时而有"骈赋""律赋""文赋"诸名词了。

由《诗经》到《楚辞》，屈原为我们的国家在古代诗史上放了一大光辉。因为屈原是唯一的天才诗人，当时的新诗的创造者。他首先为我们留下了永远不被后人所磨灭的许多长诗。这一点，极值得我们来郑重提起。

楚辞的直接影响是产生了"辞赋"，这些"辞赋"，在汉代文学上呈现了特色，我们迄今仍常以其盛况而名为"楚辞汉赋"。但《楚辞》对于五、七言诗也不能说没有影响，即使是戏曲上亦然。因为《楚辞》里的句子，除掉了那楚音的语尾"兮"字以外，他便有了不少五言、六言、七言的诗句，而且更不乏那时代的民歌巫歌的改作，《九歌》《大招》《招魂》便有人认为都是楚国王室所用的巫歌，这些都包含了一些独白及其他动作的原素在内。

可是，汉代虽然以汉赋出名，而五言、七言的古诗却是在那时出现的。

那时，专门用于弦管方面的还有长短句的乐府。也就是说，一部分诗歌业已纯属于抒情，而脱离了音乐关系。（这决不是说完全没有音乐成份，也不如后人戴望舒所说的应当无须音乐成份。）但毕竟音乐是动的美术，容易变迁，而诗和音乐的关系本极密切，一方固然想分离独立，一方却又仍不能不时和音乐生纠葛，简直直到近今仍不灭他们间的一种交互关系。所以，后来，新乐器的传来，便常能影响到整个诗坛。

五、七言古诗经六朝而发达，产生了对句法，发明了声韵学。一般平民所讴唱的小乐府又渐以入乐，复又影响到诗体。于是，产生了唐初的近体诗。不消说，那时因为和外界多接触，新的乐器乐调不时由外间传入。近体诗之兴盛，不能否认的是由此而得力。在近体诗中，不管律诗或绝句，均有抒情和兼以歌唱的两种性质。不过，七言绝句又更多播入弦管了吧。

在这里，自然我们还得明白：虽然诗体的变化，乐器有以致之，而社会的日见复杂化，却也不能不算是最主要的原因。由简而繁——你看，四言诗起于古代，五言盛于汉魏，七言盛于唐代，不是很好的例子么？到了唐代，差不多可以说中国诗歌的体裁都完成了。那时一般的区分，以为能按着一定的平仄图式，讲究严格的诗法的律诗和绝句，是近体，不从这些的是古体，或又另称为古诗。兹列表如下：

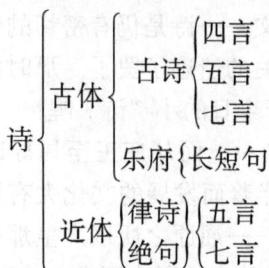

$$
\text{诗}\begin{cases}
\text{古体}\begin{cases}
\text{古诗}\begin{cases}\text{四言}\\\text{五言}\\\text{七言}\end{cases}\\
\text{乐府}\{\text{长短句}
\end{cases}\\
\text{近体}\begin{cases}\text{律诗}\\\text{绝句}\end{cases}\begin{cases}\text{五言}\\\text{七言}\end{cases}
\end{cases}
$$

至若本应属于诗歌一门的词曲，人们是看作"词是诗之余""曲是词之余"，因而另有"词""曲"专门名词的。其实，词也许可以说是近体诗的一种反动，从乐府方面而演进，比较可以自由而平民化。所谓词家，滥觞于齐梁，成立于隋世，至五季两宋体制更多。通常我们是把宋词之盛比作唐诗之盛的。

自金、元侵入中国，传入了胡乐，嘈杂凄紧缓急之间，词不能按，便产生了北曲。用于杂剧方面，造成了剧诗方面的演进。但北曲不合于南乐，明初复又创成南曲。音乐和诗毕竟还有新的亲密哩！

唯诗体总是日趋于自由化，总是常欲脱离音律的束缚。后来，词曲的发展，总有不用以歌唱而纯属抒情的，即只作为新诗的一种体裁而写作着的——总是事实。

在清代，诗界派别是极多的。但是，毕竟"谁果独尊吾未逢"，没有什么特殊的创造。值得注意的，只有晚清，因了外来势力的接触，时代潮流的刺激，产生了"诗界革命运动"。这"诗界革命"给传统的古旧的材料（典故）以大大的打击，同时，运用旧格律翻译了不少西洋诗，打破了依古自尊的丑态。后来，就直接的使我们进于民国后的"文学革命"运动的潮流里，而自由诗的新诗运动由是有了些少眉目，进而为迄今更有蓬勃气象的新气象。

简单的说来，光就韵文方面的演变而仍就韵文范围内去叙述探讨的话，这一段就可以告一结束了。但为着容易明白起见，再附刊一简表如下：

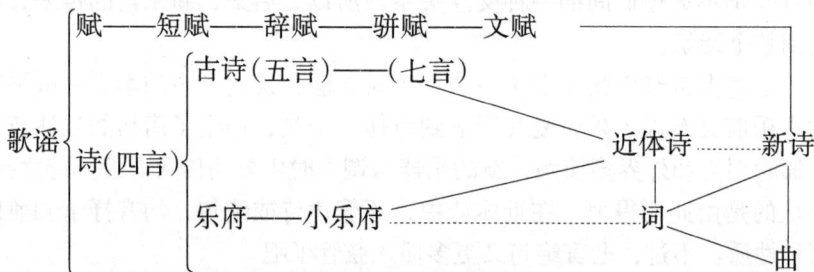

$$
\text{歌谣}\begin{cases}
\text{赋——短赋——辞赋——骈赋——文赋}\\
\text{诗（四言）}\begin{cases}
\text{古诗（五言）——（七言）}\\
\text{乐府——小乐府}
\end{cases}
\end{cases}\quad\text{近体诗}\cdots\cdots\text{新诗}\quad\text{词}\quad\text{曲}
$$

即：四言诗（三百篇）→辞赋→五、七言古诗→乐府→五、七言律诗→五、七言绝句→词曲→新诗。

◎何 曙

中国文学变迁概论

中国文学，由来尚矣。自三代迄于今日，上下四千余年，其文质之变迁，代有不同。要之，风骨嶙峋，摛藻挦华，皆极于化。三代之时，夏尚忠，殷尚质，周尚文。其文灏灏噩噩，体势各殊。春秋之世，百家争鸣，莫能相通，及孔子出，博观深考，集其大成。太史公曰："孔子布衣，传十余世，学者宗之。自天子王侯，中国言六艺者，皆折中于夫子，可谓至圣矣！"时至战国，文衰道敝，邪说纷起，杨朱墨翟之言盈天下，社会思想，于焉以变。孟荀崛起，力矫时弊，吐辞为经，举足为法，孔子文教，得以不坠。屈原见放，忧愁幽思而作为《离骚》，情韵悠然，汉赋之盛，即滥觞于此。秦一天下，焚书坑儒，文学荡然。汉兴，诸儒撽拾残篇，周孔之学，不绝如缕。武帝尊崇儒学，表彰六经，子云、相如、东方朔、枚皋之徒比肩并起，班（固）、刘（向）、匡（衡）、扬（雄）继之，浑古宏博，世莫与京。湘乡曾氏谓："子云、相如能为雄伟之文，刘向、匡衡能为肃懿之文，一得阳与刚之美，一得阴与柔之美，为后世文派之所由分。"其见尤卓也。西汉变乱相寻，桓、灵之间，风骨渐衰。献帝末年，曹氏父子，雅好文学，子建尤称雄杰，而孔融、王粲、徐幹、陈琳、阮瑀、应玚、刘桢等，综缉辞采，错比文华，号称建安七子。其文皆绮縠纷披，情灵摇荡，各自名家。然六朝绮靡之习，自此开矣。魏晋之时，国家多故，虚空之说，甚嚣尘上。竹林七贤（阮籍、嵇康、向秀、刘伶、阮咸、山涛、王戎）雅好老庄，玄谈肆志，高亮任性，其文虽继建安，而刚劲不及，惟嵇、阮之文，超然独远，实为当时文宗。太康之时，文章中兴，三张（载、协、亢）、二陆（机、云）、两潘（岳、尼）、一左（思），勃然复兴，创为骈俪之文，结藻清英，流韵绮靡，篇什之美，冠冕一时。然视汉文之雄浑朴实，则不免有文衰之叹矣。南北朝时，文笔分途，有情辞声韵者为文，直言无文采者为笔。考文笔之分，建安已开其先，晋亦守其法，此时尤为特盛。然其时作者多长于文而短于笔，靡曼有余，而气力不足。颜（延之）、谢（灵运）、沈（约）、江（淹）、何（逊）、徐（陵）、王（褒）、庾（信）等，皆当时笃行文章之士，其所为文，类皆雕辞琢句，争驰新巧，终不免于绮艳之失。隋文即位，鄙六朝轻险之习，乃欲斫雕为朴，发号施令，咸去浮华。然时俗词藻，犹多淫丽。盖所袭已久，一时难为变也。李唐继起，文学大振，《群书备考》谓："唐之文章，无虑三变：王、杨始霸，如丽服靓妆，燕歌赵舞，虽绮丽盈前，而殊乏风骨。燕、许继兴，波澜颇畅，而骈俪犹存。韩愈始以古文为学者倡，柳宗元翼之，豪健雄肆，相与主盟当世。下至孙樵、杜牧，峻峰激流，景出象外，而窘裂边幅。李翱、刘禹锡，刮垢见奇，清劲可爱，而体乏雄浑。皇浦湜、白居易闲澹简质。"诚至论也。夫诗如李杜，文如韩柳，皆百代不祧之宗。而杂艺小说，亦萌芽于唐末。噫！可谓盛矣。五代之时，诗文皆不竞，惟词曲之体，颇有可观。《花间》一集，为词家总集之祖，后世倚声者咸宗焉。宋初，柳（开）、穆（伯长）、尹（师鲁）辈，欲尽洗五代风华之陋，未竟而终。迨欧阳永叔出，私淑韩氏，振撼一时，文风为之一变。曾巩、王安石、三苏（洵、轼、辙）相继而起，古文因而大盛。高宗南渡以后，性理之学，披靡一时。始自濂溪二程（颐、颢），至晦庵而集其大成。其时有陆九渊者，持论与朱离异，大抵朱主道问学，陆主尊德性，此其大较也。吕祖谦出于程门，其文体特异，而开浙东一派。文学之变，至宋已极，益信文章与世变相因其说为不谬也。元人起自蒙古，习尚骑射，征服之国，往往摧残其文学，故学术上无特殊之表现，惟戏曲小说，称为特盛。王实甫之《西厢》，高则诚之《琵琶记》，施耐庵之《水浒》，罗贯中之《三国演义》，皆其最著者也。明太祖发于畎亩，开国之初，颇奖励文雅，征用遗臣，及海内既定，屡兴大狱，刘基、宋濂，夙荷帷幄之殊遇，至是并被疑忌。及夫燕王篡位，尤阴鸷好杀，歼戮异己，文士尤婴其祸，以至孝孺族诛，解缙庾死。成化以后，八股取士，一时学子，惟伺主司之好尚，以干尺寸之禄。于是文章滋敝焉。其间虽不无豪杰之士，尝以著述自见，然终不足比于前代。及至明末，侯（朝宗）、魏（禧）、钱（谦益）、吴（梅村）、顾（炎武）、黄（宗羲）、王（夫之）等，或以古文名家，或以诗词艳世，或以博学见称，皆有明三百年文学之后劲。而清代文学之盛，亦自此始矣。兹依次述之，以见一斑。

明季公安、竟陵体盛行，而文体日就琐碎。及风气将变，国祚旋移。故清初文学，实赖明遗臣为之藻饰。侯朝宗倡韩、欧之学，其文才气奔放，而为志传能写生，得迁、固神理。惟体兼华藻，稍涉浮夸，不无微嫌。魏禧与兄善伯，弟和公，并治古文，号宁都三魏，而冰叔文尤高，人称魏叔子。其为文主识议，凌厉雄杰，著有《左传经世》等书。钱、吴尝仕于清，其诗在启祯之际，称为大家，清时诸文豪，亦莫能过之。钱诗出入李、杜、韩、白之间，学问鸿博，所著有《初学》《有学》二集。吴诗自分二期，其少作大抵才华艳发，吐纳风流，及乎遭逢丧乱，激楚苍凉，风骨弥为遒上，暮年萧瑟，论者以庾信方之，其中歌行一体，尤所擅长。格律本乎四杰，而情韵为深，叙述类乎香山，而风华为胜，韵协宫商，感均顽艳，一时称为绝调。太冲（黄宗羲）师事宗周（刘宗周），其学笃守师传，综贯经史百家，旁推交通，而自成一体。著有《明夷待访录》，推论古今治法，多凿然可行。宁人非蕺山弟子而为程朱学者。与稷若（张尔岐）、而农（王夫之）皆不规规宋学门户，每溯汉儒注疏以明经术之原。而宁人学尤博大，所言期于致用。著有《天下郡国利病书》《日知录》，凡古今成败得失，经史粹言，皆具焉。其注重经术政理之学，可想见矣。康熙之时，文学特盛，阎若璩、毛奇龄之于经学考证，汤斌、陆陇其、李光地之于理学，汪琬、姜宸英、邵长蘅、方苞之于古文，朱琬、施闰章、陈维崧、彭孙遹、尤侗、王士禛、朱彝尊、赵执信、查慎行之于诗词，皆名动一时。而士禛之诗、方苞之文，尤笼盖百家，屹然为一代大宗，未有能易之者也。乾嘉之际，考据盛行，松崖（惠栋）承其家学，专治经术，而以汉学为归。其文苍古深远，钱少詹拟之为汉儒，非过论也。东原学继定宇，而尤精于字义、制度、名物，每立一说，必参稽互考，曲证旁通，论者谓集经学、汉学之大成，殊为允当。其余名家，指不胜屈，要自惠、戴启之矣。至若诗人，则有袁枚、蒋士铨、赵翼，称乾隆三大家。袁诗流于谐谑，不无轻佻之弊。赵诗亦间有此病。蒋诗凄怆激楚，异于袁、赵二家。洪亮吉尝论三人之诗曰："袁简斋如通天神狐，醉后露尾。赵云松如东方正谏，时带谐谑。蒋心馀如剑侠入道，尚余杀机。"可谓论得其宜矣。乾隆初年，更有素具韩、欧之才而名重一时者，则有刘海峰，承望汉之学，特立宗派，严定古文义法。姚鼐继之，名为桐城派。同时恽敬、张惠言，亦别树一帜，名曰阳湖派。然其学亦出海峰，渊源非有二致。而行文之波澜法度，亦未有异于桐城。惟桐城深于法，阳湖则长于才，不无小别也。嘉庆以后，学者多高语周、秦、汉、魏，薄清淡简朴之文。龚自珍、魏默深尤为得力，其所为文，皆出入诸子，往往有奇气。而梅曾亮，独绍姚姬传之学，以教门人。湘乡曾国藩起而和之，于是桐城一派复盛。逮乎咸同之际，士之为古文者接踵而起，如张裕钊、吴汝纶等，皆奉其余绪，而为桐城之后劲。故虽当洪、杨倡乱之时，海内云扰，而讲艺著文之风不绝。光绪以来，桐城古文，日就衰歇，虽严复之译西洋哲学，林纾之译西洋小说，皆托桐城义法，而谨严殊不及。迨戊戌政变，康（有为）、梁（启超）崛起，创为流放之文，举古文之藩篱，摧荡无余，名曰今文学派。此文之又一变也。民国肇造，百端维新，文学亦随之而变。章士钊虽尝为古文，然已欧化，谨严雅洁，莫及桐城万一。及胡适、钱玄同等提倡白话文后，古文义法，遂一扫殆尽。故民国文学，无足称述。回顾前代，不禁盛衰之感，而复兴之功，惟有望于今日英年学子之努力耳！

录自《长高学生》1937年第2卷第1期

◎吴和士

中国文学变迁史略

一、导言

我国文学，范围广博，初无定义，更鲜确解。以言科学，其名不见于载籍，然开物成务，非科学莫由。粤稽古初，书契既成，发明渐众。黄帝之世，羲和占日，常仪占月，臾区占星气，伶伦造律吕，大挠作甲子，隶首作算数，容成综斯六术而著调历，风后制握奇陈①法，荣爰铸钟，大容作云门大卷之乐，宁封为陶正，赤将为木正，挥作弓，夷牟作矢，共鼓、化狐为舟楫，邑夷作车，岐伯作内经，俞跗雷公察明堂，究息脉，巫彭桐君处方饵，其元妃西陵氏女嫘祖教民育蚕，何莫非科学之权舆哉！降至周代，《庄子·至乐》篇，俨然生物进化论也。例证之多，不可殚述。即孔孟之政治学，墨子之论理学，在古代学术史，皆名之曰经曰子，实则社会科学也。从知我国之所谓文学，概括一切学术而言，殆无学科之区别者也。以是因缘，文学既鲜进展，科学本非我国所固有，益空疏渺茫，不足论已。欧美则否，所谓文学也，科学也，社会学也，经济学也，分道扬镳，各领专域，极深研几，代有其人，阐扬发挥，与时俱进，此欧美之所以富强也。吾侪生丁乱世，信仰教育救国，诚宜对外吸取泰东西文明，对内整理古圣贤载籍，若者为文学，若者为科学，若者为社会学，若者为经济学，依类分门，毋任先哲所研精述作者，湮没弗章，夫然后舍己之短，采人之长，融会贯通，自成其为东方之文化学术，则中国其庶有豸乎！

或谓科学与文学之领域互殊，科学属智识，文学属情感，此直一孔之见，非徒不明科学，亦且不识文学者也。盖谓科学纯属智识范围则可，若谓文学纯属情感范围则大不可也。何则？智与情相为表里，不有智，安有情？故文学云云，乃以文字记载智识而兼情感之表现者耳。

文学为改造社会之原动力，苟得其时，力足以变更民众之思想。而思想与言语行为相联系，思想一变，斯言语行为亦随之俱变。是以革命家称文学为革命种子："文字收功日，全球革命潮。"此文学之功用一也。

日本学者儿岛献吉郎氏有言曰："文学之功用，在使作者与读者之间，情意密合，如阴阳二电之异极相吸，斯一人之言，能契合千万人；一代之作，能流

①陈，今作"阵"。

传千百世。若就作者片面言之，流露衷怀情感，发泄胸次块垒，论消极则聊以自慰，论积极则亦足自豪；且利用文学之恒久性暨普遍性，名山事业，文字有灵，虽千百年后，或有私淑而崇拜之者，文学固不受时间之限制者也。更就读者片面言之，苟与作者处境同、思想同，自必油然生同情之感，缅怀古人，反省一己，辄觉抗颜先哲，媲美前贤，由积极而辟立言传世之途，由消极而达安身立命之地。所以文学之功用，在成己而兼成人。"此文学之功用二也。

总之，文学之功用，大之足以改造社会，平治国家；小之足以表现人生，献替朝政。兹将我国历朝文学，略分上古、中古、近古、近世四期，述其变迁大要，所以便稽考、资浏览焉。

二、上古文学（自三代迄秦）

上古以前之文学，固有残迹可寻，然而若明若昧，涵义晦涩，未易得其概观。试举其略，则如《金人铭》及《尧典》是已。是以言中国文学者，恒以三代为始：《尚书》之《益稷》《禹贡》《甘誓》《五子之歌》《胤征》五篇，皆夏文也。《岣嵝碑》为世所盛称，顾宋以前人均未之见，讵足置信。《论衡》称《山海经》伯益撰，其中乃有秦汉地名，识者以为伪。夏代韵文，《五子之歌》外，帝启作《九辩》《九歌》，惜其词不传。惟《夏小正》见《大戴礼记》，《夏箴》见《周书》，《墨子》纪"使翁难雉乙卜于白若之龟"繇词，有足稽焉。

唐虞以前文学，多为平民化或社会化。此后由部落时代进而为国家时代，文学亦渐趋于君主化、贵族化矣。唐虞两代，赞美神明、赞美自然之歌，至夏皆演进而为赞美君主、诮谀贵族，伪作《涂山歌》。尤于夏谚之"吾王不游，吾何以休！吾王不豫，吾何以助！"足征人民对于君主之诮媚矣。《甘誓》言短有威，由此可知当时人民思想之大概焉。

商代之文，如《尚书》之《汤誓》《仲虺之诰》《汤诰》《伊训》《太甲》《咸有一德》《盘庚》《说命》《高宗肜日》《西伯戡黎》《微子》等共十有七篇，皆散文也。《商颂》之《那》《烈祖》《玄鸟》《长发》《殷武》五篇，皆韵文也。至《大濩》之乐，不存其词；诸器之铭，惟传"日新"三语；归亳之歌，见于《大传》；大旱祝辞，见于《说苑》。篇章无多，盖殷人尚质也。苏辙曰："商人之书，简洁而明肃，其诗奋发而严厉。"信定评欤！

《汤誓》为史臣纪事之作，王者御制之文。顾读其誓词，托命神权，以征伐之事，诿卸于天。因之文笔婉转，远不如《甘誓》之严而有威。且启后世典制文之风范，含有笼络下民之意矣。

成周号称文盛，举其最著者，散文若《尚书》之《泰誓》以下三十二篇，皆周书也。又若文王所作《易》卦辞，周公所作《易》爻辞、《仪礼》、《周礼》、《尔雅释诂》、《太子丹书》，录于《大戴》。鬻熊诸子撰述，《国语》《左传》所征引，于今俱存。韵文若《诗》三百篇，而《国风》诸什，平民之文学弥多。此外则有周宣王之《石鼓诗》，《史记》所载箕子《麦秀诗》，伯夷、叔齐西山歌。而《左传》所载《虞箴》，实为后世箴文模范。小说则《穆天子传》六卷，清纪文达公信为当时之杂记焉。

姬周文学，与吾民族社会关系最重要者有三焉：其一曰《洪范》，箕子陈《洪范九畴》，盖以解释《洛书》，为中国政治学之滥觞。其二曰《易》卦。前此河图八卦，但有名象，洎文王重而演之，得六十四卦，周公析为三百八十四爻。于是有辞可玩，有数有占矣。夫五行阴阳之说，支配中国人心理者，历数千年而不衰，博矣，深矣，实即东方哲学之基本法则也。其三曰六书。周公制礼设官，使保氏教国子六书，于是中国文字，始有规律可循，义类可说。不惟当日同文，思想得渐趋夫统一，抑中古以来华夏文化之流传发达，胥系于此耳。

六经固在孔子之前，然自孔子删《诗》《书》，订《礼》《乐》，赞《周易》，作《春秋》以为后王法，是则孔子之六经，非复唐虞三代以来固有之六经也。盖至孔子而文学丕然革新。当是之时，思想解放，诸子百家，风起云涌，各以其说干诸侯。儒、道、墨三大家鼎足而峙，此中国学术之黄金时代也。今述其变迁之大势如后：

（一）诗歌之发达也　采诗之制，不知始于何时，莫由稽考。而风诗之多，以周兴以来为最，即今《国风》所存者是也。《雅》《颂》亦同时并盛。至战国之末，楚屈原著《离骚》，乃《国风》之变体也。其弟子宋玉继之，而楚辞遂自成一体。

（二）政治哲学之勃兴也　古者学术在官，自周官失其守，于是学术遂成为公开研究之物。当时天下纷乱，民生凋敝，故政治哲学不期而成为研究之先务。于是百家争鸣，跃跃欲试，文学既日趋发达，而政治哲学尤为完备矣。

秦并六国，统一天下，焚书坑儒，由是中国学术又复衰微。故此时著述，殊不多见。惟李斯变大篆为小篆，程邈作隶书，开后代改革字体之先河，于文学之传布，颇有关系耳。

三、中古文学（自两汉迄隋）

汉高祖起自亭长，随从左右俱负贩，故不知崇尚文学。迨叔孙通定朝仪，垂绝之儒家，始得复振，东西二京，先后历四百余年之久。其文学变迁之大势，可得而述焉。

（一）儒术之尊重也　汉承暴秦之后。秦以君权无限为政治方针，故重法治，烦令苛政，钳制黎庶，虽为灭亡之因，而法家势力，至汉未衰。秦既失败于法治，海内骚然，群思宁息，于是南方思潮之清净无为，遂成时尚。汉初功臣，莫不熟习《老子》五千言，以淡泊无欲为治，故道家势力亦盛。自武帝表章"六经"，罢黜百家，而儒家遂为时代骄子。惟当时书经秦火，遗存无多，士子相率作古经之研究，探讨搜寻之余，不无门户之见，遂启今古文之纷争，而溯本穷源，咸归儒术，则人同此心者焉。

（二）**辞赋之变迁也**　汉初去战国未远，策士之风犹存，如贾谊《治安策》，贾山《至言》等，皆出入于周秦诸子之间，迨夫文、景以还，四海晏安，游说非时，然人之聪明睿智，不能无所发泄，乃一变其风尚，悉寄托而为辞赋。枚乘（枚乘作《七发》凡八首，说七事以启发太子。词藻虽繁，而旨归纯正。长喻远譬，曲尽利害。抗言谠论，穷极精微）、严忌倡于前，司马相如（相如之赋，思想浅薄，而笔力雄浑，堪推古今独步，盖其修辞之工，洵中国赋家之冠冕。故王世贞评之曰："《子虚》《上林》材极富，辞极丽，而运笔极古雅，精神极流动，意极高，所以不可及也。长沙有其意而无其材，班、张、潘有其材而无其笔，子云有其笔而不得其精神流动处"）、东方朔（东方朔作《七谏》，饶有屈子余韵）继于后，创开汉赋之格局。嗣后东汉王褒开排偶之端而文体再变，扬雄摹仿相如骈文而体又变（扬雄作《羽猎》《长杨》两赋，即仿相如之《子虚》《上林》。《羽猎赋》云："其余荷垂天之毕，张竟野之罘，靡日月之朱竿，曳慧星之飞旗。"较诸《上林赋》之"于是游戏懈怠，置酒乎颢天之台，张乐乎胶葛之㝢，撞千石之钟，立万石之虡，建翠华之旗，树灵鼍之鼓。"直可以乱楮叶）。马融、王延寿尤独矫时习，力追西京。此当日辞赋之变迁也。

（三）**诗体之变迁也**　诗为纯粹之文学作品，以《诗经》为鼻祖。孔子删《诗》时，都三千余篇，删定为三百五篇。《商颂》五篇，殷人作也，此外俱周人作。故有《诗》三百篇之称。当时采诗有官，专司搜集歌谣，存其合于音乐者，被之管弦。一自诗亡乐废，楚辞代兴，繇是涂辙渐分，诗体渐变。汉之《鸿鹄歌》，四言诗也；《大风歌》《瓠子歌》，《骚》之遗也；《古诗十九首》（《古诗十九首》为汉代名作，杂集两汉时代五言诗而成，中有枚乘作数首），五言诗也；柏梁体（柏梁台联句，据《日知录》断为后人依托，然言诗者多承认为汉时诗体变迁之一种，故仍之。不佞本意，终以为汉诗止盛行五言，而七言则非至唐代，不足观也），七言诗而为后世联句之始也。高祖定《房中歌》十有六章为祠乐（或云十七章，《唐山夫人房中歌》，传诵一时）；武帝定郊祀乐府，置乐府官，以李延年为协律都尉。集司马相如、枚皋（枚皋以文采见重于时，与相如齐名）等文人，成《郊祀歌》十有九章，而乐府体由是成立，此当时诗体之变迁也。

（四）**史家文学之创体也**　太史公司马迁作《史记》，上自五帝，终于汉武。史迁自序："凡十二本纪、十表、八书、三十世家、七十列传，共为百三十篇。"后人多赏其文学之美。明归震川读《史记》，以五色标识，不相混淆。若者为全篇结构，若者为逐段精彩，若者为意度波澜，若者为精神气魄，以例分类，用便拳服揣摩，号为"古文秘传"。殊不知此史家文学之创体，实非创于史迁，乃出于《骚》耳。盖太史公坎坷不遇，身世与屈原略同，二子皆借文学以抒积愤，惟一则托之美人芳草，一则托之刺客游侠而已。假纪事之文，以发挥情感者，自《史记》始。论其文笔，纵横无尽，任何事迹，靡不巧于叙述。吕祖谦评其文曰："太史公之书法，其指意之深远，寄托之悠长，微而显，绝而续，正而变，文见于此，而起意于彼，若有鱼龙之变化，不可得而踪迹。"可谓知言矣！其后东汉班固著《汉书》，都一百二十卷，盖《史记》终于汉武，自太初以下，阙而不录，班彪因之，演成后记，用续前篇。固乃缀拾所闻，上起高祖，终于王莽之诛，为十二纪、十志、八表、七十列传，勒成一史，凡二百三十年。目为《汉书》，乃仿《虞书》《夏书》《商书》《周书》之名。而其文体异于《尚书》，全仿龙门旧例者也。书未成而固卒，其妹曹大家续之，盖班固坐窦宪党以罪诛，八表、《天文志》皆未成，和帝诏令踵成之者也。后世遂以《史》《汉》并称，顾体例有异，《史记》为传记体，《汉书》则断代为史，合二书读之，迁、固著述，各有千秋，郑夹漈讥班氏尽窃迁书，冤已！

汉代文学，虽因时变迁，然自有其独特之风尚，若史若赋，实为百世不祧之祖。迨魏晋以后，文体一转而为淫柔。人怀苟且，志行薄弱，群安纤细，递降递下，究其变迁之原因，有可得而言者，盖四端焉，今分论之：

（一）贵族文学之勃兴也　魏武曹操及文帝丕、陈思王植，咸擅文学。尤于武帝之四言诗，于《三百篇》外，别开生面，魄力之雄，断非后人所可几及。操才兼文武，把酒临江，横槊赋诗，固一世之雄也。其卒章曰："周公吐哺，天下归心。"沉雄俊爽，时露霸气。而"月明星稀，乌鹊南飞"二句，亦豪亦悲，可谓古今绝作。其子丕著《典论》，竞竞焉贱寸璧而重寸阴。幼学如此，宜其文章有价。诗以娟弱委婉为主，一变乃父悲壮之风，善写人情，《燕歌行》一篇，七言协韵，徘徊掩抑，节奏之妙，饶有天趣。丕弟曹植，骨气奇高，词华藻茂，魏代文学之巨擘也，故唐代李、杜诸贤，莫不师其风骨。读其《存问亲戚疏》，以雄隽之笔，写激楚之情，豆其之咏，宛转悱恻，一往情深，风格与两汉顿殊矣。辞赋亦都可观。是皆贵族文学之中坚也。因贵族文学之盛，而反映普通文学之衰靡，此魏之所以逊于汉也。至文帝《论文》，创开后世文评、诗话之端绪，刘勰《文心雕龙》、钟嵘《诗品》，即传其衣钵者耳。

（二）建安七子之渐趋靡丽也　建安系汉献帝年号，七子生当建安之世，以魏武父子兄弟共好文学，一时文人，云集邺都，七子多为武帝擢用，遂有建安七子之称，即孔融、王粲、徐幹、陈琳、阮瑀、应场、刘桢是也。七子生当汉魏，故其人为汉魏间之人，其文为汉魏间之文。七子各擅一体，除徐幹以外，俱有传集（为《孔少府集》《王侍中集》《陈记室集》《阮元瑜集》《应德琏集》《刘公幹集》），而要各有所偏。总之，两汉文学之朴茂，至七子而渐启六朝靡丽之端矣。

（三）清谈之影响于文学也　自魏迄晋，因时势之酝酿，人心消极惟以远害全身为事，于是老庄哲学，成为时尚，再由老庄哲学渐变为清谈。其人生观大率以放浪形骸、毁弃礼节为务。此种思想之形诸文学者，如嵇康《养生论》、刘伶《酒德颂》、王羲之《兰亭集序》等，是其代表作也。就中若左思、刘琨、郭璞皆能卓然自立，绝不依傍古人，更不阿附世俗。至东晋之末，陶潜崛起，胸襟高旷，意趣真挚，虽亦染变时代之感化，以老庄虚无之道，保身全生，然其本来面目，于冲淡洒脱之中，随处流露真性情。所为诗文，于当日繁缛卑靡之作，纷纭杂见之时，独能自树一格，如鹤鸣九皋，俯视六朝纤丽之文，不啻山鸡舞镜矣。此其所以为真诗人、大文豪也。晋诗之见重于百代者以此，其如独木难支大厦，仍无补于文学水准之日趋卑下耳。

（四）小说家言之流行也 晋代小说，流衍浸广。所谓小说者，班固在《汉书·艺文志》有云：“小说家者流，盖出于稗官，街谈巷议，道听途说之所造也。”此其定义也。《海内十洲记》一书，或疑魏晋人所作，顾无从得确证。郭璞注《山海经》，张华注《神异经》，干宝作《搜神记》，葛洪作《神仙传》，是皆唐人小说之先河也。

南朝承东晋之后，其文学益趋重藻饰，惟尚外表，不论本质，后世称为六朝文。六朝之义，兼吴与东晋暨南朝之宋、齐、梁、陈而言也。北朝初时，尚知稍重实质。自王褒、庾信辈北渡，而风气为之丕变矣。维时变迁之大势，亦分四端，述之于下：

（一）佛学之兴隆也 佛学发源于天竺，其流传中土，虽始于东汉，而历晋代以迄南北朝，骤见兴隆。文学巨子如谢灵运、沈约、刘勰、徐陵、庾信之流，罔不酷信释典。梁代诸帝，尤多皈依佛教，潜心佛学，其思想之影响于文学者，亦犹老庄之于晋代焉。

（二）文与笔之区分也 晋代以还，发生文与笔之区别，而文学因之不无小变。刘勰《文心雕龙》云：“今之常言，有笔有文。”以为无韵者，笔也；有韵者，文也。然按之实际，亦甚不一致云。

（三）音韵学之成立也 音韵之学，在汉之前，未之有也。自梵文发音之法传入中国，始有切音。（按：汉以前有韵文而无音韵，若夔之典乐，依永和声，勉可比附为音韵之始，顾继起无人，未克完成音韵。皋陶赓歌，明良康喜起熙之词，皆韵文也，《易》象辞如“初筮告，再三渎”，屋沃古通，爻辞如“需于血，出自穴”，俱屑韵，亦韵文也。惟周奉以前韵文，多古音，至汉而高祖《大风歌》，武帝《秋风辞》，咸与今韵为近，非若三代以上之音，佶屈聱牙矣。然仍韵文而非音韵也。）汉末之孙炎，魏之李登，相继研究，至齐之周颙，乃定平、上、去、入四声，作《四声切韵》，而音韵之学于焉成立。梁沈约作《四声谱》，盛倡文学宜究四声之说，陈郡谢朓、琅邪王融和之，以气类相推，所为文世呼永明体。盖沈与王、谢，词华高赡，合于当时之声调，及江左之方言者也。繇是后之作诗歌者，必检韵而求谱，四声之学，历陈、宋、元、明、清而不能变，且燕、秦、齐、粤，四方暌隔，俗谚所不得通者，音韵无不同焉，则周、沈诸子之力，而文学变迁之一大关键也。其后有梁之王斌，作《四声论》，隋之陆法言，撰《切韵》，皆失传。（按：唐人以陆法言《切韵》试进士，孙愐又重定为《唐韵》，迨宋人重修《广韵》，而《唐韵》亡矣。陆之切韵，即反语也，两文字互相切，谓之反。如同泰之反为大，桑落之反为索是也；两字切一字，磨切而出声谓之切。如徒红之切同，德红之切东是也。）然音韵之学，踵事增华，作者不绝，难以偻指计矣。

（四）文格之卑下也　骈四俪六之文，至此时代，乃完全成立。盖六朝以前，骈散相间，虽以相如骈体，推为西汉大宗，亦有散文参杂其间。至曹魏而格律渐备，入六朝而大成矣。骈体隶事之富，始于晋之陆士衡；织词之缛，始于宋之颜延之。齐梁以下，词事并繁。凄丽之文，如江文通、鲍明远俱臻绝调，丹青昭烂，元黄错采，跌宕靡丽，浮华无实，而古意荡然矣。齐梁启事短篇，其言小，其旨浅，其趣博，大率以雕饰为工，而近乎游戏。若吴叔庠之《饼说》，韦琳之《鳝表》，袁阳源之《鸡九锡文》并《劝进》，则诙谐滑稽，品斯下矣。律绝之诗，至是渐启其端，而句雕字琢，一味以技巧为工，文格卑下，益无足道。惟范晔《后汉书》，与《史记》《前汉书》《三国志》并称四史，郦道元《水经注》文笔刚健，一无时下习染。二者虽非纯粹文学，然至足称道焉。

四、近古文学（自唐迄宋元）

唐代之始，未脱六朝窠臼，迨李、杜出而诗变，韩、柳出而文变。论唐代文学者，辄分为初唐、盛唐、中唐、晚唐四期：初唐自武德至开元初，凡百余年；盛唐自开元至大历初，仅五十年；中唐自大历至大和九年，计七十余年；晚唐自开成初至天祐三年，共八十余年。然其间未有截然之鸿沟可判，惟为讨论之利便而已。大抵初唐犹承六朝纤丽之习，风调宛转，而气格未高，盛唐、中唐，推为极盛，晚唐则萎靡不振矣。列论其变迁大势如下：

（一）初唐沿袭六朝之旧习也　《唐书·艺文传》序谓"有唐文章凡三变"，《群书备考》申其说曰："唐之文章，无虑三变：王、杨始霸（王勃、杨炯），如丽服靓妆，燕歌赵舞，虽绮丽盈前，而殊乏风骨。燕许继兴（张说、苏颋之文章，典丽宏赡，朝廷大述作，多出其手，号曰"燕许大手笔"），波澜顿畅，而骈俪犹存。韩愈始以古文为学者倡，柳宗元翼之，豪健雄肆，相与主盟当世。"观乎此，而知韩愈以前，虽经两变，终不能洗净六朝之面目。王勃、杨炯、卢照邻、骆宾王并称唐初四杰，其文章足以代表当时之风气者也。至燕国公张说，许国公苏颋，虽齐名一时，然张说《为留守奏瑞禾杏表》，献媚天册金轮皇帝，文品斯卑。苏颋父苏瑰，于中宗时，力斥韦庶人，抗辩不屈。颋有父风，所作《夷齐四皓优劣论》曰："周德既广，则夷齐让国而归焉；汉业既兴，则四皓受命而出焉。"是可以见颋志矣。然若综论初唐、盛唐之文，则终未能脱尽江左余风耳。

（二）诗体之大备也　古诗之变为律绝，虽在南北朝已启其端，至唐代而乃完其体制，诗人亦以唐为独多。初唐之沈佺期、宋之问；盛唐、中唐之李白、杜甫、王维、孟浩然、韦应物、柳宗元、高适、岑参、韩愈、元稹、白居易；晚唐之李商隐、温庭筠、杜牧等，皆一代诗宗，在古今诗史上占有重要位置，自桧以下，指不胜屈，姑置弗论。律诗又谓之格诗，乃格律谨严之义，叶平仄，拘对偶，不稍宽假；绝诗亦曰截诗，盖律诗之半截也。

（三）**韩柳之复古也** 初唐文学，沿袭六朝旧习，已述于前；然盛唐踵武前规，依稀未变。迄大历以后，韩愈崛起，始力矫颓风，以古文相号召，上契仓籀创字之意，纪述明畅，议论谨严，独运精思，大气磅礴，文起八代之衰，遂使古文复为世重，与时文相对峙矣。其时与韩愈相颉颃者，有柳宗元，一时学者，翕然宗之，并称韩柳，为唐宋八家之首云。

（四）**晚唐文学之萎靡不振也** 诗自元、白而后，渐尚清浅，而力复不足，如皮日休、陆龟蒙之徒是也。又有一派，专惟香艳是尚，如温庭筠、李商隐、韩偓之徒是也。古文虽经韩、柳提倡而复振，顾如昙华一现，韩柳以后，又无足观。于是晚唐文学，乃萎靡而不可复振矣。至典志文体，有唐一代，首推杜佑之《通典》，而刘知几之《史通》，则评史之体裁也，二者皆唐代有名之著述也。

五代踵唐之后，历时无多，兴亡更迭，时变之纷纭如此，政治之混乱如彼，故文学殆无可述。惟诗之蜕化为词，在中唐、晚唐已开其端，迄五代而弥盛矣。如孙光宪、毛文锡、南唐后主李煜、韦庄、冯延巳等，皆当时著名之词家也。

五代干戈扰攘，文学之凋零已甚，词家而外，几无足称。维时中原经沙陀、契丹之蹂躏，文物荡尽，李继岌、李严之文，曾不若北魏邢温之什一，惟王朴《平边策》为鸡群之鹤，盖汉族式微，斯汉之文学亦绝矣。

宋承五代之敝，文体多沿偶俪，初无足观。迨宇内安宁，文学遂渐启曙光，复见兴盛，其变迁大势，可得而述焉：

（一）**苏、欧之复古也** 宋初文学，犹袭晚唐、五代之习，杨亿、刘筠辈以声韵相尚，号为"西昆体"，风靡一时。此后柳开、梁周翰、高锡、范杲等，颇有志矫正时习，而力有未逮，然文体已稍稍变矣。诗如梅尧臣、石延年，文如柳开、苏舜钦，俱楚楚可观。至欧阳修出，始卓然成一代大家，蔚然为北宋正宗焉。永叔自述所学，谓其古文实渊源于苏子美，则苏、欧为当时复古派无疑矣。其后王安石、曾巩、三苏父子继起，宋代文学遂大有可观。

（二）**理学之发达也** 理学之名，古所未有。自宋中叶，周敦颐作《太极图说》及《通书》，合儒、老、佛三家之说而融化之，同时又有张载作《西铭》，岂独意之美耶？其文固未易几也。故姚惜抱《古文辞类纂》亦引重之。程颢、程颐受业周氏，表章《大学》《中庸》。南渡以后，后有朱熹得二程之传，尝注释《大学》《中庸》及《论语》《孟子》。自周敦颐以至朱子，学派略有不同，而皆以理学称，亦有称之为道学者，析言之曰：濂、洛、关、闽。濂为敦颐，洛为二程，关为张载，闽为朱子，盖各以其地名之也。与朱子同时者，又有江西陆九渊，尝与朱子相辩论，自成一派，此理学源流派别之大概也。

（三）**永嘉、永康之演为功利派也** 维时有发源于理学，而自辟蹊径，不拘拘于心性之间者，为永嘉及永康两派，其学主博考古今成败得失，谙习掌故，著为文章，以济世变，遂演为功利派矣。永嘉以陈傅良、叶适为巨擘，永康以陈亮为巨擘，虽导源理学，而务去空言，崇尚实利，此则与理学分道扬镳者也。至永嘉、永康之称，则叶适籍永嘉，傅良籍瑞安，陈亮籍永康，即以名其学派耳。

（四）**诗派之变迁也** 宋初诗家，首推梅尧臣、苏舜钦，继之则有欧阳修。梅诗以枯涩简古胜，苏诗以豪放流丽胜，故二家之诗风全异，一似韦、柳，一近高、岑也。然尧臣实欲矫西昆积习而未能耳。欧公尝从梅、苏游，诗重神韵，雅似其文。在欧氏以前，有九僧者，亦擅诗，颇负时誉，为欧所掩。欧氏之后，则苏轼崛起，从太白、渊明入手，而参以禅理，卓然自成一家。明人选唐宋八家古文，眉山苏氏父子兄弟，分为三家，确有见地。盖三苏之文，造诣不同，俱能自成一家，不因其为骨肉而强同之也。或传苏洵尝挟一书诵习，虽二子不得见，他日窃视之，《战国策》也。轼、辙兄弟，俱擅议论，各有峥嵘气象。及其成也，子瞻为文愈奇，子由为文愈淡。综观老苏之《嘉祐集》，大苏之《东坡集》，小苏之《栾城集》，其气息固互有似处，面目究有不同，可知轼、辙皆不借父兄而传也。东坡之后，有苏门四君子曰：黄庭坚、张耒、晁补之、秦观。四人之中，惟黄庭坚能自成一派，大率以瘦硬见长，虽出苏门，然绝不似苏。顾其文终不逮夫师，而诗则戛戛独造，足与师门相伯仲，拗峭自高，不屑作寻常语，不愧为江西派诗祖。又有陈师道、李鬲二人，参伍于四君子之间，号称六君子。宋吕本中作《江西诗派图》，列陈师道以下二十五人，谓其源皆出山谷，繇是江西诗派之名大著，然选才未精，议论不公，时人讥之。当时又有陆游，为南宋惟一之文学家，堪与唐之李、杜、韩、白，宋之东坡并称，诗才尤豪放超脱。因家国兴亡之感，故慷慨悲愤，一惟寓之于诗，更参用浅语常谈，略与白话相近。赵瓯北评其近体中之律曰："使事必切，属对必工，无意不搜而不落纤巧，无语不新而不事涂泽，实古来诗家所未见也。"继其后者，有杨万里、方秋崖，与陆并称者，有范成大，皆天才踔厉，用笔清新，至于四灵，则诗力渐弱，无足道矣。独严羽能力矫时习，务去纤巧。而南宋遗氏如谢翱等，则悲壮苍凉，激昂慷慨，有亡国之音焉。

（五）**词学之大盛也** 词始于唐而盛于宋，曲始于宋而盛于元。词以体言，则在唐末五代时，有韦庄、欧阳炯、冯延巳、南唐李后主等，作为词之新体，多五十八字以内之"小令"，尚无"中调"及"长调"也。迨宋立大晟府，为雅乐寮，于是词学大盛，体制日备，而中调长调乃盛行矣。词以派别言之，晚唐五代，以清切婉丽为宗；至宋初柳永，一变而为悲壮；苏轼再变而为豪放，如有名之"大江东去，浪淘尽，千古风流人物"一阕，与柳耆卿之"今宵酒醒何处，杨柳岸，晓风残月"，同为后世所称是已。然柳永之音律清妙，尤为词家正宗。此北宋之两大变也。南宋宗东坡一派者，有辛弃疾、刘过。然北宋之周邦彦，精通音律，善自度曲，长篇大幅，独擅一时，号为清真派（清真即周邦彦），在南宋亦多宗之。就中佼佼者，如姜夔、吴文英，此南宋之词派也。至晏殊、晏几道、李易安、欧阳修、秦观等，皆北宋名家，而于五代为近；如史达祖、高观国、张炎等，亦宗清真派，为南宋之词家云。

（六）平话之创体也 平话即今日之演义小说，其体始于宋仁宗时，以前代轶事，敷衍点缀而口述之，以娱帝听者也。至刘斧著《青琐高议》，每则题七字为标目，亦今日章回小说之滥觞也。

（七）语录之创体也 宋代儒释，往往多语录，大抵纪师弟间论理阐道语，而以白话出之，故名"语录"，纪实也，在当时于古文之外，可谓别创一体。顾文人相轻，排斥异己，以文鸣者，必讥语录之俗，不知各有体要。语录所录者，语也；文集所集者，文也。上稽孔子《论语》，《文言传》各为一体，则古已有之矣。此外以史家名者，则司马光之《通鉴》，郑樵之《通志》，袁枢之《纪事本末》，有足称也。《纪事本末》以一事为一编，各详其起讫，可谓创体，作史者多取法焉。其他若野史、诗话、四六文，皆自成一体，兹不具论。

元代文学之前，应述辽、金二代，然辽、金灭亡，皆在宋灭亡之前，且辽、金文学殆无足观，至元灭宋、金，统一天下，始于中国文学史产生特色之文学，是辽、金二代仅为元代文学之准备而已，故辽、金从阙。略举梗概，则据《辽史·文学传》有萧韩家奴、王鼎、耶律昭、刘辉、耶律孟简、耶律谷欲诸人，而作品不传。《金史·文艺传》所载，有韩昉、蔡松年及其子蔡珪、吴激、马定国、任询、赵可、郭长倩、萧永祺、胡砺、王竞、杨伯仁、郑子聃、党怀英、赵沨、周昂、王庭筠、李经、刘从益、吕中孚、李纯甫、王郁、宋九嘉、庞铸、李献能、王若虚、王元节、麻九畴、李汾、元德明及其子元遗山诸人，以数量观之，固已远迈辽时矣。元以虞集为一代文学领袖，盖虞以宋人理学为宗，发为文章，学问广博，诗亦锐健，如汉廷老吏，非诸家所几及。此外如杨载、范梈、揭傒斯、马祖常、黄溍、柳贯、袁桷、姚燧，皆以能文著。元好问（即元遗山）本女真故臣，至元尚存，金亡，不再出仕，志欲传金代事迹，筑野史亭于家，摭拾所闻，作《金源君臣言行录》，实金史也。赵孟頫以宋宗室，出仕元庭，亦以文名。虞集之诗，与杨、范、揭并称四大家，又与黄、柳、揭称儒林四杰。其后萨天锡以诗主盟骚坛。至晚元则有杨维桢善为乐府，为明人所宗。此时文学之变迁，当推戏曲与演义小说二者，分述如下：

（一）戏曲之流行也 中国歌舞之肇端，远在上古，及元代而渐盛。以纪事之歌，融合表情舞为一体，于是戏曲始完全成立。而又佐之以音乐，助之以化装，戏曲乃成为一种复杂之表演矣。夷考其源，由于古代之媚神，一变而为帝王之供奉；再由帝王之供奉，推行于民间。其递变之由来，蛛丝马迹，可得而寻焉。洎夫元代始集大成而为戏曲，流行一时。夫杂剧之名，始于宋；院本之名，始于金；而传奇则起于唐。元末戏曲，分南北二派：北曲为元初以还通行之戏曲，以金末董解元之《西厢记》为著；南曲为元末永嘉高朗之《琵琶记》为始，高以为北曲不便于南人，乃创作《琵琶记》行世。北曲作家，以王实甫、关汉卿、马致远、乔吉甫、白朴等为健将；南曲作家，以高明、施惠为中坚。此元代戏曲流行之概略焉。

（二）**演义小说之流行也**　演义小说始于唐而盛于元，现代流行之《水浒》《三国演义》《西游记》或谓均元人作也。弹词亦为小说之一体，创自元末杨维桢之《四游记》（仙游、梦游、侠游、冥游）。而今日流传之弹词，以明人杨慎之《二十一史弹词》为最佳。清代作者，则风发云涌，一时称盛，不能以偻指计矣。此外尚有非文学之著述：马端临之《文献通考》，与杜佑之《通典》、郑樵之《通志》，并称为"三通"，亦巨著也。

五、近世文学（自明迄现代）

元末文学，颇流于纤秾缛丽，明兴，渐多改革。兹述其变迁递嬗之迹焉：

（一）**刘基、高启改变元末之颓风也**　明初文豪，当推刘基、宋濂、王祎，诗家推高启、袁凯，皆能雄厚高古，一扫元季萎靡之习。

（二）**李梦阳、何景明之倡言复古也**　明代永乐、宣德之际，杨士奇、解缙诸人创为台阁体，摹仿之者渐流为肤廓，卒至文学之趣味全失，气体日趋薄弱。至弘、正间，李东阳崛起，力挽狂澜。于诗则刻意学杜甫，沈德潜评之曰："永乐以后诗，茶陵起而振之，如老鹤一鸣，喧啾俱废。"一时复古之声大著。而李梦阳、何景明等七子踵起，益为复古张目。文必秦汉，诗必盛唐，自是以下，一切唾弃。于是诗文体裁，幡然一变。然末流之弊，坠于浮艳涂饰，功罪如何，未易著为定论已。厥后王慎中、唐顺之别创一派，以矫李、何之弊。而李攀龙、王世贞等后七子，又奉李、何为宗，一以复古为务。然未见有若何之价值也。

（三）**王阳明之提倡哲学也**　王阳明超然拔俗，力排时弊，天分既高，学殖尤富，自成一家之文，创知行合一、良知良能之说，为哲学家辟一新领域。其诗亦雄健有余，不同凡响。门弟子甚众，皆能恪遵师旨，修身养性，其学说不仅影响于当时，且传播于东邻日本，有助于明治维新云。

（四）**归有光之崛起也**　归有光较王慎中为后，其为文得力于《史记》及欧阳公，而能自生变化，明白晓畅，描写家庭琐事，语语逼真。乃当时古文派之杰出者也。

（五）**公安、竟陵两文体之继起也**　前后七子之复古派，风靡一时，徐文长、王百谷等，思有以矫之而力未逮也。迨万历时，袁宏道兄弟出，始以公安体代七子派。初，公安人袁宗道论诗文，力斥王、李之说，于唐取白居易，于宋取苏轼；其弟宏道、中道更以清新俊逸为主，力诋王、李为"假骨董"；学者翕然宗之，号为公安体。公安之末流，又趋于空疏浮泛，不能自持，复有竟陵人钟惺、谭元春，以孤僻幽寂，矫正公安之流弊，号为竟陵体。

（六）词曲小说之大盛也　明代词家有杨慎、王世贞、张延、王好问、卓发、陈子龙等；而戏曲家则有徐渭、汤显祖及明末之阮大铖等，汤之《牡丹亭》，阮之《燕子笺》《春灯谜》，至今犹脍炙人口。李日华又改北曲《西厢》为南曲，亦颇有声于时。演义小说有《列国志》及王世贞之《封神榜》，蜚声一时。其他则指不胜屈矣。

清以异族，入主中华，故定鼎以还，首以羁縻文人为主旨。世祖即位，国内未安，其时负有声誉之文学家，多明末遗民。乾嘉以后，海宇晏安，朝政清闲，而文学遂得渐次振兴矣。其贡献最大而变迁最著者，列举于下：

（一）考证学之发达也　自黄宗羲、顾炎武等反对理学、提倡考证学以来，遂启汉学端绪，于是毛奇龄、胡渭等，亦力攻宋学以伸汉。迨惠栋、戴震继起，实事求是，考订经文，于是汉学大昌。流风所播，代有传人。类皆博极群书，反覆研究，其用心甚苦，而所以嘉惠士林者，匪浅鲜已。此实清代文学变迁之一大关键也。

（二）清末文学之大变也　同、光以降，海内多故，民生凋敝，同时西方思想，随耶教以俱来，一切政教风俗，乃大起变化，而文学亦因之自然改革。其间可分三派焉：（1）以龚自珍为关键也——自珍诗文，专以诡奇放肆擅长，有剑拔弩张之概，时人评为"全是霸气"，信然！与自珍齐名者，有魏默深，而曾国藩承之，其文颇有独到处，嗣后有张之洞、俞曲园等，诗家有所谓同光派者，以陈三立、郑孝胥为代表，枯涩艰滞，莫与伦比，然近人多宗之。（2）以梁启超为关键也——用妇孺都解之浅显文章，纵论时事及学术，演变为民国初元前后之文体，且创开现代白话文之端绪。（3）以严复、林纾为关键也——自严复译《天演论》《原富》等书后，国人始知西方哲学梗概；自林纾译《茶花女》后，国人始知西方文学梗概，此后象译日兴，文学界所受影响弥巨矣。

（三）桐城文派为一代正宗也　清代古文，初有侯壮悔及宁都魏氏三弟兄，而叔子魏禧为尤著。厥后方苞崛起桐城，益究心声希味淡之作，名重京师。一传为同里刘大櫆，再传为姚鼐，而桐城文派，遂为一代正宗。历城周书昌曰："天下文章，尽在桐城矣。"学者奉为山斗，终有清之世，未见有夺桐城之席者也。恽敬之阳湖派，直大巫与小巫耳。

（四）戏曲小说之发达也　清代戏曲小说，亦甚发达，如王船山、吴梅村、毛西河诸儒，皆有所著作。世俗所流行者，无过于李笠翁之《十种曲》、孔云亭之《桃花扇》、洪思昉之《长生殿》，皆传奇中之杰构也。以诗人而善作传奇者，莫过于蒋苕生，所著曰《红雪楼九种曲》，即《香祖楼》《空谷香》《桂林霜》《一片石》《第二碑》《临川梦》《雪中人》《冬青树》《四弦秋》也，亦可见当时剧曲之盛矣。至章回小说,首推曹雪芹《红楼梦》,然亦一疑案,徒以篇末有曹雪芹名,普通以为曹著耳。次之有《儿女英雄传》,然前后半之作风不同,不得不让《红楼梦》为独步。此外如《品花宝鉴》《花月痕》,各擅胜场。而陈球之《燕山外史》,全书用骈体文为之,则主在文而不在结构矣。吴人吕文作《女仙外史》百回亦佳。余如吴敬梓《儒林外史》,隐刺当时名士,开近时讥讽派小说之宗。笔记则蒲留仙之《聊斋志异》,纪晓岚之《阅微草堂笔记》,俱为不可多得之作品也。

民国成立,三十年于兹。内讧不息,外患频仍,虽诗文坛坫,不乏晚清名家。诗如王壬秋、易实甫、樊云门、陈散原,文如吴挚甫、康有为、章太炎、章秋桐,词曲如朱疆村、吴梅、卢冀野,俱卓然成家。外于此者尚多,不可殚述。然文学之兴,阻于世变,旷然有得。自五四运动以后,发生文学革新之说,甚嚣尘上,于是敝屣国故,采挹东西各国文化,以为大众——平民——文学之可贵也,乃改文言为语体,易旧诗为新诗矣;以为戏剧、小说之有裨于启发新知也,乃以戏剧、小说为文学中心矣;谓作品之不宜剿袭也,于是创作之风盛行矣;谓文学贵乎互相讨论也,于是群组学术团体如雨后春笋矣;知文学之有阶级区别也,于是资产阶级、无产阶级及革命文学之说,习闻于耳鼓矣;知文学表现之自有方法也,于是古典主义、浪漫主义、自然主义纷然以起矣。总之,中国古代文学,至有清中叶,即告一段落,此后鱼龙变化,已成中东西合参之结晶品。民国以来,政变迭作,国家多故,影响于文学进展者弥巨。苟得有志之士,群起研求,内则发扬国粹,外则吸受新知,不难与东西各国文学相颉颃也。

六 结论

综前所述,可以知中国文学变迁之大势。兹为便于记忆计,归纳为文字、诗、文三类而总述之曰:

(一)**文字** 据许慎《说文序》,以伏羲画八卦,为文字之始,黄帝之史仓颉造书契,为制文字之祖。制字之法有六:曰象形,曰指事,曰形声,曰会意,曰转注,曰假借。叔重云:"象形者,画成其物,随体诘屈,日、月是也;指事者,视而可识,察而可见,意、言是也;形声者,以事为名,取譬相成,江、河是也;会意者,比类合谊,以见指㧑,武、信是也;转注者,建类一首,同意相受,考、老是也;假借者,本无其字,依声托事,令、长是也。"厥后周宣王太史籀著大篆十五篇,其文与古文或异,许氏以已改者曰"籀文",未改者仍曰"古文"。春秋以后,秦孝公、赵武灵王皆变乱先王法制。许氏所谓"田畴异晦,车涂异轨,律令异法,衣冠异制,言语异声,文字异形"。盖六国之书,就大篆而损益之者也。秦始皇并吞六国,凡六国法制异于秦者皆更之,于是六国文字之异于秦者，亦废之矣。丞相李斯作《仓颉篇》，中书府令赵高作《爰历篇》，太史令胡母敬作《博学篇》，皆取古文大篆，省改为小篆，若比而观之，史籀较古文已简易，小篆视籀文为尤简，人情孰不惮繁而喜简，故小篆遂代大籀以兴。其时赋役狱讼，文牍繁兴，不得不以隶人佐理书文，而隶人惟求记事迅捷，又不得不日趋简易，遂有下杜人程邈为衙狱吏，得罪幽系云阳，增减大篆，去其繁复，用便官役，是为隶书；汉人碑刻石经所用之字，谓之汉隶，以别于秦隶也。元帝时，史游作《急就章》，解散隶体而粗书之，是为"章草"之始。字体之行于今者，以"真""草"为之，"隶"次之，"篆"又次之，此文字转变之大势焉。

（二）**诗**　诗盛于周，《三百篇》为此时代之产物，其义有六，曰"赋"、曰"比"、曰"兴"、曰"风"、曰"雅"、曰"颂"，降而为"楚骚"，楚骚降而为"汉赋"，汉赋降而为唐之"律绝"，又降而为"宋词"，再降而为"元曲"，更降而为现代之"新体诗"，此诗体转变之大势焉。

（三）**文**　一时代有一时代之文，一地方有一地方之文，每与时俗、世尚、政治相为转移。秦汉不能作三代之文，时异也；江南不能作江北之文，地异也；乱世不能作盛世之文，政异也。故欲述中国文学转变之真相，其事綦难，盖不变之中有变焉，变之中又有不变焉。大抵三代质朴，文理彬彬。春秋战国，思想开放，官失其守，学在下位。维时诸子百家，纷驰并骛，荒诞飘渺者有之，矫枉过正者有之，互相诋诽、党同伐异者亦有之，人执一说，说各一见，此其所以不同也。汉兴，定儒学为一尊，而道家之说未替也；迨佛学东来，其旨近似道家思想，释道混合，遂启魏、晋、六朝清谈之风，而文学大受其影响，华浮于实，不切实用。有唐一代，颇多致力古文，然信佛者众，可谓为儒佛对峙时代。赵宋肇基，偃武修文，儒佛道三家学说，融会一贯，别成所谓理学，空疏浮泛，以视魏晋清谈，有过之，无不及。所以其结果反映于文学者颇巨。元以蒙族入主华夏，历时未永，殆无文学之可言，惟变词为曲，于文学史上辟一新纪元，其功不可没也。朱明代兴，小说发达，诗文亦颇可观。清初，考证之学大盛，而桐城古文，为一代正宗。戏曲小说，初不入于文学之林，一孔之士，以为游戏之作，娱情一时，不足比干古之虞初。自梁启超编行《新小说》、林纾移译说部、张謇提倡菊部以还，遂为社会所重视，知戏曲小说，在东西各国，亦占文学一席，于是作品日多，且视为社会教育之一。自国府成立，凡百更新，文学进展，有待于新旧作家之努力。世有闻余言而兴起者乎？虽为之执鞭，所欣慕焉。

录自《经纬月刊》1941年第1卷第6期

◎ 顾向持

汉朝的乐府

在上一期里我们谈过了汉朝的最主要的文学"赋",现在我们再来谈谈乐府与五言和七言诗。

乐府本来是汉武帝时候所立的专管乐章的机关,因此,后来这个机关里所编制的作品,与所采集来的作品便也都叫做乐府了。

汉朝的乐府可分为三类:第一类是贵族制的,第二类是由外国输入的,第三类是由民间采来的。第一类包括郊庙歌辞、燕射歌辞及舞曲歌辞。第二类包括鼓吹曲辞及横吹曲辞。第三类包括相和歌辞、清商曲辞及杂曲歌辞。

现在我们再把他分开来讲;

(1)郊庙歌辞——就是祭祀用的歌辞,如《天马歌》辞:

> 天马徕,从西极,涉流沙,九夷服。天马徕,山泉水,虎脊两,化若鬼。天马徕,历无草,径千里,循东道。天马徕,执徐时,将摇举,谁与期?天马徕,开远门,竦予身,逝昆仑。天马徕,龙之媒,游阊阖,观玉台。

等是。此种歌辞只是为统治阶级歌功颂德的,却毫无文学的意味。

(2)燕射歌辞——这种歌辞只能知道也是一种为亲宗族、朋友、四方之宾即用的,歌词已经完全失掉了。就得篇目也不见书中记载。

(3)舞曲歌辞——这种歌辞是在舞时所用的。这种舞曲歌辞因用处不同,故又可以为三种:(A)雅舞(是在郊庙燕飨时用的),如同光武帝时候的《云翘舞》便是。(B)杂舞(是在宴会的时候用的),如同《巾舞歌》等是。(C)散乐(是为俳优歌舞杂奏的),如同《俳歌辞》是。

第二类由外国来的乐府:

(1)鼓吹曲辞——这一种曲辞是由北方输入的外国音乐,所用的是短箫一类的乐器。此种乐发声宏大,能够鼓舞军士的勇敢情绪,因此可知是为军队用的,如《饶歌》中的《战城南》:

> 战城南,死郭北,野死不葬乌可食。为我谓乌:且为客豪!野死谅不葬,腐肉安能去子逃?水深激激,蒲苇冥冥;枭骑战门死,驽马徘徊鸣。梁筑室,何以南?何以北?禾黍不获君何食?愿为忠臣安可得?思子良臣,良臣诚可思:朝行出攻,暮不夜归!

（2）横吹曲辞——这一种曲辞是张骞由西域输入的。起初叫做鼓吹曲，后来始才分开得的，乐器是用鼓器。如《出关》《入关》用曲是。

第三类由民间采集来的乐府：

由民间探集乐府工作，是从武帝时起始的。

（1）相和歌——相和歌是因为丝竹相和而得的名字。（所谓丝竹是指着笙、笛、节鼓、琴，瑟、琵琶等七种乐器）。如《箜篌引》：

> 公无渡河，公竟渡河。堕河而死，当奈公何？

（2）清商曲——这种曲的辞意都很凄凉，音节都很婉媚，是很好的文学作品，如《孤子生》：

283

> 孤儿生，孤儿遇生，命独当苦！父母在时，乘坚车，驾驷马。父母已去，兄嫂令我行贾。南到九江，东到齐与鲁。腊月来归，不敢自言苦。头多虮虱，面目多尘。大兄言办饭，大嫂言视马。上高堂，行取殿下堂。孤儿泪下如雨。使我朝行汲，暮得水来归。手为错，足下无菲。怆怆履霜，中多蒺藜。拔断蒺藜肠肉中，怆欲悲。泪下渫渫，清涕累累。冬无复襦，夏无单衣。居生不乐，不如早去，下从地下黄泉。春气动，草萌芽。三月蚕桑，六月收瓜。将是瓜车，来到还家。瓜车反覆。助我者少，啖瓜者多。愿还我蒂，兄与嫂严。独且急归，当兴校计。乱曰：里中一何诮诮，愿欲寄尺书，将与地下父母，兄嫂难与久居。

（3）杂曲歌辞——这种歌辞大都是写儿女闲情与乡愁的作品，如《古歌》：

> 秋风萧萧愁杀人，出亦愁，入亦愁。座中何人，谁不怀忧。令我白头。胡地多飙风，树木何修修。离家日趋远，衣带日趋缓。心思不能言，肠中车轮转。

再如《悲歌行》：

> 悲歌可以当泣，远望可以当归。思念故乡，郁郁累累。欲归家无人，欲渡河无船。心思不能言，肠中车轮转。

两首都是描写游子思乡的情绪的诗，辞意沉痛，音节自然，使我们读了以后也有同感。

◎十 堂

文学史的教训

　　中国文学史不知道谁做的最好，朋友们所做的也有好几册，看过也都已忘记了，但是在电灯没有的时候，仰卧在床上，偶然想起这里边的几点，和别国的情形来比较看，觉得颇有意思。最显著的一件是，世界各民族文学的发生大抵诗先于文，中国则似乎是例外。《诗经》是最古的诗歌总集，其中只有《商颂》五篇，即使不说是周时宋人所作，也总是武丁以后，距今才三千年，可是《尚书》中有《虞书》《夏书》，至今各存有两篇，《尧典》《皋陶谟》云是虞史伯夷所作，《禹贡》亦作于虞时，至于《甘誓》更有年代可稽，当在四千一百五十年前也。《皋陶谟》之末有舜与皋陶的歌三章，只是简单的话而长言之，是歌咏在史上的表现，但其成绩不好总是实在的。外国的事情假如以古希腊为例，史诗一类发达最早，即以现存资料而论，成绩也很好，诃美洛斯与赫西阿陀斯的四篇长诗，除印度以外可以称为世界无比的大作，虽然以时代而论不过只是在中国殷周之际。反复的想起来，中国的《尚书》仿佛即与史诗相当，不过因为没有神话，所以不写神与英雄的事迹，却都是关于政治的事，便只是史而非诗，其所以用散文写的理由或者亦即在此。《国风》《小雅》这一部分在希腊也是缺少。及抒情诗人兴起，则与中国汉魏以来的情形可以有很相像之点，这件事觉得很有意义，值得加以注意。希腊散文有两个源流，即史与哲学，照中国的说法是史与子，再把六经分析来说，《书》与《春秋》是史，《易》《礼》也就是子了。赫洛陀多斯与都屈迭台斯正与马、班相当，梭格拉底与柏拉图仿佛是孔、孟的地位，此外诸子争鸣，这情形也有点相似，可是奇怪的是中国总显得老成，不要说太史公，便是《左传》《国语》也已写得那一手熟练的文章，对于人生又是那么精通世故，这是希腊的史家之父所未能及的。柏拉图的文笔固然极好，孟子、庄子却也不错，只是小品居多，未免不及，若是下一辈的亚里士多德这类人，我们实在没有，东西学术之分歧恐怕即起于此，不得不承认而且感到惭愧。希腊爱智者中间后来又分出来一派所谓智者，以讲学授徒为业，这更促进散文的发达，因为那时雅典施行一种民主政治，凡是公民都可参与，在市朝须能说话，关于政治之主张，法律之申辩，皆是必要，这种学塾的势力大见发展，直至后来罗马时代也还如此，虽然政治的意义渐减，其在文章与思想上的影响却是极大的。我所喜爱的古代文人之一，以希腊文写作的叙利亚人路吉亚诺斯，便是这样的一位智者，他的好些名篇可以当作这派的代表作，虽然已是二千年前的东西，却还是像新印出来的，简直是现代通行的随笔，或是称他为杂文也好，因为文章不很简短，所以不太好谥之曰小品。中国散文大概因为他起头很早，在舜王爷的时候已经写了不少，经验多了的缘故吧，左丘明的文笔已是那么漂亮，《战国策》的那些简直是智者的诡辩的那一路，想见苏秦、张仪之流也曾经很下过功夫，不过这里只留下头悬梁、锥刺股的故事，其教本与窗课等均已不得而知罢了。大约还是如上边所说，因为态度太老成，思想太一统，以后文章尽管发达，总是向宫廷一路走去，贾太傅上书著论，司马长卿作赋，目的在于想得官家的一顾，使我们并辈凡人看了觉得喜欢的实在不大有，恐怕直至现今这传统的作法也还未曾变更。汉魏六朝的文字中我所喜的也有若干，大都不是正宗的一派，文章不太是做作，虽然也可以绮丽优美，思想不太是一尊，要能了解释老，虽然不必归心那一宗，如陶渊明、颜之推等都是好的。古希腊便还不差，除了药死梭格拉底①之外，在思想文字方面总是健全的，这很给予读古典文学的人以愉快与慰安。但是到了东罗马时代，尤思帖亚奴斯帝令封闭各学塾，于是希腊文化遂以断绝，时为中国梁武帝时，而中国则至唐朝韩退之出，也同样的发生一种变动，史称其"文起八代之衰"，实则正统的思想与正宗的文章合而定于一尊，至少散文上受其束缚直至于今未能解脱，其危害于中国者实际且远矣。儒家是中国的国民思想，其道德政治的主张均以实践为主，不务空谈，其所谓道实只是人之道，人人得而有之，别无什么神秘的地方，乃韩退之特别作《原道》，郑而重之而说明之曰："尧以是传之舜，舜以是传之禹，禹以是传之汤，汤以是传之文、武、周公，文、武、周公传之孔子，孔子传之孟轲，轲之死，不得其传焉。"其意若曰，于今传之区区耳。（按：此盖效孟子之謩，而不知孟子之本为东施之謩，并不美观也。）孟子的文章我已经觉得有点儿太鲜甜，有如生荔枝，多吃要发头风，韩退之则尤其做作，摇头顿足的作态，如云，"呜呼，其亦幸而出于三代之后，不见黜于禹、汤、文、武、周公、孔子也，其亦不幸而不出于三代之前，不见正于禹、汤、文、武、周公、孔子也"，这完全是滥八股腔调，读之欲呕，八代的骈文里何尝有这样的烂污泥。平心说来，其实韩退之的诗，如"山石荦确行径微，黄昏到寺蝙蝠飞"，我也未尝不喜欢，其散文或有纰缪，何必吹求责备，但是不幸他成为偶像，将这样的思想文章作为后人模范，这以后的十代里盛行时文的古文，既无意思，亦缺情趣。只是琅琅的好念，如唱皮黄而已，追究起这个责任来，我们对于韩退之实在不能宽恕。罗马皇帝封闭希腊学堂，以基督教为正宗，希腊文学从此消沉了，中国散文则自韩退之被定为道与文之正统以后，也就渐以堕落，这两者情形很有点相像，所可幸的是中国文学尚有复兴之望，只要能够摆脱这个束缚，而希腊则长此中绝，即使近代有新文学兴趣，也是基督教文化的产物，与以前迥不相同了。

我们说过中国没有史诗而散文的史发达独早，与别国的情形不同，这里似乎颇有意义。没有神话，或者也是理由之一，此外则我想或者汉文不很适合，

---

①梭格拉底，今译作"苏格拉底"。

亦未可知。《诗经》里虽然有赋、比、兴三体，而赋却只是直说，实在还是抒情，便是汉以后的赋也多说理叙景咏物，绝少有记事的。这些消极方面的怕不足做证据，我们可以从译经中来找材料。印度的史诗是世界著名的，佛经中自然也富有这种分子，最明显的如《佛所行赞经》五卷，《佛本行经》七卷，汉文译本用的都是偈体。本来经中短行译成偈体，原是译经成法，所以这里也就沿用，亦未可知，但是假如普通韵文可以适用，这班经师既富信心，复具文才，不会不想利用以增加效力的。再找下去，可以遇见弹词以及宝卷。弹词有撰人名氏，现存的大抵都是清朝人所作，宝卷则不署名，我想时代还当更早，其中或者有明朝的作品吧。我们现在且不管他的时代如何，所要说明的只是此乃是一种韵文的故事，虽然夹叙夹唱，有一小部分是说白。其韵文部分的形式有七字成一句、三五字成一句者，有三三四字以三节成一句者，俗名"攒十字"，均有韵，此与偈语殊异，而词句俚俗，又与高雅的汉文不同。尝读英国古时民间叙事小歌，名曰"拔辣特"，其句多落套趁韵，却又朴野有风趣，如叙闺中帐钩云："东边碰着丁冬响，西边碰着响冬丁"，仿佛相似。我们提起弹词，第一联想到的大抵是《天雨花》。文人学士一半将嗤笑之，以为文词粗俗，一半又或加以许可，则因其或有裨于风化也。实在这两样看法都是不对的，我觉得《天雨花》写左丘明的道学气最为可憎，而那种句调却也不无可取，有如"老夫人移步出堂前"，语固甜俗，但是如欲以韵语叙此一节，风骚诗词各式既无可用，又不拟作偈，自只有此一法可以对付，亦即谓之最好的写法可也。史诗或叙事诗的写法盖至此而始成功，唯用此形式乃可以汉文叶韵作叙事长篇，此由经验而得，确实不虚，但或古人不及知，或雅人不顾闻，则亦无可奈何，又如或新人欲改作，此事不无可能，只是根本恐不能出此范围，不然亦将走入新偈语之一路去耳。不佞非是喜言运命论者，但是因史诗一问题，觉得在语言文字上也有他的能力的限度，其次是国民兴趣的厚薄问题，这里不大好勉强，过度便难得成功。中国叙事诗五言有《孔雀东南飞》，那是不能有二之作，七言则《长恨歌》《连昌宫词》之类，只是拔辣特程度，这是读古诗的公认之事实，要写更长的长篇就只有弹词宝卷体而已。写新史诗的不知有无其人，是否将努力去找出新文体来，但过去的这些事情即使不说教训也总是很好的参考也。

小说发达的情状，中国希腊颇有点近似，但在戏曲方面则又截然不同，说来话长，今且不多谈，但以关于诗文者为限。现在再就散文说几句，以为结束。中国散文发达比希腊还早，这在世界文学史上是特殊的事，而且连绵四千年这传统一直接连着，至少春秋以来的文脉还活着在国文里，虞夏的文辞则还可以读懂。希腊文化为基督教所压倒了，可是他仍从罗马间接的渗进西欧去，至文艺复兴时又显露出来，法国的蒙田与英国的培根都是这样的把希腊的散文接种过去，至今成为这两国文艺的特色之一。西洋文学的新潮流后来重复向着古国流过去，希腊想必也在从新写独幕剧与写实小说，中国在这方面原来较差，自然更当努力，只有杂文在过去很有根祖，其发达特别容易点，虽然英法的随笔文学至今还未有充分的介绍，可以知道现今散文之兴盛其原因大半是内在的，有如草木的根在土里，外边只要有日光雨水的刺激，自然就生长起来了。这里我们所要特别注意的是，我们说散文发达由于本来有根柢，这只是说明事实，并非以此自豪，以为是什么国粹，实在倒是因此我们要十分警戒，不可使现代的新散文再陷入旧的泥坑里去，因为他的根长在过去里边，极是容易有这危险。我在上边说过，左丘明那时候已经有那一手熟练的文章，这一面是很可佩服的事情，一面也就是毛病，我们即使不像韩退之那么专讲摇头摆尾的义法，也总容易犯文胜之弊，便是雅达有余而诚不足，现今写国语文的略不小心就会这样的做出新的古文来，此乃是正宗文章的遗传病，我们所当谨慎者一。其次则是正统思想的遗传病，韩退之的直系可以不必说了，"文学即宣传"之主张在实际上并不比"文以载道"好，结果都是定于一尊，不过这一尊或有时地之殊异罢了。假如我们根据基督教的宗旨，写一篇大文攻击拜物教的迷信，无论在宗教的立场上怎么有理，我既然以文艺为目的，那么这篇文章也就只是新《原道》，没有著笔之价值。过于热心的朋友们容易如此空费气力，心里不赞成韩退之，却无意的做了他的伙计，此为所当谨慎者之二。中国散文的历史颇长，这是可喜的事，但因此也有些不利的地方，我们须得自己警惕，庶几可免，此文学史所给予的教训，最切要亦最可贵者也。

民国三十四年一月十二日

录自《艺文杂志》1945年第3卷第1-2期

中国文学史导论①

目　次

导言

上编　文学史方法论

　　一、宗趣论

　　二、史料论

　　三、方法论

下编　中国文学史发凡

　　一、社会与文化

　　二、语言与艺术

　　三、学术与思想

　　四、时代与作家

导　言

　　章实斋在《文史通义》里曾指出中国的专史不发达，也就是专门之学不发达。诚然，过去仅有郑樵的《通志二十略》，体大思精，能对各方面都照应到，分别作通体的叙述，但以后无人继起。以言文学史，在西洋文学史未为国人熟知以前，对于这方面，就无一人据之为专业，而从事于专史的撰著。虽然我们也有不少的《文苑传》，但仅是附在几部正史里，成为片段的史料，无当于专史。李延寿撰《南北史》，倒曾在《文苑传》的开端，综述六代文学的源流，可惜以后便嗣响无音。有人以为国人治学每病于笼统，用这话来解释中国专门之学为什么不发达，固然也可以；但对于文学史，我们还当作别论。中国过去没有文学史，这不能责备古人的糊涂，而他们有所不敢为者在。因为要治文学史，必得先对各家的文集，都有精深的研究，融会贯通后，才能够凌空作一番鸟瞰

---

①说明：本篇论文下编的二至四节原文散佚缺失。另外，为方便读者阅读，原文目次在编著过程中略有调整。

的工作，这谈何容易？中国的文集，岂是一人所能读尽的？古人也许有志于斯业，但他们治学谨严，绝不愿凭空结构；若要脚踏实地的去做，那末，兀兀终生，也未必能够完成准备的工作，只好赍志以没了，所以，一直没有留下什么专著给我们。

自从西洋的学制由日本辗转移入中土后，国人在大学文科的课目中，也要仿设文学史了。从京师大学堂开端，远在清光绪二十七八年，该校印有闽侯林传甲著《京师大学堂中国文学史讲义》一书。这算是最早的一部。此后继之者甚众，较早的有谢无量的《中国大文学史》《中国妇女文学史》，以及曾毅的《中国文学史》等。接着，各大、中学都规定了这一课程，教本的编印，日益增多。五四运动以后，这一方面的著作，犹如雨后春笋，截至今日，坊间所刊行的，已有百余种之多。

对于这些著作，我不想逐一评骘，只就这一门学问，从民国以来它开展的路向，大略说一下：谢无量的文学史，是取材于诸史《文苑传》，选录各大家的传记，汇集后人对他们的评语，整齐排比之，这可以称为传记体的文学史。西洋文学史中，虽然也有这种体制，但他们的成就却很高，他们往往以一个作家来代表一个时代，如对于莎士比亚传述，由于他们用力的深厚，确能达到此目的。而我们的传记文学史，草创初就，只能提供一篇作家的目录，当然不逮远甚。到了胡适之的《白话文学史》及陆侃如、冯沅君的《中国诗史》出在中国文学史中，开了一个新的方面。他们着眼于文学的潮流以及文体的变迁，就中国文学中，拣取一方面，作有系统的叙述。让我们终对文学的发展，有线索可寻。比起前者当然跃进了一大步。再则为鲁迅的《中国小说史略》，这也是治文学史中的专史而极有成就的。总之，先由某一部分作狭而深的研究，再求全史的会通，这是民国以来治文学史的一个新转向。沿着这转向，又有断代研究的试验。这工作开始于北大，时间是抗战以前，在当时，北大文学系的专集开得很多，胡适之先生就主张集合各时代的文集分段讲授中国文学史。计分四段：由《尚书》《诗经》至东汉为第一段；由建安至隋为第二段；由初唐至宋为第三段；由元明以下至于今为第四段。当时，傅孟真先生担任第一段的讲授，我担任第二、三段的讲授，胡先生自己担任第四段的讲授。这门新的功课，担任起来极为辛苦。在准备时，我虽然不敢说遍读各家的专集，但综合的观念是不能不有的。所以，往往准备了一个礼拜，只能够讲授半点钟。与教专集相较，其难易真不可以道里计。我常有一个譬喻，教专集好像请人吃方糖，一杯水里放上一小块，就可以尝出它的味道。教文学史就好像自己制方糖，一锅水里只能提炼那么几小块。因为专集是演绎的，文学史是归纳的，其难其易已可想见了。联大迁到长沙后，文学史的讲授仍采分段办法，到昆明亦复如是，经尝了十年的甘苦，使我对于中国文学史，有了一种新的看法，而且要想作一种新的试验，这就是我们所预备讲述的《中国文学史导论》。

总之，民国以来中国文学史的进展，是由一家一家的叙述，进而为文学潮流的叙述，再进而为文体流变的叙述。目前的工作，已经从事于文体发生的追问了。但一部文学史，仅能讲明文体的兴亡，是不够理想的。假如我们还不能由原料中去取材，而用次一手的资料；假如我们的眼光还不能扩大，由文化史来看文学史，仍然是局于一隅，就文学以言文学，那末，其陋其浅，是可以断言的。如何来弥补过去的缺陷？这就有待于今后的努力了！

上编　文学史方法论

一、宗趣论

所谓"宗趣"，就是态度和目标的问题。我一向对于现代西洋的新史学，他们那种科学的精神，极表敬佩；但就我个人的兴趣言，我治史的态度，宁愿取法于中国的古人。新史学只是史料学，仅能用之于史料的整理；而中国传统的史学，却是要人通观概览，彰往察来。有意于著史，还得用这老办法，非考史者所能竟其功。

我曾经说过两句话，一是："为明了一民族内心之发展，故治文学史。"民族是什么？就是生活在同一文化环境里，使用同一种文字的一群人。我们把他看做一整体，从而彰显其言行，就成为一个民族的传记。为个人作传，除了叙述其一生行实外，还要叙述其内心的发展。为民族作传，亦不外乎是。民族的"行"，就是该民族的历史；民族的"言"，就是该民族的文学。由此而论，一部文学史就是一部民族内心发展史，要把他的内心发展传写得不失真，才能达成文学史的任务，这部文学史也才会有价值。二是："为测定一民族文学之前途，故治文学史。"这就是彰往察来的工作，中国传统史家所努力的。于此，就要牵涉到史观的问题。我的史观，姑名之曰"缘生史观"。缘生是佛家的术语，佛家认为因缘和合而生万法，这比西洋仅言的"因果律"要圆密得多。因为一因生一果，未免说得太简单了。宇宙间绝无突然发生的事物，必有其原因，而这原因绝非一，其成果当是众缘和合之所生。能够放大眼光，穷索既往，自然可以知来。所以要测定一个民族的文学前途，必须站在文化史的立场，通观该民族的文学发展史，始有所得。反之，一个文学史家，假如不能准确的语人以今后文学发展的途辙，那么，他的任务还是没有达到，他的著作依然没有传世行远的价值。这就是我所悬拟的目标，也就是治文学史的宗趣。

二、史料论

欲治文学史，必先有研究的对象，这对象就是各种各样的史料。关于史料的应用与处理，当有基础的知识，故为史料论。

（一）直接史料与间接史料

最直接的史料，就是作者的手稿。一经转写，就多少会失真；再经传刻，而未为作者所校订，或者更由它书所转引，即就是间接的史料了。比如陆机的《文赋》，欲考究之，若取材于严可均的《全晋文》，那就是间接的史料；若取材于胡刻《文选》，就稍进一步；若取材于唐写本（有正书局影印唐陆柬之写本，及日本遍照金刚《文镜秘府论》古抄本），自为近真。再如诸葛武侯的《隆中对》，若取材于殿本《三国志》，不如依据王献之的帖，时代早，不一定就对，但以其近古，总要可靠些。所以我们应当尽可能地引用近似的直接史料。

（二）正史料与副史料

正史料就是一个作者的文集或诗集，副史料则是他人的征引或转述，此等副史料，大有助于校勘，为研究文学史者所不可忽。

（三）史料之认识与鉴别

甲、史料之认识

A．口传与笔著。直到今天，还有许多民间故事和歌谣，传之于口耳，而未著之于竹帛。古代像这样的事，一定还更多。其著于竹帛的，如古人的嘉言懿行，有《尚书》；古人的歌谣乐府，有《诗经》。我们治文学史，对于这些资料何时开始流传，还可以暂且不问，何时开始写定，就应当追究了。因为口传的史料，时间和地点，往往不正确，不应胶柱以求之。听者的兴趣，只在故事的本身；其笔之于书，从可觇知宗趣之所向。且如孟子告诉万章关于舜的故事，这当中就包含有他个人的理想，今人硬要说这是绝对的信史，或说是孟子在造谣，这就对于史料的认识还不够。再如《战国策》中大鸟的故事（三年不飞，一飞冲天；三年不鸣，一鸣惊人），有人说是楚庄王的，有人说是齐威王的。假如专在这上面来讨论是非，那就是对于史料的认识还不够正确。还有口耳相传的故事，常常是踵事增华，时代愈晚愈详尽，据之为信史，那就是受骗了。如像宋玉，最早见于《史记》的《屈贾列传》，仅录其名，但在后人的短书小记中，却备详籍里生平，说得活灵活现，如像宋玉故宅等，真是凿凿可指。在文学史中，若不加别择，随便征引，那就贻笑大方了。

B．简策与篇卷。《汉书·艺文志》录有刘向校书的注，说某书脱了一简，漏去二十五字或二十四字，后人遂据以为定制，认为汉简字数一定是这么多。在读《古诗十九首》的时候，一定会认为"上有加餐饭，下有长相忆"两语是"尺素"的撮录。其实，汉代的简札有别，汉人短札，其长不过五六寸，能够容纳的字数实在太有限，"加餐饭""长相忆"六字可能就是全文。这由最近所发现的《流沙坠简》可以推知。所以，治学贵乎多识，至成卷而后，一行大体不超过二十字。这种书写的方法，对于后来诗的形式和音节，恐怕都有很大的关系。

C．书写的方式。古人书写的方式，也不可不知。如像《墨子》中《经上》

《经下》，末后又一小注说："读此书旁行正无非。"别人不理会，所以读不通。直到孙诒让的《墨子间诂》出来，才算把读法弄清楚。又如《韩非子》的"内外储说"，也有上下左右的标注，我想这恐怕是写成几块简，所以才标注这些字样来识别，混在一起读，一定失其原意。再如《左传》里面有经文、传文，还夹杂上一些"君子曰"，我想象这是一本学生的笔记，先生讲授经文时，旁征博引夹叙夹议，被他统统记下来，所以有这几部分，其实应当细加整理和辨析，不要再混在一块读。

D. 字的变迁。由篆而隶而楷，中国的字形，随时在变迁中，并且同一字体每一时代还有习惯的写法，这尤其要注意，如像陶诗中有"榗庭多落叶"句，后人颇不得其解，以为棕榈是热带的植物，绝不会长在陶渊明的故里的；还有棕榈不落叶，与此诗所说也不相类。如此就发生疑义了，其实只要明白晋人写字的习惯，就很容易解释，我们今日所写的"簷"字，前人写作"檐"，六朝人写作"榗"，由"榗"误为"榗"，这不是很自然的么？假若知道这流变，还有什么奥义之足索？

E. 伪托与模拟。宋以前的人，读书都比较粗心，不大用力去校勘和辨伪，如像陶渊明的《桃花源记》，中有"先世避秦时乱"一语，唐人传写，因为"世"字犯了太宗的讳，大概就改为"时"字。于是"先时"就成了一个时间的副词，读者不察，依此文义就认为"避乱者"，即是跟武陵渔夫对话的那班人，由秦至晋，历时数百年，他们还健在，自然都是神仙了。所以唐人诗中，如王维、韩愈，就把他们都当做神仙看待，这就太失原意了。文学中的伪托和模拟之作，很多很多，我们应当首先辨认清楚，才不致使作者和时代错杂。如像《文选》里面的《雪赋》，是谢惠连托于司马相如的；《月赋》是谢希逸托于王粲的。假如我们不细察，单凭本文里"相如于是避席而起，逡巡而揖曰"和"仲宣跪而称曰"诸语，就说是他们的手笔，那未免张冠李戴了。模拟之作，尤其要辨。像东坡写陶诗，把江淹《杂拟陶征君田居》一首作为《归园田居》第六首，就犯了这个毛病。

F. 编辑与删节。到今天还有人认为《古诗十九首》是成于一时出于一手，并且它的次第是不可变的，这就错了（见隋树森《古诗十九首集释》引某氏说），不知古诗乃是民歌，非一人一时之所作。今所流传之十九首不过是《昭明文选》所采辑，于是沿为定称。原来的数目，在钟嵘《诗品》里就有许多篇，今有的也不止这十九首，更无一定次序之可言。正如阮嗣宗的《咏怀》，陈子昂的《感遇》，都是后人编辑的，就数目来说，不一定止有八十二首或三十八章，就时空来说，不全是在某个地方一气呵成的，这由它们次序的杂乱处，可以看得出来。删节的事，也要注意，征引或辑录他人的文章，常常会截头去尾，如魏文帝的《典论·论文》，《文选》所录的和严可均所辑的就有出入（《文选》即截其头而去其尾）。《文心雕龙·声律篇》所征引的陆机《文赋》，应当尽量的去找他们的全文。

乙、史料之鉴别

这一项，我本来准备分做校勘、辑补、考证三目来讲，但现在刘叔雅先生正在这里专讲校勘学，一定很精详，所以就不再多说了。

（四）史料之编排与整理

即管是一个人的作品，早期和晚年必有不同，如像王维的《辋川诗》，意境和风格就大有别于早期的作品，假如我们执偏概全，以一诗一文来论一个作家的生平，结论一定是错误的，所以，治文学史在取材的时候，一定要先加一番整理的工作，为作家作成年谱，把他的作品比次先后，断语才会精确。

（未完待续）

三、方法论

中国人治学态度，和西洋人不同。西洋人重方法，而中国人重体验。因为一讲方法，就有"能所"。而中国的哲学文学，重在"能所两忘"，这便是过去文学史不能客观地发展的原因。

近三十年来，我国学者以科学方法整理国故，其态度精神，比清代汉学进步了很多。在文学史料的考证上，成绩最为显著。但在文学史整个的研究上，还有许多地方没有顾及。据我的看法，文学史有关的方面，有一处没有顾到，即不能说明文学现象。我的文学史方法论，归纳起来，有四个小题：

（一）从社会文化明文体之兴革

研究文学史，从传记式的研究，进步到文学源流的研究，从文学源流的研究，进步到文体变迁的研究，这是逐层进步的。文体兴革的原因，应从两方面探讨：一为社会的变迁，一为文化的演进。其变迁的因素，有下列三个原则：

1.一切文体俱起于实用

大凡文学之发生，皆起于实际生活的需要，其后才是为了美观的鉴赏，这是一般文化史的通例。每种文体，若只从作品作者研究，是无法获得发展的根源的。如《诗经·周颂》，多属每篇一章，每章句数不一定，句法不甚整齐，也不一定押韵。若能从当时实用的状况去研究，即可知《周颂》大部分是实用的舞诗。周代《大武》乐章，据《左传》宣公十二年所记，一篇便是一成，所以不能太长。至于《商颂》《鲁颂》，则为宗庙祭神的歌诗，并不为配舞之用，所以分章用韵，和《大雅》相似，与《周颂》相远。这是用处不同的问题，不是文体进步的问题。又如碑铭一体，本来是歌颂功德之辞，所以铭是主体，序是附庸。以后踵事增华，专为记载个人行事之用，序文愈来愈长，铭反退居宾位，和原意相离渐远了。又如词，到了温飞卿，体式逐渐完成，为《花间集》的冠冕。到了柳耆卿，长调逐渐确立，为慢词的源泉。这并不是个人的开创，而与当时的教坊制度有关。温柳的作品，不过适应教坊而作。如能于教坊制度研究明白，则对于温柳作词之来源，了解便可更为清楚，不会把一切内容都解为作者的寄托了。这都是文学和社会关系的问题。今日中国社会史的研究，尚未成熟，所以，文学上的创作，每每归功于个人，这是很不对的。

2.社会变迁则文体变迁

每一种文体的由盛而衰，显而易见。但从文体与社会的关系比较研究，则鲜有人注意。如魏晋南北朝之时，九锡文、劝进表、禅让文、告天文等，盛行一时。这是因为当时政权的更迭，都走着同一的篡夺方式，到了隋唐大一统以后，就日渐消灭了。又如青词一体，起于唐宋以后。因当时道教流行，拜斗上章，每每用之。六一、东坡集中，都有此体。到了明代以后，便逐渐减少了。我们拿古今文体比较，各有消长，就可看出文学题材和社会生活的关系。以上是显而易见的例子。至于若干问题，非好学深思，不能看得出蛛丝马迹。如花间小令和苏辛小令，风格全异；就是晚唐五代小令和北宋的作风，也有不同。因为唐人席地而坐，宴饮当中，有跳舞，有歌词；小令就是当筵舞的歌唱之词，所以内容只要华美就行。到了北宋以后，席地之风渐泯，当筵舞已不盛行，唱小令和听曲者，便把注意集中到词义的寄托，文人小令由兹而作。我们读晏几道"舞低杨叶楼心月，歌尽桃花扇底风"之句，就可知道北宋初舞制尚存；但到了南宋，当筵舞已成过去，小令纯粹变成清唱，所以文人可任意抒情而且以抒情为主了。所以小令作风之丕变，不应该归功于作者个人的。

3.形式与内容互相限制

有某种形式，才能表达某项的文学内容；某项内容，也足促进某种形式的完成。所以，形式与内容互相限制。如蔡邕《陈太丘碑》《郭有道碑》，叙述个人身世，多属简单；而櫽括天成，历历如绘。我们拿《郭有道碑》和《后汉书·黄宪》等传比较，作风大致相同；于此可见东汉魏晋时代，碑传体裁，着重个人立身处世的荦荦大端；至于家世经历则不甚注意，所以文辞简短而风格愈高。到了唐代以后，设官修史，注重于官位的升迁，因而碑传长至数千言，内容和形式，为之一变。又如书札一体，汉人甚□，多为相间之词，如《饮马长城窟》云："上有加餐食，下有长相忆。"就是明证。至如乐毅《报燕惠王》、李斯《谏逐客》、太史公《报任安》等书文体皆甚长；这是由战国游说演变出来的"篇式书体"，与短札不同的。至魏晋杂帖如王右军诸作，言辞简短，风神高远，犹是古书札之遗制。唐以后两体相混，所以到了韩退之书札作风又变，这都与写信制度有关。而一种形式恰与其内容风格一致。文体已变，旧形式便很难容纳新的内容了。我们生在现代，模仿苏黄尚可偶一为之；模仿退之，已属不可；若模仿庾子山，就恐词不达意了。因为内容形式，不能相差太远；一味模仿古人，形式受了限制，内容也不易表达，不过成为假古董而已。近十年来，有"旧瓶装新酒"之说，依我看来这也是做不到的。旧的形式，是绝对不能装新的内容的。如今人作骈文，遇到新名词，必须找成语替代，否则不"雅"，但雅了就不一定能"信"、能"达"，总使读者有隔代之感。所以讲文学史，内容和形式相关的必然性，是必须注意的，否则无法说明时代的精神。

（二）从语言艺术明修辞之技巧

一般研究文学史的人，每每着重研究作家和他的贡献；至于文体和当代语言的关系，就很少有人注意。如《文选》所录任昉《奏弹刘整》一文中叙刘寅妻诉列一段，纯系当时的白话口语，历代注《文选》者，却不甚注意。如对此方面加以研究，则"笔语"和"口语"的距离，可以得到一个准确的测定。归纳说来，此方面的研究，应注意者也有三点：

1.语言之死活

胡适之先生在《建设的文学革命论》里，提出"国语的文学，文学的国语"十个大字，立论颇为警辟。不过因此产生语言之死活问题。在今日国语研究尚未成熟之际，究竟哪些是死的语言？哪些是活的语言？颇难定论。古人的语言，流传到今，不一定死；现代人话里，也活着多少古语言。如杜诗"因君问消息，好在阮元瑜"。《通鉴》马嵬之变："上皇传语诸将士各好在"。"好在"二字，前人都不明它的意义，各地方言，也少有此种说法。从前我以为这是死了的语言，和《世说新语》里的"微尚"一样；及至到了云南，才知道在现代云南话里，是很通行的。又如"亡羊补牢"一语，见于《国策·楚策》，原来是古语言；到现在还是很通俗的成语。所以语言的死活，应当有一个活的看法，若呆板的拿时代做评衡的标准，就不妥当了。

2.实用的语言和艺术的语言

实用的语言脱口而出，是应用在生活上的；把他写成文字，就成为当代的语体文学：如汉乐府中《东门行》《孤儿行》等皆是。至如曹子建、陆士衡、鲍明远的乐府，已经把乐府的语言艺术化了，这叫做艺术的语言。文学离开口语固然和时代隔离；不过文学上的语言，无论如何，不能与口语绝对吻合，必须加以艺术化，才有文学的意味。以往有骈散文的对立，现代有文言白话的对立，都是艺术语言和实用语言的比较差别。就是现代用白话作的文艺作品，也不能尽人都懂。所谓艺术的语言，就是拿古代的或当时的实用语言，加上古代的或当时的艺术元素，而成为一种新的创造，这便是所谓文学技巧。所以要明了某时代的文学技巧，必须要知道当时的艺术发展。唐代音乐发达，所以唐诗音乐的性质富；宋代图画发达，所以宋诗图画的意境多。

3.文学中之语言类型

文学中语言的类型有三：一为时代性。如杨椒山和曾文正的家书，都是白话，时间相距不到三百年，可是语调截然不同，《三国演义》《水浒传》《红楼梦》尤其看得清楚。这是时代性。二为地域性。如《诗经》代表北方文学，《楚辞》代表南方文学，语法词汇都很不同。三为社团性。某种社团，有其特殊语言：如《世说新语》中所记清谈，词汇语调，都表现出一种特殊的风格，绝非魏晋的人都如此说法。治文学史如能分别研究，便不会以偏概全，犯笼统的毛病。

（三）从学术思想明文学之内涵

学术思想，是作品内容的背景。分析说来，又有三点：

1.传统与创造

韩退之古文运动，若追溯根源，应从李华、萧颖士、元结、独孤及、柳冕、梁肃说起。自他们以来，已经开了古文运动的风气，不过这些人习于北朝的陈规，还是东汉以来的传统，不过与初唐盛行的南朝文体不同罢了。到了退之，根本六经、《孟子》，发为载道一派的文章。这种精神，是继承传统的；可是他自身有些养气功夫，所以有生气，有魄力，能运用唐朝的活语言，又能融合当代的传奇文体，又是创造性的。所以讲古文运动，都归功于退之，因为他既能继承传统，复有创造。

2.变与常

文学宗派和风格，有可变的，有不可变的。同一儒家思想下的文学家，其面目亦有不同，其不同处即是"变"。所谓可变，就是在每时代下有他的时代面目和独特精神，这叫做同中求异。可是若干不同的文学家，也可以归纳为一个类型，这叫做异中求同，就是"常"。同中求异，要在文字以外探讨。如杜工部为儒家思想，朱晦庵、王阳明也是儒家思想，可是三人各有其独特的面貌，这就是治文学史者所不可囫囵的地方。

3.单纯与复合

文学家的思想，有单纯的，也有复合的。单纯的易明，复合的就不易研究。如杜工部每饭不忘君，拳拳忠爱之心，这是儒家思想；可是也杂有道家思想，如诗中丹砂一类的话。陶渊明从悠闲旷远的人生观看，是道家思想；可是"贞志不休"，"与道污隆"，又是儒家思想。所以研究文学，除注意时代精神外，作者思想之单纯与复合，也须研究，这又和研究者之学养深浅有关了。

（四）从时代风会明作家之成就

文学史上，很容易提倡英雄主义，把文学上一切的成就归功于个人，这是忽略了时代风会的关系。时代风会，含意甚广，不仅只是时代背景和作家身世等问题。而一个作家的成功，往往是承前人之累积，无法跳出时代风会之外。研究一个作家，如能先从他的时代风会着手，则他的个人成就才看得出来，这里又有三个小题目：

1.无名作家与失败作家

凡一种文体其创始者必是无名作家，大部分的《诗经》、汉乐府和《古诗十九首》，都是无名氏作品。这才真是有名作家的基础。其次，从有些作家的所以失败，才可以见出成功作家的何以成功。我们拿《诗经》来看，如四言敝而有五言，五言敝而有七言；但这中间也有试作三言六言九言诗的，何以曹氏父子和建安各家的五言诗，能于成功？孔文举的六言诗，归于失败？又何以三言和九言诗，不甚流行？若能探究失败的原因，则时代风会的基础和作家成功的文学条件，才说得清楚。

2.作家之三类型

历代成功作家大概不出于三种类型：

一为开山创造者。此类作家能开创某种体裁和改革一时代的风气：如鲍明远的《代白纻舞歌辞》《拟行路难》等，开放了七言诗的格调，达到成功；温飞卿、柳耆卿的小令慢词，由教坊作品过渡到士大夫作品，奠定了词的基础；又如曹氏父子变汉民间乐府而为文人乐府，又以乐府格式写五言诗；俱属此类。此类作家，必须不是华胄出身，必须有尝试精神，否则无此大胆。

二为出奇创胜者。以偏锋取胜，有的成功，有的也失败；变而不离于正则成功，太过则失败。如中唐各家，莫不想易盛唐之辙。元白等新乐府以平易近人取胜，退之的古诗，以散文笔调取胜，孟郊、贾岛的诗，以苦寒取胜，李贺、卢仝的诗以险怪取胜；韩、白、郊、岛等就成功，至若樊绍述的《绛守居园池记》，过于僻涩就失败了。

三为集大成者。文学史上伟大的作家，俱属此类。杜工部之于诗，周美成之于词，都是集大成的。读书愈多，经验愈富，再以时代之风格融会而出之，就能集大成。

3.共相与别相

共相属于时代，别相属于个人；共相是研究时代的整个作风，范围愈大愈好；别相是研究作家的独特精神，范围愈小愈好。如初唐人能排律，盛唐人能七律，晚唐人能绝句，这是共相；共相之中，又有作者个人的体貌，这是别相。比较研究，就如剥茧抽丝一样，一层深一层，把一个作家的作品，除去其与古人相同的部分，再除去其与同时人相同的部分，剩下来的便是他所独有的"别相"。这别相也许仅只是很少的一点，但若真要说明一个作家的特质，不能举出别相是不行的。

研究一段文学史，或一种文体，或一位作家，假如能充分应用上述的条件，我想是比较容易说得清楚一点的。但说来惭愧，我自己一分也没有做到。

（上编完）

录自《五华》1947年第4期

下编　中国文学史发凡

一、社会与文化（上）

在讲本题之前，要先说两件事：

第一，我们讲历史，对它的全体，应当有一个看法；文学史是历史当中的一部分，要研究它，也得有一个看法。用现代的术语来说，就是应当有一个"史观"。上次曾经说过，我的史观是"缘生史观"，这话还得略加解释。照佛家的说法，一切法相，都非实有，性体本来是空寂的，假如我们能够见得法相的虚妄，就算是证了如来。但在"体性皆空"之中，为什么又会浮现种种相？这就由于因缘合和之所生。但这因缘是众多的不是单一的，比如说，仅有能见之眼与可见之物，假如光线不够，或者位置偏差，或者距离太远，依然不可见。而这能见的因缘，也绝不如此简单，还可以细析至无限。历史事实，亦复如此，它也是因缘合和之所生；这因缘，也是多的，而非一的。假如执着某一点，对全体妄加窥测，其结论必然失之于武断。缘生无自性，这是法相义。

又在《大乘起信论》里，有"一心二门"的说法。认为一切事物都是依众缘生，依唯识变；所以有心真如门、心生灭门。若证得般若境，真如生灭，本来一体；但在凡夫境，只能见生灭的对待。凡夫境中事物的变化，莫不经过生、住、异、灭四种历程。历史本来是凡夫境中所有事，用"缘生"义来讲，我以为比较能够道出历史的真实。

宇宙万象，都在生灭不停的变化中，但在凡夫，有计"常"计"断"的不同：当生、住时则计"常"；当异、灭时则计"断"。其实，无论事相如何久如何暂，总要经历生、住、异、灭这四劫；而且，都在华严法界中；长劫摄短劫，一法摄万法；彼此交光互射，绝非截然异立。

本着这个道理来看中国文学史：一切的文体，从它发生到成长以至于转变而消灭，就是一期生灭；一切文体的生灭，相续而不已，就是文学史；而在这演变的过程中，又非截然的更迭，而是主从的易位；用我们前面的话来说，是交光互射，彼此相关的。

第二，我们对于整个中国文化，要有概括的认识：凡是一种文化，它发展的程度，如其是很高，那么，它生命的延长，跟它的高度恰成正比例；另一方面：它发展的范围，如其是很广，那么，它所能包容、同化其他文化的能力，跟它的广度也成正比例。中国的文化，到了周朝，已经达到既高且广的程度，所以对于外来的文化，力足以兼包并容；而它自有一个中心，对于它所吸收进来的，仅可以存其貌，而在无形中，改变了它们的本质。我们要谈中国的文化，必须把握住这两点。

现在，我们缩小范围来看中国的文学：如其把中国文体看做一些花、一些树，就得先问这花或树的种子在哪儿，根芽在哪儿。我们探索的结果，发现它们的出生地有二：一是起自民间。古语说"礼从下起"，文体亦然。不过这见解前人是不能接受的。二是来自外面。经由异族异地的传播移植，才在此土开花结果。这两点，就可以摄尽一部中国文体的发生发展史。

还有一点值得我们注意的，就是一切文体的发生，都起于实用；而其发展所及，则又逐渐离开实用，变成一种装饰品，供士大夫们的赏玩，到了这一境地，它的生命力也就告尽了，必然的要趋向于灭亡。这也是不可少的看法。

我认为中国文学的信史时代应该由夏起。到今天，经历了四次更迭，每一次的更迭，都是以民间文学起，以外来影响终；及至外来影响衰歇，又有新的民间文学代之而起。这样，就造成中国文学史的生灭相。

先从夏代说起：夏民族最初是什么民族？这一个问题，暂且留待专家去解答；但由文学史的观点来看，夏民族离开游牧生活而进入农业社会，应该是很早的事。《大戴礼》里面，有一篇《夏小正》，恐怕是夏人的遗书；在那时即使还没有著之于竹帛，也一定流行于民间，而为后人所追写。孔子说："行夏之

时。"又说："我欲观夏道，是故之杞，而不足征也，吾得《夏时》焉。"司马迁说："孔子正夏时，学者多传《夏小正》云。"可知这一部书，绝非杜撰；由于夏人的重视历法，而且有很好的切于农事的历法，足证他们的社会，早已步入农业阶段了。《诗经·豳风》里面的《七月》，所用的历法，兼有"夏正"，而且豳地正是夏民族的根据地，所以，它可能就是夏民族的农功诗。《周礼·春官·籥师》有豳诗、豳雅、豳颂之分，如果这分类是因袭夏人之旧，那末，夏代不惟有诗，而且已备众体了。夏与周（居邠以后的周）同是农业民族，但就文化方面来比较，夏人尚巫，周人就开明多了，不用神权来统治。《山海经》里面有许多关于巫的记载，如像"踽步"，就是巫舞的名称。"踽步"即是"禹步"，由字面上，也可以看出夏民族和巫的关连。还有《楚辞》里面的巫咸，也是在西方，可能就是夏巫当中的佼佼者。由此推想，夏民族虽已踏入农业社会，但是还没有超越过原始宗教的藩篱。关于夏民族的历史，可以由《山海经》《诗经》《楚辞》《吴越春秋》《史记·楚世家》等书中，窥见其轮廓。

《山海经·海外西经》载："大乐之野，夏后启于此舞《九代》（或作《九伐》）；乘两龙，云盖三层。左手操翳，右手操环，佩玉璜。"又，《大荒西经》载："西南海之外，赤水之南，流沙之西，有人珥两青蛇，乘两龙，名曰夏后开；开上三嫔于天，得《九辩》与《九歌》以下。……开焉得始歌《九招》。"这些传说暗示我们：夏原是用车战的民族；到后来车战竟然变成了一种舞容，配合着音乐的节奏，仅仅从事于表演；这就是后来的《大夏》，武王本之而作《大武》，便是《周颂》的起源。

（记者按：关于这一点，先生当晚因为时间的关系，没有详细的解说；但在云大讲授

《诗经》时，有一段专论《大夏》的话，很可与此相发明，所以也把它介绍在这里，作为补充。先生说，古代的舞曲见于记载者虽然很多，但究其实，可以凭信者不过《大夏》《大武》而已。曾有《古乐杂记》一文，载《国文月刊》第五期。《大夏》一名，始见于《左》襄二十九年传季札观乐。在春秋时候，这支舞曲，通称为《万舞》或《八佾》。《海外西经》所载的"儛"，我认为就是它的前身。这一种舞，最初大概是野外车战的演习；"左手操翳，右手操环"的，就是战车上的将军；在《山海经》里，是由夏后启或称夏后开的来充任。"翳"是用来指挥军队的，"环"是用来赏赐勇士的。"乘两龙"就是乘两马，马八尺为龙，这是古代的异称。大概"一乘"的制度，就起于夏代，而且与田制有关。照《周官》的记载，一乘之后，有步卒七十二人；由这数目，我们可以想象舞队的排列，可能是纵横各八的方阵；另外还有八个人在前面领队，这就是夏后启的车战舞。大概在舞时，所有的人们都把两只手高举起来，宛如古写的万字，所以在《诗经》的《简兮》里，称之为"万舞"——也只以把《万舞》解释成这车战舞，《简兮》里面"执辔如组"一句才可以读。因为《简兮》中的万舞是舞于"公庭"之内的，准情度理，那地方就容不下车马来，何况于驰骋。由此推想，《万舞》中是不应有这些。但那"执辔如组"的话为什么突如其来呢？我以为这是在形容一种意象化的舞姿。周人把这车战舞由野外搬进公庭去，车马势必要取消；但原始的舞姿不能不保留，所以得比一下"执辔"的手势，至少他们也是换了一个车马的模型来代替。那么，"执辔如组"一句话，不正告诉我们《大夏》就是《万舞》的前身，而且还透露了当中演变的消息么？还有《简兮》的卒章是："山有榛，隰有苓，云谁之思？西方美人。彼美人兮，西方之人兮！"这分明是一章情诗。忽然插进《简兮》里面去，而在公庭中高声唱起来，各方面都显得极不调和。所以《毛传》才把"西方美人"解释为"卫之贤者"，当然很牵强。我以为这正是夏人的舞曲。他们舞于野，高唱情歌倒是很自然的事；所谓"西方"，指的正是夏土；所谓"美人"，其实就是原始民歌的意中人。而这情诗，也被周人拼在《简兮》里，搬进公庭去，就留下很大的痕迹，为我们的假说添了一个证据。由于《大夏》一变而为宗庙公庭之舞，位置及地点都已经固定，就略加变化，把领队的九人除去，单单剩下那纵横各八的方阵，所以又称为《八佾》，再按着公卿士大夫的等差递作减损，在士人的家里只能用两排，所以又才有"二八"的名称。）

殷商民族，起于东海滨；《商颂》里的"相土烈烈，海外有截"，有人□就□朝鲜。后来箕子奔朝鲜，并不是没有理由的。汤居亳，才奠都于黄河下游，商人迁都的频繁，为历代冠；盘庚以后，次数才算少；一直到帝乙，才没有再迁。殷商帝王之所以好搬家，大概由于他们是工商业民族；称他们为"商人"，大概是有语源的。商人贸迁有无以为生，所以不能定居在某处。说他是工商业民族，可以由许多小故事里面看出来：孟子叙述葛伯仇饷，说："汤居亳，与葛为邻。葛伯放而不祀。汤使人问之，曰：'何焉不祀？'曰：'无以供牺牲也。'汤使人遗之牛羊，葛伯食之，又不可以祀。汤又使人问之，曰：'何焉不祀？'曰：'无以供粢盛也。'汤使亳众往为之耕，老弱馈食。葛伯率其民，要其有酒食黍稻者夺之，不授者杀之。"可见葛国就是一个既不畜牧，亦不耕种的国家；既然与汤为邻，而且汤所关心的又是他们的祭祀，这葛国与商可能是同属一族的了。再看春秋战国的宋人，有的放下锄头，守株待兔；有的劳瘁终日，揠苗助长，都已传为一时的笑谈；可见商人的子孙，还不能精于农事。但他们却以工巧见长：如像压倒鲁班的墨子，以及能够配装不龟手之药的，资章甫而适诸越的，又都是宋人。这些零散的资料，很足以透露他们的习尚。他们既长于匠作，自必有一批人出来贩卖成品，工商业原是相伴而兴的。商人迁到河北以后，才变为一个纯粹的农业国；纣之亡，就由于酗酒，可见在那时农产品已经很丰富了。

商人的占星，一变而为阴阳家的学说；再加上巫术，就变成了后来的道教。这一个文化系统，和后来的楚文化是颇有渊源的，所以讲《楚辞》不能不先研究一下夏商两代的文化。

在这一个时代，整个的局面是夷夏的对立，也就是东西文化或东西民族的对立，以黄河上下游而分界。在中国历史中，就地区的形势而言，最初是东西对立，直到楚国强大后，才变为南北对立。

照近代史家的考证，周人本来是西羌，并非农业民族；古公亶父带着他的人民到了岐山下，就定居在那里；岐山原是夏民族的根据地，有着较高的农业文化，周人不足以压服，就把后稷抬出来；然而还不行，才开始向他们学习，周人的《月令》，应该是源于《夏小正》，《豳风·七月》里面，夏历与周历并用，其间的关系，就可以想见了。另一方面，他们也接受了东方的文化：当文王武王时，东方人前来帮助他们的，一定不在少数，如像太公望、散宜生，就是显著的例子。而且，文王的母亲大任，就是殷人。武王灭纣，统一东西，彼此的文化更可以沟通了，他们就尽量的吸取，创造了自己的面目全新的文化。所以孔子说："周监于二代，郁郁乎文哉！"

商周的不同，也可以由鬼神的观念来比较。商人尚鬼，周人的祖先，虽然有"姜嫄"之类的神话，可是到了成康，一切归向于人事，神话的色彩已经被冲淡了。周民族在中国历史上，有两大贡献：第一，奠定了农本社会；第二，建立了封建制度。井田与封建，成功了周文化的特色。但这井田，不等于古罗马的井田；这封建，也不等于欧洲中古时期的封建。是建筑在人伦上，而不是建筑在债主上。

周代文化的精神，既然是农业本位的，而又是人伦本位的，所以在中国文学中，神权的内容消失得很早。有人批评中国的文学缺乏想象力，没有但丁的诗篇，我们大可不必为此而沮丧。因为进入于人本，也就是进入于开明；缺乏想象的作品，并非是国人缺乏想象力；是历史要他如此，正不必去找楚辞以及汉代的郊祀歌来跟人家比赛，我们看《周颂》和大、小《雅》里面的诗篇，完全是现实的切于人事的，这是人本文化必有的现象。国人的民胞物与的胸怀，至少在周公以后就已经形成。由于此，就把中国的文学固定了一个内容：融融、洩洩，尽是家人父子互相告语之词；不论哪一种文体，都在这一情况下发展。

农本社会，接近于自然，多看植物，少看动物，所以人们的胸怀，易与自然融合，而少弱肉强食的观念；由于此，遂演变而为"同天"的人生哲学，再演为道家自然的思想；歌颂自然，乐天安命；而且让中国的民族始终保存着一种温暖的情绪，所谓"温柔敦厚"的诗教，一直是国人所宗奉的文学标准。

说起《诗经》，这就是起于民间的文学；十五国风不必说了，就是那雅颂，也莫不源于民间的祭祀燕享和舞蹈，以后发展到庙堂里面去。所以《诗经》时代，要算是中国文学史上第一个开端。章实斋说，一切的文体都源于诗教，这话是很对的。知乎此，研究后来的文体，才不致脱节。

到了春秋初年，诗教已经日即衰落了，所以孟子说，"王者之迹熄而诗亡。"这时候，南方楚民族的文化又代之而起，一般人把周楚文化视为截然不同的两体，甚至说楚文化是由印度传来的，实在不当。我们假如多留心，由渭水出武关循汉水下襄阳，这是一条很古的道路，楚怀王入秦，就是逆此而走的。这是以前荆楚民族和夏民族交通的孔道。在《山海经》和《楚辞》里，可以寻出许多的线索来。很早以前，河洛江汉之间，本来是夏楚民族及文化融合的地带；也就是文王"三分天下有其二"的地带，到春秋初年，楚民族逐渐向东北发展，由郢都到北郢而至于寿春，就跟中夏形成了南北对立的局面，于是乎由夷夏的对立过渡到夏楚的对立，其实，因为很早就有了那一条走廊，所以夏楚的文化，并不是截然两体的。《诗经》里面的"二南"，产生于江汉，是不用说的了；而在顾栋高的《春秋大事表》中，所蒐集的"赋诗喻志"的资料凡二十八条；那些赋诗的行人，以籍贯论，楚国倒占去了五六个，可见他们对于中原文化是如何的熟悉了。又照《左传》的记载，楚左史倚相能读《三坟》《五典》《八索》《九丘》之书，他们的文化何尝是低落？千万不要因为他们取了一些刁钻古怪的名字，就真把他们视作"蛮夷"了。孔子说"周监于二代"，我们应当说"楚监于三代"：楚人尚巫，这是接受了夏人的文化；而他们的祖先祝融氏，也是商的始祖，所以又接受了商人的文化，就由这巫风和燕齐的神仙思想，作成了《楚辞》的内容，不劳我们再到印度去寻找。但《楚辞》的内容，还得加一项，就是儒家的思想，《文心雕龙·辨骚》篇说："不有屈原，岂见《离骚》？"屈原就是生于楚地的儒者；他在外交上主张连齐拒秦，所以曾经奉使到齐国；在那时，孟子离开齐国恐怕还不久，陈良、陈相之徒，却还在滕国没有走动，儒家的思想，屈原是不折不扣的接受的；他的《离骚》，严格说起来，还是以儒家思想做骨干，特不过被了一件巫歌的外衣，所以不同于《诗经》了。

当着周民族的文化衰落时，楚民族新兴的文化就一道向北传播；秦汉之际，楚声已经很时髦，如像项羽的《垓下歌》，刘邦的《大风歌》，就都是楚声。在这一个更迭中，就中原来说，这种文体是来自外面的。我们不应当忘记，楚辞的兴起是由于淮南王；淮南的封地就是楚国作了十九年国都的寿春；当时小山之徒在他的门下，"分造辞赋"，所袭拟的就是此一体，梁孝王入朝，才把这文体传播到长安；在中原人的眼里看起来，未始不如今日的欧化文学。

要言之，起自民间的《诗经》与来自外面的《楚辞》，其间的兴替，就形成了中国文学史上的第一个更迭。在这一个更迭里，还有许多私人的著述，虽然诸子可以不入文学史，但是却不能把战国游说之士抛开。古代发表意见的方法有二：一是"说"，《尚书》开其端，发展而为策士的游说；二是"唱"，《诗经》开其端，发展而为楚声的歌辞。《诗》《书》两体，后来竟走上一条路去，如像荀卿的《佹诗》以及老庄的文章，都是有韵的散文，这种情形，是说与唱的交融，也就是《诗》与《书》的交融。

游说之辞，必须铺张扬厉，夸大渲染，才足以打动时君世主的心；而在《楚辞》中，就不少这一种成份。再经过说与唱的合流，发展而为司马相如、扬雄诸人的辞赋；到了东汉，赋里面说的成份减少，唱的成份加多，如像班孟坚们的赋，就没有不押韵的句子了。

汉赋的发展，到了蔡邕、崔瑗，已经是日暮途穷了；另一种文体，又代之而兴，这便是汉乐府。一般人讲中国文学史，喜欢用朝代来分期，其实这不对。比如两汉，西汉是战国的余波，而建安的文风，是六朝的先导，所以东汉的二百年间，属上连下，两无是处，应当把它孤立起来，作为第一个更迭的尾声。

第二个更迭的开端是汉乐府，起自民间，而以《相和歌》为基础。如像戚夫人的《春歌》，就是成相之属。它们的句式，或为二、三、五，或为三、三、七，可以说是《诗经》以后的新国风；汉武汉宣在民间所搜采的，就是这一类。如像《孤儿行》等，都是极有生命力的作品。在这里应当补充几句话：别的文学史，可以跟音乐脱节，惟有中国文学史，它每一个更迭，都与音乐息息相关：起自民间的是靠音乐来培养，来自外面的，是靠音乐来传播。假如不注意这点，就难得中国文学史的真实。如像《相和歌》，变为后来的清商三调以及大曲等，我们仔细去探索，就可以发现它们流演的痕迹。汉代的乐府，发展到《古诗十九首》，已经和音乐脱节，变成文人笔下的东西，由此下接建安。建安时代，曹氏父子都很喜欢作五言，让五言诗得到一个新开展。要之，到了这个时候，辞赋已经走到末路，五言诗就滋生繁长起来，作成第二个更迭中的新文体。而这一更迭，也是因应着社会的变化而来的：周代的封建制度，到春秋就开始崩溃了。自此以下，入于纷争的战国；到了秦朝，废封建，置郡县，是一个巨大的改变；然而不久，陈胜、吴广辈就揭竿而起；汉高祖统一天下，在文化方面，是以楚文化为基础的，再到东汉，家天下已经成了定局，此后就是宗室、外戚和宦官的争打；董卓入卫以后，局面又大为改变，其时假行禅让，只有《劝进表》可以作，求为东方朔辈谲谏之文尚不可得，遑论其他？所以一般高洁之士，只好托情寓兴于五言诗，如像阮嗣宗的《咏怀》八十二首，即其例。另一些人们，是走上清谈一路，如像王弼、何晏。清谈的风气，在文学的形式上，影响也很大，清谈家极其注意口头的修辞，结果构成了晋宋文学的清峻的面貌。在这一个时期，又有佛教的东来，这是第二更迭中的外来影响。东晋时的清谈，已经渗入不少的佛理，如像殷浩、支道林，都是这一路。至于五言诗，到了陆士衡、潘安仁的时候，又已经僵化了，其干枯一如东汉的辞赋。然而陶谢的诗却是极有生命的。就由于正始玄风以及佛教义理的濡染，为它注进去一些新血液；加以渡江之后，一般人耽于江南山水；所以在文学方面，显见得活泼灵动，清隽自然。而收其全功、融其体貌者就是陶渊明，渊明的诗非常难讲，总之，他就是众缘合和之所生，适逢其会，以他特达的资质，做了一番集大成的工夫。

（本节未完）

录自《五华》1947年第5期

二、社会与文化（下）

上一次讲过，中国文学第二个更迭的开端，是汉乐府，是起自民间的。从汉乐府发展到五言诗，从五言诗发展到清谈文学，同时又加上佛教哲理的濡染，这是第二期文学更迭的大概情形。五言诗到潘安仁、陆士衡的时候，已经僵化；不过东晋时代，却出了一个陶渊明，作了一番集大成的工夫。此后宋齐梁陈，经过若干时期，产生若干家数，可是五言诗已经趋于末路，无重大发展。

在东汉末年，辞赋和散文，仍然代表文学的两个途径。到了建安的时候，发生了新的变化，把《诗经》的四言句法，运用到散文里边；东汉辞赋，多用四六句法，到了建安，又把辞赋的笔调，运用到散文里面。这种发展，慢慢的形成骈体文，所以骈文实在是导源于建安的，我们拿骈文作家来看，任彦昇、刘孝标的骈文，风格比较高；徐孝穆、庾子山的骈文，风格比较低，就因为任刘的骈文，多用建安四言体；徐庾的骈文，多用汉赋的四六句法，这可见骈文的渊源来历了。

南朝是偏安之局，文人心胸，不免狭隘，诗的题材也多半狭窄。起初谢灵运写山水诗，范围还比较的宽广；到了齐梁以后，除少数大家外，诗的范围，愈来愈狭，多半写些屋内的事物，如灯烛镜奁一类的东西。在此时期，加入一段民间文学的力量，就是子夜吴声歌曲和襄阳西曲的兴起，这给予五言诗一种新生命。子夜歌是用吴声唱出来的一种歌曲，每章四句，每句五字，合若干章成为一篇。这种歌曲，最初流行民间，士大夫很少模拟。可是来源很早，从西晋初年，已经开端。如《孙皓天纪中童谣》："阿童复阿童，衔刀浮渡江，不畏岸上虎，但畏水中龙。"实在是吴声歌曲的起源。这种歌曲的字法组织，和汉乐府及汉魏两晋的五言诗，都有不同。汉乐府多半是长篇的，曹子建的新乐府，如《名都》《美人》《白马》等篇，每篇句数，多半在三十句左右；至于《古诗十九首》，最少八句，最多二十句；陶渊明的五言诗，也多半不长不短，每篇在十四句至二十四句左右。到了齐梁以后，五言诗的篇幅，一天一天的缩短，大概在徐庾宫体未发生以前，每首诗的句数，普通不会超过二十句。这种诗的句法组织，代表两种趋势。一种是旧的，句法比较长，梁武帝、昭明太子是代表；一种是新的，句法比较短，梁简文帝、梁元帝是代表。新的这一派，每首诗多半是十二句，徐庾宫体诗，就走这一条路子。这种诗的形式，仿佛是三首子夜吴歌合拢而成。子夜吴声歌曲是情歌，可以入乐，所以又给予垂绝的五言诗，以莫大的生机。

这种新路子发展下去，就形成初唐四杰的五言诗。初唐四杰，最初写五言排律，对起对结，多半是十二句；后来把十二句删去两句，成为十句；可是觉得不对称，又删了两句，就成功了五言八句对起对结的早期律诗。所以律诗的形成，是受了吴声歌曲的影响。这种生机，完成了诗的形式和格律；至于诗的内容，因为隋唐大一统的局面，也更为丰富起来。

襄阳西曲，每首多半是七言二句。这种七言诗的风格，在晋宋之间，有《白纻舞歌辞》《行路难》等，都是民间的形式；在南朝时，鲍明远大胆的尝试，最善于作这种诗歌，所以有《拟行路难》《代白纻舞歌辞》等作品。演变到了初唐，就形成七言古诗；不过初唐的七言诗，还保持排律的格调，缺乏流走的气韵，和盛唐以后不同。

第三度更迭的民间因素，是《子夜吴歌》；外来因素，是西域文明。西域文明，影响在文学方面的，是西域的音乐，在北朝时，西凉乐传入中国，到了开元天宝间，龟兹乐势力大盛，于是产生了唐代的大曲，再由大曲演变成诸宫调，这就是元明杂剧传奇的音乐成份；同时词中的小令，也产生在唐代，慢慢的变成宋代的慢词。所以中国的词曲史，若缩短起来看，是发源于唐代的。

这种民间歌曲和西域音乐综合起来，再加上唐代大一统的局面，丰富的文化，辽远的交通，于是唐朝诗歌的内容，发生了极大的变化；诗的题材，也异常丰富。在南北朝时，诗的题材，不过五六类；到了唐代景龙年间，已有十二三方面之多。这些题材，有些继承过去，有些开创将来，它们产生的原因，不外三方面：一是科举制度的影响。士大夫来长安应考，无所凭藉，于是应酬交错，产生一些奉赠和答的诗。二是交通的辽阔。应考和赴任途中，可以写一些征旅和登临吊古的诗；假如做官而遭贬谪，也可以流连风景，作一些写景抒情的诗。三是社会生活的丰富。当时西京长安，是欧亚文化的中心，国内因士大夫的交游圈子扩大，赠答诗的数量，为之增多，《太白集》中，就多此种作品。国外由波斯、罗马等地，传来一些新事物，如跳舞的风俗、胡姬的酒肆、新奇的服装等等，都予作诗者以新的题材。这种社会文化力生活力的丰富，加上民间歌曲的新机，西域文明的交流，因之产生光华灿烂的唐代文学。

在此时期，韩柳提倡古文运动，既不凭藉民间，又不依靠外来。他们要由魏晋南北朝复于周秦西汉的古，似乎是一种逆流运动；逆流运动，是每每归于失败的，何以韩柳复古能于成功，这有其成功的原因。假若我们追溯韩柳以前的历史，北周苏绰拟《大诰》，归于失败了；到了唐初，李华、元结、柳冕、梁肃，都做了一番古文运动工作，是韩柳文学的先驱，不过没有大成罢了。我们拿徐孝穆、庾子山的文章来看，觉得华而不实，韩柳的文学作品，就比较有生气，有魄力。所以古文没有韩柳，恐怕只是旁枝，不会成为正统。

韩柳文之所以成功，是在文体的创造方面，韩柳以前的散文家，多半拿古文写奏议论说；到了韩柳，不惟拿古文写论说文，还用古文写传记文，这是韩柳开创的风格，这种风格的开创，是与志怪小说有关的。志怪小说，起源于六朝，它的内容，和道教佛教有密切的关系。与道教的关系，占十之七；与佛教的关系，占十之三。到了唐代，就演变成传奇文，不过志怪小说多言神鬼，传奇文学多言人事罢了。当时一般文人士大夫，又拿文章做行卷之用，如李白《与韩荆州书》，韩愈《为人求荐书》《与宰相三书》等；这是当时的风气使然，不足为怪，这种风气，流行于民间，也流行于士大夫阶级，慢慢的就与传奇文学合流。

韩柳的着眼传奇文，是有史实可证明的，张文昌在《遗韩愈书》有云："君子发言举足，不远于理，未尝闻以博杂无实之说为戏也。"所谓"博杂无实"就是指传奇文而言，这可见韩柳和传奇文的关系。所以从柳子厚的《李赤传》《河间传》，推到退之的《毛颖传》，子厚的《蝜蝂传》，再推到退之的《圬者王承福传》，子厚的《种树郭橐驼传》，韩柳传奇文学技术之高，是获得绝大的成功的。因为拿古文写论说文，不出诏令奏议，仍然是"笔"之一体，古人发挥，已经到了极度，缺乏新的生命。韩柳因势利导，用逆流的运动，发展顺流的力量，所以文章风格比较高；可以上推到《史记》《左传》，更上推到六经。有了深厚的渊源，才能奠定伟大的成功。

继承古代文学遗产而集大成的，不是韩退之，而是杜工部。工部的诗，篇篇创造，有新的意境，因为他能以旧的体裁，写新的现实。他的诗可分五期：起初多五言律，七律甚少；到了《曲江对酒》，七言律才渐多；天宝之乱以后，才写新乐府，有"三吏""三别"等诗。他能融会古代文学的菁英，集其大成。所以一般人认为韩柳复古，工部开创，实在说起来，恰得其反，韩柳开创新的传志文学，工部集诗歌的大成。

此外，予唐代文学以新机的，是僧寺俗讲（向觉明定名），又叫做变文（郑振铎定名）。俗讲是佛教入中国后，将佛经的故事，编成诗文合体的通俗文学，向民众演讲的，所以叫做俗讲。这种俗讲的"诗"的部分，仿佛佛经中的偈颂一样，是可以歌唱的。以后慢慢演变，讲的范围，不限于佛经故事，就是民间的传说，也可以做演讲的材料；讲的地域，也由寺庙发展到市街上了。现存的变文，多半从敦煌石室中发现，有《舜子至孝变文》《明妃曲》《季布歌》《大目犍连冥间救母变文》等等，这是绣像全图小说的来源，因为僧寺俗讲，多半在故事前面，绘上图像，带说带唱；我们读杜工部诗，"画图省识春风面"，虽然在盛唐时代，是否有僧寺俗讲，不能详考，不过这句诗确能说明俗讲的一种风气。

这种俗讲，在唐文宗时，最为流行，是一种七言长篇的诗文合体，代表民间的形式，所以给唐代文学一种新生机。

中唐时候，白香山的诗，老妪都能解；元微之在平水市中，见村童歌诗，说是"歌乐天微之的诗"，由此可见元白的诗，流传很广。我们读元白的名作，多半是七言歌行，有意仿效通俗文学，这或许是受变文的影响。不过这种情形，到了唐代末年，逐渐衰歇；晚唐的诗歌，很少民间的意味。温飞卿、李义山，靠了很大的力量，义山兼长于文，飞卿兼长于词，才能成为大家；至于其他作者，如像姚合、"三罗"、杜荀鹤一流人物，都不能大有成就。

晚唐以后，词变成文学的主流。因为自中唐以降，大曲慢慢变成小令，因此产生花间体；而五言诗在当时，又已变成调子，子夜吴歌和襄阳西曲的命运，都已告终；恰好西域音乐，大为盛行，所以造成词的极盛时代。不过到了宋太宗以后，改革乐部，另创新声，所以南宋以后，词又慢慢衰歇下来。

在这时期，民间小说兴起，又给予文学以新生命，这是第四度更迭的开始。当时民间"说书""说话"的风气很发达，据孟元老《东京梦华录》所载，共有小说、合生、说诨话、说三分、说五代史等五种。"说书""说话"，必得要有话本，如《五代史平话》一类的书，这就是以后白话小说的来源。所以民间小说戏曲，是宋元明清四代文学的主潮。

这一时期文学的趋势，有二方面：一是说故事，从《大宋宣和遗事》起，演变成以后的章回小说，这是一个系统；一是演故事，从唐代的参军戏起，演变成宋元明的杂剧传奇，这是一个系统。这种变化，经过的时期很长。而内容则很单调。至于这种文学的发达背景，一是西域音乐力量的悠长。唐代以后，剧台上的音乐，多半用的龟兹乐，就是现在演旧戏的姿态身段，也和唐代的胡舞有关。一是宋代理学的发达。元明以后，理学观念普遍流行于民间，表现出"礼从下起"的精神来；尤其四书五经，成了功令书，人人必读，影响小说的内容很大，所以我国小说，多以忠孝节义为主要题材。

宋元明清的文学发展，是第四度更迭的初期；到了现在，就演变到第二期。这期西洋文化东来，因此产生新文学运动。新文学运动，虽然提倡国语的文学，可是受西洋文学的影响很大，文学的内容、体裁、修辞各方面，都受到了影响。我们读文学史，要能"鉴往知来"，认清将来走甚么路；我们遭遇着这伟大的外来因素，将来的文学，可能从西洋文艺当中，产生出中国意味的新文学来。从北宋初年到现在，将近一千年了，靠了外来的西域音乐，使文学的生命绵延这么久。我们现在站在后期的开头，前期的结尾，正当东西文化交流之会，我们应当根据旧有文学的遗产，接受外来文学的新生命，创造前所未有的现代文学，那么，中国文学这一期的生命，将会再绵延七八百年到一千年之久，其内容之丰富，迈驾汉唐，是可以预言的。(本节完)

307

中国文学史导论

后　记

历来撰述中国文学史者，多以大部头为尚，面对浩瀚的文学史实，讲求纤芥无遗，以期尽可能地全面还原文学的历史。因此，在知识传承与意义追寻之间，文学史研究常常偏向于前者。在具体的研究过程中，文献积累和理论素养时常占据显要地位，但理应作为文学史属性重要构成要素的艺术感受力却往往被忽视。在此情形下，学界早已习惯于默认"文学史"必然是长篇"著作"，而非单篇文章。这一看法在很大程度上遮蔽了我们对晚清民国时期"中国文学史"整体状貌的全面理解。有鉴于此，本书立足于历史本相的还原，通过全面搜寻，将晚清民国时期散布于各文学报刊、目前并未引起学界重视的单篇"中国文学史"资料汇集起来，重新校正，以便为学界了解初创期"中国文学史"书写形态的多元化提供门径。

本书所谓"单篇"，是在参考现代学术规范的意义上而言的，具体指与学界熟识的经典著作类《中国文学史》篇幅差异悬殊的短篇"中国文学史"文章，其篇幅最短者尚不到千字，最长者也远不足以构成"著作"体量。书中所选文章的具体价值体现在多个层面，对相关文献的阅读、研究将在很大程度上颠覆学界对于"中国文学史"体例的固有认知。尤其其中体现的文学史实的梳理与文学史理论探索一体化，以文言文书写中国文学史，以传统文苑传、诗词文话形式书写中国文学史、参照中国传统时间观念重组文学史分期等一系列极具"中国意识"的价值取向，不仅为我们理解早期中国文学史书写的民族范式提供了原始资料，也将为我们在宏观意义上反思中国现代学术范式建构进程中的"中国智慧"提供坚实的史料基础。

本书得以顺利出版，首先要感谢我的博后合作导师罗剑波教授提供的智力支持。罗老师出于信任和肯定，将其主持的国家社科基金重大项目"民国古典文学研究史大系编纂与研究"中的创新性观点悉数告知于我，才为本书资料的搜集、整理、校点及后续理论研究工作的开展奠定了基础。本书的编校工作花费了大量时间，最终出版还有赖于本书责编锁晓梅、兰淑坤编辑的再三敦促。责任编辑为人谦和，业务水平高，在本书编校过程中主动承担了许多细节性工作，她们对工作的热爱和尽心令人钦佩。

需要特别感激的是我的学生们，他们分别是：杨潇、张科、王馨、魏畅。自本书开始筹备，两年多的时间里，资料搜集、原稿校注、文辞考释、图表绘制等各个重要环节都渗透了他们辛勤的汗水和青春、鲜活的生命力，在此意义上，本书的成稿，是师生协作的结果。本书筹备伊始，他们几人皆为大二学生，如今本书出版在即，他们也即将毕业。两年多的时间里，他们发生了很多变化，开始由初见人生中的座座高山，故而听不得好言相劝成长为可以独自攀岩的勇毅少年。好在他们几人皆有志于学，来路漫漫，唯愿他们永葆青春心境，少一些意兴阑珊。

2024 年 5 月 11 日

于兰州大学二分部寓所

后
记